Fantasy

Herausgegeben von Wolfgang Jeschke

Von Fritz Leiber erschienen in der Reihe:
HEYNE SCIENCE FICTION & FANTASY:

Wanderer im Universum · 06/3096
Ein Gespenst sucht Texas heim · 06/3409
Das Grüne Millennium · 06/3611
Herrin der Dunkelheit · 06/3775

Der »Schwerter«-Zyklus:

Schwerter und Teufelei · 06/3307
Schwerter gegen den Tod · 06/3315
Schwerter im Nebel · 06/3323
Schwerter gegen Zauberei · 06/3331
Die Schwerter von Lankhmar · 06/3339
Schwerter im Kampf · 06/3501
Schwerter und Eiszauber · 06/3819

Sonderausgabe des »Schwerter«-Zyklus in zwei Bänden:

Schwerter im Nebel · 06/4287
Schwerter von Lankhmar · 06/4288

Fritz Leiber

Schwerter im Nebel

Der Zyklus von Fafhrd
und dem Grauen Mausling

Band 1

Fantasy

WILHELM HEYNE VERLAG
MÜNCHEN

HEYNE SCIENCE FICTION & FANTASY
Band 06/4287

5. Auflage

Redaktion: Friedel Wahren

Printed in Germany 1992
Umschlaggestaltung: Atelier Ingrid Schütz, München
Satz: Schaber, Wels
Druck und Bindung: Ebner Ulm

ISBN 3-453-31328-3

Inhalt

Inhalt

Durch Zeit und fremde Dimensionen von uns getrennt, träumt die alte Welt Nehwon vor sich hin – Nehwon mit seinen Türmen, Skeletten, Juwelenschätzen, Schwertern und Zaubersprüchen. Der erschlossene Teil des Landes gruppiert sich um das Binnenmeer: nach Norden zu das grünbewaldete wilde Land der Acht Städte, zum Osten hin die Mingol-Reiterstämme, die in den Steppen leben, und die Wüste, die die Karawanen aus den reichen Ländern des Ostens vom Tilth-Fluß her durchqueren müssen.

Doch im Süden, mit der Wüste nur durch das Sinkende Land verbunden und überdies noch durch den Großen Wall und die Hungerberge geschützt, erstrecken sich die reichen Kornfelder und wohlbefestigten Städte Lankhmars, des ältesten und wichtigsten Landes Nehwons.

Hingeduckt um die verschlammte Mündung des Hlal-Flusses, sicher eingebettet zwischen den Kornfeldern, der Großen Salz-Marsch und dem Binnenmeer, beherrscht die massiv bewehrte, labyrinthische Metropole Lankhmar das Land – eine Stadt voller Diebe und glatzköpfiger Priester, hagerer Zauberer und beleibter Händler – das Unvergängliche Lankhmar, die Stadt der Schwarzen Toga.

Wenn wir den Runenbüchern Sheelbas des Augenlosen glauben können, war es in dieser Stadt, daß sich unsere beiden zweifelhaften Helden und Allerweltskerle zum erstenmal begegneten: Fafhrd und der Graue Mausling.

Fafhrds Herkunft ließ sich mühelos an seiner Größe von über sieben Fuß und seiner Geschmeidigkeit ablesen, aus seiner Vorliebe für gehämmerten Schmuck und an seinem gewaltigen Langschwert: Er war unzweifelhaft ein Barbar aus der Eis-Öde nördlich der Acht Städte und des Trollgebirges.

Die Vorfahren des Mauslings waren weniger offenkundig angesichts seiner kindlichen Statur, seiner grauen Kleidung, seiner Mäusehaut-Kappe, die ein flaches, dunkles Gesicht beschattete, und seines zierlichen Rapiers; doch irgendwie umgab ihn ein Hauch von Städten und südlichen Gefilden, von dunklen Straßen und sonnengetränkten Weiten.

Als sich die beiden herausfordernd anstarrten durch einen Nebel, der nur von entfernten Fackeln leicht erhellt wurde, dämmerte ihnen die erste Erkenntnis, daß sie die lang entbehrten, zueinander passenden Hälften eines größeren Wesens waren und daß jeder von ihnen einen Kameraden gefunden hatte, mit dem zusammen unzählige Gefahren zu überstehen und ein ganzes abenteuerliches Leben zu verbringen war – oder hundert abenteuerliche Leben.

ERSTES BUCH

Schwerter und Teufelei

Die Schneefrauen

Im Schneewinkel, zur Zeit der Winterwende, fochten die Frauen des Schnee-Clans mit den Männern einen kalten Krieg aus. Sie stapften in ihren weißesten Fellen wie Gespenster herum, kaum zu erkennen vor dem Hintergrund des frischgefallenen Schnees, fanden sich zu Gruppen zusammen, schweigend oder allenfalls zischend wie ärgerliche Schatten. Sie mieden die Gotteshalle mit ihren Stützpfeilern aus lebenden Bäumen und Wänden aus zusammengenähten Häuten und dem hochaufragenden Dach aus Piniennadeln.

Sie versammelten sich im großen ovalen Frauenzelt, das vor den kleineren Wohnzelten Wache stand, und machten sich daran, Gesänge und unheilvolle Klagerufe anzustimmen und durch verschiedene geheimnisvolle Praktiken Zauberwirkungen heraufzubeschwören, die die Füße ihrer Männer an Schneewinkel banden, ihre Lenden gefrieren ließen und ihnen Erkältungen verschafften, wobei sie allerdings den besonders schlimmen Großen Husten und das Winterfieber aussparten.

War ein Mann so unklug, sich bei Tage allein auf den Weg zu machen – sei er nun Skalde oder mächtiger Jäger –, konnte es sehr leicht geschehen, daß er verfolgt und mit Schneebällen beworfen und – verprügelt wurde, wenn er sich erwischen ließ.

Und so ein Schneeballfeuer der Frauen des Schnee-Clans war wirklich keine Kleinigkeit. Gewiß, ihr Wurfstil war nicht gerade männlich, doch dafür waren ihre Muskeln gut durchgebildet, gestählt durch das ständige Feuerholzspalten, das Abschlagen hoher Äste und das Gerben von Häuten – einschließlich der eisenharten Häute des Schnee-Behemoth. Und sie ließen ihre Schneebälle manchmal gefrieren, ehe sie warfen.

Die sehnigen, wintergestählten Männer ertrugen das alles mit unendlicher Würde; wie Könige schritten sie einher in ihren auffälligen schwarzen, rotbraunen und regenbogenfarbigen Zeremonienfellen, tranken gewaltig, aber diskret und tauschten schlau wie Ilthmarts ihre Bernstein- und Ambra-

Stücke, ihre Schneediamanten, die nur in der Nacht sichtbar waren, ihre schimmernden Tierfelle und ihre Eisgräser gegen Gewebe, scharfe Gewürze, gehärtetes Eisen, Honig, Wachskerzen, Feuerpulver, das mit farbigem Zischen aufflammte, und andere Produkte des zivilisierten Südens. Trotzdem achteten sie darauf, nur in Gruppen unterwegs zu sein, und gar mancher plagte sich mit einer triefenden Nase.

Es war nicht das Schachern und Handeln, gegen das die Frauen Einspruch erhoben. Ihre Männer stellten sich dabei sogar ausgesprochen geschickt an, und sie – die Frauen – hatten in erster Linie den Vorteil davon. Die Tauscherei war ihnen sogar weitaus lieber als die gelegentlichen Piratenzüge, die die unternehmungslustigen Männer an der Ostküste des Äußeren Meers entlang tief in den Süden führten, hinaus aus der unmittelbaren Reichweite matriarchalischer Aufsicht und – wie die Frauen manchmal befürchteten – auch aus der Reichweite ihrer mächtigen weiblichen Zauberkräfte.

Schneewinkel war der südlichste Punkt auf den Wanderungen des gesamten Schnee-Clans, dessen Mitglieder ihr Leben zumeist in der Eis-Öde verbrachten und in den Vorbergen des unerforschten Riesengebirges und der noch weiter im Norden liegenden Gebeine der Alten, und so bot dieses mittwinterliche Lager die einzige Gelegenheit im Jahr, friedlich mit unternehmungslustigen Mingols, Sarheenmarern und Lankhmarern zu handeln. Gelegentlich verirrte sich aus dem Osten auch ein Wüstenbewohner herauf, in einen schweren Turban gekleidet, bis zu den Augen verhüllt und mit Handschuhen und Stiefeln gegen die Kälte geschützt.

Auch hatte die Frauen nichts gegen das Saufen. Ihre Männer konnten zu allen Zeiten einen guten Trunk vertragen – Met und Ale und sogar den selbstgebrauten weißen Schneekartoffel-Brandy, ein weitaus durchschlagenderes Getränk als die Weine und Schnäpse, die normalerweise die Händler mitbrachten.

Nein, was die Schneefrauen so in Harnisch brachte und was sie jedes Jahr dazu verleitete, einen kalten Krieg gegen ihre Männer anzuzetteln, bei dem keine materiellen oder magischen Rücksichten genommen wurden, war die Theatershow, die unweigerlich mit den Händlern nach Norden gezogen kam, deren mutige Darsteller sich blaue Gesichter und angefrorene Beine holten, aber nichtsdestoweniger interessiert waren am weichen Gold des Nordens und an einem anspruchslosen, wenn auch wilden Publikum – eine derart blasphemische und obszöne Show, daß die Männer für die Vorstellungen die Gotteshalle leerten (da doch Gott nicht zu schockieren war) und der Jugend und den Frauen den Zutritt verweigerten; eine Show, deren Darsteller nach Auffassung der Frauen ausschließlich schmutzige alte Männer und noch schmutzigere, ausgemergelte Südmädchen waren, denen die Moral so locker saß wie die Verschnürung ihrer kärglichen Kleidung, wenn sie überhaupt etwas anhatten.

Die Schneefrauen übersahen, daß ein ausgemergeltes Mädchen, dessen anstößige Blöße in der zugigen Gotteshalle ausschließlich aus blauer Gänsehaut bestehen mußte, kaum erotische Anziehungskraft ausüben konnte, ganz abgesehen davon, daß es Erfrierungen riskierte.

So kam es also, daß die Schneefrauen jeden Mittwinter zu zischen und zu murmeln und zu schleichen begannen und mit verkrusteten Schneebällen große Männer bewarfen, die sich würdevoll aus der Schußlinie brachten, und daß sie dann und wann einen Alten, einen Verkrüppelten oder einen Betrunkenen schnappten und tüchtig verprügelten.

Dieser äußerlich komische Kampf war jedoch im Grunde ziemlich ernst. Besonders im gemeinsamen Zusammenwirken verfügten die Frauen anscheinend über mächtige Zauberkräfte, die sich besonders im Element des Winters und seiner Folgen äußerten: durch Glätte, durch ein plötzliches Frostgefühl, durch das Festkleben von Haut an Metall, durch die Zerbrechlichkeit von Gegenständen, durch die gefährliche Masse schneebeladener Bäume und Äste und die weitaus größeren Massen von Lawinen. Und es gab keinen Mann, der nicht ein wenig Angst hatte vor der hypnotischen Kraft der eisblauen Frauenaugen.

Jede Schneefrau war – gewöhnlich mit Hilfe der übrigen – bestrebt, ihren Mann absolut in der Gewalt zu behalten, obwohl sie ihn scheinbar frei herumlaufen ließ, und es gab Gerüchte, daß widerspenstige Ehemänner gewöhnlich von irgend etwas Gefrorenem verletzt oder erschlagen worden waren.

Zugleich fochten aber auch Hexencliquen und einzelne Zauberinnen Machtkämpfe untereinander aus, bei denen die stärksten und kühnsten der Männer – sogar die Häuptlinge und Priester – nur unwichtige Zuschauer waren.

Während des zweiwöchentlichen Marktes und der zwei Tage der Show war das Frauenzelt durchgehend von alten Frauen oder großen starken Mädchen bewacht, während das Innere erfüllt war von starken Düften, durchdringendem Gestank, Blitzen, flackerndem Licht bei Nacht, Klappern und Klimpern, Knistern und Gurgeln und beschwörenden Gesängen und Flüstersprüchen, die eigentlich niemals aufhörten.

Der heutige Morgen schien völlig unter dem Einfluß des Zaubers zu stehen; es war windstill und bedeckt, und in der feuchten, gefrierenden Luft hingen Nebelschwaden, so daß sich auf allen Büschen und Ästen, an jeder Rute und Spitze, Eiskristalle bildeten – sogar an den Enden der Männerbärte und den Ohrenspitzen der gezähmten Luchse. Die Kristalle schimmerten so blau wie die Augen der Schneefrauen und schienen in ihrer Form, wenn man ein wenig Phantasie aufbrachte, den weißumhüllten Gestalten der Frauen zu ähneln, wuchsen doch viele von den Kristallen nach oben.

Und heute morgen hatten die Schneefrauen zudem ein ganz vortreffliches Opfer gefangen – oder hatten es jedenfalls so gut wie sicher. Eines der Mädchen von der Show, entweder aus Unkenntnis oder Tollkühnheit, vielleicht beflügelt durch die relativ milde kristallbildende Luft, hatte die Geborgenheit der Darstellerzelte verlassen und war auf die krustige Schneefläche hinausgewandert, an der Gotteshalle vorbei zum Abhang hin und von dort zwischen zwei himmelstürmenden schneebeladenen Baumgruppen auf die schneebedeckte natürliche Felsbrücke hinaus.

Diese Brücke war der Beginn der Alten Straße nach Gnampf Nar im Süden gewesen, bis vor etwa fünf Dutzend Jahren einige Manneslängen aus ihrer Mittelsektion herausgefallen waren.

Wenige Schritte vor dem gefährlich hochgeneigten Abgrund hatte sie innegehalten und lange Zeit nach Süden geschaut – durch die Nebelschwaden, die in der Ferne so dünn wie langgezupfte Wollbäusche wurden. In der überhängenden Tiefe wirkten die schneebedeckten Pinien des Troll-Cañons wie die winzigen weißen Zelte einer Armee von Eis-Gnomen.

Ihr Blick wanderte langsam den Troll-Cañon entlang – von seinem Anfang weit im Osten bis zu der Stelle, wo er, enger werdend, unter ihr entlang lief und dann, sich langsam erweiternd, nach Süden kurvte, bis der gegenüberliegende Steilhang mit seiner hervorstechenden Brückensektion den Blick nach Süden verbaute.

Nun wandte sie sich um und folgte mit dem Blick der Neuen Straße, die auf der anderen Seite der Darstellerzelte abwärts führte und sich an den Hang des Cañons klammerte, bis sie nach mancherlei Biegung und Zurückwendung durch Nebenschluchten und Schründe – ganz im Gegensatz zu dem schnelleren, direkteren Abstieg der Alten Straße – inmitten der Pinien auf dem Boden des Cañons verschwand und sie nach Süden begleitete.

Aufgrund des sehnsüchtigen Blickes hätte man das Mädchen für eine dumme heimwehkranke Soubrette halten können, die ihre eisige Nordtournee bereits bedauerte und sich nach einer heißen fliegenverseuchten Bühnengasse jenseits des Landes der Acht Städte und des Binnenmeeres sehnte. Dem entsprach aber nicht das ruhige Selbstvertrauen ihrer Bewegungen, das stolze Hochrecken ihrer Schultern und der gefährliche Aussichtspunkt, den sie gewählt hatte.

Denn dieser Ort war nicht nur körperlich gefährlich, er lag auch dem Zelt der Schneefrauen ebenso nahe wie der Gotteshalle; darüber hinaus war die Stelle tabu, weil vor fünf Dutzend Jahren, als die Mitte des Felsbogens einbrach, ein Häuptling und seine Kinder zu Tode gekommen waren und weil die hölzerne Ersatzbrücke drei Dutzend Jahre später unter dem Gewicht des Brandykarrens eines Händlers ebenfalls eingestürzt war. Brandy von der stärksten Sorte, ein tragischer Verlust, der das strikteste Tabu rechtfertigte und auch den Befehl, daß die Brücke nicht wieder aufgebaut werden durfte.

Und als reichten diese Tragödien noch nicht aus, um die eifersüchtigen Götter zu befriedigen und das Tabu absolut zu machen, hatte vor eben zwei Jahren der geschickteste Skifahrer, den der Clan seit Jahrzehnten hervorgebracht hatte, ein gewisser Skif, unter dem Einfluß von Schneebrandy und eines eisigen Ehrgeizes versucht, die Schlucht von der Schneewinkel-Seite zu überspringen. In schneller Schußfahrt und wütend seine Stöcke schwenkend, war er wie ein Adler gestartet und hatte den gegenüberliegenden Hang nur um Armeslänge verfehlt; seine Skispitzen waren gegen die Felsen geprallt, und er selbst war in den felsigen Cañontiefen zu Tode gestürzt.

Die Schauspielerin trug einen langen kastanienbraunen Fuchspelz mit einer leichten goldüberzogenen Messingkette als Gürtel. Eiskristalle schimmerten in ihrem hoch aufgesteckten dunkelbraunen Haar.

Nach ihrer Gestalt zu urteilen, schien sie so ausgemergelt oder zumindest dünn-muskulös zu sein, wie sich die Frauen eine Schauspielerin vorstellten – aber sie war fast sechs Fuß groß, was entschieden nicht dem entsprach, wie eine Schauspielerin aussehen sollte, und eine zusätzliche Beleidigung für die großen Schneefrauen war, die sich jetzt in stummer weißer Linie von hinten näherten.

Ein überhastig geschwungener weißer Felsstiefel klang über den verharschten Schnee.

Die Schauspielerin fuhr herum und rannte ohne zu zögern in die Richtung, aus der sie gekommen war. Bei den ersten drei Schritten brach sie durch die Schneekruste und verlor an Boden, aber dann begriff sie, daß sie mit einer gleitenden Bewegung laufen und den Fuß ein Stück über den Harschschnee rutschen lassen mußte.

Sie zerrte ihren braunen Mantel hoch. Sie trug schwarze Pelzstiefel und hellrote Strümpfe.

Die Schneefrauen glitten mit schnellen Bewegungen hinter ihr her und schleuderten ihre festgepreßten Schneebälle.

Einer traf das Mädchen schwer an der Schulter. Sie machte den Fehler zurückzuschauen.

Sie hatte Pech und wurde von zwei Schneebällen ins Gesicht getroffen – unmittelbar über ihren rotgemalten Lippen und über einer hochgewölbten schwarzen Augenbraue.

Sie begann zu schwanken, wandte sich ganz zurück, und

ein Schneeball, fast mit der Gewalt eines Schleudersteins geworfen, traf sie in den Magen, ließ sie zusammenklappen und trieb ihr pfeifend die Luft aus den Lungen.

Sie brach zusammen. Die weißen Frauen hasteten mit blitzenden Augen heran.

Ein großer hagerer Mann mit schwarzem Schnurrbart, gekleidet in eine schmutzige gefütterte Jacke und einen niedrigen schwarzen Turban, löste sich aus seiner Erstarrung neben einem kristallbesetzten grobrindigen lebenden Pfeiler der Gotteshalle und rannte auf die gestürzte Frau zu. Seine Füße durchbrachen die Schneekruste, doch seine starken Beine trugen ihn weiter.

Dann hielt er erstaunt inne, als er plötzlich blitzschnell von einer großen, weißen, schlanken Gestalt überholt wurde, als stünde er still – eine Gestalt, die so schnell dahinglitt, daß es im ersten Augenblick den Anschein hatte, als liefe sie auf Skiern.

Im nächsten Moment hielt der Turbanmann sie für eine weitere Schneefrau, stellte dann jedoch fest, daß sie ein kurzes Fellwams und keinen langen Pelzmantel trug und somit vermutlich ein Mann oder Jüngling des Schnee-Clans war, obwohl der Turbanmann hier noch nie einen weißgekleideten Mann gesehen hatte.

Die seltsame Gestalt glitt mit geneigtem und von den Schneefrauen abgewandtem Kopf dahin, als fürchte sie, den zornigen blauen Blicken zu begegnen. Als sie sich hastig bei der gestürzten Schauspielerin niederkniete, fiel langes rötlichblondes Haar aus der Kapuze.

Daraus und aus der Schlankheit der Gestalt schloß der Mann mit dem schwarzen Turban ängstlich, daß sie doch ein sehr großes Mädchen sein mußte, das nur begierig war, den ersten Schlag anzubringen.

Doch dann erblickte er ein hervorgerecktes flaumbestandenes männliches Kinn und auch ein paar massive Silberarmbänder, die nur auf Piratenfahrt erlangt werden konnten. Im nächsten Augenblick nahm der Jüngling die Schauspielerin auf und glitt von den Schneefrauen fort, die jetzt nur noch die rotbestrumpften Beine ihres Opfers sehen konnten. Ein Hagel von Schneebällen ging auf dem Rücken des Retters nieder. Er stolperte ein wenig und rannte, den Kopf noch immer geneigt, entschlossen weiter.

Die größte der Schneefrauen, eine Frau, die das Gebaren einer Königin an den Tag legte und deren hageres Gesicht noch immer Spuren von Schönheit offenbarte, obwohl ihr herabfallendes Haar schon weiß war, blieb stehen und rief mit tiefer Stimme: »Komm zurück, mein Sohn! Du hörst mich, Fafhrd, komm sofort zurück!«

Der Jüngling nickte und zog den Kopf noch tiefer ein, doch er hastete weiter. Ohne den Kopf zu wenden, rief er mit ziemlich hoher Stimme: »Ich komme, verehrte Mor, meine Mutter ... später.«

Die anderen Frauen griffen den Ruf »Komm sofort zurück!« auf. Einige fühlten sich zu weiteren Anmerkungen wie »Ungehorsamer Bengel!«, »Fluch deiner guten Mutter Mor!« und »Hurenjäger!« bemüßigt.

Mor brachte sie mit einer kurzen Seitwärtsbewegung ihrer Hände zum Schweigen. »Wir warten hier«, verkündete sie befehlsgewohnt.

Der Mann mit dem schwarzen Turban zögerte einen Moment und folgte dann mit langsamen Schritten dem verschwindenden Paar, wobei er die Schneefrauen besorgt im Auge behielt. Es war eigentlich nicht erlaubt, daß sie die Händler angriffen, aber bei den Frauen dieser Barbaren wußte man das nie – ganz zu schweigen von den Männern.

Fafhrd erreichte die Darstellerzelte, die an der Altarseite der Gotteshalle kreisförmig angeordnet waren; in der Mitte war der Schnee niedergetrampelt. Am weitesten vom Abgrund entfernt erhob sich das konische Zelt des Show-Leiters. In der Mitte stand das Zelt der einfachen Schauspieler, das etwa die Form eines Fisches hatte – ein Drittel für die Mädchen, zwei Drittel für die Männer.

Dem Troll-Cañon am nächsten stand ein mittelgroßes halbkreisförmiges Zelt, das von Halbreifen gestützt wurde. Über die Spitze dieses Zeltes ragte der große schwere Ast einer immergrünen Sykomore, ausgeglichen durch zwei kleinere Äste auf der anderen Seite; übersät mit Kristallen. An der halbkreisförmigen Front des Zeltes befand sich ein zugeschnürter Eingang, mit dem Fafhrd einige Mühe hatte, da sich die lange Gestalt in seinen Armen noch immer nicht regte.

Ein dickbäuchiger kleiner alter Mann kam mit jugendlichem Elan auf ihn zugetrottet. Er war in zerfetztes goldbesetztes Flitterwerk gekleidet. Sogar sein langer grauer Schnurrbart und sein Ziegenbärtchen über und unter dem Mund voller verfärbter Zähne glitzerten goldfleckig. Seine unterlaufenen Augen waren wäßrig und gerötet, doch im Zentrum dunkel und stechend. Über dem Gesicht erhob sich ein purpurner Turban, mit einer schimmernden Krone voller zackiger Felskristalle, eine armselige Edelsteinimitation.

Hinter ihm tauchten ein hagerer einarmiger Mingol auf, ein fetter Mann aus dem Osten mit gewaltigem Bart, der angesengt stank, und zwei ausgemergelte Mädchen, die trotz ihrer Gähnerei und der Decken, in die sie eingewickelt waren, wachsam und auf dem Sprung wie Straßenkatzen wirkten.

»Was soll das?« fragte der Anführer, und seine aufmerksamen Augen überflogen Fafhrd und seine Last. »Vlana ermordet? Vergewaltigt und erschlagen, wie? Wisse, du Mörder, daß dich dein Vergnügen teuer zu stehen kommt! Du weißt sicher nicht, wer ich bin, aber du wirst es erfahren! Ich werde mir von deinen Häuptlingen Entschädigung zahlen lassen! Bestimmt! Große Entschädigung! Ich habe Einfluß, das habe ich! Du verlierst deine Piratenarmbänder und die Silberkette, die ich da unter deinem Kragen sehe. Deine Familie wird bettelarm sein, alle deine Verwandten! Was die dann mit *dir* anstellen ...«

»Du bist Essedinex, Leiter der Show«, unterbrach ihn Fafhrd. Sein hoher Tenor schnitt wie eine Trompete durch den heiseren Bariton des anderen. »Ich bin Fafhrd, Sohn Mors und Nalgrons, des Legendenbrechers. Vlana, die Kulttänzerin, ist nicht vergewaltigt oder tot, sondern nur durch Schneebälle betäubt. Das ist ihr Zelt. Öffne es!«

»Wir kümmern uns um sie, Barbar«, sagte Essedinex etwas ruhiger; die fast pedantische Präzision, mit der der junge Mann Leute und Dinge bestimmte, schien ihn zu überraschen und ein wenig zu erschrecken. »Reich sie mir und geh!«

»*Ich* lege sie hin«, beharrte Fafhrd. »Öffne das Zelt!«

Essedinex zuckte die Achseln und machte dem Mingol ein Zeichen, der sarkastisch grinste und Hand und Ellenbogen dazu benutzte, die Verschnürung zu öffnen und die Zeltbahn zur Seite zu schlagen. Ein Duft nach Sandelholz und Brombeeren drang heraus.

Fafhrd bückte sich und betrat das Zelt. Auf halbem Wege bemerkte er einen Haufen Felle und einen niedrigen Tisch mit einem Silberspiegel, der an einigen Krügen und gedrungenen Flaschen lehnte. Am anderen Ende stand ein Gestell mit Kostümen.

Er wich einem Feuergestell aus, von dem ein heller Rauchfaden aufstieg, kniete vorsichtig nieder und legte seine Last sanft auf den Fellen ab. Dann betastete er Vlanas Puls an Kiefer und Handgelenk, hob ein dunkles Lid an und starrte in jedes Auge, erfühlte vorsichtig mit den Fingerspitzen die großen Beulen, die sich auf Wange und Augenbraue zu bilden begannen. Schließlich kniff er sie in das linke Ohrläppchen und schüttelte den Kopf, als sie nicht reagierte. Er schob ihren braunen Mantel zur Seite und begann das darunterliegende rote Kleid aufzuknöpfen.

Essedinex, der zusammen mit den anderen die Vorgänge verwirrt beobachtet hatte, geriet in Bewegung: »Also, da soll doch ... Halt ein, du lasterhafter Bursche!«

»Ruhe!« befahl Fafhrd und setzte sein Tun fort.

Die beiden in Decken gehüllten Mädchen kicherten, schlugen sich mit der Hand vor den Mund und betrachteten Essedinex und die übrigen mit amüsierten Blicken.

Fafhrd streifte das lange Haar von seinem rechten Ohr zurück und legte die Seite seines Kopfes zwischen Vlanas Brüste, die so klein wie halbe Granatäpfel waren und rosabronzene Warzen hatten. Er machte ein feierliches Gesicht. Wieder unterdrückten die Mädchen ein Kichern. Essedinex räusperte sich erstickt und setzte zu einer langen Rede an.

Fafhrd richtete sich auf und sagte: »Ihr Geist wird bald zurückkehren. Ihre Verletzungen müssen mit Schneebandagen behandelt werden, die zu erneuern sind, wenn sie zu schmelzen beginnen. Jetzt brauche ich eine Schale deines besten Brandy.«

»Mein bester Brandy!« rief Essedinex erbost. »Das geht zu

weit! Zuerst verschaffst du dir eine kleine Privatshow, dann ein starkes Getränk! Unverschämter Lümmel, verschwinde auf der Stelle!«

»Ich brauche doch nur ...«, begann Fafhrd mit klarer und leicht drohender Stimme.

Seine Patientin unterbrach den Disput, indem sie die Augen öffnete, den Kopf schüttelte, zusammenfuhr und sich entschlossen aufrichtete – woraufhin sie bleich wurde und ihr Blick unstet flackerte. Fafhrd drückte sie sanft wieder auf die Felle zurück und legte ihr ein paar Kissen unter die Füße. Dann betrachtete er ihr Gesicht. Ihre Augen waren noch immer geöffnet, und sie erwiderte neugierig seinen Blick.

Er sah ein kleines eingesunkenes Gesicht, nicht mehr mädchenhaft jung, doch irgendwie katzenhaft schön, trotz der Beulen. Der Blick ihrer Augen, die groß und braun waren und lange Wimpern hatten, war nicht weich. Er hatte etwas Einzelgängerisches und zeugte von Entschlossenheit und einem nachdenklichen Abwägen ihrer Umwelt.

Sie erblickte einen gutaussehenden hellhäutigen Jungen von etwa achtzehn Wintern, einen Jungen mit großem Kopf und langem Kiefer, als wäre er mit dem Wachsen noch nicht ganz zu Ende. Weiches rotgoldenes Haar spielte um seine Wangen. Seine Augen waren grün, geheimnisvoll und hatten etwas von einer Katze. Seine Lippen waren breit, doch etwas zusammengepreßt, als wären sie eine Tür, die die Worte einschlossen und sich nur auf Kommando der geheimnisvollen Augen öffneten.

Eines der Mädchen hatte aus einer Flasche vom niedrigen Tisch eine halbe Schale Brandy eingegossen. Fafhrd nahm das Gefäß und hob Vlanas Kopf an, so daß sie langsam daraus trinken konnte. Das zweite Mädchen brachte etwas Pulverschnee in Wolltüchern. Sie kniete auf der anderen Seite des Lagers nieder und band die Tücher über die Prellungen.

Nachdem sie Fafhrds Namen erfragt und bestätigt bekommen hatte, daß er sie vor den Schneefrauen gerettet hatte, fragte Vlana: »Warum sprichst du mit so hoher Stimme?«

»Ich studiere bei einem singenden Skalden«, erwiderte er. »Die wahren Skalden sprechen und singen so.«

»Was für eine Belohnung erwartest du für meine Errettung?« fragte sie direkt.

»Keine«, erwiderte Fafhrd.

Wieder brachen die beiden Mädchen in Kichern aus und schwiegen sofort, als Vlana zu ihnen hinübersah.

Fafhrd fügte hinzu: »Ich hatte sogar die persönliche Verpflichtung, dich zu retten, da die Anführerin der Schneefrauen meine Mutter war. Ich muß die Wünsche meiner Mutter respektieren, aber ich muß auch verhindern, daß sie etwas Falsches tut.«

»Oh! Warum benimmst du dich wie ein Priester oder Heiler?« fragte Vlana weiter. »Gehört das zu den Wünschen deiner Mutter?« Sie hatte sich nicht die Mühe gemacht, ihre Brüste zu bedecken, die Fafhrd ohnehin nicht beachtete; er sah auf ihre Lippen und Augen.

»Heilen gehört zu den Künsten eines singenden Skalden«, erwiderte er. »Und was meine Mutter angeht, so tue ich ihr gegenüber meine Pflicht, nicht mehr und nicht weniger.«

»Vlana, es ist nicht recht, daß du so mit diesem Jüngling sprichst«, schaltete sich Essedinex nervös ein. »Er muß ...«

»Halt den Mund!« schnappte Vlana. Zu Fafhrd gewandt, fuhr sie fort: »Warum trägst du Weiß?«

»Das ist die Kleidung des Schneevolkes. Ich habe für die neue Mode der dunklen oder gefärbten Manneskleidung nichts übrig. Mein Vater hat immer Weiß getragen.«

»Er ist tot?«

»Ja. Er ist beim Besteigen des verbotenen Berges Weiße Klippe umgekommen.«

»Und deine Mutter will, daß du Weiß trägst, als wärst du dein Vater?«

Fafhrd schien sich nicht an der schlauen Frage zu stören, doch er ging auch nicht darauf ein. Vielmehr fragte er: »Wie viele Sprachen sprichst du, außer diesem gebrochenen Lankhmarisch?«

Endlich lächelte sie. »Was für eine Frage! Nun, ich spreche – wenn auch nicht allzu gut – Mingol, Kvarchisch, Hoch- und Nieder-Lankhmarisch, Quarmallisch, Ghoulisch, die Wüstensprache und drei Sprachen aus dem Osten.«

Fafhrd nickte. »Das ist gut.«

»Aber warum denn nur?«

»Weil das heißt, daß du sehr zivilisiert bist.«

»Was ist so Besonderes daran?« fragte sie mit bitterem Auflachen.

»Du mußtest es wissen, du bist eine Kulttänzerin. Jedenfalls interessiere ich mich für die Zivilisation.«

»Es kommt jemand«, zischte Essedinex vom Eingang. »Vlana, der Junge muß jetzt ...«

»Er muß nicht!«

»Wie die Dinge stehen, muß ich leider tatsächlich gehen«, sagte Fafhrd und stand auf. »Laß die Schneebandagen um«, unterwies er Vlana, »und bleib bis zum Sonnenuntergang ruhig liegen. Dann noch etwas Brandy mit heißer Suppe.«

»Warum mußt du gehen?« wollte Vlana wissen und stützte sich auf einen Ellenbogen.

»Ich habe meiner Mutter ein Versprechen gegeben«, sagte Fafhrd, ohne sich umzudrehen.

»Deine Mutter!«

Gebückt im Eingang stehend, wandte sich Fafhrd endlich zurück. »Ich schulde meiner Mutter manches«, sagte er. »Dir schulde ich nichts – noch nicht.«

»Vlana, er *muß* jetzt gehen. *Er* kommt«, flüsterte Essedinex heiser, während er verzweifelt an Fafhrd herumschob. Aber er hätte ebensogut versuchen können, einen Baum von seinen Wurzeln zu trennen.

»Fürchtest du dich vor dem Mann, der da kommt?« Vlana knöpfte ihr Kleid zu.

Fafhrd musterte sie nachdenklich. Ohne auf ihre Frage zu reagieren, bückte er sich durch den Eingang, stand auf und erwartete die Annäherung eines Mannes, in dessen Gesicht sich Wut spiegelte.

Der Mann war so groß wie Fafhrd, noch einmal halb so breit und etwa doppelt so alt. Er trug braune Seehundsfellkleidung mit amethystbesetztem Silberschmuck und eine Goldkette um den Hals – Würdezeichen eines Piratenführers.

Angst durchflutete Fafhrd – nicht vor dem näher kommenden Mann, sondern vor der Macht der Kristalle, die sich jetzt wesentlich dicker auf den Zelten ablagerten, als er es von vorhin in Erinnerung hatte, da er Vlana hineintrug. Das Element, das Mor und ihre Schwesterhexen am besten zu nutzen verstanden, war die Kälte – in der Suppe oder in den Lenden eines Mannes oder in seinem Schwert oder Kletterseil, das sie zum Zersplittern brachten. Er fragte sich oft, ob die Kälte seines Herzens etwa auf Mors Zauber zurückzuführen war. Jetzt würde sich die Kälte auch an die Tänzerin heranmachen. Er sollte sie eigentlich warnen, aber sie war zivilisiert und würde ihn sicherlich auslachen.

Der große Mann kam heran.

Als Antwort zielte der Mann mit einem Rückhandschlag auf Fafhrds Gesicht.

Der Jüngling beugte sich heftig zur Seite, glitt unter dem Hieb dahin und schritt ruhig in der Richtung davon, aus der er gekommen war.

Hringorl, schweratmend, starrte ihm einige Herzschläge lang nach und betrat dann das halbkreisförmige Zelt.

Hringorl war zweifellos der mächtigste Mann im Schnee-Clan, überlegte Fafhrd, obwohl er wegen seiner anmaßenden Art und seiner mangelnden Anpassung an die Sitten und Gebräuche nicht zu den Häuptlingen gehörte. Die Schneefrauen haßten ihn, wußten ihn jedoch nicht recht zu packen, da seine Mutter tot war und er keine Frau genommen hatte und sich mit Konkubinen zufriedenstellte, die er von seinen Piratenzügen mitbrachte.

Der Mann mit dem schwarzen Turban hatte an unauffälliger Stelle neben dem Zelt gewartet und näherte sich jetzt leise. »Eine gute Reaktion, mein Freund. Auch als du die Tänzerin hereinbrachtest.«

Fafhrd sagte gleichgültig: »Du bist Vellix der Verwegene.«

Der andere nickte. »Ich bringe Brandy von Kleg Nar hier zum Markt. Würdest du eine Probe der besten Sorte mit mir nehmen?«

Fafhrd sagte: »Es tut mir leid, aber ich habe eine Verabredung mit meiner Mutter.«

»Dann ein andermal«, sagte Vellix ruhig.

»Fafhrd!«

Hringorl hatte gerufen. Seiner Stimme war keine Wut mehr anzumerken. Fafhrd wandte sich um. Der große Mann stand vor dem Zelt und kam mit großen Schritten heran, als sich Fafhrd nicht von der Stelle rührte. Vellix verschwand so leichtfüßig zwischen den Zelten, wie er seine Zunge handhabte.

»Es tut mir leid, Fafhrd«, sagte Hringorl mürrisch. »Ich wußte nicht, daß du das Leben der Tänzerin gerettet hattest. Du hast mir einen großen Dienst erwiesen. Hier.« Er öffnete eines der schweren Armbänder und hielt es hoch.

Fafhrd ließ die Hände herunterhängen. »Keinen Dienst. Ich habe nur meine Mutter vor einer falschen Handlung bewahrt.«

»Du bist unter mir gesegelt«, brüllte Hringorl plötzlich los, und sein Gesicht rötete sich, obwohl er noch lächelte oder sich wenigstens zu lächeln bemühte. »Du nimmst also meine Geschenke an – genauso wie meine Befehle!« Er packte Fafhrds Hand, drückte das schwere Gebilde hinein, schloß Fafhrds schlaffe Finger darüber und trat zurück.

Sofort kniete sich Fafhrd hin und sagte hastig: »Es tut mir leid, aber ich darf nicht annehmen, was nicht Rechtens verdient ist. Und jetzt habe ich eine Verabredung mit meiner Mutter.« Mit schneller Bewegung stand er auf, wandte sich um und marschierte davon. Hinter ihm, auf einem Stück verharschten Schnees, schimmerte das goldene Armband.

Er hörte Hringorls Schnauben und erstickten Fluch, doch vergewisserte er sich nicht, ob Hringorl seine verschmähte Gabe wieder aufnahm, obwohl er mühsam dem Drang widerstand, Haken zu schlagen oder den Kopf ein wenig einzuziehen für den Fall, daß es Hringorl einfallen sollte, ihm das schwere Armband nachzuwerfen.

Gleich darauf erreichte er die Stelle, wo seine Mutter zwischen sieben Schneefrauen saß – acht Gestalten insgesamt. Sie standen auf. Er blieb einen Meter vor ihr stehen, zog den Kopf ein, sah zur Seite und sagte: »Hier bin ich, Mor.«

»Du hast lange gebraucht«, sagte sie. »Zu lange.« Sechs Köpfe ringsum nickten feierlich. Nur Fafhrd bemerkte verschwommen aus dem Augenwinkel, daß die siebente und schlankste Schneefrau stumm zurücktrat.

»Aber hier bin ich doch«, sagte Fafhrd.

»Du hast meinen Befehl mißachtet«, verkündete Mor kalt. Ihr ausgezehrtes und einst schönes Gesicht war von Stolz und Herrschsucht gezeichnet, die keinen Platz für Gefühle ließen.

»Aber jetzt folge ich ihm«, konterte Fafhrd. Er gewahrte, daß die siebente Schneefrau mit flatterndem weißen Umhang zwischen den Wohnzelten auf den hohen weißen Wald zurannte, der außer dem Troll-Cañon Schneewinkels einzige Grenze bildete.

»Nun gut«, sagte Mor, »und jetzt wirst du gehorchen und uns in das Traumzelt folgen, wo wir eine rituelle Reinigung vornehmen.«

»Ich bin nicht befleckt«, verkündete Fafhrd. »Außerdem reinige ich mich auf meine Weise selbst – auf eine Weise, die die Götter ebenfalls gestattet haben.«

Mors Gefolgschaft ließ schockiertes Mißfallen laut werden. Fafhrd hatte kühn und mutig gesprochen, doch sein Kopf war noch immer vornübergeneigt, so daß er die Gesichter und die gefährlichen Augen der Frauen nicht sah, sondern nur ihre umhüllten weißen Gestalten, die wie ein Hain großer Birken aussahen.

Mor sagte: »Schau mir in die Augen!«

Fafhrd sagte: »Ich komme allen Pflichten eines erwachsenen Sohnes nach – von der Nahrungssuche bis zur Schwertwache. Aber soweit ich weiß, gehört es nicht zu meinen Aufgaben, meiner Mutter in die Augen zu schauen.«

»Dein Vater hat mir immer gehorcht«, sagte Mor drohend.

»Aber wenn er einen hohen Berg erblickte, stieg er hinauf und gehorchte dabei nur sich selbst«, widersprach Fafhrd.

»Ja, und er ist dabei umgekommen!« rief Mor, und sie hielt Kummer und Wut im Zaum, ohne diese Gefühle völlig verbergen zu können.

Fafhrd sagte hart: »Woher kam denn die plötzliche Kälte, die sein Seil und seinen Eispickel an der Weißen Klippe zersplittern ließ?«

Begleitet von den entrüsteten Ausrufen ihrer Begleiterinnen, sagte Mor mit ihrer tiefsten Stimme: »Der Fluch einer Mutter, Fafhrd, über deinen Ungehorsam und deine bösen Gedanken!«

Mit seltsamem Eifer sagte Fafhrd: »Ich nehme deinen Fluch gehorsam auf mich, Mutter.«

Mor sagte: »Mein Fluch gilt nicht dir, sondern deinen schlimmen Phantastereien.«

»Trotzdem werde ich ihn für immer hochhalten«, unterbrach sie Fafhrd. »Und jetzt, meinem freien Willen gehorchend, muß ich dich allein lassen, bis der Teufel der Wut dich aus seinen Fängen gelassen hat.«

Den Kopf noch immer gesenkt und zur Seite geneigt, marschierte er mit schnellen Schritten auf den Wald zu – östlich der Wohnzelte, doch westlich der großen Baumzunge, die sich im Süden fast bis zur Gotteshalle erstreckte. Das ärgerliche Zischen der Frauen folgte ihm, doch seine Mutter rief seinen Namen nicht, ließ sich überhaupt nicht mehr hören. Fafhrd wäre es fast lieber gewesen, wenn sie noch etwas gesagt hätte.

Doch der Kummer der Jugend heilt schnell, wenigstens äußerlich. Als Fafhrd in seinen geliebten Wald eindrang, ohne einen einzigen kristallbesetzten Ast aus der Ruhe zu bringen, waren seine Sinne wieder geschärft, seine Muskeln entspannt, und das Äußere seiner Seele war allem Neuen gegenüber wieder so aufgeschlossen wie der unberührte Schnee vor seinen Füßen. Er nahm den leichtesten Pfad und mied die diamantbehangenen Dornenbüsche zur Linken und die riesigen von Pinien bestandenen Granitformationen zur Rechten.

Er sah Vogelspuren, Eichhörnchenspuren, tagealte Bärenspuren; Schneevögel schnappten mit ihren schwarzen Schnäbeln nach roten Schneebeeren; eine pelzige Schneeschlange zischte ihn an, und er hätte sich auch nicht gewundert, wäre ihm jetzt ein Drache mit eisverkrusteten Schuppen entgegengerasselt.

So war er auch ganz und gar nicht aus der Ruhe zu bringen, als eine große Pinie mit hohen Ästen ihre schneebepflasterte Rinde öffnete und ihm seine Dryade zeigte, ein fröhliches, blauäugiges, blondhaariges Mädchengesicht, eine Nymphe von allenfalls siebzehn Jahren. Tatsächlich hatte er mit einer solchen Erscheinung gerechnet, seit er die siebente Schneefrau davonstürmen sah.

Und doch tat er überrascht – etwa zwei Herzschläge lang. Dann sprang er los und rief: »Mara, meine Hexe!« Und trennte den weißgekleideten Körper mit beiden Armen von seinem täuschenden Hintergrund und hielt ihn umfangen und stand mit dem Mädchen – eine weiße Säule im Schnee – etwa zwanzig Herzschläge lang Kapuze an Kapuze und Lippen auf Lippen – eine höchst anregende und entzückende Beschäftigung.

Dann fand sie seine rechte Hand, zog sie unter ihren Umhang und durch eine Öffnung unter ihren langen Mantel und drückte sie gegen ihren umwickelten Unterleib.

»Rate mal«, flüsterte sie und leckte sein Ohr.

»Der Teil eines Mädchens. Würde ich glatt wetten ...«, begann er fröhlich, obwohl sich seine Gedanken bereits in eine fürchterliche Richtung wandten.

»Du Idiot, etwas, was dir gehört«, flüsterte sie.

Die fürchterliche Richtung wurde zu einer Eisrutsche, die zur Gewißheit führte. Trotzdem sagte er mutig: »Nun, ich hatte wirklich gehofft, du würdest keine anderen ausprobieren, obwohl das dein Recht wäre. Ich muß sagen, ich bin sehr geehrt ...«

»Dummer Junge! Ich meine, es ist etwas, das *uns* gehört!«

Die gräßliche Gewißheit war ein schwarzer Eistunnel, der zu einem bodenlosen Brunnenschacht wurde. Automatisch sagte Fafhrd: »Doch nicht ...?«

»Ja! Ich bin ganz sicher. Es ist schon zweimal ausgeblieben.«

Besser als je zuvor in seinem Leben erfüllten Fafhrds Lippen ihre Aufgabe, Worte im Zaum zu halten. Als sie sich schließlich öffneten, standen sie und die Zunge dahinter völlig in der Gewalt der großen grünen Augen. Ein freudiger Ausbruch: »O Götter! Wie wunderbar! Ich bin Vater! Wie geschickt von dir, Mara!«

»Sehr geschickt, allerdings!« sagte das Mädchen. »Nach deinem rohen Tun etwas so Empfindliches entstehen zu lassen! Aber jetzt will ich dir deine unfreundliche Bemerkung über das Ausprobieren anderer Männer heimzahlen!« Sie hob ihren Rock und führte seine Hände unter ihrem Umhang zu einem Knoten aus Bändern an ihrem Steißbein.

Schneefrauen trugen Pelzhauben, Fellstiefel, einen hohen Pelzstrumpf an jedem Bein, der mit einem Hüftgurt verbunden war, und einen oder mehrere Pelzmäntel und Umhänge – es war eine praktische Kleidung und ähnelte der der Männer, wenn man von den lästigen Mänteln absah.

Als er den Knoten befingerte, von dem drei Stränge abgingen, sagte Fafhrd: »Wirklich, liebste Mara, ich habe nichts übrig für diese Keuschheitsgürtel. Sie sind keine sehr zivilisierte Einrichtung. Außerdem stören sie sicher deinen Kreislauf.«

»Du und dein Zivilisationstick! Den treibe ich dir schon aus. Los, mach den Knoten auf und vergewissere dich, daß du und niemand anders ihn gebunden hast.«

Fafhrd gehorchte und mußte zugeben, daß es sein Knoten war und nicht der Knoten eines anderen Mannes. Das festzustellen, dauerte einige Zeit und machte Mara großen Spaß; sie begann leise zu quietschen und zu stöhnen und sanft an ihm herumzuknabbern.

Auch Fafhrd begann bald Interesse aufzubringen. Als es vollbracht war, erhielt er die Belohnung aller höflichen Lügner: Mara liebte ihn aus ganzem Herzen, weil er ihr all die richtigen Lügen gesagt hatte, und sie bewies es ihm mit jeder aufreizenden Bewegung, und sein Interesse und seine Erregung wuchsen.

Nach gewissen Maßnahmen und Gesten gegenseitiger Zuneigung fielen sie Seite an Seite in den Schnee, beide rundum geschützt durch ihre weißen Pelzmäntel und Hauben.

Ein Spaziergänger hätte glauben mögen, ein Schneeberg wäre konvulsivisch zum Leben erwacht und mache Anstalten, einen Schneemann, eine Elfe oder einen Dämon auf die Welt zu bringen.

Nach einer Weile wurde der Schneeberg ganz still, und der hypothetische Passant hätte sich schon sehr nahe heranbegeben müssen, um die Stimmen zu verstehen, die darin sprachen.

MARA: Rate mal, was ich so denke.

FAFHRD: Daß du die Königin aller Wonnen bist. Aaah!

MARA: Selber Aaah und Oooh! Und daß du der König aller Ungeheuer bist! Nein, Dummerchen, ich sag's dir. Ich habe überlegt, wie froh ich bin, daß du deine Abenteuer im Süden vor der Heirat gehabt hast. Ich bin sicher, du hast Dutzende von Südfrauen vergewaltigt oder unanständig besessen, was vielleicht eine Erklärung für deine Zivilisationsmarotte ist. Aber das macht mir gar nichts. Meine Liebe treibt dir das schon aus.

FAFHRD: Mara, du bist ein schlaues Köpfchen, aber trotzdem übertreibst du gewaltig wegen jener einen Piratenfahrt, die ich unter Hringorl gemacht habe, und besonders wegen der amourösen Möglichkeiten, die sich dabei boten.

Zunächst sind in jeder Küstenstadt, die wir heimsuchten, die Einwohner – und natürlich besonders die jungen Frauen – in die Hügel davongestürzt, ehe wir überhaupt landen konnten. Und wenn es Frauen zum Vergewaltigen gab, stand ich als Jüngster natürlich am Ende der Liste von Vergewaltigern und wäre also sicher nicht in Versuchung gekommen.

Um die Wahrheit zu sagen, die einzigen interessanten Leute, die ich während der langweiligen Reise kennenlernte, waren zwei alte Männer, die eines Lösegeldes wegen festgehalten wurden und mir etwas Quarmallisch und Hoch-Lankhmarisch beibrachten, und ein ausgemergelter junger Mann, der bei einem alten Zauberer in die Schule gegangen war. Dieser Bursche konnte mit dem Dolch umgehen und hatte keinen Respekt vor Legenden – ebensowenig wie ich oder mein Vater.

MARA: Mach dir keine Gedanken. Das Leben wird aufregender für dich werden, wenn wir erst verheiratet sind.

FAFHRD: Da irrst du dich, liebste Mara. Moment, laß mich erklären! Ich kenne meine Mutter. Wenn wir erst verheiratet sind, erwartet Mor von dir, daß du das Kochen und die ganze Zeltarbeit übernimmst. Sie wird dich zu sieben Achteln als Sklavin und – vielleicht – zu einem Achtel als meine Konkubine ansehen.

MARA: Ha! Du wirst es wirklich lernen müssen, deine Mutter zu beherrschen, Fafhrd. Aber mach dir darum keine Sorgen, Liebster. Offensichtlich weißt du nichts über die Waffen, die eine starke und junge Frau gegen eine alte Schwiegermutter einsetzen kann. Ich werde ihr schon den ihr gemäßen Platz zuweisen, und wenn ich sie vergiften muß – oh, nicht um sie umzubringen, sondern um sie nur zu schwächen.

Ehe drei Monde vergangen sind, zittert sie bei meinem Anblick, und du wirst dir viel mehr wie ein Mann vorkommen. Ich weiß schon – du bist immerhin das einzige Kind, und dein wilder Vater ist jung gestorben, und da hat sie einen unnatürlichen Einfluß über dich gewonnen, aber ...

FAFHRD: Ich komme mir in diesem Augenblick sehr als Mann vor, du amoralische, giftspritzende Hexe, du Eis-Tigerin, und ich beabsichtige, dir das unverzüglich zu beweisen. Verteidige dich! Ha, los ...!

Wieder geriet der Schneeberg in heftige Bewegung, wie ein riesiger Eisbär, der am Ersticken war. Der Bär verendete zu den musikalischen Klängen zerbrechender Eiskristalle, die sich in unnatürlicher Anzahl und Größe während ihres Dialogs auf Maras und Fafhrds Mänteln gebildet hatten.

Der kurze Tag raste der Nacht entgegen, als mochten selbst die Herrscher über Sonne und Sterne den Beginn der Vorstellung nicht abwarten.

Hringorl besprach sich mit seinen drei Günstlingen, Hor, Harrax und Hrey. Stirnrunzeln und Nicken, und Fafhrds Name fiel.

Der jüngste Ehemann des Schnee-Clans, ein eingebildeter und unvorsichtiger Grünschnabel, wurde von einer Patrouille junger Schneefrauen überfallen und mit Schneebällen bewußtlos geschlagen. Er war gesehen worden, wie er sich frech mit einem Mingol-Bühnenmädchen unterhielt.

Nachdem er als Zuschauer für zwei Abende der Show nicht mehr in Frage kam, wurde er zärtlich, doch langsam von seiner Frau wieder gesundgepflegt, die die eifrigste der Schneeballwerferinnen gewesen war.

Mara, glücklich wie eine Schneetaube, platzte in diesen Haushalt hinein und half aus. Aber als sie den hilflosen Ehemann und die zärtliche Frau beobachtete, schwanden ihr Lächeln und ihr träumerisches Gefühl. Sie wurde angespannt und unruhig. Dreimal machte sie Anstalten, etwas zu sagen, schließlich schürzte sie nur die Lippen und machte sich davon, ohne ein Wort zu sagen.

Im Frauenzelt belegten Mor und ihre Frauen Fafhrd mit einem Spruch, der ihn nach Hause bringen sollte, und mit einer zweiten Verwünschung, die seine Lenden gefrieren lassen sollte; anschließend machten sie sich daran, noch schwerwiegendere Maßnahmen gegen das ganze Universum von Söhnen, Ehemännern und Schauspielerinnen zu beschließen.

Die zweite Verwünschung hatte keine Wirkung auf Fafhrd – vermutlich weil er zu der Zeit gerade ein Schneebad nahm. Es zählte zu den wohlbekannten Tatsachen, daß Zaubersprüche kaum Wirkung haben auf jene, die sich bereits den Folgen unterwerfen, die der Zauber bewirken soll. Nach der Trennung von Mara hatte er sich ausgezogen und sich in eine Schneewehe geworfen, hatte jede Oberfläche, jede Stelle seines Körpers mit dem betäubenden Pulverzeug eingerieben. Anschließend hatte er dickbenadelte Pinienäste dazu benutzt, sich abzuklopfen und sein Blut wieder in Wallung zu bringen.

Wieder angezogen, verspürte er den Drang der ersten Verwünschung, widersetzte sich jedoch und schlich sich heimlich in das Zelt zweier alter Mingol-Händler, Zax und Effendrit, die Freunde seines Vaters gewesen waren; und hier schlummerte er auf einem Stapel Felle bis zum Abend.

Keine der Verwünschungen seiner Mutter konnte ihm in dieses Zelt folgen, dessen Grundfläche nach alten Handelsbräuchen ein winziges Stück Mingol-Territorium darstellte. Allerdings begann das Zelt der beiden Mingols unter einer unnatürlich schweren Last von Eiskristallen herabzusinken, die die alten Mingols gewitzt mit langen Pfählen klirrend abschlugen.

Das Geräusch drang angenehm in Fafhrds Träume, ohne ihn zu wecken, worüber seine Mutter sehr ärgerlich gewesen wäre, hätte sie Bescheid gewußt – sie war der Meinung, daß sowohl Vergnügen als auch Faulenzen nicht gut waren für die Männer. Sein Traum wandte sich Vlana zu, die gelenkig in einem Netzkleid aus feinen Silberdrähten tanzte, und an den Kreuzpunkten der Drähte hingen Myriaden von winzigen Silberglöckchen, eine Vision, die Mor auf das äußerste gereizt hätte. Es war nur gut für Fafhrd, daß sie nicht in diesem Augenblick ihre Fähigkeit des Gedankenlesens nutzte!

Vlana selbst schlummerte ebenfalls, während eines der Mingol-Mädchen, dem die verletzte Schauspielerin einen halben Smerduk gegeben hatte, die Schneebandagen laufend erneuerte und Vlanas Lippen, wenn sie trocken zu werden drohten, mit süßem Wein benetzte, von dem ein paar Tropfen in den Mund drangen.

In Vlanas Kopf wirbelten ständig die Pläne und Ideen durcheinander und wenn sie erwachte, pflegte sie die Flut ihrer Gedanken durch einen einfachen Kindervers aus dem Osten zu beruhigen: »Schlaf und traf, wach und mach, Nummer und Schlummer, geh und weh, spring und fing, Brand und Hand«, und so weiter, bis ihr nichts mehr einfiel.

Vellix der Verwegene, der müßig im Lager herumschlich, bekam einen Teil von Hringorls Plänen mit, sah Fafhrd seine Zufluchtsstätte betreten, bemerkte, daß Essedinex mehr trank, als ihm bekam, und lauschte ein wenig, was der Leiter der Show zu sagen hatte.

Im Umkleideraum der Schauspielerinnen sprach Essedinex mit den beiden Mingol-Mädchen, Zwillingen, und einer blutjungen Ilthmarix über die Menge Fett, die sie für die heutige Vorstellung auf ihre glattrasierten Körper schmieren sollten.

»Bei allen schwarzen Knochen, ihr bringt mich noch um den Verstand«, sagte er weinerlich. »Ihr werdet so erotisch wirken wie Schmalzklumpen.«

»Wie ich die Nordmänner kenne, mögen sie ihre Frauen gut gefettet, und warum soll das äußerlich nicht ebenso gelten wie innerlich?« fragte eines der Mingol-Mädchen.

»Und überhaupt«, fügte ihre Zwillingsschwester hinzu, »wenn du von uns erwartest, daß wir uns Zehen und Brustwarzen abfrieren, nur um einem Publikum stinkender alter Bärenhäute zu gefallen, liegst du schief.«

»Mach dir keine Sorgen«, sagte die Ilthmarix, tätschelte ihm die gerötete Wange und die dünnen weißen Haare. »Ich bin immer am besten, wenn ich überall eine Gänsehaut habe. Wir werden sie schon dazu bringen, uns die Wände hochzujagen, und wir rutschen ihnen dann aus den Händen wie schlüpfrige Melonenkerne.«

»Jagen …?« Essedinex umfaßte die schmalen Schultern der Ilthmarix. »Du wirst heute abend keine Orgien provozieren, hörst du? Necken macht sich bezahlt. Orgien nicht. Es kommt immer darauf an …«

»Wir wissen schon, wie wir das Publikum anpacken müssen, Opa«, sagte eines der Mingol-Mädchen.

»Wir wissen sie im Zaum zu halten«, fuhr ihre Schwester fort.

»Und wenn wir's nicht schaffen – Vlana bringt es immer«, endete die Ilthmarix.

Als die fast unsichtbaren Schatten länger wurden und die nebelschwere Luft dämmerte, schienen die allgegenwärtigen Kristalle womöglich noch schneller zu wachsen. Das Palaver in den Handelszelten, die durch die schneebedeckte Waldzunge von den Wohnzelten getrennt waren, geriet ins Stokken und ging schließlich zu Ende. Der leise Dauergesang aus dem Frauenzelt machte sich lauter und schriller bemerkbar. Ein Abendhauch aus dem Norden ließ die Kristalle klirren. Das Singen bekam etwas Mürrisches, und der Windhauch und das Klirren hörten wie auf einen Befehl auf. Der Nebel kam in Fetzen aus dem Osten und Westen zurück, und die Kristalle wuchsen weiter. Die Gesänge der Frauen wurden zu einem Murmeln. Als der Abend herannahte, machte sich in Schneewinkel eine erwartungsvolle Stille breit.

Der Tag floh über den eisbewehrten westlichen Horizont, als fürchtete er sich vor der Dunkelheit.

In der Enge zwischen den Darstellerzelten und der Gotteshalle war Bewegung; ein Schimmer, ein heller Funke, der neun, zehn, elf Herzschläge lang flackerte, dann kam ein Blitz, ein Zischen, und es erhob sich – zunächst langsam, dann schneller und immer schneller – ein Komet mit einem buschigen Schwanz aus funkensprühendem orangefarbenen Feuer. Hoch über den Pinien, fast an der Schwelle zum Himmel – einundzwanzig, zweiundzwanzig, dreiundzwanzig – verblaßte der Kometenschweif und zersprang mit lautem Donnerschlag in neun weiße Sterne.

Es war das Raketensignal zum Beginn der ersten Vorstellung.

Im Innern war die Gotteshalle ein großes langes Schiff kalter Schwärze, unzureichend beleuchtet und beheizt durch eine Reihe Kerzen am Bug, der während des übrigen Jahres den Altar darstellte und jetzt als Bühne diente. Die Masten des ›Schiffes‹ waren lebende Pinien, die an Bug, Heck und an den Seiten emporwuchsen. Seine Segel – genaugenommen seine Wände – waren zusammengenähte Häute, fest an die Masten gelascht. Statt eines Himmels gab es oben nur dick miteinander verwobene Pinienäste, weiß von herabrieselndem Schnee, die etwa fünf Mannshöhen über dem Deck begannen.

Im Heck und Mittelteil dieses seltsamen Schiffes, das nur von den Winden der Phantasie angetrieben wurde, saßen dicht gedrängt, auf Baumstümpfen oder Deckenrollen, die Männer des Schnee-Clans in ihren düster-farbenfrohen Pelzen. Sie lachten trunken, knurrten sich Bemerkungen oder Witze zu – doch alles in gemäßigter Lautstärke. Denn immerhin waren sie in der Gotteshalle (oder besser: im Gottesschiff) und beim Betreten dieses Raumes hatte sie die religiöse Ehrfurcht angerührt, gepaart mit Angst – trotz oder vielleicht gerade wegen der profanen Verwendung, der diese Stätte heute abend zugeführt wurde.

Es ertönte ein rhythmisches Trommeln, drohend wie das Anschleichen eines Schneeleoparden und zunächst so leise, daß niemand zu sagen wußte, wann es eigentlich begonnen hatte; noch eben war der Saal voller Leben und Bewegung, im nächsten Augenblick herrschte starre Stille; Hände legten sich leicht auf die Knie oder klammerten sich dort fest, und Augen erforschten die kerzenbeleuchtete Bühne zwischen den beiden Vorhängen, die mit schwarz-grauen Spiralen bemalt waren.

Das Trommeln wurde lauter, schneller, komplizierter, webte geklopfte Arabesken und kehrte zum Leopardenschritt zurück.

Im Rhythmus der Trommelschläge sprang ein kleines, schlankes, silberpelziges Katzenwesen auf die Bühne – mit langen Beinen, langen, spitzen, aufgerichteten Ohren, langen Schnauzhaaren und langen weißen Fangzähnen. Auf allen vieren war es etwa einen Meter groß. Der einzige menschliche Zug war ein schimmernder schwarzer Haarschopf, der dem Wesen glatt über die rechte Schulter herabfiel.

Die Erscheinung umkreiste dreimal die Bühne, zog den Kopf ein, schnüffelte, als folge sie einer Spur, und knurrte tief in der Kehle.

Dann bemerkte sie das Publikum und wich mit einem Aufschrei zurück, bedrohte es mit den langen schimmernden Klauen, in die ihre Vorderpfoten mündeten.

Zwei Männer im Publikum standen so sehr im Bann der Illusion, daß sie mühsam daran gehindert werden mußten, ein Messer oder eine Axt auf das Ungeheuer zu schleudern, das sie für echt und gefährlich hielten.

Das Wesen musterte sie, entblößte sein Raubtiergebiß. Als es mit schneller Bewegung den Kopf hin und her wandte und die Männer mit großen braunen Augen betrachtete, schlug im gleichen Rhythmus der kurzhaarige Schwanz in die andere Richtung aus.

Nun begann das Wesen einen Leopardentanz um Leben, Liebe und Tod, manchmal auf den Hinterbeinen, doch meistens auf allen vieren. Es hüpfte und erforschte, bedrohte und wich zurück, es griff an und floh, es warf sich herum und wand sich mit den lasziven Bewegungen einer Katze.

Auch das lange Haar machte es dem Publikum nicht leichter, sich das Wesen als eine Frau in einem engen Pelztrikot vorzustellen. Vor allem schienen seine Vorderbeine so lang zu sein wie seine Hinterbeine und ein Extragelenk zu haben.

Etwas Weißes krächzte und flatterte hinter einem der Vorhänge hervor. Mit schnellem Sprung und Prankenhieb schlug die große silberne Katze danach und warf sich darauf.

Niemanden in der Gotteshalle entging der Todesschrei der Schneetaube und das Knirschen ihres brechenden Genicks.

Die große Katze hielt den toten Vogel vor ihre Fangzähne, richtete sich fraulich auf und stieß einen Seufzer aus, in dem sich Abscheu und Sehnsucht, Staunen und Vorfreude mischten – Vorfreude auf das, was jetzt kommen mochte.

Fafhrd jedoch seufzte nicht. Zum einen hätte die geringste Bewegung sein Versteck offenbart. Zum anderen konnte er deutlich sehen, was hinter den beiden spiralenbemalten Vorhängen vor sich ging.

Wegen seiner Jugend zur Show noch nicht zugelassen – ganz zu schweigen von Mors Wünschen und Zaubersprüchen –, hatte er eine halbe Stunde vor Beginn der Vorstellung auf der Schluchtseite, wo niemand auf ihn achtete, eine der Pinien der Gotteshalle bestiegen. Die Schnüre der Hautwände erleichterten ihm das Klettern sehr. Oben war er dann vorsichtig auf zwei starke Pinienäste gekrochen, die nach innen über die Halle ragten, und er hatte sich vorgesehen, keine braungewordenen Nadeln und auch keinen Schnee loszuschütteln, bis er eine Stelle mit guter Sicht zur Bühne gefunden hatte, ohne daß er vom Publikum aus zu sehen war. Danach hatte er nur noch still liegen müssen, um keine verräterischen Nadeln oder Schneebrocken herabregnen zu lassen.

Wenn jemand durch das Halbdunkel nach oben schaute und zufällig ein Stück seiner weißen Kleidung entdeckte, so hoffte Fafhrd, daß er das für Schnee hielt.

Jetzt beobachtete er die beiden Mingol-Mädchen, die mit schnellen Bewegungen Vlana die engen Pelzärmel abzogen, zusammen mit den fellbedeckten klauenbewehrten starren Pfoten, die sie umklammert hatte. Sie vollzogen das gleiche Ritual mit den Beinfellen Vlanas, die sich auf einen Stuhl gesetzt hatte und – nachdem die Eckzähne entfernt waren – hastig Leopardenmaske und Schulterstück abnahm.

Einen Augenblick später schlappte sie wieder auf die Bühne – eine Höhlenfrau in einem kurzen silbrigen Fellumhang. Langsam knabberte sie am Ende eines langen dicken Knochens. Pantomimisch spielte sie den Arbeitstag einer Höhlenfrau vor: Aufpassen auf das Feuer und die Babys, Züchtigen der Kinder, Häutekauen und eifriges Nähen. Als der Ehemann zurückkehrte, kam etwas Leben in die Szene, wenn der Mann auch unsichtbar blieb und nur durch Vlanas Mimik dargestellt wurde.

Ihr Publikum folgte der Geschichte mühelos und grinste, als sie ihren Mann nach dem Fleisch fragte, das er mitgebracht hatte, und sich dann über seinen mageren Fang enttäuscht zeigte. Es lachte laut, als sie ihn mit ihrem Knochen zu prügeln versuchte und selbst zu Boden geschlagen wurde, während ihre Kinder ringsum tobten.

Aus dieser Stellung hastete sie von der Bühne hinter den anderen Vorhang, hinter dem sich der Ausgang der Schauspieler (normalerweise die Tür des Schneepriesters) und der einarmige Mingol verbargen, dessen flinke fünf Finger auf der Trommel zwischen seinen Füßen wirbelten.

Vlana riß sich den Rest ihres Pelzes vom Leibe, veränderte mir vier schnellen Strichen die Linie ihrer Augen und Brauen, wand sich scheinbar aus der gleichen Bewegung heraus in ein langes graues Kapuzengewand und war schon wieder auf der Bühne – diesmal in der Rolle einer Mingol-Frau aus der Steppe.

Nach einer weiteren kurzen Pantomime setzte sie sich zierlich an einem niedrigen, mit Krügen vollgestellten Tisch im Vordergrund der Bühne und begann sorgsam ihr Gesicht und ihre Haare herzurichten, wobei ihr das Publikum als Spiegel diente. Sie ließ die schwarze Kapuze und das Gewand zurückgleiten und enthüllte darunter ein kürzeres rotes Kleid.

Es war faszinierend, wie sie verschiedenfarbige Salben und Pulver und Glitzerstaub an Lippen, Wangen und Augen anbrachte, wie sie ihr dunkles Haar zu einem hohen Gebilde aufkämmte, das durch lange juwelenbesetzte Nadeln gehalten wurde.

In diesem Augenblick wurde Fafhrds Selbstbeherrschung auf eine harte Probe gestellt – ihm wurde eine Handvoll Schnee vor die Augen geklatscht und dort festgehalten.

Drei Herzschläge lang rührte er sich überhaupt nicht. Dann umfing er ein ziemlich dünnes Handgelenk und zerrte es nach unten, während er gleichzeitig vorsichtig den Kopf schüttelte und mit den Augen blinzelte.

Das Handgelenk machte sich frei, und der Schneeklumpen fiel auf den Wolfsfellkragen von Hringorls Kumpan Hor, der unter Fafhrd saß. Hor stieß einen seltsam erstickten Schrei aus und wollte nach oben blicken, aber zum Glück ließ Vlana in diesem Augenblick ihren roten Seidensarong fallen und begann ihre Brustwarzen mit einer korallenfarbigen Salbe einzureiben.

Fafhrd blickte sich um und sah Mara grimmig herüberlächeln; das Mädchen lag auf zwei Ästen zu seiner Linken; ihr Kopf war etwa auf der Höhe seiner Schultern.

»Wenn ich ein Eis-Gnom wäre, müßtest du jetzt sterben!« zischte sie ihn an. »Oder wenn ich meine vier Brüder auf dich gejagt hätte, wie ich's hätte tun sollen. Deine Ohren *waren* ja auch schon tot, dein Geist hockte dir in den Augen, auf die dürre Schlampe da gerichtet. Ich habe gehört, daß du Hringorl ihretwegen gefordert hast! Und sein goldenes Geschenk hast du abgelehnt!«

»Ich will zugeben, meine Liebe, daß du dich sehr geschickt und leise angeschlichen hast«, sagte Fafhrd leise, »und daß du Augen und Ohren für alles zu haben scheinst, was sich in Schneewinkel erreignet – und auch für manches, das sich nicht ereignet. Aber ich muß sagen, Mara ...«

»Ja! Jetzt willst du mir sicher sagen, daß ich als Frau hier nichts zu suchen habe, männliche Vorrechte, Sakrileg zwischen den Geschlechtern, und so weiter. Nun, du hast hier ebensowenig verloren.«

Fafhrd dachte ernsthaft darüber nach. »Nein, ich meine, alle Frauen sollten hier sein. Was sie lernen könnten, würde sie sehr interessieren und wäre sehr vorteilhaft.«

»Damit wir wie eine heiße Katze herumstreunen und wie eine dumme Sklavin latschen können? Ja, ich habe alles gesehen, während du dir taub und stumm die Lefzen lecktest! Ihr Männer lacht auch wirklich über alles, besonders wenn eure dumme, keuchende, rotgesichtige Lust von einem schamlosen Weibsbild geweckt wird, das seine knochige Nacktheit zur Schau stellt!«

Maras erregtes Geflüster wurde gefährlich laut und hätte womöglich die Aufmerksamkeit Hors und anderer erweckt, wenn nicht in diesem Augenblick wieder der Zufall in Form eines Trommelwirbels zu Hilfe gekommen wäre. Vlana huschte von der Bühne, und es begann eine zwar dünne, aber wilde galoppierende Musik, die der einarmige Mingol zusammen mit der kleine Ilthmarix erzeugte, die auf einer Nasenflöte spielte.

»Ich habe nicht gelacht, meine Liebe«, sagte Fafhrd nicht ohne Stolz. »Auch habe ich mir nicht die Lefzen geleckt oder bin rot geworden oder habe schneller geatmet – das hast du bestimmt gemerkt. Nein, Mara, ich liege nur hier oben, weil ich mehr über die Zivilisation lernen möchte.«

Sie starrte ihn verblüfft an, grinste und lächelte plötzlich zärtlich. »Weißt du, ich habe das Gefühl, du glaubst wirklich, was du da sagst, du Schaf«, flüsterte sie erstaunt. »Wenn man nur glauben könnte, daß die Dekadenz, die du Zivilisation nennst, wirklich jemanden interessieren und eine laszive Hure ihre Botschaft überbringen könnte ...«

»Ich denke und glaube nicht, ich *weiß* es«, erwiderte Fafhrd, ohne sich um Maras andere Bemerkung zu kümmern. »Eine ganze Welt ruft, und haben wir Augen nur für Schneewinkel? Komm, sieh weiter zu, Mara, und gewinn an Weisheit! Die Schauspielerin tanzt die Kulturen aller Länder und Zeiten vor. Jetzt ist sie eine Frau der Acht Städte.«

Vielleicht waren Fafhrds Worte überzeugend. Vielleicht lag es auch daran, daß Vlanas neues Kostüm ihren Körper von Kopf bis Fuß bedeckte – lange Ärmel, grünes Wams, ein langer blauer Rock, rote Strümpfe und gelbe Schuhe – und daß die Kulttänzerin ein wenig heftig atmete und die Stränge ihres Halses die Anstrengungen des heftigen, wirbelnden Tanzes erkennen ließen. Jedenfalls zuckte das Schneemädchen die Achseln, lächelte großmütig und flüsterte: »Nun, ich muß zugeben, das alles ist irgendwie widerlich interessant.«

»Ich wußte, daß du mich verstehen würdest, Liebling. Du hast mehr Grips als jede andere Frau unseres Stammes – und auch als jeder Mann«, behauptete Fafhrd und tätschelte sie zärtlich, wenn auch ein wenig geistesabwesend, denn er nahm den Blick nicht von der Bühne.

Nach kurzen Kostümwechseln erschien Vlana hintereinander als Paradiesjungfrau der Ostländer, als sittenstrenge quarmallische Königin, als matte Konkubine des Königs der Könige und als hochmütige lankhmarische Lady mit schwarzer Toga.

Diese letzte Szene offenbarte etwas künstlerische Willkür, denn in Lankhmar trugen nur die Männer eine Toga, aber dieses Kleidungsstück war Lankhmars bekanntestes Symbol überall in der Welt Nehwon.

In der Zwischenzeit mühte sich Mara redlich, an dem exzentrischen Vergnügen ihres künftigen Mannes teilzuhaben. Zuerst war sie wirklich interessiert und merkte sich Einzelheiten an Vlanas Kostümen und Auftritten, die sie selbst einmal nutzen konnte. Aber mit der Zeit überwältigte sie die Erkenntnis, daß ihr die ältere Frau an Wissen und Erfahrung doch weit überlegen war.

Vlanas Tanzerei und Schauspielerei war sicherlich das Ergebnis langjährigen Trainings. Und wie – und besonders wo – konnte ein Schneemädchen schon jemals solche Kleider tragen? Das Gefühl der Minderwertigkeit machte der Eifersucht Platz und dann dem Haß.

Die Zivilisation war schrecklich. Man sollte Vlana aus Schneewinkel hinauspeitschen, und Fafhrd brauchte eine Frau, die sich um alles kümmerte und seine verrückten Phantastereien im Zaum hielt. Natürlich nicht seine Mutter – die auf schreckliche und inzestuöse Weise ihren eigenen Sohn beherrschte –, sondern eine hübsche, kluge junge Frau.

Sie begann Fafhrd eindringlich zu beobachten. Er sah eigentlich gar nicht betört aus, sondern kalt wie Eis, aber er war von der Szene unten auf der Bühne entschieden gebannt. Sie dachte daran, daß einige Männer ihre wahren Gefühle gut zu verbergen wußten.

Vlana warf ihre Toga ab und zeigte sich in einem großmaschigen Kleid aus feinen Silberdrähten. Wo sich die Drähte kreuzten, hingen winzige Silberglocken. Sie wand sich hin und her, und die Glocken läuteten wie ein Baum voller winziger Vögel, die zusammen eine zwitschernde Hymne auf ihren Körper sangen. Jetzt schien ihre Schlankheit die Jugend zu verkörpern, während ihre Augen zwischen den glatt herabfallenden Haarsträhnen geheimnisvoll und einladend schimmerten.

Fafhrds kontrollierter Atem beschleunigte sich. Sein Traum im Zelt der Mingols war also wahr gewesen! Seine Aufmerksamkeit, die sich bisher halb auf die Länder und Episoden gerichtet hatte, die Vlana vortanzte, konzentrierte sich jetzt völlig auf sie und wurde zu Verlangen.

Diesmal wurde seine Beherrschung noch mehr auf die Probe gestellt, denn ohne Vorwarnung griff ihm Mara zwischen die Beine.

Aber ihm blieb wenig Gelegenheit, sich zur Ruhe zu ermahnen. Sie ließ los und brüllte: »Schmieriger Schuft! Dich lüstet!« Und im gleichen Augenblick schlug sie ihm unterhalb der Rippen in die Seite.

Er versuchte ihre Handgelenke zu packen, ohne die Balance zu verlieren. Sie versuchte, ihn wieder zu schlagen. Die Pinienäste knirschten und warfen Schnee und Nadeln ab.

Fafhrd landete einen Hieb auf Maras Ohr, und ihr Oberkörper rutschte ab, ohne daß ihre Füße den Halt an den kleinen Ästen verloren.

»Gott soll dich erfrieren lassen, du Scheusal!« knurrte Fafhrd, ergriff den stärksten Ast mit einer Hand und langte mit der anderen nach unten, um Maras Arm dicht an der Schulter zu packen.

Wer jetzt nach oben schaute – und da gab es inzwischen einige, trotz der starken Anziehung, die die Bühne ausübte –, erblickte zwei miteinander ringende, weißgekleidete blondschöpfige Gestalten, die halb aus dem verästelten Dach herabhingen, als wollten sie sich im Gleitflug auf die Zuschauer stürzen. Weiterkämpfend verschwanden die Gestalten wieder nach oben.

Ein älterer Mann rief: »Sakrileg!« Ein jüngerer: »Eindringlinge! Verhauen wir sie!« Man wäre seinem Vorschlag sicher gefolgt, denn ein Viertel des Publikums war inzwischen auf den Beinen, wenn Essedinex nicht durch ein Vorhangloch den Zuschauerraum im Auge behalten und etwas von widerspenstigen Menschenmengen verstanden hätte. Er schnipste dem Mingol hinter sich zu und machte eine schnelle Handbewegung.

Die Musik wurde lauter. Zimbeln erklangen. Die beiden Mingol-Mädchen und die Ilthmarix sprangen splitternackt auf die Bühne und begannen Vlana zu umtanzen. Der fette Mann aus dem Osten trottete um sie herum und setzte seinen großen schwarzen Bart in Brand. Blaue Flammen züngelten und flackerten vor seinem Gesicht und umspielten seine Ohren. Er löschte das Feuer erst – mit einem nassen Handtuch, das er in der Hand hielt –, als ihm Essedinex von seinem Posten hinter dem Guckloch zuflüsterte: »Es reicht. Wir haben sie wieder.« Inzwischen war der schwarze Bart zur Hälfte abgebrannt. Manche Schauspieler bringen große Opfer, die viele Spötter und sogar ihre Kollegen nur selten zu schätzen wissen.

Fafhrd ließ sich das letzte Stück hinabfallen und landete im hohen Schnee außerhalb der Gotteshalle. Im gleichen Augenblick hatte auch Mara ihren Abstieg beendet. Sie sahen sich an; schenkeltief standen sie in verkrustetem Schnee, den der aufgehende Halbmond mit schimmernden Streifen versah und zwischen ihnen mit einem Schatten verdunkelte.

Fafhrd fragte: »Mara, wer hat dir die Lüge erzählt, daß ich mit Hringorl um die Schauspielerin kämpfen wollte?«

»Ungetreuer Lüstling!« rief sie, versetzte ihm einen Schlag aufs Auge und rannte laut schluchzend auf das Frauenzelt zu. »Ich sag's meinen Brüdern! Warte nur ab!«

Fafhrd hüpfte vor Schmerz ein paarmal auf der Stelle, rannte ihr drei Schritte nach, blieb stehen, hielt sich etwas Schnee vor das schmerzende Auge, und als der Schmerz zu einem dumpfen Pochen abgeklungen war, begann er nachzudenken.

Er sah sich mit dem anderen Auge um, erblickte niemanden, kämpfte sich zu einer Gruppe schneegebeugter Immergrünbäume am Rande des Abgrunds durch, suchte sich ein Versteck dazwischen und ließ seinen Gedanken freien Lauf.

Seine Ohren verrieten ihm, daß die Show in der Gotteshalle mit unverändertem Tempo weiterging. Es ertönten Gelächter und lautes Rufen, das zuweilen das wilde Trommeln übertönte. Seine Augen – das verletzte funktionierte wieder – sagten ihm, daß sich niemand in der Nähe aufhielt. Sie richteten sich auf die Darstellerzelte am diesseitigen Ende der Gotteshalle, nahe der Neuen Straße nach Süden, erfaßten dann die Ställe und die Zelte der Händler dahinter. Schließlich fiel sein Blick wieder auf das Zelt, das ihm am nächsten war: Vlanas halbkreisförmige Unterkunft. Es war von Kristallen bedeckt, die im Mondlicht schimmerten, und ein riesiger kristalliner Wurm schien sich unterhalb des immergrünen Sykomorenastes über seine Mitte zu erstrecken.

Im Gleitschritt huschte er über die diamantenbesetzte Schneekruste darauf zu. Der Knoten, der den Eingang verschloß, lag im Schatten und fühlte sich sehr kompliziert an. Er ging um das Zelt herum, lockerte zwei Pflöcke an der Rückseite, wand sich wie eine Schlange durch die Öffnung und fand sich zwischen den Rocksäumen von Vlanas aufgehängten Kostümen wieder, steckte die Pflöcke locker zurück, stand auf, schüttelte sich, machte vier Schritte und legte sich auf das Fellbett. Ein schwach glühendes Feuergestell strahlte etwas Wärme aus. Nach einer Weile langte er zum Tisch hinüber und goß sich eine Schale Brandy ein.

Schließlich hörte er Stimmen, die lauter wurden. Als die Schnüre der Tür aufgeknüpft und gelockert wurden, tastete er nach seinem Messer und machte Anstalten, sich unter einem großen Pelz zu verstecken.

Lachend, doch mit Entschlossenheit, sagte Vlana: »Nein, nein, *nein*«, trat hastig rückwärts durch die Zeltöffnung und hielt die Tür mit einer Hand zu, während sie die Schnüre mit der anderen schnell festzog und über die Schulter blickte.

Ihre Überraschung verging so schnell, daß sich Fafhrd fragte, ob überhaupt eine Veränderung auf ihrem Gesicht vorgegangen war. Dann schenkte sie ihm ein schnelles Willkommenslächeln, bei dem sich ihre Nase komisch verzog. Sie wandte ihm den Rücken zu, zupfte sorgsam die Schnüre fest und verwandte einige Zeit darauf, an der Innenseite einen Knoten zu knüpfen. Dann kam sie herbei und kniete aufrecht neben ihm nieder. Als sie auf ihn herabblickte, lächelte sie nicht mehr; ihr Ausdruck war gesammelt, nachdenklich, und er versuchte sich ihrer Stimmung anzupassen.

»Du hast deine Ansicht über eine Belohnung also geändert«, sagte sie leise und sachlich. »Wie willst du wissen, daß ich es mir inzwischen nicht auch anders überlegt habe?«

Fafhrd schüttelte den Kopf als Antwort auf ihre Bemerkung. Nach kurzem Zögern sagte er dann: »Trotzdem habe ich entdeckt, daß ich dich besitzen möchte.«

Vlana sagte: »Ich habe gesehen, wie du von ... von der Galerie aus zugesehen hast. Weißt du, du hast uns fast die Show gestohlen. Wer war denn das Mädchen bei dir? Oder war es ein Junge? Ich hab's nicht genau gesehen.«

Fafhrd ging nicht auf ihre Fragen ein. Statt dessen sagte er: »Ich möchte dir auch Fragen stellen über dein vorzügliches Tanzen und ... und das Alleinspielen.«

»Pantomime«, sagte sie.

»Ja, Pantomime. Und ich möchte mit dir über die Zivilisation reden.«

»Stimmt, heute morgen hast du mich gefragt, wie viele Sprachen ich kann«, sagte sie und starrte über ihn hinweg an die Zeltwand. Es war klar, daß auch sie sich ihre Gedanken machte. Sie nahm ihm die Brandyschale aus der Hand, schluckte die Hälfte des verbliebenen Restes und gab sie ihm zurück.

»Gut«, sagte sie und schaute ihn endlich an, doch ohne daß sich ihr Ausdruck veränderte. »Ich werde dein Verlangen stillen, mein lieber Junge. Aber nicht sofort. Ich muß mich zuerst ausruhen und wieder zu Kräften kommen. Geh jetzt und komm zurück, wenn der Shadahstern untergeht! Weck mich, wenn ich schlafen sollte!«

»Aber das ist eine Stunde vor Sonnenaufgang«, sagte er und sah zu ihr auf. »Es wird kalt sein draußen im Schnee.«

»Nicht«, sagte sie schnell. »Ich möchte dich nicht halb erfroren. Geh ins Warme. Wenn du wachbleiben willst, denk an mich. Trink nicht zuviel Wein. Jetzt geh.«

Er stand auf und wollte sie umarmen. Sie trat einen Schritt zurück und sagte: »Später. Alles später.« Er ging auf die Tür zu. Sie schüttelte den Kopf und sagte: »Man könnte dich sehen. Wie du gekommen bist.«

Als er an ihr vorbeiging, stieß sein Kopf gegen etwas Hartes. Zwischen den Streben, die das Zelt in der Mitte hochhielten, wölbte sich die weiche Fellplane einwärts, während sich die Streben unter der Last etwas bogen. Sekundenlang duckte sich Fafhrd zusammen, bereit, Vlana zu packen und zur Seite zu reißen. Dann begann er methodisch gegen die Beulen zu schlagen. Knacken und lautes Klirren ertönte, als die massiven Kristalle, die ihn von außen an einen Riesenwurm erinnert hatten – er mußte sich inzwischen zu einer Riesenschlange ausgewachsen haben! – zerbrachen und zu Boden rieselten.

Er sagte: »Die Frauen des Schnee-Clans mögen dich nicht. Auch ist Mor, meine Mutter, deine Freundin nicht.«

»Glauben sie mich mit ihren Eiskristallen erschrecken zu können?« fragte Vlana verächtlich. »Weißt du, ich kenne Feuerzauber im Osten, gegen die diese läppischen Kindereien ...«

»Aber du bist jetzt in *ihrem* Gebiet und bist *ihrem* Element ausgeliefert, das grausamer und heimtückischer als Feuer ist«, wandte Fafhrd ein und fegte die letzten Einbuchtungen fort, so daß sich die Streben wieder auswärts reckten und das

Leder sich zwischen ihnen flach erstreckte wie zuvor. »Unterschätze ihre Kräfte nicht.«

»Dank, daß du mein Zelt vor dem Einsturz bewahrt hast. Aber jetzt geh – und zwar schnell.«

Sie sprach, als wäre ihr das Ganze nebensächlich, doch in ihren großen Augen stand ein nachdenklicher Ausdruck.

Ehe er sich wieder unter der rückwärtigen Plane durchwand, blickte Fafhrd noch einmal zurück. Vlana starrte wieder auf die Zeltwand; sie hielt die leere Schale in der Hand, die er ihr gegeben hatte, doch als sie seine Bewegung bemerkte, lächelte sie zärtlich und hauchte ihm einen Kuß zu.

Draußen herrschte klirrende Kälte. Trotzdem begab sich Fafhrd zu seiner Baumgruppe, zog den Mantel eng um sich, ließ seine Kapuze über den Kopf herabsinken, zog die Kapuzenschnur an und beobachtete Vlanas Zelt.

Wenn die Kälte seine Felle zu durchdringen drohte, dachte er an Vlana.

Plötzlich duckte er sich zusammen und lockerte sein Messer.

Im Schatten bleibend, näherte sich eine Gestalt dem Zelt der Schauspielerin. Sie schien schwarzgekleidet zu sein.

Fafhrd huschte leise näher

Durch die stille Luft tönte leise das Kratzen von Fingernägeln auf Leder.

Ein Lichtschimmer, als der Zelteingang geöffnet wurde.

Es war hell genug, um das Gesicht Vellix' des Verwegenen zu erkennen. Er betrat das Zelt, und dann wurden die Schnüre wieder festgezogen.

Fafhrd hielt zehn Schritte vor dem Zelt inne und rührte sich etwa zwei Dutzend Atemzüge lang nicht von der Stelle. Dann, die Entfernung wahrend, ging er leise um das Zelt herum.

Aus dem Eingang des hohen konischen Zeltes von Essedinex fiel ein Lichtschein. In den dahinterliegenden Ställen schnaubte ein Pferd.

Fafhrd duckte sich und starrte einen Messerwurf entfernt durch den schmalen erleuchteten Eingang und bewegte sich langsam hin und her. Er erblickte vor der hinteren Zeltwand einen Tisch voller Krüge und Trinkschalen.

An einer Seite des Tisches saß Essedinex. Ihm gegenüber hockte Hringorl.

Vorsichtig nach Hor, Harrax oder Hrey ausschauend, umkreiste Fafhrd das Zelt. An der Stelle, an der sich der Tisch und die beiden Männer als schwache Silhouetten abzeichneten, schlich er näher. Er strich Kapuze und Haar zur Seite und legte vorsichtig das Ohr an das Zeltleder.

»Drei Goldbarren – das ist mein letztes Angebot«, sagte Hringorl mürrisch. Das Leder ließ seine Stimme hohl klingen.

»Fünf«, erwiderte Essedinex, und es ertönte ein kurzes Schlüfen, und eine Silhouette setzte ihre Trinkschale ab.

»Hör mal, Alter«, erwiderte Hringorl mit drohender Stimme. »Ich brauche dich überhaupt nicht. Ich kann mir das Mädchen schnappen und brauche dir dann überhaupt nichts zu zahlen.«

»O nein, das geht nicht, lieber Hringorl«, erwiderte Essedinex ungerührt. »Denn dann würde die Show nie wieder nach Schneewinkel kommen, und wie würde das deinen Stammesgenossen gefallen? Auch würde ich dir keine Mädchen besorgen.«

»Was macht das schon?« erwiderte der andere gleichgültig. Die Worte gingen in einem Schlucken unter, doch Fafhrd hörte heraus, daß der Mann bluffte. »Ich habe mein Schiff. Ich könnte dir jetzt die Kehle durchschneiden und mir das Mädchen heute nacht nehmen.«

»Dann tu's doch«, sagte Essedinex fröhlich. »Laß mir nur Zeit für einen letzten Schluck.«

»Na gut, du knickriger Bock. Vier Goldbarren.«

»Fünf.«

Hringorl fluchte ausgiebig. »Irgendwann treibst du mich noch mal zu weit, du Zuhälter. Außerdem ist das Mädchen alt.«

»Aye, alt und erfahren im Geschäft der Wonnen, gewiß. Habe ich dir schon erzählt, daß sie Lehrling der Zauberer von Azorkah gewesen ist? Sie wollte sich von ihnen ausbilden lassen, damit sie eine Konkubine des Königs der Könige werden und zugleich ihre Spionin am Hofe von Horborixen sein konnte. Aye, und dann ist sie diesen schlimmen Hexern geschickt entkommen, als sie das gewünschte erotische Wissen erlangt hatte.«

Hringorl lachte gezwungen. »Warum soll ich auch nur einen einzigen Silberbarren für ein Mädchen ausgeben, das Dutzende von Männern besessen haben? Das das Spielzeug jedes Mannes gewesen ist?«

»Von Hunderten«, berichtigte ihn Essedinex. »Können läßt sich nur durch Erfahrung gewinnen, wie du selbst weißt. Und je größer die Erfahrung, desto größer auch das Können. Und doch ist dieses Mädchen niemals nur Spielzeug. Sie ist die Unterweiserin; sie offenbart, sie spielt mit einem Mann zu seinem Vergnügen, sie schafft es, daß er sich wie der König des Universums vorkommt und daß er – wer weiß? – vielleicht einen Moment auch König *ist.* Was ist einem Mädchen unmöglich, das die Vergnügungen der Götter selbst kennt – aye, und der Erzdämonen ebenfalls? Und doch – du wirst es mir nicht glauben, aber es stimmt –, und doch bleibt sie auf ihre Art stets jungfräulich. Denn kein Mann hat sie jemals wirklich gemeistert.«

»Dafür läßt sich sorgen!« Hringorls Worte waren fast ein fröhliches Auflachen. Wieder waren Trinkgeräusche zu hören. Dann wurde seine Stimme leise. »Na gut, fünf Goldbarren also, du Schacherer. Lieferung nach der Show morgen abend. Das Gold wird bezahlt, wenn du mir das Mädchen übergibst.«

»Drei Stunden nach der Show, wenn das Mädchen betäubt und alles ruhig ist. Es wäre unklug, die Eifersucht deiner Stammesgenossen zu früh zu wecken.«

»Sagen wir zwei Stunden. Abgemacht? Und laßt uns jetzt vom nächsten Jahr sprechen. Ich möchte dann ein schwarzes Mädchen, eine Vollblut-Kleshitin. Und das war heute das letzte Fünf-Barren-Geschäft, verstanden? Ich will kein Hexenwunder sondern Jugend und Schönheit.«

Essedinex erwiderte: »Glaub mir, du wirst keine andere Frau ersehnen, wenn du Vlana erst kennengelernt und – ich wünsche dir Glück dabei – gemeistert hast. Oh, natürlich nehme ich an ...«

Fafhrd taumelte ein halbes Dutzend Schritte zurück und stellte sich mit breit gespreizten Beinen in den Schnee; ihm war seltsam schwindlig zumute, oder war er betrunken? Er hatte sofort angenommen, daß die beiden Männer von Vlana sprachen, aber ihren Namen jetzt ausgesprochen zu hören, war schlimmer, als er erwartet hatte.

Die beiden Entdeckungen, die so dicht aufeinander gefolgt waren, erfüllten ihn mit einem völlig unbekannten Gefühl – mit einer übermächtigen Wut und auch dem Wunsch, laut loszulachen. Er wünschte sich ein Schwert, mit dem er den Himmel aufschlitzen und die Paradiesbewohner aus ihren Betten holen konnte. Er wollte sämtliche Raketen der Show an sich bringen und in das Zelt von Essedinex rasen lassen. Wollte die Gotteshalle mit ihren Pinien einreißen und alles über die Darstellerzelte fallen lassen. Er wollte …

Er wandte sich um und ging mit schnellen Schritten auf das Stallzelt zu. Der Stallbursche schnarchte auf dem Stroh neben einem leeren Krug und neben dem leichten Schlitten von Essedinex.

Fafhrd stellte mit wildem Lächeln fest, daß das Pferd, mit dem er am besten umzugehen wußte, Hringorl gehörte. Er fand das Zaumzeug und ein langes festes Seil. Dann murmelte er dem Pferd aus halbgeschlossenen Lippen beruhigend zu und führte es – eine weiße Stute – aus dem Zelt. Der Wächter schnarchte nur noch lauter.

Wieder fiel sein Blick auf den leichten Schlitten. Der Teufel ritt ihn, und er löste die steife Plane über dem Laderaum hinter den beiden Sitzen. Neben anderen Dingen befanden sich die Raketen der Show darin. Er ergriff drei von den größten – mit ihren steifen Lunten waren sie so lang wie Skistöcke – und nahm sich die Zeit, die Plane wieder festzuzurren. Noch immer erfüllte ihn der verrückte Vernichtungsdrang, den er aber inzwischen unter Kontrolle hatte.

Draußen legte er der Stute das Zaumzeug an und verknotete es fest mit einem Ende des Seils. Aus dem anderen Ende machte er eine große Schlinge. Dann legte er das Seil wieder zusammen, klemmte sich die Raketen unter den linken Arm, kletterte gewandt auf die Stute und lenkte sie in die Nähe des Zeltes von Essedinex. Die beiden Schemen saßen sich noch immer am Tisch gegenüber.

Er ließ die Schlinge um seinen Kopf wirbeln und warf. Das

Seil legte sich um die Zeltspitze; dies geschah fast geräuschlos, da er darauf achtete, die Schlinge zuzuziehen, ehe sie sich auf die Zeltwände legte.

Sie lag um den Mittelmast des Zeltes. Er versuchte seiner Erregung Herr zu werden. Langsam führte er die Stute über den mondhellen Schnee auf den Wald zu und ließ währenddessen das Seil aus. Als er nur noch vier Schlingen übrig hatte, brachte er das Tier in Trab. Er beugte sich über das Zaumzeug, hielt sich fest und trieb der Stute seine Stiefel in die Flanken. Das Seil straffte sich, die Stute ging gegen die Last an. Hinter ihm ertönte ein leises Knacken.

Er lachte triumphierend auf. Die Stute kämpfte gegen den unregelmäßigen Druck des Seils. Er wandte sich um und sah das Zelt hinter dem Pferd herschleifen. Er sah Feuer und hörte Überraschungsrufe und Wutschreie. Wieder brüllte er sein Lachen hinaus.

Am Waldrand zog er sein Messer und schnitt das Seil durch. Er sprang zu Boden, summte der Stute ein Lob ins Ohr, versetzte ihr einen Schlag auf die Flanke und ließ sie zum Stall zurücktraben. Er überlegte, ob er die Raketen auf das zusammengesunkene Zelt abfeuern sollte, aber das hätte nicht mehr die rechte Wirkung gehabt. Er rückte sie unter seinem Arm zurecht und wanderte in den Wald.

Als er außer Sichtweite war, schlug er einen Haken und machte sich auf den Weg nach Hause. Er schritt vorsichtig aus, um möglichst wenig Fußspuren zu hinterlassen, fand schließlich einen Pinienast und zerrte ihn hinter sich her, und bei jeder sich bietenden Gelegenheit ging er auf Felsgestein.

Seine gute Laune war geschwunden, ebenso wie seine Wut; eine tiefe Niedergeschlagenheit hatte ihn befallen. Er haßte Vellix und auch Vlana nicht mehr, doch die Zivilisation kam ihm wie ein Flitterwerk vor, seines Interesses nicht mehr würdig. Er war froh, daß er Hringorl und Essedinex einen Streich gespielt hatte, aber sie waren nicht wichtig. Er selbst war ein einsames Gespenst, dazu verdammt, in der Eis-Öde herumzugeistern.

Er überlegte, ob er nach Norden durch die Wälder ziehen sollte, bis er ein neues Leben fand oder auch erfror; er spielte mit dem Gedanken, seine Skier zu holen und die verbotene

Schlucht zu überspringen, die Skifs Tod gewesen war, oder sich ein Schwert zu beschaffen und Hringorls Streiter zum Kampf zu reizen. Hundert andere Herausforderungen des Schicksals fielen ihm ein.

Die Zelte des Schnee-Clans wirkten wie bleiche Pilze im Licht des verrückt leuchtenden Mondes. Einige hatten ein konisches Dach auf gedrungenem Kegel, andere wirkten wie aufgeblasene Halbkugeln, wie im Boden steckende Rüben. Gleich Pilzen berührten sie an den Rändern nicht den Schnee. Ihre Böden aus aufgestapelten Ästen und Fellen ruhten auf mächtigen Holzpfosten, so daß die Hite des Zeltes den darunterliegenden gefrorenen Boden nicht erreichen konnte.

Der riesige silbrige Stamm einer toten Schneeiche, die etwa die Form eines gebrochenen Riesenfingernagels hatte – dort, wo ein Blitzstrahl sie vor Urzeiten auf halber Höhe gespalten hatte – kennzeichnete Mors und Fafhrds Zelt und auch die Lage des Grabes seines Vaters, auf dem das Zelt in jedem Jahr errichtet wurde.

In einigen Zelten war noch Licht, ebenso wie im großen Frauenzelt, das auf der anderen Seite, zur Gotteshalle hin, wachte; doch es schien niemand mehr unterwegs zu sein. Mit entmutigtem Seufzen machte er sich auf den Heimweg. Dann fielen ihm die Raketen ein, und er steuerte auf die tote Eiche zu. Ihre Oberfläche war glatt, die Rinde längst abgeschält. Die wenigen verbliebenen Äste waren ebenfalls glatt und abgesplittert, und der niedrigste schien außer Reichweite zu sein.

Einige Schritte entfernt hielt er inne und sah sich noch einmal um. Nachdem er sich vergewissert hatte, daß niemand in der Nähe war, rannte er auf die Eiche zu und tat einen senkrechten Leopardensprung, packte mit der freien Hand den niedrigsten Ast und schwang sich hinauf, ehe der Aufwärtsschwung völlig verloren war.

Dann stand er auf dem toten Ast und stützte sich leicht am Baumstamm ab und hielt ein letztes Mal Ausschau nach Zuschauern und Spätheimkehrern. Schließlich drückten seine Finger zu, seine Fingernägel gruben sich ein, und in dem scheinbar fugenlosen grauen Holz öffnete sich eine Tür, die so groß war wie er, doch kaum halb so breit. Er tastete sich an

Skiern und Skistöcken vorbei und stieß auf einen langen schmalen, in leicht geölte Seehundsfelle gewickelten Gegenstand. Das Tuch gab den Blick frei auf einen mächtig aussehenden Bogen und eine Reihe langer Pfeile. Er legte die Raketen in das Bündel, schlug das Tuch wieder darum, schloß die seltsame Tür seines Baumverstecks und ließ sich wieder in den Schnee fallen, den er sorgfältig glattstrich.

Als er sein Wohnzelt betrat, kam er sich wieder wie ein Gespenst vor und versuchte entsprechend leise aufzutreten. Die bekannten Gerüche beruhigten ihn gegen seinen Willen – es duftete nach Fleisch, kaltem Rauch, Häuten, Schweiß, nach dem Nachttopf; dazu Mors leichter süß-saurer Körpergeruch. Er ging über den nachgebenden Boden auf seine Schlafpelze zu und ließ sich bekleidet darauf nieder. Er war todmüde. Es herrschte absolute Stille. Mors Atem war nicht zu hören.

Er dachte daran, wie er zum letztenmal seinen Vater gesehen hatte, blau angelaufen und mit geschlossenen Augen, sein bestes Schwert blank neben ihm, die grauen Finger um den Griff geschlossen. Er dachte an Nalgron, der jetzt in der Erde unter dem Zelt lag, von den Würmern zu einem Skelett zerfressen, das Schwert verrostet, die Augen geöffnet – leere Höhlen, die durch die dichtgepackte Erde nach oben starrten. Er erinnerte sich auch noch an den Moment, da er seinen Vater zum letztenmal lebend gesehen hatte: ein großer davonmarschierender Wolfsfellmantel, gefolgt von Mors heftigen Warnungen und Drohungen. Dann mußte er wieder an das Skelett denken. Es war eine Nacht der Gespenster.

»Fafhrd?« rief Mor leise von der anderen Seite des Zeltes.

Fafhrd erstarrte und hielt den Atem an. Als er es nicht mehr aushielt, ließ er die Luft langsam aus und atmete mit offenem Mund lautlos wieder ein.

»Fafhrd?« Die Stimme war ein wenig lauter, obwohl sie immer noch etwas Gespenstisches an sich hatte. »Ich habe dich hereinkommen hören. Du schläfst noch nicht.«

Es hatte keinen Sinn mehr. »Du hast auch nicht geschlafen, Mutter?«

»Wenn man alt ist, schläft man wenig.«

Das stimmte nicht, überlegte er. Mor war nicht alt, nicht einmal nach den gnadenlosen Maßstäben der Eis-Öde. Zugleich war es doch richtig. Mor war so alt wie der Stamm, wie die Öde, wie der Tod.

Mor sagte langsam – Fafhrd wußte, daß sie auf dem Rücken lag und nach oben starrte: »Ich bin einverstanden, daß du Mara zur Frau nimmst. Nicht erfreut, aber einverstanden. Wir brauchen hier ein paar starke Hände, solange du nur Tagträumen nachhängst und deine Gedanken wild verschießt – wie Pfeile, die nie ein Ziel finden – und solange du Schauspielerinnen und Tandwerk nachstellst. Außerdem hast du Mara ein Kind gemacht, und ihre Familie ist nicht völlig ohne Ansehen.«

»Mara hat heute mit dir gesprochen?« fragte Fafhrd. Er versuchte, seiner Stimme nichts anmerken zu lassen, doch seine Frage kam seltsam erstickt heraus.

»Wie es jedes gute Schneemädchen tun sollte. Nur hätte sie es mir früher sagen müssen. Und du sogar noch eher. Aber du hast doppelt und dreifach den Hang zur Geheimnistuerei von deinem Vater geerbt – ebenso wie seine Neigung, die Familie zu vernachlässigen und sich nutzlosen Abenteuern hinzugeben. Nur daß die Krankheit in dir noch schlimmere Formen annimmt.

Seine Leidenschaft waren kalte Berggipfel, während du dich zur Zivilisation hingezogen fühlst – jener Pestbeule des heißen Südens, wo es keine natürliche Kälte zur Bestrafung der Dummen und Bequemen gibt, keine Kälte, die auf die Wahrung der Sitten achtet. Aber du wirst noch feststellen, daß es eine Hexenkälte gibt, die dir in Nehwon überallhin folgen kann. Schon einmal ist das Eis nach Süden gewandert und hat alle südlichen Länder bedeckt – zur Strafe für eine frühere sündige Zeit. Und wo das Eis einmal gewesen ist, kann die Hexerei es wieder hinschicken. Du wirst das noch erkennen und deine Krankheit überwinden – oder du wirst Erfahrungen machen müssen, wie sie auch dein Vater gemacht hat.«

Fafhrd versuchte, die Beschuldigung des Gattenmordes vorzubringen, die ihm heute morgen so leicht über die Lippen gekommen war, doch die Worte blieben ihm – nicht in der Kehle, sondern schon im Gehirn stecken, über das er plötzlich nicht mehr allein zu befehlen schien.

Mor hatte schon vor langer Zeit sein Herz erstarren lassen. Jetzt ließ sie auch in seinen geheimsten Gedanken Kristalle erstehen, die alles verzerrten und ihn daran hinderten, die Waffe nüchtern erfüllter Pflichten und kühlen Verstandes gegen sie einzusetzen, die ihm bisher seine Eigenständigkeit bewahrt hatten. Er hatte das Gefühl, als wollte ihn der ganze Kosmos auf ewig umschließen – eine Welt, in der die Starrheit des Eises identisch war mit der Starrheit der Moral und der Starrheit aller Gedanken.

Als fühlte sie ihren Sieg und gestattete sich ein wenig Freude darüber, sagte Mor im gleichen monotonen, nachdenklichen Tonfall: »Aye, dein Vater bereut inzwischen den Grand Hanack, die Weiße Klippe, die Eiskönigin und alle seine anderen Berglieben. Sie können ihm nicht mehr helfen. Sie haben ihn vergessen. Endlos starrt er aus augenlosen Höhlen zu dem Heim auf, das er verschmähte und sich jetzt ersehnt, das jetzt so nahe und doch so unerreichbar fern ist. Seine Fingerknochen scharren schwach in der gefrorenen Erde, er versucht sich vergeblich unter ihrem Gewicht zu regen ...«

Fafhrd hörte ein leises Kratzen; vielleicht bewegte sich ein vereister Ast am Zeltleder, doch seine Haare richteten sich auf. Als er hochfahren wollte, stellte er fest, daß er sich nicht rühren konnte. Die Schwärze war wie eine gewaltige Last.

Er fragte sich im ersten Augenblick, ob ihn Mor etwa neben seinen Vater unter die Erde gezaubert hatte. Und doch bedrückte ihn ein Gewicht, das größer war als acht Fuß frostharter Erde. Es war das Gewicht der gesamten tödlichen Eis-Öde, der Tabus und Verachtung und Engstirnigkeit des Schnee-Clans, der Piratengier und Beutelust Hringorls, es war die Last Maras fröhlicher Selbstaufgabe und ihres wachen, doch halbblinden Geistes, und es war vor allem Mor mit Fingerspitzen voller Eiskristalle, die sie zu einem Zauberbann verwob.

Und dann dachte er an Vlana.

Vielleicht war es dieser Gedanke, der die Befreiung brachte. Vielleicht kroch ein Stern über den schmalen Rauchabzug des Zeltes und schickte seinen winzigen Silberpfeil in die Pupillen seiner Augen. Vielleicht pfiff auch nur der angehaltene

Atem aus seinem Körper, und seine Lungen kämpften automatisch um einen neuen Atemzug und bewiesen ihm, daß seine Muskeln *nicht* starr und unbeweglich waren.

Jedenfalls schoß er von seinem Lager hoch und raste auf die Tür zu. Er wagte es nicht, die Schnüre zu öffnen, weil Mors eiszackige Finger nach ihm griffen. Vielmehr riß er das brüchige alte Leder mit einer Abwärtsbewegung seiner zur Klaue gekrümmten Rechten auf und sprang wild aus dem Zelt, weil sich Nalgrons Skelettarme aus der schmalen schwarzen Lücke zwischen Zeltboden und Frostgrund nach ihm ausstreckten.

Und dann rannte er wie nie zuvor in seinem Leben. Er lief, als wären alle Gespenster der Eis-Öde hinter ihm her – und auf eine Weise waren sie das auch. Er passierte das letzte Zelt des Schnee-Clans, die jetzt alle im Dunklen lagen, und das schwach klirrende Frauenzelt und sprintete über den flachen Hang, der vom Mond in Silber getaucht war, auf den hochgewölbten Rand des Troll-Cañons zu. Er verspürte den Drang, in den Abgrund zu springen und es der Luft freizustellen, ihn zu stützen und nach Süden zu tragen – oder ihn in den Tod fallen zu lassen. Und einen Augenblick lang schien es ihm, als habe er überhaupt keine andere Wahl.

Dann plötzlich hatte er das Gefühl, nicht so sehr vor der Kälte und ihren schlimmen übernatürlichen Schrecken zu fliehen, als vielmehr auf die Zivilisation zuzulaufen, die in seinen Gedanken wieder zu einem leuchtenden Ideal geworden war, eine Antwort auf alles Kleingeistige dieser Welt.

Er lief etwas langsamer und begann wieder klarer zu denken und sah sich zum erstenmal um, ob etwa tatsächlich Menschen oder Dämonen hinter ihm her waren.

Er gewahrte Shadah, der über den Baumspitzen im Westen blinzelte.

Er wanderte zwischen der Gotteshalle und dem Cañonrand entlang, der nun keine Verlockung mehr für ihn darstellte. Er registrierte, daß Essedinex' Zelt wieder aufgerichtet worden war und daß noch Licht darin leuchtete. Kein neuer Schneewurm kroch über Vlanas Zelt. Der Ast der Schneesykomore darüber glitzerte kristallbesetzt im Mondschein.

Ohne Vorwarnung betrat er das Zelt durch seine Hintertür,

zerrte leise die gelockerten Pflöcke heraus und schob dann seinen Kopf und seine Rechte durch die Öffnung unter die Kleidungsstücke; in der Hand hielt er sein Messer.

Vlana schlief allein auf ihren Fellen, eine leichte rote Wolldecke bis zu ihren nackten Achselhöhlen hochgezogen. Das Licht der Lampe flackerte gelblich, reichte jedoch aus, um das Zeltinnere zu erhellen und Fafhrd zu zeigen, daß er mit dem Mädchen allein war. Das erhöhte Feuergestell strahlte Hitze aus.

Fafhrd kroch ganz hinein, steckte sein Messer fort und blickte auf die Schauspielerin hinab. Ihre Arme kamen ihm sehr schlank vor, ihre Hände langfingrig und ein wenig zu groß. Nun, da die großen Augen geschlossen waren, erschien ihm das Gesicht sehr klein im Mittelpunkt des herrlich ausgebreiteten dunkelbraunen Haars. Und doch wirkte es zugleich edel und wissend mit seinen feuchten Lippen, die, sorgsam frisch gerötet, erregend waren und ihn in Versuchung brachten. Auf ihrer Haut glitzerte ein leichter Ölschimmer. Er konnte das Parfüm wahrnehmen.

Einen Augenblick lang erinnerte ihn Vlanas hingestreckte Gestalt an Mor und Nalgron, doch der Gedanke ging sofort in der starken Hitze des Feuergestells unter, das ihn an eine kleine Kunstsonne gemahnte, verging im Ansturm der zahlreichen Details und kunstvollen Gegenstände der Zivilisation, die ihn rings umgaben, und im Ansturm der Schönheit und unschuldigen Anmut Vlanas, die sich sogar im Schlaf ihrer selbst bewußt schien. Sie war für ihn das Sinnbild der Zivilisation.

Er wich langsam zum Kleidergestell zurück und begann sich auszuziehen und seine Kleidung sorgsam zusammenzufalten und aufzuschichten. Vlana wachte nicht auf, zumindest blieben ihre Augen geschlossen.

Einige Zeit später kroch er wieder unter die Decke, nachdem er sich Erleichterung verschafft hatte, und sagte: »Jetzt erzähl mir von der Zivilisation und deiner Rolle darin.«

Vlana trank die Hälfte des Weines, den ihr Fafhrd auf dem Rückweg geholt hatte, dann reckte sie sich wohlig, während ihr Kopf auf den verschränkten Händen ruhte.

»Nun, zunächst bin ich keine Prinzessin, obwohl ich mich gern so nennen lasse«, sagte sie leichthin. »Ich muß dir sagen, daß du dir auch nicht einmal eine Dame angelacht hast, mein liebster Junge. Was die Zivilisation angeht – die stinkt mir.«

»Nein«, stimmte ihr Fafhrd zu. »Ich habe mir die beste und tollste Schauspielerin ganz Nehwons ausgesucht. Aber warum hat die Zivilisation einen schlimmen Beigeschmack für dich?«

»Ich glaube, ich muß dir deine Illusionen tatsächlich völlig rauben, Geliebter«, sagte Vlana und rieb sich etwas geistesabwesend an ihm. »Sonst entwickelst du vielleicht noch dumme Vorstellungen über mich und machst dumme Pläne.«

»Wenn du damit meinst, daß du die Hure gespielt hast, um erotische Kenntnisse und anderes Wissen zu erlangen ...« begann Fafhrd.

Sie sah ihn nicht wenig überrascht an und unterbrach ihn ziemlich scharf: »Ich bin nach manchen Maßstäben schlimmer als eine Hure. Ich bin eine Diebin. Ja, eine Beutelschneiderin und Taschendiebin, eine, die Betrunkene ausfledderte, Einbrüche wagte und Passanten überfiel. Ich bin als Bauernmädchen geboren, womit ich noch niedrigeren Standes sein dürfte als ein Jäger, der von dem Tod von Tieren lebt und seine Hände nicht in den Dreck stecken muß und nur mit dem Schwert erntet.

Als meine Eltern durch Gesetzestricks ihr Land verloren, das zu einer winzigen Ecke der neuen, riesigen, von Sklaven bearbeiteten lankhmarischen Kornfarmen werden sollte, und als meine Eltern daraufhin verhungerten, faßte ich den Entschluß, mir das alles von den Kornhändlern zurückzuholen. Die Stadt Lankhmar sollte mich ernähren – aye, sehr gut sogar! – und nur mit Beulen oder Kratzern bezahlen.

So ging ich nach Lankhmar. Dort tat ich mich mit einem schlauen Mädchen zusammen, das so etwa die gleichen Gedanken und Erfahrungen hatte wie ich und kam einige Monde lang ganz gut zurecht. Wir arbeiteten nur in schwarzer Kleidung und nannten uns das Dunkle Duo.

Um überhaupt einen Beruf vorweisen zu können, tanzten

wir – vorwiegend in der Dämmerstunde, um die Zeit bis zu den bekannten Zugnummern zu überbrücken. Ein wenig später begannen wir auch zu schauspielern, was uns von einem gewissen Hinerio beigebracht wurde, einem berühmten Darsteller, der ein Opfer des Weines geworden war, der liebste und höflichste alte Zitterer, der jemals bei Sonnenaufgang um einen Drink bettelte oder in der Dämmerung ein Mädchen zu tätscheln versuchte, das noch nicht einmal ein Viertel seines Alters hatte. Und wie ich schon sagte, wir kamen ganz gut zurecht ... bis ich, wie meine Eltern, ein Opfer des Gesetzes wurde.

Nein, das hatte nichts zu tun mit den Gerichtshöfen des Oberherrn, mein lieber Junge, und auch nicht mit seinen Gefängnissen und Streckbänken und Hackblöcken für Köpfe und Hände, obwohl die zum Himmel schreien. Nein, ich kam mit einem Gesetz in Konflikt, das sogar noch älter ist als das lankhmarsche Rechtssystem und das einen Gerichtshof hat, der weitaus weniger barmherzig ist. Kurz, unser Spiel wurde von der Diebeszunft beendet, einer sehr alten Organisation, die in jeder zivilisierten Stadt ihre Vertreter hat und in der verrückterweise weibliche Mitglieder auf das schärfste verpönt und selbständig arbeitende Diebe womöglich noch mehr verschrien sind.

In frühester Jugend hatte ich schon von der Zunft gehört und in meiner Unschuld gehofft, ihr einmal beitreten zu können, aber ich erfuhr bald von dem allgemeinen Motto: ›Lieber einer Kobra einen Kuß geben, als einer Frau ein Geheimnis anvertrauen.‹ Übrigens, du süßer Zivilisationsschüler – wenn die Zunft zur Ablenkung oder so Frauen braucht, mietet sie sie halbstundenweise von der Hurenzunft.

Ich hatte Glück. Während ich an einem bestimmten Ort schon erwürgt werden sollte, stolperte ich über die Leiche meiner Freundin; ich war schnell nach Hause gehuscht, um einen vergessenen Schlüssel zu holen. Ich zündete in unserem engen Raum eine Lampe an und sah in Vilis Gesicht die Spuren endloser Qualen und die rote Seidenschnur, die sich tief in ihren Hals eingeschnitten hatte. Aber was mich vor allen Dingen in Wut brachte und zugleich den schlimmsten Haß in mir aufkommen ließ – zusammen mit einem guten Stück knieweicher Angst –, war die Tatsache, daß der alte Hinerio auch erwürgt worden war.

Vilis und ich zumindest waren Konkurrenten und galten somit nach den unmöglichen Gesetzen der Zivilisation als Freiwild, aber er hatte keine Ahnung gehabt, daß wir Diebstähle begingen. Er hatte nur angenommen, daß wir andere Liebhaber oder zahlende Liebeskunden hatten.

So gab ich also Fersengeld und verließ Lankhmar, so schnell ich konnte. In Ilthmar traf ich auf Essedinex und seine Truppe, die für die Nebensaison nach Norden zog. Zum Glück war gerade eine Stelle für die Hauptrolle frei, und meine Talente befriedigten den alten Seddy.

Doch zugleich schwor ich einen Eid auf den Morgenstern, daß ich den Tod Vilis und Hinerios rächen würde. Und das werde ich eines Tages tun! Sorgfältig geplant, mit tüchtigen Helfern und in einer neuen Maske. Die Mächtigen der Diebeszunft werden es am eigenen Leibe erfahren, wie es ist, wenn sich eine Schnur langsam enger um den Hals zieht!

Aber das alles ist kein schönes Thema für einen kosigen Morgen, mein Liebling, und ich habe auch nur davon gesprochen, um dir zu zeigen, warum du dich nicht mit einem verdorbenen Mädchen wie mir einlassen darfst.«

Damit wandte sich Vlana um, lehnte sich gegen Fafhrd und küßte ihn vom Mundwinkel bis zum Ohrläppchen ab, aber als er diese Liebesbezeugung erwidern wollte, lenkte sie seine zugreifenden Hände ab, stützte sich auf seine Arme, so daß er sie nicht mehr bewegen konnte, richtete sich halb auf, blickte ihn rätselhaft an und sagte: »Liebster Junge, es wird langsam hell, und bald geht die Sonne auf, und du mußt mich jetzt verlassen – oder spätestens nach einem weiteren Zusammensein. Geh nach Hause, heirate das liebe Baummädchen – ich bin sicher, daß es kein Junge war – und lebe dein vernünftiges, gradliniges Leben weitab von den Fallstricken und Gerüchen der Zivilisation. Unsere Truppe packt übermorgen früh zusammen und zieht weiter, und ich habe meine unschöne Bestimmung, der ich folgen muß.

Wenn sich dein Blut abgekühlt hat, wirst du nur Verachtung für mich empfinden. Nein, streite es nicht ab – ich kenne doch die Männer! Obwohl ich eine winzige Chance sehe, daß du mich – weil du es bist – doch mit ein wenig Freude in Erinnerung behalten wirst. In welchem Falle ich dir nur eines raten kann: Sprich niemals zu deiner Frau davon!«

Fafhrd erwiderte ihren rätselhaften Blick und sagte: »Prinzessin, ich bin Pirat gewesen, ein Dieb, der oft Leute heimsucht, die so arm sind wie deine Eltern. Wir Barbaren nehmen es noch mit jedem Übelgeruch der Zivilisation auf. Nicht eine Bewegung in unserem frostbelasteten Leben tun wir ohne die Gesetze eines verrückten Gottes, die wir Sitten und Gebräuche nennen, und begleitet von düsterem Widersinn, vor dem man nicht fliehen kann. Mein eigener Vater wurde zum Tode durch Zerschellen verurteilt von einem Gerichtshof, den ich nicht zu nennen wage. Sein Vergehen: Er hat einen Berg bestiegen. Und es gibt Morde, Diebstähle und Überfälle und ... Oh, was ich dir alles erzählen könnte, wenn ...«

Er brach ab, hob die Hände und umfaßte sie zärtlich unter den Achseln, hielt sie über sich, so daß sie sich nicht aufzustützen brauchte. »Laß mich mit dir nach Süden kommen, Vlana«, sagte er eifrig, »sei es nun als Mitglied deiner Truppe oder allein – obwohl ich ein singender Skalde bin, obwohl ich Schwerttanzen und mit vier Dolchen jonglieren kann und mit dem Messer auf zehn Schritte ein fingernagelgroßes Ziel treffe. Und wenn wir in die Stadt Lankhmar kommen, vielleicht als Nordische verkleidet, denn du bist groß, dann laß mich dein Rachearm sein. Ich vermag auch an Land zu stehlen, glaub mir, und ein Opfer durch Gassen zu verfolgen, möchte ich annehmen, so unsichtbar und leise wie in den Wäldern. Ich kann ...«

Vlana, von seinen Händen getragen, legte die Finger auf seine Lippen, während ihre andere Hand ihm langsam unter das lange Haar im Nacken fuhr. »Liebling«, sagte sie. »Ich bezweifle nicht, daß du für einen Achtzehnjährigen mutig und treu und geschickt bist. Und deine Liebespraktiken sind für dein Alter auch in Ordnung – jedenfalls ausreichend für dein weißbepelztes Mädchen und vielleicht ein paar andere Abenteuer, wenn dich danach gelüstet. Aber trotz deiner wilden Worte – verzeih mir meine Offenheit – spüre ich in dir Ehrlichkeit und sogar Edelmut, ein Gefühl für Fairneß und einen Haß vor Quälereien jeder Art. Der Helfer, den ich mir für meine Rache wünsche, muß grausam und verräterisch und heimtückisch wie eine Schlange sein, während er sich zumindest wie ich in den Wirrnissen der großen Städte und alten Zünfte auskennen muß.

Ganz offen: Er muß so alt sein wie ich – und du bist fast um so viele Jahre jünger, wie ich Finger an beiden Händen habe. Also komm und küß mich, mein Junge, und genieße mich noch einmal und ...«

Fafhrd richtete sich heftig auf, hob sie ein wenig an und setzte sie ab, so daß sie seitwärts auf seinen Schenkeln saß; seine Hände fuhren an ihre Schultern.

»Nein«, sagte er entschlossen. »Ich sehe nicht ein, weshalb ich dich noch einmal meinen unerfahrenen Liebkosungen aussetzen sollte. Aber ...«

»Ich hatte befürchtet, daß du so darauf reagierst«, unterbrach sie ihn unglücklich. »Ich wollte nicht ...«

»Aber«, fuhr er mit kühler Autorität fort, »ich möchte dir eine Frage stellen. Hast du deinen Helfer schon erwählt?«

»Darauf antworte ich dir nicht«, erwiderte sie und beäugte ihn nicht minder kühl und selbstbewußt.

»Ist es ...« begann er, preßte die Lippen zusammen und fing den Namen ›Vellix‹ auf, ehe er ihn aussprechen konnte.

Sie musterte ihn mit unverhohlener Neugier. »Gut«, sagte er und ließ seine Hände von ihren Schultern sinken und stützte sich darauf. »Ich nehme an, du hast dich so geäußert, wie es für mich deiner Meinung nach am besten ist – also werde ich ähnlich verfahren. Was ich dir enthüllen muß, bringt Barbarei und Zivilisation gleichermaßen auf die Anklagebank.« Und er erzählte ihr von Essedinex und Hringorls Plänen.

Sie lachte herzlich, als er fertig war, obwohl er das Gefühl hatte, daß sie auch ein wenig bleicher geworden war.

»Ich scheine unvorsichtig zu werden«, bemerkte sie. »Deshalb also haben meine schwer verständlichen Pantomimen Seddys Gefallen gefunden, der doch sonst den gröberen Dingen aufgeschlossen ist. Und deshalb war auch eine Stelle in der Truppe für mich frei, und deshalb brauchte ich nach der Show nicht für ihn zu huren wie die anderen Mädchen.«

Sie blickte Fafhrd scharf an. »Ein paar Lausejungen haben heute nacht Seddys Zelt umgeworfen. Hast du ...?«

Er nickte. »Ich war gestern abend in seltsamer Stimmung – irgendwie fröhlich, aber doch wütend.«

Sie begann laut und perlend zu lachen, als sie das hörte, gefolgt von einem zweiten scharfen Blick. »Also bist du gar nicht nach Hause gegangen, als ich dich nach der Show wegschickte?«

»Erst später«, sagte er. »Nein, ich bin geblieben und habe aufgepaßt.«

Sie musterte ihn mit einem zärtlichen, herausfordernden, fragenden Blick, der ihn offen drängte, seine Beobachtungen mitzuteilen. Aber diesmal fiel es ihm sehr leicht, Vellix nicht zu erwähnen.

»Also bist du auch noch ein Ehrenmann«, witzelte sie. »Aber warum hast du mir nicht früher von Hringorls schlimmem Plan erzählt? Hattest du die Befürchtung, ich könnte zu erschreckt sein, um mich liebevoll zu zeigen?«

»Ein wenig schon«, gab er zu, »aber eigentlich habe ich mich erst jetzt entschlossen, dich zu warnen. Um ehrlich zu sein, ich bin heute nacht nur zu dir gekommen, weil ich auf der Flucht vor Gespenstern war, obwohl ich später auch noch andere gute Gründe fand. Tatsächlich hätten mich kurz vor meinem Kommen Angst und Einsamkeit – ja, und auch ein wenig Eifersucht – fast dazu getrieben, in den Troll-Cañon zu springen oder Skier anzulegen und den nahezu unmöglichen Sprung über die Schlucht zu wagen, der mich seit Jahren reizt ...«

Sie packte seinen Oberarm, und ihre Finger preßten sich in seine Haut. »So etwas darfst du nie tun«, sagte sie mit ernstem Gesicht. »Klammere dich an das Leben. Denke nur an dich selbst. Das Schlimme kann immer nur besser werden oder endet im Nichts.«

»Ja, das waren meine Gedanken, als ich die Luft im Cañon über mein Schicksal entscheiden lassen wollte. Würde sie mich tragen oder mich zerschellen lassen? Aber meine Selbstsucht – von der ich, was immer du denken magst, genügend habe – und ein gewisser letzter Zweifel an dem Wunder trieben mir die Anwandlung aus. Auch hatte ich nicht übel Lust, dein Zelt niederzutrampeln, ehe ich das andere in Angriff nahm. Es ist also doch Böses in mir, wie du siehst. Aye, und eine tückische Arglist.«

Sie lachte nicht, sondern musterte nachdenklich sein Gesicht. Dann kehrte einen Augenblick der rätselhafte Blick in ihre Augen zurück. Sekundenlang glaubte Fafhrd, daran vorbeischauen zu können, und das beunruhigte ihn, denn was er hinter diesen großen braunen Pupillen wahrzunehmen glaubte, war keine Sibylle, die das Universum von einem Berggipfel aus überschaute, sondern ein Händler mit Waagschalen, in denen er sorgsam gewisse Objekte wog und dann und wann in einem Büchlein alte Schulden und neue Bestechungssummen und aktuelle Gewinnpläne notierte.

Aber das war nur ein kurzer besorgniserregender Blick, und sein Herz machte einen Freudensprung, als ihn Vlana, noch immer gestützt von seinen großen Händen, anlächelte und sagte: »Ich will jetzt deine Frage beantworten, was ich vorher nicht konnte und wollte. Denn ich habe mich erst in diesem Augenblick entschlossen, daß ... *du* mein Helfer sein sollst. Komm, umarme mich!«

Fafhrd umfaßte sie so heftig, daß sie aufschrie, aber ehe sein Körper in unerträgliche Glut geraten konnte, stemmte sie sich hoch und sagte atemlos: »Warte, warte – wir müssen zuerst unsere Pläne machen.«

»Hinterher, meine Liebe. Hinterher«, flehte er und zog sie herab.

»Nein!« protestierte sie scharf. »Das *Hinterher* verliert zu viele Kämpfe an das *Zu Spät.* Wenn du mein Helfer bist, bin ich dein Kommandeur und gebe die Anweisungen.«

»Stets zu Diensten«, sagte er und gab nach. »Nur beeil dich.«

»Wir müssen zum Zeitpunkt der Entführung schon aus Schneewinkel fort sein«, sagte sie. »Heute muß ich meine Sachen zusammensuchen und uns einen Schlitten, schnelle Pferde und einen Vorrat an Nahrungsmitteln besorgen. Überlaß das alles mir. Du benimmst dich heute wie üblich, hältst dich von mir fern, falls unsere Feinde Spione auf dich ansetzen, was man von Seddy und Hringorl erwarten kann ...«

»Gut, gut«, sagte Fafhrd eilig. »Und jetzt, meine Liebste ...«

»Psst! Hab Geduld! Um die Täuschung vollkommen zu machen, mußt du heute lange vor der Show in das Dach der Gotteshalle klettern – wie gestern abend. Es könnte sein, daß man mich schon während der Vorstellung zu entführen versucht – falls Hringorl oder seine Männer übereifrig werden oder Hringorl Seddy um sein Gold bringen will. Ich werde mich am sichersten fühlen, wenn ich dich auf Wache weiß. Wenn ich dann nach dem Tanz mit der Toga und den Silberglocken abgehe, kommst du schnell herab, und wir treffen uns am Stall. Wir fliehen dann in der Pause zwischen der ersten und der zweiten Hälfte der Show, wenn sich alle Leute noch zu sehr auf das Kommende freuen, um auf uns zu achten. Hast du das verstanden? Du bleibst mir heute fern! Versteckst dich im Dach! Kommst in der Pause zu mir! Gut! Und jetzt, mein geliebter Helfer, laß alle Disziplin beiseite. Vergiß jeden Fetzen Respekt, den du deinem Kommandeur schuldest und ...«

Doch jetzt hatte Fafhrd noch etwas zu sagen. Vlanas Rede hatte seine eigenen Sorgen geweckt, und er hielt sie jetzt von sich ab, obwohl sie ihre Hände hinter seinem Hals verschränkt hatte und ihre beiden Körper aneinanderdrücken wollte.

Er sagte: »Ich werde dir in allem gehorchen. Nur noch eine Warnung, die lebenswichtig ist. Denk heute so wenig wie möglich über unsere Pläne nach, selbst wenn du unmittelbar mit den Vorbereitungen beschäftigt bist. Versteck sie hinter der Fülle deiner anderen Gedanken. So werde ich auch handeln, das darfst du glauben. Mor, meine Mutter, ist eine großartige Gedankenleserin.«

»Deine Mutter! Gewiß hat sie dich übermäßig beeindruckt, Liebling, auf eine Weise, die mich wünschen läßt, ich könnte dich so schnell wie möglich völlig freilassen – oh, halt mich nicht länger hin! Du sprichst ja von ihr, als wäre sie die Königin aller Hexen!«

»Das ist sie auch, ganz bestimmt«, versicherte ihr Fafhrd ernsthaft. »Sie ist die große weiße Spinne, während die gesamte Eis-Öde, über und unter der Erde, ihr Netz darstellt, das wir Fliegen nur auf Zehenspitzen betreten können und auf dem wir die klebrigen Stellen umgehen müssen. Du wirst doch meinen Rat befolgen?«

»Ja, ja! Und jetzt ...«

Er ließ sie langsam auf sich hinabsinken, so wie ein Mann einen Weinsack ansetzt und sich den Genuß noch einen Augenblick länger vorenthält. Ihre Haut berührte sich. Ihre Lippen verharrten.

Fafhrd wurde sich einer tiefen Stille bewußt – oben, ringsum, unten –, als ob die Erde selbst den Atem anhielte. Es erschreckte ihn.

Sie küßten sich und tranken in vollen Zügen voneinander, und seine Furcht erstarb.

Sie fuhren auseinander, um Atem zu holen. Fafhrd streckte den Arm aus und drückte den Lampendocht zusammen, so daß die Flamme floh und das Zelt dunkel wurde bis auf den Schimmer der ersten Dämmerung, der hier und da durch eine Ritze drang. Die Finger taten ihm weh. Er fragte sich, warum er das getan hatte – sie hatten sich schon einmal bei Lampenlicht geliebt. Die Angst kehrte zurück.

Er umfing Vlana fest in jener Umarmung, die alle Ängste besiegt.

Und dann ganz plötzlich – er hätte nicht sagen können, wieso – rollte er wild mit ihr auf den hinteren Teil des Zeltes zu. Seine Hände umfingen ihre Schultern, seine Beine klammerten die ihren zusammen, und er warf sich in schneller Folge seitlich über sie und weiter.

Es ertönte ein Knacken wie ein Donnerschlag, und der Aufprall einer Riesenfaust ließ den Granitboden hinter ihnen erbeben, wo die Mitte des Zeltes plötzlich verschwand, während sich die Streben über ihnen scharf in diese Richtung lehnten und die Lederhaut des Zeltes mitzerrten.

Sie rollten in die herabfallenden Kleidungsstücke hinein. Es ertönte in zweites gewaltiges Knacken, gefolgt von einem knirschenden, dröhnenden Laut, als wäre ein Riesenungeheuer dabei, ein Raubtier zu greifen und es zwischen seinen Fängen zu zerquetschen. Die Erde zitterte einen Augenblick.

Dann war es still nach dem ungeheuren Lärm und dem Beben des Bodens, nur Schrecken und Angst summten ihnen noch in den Ohren. Sie umklammerten sich wie entsetzte Kinder.

Fafhrd kam als erster wieder zu sich. »Zieh dich an!« befahl er, wand sich unter der Rückwand des Zeltes hindurch und richtete sich nackt in der klirrenden Kälte unter dem rosafarbenen Himmel auf.

Der große Ast der Schneesykomore, dessen Kristalle zu einem großen Haufen zusammengesunken waren, lag quer über der Mitte des Zeltes und preßte es und das Fellager darunter in die frostharte Erde.

Der Rest des Baumes, plötzlich eines ausbalancierenden Astes beraubt, war in die entgegengesetzte Richtung gefallen und lag im Schnee, ringsum von abgeschüttelten Kristallen umgeben. Seine schwarzen, haarigen, abgebrochenen Wurzeln ragten entblößt aus dem Schnee.

Die aufgehende Sonne sandte ein rosiges Glitzern über die Kristalle.

Nirgendwo rührte sich etwas, nicht einmal ein Frühstücksfeuer war zu sehen. Die Zauberkräfte hatten zugeschlagen, und nur die vorgesehenen Opfer hatten etwas davon gemerkt.

Fafhrd, der zu zittern begann, glitt wieder in das Zelt. Vlana hatte ihm gehorcht und zog sich mit der Schnelligkeit einer Schauspielerin an. Fafhrd hastete ebenfalls in seine Kleidung, die er so vorsorglich an diesem Ende des Zeltes aufgestapelt hatte.

Er fragte sich, ob er das unter der Anleitung eines Gottes getan hatte, und ob der gleiche Gott ihn auch dazu gebracht hatte, die Lampe zu löschen, die inzwischen das zerdrückte Zelt in Brand gesetzt hätte.

Seine Kleidung fühlte sich kälter an als die schneidende Luft, aber er wußte, daß dieses Gefühl nicht lange anhalten würde.

Zusammen mit Vlana kroch er ein zweitesmal hinaus. Als sie sich aufrichteten, drehte er sie in die Richtung des herabgefallenen Astes mit dem großen Kristallhaufen und sagte: »Jetzt lache über die Zauberkräfte meiner Mutter und ihrer Frauen!«

Vlana sagte zweifelnd: »Ich sehe nur einen Ast, der zu schwer mit Eis beladen war.«

Fafhrd sagte: »Vergleiche einmal die Kristallmasse und den Schnee, der von diesem Ast geschüttelt wurde, mit den Kristallen an anderen Ästen. Denke daran: Verbirg deine Gedanken!«

Vlana antwortete nicht.

Eine schwarze Gestalt rannte von den Zelten der Händler auf sie zu. Grotesk springend wurde sie langsam größer.

Vellix der Verwegene war außer Atem, als er vor Vlana innehielt und ihre Arme ergriff. Er versuchte seinen Atem zu bändigen. »Mir träumte, du wärst niedergeschlagen und zerdrückt. Dann bin ich von einem Donnerschlag geweckt worden.«

Vlana erwiderte: »Du hast den Anfang der Wirklichkeit gerträumt, aber bei solchen Dingen ist ein *Fast* so gut wie ein *Überhaupt nicht*.«

Jetzt erblickte Vellix den Jüngling. Linien der Eifersucht und der Wut durchzogen sein Gesicht, und seine Hand fuhr an seinen Dolch.

»Halt!« befahl Vlana scharf. »Ich wäre tatsächlich zerschmettert worden, wenn die Sinne des Jungen, die sich mit etwas anderem hätten beschäftigen sollen, den brechenden Ast nicht erahnt und er mich im letzten Moment nicht vor dem sicheren Tode errettet hätte. Er heißt Fafhrd.«

Vellix fälschte seine Handbewegung ab und leitete sie zu einer tiefen Verbeugung über, bei der er den Arm weit ausschwenkte.

»Ich bin dir sehr verbunden, junger Mann«, sagte er herzlich und fügte nach kurzer Pause hinzu, »daß du das Leben einer bemerkenswerten Künstlerin gerettet hast.«

Jetzt tauchten auch andere Gestalten auf; einige eilten von den nahegelegenen Darstellerzelten herbei, andere standen in den Eingängen der fernen Schnee-Clan-Zelte und rührten sich nicht.

Wie zum formellen Dank drückte Vlana ihre Wange an die seine und flüsterte hastig: »Denk an unseren Plan für heute abend und für unsere Zukunft. Halt dich daran. Und bleib im Hintergrund.«

Fafhrd brachte heraus: »Achte auf Eis und Schnee. Reagiere, ohne zu denken.«

Zu Vellix gewandt, sagte Vlana ein wenig nüchterner, aber höflich und freundlich: »Ich danke für deine Fürsorge, sowohl im Schlaf als auch im Wachen.«

Aus einer Pelzrobe, deren Kragen seine Ohren überragte, schaltete sich Essedinex ein: »Schlimme Nacht für Zelte.« Vlana zuckte die Achseln.

Die Frauen der Truppe scharrten sich um sie und bedrängten sie mit Fragen, und sie sprach leise zu ihnen, während sie auf das Darstellerzelt zugingen und schließlich darin verschwanden.

Vellix blickte ihr stirnrunzelnd nach und zupfte an seinem schwarzen Schnurrbart.

Die Schauspieler besahen sich den Unglücksort und schüttelten die Köpfe.

Vellix wandte sich an Fafhrd und sagte verbindlich: »Ich habe dir schon einmal Brandy angeboten und möchte doch annehmen, daß du ihn jetzt brauchst. Auch habe ich seit gestern morgen den großen Wunsch, mit dir zu sprechen.«

»Ich bitte um Verzeihung, aber wenn ich erst einmal sitze, kann ich keinen Augenblick wachbleiben«, erwiderte Fafhrd höflich und unterdrückte ein Gähnen, das nur halb gespielt war. »Ich danke dir trotzdem.«

»Dann vielleicht gegen Mittag. Oder am Nachmittag?« fügte er schnell hinzu.

»Letzteres, bitte«, erwiderte Fafhrd und ging mit schnellen Schritten auf die Zelte der Händler zu. Vellix versuchte erst gar nicht, mit ihm Schritt zu halten.

Fafhrd fühlte sich zufriedener als je zuvor in seinem Leben. Der Gedanke, daß er dieser Schneewelt und ihren herrschsüchtigen Frauen heute nacht auf ewig entfliehen würde, erfüllte ihn fast mit Wehmut, wenn er sich umsah.

Vorsicht mit den Gedanken! ermahnte er sich. Ein seltsames Gefühl der Bedrohung oder vielleicht auch sein Schlafbedürfnis ließen seine Umgebung in ganz besonderem Licht erscheinen, wie eine lang entbehrte Szene aus seiner Kindheit.

Er leerte eine weiße Porzellanschale mit Wein, die ihm von seinen Mingol-Freunden Zax und Effendrit angeboten wurde, ließ sich von ihnen zu einem schönen Fellager leiten, das durch zahlreiche Pelzstapel geschützt war, und fiel sofort in einen tiefen Schlaf.

Nach äonenlanger, weicher Dunkelheit gingen langsam wieder die Lichter an. Fafhrd saß neben seinem Vater Nalgron an einer langen Tafel voller dampfender, schmackhafter Speisen, voller würziger Weine in irdenen Krügen, in Stein, Silber, Kristall und Gold. Auch andere Leute saßen aufgereiht am Tisch, doch Fafhrd vermochte nur ihre dunklen Silhouetten wahrzunehmen und das einschläfernde Summen ihrer Gespräche, das zu leise war, als daß er einzelne Worte verstehen konnte: murmelnden Wasserbächen vergleichbar, allerdings gelegentlich von Lachen durchdrungen, wie kleine Wellen, die einen Kieselstrand hinauflaufen und wieder zurückfließen. Und das dumpfe Klingen der Bestecke war das Klacken der Kiesel in dieser Brandung.

Nalgron war in seine weißesten Eisbärenfelle gekleidet, hier und da durch Nadeln und Kettchen und Armbänder aus reinem Silber gehalten, und er hatte auch einen Silberglanz im Haar, was Fafhrd ein wenig beunruhigte. In seiner Linken hielt er einen Silberkelch, den er immer wieder an die Lippen führte, während die Rechte, seine Eßhand, unter dem Umhang verborgen blieb.

Nalgron sprach klug und tolerant, fast zärtlich über verschiedene Themen. Er richtete seinen Blick hierhin und dorthin am Tisch, sprach jedoch so leise, daß seine Worte nur an seinen Sohn gerichtet sein konnten.

Fafhrd wußte auch, daß er sorgsam auf jedes Wort achten und jeden Aphorismus in seinem Gedächtnis bewahren müßte, denn Nalgron sprach vom Mut, von der Ehre, von Klugheit und Rücksicht, vom Geben und Nehmen; er sprach davon, wie man sein Wort halten, wie man den Wünschen seines Herzens folgen solle, wie man sich ein hohes romantisches Ziel setzen und dieses unermüdlich erstreben sollte; er sprach von der Ehrlichkeit sich selbst gegenüber in allen diesen Dingen, doch besonders von der Erkenntnis der eigenen Abneigungen und Sehnsüchte, von der Notwendigkeit, Augen und Ohren vor den Ängsten und Nörgeleien der Frauen zu verschließen, ihnen jedoch auch ihre Eifersucht, ihre Lenkversuche und sogar ihre schlimmste Arglist zu verzeihen, da all jene Dinge ihrer unwägbaren Liebe entsprangen – und er sprach von vielen anderen Dingen, die einem Jüngling an der Schwelle zum Mannesalter höchst nützlich sind.

Doch obwohl er das erkannte, verstand Fafhrd seinen Vater nur bruchstückweise, denn ihn beunruhigte viel zu sehr Nalgrons Ausgezehrtheit und die Dürre seiner Finger, die den Silberkelch umschlossen, und der Silberschimmer in seinem Haar und der schwache Hauch von Blau auf seinen roten Lippen. Zugleich strahlte Nalgron aber mit jeder Bewegung, mit jedem Wort Sicherheit und Lebhaftigkeit aus; trotzdem fühlte Fafhrd sich getrieben, ständig die dampfenden Platten und Schalen ringsum nach besonders schönen Portionen abzusuchen und mit Löffel oder Gabel auf Nalgrons großem Silberteller abzulegen, um seinen Appetit anzuregen.

Jedesmal sah Nalgron dann mit einem Lächeln und höflichen Nicken auf, und mit Liebe in den Augen, und er führte den Kelch an die Lippen und setzte seine Ausführungen fort; jedoch nie zeigte er seine Eßhand.

Als das Bankett seinen Fortgang nahm, begann Nalgron von Dingen zu sprechen, die womöglich noch wichtiger waren, doch jetzt bekam Fafhrd seine kostbaren Worte kaum noch mit, so erregte ihn die Sorge um die Gesundheit seines Vaters. Plötzlich erschien ihm die Haut zum Platzen gespannt über den vorspringenden Wangenknochen, die schimmernden Augen waren noch tiefer eingesunken, von noch schwärzeren Ringen umgeben, die blauen Adern neben den straffen Sehnen der Hand, die den Silberkelch hielt, traten noch stärker hervor – und in Fafhrd keimte der Verdacht, daß er, obwohl er den Kelch oft genug an den Mund hob, keinen einzigen Tropfen trank.

»Iß, Vater!« flehte Fafhrd mit leiser, besorgter Stimme. »Trink wenigstens!«

Wieder dieser Blick, das Lächeln, das freundliche Nicken, in den blanken Augen die Wärme der Liebe, der kurze Kontakt zwischen Kelch und ungeteilten Lippen, das Fortblicken, die Fortsetzung der ruhigen Ausführungen, denen er nicht folgen konnte.

Und jetzt stieg Angst in Fafhrd auf, denn die Lichter wurden blau, und er machte sich klar, daß bisher keine der undeutlichen schwarzen Gestalten am Tisch auch nur eine Hand, geschweige denn ein Trinkgefäß an die Lippen gehoben hatten, obwohl sie alle mit ihren Bestecken ständig dumpf herumlärmten. Die Sorge um seinen Vater wurde zur Tortur, und ehe er wußte, was er da tat, hatte er den Umhang seines Vaters aufgeschlagen, seinen rechten Unterarm ergriffen und die Eßhand an den vollgehäuften Teller geführt.

Jetzt nickte Nalgron nicht mehr, sondern stieß Fafhrd seinen Kopf entgegen, er lächelte nicht mehr, sondern grinste ein Grinsen, das alle seine elfenbeinernen Zähne zugleich entblößte, während seine Augen kalt waren – kalt, kalt.

Der Arm, den Fafhrd umschlossen hielt, fühlte sich an, sah aus, *war* bloßer Knochen!

Plötzlich am ganzen Körper geschüttelt, doch vorwiegend in den Armen, huschte Fafhrd blitzschnell von der Bank.

Dann schüttelte es Fafhrd nicht mehr, sondern er wurde wachgeschüttelt von starken, fleischigen Händen an seinen Schultern, und anstelle der Dunkelheit gewahrte er die leicht durchscheinende Plane des Mingol-Zeltes, und statt seines Vaters blickte das hohlwangige, schwarzbärtige, traurige und besorgte Gesicht Vellix' des Verwegenen auf ihn herab.

Fafhrd starrte betäubt zu ihm auf und bewegte dann Schultern und Kopf, um seinen Kreislauf anzuregen und die zupackenden Hände loszuwerden.

Doch Vellix hatte bereits losgelassen und sich auf den nächsten Pelzhaufen gesetzt.

»Entschuldigung, junger Krieger!« sagte er ernst. »Du schienst einen Traum zu haben, der lieber nicht länger dauern sollte.«

Sein Benehmen und sein Tonfall erinnerten Fafhrd sehr an Nalgron aus seinem Alptraum. Er stützte sich auf einen Ellenbogen, gähnte und schüttelte sich ein zweites Mal.

»Eine seltsame Kälte scheint dir Körper und Geist zu erfüllen«, sagte Vellix. »Da hätten wir also eine gute Entschuldigung für den Brandy, den ich dir versprochen habe.«

Er brachte mit einer Hand zwei kleine Silberkrüge zum Vorschein und mit der anderen einen braunen Brandy-Krug, den er jetzt mit Zeigefinger und Daumen entkorkte.

Fafhrd beäugte mißtrauisch die Schmutzflecken an den Krügen und überlegte, ob vielleicht auf dem Grund eines Bechers etwas abgelagert war, das nicht in das Getränk hineingehörte. Mit Besorgnis erinnerte er sich daran, daß dieser Mann, was Vlana anging, sein Rivale war.

»Moment!« sagte er, als Vellix einschenken wollte. »Ein Silberkelch hat eine unschöne Rolle in meinem Traum gespielt. Zax!« rief er dem Mingol zu, der aus der Zelttür starrte. »Eine Porzellanschale, bitte!«

»Nimmst du den Traum als Warnung vor silbernen Trinkgefäßen?« fragte Vellix leise und mit zweideutigem Lächeln.

»Nein«, erwiderte Fafhrd, »aber er hat mir einen Widerwillen eingegeben, der mir noch immer eine Gänsehaut macht.« Er wunderte sich ein wenig, daß die Mingols den anderen so einfach hereingelassen hatten. Vielleicht kannten sich die drei von zahlreichen Händlerlagern. Oder vielleicht hatte Vellix auch ein Sümmchen bezahlen müssen.

Vellix lachte leise und gab sich gelöster. »Du hast recht, da ich ohne Frau oder Diener lebe, ist mein Geschirr nicht das sauberste. Effendrit! Sagen wir zwei Porzellanschalen – so sauber wie eine frisch entrindete Birke.«

Tatsächlich, es war der andere Mingol, der am Eingang gestanden hatte – Vellix kannte die beiden besser als er. Der Mann neben ihm reichte ihm sofort eine der schimmernd weißen Schalen. Er goß ein wenig von dem prickelnden Getränk in seine Porzellanschale, schenkte dann Fafhrd großzügig ein und füllte schließlich auch seine eigene Schale weiter – als wollte er demonstrieren, daß Fafhrds Getränk unmöglich vergiftet oder sonstwie präpariert sein konnte.

Und Fafhrd, der ihn aufmerksam beobachtet hatte, machte keine verdächtige Feststellung. Sie stießen leise an, und als Vellix mit großen Zügen trank, nahm auch Fafhrd einen sorgfältig bemessenen, langsamen Schluck. Das Zeug brannte etwas in der Kehle.

»Mein letzter Krug«, sagte Vellix fröhlich. »Ich habe meinen ganzen Bestand in Bernstein, Schneesteine und andere Kleinigkeiten eingetauscht – aye, und auch mein Zelt und meinen Wagen, alles bis auf meine beiden Pferde und mein Privatzeug und die Winterrationen.«

»Ich habe gehört, Eure Pferde sind die schnellsten und ausdauerndsten auf der Steppe«, bemerkte Fafhrd.

»Das will ich nicht sagen. Hier machen sie sich zweifellos gut.«

»Hier!« sagte Fafhrd verächtlich.

Vellix musterte ihn, wie es Nalgron im ersten Teil des Traumes getan hatte. Dann sagte er: »Fafhrd – ich kann dich doch so nennen? Darf ich mir eine Bemerkung erlauben? Darf ich dir einen Rat geben, so wie ich meinem Sohn raten würde?«

»Natürlich«, antwortete Fafhrd, dem plötzlich ziemlich unwohl in seiner Haut war. Er wollte auf der Hut sein.

»Du bist offensichtlich unruhig und unzufrieden mit deinem Leben. So ergeht es jedem vernünftigen jungen Mann deines Alters, wo er auch lebt. Es juckt dich, deine Wurzeln auszureißen. Aber ich möchte dir eins sagen: Man braucht mehr als nur ein kluges Köpfchen und Vorsicht – aye, und auch Weisheit –, um es mit der Zivilisation aufnehmen und sich dort einigermaßen wohl zu fühlen.

Man braucht eine gute Portion Arglist, eine gewisse Gemeinheit, so wie auch die Zivilisation gemein ist. Man kann dort nicht zum Erfolg aufsteigen, wie man etwa einen Berg erklettert, mag er auch noch so eisig und gefährlich sein. Letzteres verlangt dir das Beste ab. Ersteres vielmehr dein Schlechtestes: ein berechnetes Böses, das du noch nicht kennst und das du gar nicht kennenzulernen brauchtest.

Ich bin als Renegat geboren. Mein Vater war ein Mann aus dem Land der Acht Städte, und er ist seit jeher mit den Mingols geritten. Ich wünsche mir heute, ich wäre auf der Steppe geblieben, so grausam diese Länder auch sind, und hätte dem korrumpierenden Ruf Lankhmars und der Ostländer widerstanden.

Ich weiß, die Leute hier sind engstirnig, in ihren Sitten und Gebräuchen befangen. Aber verglichen mit den Winkelzügen der Zivilisation sind sie aufrecht und gerade wie Pinien. Deine natürlichen Gaben befähigen dich ohne weiteres, hier zum Häuptling aufzusteigen – mehr sogar, zum Oberhäuptling; du könnest es schaffen, ein Dutzend Clans zusammenzuschweißen, die Nordischen zu einer Macht zu vereinigen, mit der die anderen Nationen zu rechnen haben. Dann erst kannst du, wenn du das noch möchtest, die Zivilisation herausfordern. Zu deinen Bedingungen, nicht zu den ihren.«

Fafhrds Gedanken und Gefühle, obwohl er sich äußerlich fast übernatürlich ruhig gab, bildeten einen wilden, wogenden Aufruhr. Sogar ein Hauch von Freude durchzog dieses Chaos bei dem Gedanken, daß Vellix seine, Fafhrds, Chancen bei Vlana hoch genug einschätzte, um sich mit Schmeicheleien und Brandy an ihn heranzumachen.

Doch was sein Innerstes wirklich aufwühlte, war der schwer zu erschütternde Eindruck, daß Vellix nicht nur schauspielerte, daß er tatsächlich eine Art Vatergefühl für Fafhrd empfand, daß er ihn wirklich vor Rückschlägen bewahren wollte, daß seine Bemerkungen über die Zivilisation einen wahren Kern hatten. Natürlich konnte das daran liegen, daß er sich Vlanas absolut sicher war und einen Rivalen deshalb freundlich behandeln konnte. Trotzdem ...

Trotzdem war Fafhrd unwohler zumute als je zuvor.

Er leerte seine Schale. »Dein Ratschlag ist des Nachdenkens wert, Vellix. Ich werde mich damit beschäftigen.«

Mit leichter Kopfbewegung lehnte er eine zweite Schale Brandy ab, stand auf und glättete seine Kleidung.

»Ich hatte gehofft, daß wir uns etwas länger unterhalten können«, sagte Vellix, ohne aufzustehen.

»Ich muß etwas erledigen«, erwiderte Fafhrd. »Herzlichen Dank.«

Vellix lächelte nachdenklich, als er das Zelt verließ.

Das Gewirr der schneezertrampelten Wege zwischen den Zelten der Händler war von Lärm und Gedränge erfüllt. Während Fafhrd schlief, waren die Männer des Eis-Stammes und eine Abordnung der Frost-Gemeinschaft gekommen, von denen sich viele jetzt um zwei Sonnenfeuer versammelt hatten – die wegen ihrer Größe, Hitze und der Höhe der emporzüngelnden Flammen so genannt wurden. Sie tranken dampfenden Met und lachten und balgten sich.

Zu beiden Seiten gab es Oasen des Kaufens und Schacherns, je nach Stand und Bedeutung der Beteiligten von den Feiernden bedrängt oder in Ruhe gelassen. Alte Kameraden entdeckten einander nach langer Zeit wieder und drängten durch die Menge, um sich zu umarmen. Essen und Trinken waren reichlich vorhanden, Drohungen wurden ausgestoßen, Duelle ausgemacht, die aber sehr oft im Gelächter untergingen. Skalden sangen und brüllten.

Der Tumult mißfiel Fafhrd, der in aller Ruhe Vellix von Nalgron scheiden, seine gelinden Zweifel an Vlana stillen und sein Zivilisationsbild wieder zurechtrücken wollte. Wie ein Schlafwandler stolperte er herum, runzelte dann und wann die Stirn, wenn er zu heftig angerempelt wurde, doch im Grunde kümmerte er sich um nichts.

Dann plötzlich wurde er hellwach, denn er bemerkte Hor und Harrax, die von zwei Seiten durch die Menge auf ihn zuhielten und damit offenkundig eine bestimmte Absicht verfolgten. In einem kleinen Menschenauflauf drehte er sich um und bemerkte Hrey, den dritten Helfer Hringorls, dicht hinter sich.

Der Plan der drei war klar. Sie wollten so tun, als verwikkelten sie ihn in eine kameradschaftliche Balgerei, und wollten ihm dabei eine tüchtige Tracht Hiebe verabreichen – oder Schlimmeres.

In seiner Sorge um Vellix hatte er seinen anderen eindeutigen Feind und Rivalen, den brutal direkten und doch schlauen Hringorl, völlig vergessen.

Dann waren die drei heran. Erschreckt stellte er fest, daß Hor einen kleinen Knüppel in der Hand hielt und daß Harrax' Fäuste seltsam groß erschienen, als habe er einen Stein oder ein Metallstück in den Händen, um seinen Schlägen damit mehr Wirkung zu verleihen.

Er sprang zurück, als ob er sich zwischen den beiden und Hrey hindurchducken wollte; aus der gleichen Bewegung heraus änderte er ebenso plötzlich seinen Kurs und rannte mit erschrecktem Aufschrei direkt auf das Sonnenfeuer zu. Köpfe wandten sich in seine Richtung, und ein paar verblüffte Gestalten wichen ihm aus, doch die Männer des Eis-Stammes und der Frost-Gemeinschaft hatten Gelegenheit, auf das Ereignis aufmerksam zu werden: ein großer Junge, der von drei kräftigen Männern verfolgt wurde. Das mochte ein schönes Spiel werden.

Sie stellten sich zu beiden Seiten des Sonnenfeuers auf, um ihm den Weg zu versperren. Fafhrd hielt erst auf die linke, dann auf die rechte Seite zu. Spöttelnd rückten die Männer enger zusammen.

Er hielt den Atem an, hob schützend einen Arm vor die Augen und sprang direkt durch die Flammen. Das Feuer hob ihm den Pelzmantel vom Rücken und blies ihn in die Höhe. Er spürte die stechende Hitze an Händen und Hals.

Mit glimmendem Fell kam er wieder zum Vorschein, und blaue Flammen liefen ihm über die Haare. Vor ihm drängten sich andere Leute – nur zwischen zwei Zelten war eine Stelle sauber gefegt und mit Teppichen ausgelegt. Hier saßen Häuptlinge und Priester konzentriert um einen niedrigen Tisch, an dem ein Händler damit beschäftigt war, Goldstaub abzuwiegen.

Er hörte Schreie hinter sich, jemand rief laut: »Lauf, du Feigling!« Ein anderer: »Kampf, einen Kampf!« Er sah Maras Gesicht vor sich, rot und aufgeregt.

Dann hüpfte der künftige Oberhäuptling des Nordlandes – so dachte er in diesem Augenblick von sich – im Hechtsprung über den bedeckten Tisch und warf den Händler und zwei Häuptlinge um, stieß die Waage zur Seite und fegte den Goldstaub in die Luft, ehe er mit dampfendem Zischen in der großen Schneewehe dahinter landete.

Er rollte zweimal hin und her, um sicherzugehen, daß der Brand erstickt war. Dann richtete er sich wieder auf und rannte wie eine Gazelle in den Wald, gefolgt von Flüchen und Gelächter.

Fünfzig große Bäume später blieb er in der Schneedämmerung stehen und hielt lauschend den Atem an. Durch das leise Rauschen seines Blutes war von einer Verfolgung nichts zu hören. Bedauernd fuhr er mit den Fingern durch sein gestutztes, stinkendes Haar und klopfte unkonzentriert seinen fleckigen Pelz ab.

Dann wartete er darauf, daß er wieder zu Atem kam und mehr auf seine Umgebung achten konnte. Und während dieser Ruhepause machte er die unangenehme Entdeckung. Zum erstenmal in seinem Leben kam ihm der Wald, der zuvor immer seine Zuflucht, sein allumfassendes Zelt, sein großer privater, nadelbedachter Raum gewesen war, feindlich vor, als wüßten die Bäume und die außen kalte, im Innern warme Mutter Erde, in der sie wurzelten, von seiner Abtrünnigkeit, von seiner Schmähung, von seiner beabsichtigten Trennung von seinem Heimatland.

Es war nicht so sehr die ungewöhnliche Stille oder die verdächtigen leisen Geräusche, die endlich zu hören waren: das Rindenkratzen einer kleinen Kralle, der ferne Schrei einer Eule vor Beginn des Abends. Das waren nur Nebenwirkungen oder allenfalls Begleitumstände. Vielmehr erregte ihn etwas Unbenennbares, Unberührbares, doch zugleich Tiefgreifendes, wie das Stirnrunzeln eines Gottes. Oder einer Göttin.

Er war zutiefst bedrückt. Noch nie war ihm das Herz so schwer gewesen.

Als er sich schließlich wieder auf den Weg machte, bemühte er sich, möglichst geräuschlos aufzutreten. Seine übliche entspannte, umfassende Bewußtheit war einer nervenaufreibenden Empfindsamkeit und gespannten Aufmerksamkeit gewichen, wie sie ein Kundschafter in Feindesland aufbringen mußte.

Und das war gut so, denn sonst hätte er dem nahezu geräuschlosen Fall eines schweren spitzen Eiszapfens, der fast so lang war wie das Geschoß eines Belagerungskatapults, sicherlich nicht ausweichen können, ebensowenig wie dem plötzlichen Herabschlagen eines riesigen schneebeladenen toten Astes, der mit donnerndem Krachen abbrach, auch nicht dem heftigen Zustoßen einer Schneeviper, die sonst nicht im offenen Schnee zu finden war, und auch nicht dem Prankenhieb eines Schneeleoparden, der sich mitten im Sprung in der kalten Luft vor ihm zu materialisieren schien und ebenso seltsam verschwand, als Fafhrd sich mit gezogenem Dolch zum Kampfe stellte. Auch wäre er sicher nicht rechtzeitig auf die sorgfältig geknüpfte hochschnellende Schlinge aufmerksam geworden, die gegen alle Gewohnheit in diesem Teil des Waldes ausgelegt war und die nicht nur einen Hasen, sondern einen ganzen Bären hätte erwürgen können.

Er frage sich, wo Mor sein mochte und was sie jetzt vor sich hin murmelte oder sang. War es sein Fehler gewesen, von Nalgron zu träumen? Trotz der gestrigen Verwünschung – und anderer aus früherer Zeit – und der bitteren Drohungen der letzten Nacht hatte er nicht wirklich angenommen, daß seine Mutter ihn töten wollte. Doch jetzt standen ihm vor Angst und Entsetzen die Haare zu Berge, der wachsame Blick seiner Augen war fiebrig, gehetzt, während ihm Blut aus dem Schnitt an der Wange tropfte, wo ihn der herabfallende Eiszapfen gestreift hatte.

Seine Aufmerksamkeit war so sehr auf die Gefahren des Waldes gerichtet, daß er sich mit einiger Überraschung plötzlich auf der Lichtung wiederfand, auf der Mara und er sich erst gestern umarmt hatten; seine Füße hatten ihn auf den kurzen Pfad getragen, der zu den Wohnzelten führte.

Da entspannte er sich ein wenig, steckte seinen Dolch fort und drückte eine Handvoll Schnee auf seine blutende Wange – doch er blieb weiterhin wachsam, was zur Folge hatte, daß er einen Menschen kommen spürte, ehe er überhaupt bewußt die Schritte hörte.

Lautlos verschmolz er mit seinem schneeweißen Hintergrund, so daß Mara bis auf drei Schritte heran war, ehe sie ihn überhaupt entdeckte.

»Sie haben dich verletzt!« rief sie aus.

»Nein«, erwiderte er kurz, seine Aufmerksamkeit noch immer auf die Gefahren des Waldes gerichtet.

»Aber der rote Schnee an deiner Wange. Hat es einen Kampf gegeben?«

»Habe mich nur im Wald verletzt. Ich bin ihnen davongelaufen.«

Ihr besorgter Blick verschwand. »Ich habe dich noch nie vor einem Kampf davonlaufen sehen.«

»Ich hatte keine Lust, mich mit dreien oder mehr einzulassen«, sagte er kurz.

»Warum siehst du dich dauernd um? Sind sie dir auf den Fersen?«

»Nein.«

Ihr Gesicht verhärtete sich. »Die Alten sind außer sich. Die Jugend nennt dich feige. Auch meine Brüder. Ich wußte nicht, was ich dazu sagen sollte.«

»Feine Brüder!« rief Fafhrd aus. »Soll mich der stinkende Schnee-Clan doch nennen, wie immer er will. Ist mir doch egal!«

Mara stemmte die Fäuste in die Hüften. »Du gehst mit deinen Beleidigungen in letzter Zeit recht freizügig um. Ich lasse nichts auf meine Familie kommen, hörst du? Auch lasse ich mich nicht beleidigen.«

Sie atmete schneller. »Gestern nacht bist du zu der alten Hurentänzerin gegangen. Stundenlang bist du in ihrem Zelt gewesen.«

»War ich nicht!« stritt Fafhrd ab und dachte: *Höchstens anderthalb Stunden.* Der Streit erwärmte ihn und dämpfte seine Angst vor dem Übernatürlichen.

»Du lügst! Die Geschichte ist schon im ganzen Lager bekannt. Jedes andere Mädchen hätte dir längst ihre Brüder auf den Hals geschickt.«

Fafhrd kam entsetzt wieder zu sich. An diesem Abend aller Abende durfte er keine unnötigen Schwierigkeiten riskieren – keine Streitereien, bei denen er verkrüppelt oder etwa getötet werden mochte.

Taktik, Mann, Taktik, ermahnte er sich, während er auf Mara zuschritt und mit schmollend-süßlichem Tonfall ausrief: »Mara, meine Königin, wie kannst du das von mir glauben, wo ich dich doch mehr liebe ...«

»Bleib mir vom Leibe, du Lügner und Betrüger!«

»Und du trägst meinen Sohn«, fuhr er fort und versuchte sie wieder zu umarmen. »Wie geht es dem süßen Kleinen?«

»Er spuckt seinen Vater an. Laß das, sag ich!«

»Aber es verlangt mich, deine schöne Haut zu berühren, die der einzige Balsam dieser Erde für mich ist, oh, du Schönste, die durch die Mutterschaft noch schöner geworden ist.«

»Scher dich zum Teufel. Und hör mit diesen ekligen Schmeicheleien auf. Deine Schauspielerei täuscht nicht mal ein betrunkenes Küchenmädchen, Schmierenkomödiant!«

Bis aufs Blut gereizt, schnappte Fafhrd: »Und was ist mit deinen eigenen Lügen? Gestern hast du dich noch gebrüstet, daß du meine Mutter beherrschen wolltest. Statt dessen bist du weinend zu ihr gelaufen und hast ihr gesagt, daß du mein Kind trägst.«

»Erst nachdem ich wußte, daß dich nach der Schauspielerin gelüstet. Und war das denn nicht die volle Wahrheit? Oh, du Wortverdreher!«

Fafhrd trat zurück und verschränkte die Arme. Er sagte langsam: »Meine Frau muß mir treu sein, muß mir vertrauen, muß mich fragen, ehe sie etwas unternimmt, muß sich wie die Frau des künftigen Oberhäuptlings verhalten. Es hat den Anschein, daß du allen diesen Erfordernissen nicht genügst.«

»Dir treu sein? Das mußt *du* gerade sagen!« Ihr hübsches Gesicht wurde rot und verzog sich vor Wut. »Oberhäuptling! Sieh erst mal zu, daß du im Schnee-Clan überhaupt als Mann angesehen wirst, wovon du noch weit entfernt bist! Hör mal zu, du abtrünniger Angeber. Du wirst mich sofort auf den Knien um Verzeihung bitten und mit mir kommen, um bei meiner Mutter und meinen Tanten um meine Hand anzuhalten. Wenn nicht ...«

»Eher würde ich vor einer Schlange hinknien! Oder eine Bärin heiraten!« brüllte Fafhrd, der jeden Gedanken an Taktik vergessen hatte.

»Ich hetze meine Brüder auf dich!« kreischte sie zurück. »Feiger Grobian!«

Fafhrd hob seine Faust, senkte den Arm, preßte seinen Kopf zwischen die Arme, ruckte ihn in einer Geste wahnsinniger Verzweiflung hin und her und rannte plötzlich an ihr vorbei auf das Lager zu.

»Ich schicke dir den ganzen Stamm auf den Hals! Ich verrate dich im Frauenzelt! Ich sage deiner Mutter ...«, schrie Mara hinter ihm her, doch ihre Stimme verlor sich schnell zwischen Schnee und Bäumen.

Fafhrd nahm sich kaum die Zeit festzustellen, daß niemand zwischen den Zelten des Schnee-Clans zu sehen war – weil entweder alle bei den Händlern waren oder drinnen das Abendessen bereiteten –, und er sprang seinen Schatzbaum hinauf und riß die Tür seines Verstecks auf. Er spaltete sich dabei einen Fingernagel und begann laut zu fluchen, dann holte er das Seehundsfell-Paket mit Bogen und Pfeilen und Raketen heraus, fügte sein bestes Paar Ski und Skistöcke hinzu, ein etwas kürzeres Gebilde, das das zweitbeste Schwert seines Vaters enthielt, gut geölt, und einen Beutel mit Kleinigkeiten. Er ließ sich wieder in den Schnee fallen und band die längeren Gegenstände hastig zu einem Bündel zusammen, das er sich auf den Rücken schnallte.

Nach einem kurzen Augenblick der Unentschlossenheit raste er in Mors Zelt, zerrte aus seinem Beutel einen kleinen Feuertopf aus Stein, füllte ihn mit Glut aus dem Ofen, streute Asche darüber, band den Topf ganz fest zu und steckte ihn wieder in den Beutel.

Hastig wandte er sich dann zur Tür und erstarrte. Mor stand auf der Schwelle – eine große Gestalt, deren Gesicht im Schatten lag.

»Du willst mich und die Eis-Öde also im Stich lassen. Du willst nie wieder zurückkehren. Glaubst du.«

Fafhrd war sprachlos.

»Und doch wirst du zurückkehren. Wenn du nicht willst, daß das kriechend auf allen vieren geschieht oder leblos ausgestreckt auf einer Bahre aus Speeren, dann wäge schleunigst deine Pflichten ab.«

Fafhrd lag eine wütende Antwort auf der Zunge, doch die Worte blieben ihm im Hals stecken. Er ging auf Mor zu.

»Mach mir Platz, Mutter!« brachte er flüsternd heraus.

Sie bewegte sich nicht.

Sein Gesicht verkrampfte sich zu einer entsetzlichen Maske; er hob mit schneller Bewegung beide Hände, packte sie unter den Achseln und setzte sie auf die Seite. Sie schien so steif und kalt wie Eis. Sie leistete keinen Widerstand. Er brachte es nicht fertig, ihr ins Gesicht zu schauen.

Draußen ging er mit schnellem Schritt in Richtung Gotteshalle davon, doch da stellten sich ihm Männer in den Weg – vier große blonde Burschen, von einem Dutzend anderer flankiert.

Mara hatte nicht nur ihre Brüder vom Handelsplatz geholt; ihre gesamte Verwandtschaft war gekommen.

Doch schon schien sie ihr Handeln zu bedauern, denn sie zupfte ihren ältesten Bruder am Arm und redete, nach ihrem Gesichtsausdruck und ihren Lippenbewegungen zu urteilen, beschwörend auf ihn ein.

Ihr ältester Bruder marschierte weiter, als gäbe es sie nicht. Und als sein Blick jetzt auf Fafhrd fiel, stieß er einen Ruf aus, riß sich von ihr los und stürmte auf ihn zu, gefolgt von den anderen. Alle schwenkten Knüppel oder Schwerter.

Maras gequältes: »Flieh, mein Liebster!« kam für Fafhrd fast zwei Herzschläge zu spät. Er wandte sich um und rannte auf den Wald zu, wobei ihm das lange steife Bündel auf dem Rücken herumtrommelte. Als er auf die Spur einschwenkte, die er beim Verlassen des Waldes gemacht hatte, achtete er darauf, seine Füße in die alten Stapfen zu setzen, ohne dabei langsamer zu laufen.

Hinter ihm riefen sie: »Feigling!« Er rannte schneller.

Als er im Wald die ersten Granitformationen erreichte, wandte er sich scharf nach rechts, sprang von Fels zu Fels, ohne eine Spur zu hinterlassen, erreichte schließlich eine niedrige Granitklippe und bestieg sie mit zwei Handbewegungen; dann hastete er weiter, bis ihn der Klippenrand der Sicht der Männer unter ihm entzog.

Er hörte, wie seine Verfolger in den Wald hasteten, und vernahm ihre ärgerlichen Rufe, als sie zwischen den Bäumen gegeneinanderliefen; schließlich ertönte eine Stimme, die herrisch um Ruhe schrie.

In großem Bogen warf er drei Steine in Richtung auf seine alte Spur – ein gutes Stück vor den menschlichen Jagdhunden Maras. Das Poltern der Geschosse und das Rascheln der Äste, als sie durch die Bäume fielen, täuschten die anderen und hatten einen erneuten Befehl um Ruhe zur Folge.

Jetzt hob Fafhrd einen größeren Felsen an und warf ihn beidhändig gegen den Stamm eines großen Baumes auf dieser Seite des Pfades. Ganze Äste entleerten unter dem Aufprall Schnee und Eis auf den Weg. Die überraschten und vermutlich zu drei Vierteln begrabenen Männer stießen wilde Schreie aus. Fafhrd grinste, dann wurde sein Gesicht ernst, und seine Augen blickten wachsam hierhin und dorthin, als er jetzt wieder durch den dunkler werdenden Wald lief.

Diesmal spürte er keine Feindseligkeit ringsum; die Natur und die Geister hielten sich mit ihren Angriffen zurück. Vielleicht glaubte Mor, daß Maras Verwandte ihn in Trab hielten; und sie hatte daher ihre Zaubersprüche aufgegeben. Oder vielleicht ... Fafhrd unterdrückte seine wirbelnden Gedanken und konzentrierte sich ganz auf den Weg. Vlana und die

Zivilisation lagen vor ihm. Seine Mutter und die Barbarei gehörten der Vergangenheit an – trotzdem wollte er lieber nicht an sie denken.

Die Nacht rückte heran, als Fafhrd den Wald verließ. Er hatte den größtmöglichen Bogen geschlagen und kam jetzt in der Nähe des Abstiegs in den Troll-Cañon heraus. Der Gurt seiner unförmigen Last schnitt ihm tief in die Schulter.

Von den Zelten der Händler drangen Licht und Lärm herüber; ein Fest schien im Gange zu sein. Die Gotteshalle und die Darstellerzelte lagen im Dunklen. Ganz in der Nähe ragten die dunklen Umrisse des Stallzeltes auf.

Schweigend überquerte er den frostigen Kies der Neuen Straße, die nach Süden in den Cañon führte.

Dann bemerkte er, daß das Stallzelt nicht völlig dunkel war. Ein Schimmer bewegte sich geisterhaft darin. Vorsichtig näherte er sich dem Eingang und erblickte die Silhouette Hors, der hineinstarrte. Lautlos schlich er sich hinter Hor und starrte über dessen Schulter.

Vlana und Vellix schirrten zwei Pferde – die vermutlich dem Verwegenen gehörten – vor Essedinex' Schlitten, aus dem Fafhrd die drei Raketen gestohlen hatte.

Hor hob den Kopf und legte eine Hand an die Lippen, um eine Art Heulen oder Wolfsschrei auszustoßen.

Fafhrd zog sein Messer und machte Anstalten, Hor die Kehle durchzuschneiden. Doch im letzten Augenblick überlegte er es sich anders und versetzte dem anderen nur einen kräftigen Schlag mit dem Messergriff an die Schläfe. Hor brach lautlos zusammen, und Fafhrd zerrte ihn aus dem Weg.

Vlana und Vellix sprangen in den Schlitten, der Mann schüttelte die Zügel, und die Pferde kamen herausgedonnert.

Fafhrd umklammerte mit äußerster Kraft sein Messer – und steckte es fort und wich in die Schatten zurück.

Der Schlitten glitt die Neue Straße hinab. Fafhrd blickte ihm hochaufgerichtet nach, die Arme starr herabhängend wie die zurechtgelegten Arme eines Toten; seine Finger waren verkrampft.

Dann wandte er sich ruckartig um und eilte auf die Gotteshalle zu.

Hinter dem Stallzelt war plötzlich ein Eulenschrei zu hören. Fafhrd kam gleitend zum Stehen und fuhr herum.

Zwei Gestalten rannten durch die Dunkelheit auf den Troll-Cañon zu, die eine mit einem Feuerbrand in der Hand. Der größere der beiden war unzweifelhaft Hringorl. Sie blieben am Abgrund stehen. Hringorl schwang seine Fackel in großem Flammenkreis. Das Licht beschien Harrax neben ihm. Einmal, zweimal, dreimal fuhr der Arm herum, als sollte jemandem unten im Cañon ein Signal gegeben werden. Dann huschten die Männer auf den Stall zu.

Fafhrd rannte weiter. Als hinter ihm ein heiserer Schrei ertönte, blieb er stehen und sah sich erneut um. Aus dem Stall kam ein großes Pferd galoppiert; Hringorl war der Reiter. An einem Seil zog er einen Mann auf Skiern hinter sich her: Harrax. Das Paar huschte in einem Schneewirbel die Neue Straße hinab.

Fafhrd rannte weiter, bis er die Gotteshalle hinter sich gelassen und ein Viertel des Hanges erklommen hatte, der zum Frauenzelt führte. Er warf das Bündel ab, öffnete es, zog seine Skier heraus und schnallte sie an. Er packte das Schwert seines Vaters aus und gürtete es links, zum Ausgleich für den Beutel auf seiner rechten Seite.

Dann wandte er sich dem Troll-Cañon zu – der Stelle, wo die Alte Straße die Schlucht überquert hatte. Er nahm zwei seiner Skistöcke auf, duckte sich und stemmte sie in den Schnee. Sein Gesicht schimmerte wie ein Totenschädel, das Schemengesicht eines Mannes, der sich mit dem Tode einläßt.

In diesem Augenblick machte sich hinter der Gotteshalle, dort, von wo er gekommen war, ein kleines gelbes Zischen bemerkbar. Er hielt inne und zählte seine Herzschläge – er wußte nicht, warum.

Neun, zehn, elf – eine große Flamme blitzte auf. Die Rakete stieg auf und signalisierte den Beginn der heutigen Show. Einundzwanzig, zweiundzwanzig, dreiundzwanzig – der Feuerschweif verblaßte, und die neun weißen Sterne gingen auf.

Fafhrd ließ seine Skistöcke fallen, nahm eine der drei Raketen, die er gestohlen hatte, und zog den Zünder heraus, wobei er gerade so fest zog, daß der Verschlußteer brach, ohne den Zünder zu beschädigen.

Er steckte sich den fingerlangen schlanken Teerzylinder zwischen die Zähne und nahm seinen Feuertopf aus dem Beutel. Der Stein war kaum noch warm. Er knüpfte den Deckel auf und strich die Asche zur Seite, bis er auf ein rotes Glühen stieß, das ihm die Finger verbrannte.

Er nahm die Zündkapsel zur Hand und legte sie so in den Feuertopf, daß ein Ende auf dem Rand auflag, während das andere die rote Glut rührte. Es folgte ein Sprühen. Sieben, acht, neun, zehn, elf, zwölf – und das Sprühen wurde zu einem flammenden Schweif und war vorbei.

Er setzte den Feuertopf im Schnee ab, nahm die beiden verbleibenden Raketen auf, klemmte sich die dicken Zylinder unter die Arme und stemmte ihre Starthölzer in den Schnee, testete ihre Haltbarkeit. Die Holzstangen waren so starr wie Skistöcke.

Er hielt die beiden Raketen parallel in einer Hand, blies hart in die Glut seines Topfes und hob sie an die beiden Zünder.

Mara kam aus der Dunkelheit herbeigerannt und sagte: »Liebling, ich bin ja so froh, daß dich meine Leute nicht erwischt haben!«

Der Schimmer des Feuertopfes enthüllte ihre Schönheit.

Fafhrd starrte sie an und sagte: »Ich verlasse Schneewinkel. Ich verlasse den Schnee-Clan. Ich verlasse dich.«

Mara sagte: »Das kannst du nicht.«

Fafhrd setzte den Feuertopf und die Raketen ab.

Mara streckte ihm die Hände entgegen.

Fafhrd nahm seine silbernen Armbänder ab und legte sie in Maras Hände.

Mara umklammerte sie und sagte: »Die will ich nicht. So etwas will ich überhaupt nicht. Du bist der Vater meines Kindes. Du gehörst mir!«

Fafhrd riß sich die schwere Silberkette vom Hals, legte sie über ihre Handgelenke und sagte: »Ja! Du bist auf ewig mein, und ich bin dein. Dein Sohn gehört mir. Ich werde niemals eine andere Frau des Schnee-Clans heiraten. Wir sind verheiratet.«

Mit diesen Worten nahm er die beiden Raketen wieder auf

und hielt ihre Zünder an den Feuertopf. Sie begannen gleichzeitig zu sprühen. Er setzte sie ab, schloß den Feuertopf und verstaute ihn hastig in seinem Beutel. Drei, vier ...

Mor starrte Mara über die Schulter und sagte: »Ich habe deine Worte gehört, mein Sohn. Halt!«

Fafhrd packte die sprühenden Raketen und stemmte sich mit den Starthölzern den Hang hinab. Sechs, sieben ...

Mara schrie: »Fafhrd! Mann!«

Mor rief: »Er ist nicht mein Sohn!«

Wieder half Fafhrd mit den zischenden Raketen nach. Kalte Luft peitschte ihm ins Gesicht. Er spürte sie kaum. Der mondhelle Abgrund war jetzt ganz nahe. Er spürte die Aufwärtsbewegung des Hanges. Dahinter, Dunkelheit. Acht, neun ...

Mit wilder Bewegung klemmte er sich die Raketen unter die Arme und flog durch die Dunkelheit. Elf, zwölf ...

Die Raketen zündeten nicht. Das Mondlicht offenbarte ihm die jenseitige Cañonwand, die mit unvorstellbarer Geschwindigkeit auf ihn zuraste. Seine Skier waren auf eine Stelle unmittelbar unter dem Schluchtrand gerichtet, und dieser Punkt verlagerte sich ständig weiter nach unten. Er neigte die Raketen nach unten und klemmte sie ganz fest.

In diesem Augenblick zündeten sie. Es war, als hielte er sich an zwei gewaltigen Armen fest, die ihn nach oben zogen. Ellbogen und Rippen wurden ihm warm. In dem plötzlichen Lichtschimmer war die Felswand ganz nahe, doch lag sie jetzt unter ihm. Sechzehn, siebzehn ...

Sanft setzte er auf der glatten Schneekruste auf, die die Alte Straße bedeckte, und ließ die Raketen fallen. Es ertönte ein doppelter Donnerschlag, und weiße Sterne umflogen ihn. Einer verbrannte ihm die Wange. Ihn durchzuckte der Gedanke: *Ich verschwinde mit Blitz und Donner.*

Dann blieb ihm keine Zeit mehr für Gedanken, denn er mußte sich auf seine Schußfahrt auf der Alten Straße konzentrieren, die jetzt hell im Mondlicht vor ihm lag, unterbrochen von pechschwarzen Windungen, die der Mond nicht erreichte; Kurven und Geraden, Abgründe zur Rechten, Abgründe zur Linken. Hingeduckt bemühte er sich, die Skier zusammenzuhalten und nur mit den Hüften zu steuern. Gesicht und Hände wurden ihm taub. Die Alte Straße, die sich ihm entgegenschleuderte, war die Wirklichkeit. Winzige Unebenheiten wurden zu gewaltigen Erschütterungen. Schwarze Abhänge bedrohten ihn.

Ganz tief im Innern ging es nicht ohne Gedanken ab. Selbst während er sich bemühte, alle Aufmerksamkeit auf die Schußfahrt zu richten, ließen sie ihn nicht in Ruhe.

Idiot, du hättst dir mit den Raketen ein paar Skistöcke schnappen sollen. Aber wie hättest du die beim Wegwerfen der Raketen gehalten? Auf dem Rücken? Da würden sie dir jetzt nichts nützen. Du hättest bei Mara bleiben sollen. Du wirst nie wieder so ein liebliches Mädchen kennenlernen. Aber du willst doch Vlana. Oder nicht? Wie denn, wenn Vellix dabei ist?

Wenn du nicht so gut wärst, hättest du Vellix im Stall getötet, anstatt dich selbst ... Hast du dich wirklich selbst umbringen wollen? Was hast du jetzt vor? Sind Mors Zaubersprüche schneller als deine Skier? Waren die Raketen wirklich Nalgrons Arme, die aus der Hölle zu dir heraufIangten? Was ist das da vorn?

Das war ein aufragender Hügel, den er umfahren mußte. Als der weiße Streifen zu seiner Linken schmaler wurde, legte er sich nach rechts. Der Streifen hielt sein Gewicht. Jenseits, auf der anderen Seite des breiter werdenden Cañons, erblickte er einen winzigen Flammenschweif. Hatte Hringorl noch immer seine Fackel dabei, während er die Neue Straße hinabgaloppierte und Harrax hinter sich her zog?

Fafhrd legte sich wieder nach rechts, als die Alte Straße in enger Kurve noch weiter in diese Richtung ausschwang. Der Himmel drehte sich über ihm. Der Lebenswille machte es eigentlich erforderlich, daß er jetzt anhielt. Doch der Tod war noch immer ein gleichwertiger Mitspieler. Vor ihm lag die Gabelung, wo die Alte und die Neue Straße zusammentrafen. Er mußte sie nach Möglichkeit noch vor Vlana und Vellix erreichen. Er mußte sich also beeilen. Wieso? Er wußte es nicht. Neue Kurven folgten.

Unmerklich flachte der Abhang ab. Schneebeladene Baumwipfel stießen aus den düsteren Tiefen zur Linken auf ihn zu und tauchten dann auch auf der anderen Seite auf. Er war in einem niedrigen schwarzen Tunnel. Er bewegte sich lautlos wie ein Gespenst. Als der Tunnel zu Ende ging, bremste er.

Seine tauben Finger betasteten die von dem Raketenstern hinterlassene Stelle an seiner Wange. Eisnadeln knackten leise in der Wunde.

Kein Laut außer dem leisen Klirren der Kristalle, die ringsum in der stillen, feuchten Luft wuchsen.

Fünf Schritte vor ihm, am unteren Ende eines kleinen Steilhangs, entdeckte er einen kugelförmigen schneebeladenen Rollbusch. Hinter dem Gebüsch hockte Hringorls erster Helfer Hrey – der Spitzbart war nicht zu verkennen, obwohl das rote Haar im Mondlicht grau wirkte. Er hielt einen gespannten Bogen in der Linken.

Jenseits, zwei Dutzend Schritte hangabwärts, lag der Treffpunkt der Neuen und der Alten Straße. Der Tunnel, der nach Süden durch die Bäume führte, war von einigen Rollbüschen versperrt, die hoch aufragten. Vellix' und Vlanas Schlitten stand vor dem Hindernis; die Pferde waren zwei große Schatten. Mondlicht schimmerte auf den silbrigen Mähnen und den silbrigen Büschen. Vlana kauerte im Schlitten, ihr Haupt pelzverhüllt.

Vellix war abgesprungen und versuchte, den Weg freizumachen.

Eine Fackel kam die Neue Straße von Schneewinkel herabgefegt. Vellix gab seine Arbeit auf und zog sein Schwert. Vlana blickte über ihre Schulter zurück.

Hringorl galoppierte mit einem triumphierenden Lachen auf die Lichtung, warf seine Fackel hoch in die Luft und brachte sein Pferd hinter dem Schlitten zum Stehen. Der Skifahrer, den er im Schlepp hatte – Harrax – schoß an ihm vorbei und halb den Hang hinauf. Hier kam er zum Stehen und bückte sich, um seine Skier abzumachen.

Die Fackel fiel zu Boden und erlosch zischend.

Vellix rannte auf Hringorl zu. Es war ihm zweifellos klar, daß er den riesigen Piraten erledigen mußte, ehe Harrax seine Skier gelöst hatte, oder er hatte es mit zwei Gegnern zugleich zu tun.

Vlanas Gesicht war eine kleine weiße Maske im Mondlicht, als sie sich halb von ihrem Sitz erhob, um ihm nachzuschauen. Die Kapuze rutschte ihr vom Kopf.

Fafhrd hätte Vellix zu Hilfe eilen können, aber er machte

keine Anstalten, seine Skier abzuschnallen. Mit schmerzlichem Gefühl – oder war es ein Gefühl der Erleichterung? – fiel ihm ein, daß er ja Pfeil und Bogen zurückgelassen hatte. Er sagte sich, daß er Vellix helfen müßte. War er nicht das unvorstellbare Risiko eingegangen, hier herabzufahren, um den Verwegenen und Vlana zu retten oder sie zumindest vor dem Hinterhalt zu warnen, den er vermutet hatte, seit er Hringorl mit der Fackel am Abgrund sah? Und sah Vellix nicht wie Nalgron aus – in diesem Augenblick des höchsten Mutes mehr denn je? Aber das Phantom Tod stand noch immer neben Fafhrd und hemmte jede Bewegung.

Außerdem hatte Fafhrd das Gefühl, daß ein Zauberbann über der Lichtung lag und ohnehin jede Handlung sinnlos machte. Als hätte eine gigantische, weißpelzige Spinne bereits ein Netz darum gesponnen und sie vom übrigen Universum abgetrennt und zu einem Gebiet erklärt, das nur der Spinne des Todes gehörte. Dabei war es ohne Belang, daß diese Weiße Spinne keine Fäden, sondern Kristalle spann – das Ergebnis war das gleiche.

Hringorl zielte mit einem gewaltigen Axthieb auf Vellix. Der Verwegene wich dem Schlag aus und stieß sein Schwert in Hringorls Unterarm. Mit lautem Wutschrei wechselte dieser die Waffe in seine linke Hand, sprang vor und schlug erneut zu.

Aus dem Gleichgewicht gebracht, konnte sich Vellix noch im letzten Moment vor dem zischenden Stahlrund in Sicherheit bringen, das im Mondlicht aufblitzte. Und doch war er sofort wieder leichtfüßig auf den Beinen. Hringorl kam jetzt vorsichtiger heran, die Axt hoch erhoben und ein wenig vorgestreckt, zu kurzen Hieben bereit.

Vlana stand im Schlitten auf, Stahl blitzte in ihrer Hand. Sie machte eine Bewegung, als wolle sie das Messer schleudern, und hielt unsicher inne.

Hrey richtete sich hinter seinem Busch auf, einen Pfeil angelegt.

Fafhrd hätte ihn töten können, notfalls durch einen Wurf mit seinem Schwert, doch das Gefühl der Todesgestalt neben sich lähmte ihn noch immer, und das Gefühl, sich in der ausweglosen Falle der großen Weißen Eisspinne zu befinden.

Außerdem, was empfand er denn wirklich für Vellix oder etwa Nalgron?

Die Bogensehne summte. Vellix erstarrte mitten in einem Abwehrschlag. Der Pfeil hatte ihn neben dem Rückgrat getroffen, und die Spitze ragte vorn dicht unter dem Brustbein heraus.

Mit einem gewaltigen Axthieb schlug Hringorl dem Sterbenden das Schwert aus der Hand. Wieder stieß er ein lautes, hartes Lachen aus. Er wandte sich dem Schlitten zu.

Vlana schrie auf.

Ehe er sich der Bewegung überhaupt bewußt wurde, hatte Fafhrd lautlos das Schwert aus der gutgeölten Scheide gezogen und sich damit auf dem weißen Hang abgestoßen. Seine Skier sangen schrill auf dem verkrusteten Schnee.

Der Tod stand nicht länger neben ihm. Der Tod war in seinen Körper getreten. Es waren die Füße des Todes, an die seine Skier geschnallt waren. Es war der Tod, der die Falle der Weißen Spinne als sein Zuhause empfand.

Hrey wandte sich um und kam damit Fafhrd entgegen, der ihm mit einem Streich die Seite des Genicks aufschlitzte – ein Schnitt, der ihm sowohl die Gurgel als auch die Halsschlagader durchtrennte. Sein Schwert war schon weitergehuscht, ehe es von Blut benetzt werden konnte und natürlich ehe Hrey seine großen Hände hob, in dem vergeblichen Bemühen, den tödlichen Blutsturz aufzuhalten.

Es war alles ganz mühelos. Seine Skier hatten den Schlag geführte, sagte sich Fafhrd, nicht er. Seine Skier, die ein eigenes Leben, das Leben des Todes hatten, und ihn auf eine höchst gefährliche Reise trugen.

Auch Harrax war mit dem Abschnallen seiner Skier fertig und richtete sich wie eine Marionette der Götter in dem Augenblick auf, als Fafhrd zustieß – ein Hieb aus dem Ducken nach oben, durch den Magen, so wie der Pfeil, der Vellix getroffen hatte – nur in umgekehrter Richtung.

Das Schwert knirschte gegen Harrax' Rückgrat, ließ sich jedoch leicht wieder herausziehen. Fafhrd huschte hangabwärts davon, ohne sich umzusehen. Harrax starrte mit weit aufgerissenen Augen hinter ihm her. Der Mund des grobschlächtigen Mannes war weit geöffnet, doch er ließ keinen

Laut hören. Wahrscheinlich hatte der Stoß eine Lunge und auch sein Herz durchschnitten.

Und jetzt war Fafhrds Schwert auf den Rücken Hringorls gerichtet, der eben Anstalten machte, in den Schlitten zu steigen. Die Skier trugen die Klinge schneller und immer schneller voran.

Vlana starrte über Hringorls Schulter, und es war, als sähe sie den Tod persönlich herannahen, und sie schrie.

Hringorl schwang herum und hob augenblicklich seine Axt, um Fafhrds Schwert zur Seite zu schlagen. Sein breites Gesicht trug den Ausdruck eines Mannes, der dem Tod oft ins Auge gestarrt hat und sich durch das plötzliche Auftauchen des Allgegenwärtigen nicht mehr überraschen läßt.

Fafhrd bremste und drehte die Skier herum, so daß er, langsamer werdend, um das rückwärtige Ende des Schlittens herumfuhr. Sein Schwert strebte die ganze Zeit zuckend auf Hringorl zu, ohne ihn ganz zu erreichen. Er wich dem Hieb aus, den Hringorl vollführte.

Dann erblickte Fafhrd unmittelbar vor sich den Körper Vellix' im Schnee. Er machte eine hastige Wendung, bremste sofort und stieß auch noch sein Schwert in den Schnee, damit er nicht über die Leiche stolperte; die Klinge traf auf Gestein und ließ Funken sprühen.

Aus der gleichen Bewegung heraus warf er sich herum, soweit seine noch in den Skiern gefangenen Füße das ermöglichten, und er erhaschte noch einen Blick auf Hringorl, der sich aus dem aufgestäubten Schnee auf ihn stürzte und mit gewaltigem Axtschlag Fafhrd das Genick durchtrennen wollte.

Fafhrd parierte den Schlag mit dem Schwert. Hätte er die Klinge im rechten Winkel zu der anstürmenden Axt gehalten, wäre ihm der Stahl zersprungen, doch Fafhrd hielt das Schwert in einem Winkel, der die Axt mit stählernem Kreischen abgleiten ließ und pfeifend über seinen Kopf lenkte.

Hringorl, der nicht mehr abbremsen konnte, stürmte an ihm vorbei.

Wieder warf sich Fafhrd herum und verfluchte die Skier, die seine Füße an den Boden fesselten. Sein Hieb kam zu spät, um Hringorl noch zu erreichen.

Der mächtigere Mann wandte sich um und setzte erneut zum Angriff an, wieder mit seiner Axt. Diesmal wußte Fafhrd nicht anders auszuweichen, als sich flach auf den Boden zu werfen.

Stahl blitzte im Mondlicht auf. Dann benutzte er sein Schwert, um sich wieder aufzurichten, bereit, erneut auf Hringorl loszugehen, oder sich wieder zu ducken, wenn ihm die Zeit dazu blieb.

Der große Mann hatte seine Axt fallen gelassen und betastete sein Gesicht.

Mit ungeschicktem, skibehindertem Schritt stieß ihm Fafhrd das Schwert durch das Herz.

Hringorl ließ seine Hände sinken, als er nach hinten stürzte. Aus seinem rechten Auge ragte der Silberknauf und schwarze Griff eines Dolches. Fafhrd zog sein Schwert zurück. Hringorl stürzte mit dumpfem Geräusch zu Boden und ließ ringsum den Schnee aufstäuben, während er zweimal zusammenzuckte und dann still lag.

Fafhrd hob sein Schwert und sah sich hastig um. Er war bereit für weitere Angriffe – von wem auch immer.

Doch keiner der fünf Körper bewegte sich – weder die beiden zu seinen Füßen noch die beiden am Hang, und auch Vlanas Gestalt im Schlitten stand starr.

Überrascht stellte er fest, daß das Keuchen, das ihm in den Ohren klang, von ihm selbst stammte. Ansonsten bestand das einzige Geräusch auf der Lichtung in einem schwachen hohen Klirren, das er zunächst ignorierte. Sogar Vellix' Pferde vor dem Schlitten und Hringorls großer Brauner, der ein wenig abseits auf der Alten Straße stand, waren unnatürlich ruhig.

Er lehnte sich rückwärts an den Schlitten, legte seinen linken Arm auf die eisige Plane, die die Raketen und anderen Gegenstände bedeckte. Seine rechte Hand hielt das Schwert in die Höhe, ein wenig nachlässig jetzt, doch immer noch kampfbereit.

Er betrachtete noch einmal die Körper und ließ seinen Blick schließlich auf Vlana ruhen. Noch immer hatte sich niemand bewegt. Die vier Toten waren von blutbeflecktem Schnee umgeben, große Flächen bei Hrey, Harrax und Hringorl, ein kleiner Fleck bei Vellix, der durch einen Pfeil gestorben war.

Er starrte in Vlanas weitaufgerissene, starre Augen. Um Atem kämpfend sagte er: »Ich bin dir Dank schuldig dafür, daß du Hringorl umgebracht hast. Ich bezweifle, daß ich ihn hätte besiegen können, da er doch auf Füßen stand und ich auf dem Rücken lag.

Aber war dein Messer auch auf Hringorl gezielt und nicht etwa auf meinen Rücken? Und bin ich dem Tod vielleicht nur durch meinen Sturz entkommen, während das Messer über mich dahinzischte und einen anderen Mann traf?«

Sie antwortete nicht. Statt dessen flogen ihre Hände hoch und preßten sich vor ihre Wangen und Lippen. Sie nahm ihren starren Blick nicht von Fafhrd.

Er fuhr fort, und seine Stimme klang noch beiläufiger: »Du hast Vellix mir vorgezogen, nachdem du mir ein Versprechen gegeben hattest. Warum dann nicht auch Hringorl Vellix vorziehen – und wiederum mir –, wenn Hringorl ohnehin der wahrscheinliche Sieger war? Warum hast du nicht Vellix mit deinem Messer geholfen, als er so mutig auf Hringorl losging? Warum hast du geschrien, als du mich herankommen sahst, und hast mir damit die Chance genommen, Hringorl mit einem einzigen Hieb aus dem Hinterhalt zu töten?«

Er unterstrich jede Frage mit einem nachlässigen Stoß seines Schwertes in ihre Richtung. Er atmete jetzt wieder leichter, und die Müdigkeit fiel von seinem Körper ab, während Niedergeschlagenheit seinen Geist erfüllte.

Vlana nahm langsam die Hände von den Lippen und schluckte zweimal. Dann sagte sie mit harter, doch klarer Stimme: »Eine Frau muß sich immer alle Möglichkeiten offenlassen, kannst du das verstehen? Nur wenn sie bereit ist, sich mit jedem Mann zusammenzutun und mit einer Wende des Glücks notfalls den einen zugunsten eines anderen fallenzulassen, kann sie den großen Vorteil der Männer auszugleichen hoffen.

Ich habe Vellix dir vorgezogen, weil seine Lebenserfahrung größer war und weil ich – das kannst du mir glauben oder nicht – der Meinung war, daß mein Partner kein langes Leben erwarten könnte, und ich dich am Leben wissen wollte. Ich habe Vellix hier an der Straßensperre nicht geholfen, weil ich ihn und mich verloren gab. Die Sperre und das Wissen, daß sich hier Leute versteckt haben mußten, lähmte mich – obwohl Vellix das nicht zu glauben schien oder es ihm egal war. Was meinen Schrei anging, als ich dich sah – ich habe dich gar nicht erkannt. Ich hielt dich für den Tod persönlich.«

»Nun, das war ich anscheinend auch«, bemerkte Fafhrd leise und blickte ein drittesmal über die stumm daliegenden Gestalten hin. Er schnallte seine Skier ab. Nachdem er ein paarmal mit den Füßen aufgestampft hatte, kniete er neben Hringorl nieder, riß ihm den Dolch aus dem Auge und wischte ihn am Pelz des Toten ab.

Vlana fuhr fort: »Und ich fürchte den Tod sogar mehr, als ich Hringorl verabscheute. Ja, ich wäre gern mit Hringorl geflohen, wenn ich damit dem Tode hätte entkommen können!«

»Diesmal hatte Hringorl die falsche Richtung gewählt«, sagte Fafhrd und wog den Dolch in der Hand. Die Waffe ließ sich gut stoßen oder werfen.

Vlana sagte: »Jetzt gehöre ich natürlich dir. Mit Freuden sogar – du magst es glauben oder nicht. Wenn du mich überhaupt haben möchtest. Vielleicht glaubst du immer noch, ich wollte dich umbringen.«

Fafhrd wandte sich zu ihr um und warf ihr den Dolch zu. »Fang!« sagte er. Sie fing.

Er lachte und sagte: »Nein, ein Theatermädchen, das auch Diebin gewesen ist, versteht sicher etwas vom Messerwerfen. Und ich bezweifle, daß Hringorl nur zufällig ins Auge getroffen wurde. Sinnst du immer noch auf Rache an der Diebeszunft?«

»Allerdings«, erwiderte sie.

Fafhrd sagte: »Frauen sind grausam. Ich meine, so grausam wie Männer. Oder gibt es einen Menschen auf der weiten Welt, der nur Eiswasser in den Adern hat?«

Und wieder lachte er, lauter diesmal, als wüßte er, daß es auf diese Frage unmöglich eine Antwort gab. Dann wischte er sein Schwert an Hringorls Pelz ab, stieß es in die Scheide zurück und ging an dem Mädchen vorbei, ohne es anzusehen, vorbei auch an den stummen Pferden, und begann das

Hindernis beiseite zu räumen. Die gestapelten Rollbüsche waren aneinandergefroren, und er mußte heftig ziehen und drehen, mußte seine ganze Kraft in diese Tätigkeit legen und heftiger mit den Büschen kämpfen, als sich seiner Erinnerung nach Vellix damit hatte mühen müssen.

Vlana schaute nicht auf, auch als er sie ganz dicht passierte. Sie starrte auf den Hang mit seinen durcheinanderkurvenden Skispuren, die zur schwarzen Tunnelöffnung der Alten Straße führten. Ihr Blick war weder auf Harrax und Hrey gerichtet noch auf die Tunnelöffnung. Er reichte weiter.

In der Luft schwang ein leichtes Klirren, das nicht aufhören wollte.

Dann ertönte ein Knirschen von Kristallen, und Fafhrd riß den letzten eisbedeckten Rollbusch los und schleuderte ihn beiseite.

Er schaute die Straße entlang, die nach Süden führte. Zur Zivilisation, was immer ihm das jetzt bedeuten mochte.

Auch diese Straße war ein Tunnel zwischen schneebeladenen Pinien.

Und er war erfüllt – das Mondlicht zeigte es ganz deutlich – von einem Netz aus Kristallen, das unendlich zu sein schien; Stränge von Eis, die sich von Zweig zu Zweig und Ast zu Ast zu erstrecken schienen, Schicht auf Schicht ohne Ende.

Fafhrd dachte an die Worte seiner Mutter : *Es gibt eine Hexenkälte, die dir in Nehwon überallhin folgen kann. Wo das Eis einmal gewesen ist, können die Zauberkräfte es wieder hinschicken. Dein Vater bedauert es heute sehr ...*

Er dachte an die große weiße Spinne, die die Lichtung mit ihrem frostigen Netz umspann.

Er sah Mors Gesicht neben Maras Kopf, oben am Felsrand, auf der anderen Seite der großen Schlucht.

Er fragte sich, was wohl jetzt im Frauenzelt gesungen wurde und ob auch Mara in den Gesang eingefallen war. Irgendwie hatte er das Gefühl, daß das nicht sein konnte.

Vlana rief leise aus: »Frauen sind wirklich grausam. Schau! Schau!«

In diesem Augenblick begann Hringorls Pferd laut zu wiehern. Mit klappernden Hufen galoppierte es die Alte Straße hinauf.

Gleich darauf regten sich auch Vellix' Pferde und stiegen auf die Hinterhand.

Fafhrd schlug mit dem Arm gegen den Hals des Tieres neben ihm. Dann sah er zu der kleinen, großäugigen, dreieckigen weißen Maske auf, die Vlanas Gesicht war, und folgte ihrem Blick.

Am Hang, der zur Alten Straße führte, erwuchs ein halbes Dutzend dürrer Gestalten, so groß wie Bäume. Sie sahen aus wie verschleierte Frauen. Zusehends gewannen sie an Substanz.

Entsetzt duckte er sich zusammen. Bei dieser Bewegung verklemmte sich der Beutel an seinem Gürtel zwischen Schenkel und Bauch. Er spürte eine schwache Wärme.

Hastig sprang er auf und raste den Weg zurück, den er gekommen war. Mit schnellen Bewegungen riß er die Plane von der Ladefläche des Schlittens. Er packte die acht verbliebenen Raketen und steckte sie nacheinander mit ihren Leithölzern in den Schnee, ihre Spitzen auf die gewaltigen Eisgestalten gerichtet.

Dann langte er in seinen Beutel, nahm den Feuertopf heraus, verschüttete die graue Asche, neigte die rote Glut auf eine Seite der Schale und berührte damit in schneller Folge die Zünder der Raketen.

Das vielfältige Sprühen und Zischen der Zünder begleitete ihn, als er in den Schlitten sprang.

Vlana rührte sich nicht, obwohl er sie streifte. Doch sie ließ ein leises Klimpern hören. Sie schien von einem durchsichtigen Umhang aus Eiskristallen umschlungen, die sie festhielten. Das Mondlicht schimmerte auf der Erscheinung.

Er packte die Zügel, die wie eisiges Metall an seinen Fingern schmerzten. Sie ließen sich nicht bewegen. Das Eisnetz ringsum hatte nun auch die Pferde eingefangen. Sie waren ein Teil davon, gewaltige Statuen, in einen größeren Kristall eingeschlossen. Eines der Tiere stand auf vier Hufen, das andere hatte gerade furchtsam gescheut. Die Eiswände rückten näher.

Es gibt eine Hexenkälte, die dir folgen kann ...

Die erste Rakete dröhnte auf, dann die zweite. Er spürte

ihre Wärme. Er hörte das gewaltige Klirren, als sie hangaufwärts ihre Ziele trafen.

Die Zügel bewegten sich, klatschten auf die Pferderücken. Ein Zerspringen wie von Glas war zu hören, als sie vorwärtsstürmten. Er zog den Kopf ein, sammelte die Zügel in der Linken, schwang den rechten Arm hoch und zerrte Vlana neben sich auf den Sitz. Ihr Eisumhang klirrte und verschwand. Vier, fünf ...

Ein ständiges Klimpern und Sirren ertönte mit jedem Schritt der Pferde durch das Eisnetz. Kristalle rieselten ihm auf den eingezogenen Kopf und glitten ab. Das Klirren wurde leiser. Sieben, acht ...

Und dann blieb das eisige Element zurück. Die Hufe trommelten auf der Straße. Ein gewaltiger Nordwind fuhr auf und machte der Stille ein Ende. Vor dem Schlitten zeigte sich die erste Morgenröte am Himmel. Hinter ihm rötete sich der Himmel von der Glut der Piniennadeln, die von den Raketen in Brand gesteckt worden waren. Fafhrd meinte durch den Nordwind das Brüllen mächtiger Flammen zu hören.

Er rief: »Gnamph Nar! Klurg Nar, das große Kvarch Nar – wir werden das alles sehen! All die Städte des Waldlandes! Und das Land der Acht Städte!«

Neben ihm regte sich Vlana warm in seinem Arm und nahm seinen Ruf auf: »Sarheenmar, Ilthmar, Lankhmar! Die Städte des Südens! Quarmall! Horborixen! Tilsilinilit mit seinen schlanken Türmen! Das Hohe Land!«

Es kam Fafhrd vor, als erfüllten Visionen aller dieser unbekannten Städte und Länder den heller werdenden Horizont. »Reisen, Lieben, Abenteuer, die Welt!« rief er und drückte Vlana mit dem rechten Arm an sich, während seine Linke die Zügel auf die Pferderücken klatschen ließ.

Doch er fragte sich, warum, obwohl seine Phantasie in hellen Flammen stand wie der Cañon hinter ihm, die Kälte aus seinem Herzen noch immer nicht gewichen war.

Aus dem Amerikanischen
übersetzt von Thomas Schlück

Der unheilige Gral

Drei Dinge machten den Zauberlehrling darauf aufmerksam, daß etwas nicht stimmte: zunächst die tiefen Abdrücke beschlagener Hufe auf dem Waldpfad – er spürte sie durch seine Stiefel, noch ehe er sich bückte und im Dunkeln ertastete; dann das unheimliche Summen einer Biene, die unnatürlicherweise in der Nacht unterwegs war; und schließlich ein schwacher, aromatischer Brandgeruch.

Maus rannte los, wobei ihn ein fledermausartiger Sinn für zurückgeworfene Schallwellen davor bewahrte, gegen Baumstämme zu laufen oder über verkrümmte Wurzeln zu stolpern; außerdem kannte er sich gut in der Gegend aus. Graue Beinkleider, Umhang, spitze Kapuze und wehender Mantel ließen den Jungen, der in langjähriger Askese abgemagert war, wie einen dahinfliegenden Schatten erscheinen.

Die freudige Erregung, die Maus angesichts des erfolgreichen Abschlusses seiner langen Reise und der triumphalen Rückkehr zu seinem Zaubermeister Glavas Rho erfüllt hatte, wich jetzt einer Angst, die er nicht recht in Gedanken zu kleiden wagte. Sollte etwa dem großen Zauberer, dessen unbedeutender Lehrling er war, etwas zugestoßen sein?

›Meine kleine graue Maus, noch halb hin und her gerissen zwischen der Weißen und der Schwarzen Magie‹, so hatte ihn Glavas Rho einmal bezeichnet. Nein, es war undenkbar, daß jenem großen Sinnbild von Weisheit und spiritistischer Macht ein Unglück widerfahren sein sollte. Der große Zauberer ... (Die Art und Weise, wie Maus auf diesem ›groß‹ beharrte, hatte etwas Hysterisches, denn für die Außenwelt war Glavas Rho nur ein einfacher Hinterwald-Zauberer, der kein besseres Ansehen genoß als ein Mingol-Hexenmeister mit seinem gefleckten Hund, der gewöhnlich das zweite Gesicht besaß, oder etwa ein bettelnder Geisterbeschwörer aus Quarmall) ... der große Zauberer und sein Heim waren gleichermaßen durch starke Zaubersprüche geschützt, die kein ruchloser Außenseiter durchbrechen konnte, nicht einmal (Maus' Herz stockte) der oberste Herr dieser Wälder, Herzog

Janarrl, der Zauberei jeder Art aus tiefstem Herzen verabscheute, Weiße Magie noch mehr als Schwarze.

Und doch wurde der Brandgeruch jetzt stärker; und Glavas Rhos Häuschen bestand aus harzigem Holz!

Aus Maus' Gedanken schwand jetzt auch die Vision eines ewig furchtsamen, doch hübschen Mädchengesichtes – das Gesicht von Herzog Janarrls Tochter Ivrian, die heimlich bei Glavas Rho Unterricht nahm und im übertragenen Sinne zusammen mit Maus in vollen Zügen die Milch seiner Weißen Magie schlürfte. Tatsächlich nannten sie sich schon gegenseitig Mäuschen, während Maus unter seiner Tunika einen schlichten grünen Handschuh trug, den er Ivrian bei seinem Aufbruch abgeluchst hatte, als wäre er ihr wohlgerüsteter und schwerbewaffneter Ritter und nicht ein schwertloser kleiner Zauberlehrling.

Als Maus die Lichtung auf der Hügelspitze erreichte, ging sein Atem schwer, und nicht nur von dem langen Lauf.

Im ersten Dämmerlicht offenbarte sich auf einen Blick der hufzerpflügte Garten mit Zauberkräutern, der umgeworfene Bienenkorb aus Stroh, der große rußige Streifen an dem glatten Granitfelsen, der das winzige Haus des Zauberers schützte.

Doch auch ohne die dämmerige Helligkeit hätte er die feuerzerfressenen Balken und Stützpfosten wahrgenommen, über die sich noch immer kleine Glutwürmer zogen und hier und da eine gespenstische grüne Flamme, wo irgendeine Zauberflüssigkeit noch beharrlich weiterschwelte. Er hätte das Durcheinander der kostbaren Gerüche von Drogen und Salben registriert und den Geruch verbrannten Fleisches.

Sein hagerer Körper schien zusammenzuklappen. Wie ein Hund auf der Spur eilte er weiter.

Der Zauberer lag dicht hinter der eingeschlagenen Tür. Ihm war es nicht anders ergangen als dem Haus: Die Balken seines Körpers waren entblößt und geschwärzt, die Säfte und Substanzen seines Körpers zerkocht, für immer vernichtet oder zu einer jenseits des Mondes liegenden Hölle aufgegangen.

Und überall ringsum war die Luft von dem leisen, traurigen Summen der Bienen erfüllt, die nun keine Heimat mehr hatten.

Entsetzliche Erinnerungen befielen ihn: Die jetzt geschrumpften Lippen, die leise Zaubersprüche sangen, die verkohlten Finger, die auf die Sterne wiesen oder ein kleines Waldtier streichelten.

Zitternd zog Maus aus dem Lederbeutel an seinem Gürtel einen flachen grünen Stein, auf einer Seite mit tiefgeritzten, fremdartigen Hieroglyphen versehen, auf der anderen mit einem gepanzerten, vielbeinigen Monstrum, das wie eine Riesenameise über unzähligen fliehenden Menschengestalten hockte.

Dieser Stein war das Ziel der Reise gewesen, auf die Glavas Rho ihn geschickt hatte. Dieses Steines wegen war er auf einem Floß über den Pleea-See geschwommen, in den Vorbergen des Hungergebirges herumgestrichen, hatte sich vor einem Trupp rotbärtiger Piraten in Sicherheit gebracht, hatte unbeholfene Fischer hereingelegt, mit einer ältlichen, übelriechenden Hexe geflirtet, einen Stammesschrein ausgeraubt und war schließlich einer Hundemeute entkommen, die man auf ihn angesetzt hatte. Diesen Stein zu gewinnen, ohne einen Tropfen Blut zu vergießen, bedeutete, daß er die nächste Stufe seiner Zauberausbildung erklommen hatte.

Jetzt starrte er betäubt auf die matte Oberfläche des Steins, und als er seinen zitternden Körper wieder in der Gewalt hatte, legte er das Gebilde vorsichtig in die verkohlte Hand seines Meisters. Als er sich vorbeugte, merkte er, daß seine Fußsohlen schmerzhaft heiß waren und seine Stiefel an den Rändern ein wenig zu qualmen begannen, und doch beeilte er sich nicht mit dem Zurücktreten.

Es war inzwischen heller geworden, so daß er nun auch andere Dinge bemerkte – so den Ameisenhaufen bei der Schwelle. Der Meister hatte die schwarzgepanzerten Wesen so intensiv studiert wie zuvor ihre Verwandten, die Bienen. Der Haufen wies eine tiefe Einkerbung auf, hervorgerufen durch einen Stiefelabsatz, dessen Nägel einen Halbkreis von Vertiefungen hinterlassen hatten. Trotz aller Vernichtung regte sich etwas auf dem Haufen. Maus beugte sich hinab und entdeckte, einen winzigen, von der Hitze angeschlagenen Krieger, der sich über die Sandkörner schleppte. Er erinnerte sich an das Monstrum auf dem grünen Stein und schüttelte einen Gedanken ab, der doch zu nichts führte.

Er schritt durch die klagenden Bienen über die Lichtung – zu der Seite, wo bleiches Licht zwischen den Baumstämmen hindurchschimmerte. Gleich darauf stand er, eine Hand an einen knorrigen Stamm gestützt, auf einem kleinen Vorsprung, unter dem der Hügel scharf abfiel. In dem bewaldeten Tal unter ihm erstreckte sich eine Schlange aus milchigem Nebel und zeichnete den Lauf des Flusses nach, der sich zwischen den Hängen hindurchwand.

Der dünner werdende Rauch der Dunkelheit lag schwer in der Luft. Zu seiner Rechten zeigte der Horizont bereits den ersten roten Schimmer der aufgehenden Sonne. Dahinter, das wußte Maus, lagen weitere Wälder und dann die unendlichen Kornfelder und Marschen Lankhmars und schließlich der uralte Mittelpunkt der Welt, die Stadt Lankhmar, die Maus noch nicht gesehen hatte, deren Oberherr jedoch theoretisch auch hier noch herrschte.

Ganz in der Nähe nun, betont durch das Rot des Sonnenaufgangs, erhob sich ein Bündel spitzer Türme – die Festung von Herzog Janarrl. Maus' maskenstarres Gesicht belebte sich. Er dachte an den genagelten Absatz, an den zertrampelten Garten und an die Hufspuren, die den Hang hinabführten.

Alles deutete darauf hin, daß der zauberhassende Janarrl der Anstifter des Ungeheuerlichen hinter ihm war, auch wenn Maus in seiner blinden Hochachtung vor den Fähigkeiten seines Meisters nicht verstand, wie der Herzog durch die Zaubersprüche hatte brechen können, die normalerweise auch den klügsten Holzfäller schwindeln ließen und die Glavas Rhos Haus gar manches Jahr geschützt hatten.

Er beugte den Kopf ... und erblickte, hingeworfen auf dem frischen Gras, einen schlichtgrünen Handschuh. Er nahm ihn auf, wühlte in seiner Tunika, zog einen zweiten Handschuh hervor, der dunkle Schweißflecken aufwies, und hielt die beiden nebeneinander.

Sie paßten.

Seine Lippen entblößten die kleinen weißen Zähne, und sein Blick richtete sich erneut auf die Festung. Dann entfernte er ein dickes Stück vernarbter Rinde von dem Baum, an dem er gelehnt hatte, und tauchte schultertief in die dunkle Öffnung. Als er mit langsamen, vorsichtigen Bewegungen darin herumsuchte, fielen ihm einige Bemerkungen ein, die Glavas Rho einmal bei einem Mahl milchlosen Haferschleims lächelnd gemacht hatte:

»Maus«, hatte der Magier gesagt, und der Feuerschimmer hatte in seinem kurzen weißen Bart geflimmert, »wenn du so um dich starrst und die Nüstern blähst, hast du viel zuviel von einer Katze an dir, als daß du den Namen Maus verdienst, ganz zu schweigen davon, daß du jemals ein Wachhund der Wahrheit werden könntest.

Du bist ein eifriger Schüler, doch insgeheim sind dir Schwerter lieber als Zauberstäbe. Dich bringen die heißen Lippen der Schwarzen Magie mehr in Versuchung als die keuschen schlanken Finger der Weißen Zauberei – wie schön das Mäuschen auch sein mag, dem diese Finger gehören. Nein, streite mir das nicht ab! Du fühlst dich mehr zu den verlockenden Windungen des linken Weges als zum geraden steilen Pfad des rechten hingezogen.

Du wirst wohl nie eine weiße Maus sein, sondern allenfalls ein Grauer Mausling – aber das ist immerhin noch besser als schwarz. Und jetzt wasche die Schalen aus und hauche eine Stunde lang die neugeborene Ague-Pflanze an, denn es ist eine kühle Nacht. Und denk daran, dem Dornenbusch ein paar freundliche Worte zu sagen.«

Die Worte verklangen in seiner Erinnerung, ohne völlig zu verschwinden, als Maus jetzt aus dem Loch einen Ledergürtel hervorholte, pelziggrün von Schimmel. An dem Gürtel baumelte eine gleichermaßen verkommene Scheide, aus der Maus an einem riemenumwickelten Griff ein spitzes Bronzeschwert hervorzog, das mehr Grünspan als Metall zeigte. Seine Augen weiteten sich, und sein Gesicht wurde noch maskenhafter, als er die hellgrüne, an den Rändern braune Klinge dem roten Huckel der aufgehenden Sonne entgegenhielt.

Von der anderen Seite des Tales klang schwach der hohe, klare Ton eines Horns herüber, das die Männer zur Jagd rief.

Jäh setzte sich Maus hangabwärts in Bewegung, ging schräg auf die Hufspuren zu; er bewegte sich mit langen hastigen Schritten und ein wenig steifbeinig, wie betrunken, und schnallte sich im Gehen den schimmeligen Schwertgürtel um.

Ein dunkler vierfüßiger Schatten huschte über die sonnenfleckige Waldlichtung, riß mit seiner breiten niedrigen Brust durch das Unterholz und trampelte es mit seinen schmalen Hufen nieder. Weiter hinten ertönten Hörnerklang und die Rufe von Männern. Am anderen Ende der Lichtung wandte sich der Eber um. Sein Atem pfiff durch die Nüstern, und er schwankte. Dann richteten sich seine halb glasigen kleinen Augen auf die Gestalt eines Mannes auf einem Pferd.

Eine Reflexion des Sonnenlichtes ließ sein Fell dunkler erscheinen – dann griff der Eber an. Doch ehe seine fürchterlichen Hauer ein Ziel finden konnten, bohrte sich ein Speer mit breiter Klinge in sein Schulterbein und warf ihn zurück, und Blut spritzte über das Grün.

Braun- und grüngekleidete Jäger erschienen auf der Lichtung, und einige umgaben den liegenden Eber mit einem Wall von Speerspitzen, andere eilten auf den Berittenen zu. Er trug vornehme gelbe und braune Kleidung. Er lachte, warf einem seiner Jäger den blutigen Speer zu und nahm von einem anderen eine lederumhüllte Silberflasche mit Wein entgegen.

Ein zweiter Reiter erschien auf der Lichtung, und die kleinen gelben Augen des Herzogs verdüsterten sich unter den buschigen Brauen. Er nahm einen großen Schluck und wischte sich mit dem Ärmel über die Lippen. Wachsam schlossen die Jäger ihren Speerkreis um den Eber, der starr im Gras lag, jedoch den Kopf hin und her neigte, während ihm das Blut aus der Schulter spritzte. Die Speere wollten sich eben ihr Ziel suchen, als Janarrl den Jägern ein Zeichen gab.

»Ivrian!« rief er dem Neuankömmling heiser zu. »Du hattest zwei gute Gelegenheiten, aber du hast ihn entwischen lassen! Deine tote Mutter, sie sei verflucht, hätte jetzt sicher schon vom rohen Fleisch gekostet!«

Seine Tochter starrte ihn elend an. Sie war wie die Jäger gekleidet und ritt im Herrensitz mit einem Schwert an der Seite und einem Speer in der Hand, doch diese Ausstattung verstärkte nur noch dein Eindruck eines hageren, dünnarmigen Mädchens.

»Du bist ein Milchling, ein zauberliebender Feigling!« fuhr Janarrl fort. »Deine abscheuliche Mutter wäre dem Eber auf bloßen Füßen entgegengetreten und hätte gelacht, wenn ihr das Blut ins Gesicht gespritzt wäre. Schau, das Tier ist angeschlagen. Es kann dir nichts tun. Treib deinen Speer hinein, jetzt! Ich befehle es dir!«

Die Jäger öffneten ihre Speerkette und wichen seitwärts zurück, bildeten einen Pfad zwischen dem Eber und dem Mädchen. Sie lachten unterdrückt, und der Herzog lächelte ihnen aufmunternd zu. Das Mädchen zögerte, nagte an seiner Unterlippe und starrte furchtsam und fasziniert auf das Tier, das den Blick mit erhobenem Kopf erwiderte.

»Gib's ihm mit deinem Speer!« wiederholte Janarrl und nahm einen schnellen Schluck aus der Flasche. »Tu's, oder du bekommst auf der Stelle die Peitsche zu schmecken.«

Daraufhin drückte sie ihrem Pferd die Absätze in die Flanken und trabte über die Lichtung, den Körper tief herabgeneigt, den Speer auf sein Ziel gerichtet. Doch im letzten Augenblick schwenkte die Speerspitze zur Seite und bohrte sich in den Boden. Der Eber hatte sich nicht gerührt.

Die Jäger lachten lauthals los.

Janarrls weißes Gesicht rötete sich vor Wut, und er streckte den Arm aus und umfing ihr Handgelenk, hielt es mit eisenhartem Griff. »Deine verdammte Mutter konnte einem Mann die Kehle durchschneiden, ohne sich dabei zu verfärben. Ich will jetzt sehen, wie du das Tier da aufspießt, oder ich bringe dich zum Tanzen, hier auf der Stelle, wie gestern abend, als du mir die Sprüche des Zauberers und seinen Unterschlupf verrietest.«

Er beugte sich zu ihr herüber, und seine Stimme wurde zu einem Flüstern: »Weißt du, Kindchen, ich hatte schon lange den Verdacht, daß deine Mutter, so wild sie auch sein konnte, vielleicht selbst etwas für die Zauberei übrig hatte – womöglich gegen ihren Willen –, und daß du vom Blut dieses verbrannten Zauberers bist.«

Sie riß die Augen auf und wollte sich von ihm losreißen, doch er zog sie noch näher heran. »Hab keine Angst, Kindchen, ich gewöhne dir diese Blässe schon ab – so oder so. Zunächst wirst du mir den Eber da aufspießen!«

Sie rührte sich nicht. Ihr Gesicht war eine cremig-weiße Maske der Angst. Er hob die Hand.

Doch in diesem Augenblick gab es eine Unterbrechung.

Eine Gestalt erschien am Rande der Lichtung – an der Stelle, wo sich der Eber zu seinem letzten Angriff umgewandt hatte. Es war ein hagerer Jüngling, von Kopf bis Fuß in Grau gekleidet. Wie ein Betrunkener oder Betäubter wanderte er geradewegs auf Janarrl los. Die drei Jäger, die sich um den Herzog gekümmert hatten, zogen ihre Schwerter und schlenderten müßig auf ihn zu.

Das Gesicht des Jungen war bleich und gespannt, auf seiner Stirn unter der halb zurückgeschobenen Kapuze schimmerte Schweiß. Seine Wangen- und Kiefermuskeln waren verkrampft. Seine Augen, auf den Herzog gerichtet, waren Schlitze, als wären sie direkt in die strahlende Sonne gerichtet.

Seine Lippen öffneten sich weit und entblößten seine Zähne. »Schlächter von Glavas Rho! Zauberer-Töter!«

Im nächsten Augenblick hatte er sein Bronzeschwert aus der schimmeligen Scheide gezogen. Die zwei Jäger stellten sich ihm in den Weg, einer rief: »Achtung, Gift!« als er den grünen Belag auf der Klinge des anderen erblickte. Der Junge griff mit einem fürchterlichen Schlag an, wobei er sein Schwert wie einen Hammer führte. Der Jäger parierte mühelos, so daß die Klinge über seinen Kopf zischte und der Junge von der Gewalt seines Schlages fast zu Boden gerissen wurde.

Der Jäger trat vor und führte einen schnellen Schlag gegen das Schwert des Jungen ganz oben am Griff – in der deutlichen Absicht, ihn zu entwaffnen –, und der Kampf war vorüber, noch ehe er begonnen hatte – fast.

Der glasige Blick des Jungen schwand, und sein Gesicht zuckte wie das einer Katze, und er packte erneut sein Schwert und sprang mit einer Drehbewegung auf das Handgelenk des anderen los und entriß dem verblüfften Jäger seine Waffe. Aus dem gleichen Schwung heraus zielte er geradewegs auf das Herz des zweiten Jägers, der sich seinem

Schicksal nur durch einen schnellen Sprung nach rückwärts entzog.

Janarrl beugte sich gespannt im Sattel vor und knurrte: »Der Kleine zeigt seine Beißerchen«, doch in diesem Augenblick schlug der dritte Jäger, der einen kleinen Bogen geschlagen hatte, dem Jungen mit seinem Schwertknauf gegen den Hals.

Der Jüngling ließ sein Schwert fallen, schwankte und begann umzusinken, doch der erste Jäger packte ihn am Kragen seiner Tunika und schleuderte ihn auf seine Begleiter zu. Diese empfingen ihn auf ihre Weise und reichten ihn mit Knüffen und Püffen weiter, schlugen ihm mit Dolchgriffen auf den Kopf und in die Rippen, ließen ihn schließlich zu Boden sinken, traten ihn weiter, beutelten ihn wie eine Hundemeute.

Janarrl rührte sich nicht. Er beobachtete seine Tochter. Ihm war ihr erschrecktes Auffahren nicht entgangen, als der Junge auf der Lichtung erschien.

Jetzt sah er, wie sie sich mit zuckenden Lippen vorbeugte. Zweimal setzte sie zum Sprechen an. Ihr Pferd bewegte sich unruhig und wieherte. Schließlich ließ sie den Kopf hängen und wich, ein leises, ersticktes Schluchzen ausstoßend, langsam zurück.

Janarrl stieß ein befriedigtes Grunzen aus und rief: »Genug für jetzt. Bringt ihn her!«

Zwei Jäger schleppten den halb ohnmächtigen Jungen herbei, dessen graue Kleidung blutbespritzt war.

»Feigling«, sagte der Herzog. »Dieser Sport bringt dich nicht um. Man hat dich nur ein bißchen zart herumgestoßen zur Vorbereitung für andere Spiele. Aber ich vergaß, daß du nur ein pfiffiger Zauberlehrling bist, eine weibische Kreatur, die im Dunkel hinter dem Rücken anderer Leute ihre Zaubersprüche brabbelt und Flüche ausstößt – eine Memme, die Tiere tätschelt und den Wald entehrt. Pfui Teufel! Ich spucke dich an. Und doch wolltest du meine Tochter entehren und – hör mir zu, Zauberlehrling, sage ich!«

Und er beugte sich tief aus dem Sattel, ergriff den herabhängenden Kopf des Jungen am Haar und zerrte ihn hoch. Der Junge begann wild mit den Augen zu rollen und zuckte mit einer heftigen Bewegung zurück, die die Jäger überraschte und Janarrl fast aus dem Sattel gerissen hätte.

Im gleichen Augenblick ertönte ein unheimliches Brechen und Scharren, gefolgt von schnellem Hufgetrappel.

Jemand schrie: »Achtung, Herr! O Götter, schützt den Herzog!«

Der verwundete Eber war auf die Füße gekommen und raste auf die Gruppe bei Janarrls Pferd zu.

Die Jäger hasteten durcheinander und griffen nach ihren Waffen.

Janarrls Pferd scheute und brachte seinen Reiter noch mehr aus dem Gleichgewicht. Der Eber donnerte wie eine blutbeschmierte Geistererscheinung vorüber. Janarrl fiel dem Tier fast auf den Rücken. Der Eber fuhr heftig herum, um einen Gegenangriff zu starten, und wich drei Speeren aus, die dicht neben ihm in den Boden dröhnten. Janarrl versuchte aufzustehen, doch einer seiner Füße war in einen Steigbügel verwickelt, und sein Pferd befreite sich mit einem Ruck und warf ihn wieder um.

Der Eber raste heran, doch da dröhnten andere Hufe auf. Ein zweites Pferd huschte an Janarrl vorüber, und ein sicher geführter Speer drang dicht neben dem Kopf des Ebers ein, riß eine tiefe Wunde. Das schwarze Ungeheuer wurde zurückgeworfen, hieb einmal mit seinen Hauern nach dem Speer, fiel schwer auf die Seite und lag still.

Daraufhin ließ Ivrian den Speer fahren. Der Arm, mit dem sie ihren Angriff geführt hatte, baumelte unnatürlich steif herab. Sie fiel im Sattel zusammen, umfing das Sattelhorn mit der anderen Hand.

Janarrl rappelte sich auf, beäugte seine Tochter und den Eber. Dann wanderte sein Blick langsam über die Lichtung.

Glavas Rhos Lehrling war verschwunden.

»Nord sei Süd, und Ost sei West, Tal sei Berg und Wasser fest. Schwindligkeit, die die Wege läßt. Blätter, Gräser tun den Rest.«

Maus murmelte durch geschwollene Lippen seinen Zauberspruch, als spräche er zu der Erde, auf der er lag. Seine Finger machten dabei kabbalistische Zeichen, und er nahm eine Prise grünes Pulver aus einem kleinen Beutel und schleuderte es mit einer schnellen Bewegung seiner Hand in die Luft, die ihn aufstöhnen ließ. »Wisse Tier, bist wohlgeborgen, Feind von Peitsch und Pfeilesbogen, frei seit allererstem Morgen. Weichet von mir, alle Sorgen!«

Nachdem der Zauberspruch vollendet war, blieb er still liegen, und die Schmerzen in seinem zerschundenen Körper ließen etwas nach. Er lauschte auf die Geräusche der Jagdgesellschaft, die sich langsam entfernte.

Sein Gesicht war in ein Grasbüschel gedrückt. Er sah, wie eine Ameise eifrig einen Grashalm erklomm, zu Boden fiel und ihre Aufgabe unbeirrt erneut in Angriff nahm. Einen kurzen Augenblick hatte er das Gefühl, daß das winzige Insekt und er doch viel gemeinsam hatten. Er dachte an den schwarzen Eber, dessen unerwarteter Angriff ihm eine Fluchtchance geboten hatte, und einen seltsamen Moment lang empfand er auch diesem Tier gegenüber eine unheimliche Verbundenheit.

Vage dachte er an die Piraten, die ihm im Westen ans Leder gewollt hatten. Ihre fröhliche Wildheit war etwas völlig anderes gewesen als die zielbewußte Brutalität der janarrlschen Jäger.

Langsam stiegen Wut und Haß in ihm auf. Er sah die Götter Glavas Rhos, deren feierliche Gesichter weiß und höhnisch verzogen waren. Er vernahm die Worte der alten Gesänge, aber sie hatten plötzlich eine gänzlich neue Bedeutung.

Dann verschwanden diese Visionen, und er sah sich nur von einem Wirbel grinsender Gesichter und grausamer Hände umgeben. Irgendwo in all dem Durcheinander war auch das weiße schuldbewußte Gesicht eines Mädchens. Schwerter, Stöcke, Peitschen. Alles wirbelte durcheinander.

Und in der Mitte, wie die Nabe eines Rades, auf dem Männer gerädert werden, die breite stämmige Gestalt des Herzogs.

Was bedeuteten diesem Rad die Lehren Glavas Rhos? Es hatte ihn überrollt und zerdrückt. Was bedeutete Janarrl und seinen Günstlingen die Weiße Magie? Sie war für sie ein kostbares Pergament, das sie besudeln mußten. Magische Perlen, die in den Dreck getreten wurden. Gedanken großer

Weisheit, die zerquetscht wurden, wie das Gehirn, das diese Gedanken gedacht hatte.

Aber da gab es noch eine andere Art Zauber. Einen Zauber, den ihm Glavas Rho verboten hatte, manchmal mit lächelndem Gesicht, doch nie ohne einen tiefen Ernst. Eine Magie, die Maus nur in Form von Hinweisen und Warnungen kennengelernt hatte. Die Magie, die von Tod und Haß und Schmerz und Verfall abstammte, die sich mit Giften und nächtlichem Kreischen umtat, die aus der schwarzen Leere zwischen den Sternen herabrann, die – wie Janarrl selbst gesagt hatte – hinter dem Rücken der Leute in der Dunkelheit schwelte.

Es war, als wäre Maus' früheres Wissen – das Wissen um kleine Wesen und Sterne und wohltätige Zauberkräfte und die höflichen Regeln der Natur – urplötzlich in Flammen aufgegangen. Und die schwarze Asche nahm Leben an, begann sich zu rühren, und heraus kroch eine Vielzahl nächtlicher Gestalten. Herzlos, nur aus Haß und Schrecken bestehend, doch so lieblich von Angesicht wie schwarze Spinnen, die sich über ihr geometrisches Netz schwingen.

Wie schön es wäre, diesem Pack das Jagdhorn zu blasen! Es auf die Spur Janarrls zu setzen!

Tief in seinem Innern begann eine böse Stimme zu flüstern: »Der Herzog muß sterben. Der Herzog muß sterben.« Und er wußte, daß ihn diese Stimme so lange nicht mehr in Ruhe lassen würde, bis er das offenkundige Ziel erreicht hatte.

Eifrig richtete er sich auf, und ein stechender Schmerz durchfuhr ihn, als wäre eine Rippe gebrochen; er wunderte sich, daß er es überhaupt bis hierher geschafft hatte. Er biß knirschend die Zähne zusammen und stolperte über eine Lichtung. Als er wieder in den Schutz der Bäume getaucht war, zwang ihn der Schmerz auf alle viere herab. Noch ein kleines Stück kroch er weiter und brach dann zusammen.

Gegen Abend des dritten Tages nach der Jagd schlich sich Ivrian aus ihrem Turmzimmer, befahl dem Stallburschen, ihr ein Pferd zu satteln, und ritt durch den Fluß und den gegenüberliegenden Hang hinauf, bis sie das felsgeschützte Haus Glavas Rhos erreichte.

Das Chaos, das sie hier entdeckte, verhärtete die Züge ihres weißen Gesichtes noch mehr. Sie stieg ab und trat nahe an die verbrannte Ruine heran und begann zu zittern bei dem Gedanken, daß sie vielleicht die Leiche des Zauberers finden würde. Aber es war nichts zu sehen. Sie konnte erkennen, daß die Asche aufgewühlt war, als hätte jemand suchend darin herumgewühlt und sich Objekte herausgesucht, die der Gewalt der Flammen entkommen waren.

Absolute Stille herrschte.

Eine Erhebung am Rande der Lichtung fiel ihr auf, und sie ging darauf zu. Es war ein frisch aufgeworfenes Grab, und anstelle eines Grabsteins lag, von grauen Kieseln umgeben, ein kleiner flacher grünlicher Stein mit seltsamen eingekerbten Symbolen.

Plötzlich ertönte ein leises Geräusch aus dem Wald. Sie begann zu zittern und erkannte, daß sie schreckliche Angst hatte – Angst, die bis zu diesem Augenblick nur von ihrem Elend überschattet gewesen war.

Sie blickte auf und stieß einen erstickten Schrei aus, denn ein Gesicht starrte sie durch ein Loch zwischen den Blättern an. Es war ein wildes Gesicht, schmutzverkrustet und grasverschmiert, hier und dort noch mit getrocknetem Blut bedeckt, und von Bartstoppeln beschattet.

Dann erkannte sie es.

»Maus!« rief sie zögernd.

Die antwortende Stimme war ihr fremd.

»Du bist also zurückgekehrt, um das Unheil, das dein Verrat angerichtet hat, richtig auszukosten?«

»Nein, Maus, nein!« rief sie. »Das wollte ich nicht! Du mußt mir glauben.«

»Lügnerin! Es waren die Leute deines Vaters, die ihn umgebracht und das Haus niedergebrannt haben!«

»Aber das habe ich nicht von ihnen erwartet!«

»Nicht von ihnen erwartet – als ob das eine Entschuldigung wäre! Du fürchtest dich so sehr vor deinem Vater, daß du ihm alles sagen würdest. Du lebst ja ständig in Angst.«

»Nicht immer, Maus. Schließlich habe ich den Eber getötet.«

»Um so schlimmer – damit hast du das Tier umgebracht,

das die Götter zur Bestrafung deines Vaters geschickt hatten.«

»Aber nicht wirklich ich habe den Eber getötet! Ich wollte damit nur angeben, als ich das eben sagte – ich dachte, du hättest es gern, wenn ich mutig bin. Ich erinnere mich nicht daran, wie ich den Speer führte. Mein Kopf war völlig leer. Ich glaube, meine tote Mutter hat mich in diesem Augenblick besessen und den Speer gelenkt.«

»Lügnerin und Wortverdreherin! Aber ich werde meine Meinung anders formulieren: Du lebst in Angst außer in den Momenten, wenn dich dein Vater zu einer mutigen Tat aufpeitscht. Ich hätte das längst erkennen und Glavas Rho vor dir warnen müssen. Aber ich hatte so meine Träume, was dich betraf.«

»Du hast mich immer Mäuschen genannt«, sagte sie schwach.

»Aye, und wir spielten das Mäuschenspiel und vergaßen dabei, daß es auch Katzen auf der Welt gibt. Und während ich dann fort war, hast du dich durch Peitschenhiebe dazu bringen lassen, Glavas Rho an deinen Vater zu verraten!«

»Maus, verdamme mich nicht!« Ivrian schluchzte. »Ich weiß, daß mein Leben bisher nur aus Angst bestanden hat. Seit meiner Kindheit hat mein Vater mich zu der Überzeugung zwingen wollen, daß Grausamkeit und Haß die einzigen Gesetze des Universums sind. Er hat mich gefoltert und gequält. Es gab niemanden, an den ich mich wenden konnte, bis ich eines Tages Glavas Rho kennenlernte und erfahren mußte, daß das Universum auch Gesetze der Sympathie und Liebe kennt, denen sich sogar der Tod und die Haßgefühle unterordnen.

Aber jetzt ist Glavas Rho tot,und ich bin verängstigter und einsamer als je zuvor. Ich brauche deine Hilfe, Maus. Du hast von Glavas Rho gelernt. Du kennst seine Lehren. Komm und hilf mir!«

Sein höhnisches Gelächter klang hoch und schrill. »Ich soll herauskommen und mich verraten lassen? Ich soll mich wieder durchprügeln lassen, während du zuschaust? Ich soll deiner süßen Stimme lauschen, während die Jäger deines Vaters heranskriechen? Nein, ich habe andere Pläne.«

»Pläne?« fragte sie. Ihre Stimme klang gepreßt. »Maus, dein Leben ist in Gefahr, wenn du länger hier verweilst. Die Männer meines Vaters haben sich geschworen, dich sofort umzubringen, wenn sie dich erwischen. Ich würde vor Kummer sterben, wenn sie dich bekämen. Zögere nicht, geh fort von hier. Nur mußt du mir vorher noch sagen, daß du mich nicht haßt.«

Und sie machte einen Schritt auf ihn zu.

Wieder erklang sein höhnisches Gelächter.

»Du bist meines Hasses nicht würdig«, kamen die verletzenden Worte. »Ich habe nur Verachtung für deine feige Schwäche. Glavas Rho hat zuviel von der Liebe gesprochen. Es gibt Gesetze des Hasses in diesem Universum, denen sich selbst die Liebe beugen muß, und es wird Zeit, daß ich sie für mich nutze.

Komm mir nicht näher. Ich habe nicht die Absicht, dir meine Pläne zu verraten, auch nicht meine neuen Verstecke. Aber eins kann ich dir sagen, und hör mir gut zu. Die Qualen deines Vaters beginnen in sieben Tagen.«

»Die Qualen meines Vaters …? Maus, Maus, hör mich an! Ich möchte mehr von dir wissen als nur Glavas Rhos Lehren. Ich möchte überhaupt mehr über Glavas Rho wissen. Mein Vater machte eine Andeutung, daß er meine Mutter gekannt hat und ich vielleicht sogar seine Tochter bin.«

Diesmal herrschte ein kurzes Schweigen, ehe das spöttische Gelächter erneut aufklang. »Gut, gut! Es macht mir Spaß, daß der alte Weißbart doch ein wenig vom Leben gehabt hat, ehe er so überaus weise wurde. Ich hoffe wirklich, daß er deine Mutter ins Heu geführt hat. Das würde seinen Edelmut erklären. Wo es soviel Liebe gab – Liebe für jedes einzelne Geschöpf –, da muß vorher doch Lust und Schuld gesteckt haben.

Aus dieser Begegnung – und all dem Bösen, das deine Mutter bewegte – erstand seine Weiße Magie. Es stimmt! Schuld und Weiße Magie – Seite an Seite –, und die Götter lügen nie! Was dich zur Tochter Glavas Rhos macht, die ihren eigenen Vater dem gierigen Feuer überantwortete.«

Und damit war sein Gesicht verschwunden, und die Blätter rahmten ein dunkles Loch.

Sie stolperte hinter ihm in den Wald und rief: »Maus, Maus!« Und sie versuchte, dem leiser werdenden Gelächter zu folgen. Aber die Laute erstarben nach einiger Zeit, und sie fand sich in einer dämmerigen Schlucht wieder und machte sich klar, wie böse das Gelächter geklungen hatte, als ob er den Tod aller Liebe belachte oder vielleicht ihre Fehlgeburt.

Dann wurde sie von Panik ergriffen und floh durch das Unterholz zurück, während Dornen und Zweige ihr über das Gesicht peitschten, und sie hielt erst inne, als sie die Lichtung wieder erreicht hatte. Gleich darauf galoppierte sie durch die Abenddämmerung, von tausend Ängsten bedrängt, vor allem von dem krankmachenden Gedanken, daß es auf der ganzen Welt keine einzige Seele gab, die sie nicht haßte und verachtete.

Die Festung schien sich wie ein häßliches Monstrum über sie zu ducken, und als sie durch das große Tor in den Hof galoppierte, hatte sie das Gefühl, von dem Ungeheuer ein für allemal verschlungen zu werden.

Am Abend des siebenten Tages, als im großen Festsaal das Essen aufgetragen war, begleitet von lauten Gesprächen, vom Knirschen der Knochen und vom Klirren des Silbergeschirrs, unterdrückte Janarrl einen Schmerzschrei und fuhr sich mit der Hand an das Herz.

»Es ist nichts«, sagte er einen Augenblick später zu dem schmalgesichtigen Günstling an seiner Seite. »Gib mir einen Kelch Wein. Das vertreibt den Schmerz.«

Aber er sah bleich und nicht recht gesund aus, und er aß wenig von dem Fleisch, das in großen dampfenden Scheiben herangetragen wurde. Sein Blick fuhr unstet um den Tisch und richtete sich schließlich auf seine Tochter.

»Starr mich nicht so unglücklich an, Mädchen!« rief er. »Man könnte ja meinen, du hast mir den Wein vergiftet und wartest jetzt, daß mir die roten Flecken auf dem Gesicht erscheinen. Oder rote, schwarzumrandete.«

Diese Bemerkung wurde von den Anwesenden an der Tafel mit großem Gelächter quittiert, was dem Herzog zu gefallen schien, denn er riß sich einen Fasanenflügel ab und begann hungrig darauf herumzukauen, doch im nächsten Augenblick stieß er erneut einen Schmerzensschrei aus, lauter als das erstemal, fuhr auf, stolperte vor und zurück, griff sich verkrampft an die Brust und stürzte vornüber auf den Tisch, wo er sich vor Schmerz zu winden begann.

»Der Herzog ist krank«, sagte der schmalgesichtige Mann unnötigerweise, nachdem er sich über ihn gebeugt hatte. »Tragt ihn zu Bett. Einer soll sein Hemd lockern. Er schnappt nach Luft.«

Ein erregtes Flüstern lief den Tisch hinauf und hinab. Als die große Tür seiner Privaträume für den Herzog geöffnet wurde, beunruhigte ein kalter Lufthauch die Fackeln und ließ ihr Feuer blau werden, so daß die Halle ringsum plötzlich von Schatten erfüllt war. Dann flammte eine Fackel wie ein Stern weißhell auf und offenbarte das Gesicht eines Mädchens.

Ivrian spürte, wie die anderen mit mißtrauischen Blicken und zweifelndem Murmeln von ihr abrückten, als glaubten sie plötzlich, der Herzog habe die Wahrheit gesprochen. Sie blickte nicht auf. Nach einer Weile kam jemand und sagte ihr, der Herzog wolle sie sehen. Wortlos stand sie auf und folgte dem Boten.

Das Gesicht des Herzogs war grau und schmerzzerfurcht, doch er hatte sich in der Gewalt, wenn sich auch mit jedem Atemzug seine zuckende Hand so fest um den Bettrand krampfte, daß seine Knöchel weiß hervortraten. Er saß aufgerichtet im Bett, zahlreiche Kissen im Rücken, und trug einen Pelzumhang, und rings um sein Bett waren hohe Feuergestelle aufgereiht, die eine große Wärme ausstrahlten. Trotzdem war er von innerer Kälte geschüttelt.

»Komm her, Mädchen!« befahl er mit leiser, mühsamer Stimme, die zwischen seinen zusammengepreßten Lippen hindurchzischte. »Du weißt, was geschehen ist. Das Herz tut mir weh, als wäre ein Feuer darunter angezündet, und doch ist meine Haut von Eis umschlossen. Ich spüre einen Schmerz in den Gelenken, als würden mir lange Nadeln ins Mark gesteckt.

Das ist Zauberwerk!«

»Zweifellos, Zauberwerk«, wiederholte Giscorl, der schmalgesichtige Günstling, der am Kopfende des Bettes stand. »Und wir brauchen auch nicht herumzurätseln, wer dafür verantwortlich ist! Dieser junge Schleicher, den du vor zehn Tagen nicht schnell genug getötet hast! Wir haben gehört, daß er sich in den Wäldern herumtreibt und mit ... mit gewissen Wesen spricht«, fügte er hinzu und beäugte Ivrian mit mißtrauisch zusammengezogenen Augen.

Eine Schmerzwoge überlief den Herzog. »Ich hätte den Welpen tottreten sollen«, stöhnte er. Dann fiel sein Blick wieder auf Ivrian. »Hör mal, Mädchen, man hat dich im Wald gesehen, dort, wo der alte Zauberer getötet wurde. Man glaubt, daß du mit dem Jungen gesprochen hast.«

Ivrian fuhr sich mit der Zunge über die Lippen, versuchte etwas zu sagen und schüttelte schließlich nur den Kopf. Sie spürte den stechenden Blick ihres Vaters, der ihr Geheimnis zu ergründen versuchte. Dann kamen seine Finger auf sie zu und verkrampften sich in ihr Haar.

»Ich glaube, daß du dich mit ihm verschworen hast!« Sein Flüstern war wie ein Messerstich. »Du hilfst ihm bei seinem bösen Treiben, hilfst ihm, mir das anzutun. Gib es zu! Gib es zu!«

Und er drückte ihre Wange gegen das neben ihr stehende Feuergestell, daß ihr Haar zu qualmen anfing und ihr »Nein!« zu einem zitternden Schrei wurde. Das Feuergestell schwankte, und Giscorl griff mit schneller Hand zu. Durch Ivrians Schrei fauchte der Herzog: »Meine Mutter hat einmal rotglühende Kohlen in die Hand genommen, um ihre Ehre unter Beweis zu stellen!«

Eine geisterhafte Flamme lief an Ivrians Haar entlang. Der Herzog riß sie vom Feuer zurück und ließ sich wieder in die Kissen sinken.

»Schickt sie fort«, flüsterte er schließlich kaum hörbar; jedes Wort schien ihm Mühe zu machen. »Sie ist ein Feigling und würde es nicht einmal wagen, mir etwas anzutun. Aber du mußt mehr Leute in die Wälder schicken, Giscorl. Sie sollen weiter nach dem Burschen jagen. Sie müssen ihn vor Morgengrauen haben, oder der Widerstand gegen den Schmerz überwältigt mich!«

Mit knapper Bewegung winkte Giscorl das Mädchen zur Tür. Sie wich vor ihm zurück und schlich, gegen die Tränen ankämpfend, aus dem Zimmer. In ihrer Wange pochte der

Schmerz. Sie sah nicht das seltsam berechnende Lächeln, mit der der falkengesichtige Mann ihr nachblickte.

Ivrian stand am schmalen Fenster ihres Zimmers und beobachtete die kleinen Reitertrupps, die ständig in der Burg aus und ein gingen; ihre Fackeln schimmerten wie Glühwürmchen in den Wäldern. Überall in der Festung herrschte eine geheimnisvolle Geschäftigkeit. Selbst das Mauerwerk schien von seltsamem Leben erfüllt, als ob es die Qualen seines Herrn teilte.

Sie fühlte sich zu einem bestimmten Punkt dort draußen in der Dunkelheit hingezogen. Ein Gedanke ließ sie nicht mehr los, eine Erinnerung an Glavas Rho, der ihr eines Tages an einem Hang eine kleine Höhle gezeigt und ihr gesagt hatte, daß das ein böser Ort wäre, wo in grauer Vergangenheit manch schlimmer Zauber ausgesprochen worden sei. Ihre Fingerspitzen betasteten die halbkreisförmige Wunde an ihrer Wange und den dunklen Streifen in ihrem Haar.

Schließlich wurden ihre Unruhe und der seltsame Drang übermächtig. Sie zog sich im Dunkeln an und öffnete langsam ihre Zimmertür. Auf dem Korridor schien im Augenblick niemand zu sein. Sie hastete los, dicht an die Wand geduckt, und huschte die ausgetretenen Steinstufen hinab.

Bei dem Geräusch näherkommender Schritte duckte sie sich in eine Nische. Gleich darauf kamen zwei Jäger vorüber, die mit düsterem Gesicht auf die Gemächer des Herzogs zuhielten. Sie waren über und über mit Staub bedeckt und steif vom langen Reiten.

»In der Schwärze kann ihn niemand finden«, murrte einer der beiden. »Es ist, als wollte man in einem dunklen Keller eine Ameise suchen.«

Der andere nickte. »Und Zauberer können die Landschaft verändern und dafür sorgen, daß Pfade im Kreise führen, so daß alle Suchenden ganz verwirrt werden.«

Sobald sie vorüber waren, hastete Ivrian in den großen Festsaal, der jetzt dunkel und verlassen dalag, und durch die Küche mit ihren großen Backsteinherden und den riesigen Kupferkesseln, die im Schatten schimmerten.

Draußen im Hof zischten die Fackeln, und es herrschte das

lebhafte Treiben von Stallknechten, die frische Pferde brachten oder erschöpfte Tiere davonführten.

Sie vertraute auf ihr Jägerkostüm. Sie hielt sich im Schatten und arbeitete sich langsam zu den Ställen vor. Ihr Pferd bewegte sich unruhig und schnaubte, als sie zu ihm in die Box glitt, beruhigte sich jedoch beim Klang ihrer leisen Stimme sofort.

Eine Minute später war es gesattelt, und sie führte es durch den Hinterausgang ins Freie. Hier schienen keine Suchgruppen in der Nähe zu sein, und sie stieg auf und trabte auf den Wald zu.

In ihrem Innern herrschte ein Durcheinander von tausend Ängsten. Sie vermochte sich nicht zu erklären, wie sie überhaupt den Mut zu diesem Ausflug aufgebracht hatte, abgesehen von der Anziehungskraft, die dieser seltsame Ort auf sie ausübte – jene Höhle, vor der Glavas Rho sie gewarnt hatte.

Als der Wald sie umfing, hatte sie plötzlich das Gefühl, sich den Kräften der Dunkelheit zu ergeben und die düstere Festung und ihre grausamen Bewohner für immer hinter sich zu lassen. Die Blätterdecke über ihr ließ nur vereinzelte Sterne durchscheinen. Sie lenkte ihr Pferd mit leichtem Zügel und vertraute darauf, daß es sie auf kürzestem Wege zu ihrem Ziel führte. Und sie hatte sich nicht getäuscht, denn kaum eine halbe Stunde später erreichte sie eine flache Schlucht, die an der gesuchten Höhle vorüberführte.

Zum erstenmal wurde ihr Pferd jetzt unruhig. Es stockte, stieß ein leises, angstvolles Wiehern aus und versuchte, auf dem Wege durch die Schlucht wiederholt auszubrechen. Sie kam nur noch langsam voran. Schließlich wollte das Tier überhaupt nicht mehr weiter. Es hatte die Ohren angelegt und zitterte am ganzen Körper.

Ivrian stieg ab und setzte ihren Weg zu Fuß fort. Der Wald war ungeheuer still, als wären alle Tiere und Vögel – und auch die Insekten – verschwunden. Die Dunkelheit vor ihr war fast greifbar, als bestünde sie, zum Greifen nahe, aus Backsteinen.

Dann wurde sich Ivrian eines grünen Schimmers bewußt, zuerst nur vage und schwach wie der Geisterschimmer einer Aura. Langsam wurde er heller, und als das Blattwerk zwischen ihr und der Erscheinung dünner wurde, begann er zu flackern. Plötzlich befand sie sich unmittelbar davor – vor einer dicken, schweren, düsteren Flamme, die nicht fröhlich tanzte, sondern sich nur hin und her wand. Wenn grüner Schleim zu Feuer werden konnte, mochte er so aussehen. Die Flamme brannte im Eingang einer flachen Höhle.

Da entdeckte sie neben der Flamme das Gesicht des Lehrlings von Glavas Rho, und bei dem Anblick überfiel sie ein Gefühl des Schmerzes und des Mitleids.

Das Gesicht schien nichts Menschliches mehr zu haben, eine grüne Maske der Qual. Die Wangen waren eingefallen, die Augen starrten unnatürlich wild; es war sehr bleich und überzogen von kaltem Schweiß, der eine ungeheure innere Anstrengung erkennen ließ.

Unsägliches Elend stand in diesem Gesicht geschrieben, doch auch große Macht – Macht über die gewaltigen, zukkenden Schatten, die sich um die grüne Flamme zu drängen schienen, Macht über die Kräfte des Hasses, die hier in den Kampf geschickt wurden. In regelmäßigen Abständen bewegten sich die gesprungenen Lippen, und die Arme und Hände machten bestimmte Gesten.

Ivrian glaubte die sanfte Stimme Glavas Rhos Worte wiederholen zu hören, die er einmal vor Maus und ihr geäußert hatte: »Niemand kann die Schwarze Magie einsetzen, ohne die Seele auf das äußerste anzustrengen – und sie mit in die Waagschale werfen. Niemand kann andere Leute leiden lassen, ohne in gleicher Weise mit zum Opfer zu werden. Niemand kann durch Zaubersprüche Tod säen, ohne selbst am Abgrund des Todes zu schreiten, und, aye, sein eigenes Blut mit hineintropfen zu lassen.

Die Kräfte der Schwarzen Magie sind wie zweischneidige vergiftete Schwerter, deren Griffe mit Skorpionstacheln besetzt sind. Nur ein starker Mann mit ledernem Handschuh, in dem der Haß und das Böse übermächtig sind, vermag sie zu führen, und auch er nur eine gewisse Zeit lang.«

In Maus' Gesicht erkannte Ivrian jetzt die Wahrheit dieser Worte. Langsam bewegte sie sich näher heran, wie in einem Alptraum einen Schritt vor den anderen setzend.

Sie wurde sich schattenhafter Wesen bewußt, als ob sie

sich durch Vorhänge aus Spinnweben einen Weg bahnen müßte. Sie kam so nahe heran, daß sie die Hand hätte ausstrecken und ihn berühren können – trotzdem bemerkte er sie nicht, als ob sein Geist jenseits der Sterne schwebte und dort draußen mit der Schwärze kämpfte.

Dann brach ein Zweig unter ihrem Fuß. Maus sprang mit erschreckender Schnelligkeit auf. Er ergriff sein Schwert und stürzte sich auf den Eindringling. Doch als seine Klinge noch eine Handbreit von Ivrians Kehle entfernt war, hielt er mühsam inne. Er starrte sie mit gebleckten Zähnen an. Obwohl er seinen Hieb abgebremst hatte, schien er sie gar nicht zu erkennen.

In diesem Augenblick strich ein mächtiger Windstoß aus der Höhlenöffnung, ein seltsamer Wind, der Schatten mit sich brachte. Das grüne Feuer wurde kleiner, leckte hastig an den Scheiten entlang, die seine Nahrung waren, und erlosch fast.

Dann hörte der Wind auf, und die zähe Dunkelheit hob sich, um von einem bleichen Licht ersetzt zu werden, das das Nahen der Dämmerung ankündete. Die Flamme wurde gelb. Der Zauberlehrling taumelte, und das Schwert fiel ihm aus der Hand.

»Warum bist du gekommen?« fragte er mit schwerer Zunge.

Sie sah, daß sein Gesicht von Hunger und Haß verwüstet war, daß seine Kleidung von zahlreichen Nächten zeugte, die er wie ein Tier im Wald verbracht hatte. Und sie erkannte plötzlich, daß sie die Antwort auf seine Frage wußte.

»O Maus«, flüsterte sie, »laß uns gemeinsam von hier fortgehen. Hier herrscht nur der Schrecken.« Er schwankte, und sie stützte ihn. »Nimm mich mit, Maus!« sagte sie.

Er starrte sie stirnrunzelnd an. »Du haßt mich also nicht, weil ich deinem Vater das angetan habe? Oder weil ich die Lehren Glavas Rhos so übel genützt habe?« fragte er verwirrt. »Du fürchtest dich nicht vor mir?«

»Ich fürchte mich vor allem«, flüsterte sie und klammerte sich an ihn. »Ja, ich fürchte mich auch vor dir, sehr sogar. Aber diese Angst mag sich eines Tages geben. O Maus, nimmst du mich mit – nach Lankhmar oder an das Ende der Welt?«

Er nahm sie bei den Schultern. »Ich habe davon geträumt«, sagte er langsam. »Aber du ...?«

»Lehrling Glavas Rhos!« donnerte eine triumphierende Stimme. »Ich verhafte dich im Namen Herzog Janarrls wegen der Zaubertricks, die du mit der Gesundheit des Herzogs angestellt hast!«

Vier Jäger sprangen mit gezogenen Schwertern aus dem Unterholz, gefolgt von Giscorl.

Maus stürmte ihnen entgegen, und die Leute des Herzogs mußten schnell erkennen, daß sie es diesmal nicht mit einem wutgeblendeten Jüngling zu tun hatten, sondern mit einem überlegenen Schwertkämpfer. Seine primitive Klinge schien von einem Zauber erfüllt. Mit wohlberechnetem Stoß fegte er den Arm des ersten Angreifers beiseite, entwaffnete den zweiten mit einer plötzlichen Wendung seiner Klinge, und erwehrte sich überlegen der anderen beiden, wobei er langsam zurückwich.

Doch weitere Jäger traten aus dem Wald und bildeten langsam einen Kreis. Maus kämpfte mit größter Intensität und ließ keinen Hieb unbeantwortet, doch die Übermacht seiner Gegner war einfach zu groß. Sie banden ihm die Arme fest und zerrten ihn auf die Füße. Er blutete aus einer Wunde im Gesicht, doch er trug den Kopf hoch. Seine blutunterlaufenen Augen richteten sich auf Ivrian:

»Ich hätte es wissen müssen«, sagte er leise, »daß du nach dem Verrat an Glavas Rho nicht ruhen würdest, bis du auch mich verraten hattest. Du hast gute Arbeit geleistet, Mädchen. Ich nehme an, mein Tod wird dir Freude bereiten.«

Giscorl lachte. Maus' Worte trafen Ivrian wie Peitschenhiebe. Sie vermochte ihm nicht in die Augen zu schauen. Sie bemerkte einen Reiter hinter Giscorl und erblickte ihren Vater. Sein gewaltiger Körper war schmerzverkrümmt. Sein Gesicht war eine Totenmaske.

Es kam ihr wie ein Wunder vor, daß er sich überhaupt im Sattel halten konnte.

»Schnell, Giscorl!« krächzte er.

Sein schmalgesichtiger Helfer schnüffelte bereits wie ein gehorsamer Spürhund im Höhleneingang herum. Er stieß einen befriedigten Schrei aus und nahm eine kleine Figur von einem Felsvorsprung über dem Feuer, das er sofort austrat. Er behandelte die Figur mit einer Vorsicht, als wäre sie aus Spinnweben gemacht. Als er an Ivrian vorbeikam, sah sie, daß es sich um eine Tonpuppe handelte, die etwa so hoch wie breit war, in braune und gelbe Blätter gehüllt, und daß ihre Gesichtszüge ein grobes Abbild des Gesichts ihres Vaters darstellten. Die Puppe war an mehreren Stellen von Knochennadeln durchdrungen.

»Das ist das Ding, o Herr«, sagte Giscorl und hielt es in die Höhe, doch der Herzog erwiderte nur:

»Schnell, Giscorl!«

Der Mann machte Anstalten, die größte Nadel herauszuziehen, die durch den Oberkörper der Puppe führte, doch der Herzog keuchte schmerzerfüllt und rief: »Vergiß den Balsam nicht!« Woraufhin Giscorl mit den Zähnen ein Fläschchen entkorkte und vorsichtig eine sirupartige Flüssigkeit über die Puppe goß.

Der Herzog seufzte erleichtert auf. Dann zog Giscorl sehr langsam die langen Nadeln heraus, eine nach der anderen, und mit jeder Nadel pfiff der Atem des Herzogs, und er schlug sich mit der Hand an die Schulter oder den Schenkel, als würden die Nadeln aus seinem Körper entfernt. Als die letzte herausgezogen war, saß er lange Zeit zusammengesunken im Sattel.

Er sah schließlich auf, und es war eine erstaunliche Veränderung mit ihm vorgegangen. Sein Gesicht hatte wieder Farbe bekommen, und die Linien des Schmerzes waren verschwunden, und seine Stimme war laut und klar.

»Führt den Gefangenen in unsere Festung, wo er seinen Urteilsspruch zu erwarten hat!« rief er. »Sei dies eine Warnung für alle, die in unserem Gebiet Zauberei praktizieren wollen! Giscorl, du hast dich als treuer Diener erwiesen.« Sein Blick fiel auf Ivrian. »Du hast zu oft mit der Hexerei gespielt, Mädchen, und brauchst andere Ablenkung. Zunächst wirst du der Bestrafung beiwohnen, die ich diesem verdorbenen Zauberlehrling zudenken werde.«

»Eine kleine Strafe, o Herzog!« rief Maus. Man hatte ihn in einen Sattel gehoben und seine Beine unter dem Leib des Pferdes zusammengebunden. »Halt mir deine stinkende, spionierende Tochter vom Leibe. Und laß sie nicht meinen Schmerz sehen.«

»Gebt ihm einen Streich auf den Mund!« befahl der Herzog. »Ivrian, du reitest dicht hinter ihm – ich befehle es.«

Langsam ritt die kleine Kavalkade durch die aufsteigende Dämmerung auf die Festung zu. Man hatte Ivrian ihr Pferd gebracht, und sie nahm befehlsgemäß ihre Position ein, in einem Alptraum des Elends und der Niedergeschlagenheit befangen.

Ihr ganzes Leben schien sich auf einmal vor ihr auszubreiten – Vergangenheit, Gegenwart und Zukunft –, und es bestand nur aus Angst, Einsamkeit und Schmerz. Selbst die Erinnerung an ihre Mutter, die gestorben war, als sie noch ein kleines Mädchen war, trug einen Hauch von Panik in ihr Herz: eine kühne, schöne Frau, die stets eine Peitsche in der Hand trug und die selbst ihr Vater gefürchtet hatte. Ivrian wußte noch, daß bei der Nachricht der Dienerschaft, ihre Mutter habe sich bei einem Sturz vom Pferd das Genick gebrochen, ihr einziges Gefühl in der Angst bestanden hatte, man könne sie anlügen, und das alles wäre ein neuer Trick ihrer Mutter, um sie wieder aus dem Gleichgewicht zu bringen, und die Strafe würde bald folgen.

Vom Tage des Todes ihrer Mutter an hatte ihr Vater sie mit einer seltsam perversen Grausamkeit behandelt. Vielleicht lag es an seiner Enttäuschung, keinen Sohn zu haben, daß er sie wie einen feigen Jungen anstatt wie ein Mädchen schalt und daß er seine niedrigsten Untergebenen ermunterte, sie zu quälen – von den Zimmermädchen, die ihr des Nachts als Gespenster erschienen, bis zu den Küchenfräulein, die ihr Frösche in die Milch und Nesseln in den Salat taten.

Manchmal hatte sie aber das Gefühl, daß Wut über ihr Geschlecht eine zu schwache Erklärung für die Grausamkeiten ihres Vaters war, daß er sich vielmehr in Ivrian an seiner toten Frau rächen wollte, die er gewiß gefürchtet hatte und die noch immer sein Leben beeinflußte, denn er hatte nicht wieder geheiratet oder auch nur offen eine Mätresse genommen.

Oder vielleicht war doch etwas Wahres an dem, was er über ihre Mutter und Glavas Rho gesagt hatte – nein, bestimmt war das ein Phantasiegebilde, aus Wut geboren. Oder vielleicht ging es darum, daß er – wie er ihr manchmal gesagt hatte – bemüht war, sie dem bösartigen und blutdurstigen Beispiel ihrer Mutter nacheifern zu lassen, daß er sich wünschte, seine gehaßte und bewunderte Frau in der Person ihrer Tochter wiedererstehen zu sehen, und daß er an der Brüchigkeit des Materials, mit dem er arbeitete, und an dem grotesken Versuch ein seltsam verqueres Vergnügen fand.

Dann hatte sie bei Glavas Rho einen Unterschlupf gefunden. Als sie dem weißbärtigen alten Mann auf ihren einsamen Waldwanderungen zum erstenmal begegnete, war er gerade dabei, das gebrochene Bein eines Fauns zu richten, und er hatte ihr leise von der Freundlichkeit in der Welt und der Verwandtschaft allen tierischen und menschlichen Lebens erzählt. Und Tag um Tag war sie wiedergekommen und hatte zugehört, wie ihre vagen Intuitionen als große Wahrheiten enthüllt wurden, hatte eine Zuflucht gefunden in seinem großen Herzen ... und sie hatte ihre schüchterne Freundschaft mit dem schlauen kleinen Lehrling des Zauberers ausgekostet.

Doch jetzt war Glavas Rho nicht mehr am Leben, und Maus hatte den Spinnenweg genommen – oder den Schlangenpfad oder Katzentritt, wie der alte Zauberer die Böse Magie manchmal genannt hatte.

Sie blickte auf und sah Maus ein Stück schräg vor sich reiten, die Hände auf dem Rücken gefesselt, Kopf und Körper nach vorn geneigt. Das Gewissen schlug ihr, denn sie wußte, daß sie an seiner Gefangennahme schuld war. Aber schlimmer als das Gewissen war der Schmerz um eine verpaßte Gelegenheit, denn dort vor ihr, zum Untergang verurteilt, ritt der einzige Mann, der sie vor ihrem Leben hätte bewahren können.

Eine schmale Stelle auf dem Pfad brachte sie dicht neben ihn. Sie sagte hastig und beschämt: »Wenn ich irgend etwas für dich tun kann, damit du mir ein wenig vergibst ...«

Der Blick, den er ihr von der Seite zuwarf, war scharf, abschätzend und überraschend munter.

»Vielleicht kannst du das«, murmelte er leise, damit die Jäger weiter vorn ihn nicht hören konnten. »Wie du sicher weißt, wird mich dein Vater zu Tode foltern. Er wird von dir verlangen, daß du zusiehst. Tu das. Halt die Augen die ganze Zeit auf mich gerichtet. Setz dich dicht neben deinen Vater. Lege ihm deine Hand auf den Arm. Aye, und küß ihn auch. Vor allem laß dir keine Angst und auch keinen Widerwillen anmerken. Sei eine Marmorstatue. Sieh zu, bis alles vorüber ist.

Noch etwas – wenn du kannst, mußt du ein Kleid deiner Mutter tragen, oder wenn du kein Kleid findest, irgendeinen Schmuck von ihr.« Er lächelte sie dünn an. »Wenn du das tust, habe ich wenigstens den Trost, dich leiden zu sehen – wirklich leiden!«

»Keine Zaubersprüche da!« rief plötzlich einer der Jäger und zerrte Maus' Pferd von Ivrians Seite.

Das Mädchen schwankte im Sattel, als wäre es geschlagen worden. Sie hatte gedacht, ihr Elend könnte nicht noch größer werden, doch Maus' Worte hatten sie noch eine weitere letzte Stufe der Dunkelheit und Bedrückung hinabgestoßen. In diesem Augenblick kam die Kavalkade ins Freie, und die Festung ragte querab auf – ein gewaltiger zackiger Umriß im Sonnenaufgang.

Nie zuvor war sie ihr so sehr wie ein häßliches Ungeheuer vorgekommen. Ivrian hatte das Gefühl, daß die hohen Burgtore der Schlund des Todes waren.

Als Janarrl die Folterkammer im Tiefkeller seiner Festung betrat, überlief ihn eine heiße Woge freudiger Erwartung, wie immer dann, wenn sich er und seine Jäger zum letzten Zustoßen um ein gestelltes Tier scharten. Doch mit der Freude kam auch ein leiser Tropfen Angst. Seine Gefühle waren ein wenig mit denen eines heißhungrigen Mannes vergleichbar, der zu einem gewaltigen Festmahl eingeladen wird, den aber eine Wahrsagerin vor einem Giftanschlag gewarnt hat.

In seinen Gedanken verfolgte ihn das fiebrig-verängstigte Gesicht des Mannes, der von dem halb zerfallenen Bronzeschwert des Zauberlehrlings am Arm verletzt wurde. Sein Blick begegnete dem des Jünglings, dessen halbnackter Körper – zunächst noch ohne Anspannung – auf der Streckbank lag, und Janarrls Herz begann schneller zu schlagen. Sie waren zu forschend, diese Augen, zu kalt und drohend, zu sehr von Zauberei bestimmt.

Er sagte sich aufgebracht, daß ein wenig Schmerz diesen Blick bald verändern würde, daß angesichts der aussichtslosen Lage bald Panik in diese Augen steigen mußte. Er sagte sich auch, daß es ganz natürlich war, nach den Schrecknissen des gestrigen Abends noch etwas nervös zu sein, nach den magischen Spielereien, die ihn fast das Leben gekostet hatten.

Doch tief im Innern wußte er, daß die Angst ihn nicht mehr loslassen würde – Angst vor allem und jedem; vor etwas, das eines Tages stärker sein mochte als er; das ihm weh tun mochte, so wie er anderen weh getan hatte; Angst vor den Toten, denen er nachgestellt hatte und die jetzt seinem Zugriff entzogen waren; Angst vor seiner toten Frau, die tatsächlich stärker und grausamer gewesen war als er und die ihn bei tausend Gelegenheiten erniedrigt hatte – Gelegenheiten, an die nur er sich noch erinnerte.

Aber er wußte auch, daß bald seine Tochter hier sein würde und daß er dann seine Angst auf sie abladen konnte; indem er sie zur Angst zwang, vermochte er seinen eigenen Mut zurückzugewinnen, wie er es schon unzählige Male getan hatte.

Selbstbewußt setzte er sich also und gab den Befehl, mit der Folterung zu beginnen.

Als das große Rad knackte und die ledernen Fesseln um Maus' Arm- und Fußgelenke ein wenig anzuziehen begannen, fühlte er sich von hilfloser Panik ergriffen, die seinen ganzen Körper erfaßte. Diese Panik konzentrierte sich auf seine Gelenke – jene kleinen Knochenscharniere, die normalerweise aller Gefahr entrückt sind. Noch verspürte er keinen Schmerz. Sein Körper wurde nur etwas gestreckt.

Die niedrige Decke hing über seinem Gesicht. Das flakkernde Licht der Fackeln legte Schatten in die Vertiefungen zwischen den Steinen und hinter die verstaubten Spinnennetze. Zu seinen Füßen konnte er den oberen Teil des Rades und die beiden großen Hände sehen, die in die Speichen griffen und sie mühelos herumdrehten, sehr langsam und in Intervallen von zwanzig Herzschlägen.

Wenn er den Kopf zur Seite wandte, war die große Gestalt des Herzogs sichtbar – nicht so breit wie die Puppe, die er von ihm gemacht hatte, aber doch ziemlich massig. Er saß in einem geschnitzten Holzstuhl, zwei bewaffnete Männer neben sich. Seine braunen Hände, mit glitzernden Juwelenringen besetzt, ruhten auf den Knöpfen der beiden Seitenlehnen. Die Füße hatte er gegen den Boden gestemmt und die Zähne zusammengebissen. Nur in seinen Augen zeigten sich Spuren von Unruhe und Verletzlichkeit. Ihr Blick wanderte immer wieder hin und her – schnell und gleichmäßig wie die beweglichen Augen einer Puppe.

»Meine Tochter müßte längst hier sein«, hörte er den Herzog jäh mit tonloser Stimme sagen. »Sagt ihr, sie soll sich beeilen. Sie darf nicht zu spät kommen.«

Einer der Männer eilte aus dem Raum.

Dann begann der Schmerz zu zwacken, zunächst unzusammenhängend am Unterarm, im Rücken, am Knie, dann in der Schulter.

Mit Mühe wahrte Maus seinen Gesichtsausdruck. Er richtete seine Aufmerksamkeit auf die Gesichter ringsum und musterte sie in allen Einzelheiten, als wären sie ein Bild; er bemerkte die Lichtreflexionen auf den Wangenknochen und in den Augen und Bärten, er nahm ihre Schatten wahr, die im Rhythmus des Fackelfeuers schwankten.

Dann vergingen die niedrigen Wände um ihn, und als ob es plötzlich keine Entfernungen mehr gab, sah er die ganze weite Welt da draußen, die er noch nicht zu Gesicht bekommen hatte: große Wäldereien, hellbraune Wüsten und türkisfarbene Meere; der See der Ungeheuer, die Stadt der Geister, das herrliche Lankhmar, das Land der Acht Städte, das Trollgebirge, die sagenumwobene Eis-Öde, einen großen rothaarigen Jungen mit ehrlichem Gesicht, den er bei den Piraten kennengelernt hatte – Orte und Leute, die ihm nun ewig fremd bleiben würden, die sich ihm jetzt aber in herrlichem Detail zeigten, wie von einem Meisterbildhauer gestaltet und bemalt.

Mit erschreckender Plötzlichkeit kehrte der Schmerz zurück und verstärkte sich. Das Nagen wurde zu Nadelstichen, ein vorsichtiges Tasten in seinem Innern – kräftige Finger, die an seinen Armen und Beinen entlang und auf sein Rückgrat zukrochen – ein Lockern und Knacken an der Hüfte. Verzweifelt straffte er seine Muskeln, um der Bewegung zu begegnen.

Dann hörte er die Stimme des Herzogs: »Nicht so schnell. Haltet mal einen Moment.« Maus glaubte einen Hauch von Panik in dieser Stimme wahrzunehmen. Gegen den Schmerz wandte er den Kopf und starrte in die unruhigen Augen. Sie schwangen wie kleine Pendel hin und her.

Und dann plötzlich, als gäbe es die Zeit nicht mehr, sah Maus eine andere Szene in diesem Raum. Der Herzog saß da, und seine Augen schwangen von einer Seite zur anderen, doch er war jünger, und auf seinem Gesicht zeigten sich Schrecken und Panik. Dicht neben ihm saß eine aufreizend gutaussehende Frau in einem dunkelroten Kleid mit gewagtem Ausschnitt und Ärmelschlitzen, in denen gelbe Seide glänzte.

An Maus' Stelle auf der Streckbank lag ein wohlgeformtes, in höchsten Tönen wimmerndes Mädchen, das die rotgekleidete Frau unbarmherzig verhörte. Es ging um ein amouröses Zusammensein mit dem Herzog und einen Giftmordversuch an ihr, der Herzogin.

Schritte unterbrachen diese Szene, so wie ein geworfener Stein ein Spiegelbild im Wasser zerstört, und brachten die Gegenwart zurück. Dann eine Stimme: »Deine Tochter kommt, o Herzog.«

Maus stählte sich. Ihm war bisher nicht bewußt geworden, wie sehr er sich trotz seines Schmerzes vor dieser Begegnung fürchtete. Ihn erfüllte die bittere Gewißheit, daß Ivrian seinen Worten nicht gefolgt war. Er wußte, daß sie nicht böswillig war und ihn nicht hatte verraten wollen, doch gleichermaßen war sie ohne Mut. Sie würde sicher wimmernd herbeikommen, und ihre Qualen würden ihm auch noch den Rest seiner Selbstbeherrschung rauben und seine letzten hoffnungsvollen Pläne zunichte machen.

Leisere Schritte näherten sich jetzt; sie hatten etwas seltsam Gemessenes.

Es bereitete ihm Schmerzen, den Kopf so weit zu wenden, daß er auch die Tür sehen konnte; und doch tat er es und verfolgte, wie ihre Gestalt an Umriß gewann, als sie jetzt den verschwommenen Lichtkreis der Fackeln betrat.

Dann sah er die Augen. Sie waren weit aufgerissen und hatten etwas Starres. Sie waren unbeweglich auf ihn gerichtet. Sie wandten sich nicht ab. Das Gesicht war bleich, von einer tödlichen Ruhe geprägt.

Er sah, daß sie ein dunkelrotes Kleid trug, mit großem Ausschnitt und Armschlitzen, in denen gelbe Seide schimmerte.

Und dann machte Maus' Herz einen gewaltigen Sprung, denn er erkannte, daß sie seiner Bitte gefolgt war. Glavas Rho hatte gesagt: »Der Leidende kann seine Leiden dem Unterdrücker zuschleudern, wenn nur der Unterdrücker dazu gebracht werden kann, einen Weg für seinen Haß zu bahnen.« Jetzt lag ihm ein solcher Weg offen – ein Weg, der in Janarrls Innerstes führte.

Hungrig richtete sich Maus' Blick auf Ivrians starre Augen, als wären sie Zentren Schwarzer Magie unter einem kalten Mond. Jene Augen, das wußte er, würden empfangen, was er zu geben hatte.

Er sah, wie sie sich neben den Herzog setzte. Er sah, wie der Herzog seine Tochter von der Seite ansah und dann auffuhr, als wäre sie ein Gespenst. Doch Ivrian wandte nicht den Kopf, nur ihre Hand stahl sich heraus und legte sich auf seinen Unterarm, und der Herzog sank zitternd auf seinen Stuhl.

»Fortfahren!« hörte er den Herzog ausrufen, und diesmal war die Panik in seiner Stimme ganz dicht vor dem Ausbrechen.

Das Rad drehte sich. Maus hörte sich mitleiderregend stöhnen. Aber da gab es jetzt etwas in ihm, das oben auf dem Schmerz schwamm und das daran nicht teilhatte. Er hatte das Gefühl, als gäbe es einen Pfad zwischen seinen und Ivrians Augen – einen felsigen Tunnel, durch den sich die Kräfte des menschlichen und auch eines übermenschlichen Geistes wie ein Bergstrom ergießen konnten.

Und noch immer wandte sie sich nicht ab. Ihr Gesicht blieb steinern, wenn er stöhnte, nur ihre Augen schienen sich zu verdunkeln, als sie noch bleicher wurde.

Maus spürte, wie sich in seinem Körper etwas regte. Durch die kochendheißen Wasser des Schmerzes stieg sein Haß, erreichte die Oberfläche und schwamm gleichfalls dort oben. Er stieß seinen Haß durch den felsigen Tunnel, sah, wie Ivrians Gesicht unter dem Aufprall noch totenstarrer wurde, sah, wie sich ihre Hand um den Unterarm ihres Vaters krampfte, spürte das Zittern, das Janarrl nicht länger unterdrücken konnte.

Das Rad drehte sich. Von weitem hörte Maus ein ständiges herzzerreißendes Wimmern. Doch ein Teil seiner selbst hing jetzt außerhalb des Raumes, schien sich hoch hinaufzuschwingen in die frostige Leere über der Welt. Er sah ein nächtliches Panorama waldiger Hügel und Täler unter sich ausgebreitet. Nahe bei einer Hügelspitze ragte eine kleine Gruppe spitzer Türme auf. Als wäre er mit den magischen Augen eines Zaubervogels ausgestattet, konnte er durch die Wände und Dächer dieser Türme schauen, bis in die Fundamente darunter, in einen winzigen, kaum erleuchteten Raum, in dem sich Menschen – kleiner als Insekten – zu schlimmem Tun zusammengefunden hatten. Einige machten sich an einem Mechanismus zu schaffen, der einem anderen Wesen Schmerz zufügte – einem Wesen, das eine sich windende Ameise sein mochte.

Und der Schmerz dieses Wesens, dessen Schreie dünn zu hören waren, hatten einen seltsamen Einfluß auf ihn da oben, stärkten seine inneren Kräfte und rissen ihm einen Schleier von den Augen fort – einen Schleier, der ihm ein schwarzes Universum verhüllt hatte.

Dann begann er ringsum ein gewaltiges Murmeln zu hören. Die frostige Dunkelheit wurde wie von mächtigen Flügeln erschüttert. Das stählerne Licht der Sterne durchschnitt wie schmerzlose Klingen sein Gehirn. Er spürte einen wilden Wirbel des Bösen wie einen reißenden Strom von Raubtieren von oben auf sich herabstoßen, und er wußte, daß es an ihm lag, diesen Ansturm zu lenken.

Er ließ ihn durch seinen Körper fahren und schleuderte ihn durch jenen ungebrochenen Pfad, der zu zwei schwarzen Punkten in dem winzigen Raum unter ihm führte – in die beiden starren Augen Ivrians, der Tochter des Herzogs Janarrl.

Er sah, wie sich die Schwärze des Wirbels wie ein Tintenfleck auf ihrem Gesicht bemerkbar machte, ihre weißen Arme hinabrann und ihre Finger färbte. Er sah, wie sich ihre Hand zuckend um den Arm ihres Vaters klammerte. Er sah, wie sie ihre andere Hand dem Herzog näherte und ihre geöffneten Lippen an seine Wange hob.

Und dann, einen Augenblick lang, während die Fackeln blau durchgepeitscht wurden von heftigen Windstößen, die die Steine des Kellerraumes zu durchdringen schienen ... einen Moment lang, während die Folterknechte und Wächter ihr Handwerkszeug fallen ließen ... einen unauslöschlichen Augenblick des erfüllten Hasses und der vollzogenen Rache, sah Maus das starke, gedrungene Gesicht Herzog Janarrls in höchstem Entsetzen erzittern, sah die Gesichtszüge, die wie ein schweres Tuch von unsichtbaren Händen durchgewrungen wurden, sah sie zerfallen in Hilflosigkeit und Tod.

Die Bänder, die Maus gehalten hatten, entspannten sich. Sein Geist stürzte wie ein Vogel auf den Kellerraum zu.

Ein stechender Schmerz erfüllte ihn, doch ein Schmerz, der Leben verhieß und nicht den Tod. Über ihm war die niedrige Steindecke. Die Hände am Rad waren weiß und schlank. Dann merkte er, daß der Schmerz ein Schmerz der Entspannung war, als jetzt der Druck auf seine Arme und Beine nachließ.

Langsam löste Ivrian die Lederbänder um seine Hand- und Fußgelenke. Langsam half sie ihm auf, stützte ihn mit ganzer Kraft. Sie schleppten sich durch den Raum, aus dem alle anderen entsetzt geflohen waren mit Ausnahme einer zusammengesunkenen, juwelengeschmückten Gestalt in einem hölzernen Stuhl.

Sie blieben einen Augenblick davor stehen, und er betrachtete das tote Ding mit dem kühlen, befriedigten, maskenhaften Ausdruck einer Katze. Dann gingen sie weiter, die Treppen hinauf, Ivrian und der Graue Mausling, durch die in panischem Entsetzen verlassenen Korridore, hinaus in die Nacht ...

Aus dem Amerikanischen
übersetzt von Thomas Schlück

Das Haus der Diebe

Lautlosen Gespenstern gleich schlichen der große und der dicke Dieb an dem erdrosselten Wachleoparden vorbei, erreichten die zuvor mit Sperrhaken geöffnete schwere Tür, verließen das Haus des Juwelenhändlers Jengao und machten sich im schwarzen Nachtnebel von Lankhmar auf der Geldstraße in Richtung Osten davon.

Sie mußten diese Richtung einschlagen, denn im Westen, wo sich Geldstraße und Silberstraße kreuzten, lag ein Polizeiposten mit nicht bestochenen Wachen, die rastlos ihre Hellebarden schliffen.

Aber der große, schweigsame Slevyas, Meisterdiebkandidat, und der dicke, wieseläugige Fissif, Dieb zweiter Klasse mit anerkanntem Betrügertalent, waren nicht im geringsten besorgt. Alles verlief genau nach Plan. Beide trugen in ihrem Leibgurt einen Beutel, der nur erstklassige Steine enthielt, denn Jengao, der schweratmend und bewußtlos in seinem Haus lag, mußte die Möglichkeit haben, sein Geschäft wiederaufzubauen – damit eines Tages ein ähnlicher Fischzug unternommen werden konnte. Zu den wichtigsten ungeschriebenen Gesetzen der Diebesgilde gehörte der Grundsatz, nie eine Henne umzubringen, deren Eier Rubine als Dotter hatten.

Die beiden Diebe genossen auch das erleichternde Bewußtsein, daß sie jetzt geradewegs nach Hause gingen, nicht etwa zu einer Ehefrau, Arath behüte! – oder zu Eltern oder Kindern, wovor alle Götter bewahren mochten –, sondern ins Diebeshaus, dem offiziellen Hauptquartier der mächtigen Zunft, die ihnen beiden Vater und Mutter zugleich war, obwohl keine Frau die Unterkunft hinter dem Tag und Nacht offenen Portal in der Cheap Straße betreten durfte.

Dazu kam noch die beruhigende Gewißheit, daß sie, obwohl selbst nur mit dem gewöhnlichen Diebesdolch mit reich ziseliertem Silbergriff bewaffnet, unter starkem Schutz standen: drei zuverlässige und erfahrene Mitglieder der Mörderbruderschaft waren für diese Nacht als Eskorte angeheuert worden und gaben ihnen jetzt Geleitschutz – einer als Erkunder vor den beiden Dieben, die anderen als Nachhut und Hauptstreitmacht.

Und wenn alles das nicht genügte, um Slevyas und Fissif in Sicherheit zu wiegen, brauchten sie nur nach links zu sehen, wo ihnen im Rinnstein ein seltsam mißgestaltetes Wesen folgte, das trotz seines unnatürlich großen Kopfes ein sehr kleiner Hund, eine etwas zu klein geratene Katze oder eine sehr große Ratte hätte sein können.

Die Gegenwart dieses vierten Beschützers war jedoch, zugegebenermaßen, nicht ausschließlich beruhigend. Fissif reckte sich in die Höhe, um Slevyas ins Ohr zu flüstern: »Ich will verdammt sein, wenn mir dieser Schutzgeist Hristomilos gefällt, auch wenn er uns angeblich zusätzliche Sicherheit bietet. Es ist schlimm genug, daß Krovas freiwillig oder unter gewissem Zwang die Dienste eines Zauberers von äußerst zweifelhaftem Ruf in Anspruch genommen hat, aber dieser ...«

»Halt's Maul!« zischte Slevyas noch leiser.

Fissif gehorchte schulterzuckend und beobachtete weiter nach allen Seiten, hauptsächlich aber nach vorn.

Etwas weiter vor ihnen wurde die Geldstraße kurz vor der Einmündung in die Goldstraße von einem geschlossenen Baukörper überbrückt, der die beiden Betriebsgebäude der berühmten Steinmetzen und Bildhauer Rokkermaas & Slaarg verband. Die Gebäude selbst besaßen mehrere Erker, die von unproportioniert mächtigen Säulen in verschiedenen Formen und Ausführungen getragen wurden – mehr zur Werbung als aus baulichen Gründen.

Jenseits der Brücke ertönten zwei kurze Pfiffe: ein Signal des Kundschafters, der festgestellt hatte, daß dort kein Hinterhalt drohte und daß die Goldstraße frei war.

Aber Fissif war mit diesem Zeichen keineswegs zufrieden. Der dicke Dieb genoß es, besorgt oder sogar änstlich zu sein – bis zu einem gewissen Punkt. Deshalb betrachtete er die Fassaden von Rokkermaas & Slaarg besonders aufmerksam, soweit das im Nebel möglich war.

Die ihnen zugewandte Seite der Brücke wies vier kleine Fenster auf, zwischen denen in drei großen Nischen drei lebensgroße Gipsstatuen – ebenfalls aus Werbungsgründen –

aufgestellt waren. Im Lauf der Jahre hatten Wind und Wetter eine merkliche Erosion bewirkt, und der Nebel hatte die Statuen dunkelgrau gefärbt. Auf dem Weg zu Jengaos Haus waren Fissif diese Standbilder aufgefallen. Jetzt hatte er den Eindruck, die rechte Statue habe sich irgendwie verändert. Sie stellte einen mittelgroßen Mann mit Umhang und Kapuze dar, der mit verschränkten Armen finster brütend auf die Straße hinabstarrte. Nein, die Veränderung war doch auffälliger, als er zunächst angenommen hatte: die Plastik war jetzt einheitlicher grau, schien schärfere Gesichtszüge zu haben – und war ein ganzes Stück kleiner, wenn seine Augen nicht trogen!

Unterhalb der Nischen lag außerdem ein grau-weißer Trümmerhaufen, an den Fissif sich nicht erinnern konnte. Er überlegte scharf, ob sein stets hellwaches Unterbewußtsein nicht in der Aufregung des Einbruchs einen entfernten Krach wahrgenommen hatte. Tatsächlich schien das der Fall gewesen zu sein. Fissifs rege Vorstellungskraft suggerierte ihm eine mögliche Erklärung dafür: ein Loch in der Mauer jeder Nische, durch das die Statuen angestoßen und auf die Straße gestürzt werden konnten – insbesondere auf ihn und Slevyas. Die rechte Statue wäre dann versuchsweise von ihrem Sockel gestoßen und durch eine ähnliche ersetzt worden.

Fissif beschloß, die Standbilder im Auge zu behalten, wenn er und Slevyas darunter vorbeigingen. Man mußte ihnen leicht ausweichen können, sobald sie zu kippen begannen. Sollte er in diesem Fall Slevyas aus der Gefahrenzone reißen? Eine Frage, über die nachzudenken wert war.

Seine ruhelose Aufmerksamkeit konzentrierte sich jetzt auf die säulengestützten Erker. Die massiven, fast drei Meter hohen Pfeiler waren nicht nur in unregelmäßigen Abständen aufgestellt, sondern selbst unregelmäßig ausgebildet, denn Rokkermaas & Slaarg gaben sich höchst modern und betonten den unvollendeten Stil, das Zufällige und das Unerwartete.

Trotzdem hatte Fissif den Eindruck, das Unerwartete sei in der Zwischenzeit bereichert worden – um eine zusätzliche Säule, die ihm zuvor nicht aufgefallen war. Er hätte nicht genau sagen können, welche Säule dazugekommen war, aber er war davon überzeugt, daß jetzt unter den Erkern eine mehr stand als zuvor.

Die beiden Diebe erreichten die Brücke, die sich über die Straße spannte. Fissif sah zu dem Standbild auf und stellte weitere Unterschiede fest. Obgleich die Statue kleiner als die beiden anderen war, stand sie straffer aufgerichtet, während ihr dunkelgraues Gesicht weniger nachdenklich philosophierend als vielmehr sarkastisch grinsend erschien.

Trotzdem kippte keine der drei Statuen nach vorn, als er und Slevyas die Brücke passierten. Vielmehr geschah etwas anderes.

Eine der Säulen blinzelte Fissif zu.

Der Graue Mausling drehte sich in der rechten Nische um, zog sich an dem Steinsims hoch, erkletterte das flache Dach und erreichte die gegenüberliegende Seite in demselben Augenblick, in dem die beiden Diebe unter ihm zum Vorschein kamen.

Er sprang ohne zu zögern in die Tiefe. Seine Stiefel aus Rattenleder zielten auf die breiten Schultern des kleineren Diebes – allerdings mit etwa einem Meter Vorgabe, weil der andere inzwischen noch einen Schritt machen würde.

Im Augenblick des Absprungs schaute der große Dieb instinktiv nach oben und riß seinen Dolch heraus. Er machte jedoch keinen Versuch, Fissif aus dem Weg des menschlichen Projektils zu stoßen, das auf ihn zuflog.

Fissif warf sich schneller herum, als man es ihm zugetraut hätte, und kreischte schrill: »Slivikin!«

Die Rattenlederstiefel trafen seinen Magen, der wie ein großes Kissen nachgab. Der Mausling schnellte sich zur Seite, wich Slevyas' Dolch aus und stand dem großen Dieb abwehrbereit gegenüber. Aber der erwartete Angriff blieb aus, denn auch Slevyas brach jetzt zusammen.

Eine der Säulen hatte sich plötzlich in Bewegung gesetzt und schleppte einen weiten Umhang hinter sich her. Die große Kapuze fiel dabei zurück und zeigte ein jugendliches Gesicht, das von langen Haaren umrahmt wurde. Kräftige Arme kamen aus den Ärmeln hervor, die den oberen Teil der Säule gebildet hatten. Die rechte Faust des Vermummten hatte Slevyas' Kinnspitze getroffen und ihn außer Gefecht gesetzt.

Fafhrd und der Graue Mausling standen sich vor den beiden bewußtlosen Gestalten gegenüber. Sie waren angriffsbereit, aber zunächst hielten sie noch still.

»Wir scheinen aus dem gleichen Grund hier zu sein«, stellte Fafhrd fest.

»Scheinen? Wir sind es!« antwortete der Mausling kurz und betrachtete dabei seinen neuen Gegner, der noch einen Kopf größer als der große Dieb war.

»Wie bitte?«

»Ich habe gesagt: ›Scheinen? Wir sind es!‹«

»Wie zivilisiert von dir!« meinte Fafhrd zufrieden.

»Zivilisiert?« erkundigte der Mausling sich mißtrauisch und umklammerte seinen Dolch fester.

»Weil du selbst in der Hitze des Gefechts noch genau darauf achtest, was gesagt wird«, erklärte Fafhrd. Er senkte den Kopf, ohne den Mausling aus den Augen zu lassen, und betrachtete die Leibgurte der beiden Diebe. Dann lächelte er seinem Gegenüber plötzlich zu.

»Teilen wir ehrlich?« schlug er vor.

Der Mausling zögerte, steckte seinen Dolch in die Scheide und knurrte: »Einverstanden!« Er kniete abrupt neben Fissif nieder. »Nimm du dir Slivikin vor«, wies er den Großen an.

Er vermutete logischerweise, der fette Dieb habe im letzten Augenblick den Namen seines Begleiters ausgerufen.

»Die beiden hatten doch ... irgendein kleines Tier bei sich«, bemerkte Fafhrd, ohne von Slevyas' Leibgurt aufzusehen. »Wohin ist es verschwunden?«

»Das war nicht irgendein Tier«, widersprach der Mausling. »Das war ein Marmoset!«

»Marmoset?« wiederholte Fafhrd nachdenklich. »Das ist eine Affenart aus den Tropen, nicht wahr? Nun, vielleicht hast du recht – ich bin noch nie im Süden gewesen –, aber ich hatte eher den Eindruck ...«

Der jetzt von zwei Seiten über sie hereinbrechende Angriff überraschte sie nicht, denn sie hatten beide etwas Ähnliches erwartet.

Die drei Angehörigen der Mörderbruderschaft, die mit gezückten Schwertern heranstürmten, rechneten damit, daß die beiden Straßenräuber bestenfalls mit Dolchen bewaffnet und so ungeübte Kämpfer wie die meisten anderen Banditen sein würden. Um so größer war jetzt ihre Überraschung, als der Mausling und Fafhrd blitzschnell aufsprangen, lange Schwerter zogen und sich den Angreifern Rücken an Rücken gegenüberstellten.

Der Mausling wehrte den ungestüm vorgetragenen Angriff seines Gegners elegant ab, ließ den Mann ins Leere laufen und stieß dann zu. Die Spitze seiner Waffe drang von schräg unten kommend durch den Schuppenpanzer des Angreifers, fand einen Weg zwischen seine Rippen, durchbohrte das Herz und trat am Rücken wieder aus.

Fafhrd, der es mit den beiden anderen aufnehmen mußte, wehrte sich seiner Haut mit wuchtigen Hieben, vor denen die Angreifer vorerst zurückwichen. Dann holte er gewaltig aus und traf den Hals seines rechten Gegners, dem durch diesen Schlag fast der Kopf vom Rumpf getrennt wurde. Fafhrd trat einen Schritt zurück, um sich des dritten Mannes anzunehmen.

Aber das war nicht mehr nötig. Blutbefleckter blanker Stahl in einer grau behandschuhten Hand stieß an ihm vorbei und erledigte den letzten Angreifer wie den ersten.

Die beiden jungen Männer wischten ihre Schwerter ab. Fafhrd streckte die Rechte aus. Der Mausling zog seinen rechten Handschuh aus und ergriff die Hand, um sie wortlos zu schütteln. Dann knieten sie neben den bewußtlosen Dieben nieder und zogen ihnen die Beutel mit Juwelen aus den Leibgurten. Als nächstes wischte sich der Mausling mit einem feuchten Tuch, das er vorsorglich mitgenommen hatte, flüchtig den Ruß, der ihm zur Tarnung gedient hatte, aus dem Gesicht.

Danach zeigte der Mausling nach Osten, und Fafhrd stimmte mit einer Kopfbewegung zu. Die beiden Männer gingen rasch in die Richtung weiter, die Slevyas, Fissif und ihre Begleiter hatten einhalten wollen. Nachdem sie die Goldstraße erkundet hatten, überquerten sie diese Straße und folgten auf Fafhrds Vorschlag der Geldstraße.

»Mein Mädchen ist im Goldenen Lampion«, erklärte er dem Mausling.

»Ich schlage vor, daß wir die Kleine abholen und mit zu mir nach Hause nehmen, damit sie mein Mädchen kennenlernt«, sagte der Mausling.

»Nach Hause?« erkundigte Fafhrd sich höflich.

»In der Dunklen Gasse«, antwortete der Mausling.

»Im Silbernen Aal?«

»Dahinter. Ich lade euch zum Wein ein.«

»Ich kaufe unterwegs einen Krug. Wein kann man nie genug haben.«

»Richtig.«

Fafhrd blieb stehen, wischte die rechte Hand an seinem Umhang ab und streckte sie dem Mausling entgegen. »Ich heiße übrigens Fafhrd.«

Der andere erwiderte seinen Händedruck. »Und ich Grauer Mausling«, antwortete er fast trotzig, als warte er nur darauf, daß jemand sich über seinen Spitznamen lustig machte.

»Grauer Mausling, was?« meinte Fafhrd. »Nun, heute abend hast du zwei Ratten erlegt.«

»Allerdings!« Der Mausling holte tief Luft, warf den Kopf zurück und gab dann grinsend zu: »Du hättest den zweiten Mann mühelos erledigt. Ich habe ihn dir weggenommen, um meine Schnelligkeit zu beweisen. Außerdem war ich aufgeregt.«

Fafhrd erwiderte sein Grinsen. »Wem sagst du das? Mir ging es nicht anders.«

Der Mausling überraschte sich dabei, daß er noch immer grinste. Was hatte dieser große Lümmel an sich, das ihn daran hinderte, so skeptisch wie sonst zu sein?

Fafhrd stellte sich eine ähnliche Frage. Er hatte sein Leben lang kleinen Männern mißtraut, weil er wußte, daß seine Körpergröße ihren Neid hervorrief. Aber dieser gerissene kleine Kerl war irgendwie eine Ausnahme. Hoffentlich gefiel er Vlana auch.

Am Nordostende der Geldstraße brannte eine Fackel trüb im Nachtdunst vor der Taverne. Vlana trat in den Lichtschein hinaus, eine schlanke Gestalt in einem engen schwarzen

Samtkleid mit roten Strümpfen. Am Gürtel trug sie einen Dolch mit Silbergriff und einen aus Silberfäden gewirkten Beutel.

Fafhrd stellte ihr den Grauen Mausling vor, der sie mit beinahe unterwürfiger Höflichkeit begrüßte. Vlana betrachtete ihn prüfend und lächelte dann.

Fafhrd öffnete unter der Fackel den kleinen Beutel, den er dem großen Dieb abgenommen hatte. Vlana warf einen Blick hinein. Sie umarmte Fafhrd, zog seinen Kopf zu sich herab und küßte ihn herzhaft. Dann steckte sie die Juwelen in den Beutel an ihrem Gürtel.

»Hör zu, ich wollte noch einen Krug Wein kaufen«, sagte er. »Erzähl ihr, was passiert ist, Mausling.«

Als er aus dem Goldenen Lampion kam, trug er vier Krüge im linken Arm und wischte sich den Mund mit dem rechten Handrücken ab. Vlana runzelte die Stirn. Er grinste sie an. Der Mausling nickte anerkennend, als er die Krüge sah. Sie gingen auf der Geldstraße weiter. Fafhrd merkte, daß Vlanas Stirnrunzeln nicht nur der Aussicht auf ein Saufgelage galt. Der Mausling ging taktvoll voraus.

Als seine Gestalt nur noch ein dunkler Schatten im Nebel war, flüsterte Vlana aufgebracht: »Du hattest zwei Angehörige der Diebeszunft in deiner Gewalt und hast ihnen nicht die Kehle durchgeschnitten?«

»Wir haben drei andere umgebracht«, wandte Fafhrd entschuldigend ein.

»Ich habe keinen Streit mit der Mörderbruderschaft, sondern mit der Zunft! Du hast mir geschworen, bei jeder sich bietenden Gelegenheit ...«

»Vlana! Der Graue Mausling sollte mich doch nicht für einen Amateur halten, der in seiner Aufregung alle ermordet, die ihm unter die Finger kommen.«

»Nun, er hat mir erklärt, er hätte ihnen sofort die Kehle durchgeschnitten, wenn er gewußt hätte, daß ich das wollte.«

»Das hat er nur aus Höflichkeit gesagt.«

»Vielleicht, vielleicht auch nicht. Aber du hast es gewußt und trotzdem ...«

»Vlana, halt den Mund!«

Sie starrte ihn wütend an, lächelte verzerrt, als kämpfe sie gegen Tränen an, beherrschte sich dann aber. »Verzeih mir, Liebster«, sagte sie. »Manchmal hältst du mich bestimmt für ein bißchen verrückt, und ich glaube fast, daß ich es wirklich bin.«

»Laß das! Denk lieber an die Juwelen, die uns jetzt gehören. Und benimm dich unserem neuen Freund gegenüber. Trink Wein und mach dir keine Sorgen. Ich will mich heute abend amüsieren. Das habe ich verdient.«

Vlana nickte lächelnd und drückte ihm schweigend die Hand. Sie beeilten sich, die kleine Gestalt vor ihnen einzuholen.

Der Mausling wandte sich nach links, überquerte einen kleinen Platz und bog in eine Gasse ab, in der die Nebelschwaden noch dichter zu sein schienen.

Vlana mußte husten. »Dieser verdammte Nachtnebel in Lankhmar!« stieß sie keuchend hervor. »Eine abscheuliche Stadt!«

»Das macht die Nähe der Großen Salz-Marschen, Vlana«, erklärte Fafhrd ihr.

Er hatte recht. Wegen seiner Lage in der Tiefebene zwischen den Sümpfen, dem Binnenmeer, dem Fluß Hlal und den von unzähligen Kanälen bewässerten Feldern im Süden war Lankhmar als Nebelstadt berühmt-berüchtigt.

Etwa auf halbem Wege zur Carter-Straße wurde eine Taverne auf der linken Seite der Gasse im Nebel sichtbar. Eine aus Metall nachgebildete Schlange mit weit aufgerissenem Rachen hing hoch über dem Eingang. Die drei nächtlichen Wanderer gingen an der Tür vorbei, aus der Stimmengewirr, Fackelschein und Fuseldunst drangen, und folgten einem schmalen Gang an der Ostseite der Taverne. Dort mußten sie hintereinander gehen und sich an der Mauer des Silbernen Aals entlangtasten.

»Vorsicht, eine Pfütze!« warnte der Mausling seine Begleiter. »Sie ist so tief wie das Äußere Meer.«

Der Gang wurde breiter. Ein schwacher Lichtschein, der von oben her durch den Nebel drang, ließ nur ungefähr ahnen, wie ihre Umgebung aussah. Hinter der Taverne ragte ein baufälliges Gebäude aus dunklen Ziegeln und altem Holz auf. Im dritten Stock brannte gelbliches Licht hinter drei mit Holzgitterwerk versehenen Fenstern. Eine steile Außentreppe ohne Geländer führte von Stockwerk zu Stockwerk zu den beleuchteten Fenstern hinauf. Der Mausling nahm Fafhrd die Krüge ab und begann die Treppe emporzusteigen.

»Folgt mir, sobald ich oben bin«, rief er den beiden zu. »Ich glaube, daß die Treppe dein Gewicht trägt, Fafhrd, aber am besten kommt ihr einzeln herauf.«

Fafhrd schob Vlana vor sich her. Sie stieg zu dem Mausling hinauf, der jetzt an einer offenen Tür stand, aus der gelbes Licht ins Freie fiel. Er verbeugte sich höflich und ließ ihr den Vortritt.

Dann kam Fafhrd. Er bewegte sich dicht an der Mauer entlang und tastete sie mit beiden Händen nach Vorsprüngen ab, um sich notfalls festhalten zu können. Die ganze Treppe knackte und knarrte unheildrohend, und jede Stufe bog sich unter seinem Gewicht durch. Fafhrd war schon fast oben, als eine Stufe krachend nachgab. Er streckte sich der Länge nach auf der Treppe aus, um sein Körpergewicht möglichst zu verteilen, und fluchte laut.

»Keine Angst, die Krüge sind in Sicherheit!« rief der Mausling ihm unbekümmert zu.

Fafhrd legte den Rest der Treppe auf Händen und Füßen zurück und richtete sich erst auf, als er die Tür hinter sich hatte. Dann rieb er sich erstaunt die Augen.

Seine Überraschung war so groß, als hätte er einen billigen Talmiring ans Licht gehalten und dabei entdeckt, daß er einen kostbaren Solitär in der Hand hielt. Gold- und silberdurchwirkte Wandteppiche bedeckten die Wände mit Ausnahme der drei Fenster, die hinter vergoldetem Schnitzwerk verschwanden. Ähnliche Gewebe verbargen die niedrige Decke und verwandelten sie in einen Nachthimmel mit goldenen und silbernen Sternen. Überall in dem großen Raum waren Sitzkissen und niedrige Tische verteilt. Auf den Tischen brannten unzählige Kerzen, von denen Hunderte in den Wandregalen säuberlich neben Schriftrollen, Krügen, Flaschen und Emailledosen aufgestapelt waren. In dem großen offenen Kamin stand ein kleiner Eisenofen mit reichverziertem Feuertopf. Davor waren drei Pyramiden aufgebaut:

Feueranzünder, Holzscheite und glänzend schwarze Kohlebrocken.

Auf einem niedrigen Podium am Kamin stand eine mit Goldgewebe bedeckte Couch. Dort saß eine schlanke, blasse, hübsche junge Frau in einem violetten Seidengewand, dessen Gürtel eine Silberkette war. Silberne Haarnadeln mit Amethysten hielten ihre schwarzen Haare zusammen. Um die Schultern trug sie eine Stola aus schneeweißem Schlangenpelz. Sie beugte sich jetzt zögernd vor und streckte ihre Hand Vlana entgegen, die niederkniete, die Hand ergriff und sie küßte.

Fafhrd nickte zufrieden, als er sah, wie Vlana elegant mit dieser ungewöhnlichen Situation fertig wurde. Während er Vlanas rotbestrumpftes Bein betrachtete, das sie hinter sich ausstreckte, fiel ihm auf, daß der Fußboden überall drei- oder gar vierfach mit kostbaren handgewebten Teppichen bedeckt war. Er drehte sich abrupt nach dem Grauen Mausling um.

»Du bist der Teppichräuber!« rief er aus. »Du bist auch der Kerzendieb!« fuhr er fort und bezog sich dabei auf den zweiten sensationellen Diebstahl der letzten Monate. Beide Fälle waren das Tagesgespräch von Lankhmar gewesen, als er und Vlana vor einem Monat hier angekommen waren.

Der Mausling zuckte mit den Schultern, grinste dann plötzlich und führte einen Freudentanz quer durch den Raum auf. Als er dabei hinter Fafhrd anlangte, nahm er ihm den langen Umhang ab, faltete ihn sorgfältig zusammen und legte ihn auf eines der Sitzkissen.

Die junge Frau in Violett deutete nervös auf den Platz neben sich. Vlana setzte sich auf die Couch, achtete aber darauf, der anderen nicht zu nahe zu kommen. Die beiden Frauen begannen ein halblautes Gespräch, in dem Vlana die Initiative übernahm.

Der Mausling legte seinen eigenen grauen Umhang ab und faltete ihn wie Fafhrds zusammen. Dann schnallten sie ihre Schwerter ab, die der Mausling auf die Kleidungsstücke legte. Ohne ihre Waffen wirkten die beiden Männer plötzlich jungenhaft: beide waren schlank, obwohl Fafhrds gewaltige Muskeln ihn massiv wirken ließen; Fafhrd trug sein rotblondes Haar schulterlang, der Mausling hatte sein dunkles Haar zu Zöpfen geflochten, der eine hatte ein dunkelbraunes Lederwams an, das des anderen war aus grauer Naturseide gewoben.

Sie lächelten sich verlegen an. Dann räusperte der Mausling sich, deutete eine Verbeugung an und sagte mit einer Handbewegung zu der Couch hinüber: »Fafhrd, mein guter Freund, gestatte mir, daß ich dich meiner Prinzessin vorstelle. Ivrian, meine Liebe, empfange Fafhrd bitte freundlich, denn wir haben heute nacht zu zweit gegen drei andere gekämpft und sind Sieger geblieben.«

Fafhrd näherte sich der Couch, kniete wie Vlana nieder und küßte zwar die dargereichte Hand, die nervös zitterte, als er danach griff. Aber seine eigene Nervosität war kaum geringer, während er ein Kompliment murmelte.

Er spürte nicht, daß der Mausling kaum weniger nervös war, da er fürchtete, Ivrian könnte ihre Prinzessinnenrolle übertreiben und ihre Gäste kränken – oder gar zitternd in Tränen ausbrechen. Fafhrd und Vlana waren die ersten Lebewesen, die er in dieses luxuriöse Liebesnest seiner aristokratischen Geliebten gebracht hatte – von den beiden Kanarienvögeln abgesehen, die auf der anderen Seite des Kamins in einem Silberkäfig trillerten.

Trotz seines hellwachen Verstandes und seiner Welterfahrenheit wäre der Mausling nie auf den Gedanken gekommen, daß Ivrian erst durch seine Methode, ihr jeden Wunsch von den Augen abzulesen und sie mit den erlesensten Luxusgegenständen zu überhäufen, so puppenhaft geworden war.

Als Ivrian endlich lächelte, atmete der Mausling erleichtert auf, holte zwei Silberbecher und zwei Silberhumpen aus einem Regal, entkorkte eine Flasche Wein und stellte sie dann wieder fort. Statt dessen öffnete er einen der Krüge, die der Nordländer gekauft hatte, und füllte daraus die Trinkgefäße, die er randvoll servierte.

Dann hob er seinen Humpen und brachte einen Trinkspruch aus: »Auf meine bisher größte Beute in Lankhmar, die ich unfreiwillig mit diesem langhaarigen Barbaren teilen muß!« Mit diesen Worten leerte er sein Gefäß zur Hälfte.

Fafhrd trank ihm zu und erwiderte: »Auf den prahlerischsten, zivilisiertesten kleinen Mann, mit dem ich je eine Beute geteilt habe!« Er leerte seinen Humpen ganz, grinste breit und streckte ihn dem Mausling entgegen.

Der Mausling schenkte nach, füllte seinen eigenen Humpen auf, stellte ihn beiseite und ging zu Ivrian hinüber. Er öffnete den Beutel, den er Fissif abgenommen hatte, und schüttete die Edelsteine in Ivrians Schoß. Dort glitzerten und leuchteten sie wie regenbogenfarbenes Quecksilber.

Ivrian fuhr erschrocken zurück und hätte die Steine beinahe verstreut, aber Vlana hielt sie behutsam am Arm fest und stützte sie. Dann holte Vlana auf Ivrians Anweisung einen mit Samt ausgeschlagenen Silberkasten und sammelte die Juwelen darin, bevor sie ihr Gespräch fortsetzten.

Während Fafhrd den zweiten Kelch leerte, nahm er seine Umgebung allmählich deutlicher wahr. Seine erste Verblüffung hatte sich inzwischen gelegt, und er begann festzustellen, wie alt und schäbig der Raum unter der kostbaren Dekoration war. Der Fußboden senkte sich in der Mitte des Raumes fast eine Spanne weit. Nachtnebel kam in einzelnen dünnen Fäden durch das vergoldete Schnitzwerk und bildete verschlungene Arabesken, die sich nur langsam auflösten. Die Steine des großen Kamins waren geschrubbt und lackiert worden, aber der Mörtel bröckelte aus den Fugen. Einige Steine fehlten sogar.

Der Mausling hatte Feuer in dem Ofen gemacht. Nachdem er den Anzünder, den er im Feuertopf in Brand gesetzt hatte, ganz unter das Holz geschoben hatte, schüttete er Kohlen nach und schloß die Ofentür. Er schien zu spüren, was Fafhrd dachte, denn er zündete mehrere Räucherkerzen am Feuertopf an und verteilte sie in flachen Messingschalen im Raum. Dann verstopfte er die größten Öffnungen des Schnitzwerks vor den Fenstern mit Seidentüchern, griff wieder nach seinem Kelch und warf Fafhrd einen strafenden Blick zu.

Im nächsten Augenblick lächelte er bereits wieder und trank Fafhrd zu, der ebenfalls einen Humpen hob. Als der Mausling nachschenkte, flüsterte er dem anderen ins Ohr: »Ivrians Vater war ein Herzog. Ich habe ihn umgebracht. Ein grausamer Mann, der auch seine Tochter grausam behandelt hat – aber trotzdem ein Herzog, so daß Ivrian es nicht gewöhnt ist, für sich selbst zu sorgen. Ich bin stolz darauf, ihr mehr Luxus als ihr reicher Vater bieten zu können.«

Fafhrd nickte zustimmend. »Ja, du hast dir einen bezaubernden kleinen Palast zusammengestohlen.«

»Grauer Mausling, deine Prinzessin möchte gern hören, was ihr heute nacht erlebt habt«, rief Vlana von der Couch her. »Und können wir noch etwas Wein haben?«

»Bitte, Mausling«, stimmte Ivrian zu.

Der Mausling sah zu Fafhrd hinüber, der zustimmend nickte, und begann seine Erzählung. Aber zuerst schenkte er Vlana und Ivrian nach. Da er dazu einen neuen Krug öffnen mußte, entkorkte er alle drei, stellte einen neben die Couch, brachte Fafhrd den zweiten und reservierte den dritten für sich selbst. Ivrian runzelte besorgt die Stirn, als sie diese Vorbereitungen sah; Vlana lächelte zynisch.

Der Mausling schilderte ihre Abenteuer wortreich, stellte die wichtigsten Szenen selbst dar und schmückte die Wahrheit nur geringfügig aus.

Als er sagte: »Ich riß also Skalpell aus der Scheide ...«, warf Fafhrd ein: »Oh, dein Schwert hat also auch einen Spitznamen?«

Der Mausling richtete sich auf. »Ja, und ich nenne meinen Dolch Katzenklaue. Hast du etwas dagegen? Kommt dir das kindisch vor?«

»Durchaus nicht. Mein Schwert heißt Graywand. Weiter, bitte.«

Und als der Mausling von dem seltsamen Tierchen erzählte, das die Diebe begleitet hatte, wurde Ivrian blaß und flüsterte: »Mausling! Das könnte der Schutzgeist einer Hexe gewesen sein!«

»Eines Zauberers«, verbesserte Vlana sie. »Die erbärmlichen Schurken in der Diebeszunft wollen nichts mit Frauen zu tun haben – jedenfalls nicht innerhalb ihrer Organisation. Aber Krovas, ihr jetziger König, ist dafür bekannt, daß er alle nur denkbaren Vorsichtsmaßnahmen ergreift. Vielleicht hat er einen Hexer in seine Dienste genommen.«

»Höchstwahrscheinlich«, stimmte der Mausling zu. »Das macht mir ernste Sorgen.« Aber man merkte ihm nur allzu deutlich an, wie willkommen ihm dieser Gedanke war, weil er ihr Abenteuer um so gefährlicher erscheinen ließ.

Nachdem der Mausling seinen Bericht beendet hatte, tranken die beiden jungen Frauen ihm und Fafhrd zu und lobten mit blitzenden Augen Mut, Schläue und Tapferkeit der beiden Helden. Der Mausling verbeugte sich lächelnd, sank erschöpft seufzend auf ein Sitzkissen, fuhr sich mit einem Seidentuch über die Stirn und nahm einen großen Schluck Wein.

Fafhrd holte Vlanas Erlaubnis ein, bevor er die abenteuerliche Geschichte ihrer Flucht aus der Eis-Öde erzählte – er aus seinem Clan, sie aus einer Schaustellertruppe – und berichtete, wie sie nach Lankhmar gekommen waren, wo sie jetzt in einer Herberge am Platz der Dunklen Freuden Unterschlupf gefunden hatten. Ivrian klammerte sich an Vlana und starrte Fafhrd mit großen Augen an, wenn die Geschichte unheimlich wurde.

Er ließ jedoch etwas Wichtiges aus: Vlanas feste Absicht, blutige Rache an der Diebeszunft zu nehmen, die ihre Komplizen ermordet und sie selbst aus Lankhmar vertrieben hatte, bevor sie Fafhrds Gefährtin geworden war. Und er ließ selbstverständlich auch sein Versprechen unerwähnt, das er ihr dummerweise gegeben hatte: er hatte ihr seine Hilfe versprochen.

Nachdem Fafhrd seinen Bericht beendet und den Applaus mit zufriedenem Lächeln quittiert hatte, wollte er einen Schluck aus seinem Kelch trinken – und mußte feststellen, daß Humpen und Krug leer waren. Trotzdem fühlte er sich noch nicht im geringsten betrunken.

Der Mausling befand sich in ähnlich schwieriger Lage. Auch er war keineswegs betrunken, obwohl er jetzt dazu neigte, geheimnisvolle Pausen einzulegen oder ins Leere zu starren, bevor er eine Frage beantwortete oder eine Bemerkung machte. Diesmal schlug er nach einer besonders langen Pause vor, Fafhrd solle ihn in den Aal begleiten, um Wein zu holen.

»Aber in unserem Krug ist doch noch viel!« protestierte Ivrian. »Oder zumindest ein bißchen«, verbesserte sie sich. Der Krug schien leer zu sein, als Vlana ihn schüttelte. »Außerdem haben wir alle möglichen Weine hier.«

»Aber nicht diese Sorte, Liebste, und jeder Weinkenner weiß, daß man sie nicht durcheinandertrinken darf«, erklärte der Mausling ihr mit erhobenem Zeigefinger. »Das ist schädlich und ungesund.«

»Meine Liebe«, warf Vlana ein, »das ist nun einmal typisch Mann. Am besten versuchen wir gar nicht erst, die beiden zurückzuhalten. Dieses Weglaufen ist dumm und lästig, aber es liegt in ihrer Natur und läßt sich nicht ändern.«

»Ich habe Angst, Mausling. Fafhrds Geschichte hat mich erschreckt. Deine natürlich auch – ich weiß genau, daß ich diesen Schutzgeist an den Fensterläden kratzen höre, während du fort bist!«

»Liebste«, antwortete der Mausling leise hicksend, »zwischen dir und Fafhrds Eis-Öde mit ihren angeblichen Hexern liegen das ganze Binnenmeer, das Land der Acht Städte und dazu noch das ganze himmelhoch aufragende Trollgebirge! Und was Schutzgeister in Tiergestalt anbelangt – pah! Sie sind immer nur die abscheulichen Schoßtierchen häßlicher alter Weiber und widerlicher alter Männer gewesen!«

»Laß die beiden gehen, meine Liebe«, forderte Vlana sie unbekümmert auf. »In der Zwischenzeit haben wir Gelegenheit, uns über die beiden zu unterhalten. Dabei können wir sie vom benommenen Kopf bis zu den ratlosen Füßen gründlich auseinandernehmen.«

Ivrian ließ sich umstimmen. Fafhrd und der Mausling verließen den Raum, schlossen rasch die Tür, um den Nachtnebel abzuhalten, und stiegen leise die Treppe hinab.

Während sie darauf warteten, daß die vier Krüge im Keller des Silbernen Aals gefüllt wurden, bestellten die beiden neuen Kameraden zwei Becher des gleichen Weins und zogen sich damit an das weniger geräuschvolle Ende der langen Theke zurück. Der Mausling versetzte einer Ratte, die aus ihrem Loch hervorsah, einen gezielten Tritt.

Nachdem die beiden Komplimente über ihre jeweiligen Gefährtinnen ausgetauscht hatten, erkundigte Fafhrd sich zögernd: »Glaubst du – ganz im Vertrauen gesagt –, daß Ivrian recht hat, wenn sie fürchtet, das merkwürdige Tier, das Slivikin und den anderen Dieb begleitet hat, sei der Schutzgeist eines Hexers oder zumindest das kluge Schoßtierchen eines Zauberers, dazu abgerichtet, seinem Herrn oder Krovas von Unglücksfällen dieser Art Mitteilung zu machen?«

Der Mausling lächelte. »Du denkst dir Schreckgespenster aus, mein lieber barbarischer Bruder, wenn ich so sagen darf. Wie soll dieses Tierchen Bericht erstatten können? Ich kenne keine sprechenden Tiere – außer Papageien und ähnlichen Vögeln, die aber nur nachplappern, was sie hören.«

Er wandte sich ab. »He, du da hinter der Theke! Wo sind meine Krüge? Haben die Ratten den Jungen gefressen, der vor Tagen in den Keller geschickt worden ist? Oder ist er unterwegs verhungert? Sag ihm, daß er sich beeilen soll – und schenk uns inzwischen nach!«

Der Graue Mausling setzte die Unterhaltung fort, wo er sie abgebrochen hatte. »Nein, Fafhrd, selbst wenn wir annehmen, daß das Tierchen direkt oder indirekt etwas mit Krovas zu tun hat und daß es sofort nach dem Überfall ins Diebeshaus zurückgelaufen ist, sehe ich nicht recht ein, was es hätte berichten können. Es hätte nur melden können, daß der Einbruch bei Jengao mißglückt ist.«

Fafhrd runzelte die Stirn. »Mir kommt es trotzdem so vor, als könnte das Tier den Zunftmeistern unser Aussehen beschreiben, so daß sie uns erkennen und zu Hause überfallen könnten«, meinte er zweifelnd.

»Mein lieber Freund«, begann der Mausling gönnerhaft, »ich bitte um Verzeihung, aber ich fürchte wirklich, daß dieser starke Wein dir den Verstand benebelt. Wenn die Zunft wüßte, wie wir aussehen und wo wir wohnen, wäre sie schon vor Tagen oder Wochen über uns hergefallen! Oder weißt du etwa nicht, daß jeder freiberufliche Dieb in Lankhmar gefoltert und anschließend hingerichtet wird?«

»Das ist mir bekannt«, erwiderte Fafhrd trübselig, »und meine Lage ist sogar schlimmer als deine.« Nachdem er den Mausling zur Verschwiegenheit verpflichtet hatte, erzählte er ihm von Vlanas Racheschwur und ihrer festen Absicht, sich an der gesamten Zunft zu rächen.

Während er erzählte, wurden die vier Tonkrüge aus dem Keller gebracht, aber der Mausling ließ ihre Becher nochmals nachfüllen.

»Und wegen eines Versprechens, das ein unerfahrener

junger Mann am Südrand der Eis-Öde seiner Geliebten gegeben hat, werde ich jetzt ständig aufgefordert, gegen einen der mächtigsten Männer von Lankhmar zu kämpfen«, schloß Fafhrd. »Vermutlich ist Krovas sogar der mächtigste Mann dieser Stadt, denn die Zunft hat in allen größeren Städten Niederlassungen, die ebenfalls seinem Befehl unterstehen. Ich liebe Vlana von ganzem Herzen, und sie ist selbst eine erfahrene Diebin, aber sobald die Rede auf diesen Punkt kommt, ist sie keinem vernünftigen Argument mehr zugänglich.«

»Gewiß, es wäre Wahnsinn, einen offenen Angriff gegen die Zunft zu wagen«, stimmte der Mausling zu. »Damit hast du völlig recht. Falls es dir nicht gelingt, deiner schönen Gefährtin diese Idee auszureden, mußt du dich zumindest strikt weigern, etwas in dieser Richtung zu tun.«

»Das muß ich«, antwortete Fafhrd nachdrücklich und überzeugt. »Ich wäre ein Idiot, wenn ich versuchen würde, es mit der Zunft aufzunehmen. Sollte sie mich je erwischen, würde ich ohne weiteres hingerichtet. Aber ich denke nicht daran, mein Leben wegzuwerfen, indem ich die Zunft herausfordere und Krovas umbringe!«

»Das wäre die größte Dummheit, die man sich vorstellen kann, und du hättest nicht lange Zeit, sie zu bereuen, denn du wärst innerhalb von drei Tagen mausetot. Wird die Zunft selbst angegriffen, schlägt sie zehnmal rascher und stärker zu, als wenn der Angriff nur einem Mitglied gegolten hätte. Deshalb darfst du Vlana in dieser Angelegenheit nicht im geringsten nachgeben!«

»Einverstanden!« antwortete Fafhrd laut. Er schüttelte dem Mausling kräftig die Hand.

»Und jetzt müssen wir zu den Mädchen zurück«, stellte der Mausling fest.

»Aber während wir zahlen, können wir noch einen Becher trinken. He, du da hinter der Theke!«

»Gut, wie du willst.«

Vlana und Ivrian, die sich angeregt unterhielten, schraken zusammen, als dröhnende Schritte die Treppe heraufpolterten. Die Stufen krachten gefährlich, und zwei schienen sogar durchgebrochen zu sein. Dann flog die Tür auf. Die beiden

Männer stürmten herein und warfen sie hinter sich zu, bevor der Nachtnebel den Raum füllen konnte.

»Ich hab' dir doch gesagt, daß wir sofort zurückkommen würden!« rief der Mausling Ivrian zu. Fafhrd eilte zu Vlana hinüber, ohne auf den knarrenden Fußboden zu achten, und rief aus: »Ich habe dich so vermißt, mein Herz!« Er hob sie hoch, küßte sie stürmisch und setzte sie wieder auf die Couch.

Seltsamerweise war nicht Vlana, sondern Ivrian dem rotblonden Riesen böse.

»Hör zu, Fafhrd!« forderte sie ihn streng auf. Ihre dunklen Augen blitzten. »Meine liebe Vlana hat mir von den Untaten der Diebeszunft gegen sie und ihre Freunde erzählt. Entschuldige, wenn ich so offen spreche, obwohl wir uns erst seit kurzem kennen, aber ich finde es sehr unmännlich von dir, ihr die gerechte Rache zu verweigern, die sie mit vollem Recht fordert. Und das gilt auch für dich, Mausling! Du hast Vlana gegenüber behauptet, du hättest ihr ihren Wunsch erfüllt, wenn du ihn geahnt hättest – und dabei war das nur leeres Geschwätz, mit dem du dich einschmeicheln wolltest! Und das von dir, der du nicht gezögert hast, meinen eigenen Vater zu ermorden!«

Fafhrd merkte, daß Vlana die Gelegenheit genützt und Ivrian eine zweifellos beschönigende Darstellung ihrer Auseinandersetzung mit der Diebeszunft gegeben hatte, wobei sie die romantischen Vorstellungen, die das naive Mädchen von Ritterlichkeit und Ehre zu haben schien, weidlich ausgenützt haben mußte. Er erkannte außerdem, daß Ivrian nicht wenig betrunken war. Vor der Couch stand eine fast leere Flasche, die Wein aus dem fernen Kiraay enthalten hatte.

Aber ihm fiel nichts Besseres ein, als hilflos die großen Hände auszubreiten und den Kopf zu senken, um den Blikken der beiden Frauen zu entgehen. Schließlich hatten sie recht. Er hatte sein Wort gegeben.

Deshalb war es der Mausling, der als erster einzulenken versuchte.

»Beruhige dich, mein Schatz!« rief er leichthin, während er durch den Raum tanzte, weitere Ritzen mit Seidentüchern verstopfte und das Feuer neu entfachte. »Und auch du, schöne Lady Vlana. Seit einem Monat trifft Fafhrd die Zunft durch seine nächtlichen Überfälle dort, wo es für sie am schmerzhaftesten ist – am Geldbeutel. Kommt, wir trinken auf weitere Erfolge!« Er entkorkte einen Krug und lief von einem zum anderen, um nachzuschenken.

»Die Rache eines Krämers!« antwortete Ivrian. Sie war keineswegs beschwichtigt, sondern im Gegenteil erregter als zuvor. »Du und Fafhrd müßt Vlana zumindest Krovas' Kopf bringen!«

»Was würde sie damit anfangen wollen? Was hätten wir davon – außer Flecken auf den Teppichen?« erkundigte der Mausling sich verständnislos, während Fafhrd langsam auf ein Knie sank und Ivrian erklärte: »Es ist wahr, daß ich meiner geliebten Vlana feierlich versprochen habe, ihr zu ihrer Rache zu verhelfen – aber wenn der Mausling und ich ihr Krovas' Kopf brächten, müßten sie und ich Lankhmar im gleichen Augenblick verlassen und wären vogelfrei. Auch du würdest dieses Paradies verlieren, das der Mausling dir eingerichtet hat, müßtest mit ihm fliehen und würdest bis an Ende deiner Tage gehetzt.«

Während Fafhrd sprach, griff Ivrian nach ihrem Becher und leerte ihn. Nun stand sie auf, blickte verächtlich auf ihn herab und sagte schneidend: »Du sprichst von den *Kosten!* Du redest von bloßen *Dingen,* auch wenn sie noch so kostbar sind ...« Ihre Handbewegung umfaßte den ganzen Raum. »Du denkst an *Geld und Geldeswert,* wenn es um die *Ehre* geht! Du hast Vlana dein *Wort* gegeben. Gibt es denn keine Ehre mehr? Ist Ritterlichkeit nur noch ein Traum?«

Fafhrd konnte nur erneut mit den Schultern zucken und Trost in seinem Weinkrug suchen.

Nun setzte Vlana zu einem meisterhaften Manöver an: sie versuchte, Ivrian sanft zu sich herabzuziehen. »Nicht aufregen, meine Liebe«, forderte sie sie leise auf. »Du hast beherzt und edel für meine Sache gesprochen, und ich bin dir dafür dankbar. Aber du bist von uns allen die einzige, in deren Adern blaues Blut fließt. Wir anderen sind nur Diebe. Ist es also ein Wunder, daß einigen von uns ihr Leben wichtiger als ein gegebenes Wort und die Einhaltung eines Versprechens ist? Ja, wir sind drei Diebe, und ich bin überstimmt. Sprich also nicht mehr von Ehre und tollkühner Tapferkeit, sondern setz dich neben mich und ...«

»Du meinst, daß beide Angst davor haben, es mit der Diebeszunft aufzunehmen?« fragte Ivrian verächtlich. »Ich habe mir stets eingebildet, der Mausling sei in erster Linie ein Edelmann und erst dann ein Dieb. Dieb kann jeder sein. Mein Vater hat davon gelebt, daß er reisende Kaufleute und weniger mächtige Nachbarn bestohlen hat – aber er war trotzdem Aristokrat! Oh, ihr seid beide *Feiglinge! Memmen!*« Sie starrte zuerst den Mausling und dann Fafhrd wütend an.

Das konnte Fafhrd nicht länger ertragen. Er wurde rot, sprang auf, ballte die Fäuste und achtete dabei weder auf seinen Kelch noch auf den gefährlich knarrenden Fußboden.

»Ich bin kein Feigling!« rief er aus. »Ich werde euch Krovas' Kopf aus dem Diebeshaus holen und Vlana vor die Füße werfen. Das schwöre ich bei meinem Schwert Graywand hier an meiner Seite!«

Er schlug sich an die linke Hüfte, ohne daran zu denken, daß er sein Schwert abgelegt hatte, und mußte damit zufrieden sein, mit zitternder Hand auf seine Waffe zu deuten, die auf dem ordentlich zusammengefalteten Umhang lag.

Der graue Mausling begann plötzlich zu lachen. Die anderen starrten ihn verwirrt an. Er stellte sich neben Fafhrd und fragte lächelnd: »Warum eigentlich nicht? Wer behauptet, daß wir Angst vor der Diebeszunft zu haben brauchen? Wer fürchtet sich vor dieser lächerlich leichten Aufgabe, wenn doch bekannt ist, daß selbst Krovas und seine herrschende Gruppe mir und Fafhrd hoffnungslos unterlegen sind? Mir ist eben ein wunderbar einfacher und unkomplizierter Weg ins Haus der Diebe eingefallen. Fafhrd und ich werden sofort aufbrechen, um uns dort umzusehen. Kommst du mit, Nordling?«

»Natürlich!« erwiderte Fafhrd trotzig – und fragte sich zugleich, welchen verrückten Einfall der Kleine gehabt haben mochte.

»Laß mir noch ein wenig Zeit, bis ich die benötigten Utensilien zusammengesucht habe, dann können wir aufbrechen!« erklärte ihm der Mausling. Er zog einen festen Sack aus einer Schublade, lief durch den Raum und füllte ihn mit aufgerollten Seilen, Bandagen, Stoffetzen, Salbengefäßen und Dutzenden von anderen Dingen.

»Aber ihr könnt doch nicht *heute nacht* gehen!« protestierte Ivrian. Sie war blaß geworden und sprach unsicher. »Ihr seid beide ... nicht in der richtigen Verfassung für so ein gefährliches Unternehmen.«

»Ihr seid beide *betrunken*«, stellte Vlana fest. »Sinnlos betrunken – und auf diese Weise holt ihr euch im Hause der Diebe nur den Tod. Fafhrd! Reiß dich zusammen!«

»Nein, nein«, wehrte Fafhrd ab und schnallte sich das Schwert um. »Du willst, daß ich dir Krovas' Kopf zu Füßen lege, und genau das habe ich vor, ob es dir paßt oder nicht!«

»Langsam, Fafhrd!« warf der Mausling ein. »Und auch ihr dürft keine voreiligen Schlüsse ziehen, Lady Vlana und meine Prinzessin. Heute nacht sind wir nur unterwegs, um die Zustände im feindlichen Lager auszuspähen. Wir riskieren nichts, sondern sammeln nur Informationen, die wir morgen oder übermorgen für unseren tödlichen Schlag brauchen. Deshalb werden heute keine Köpfe abgehackt, Fafhrd, verstanden? Wir wollen ungesehen bleiben! Leg deinen Umhang an.«

Fafhrd zuckte mit den Schultern, nickte und gehorchte.

Ivrian schien erleichtert zu sein. Aber Vlana sagte: »Die beiden sind trotzdem betrunken.«

»Um so besser!« behauptete der Mausling grinsend. »Der Wein behindert den Kämpfer und läßt ihn langsamer reagieren – aber er regt Geist und Phantasie an. Und darauf sind wir heute angewiesen!«

Vlana runzelte zweifelnd die Stirn.

Fafhrd kehrte ihr halb den Rücken zu und versuchte im Schutz seines Umhangs, die beiden Kelche nochmals zu füllen. Aber Vlana warf ihm einen so bösen Blick zu, daß er die Humpen rasch wegstellte und den Krug verschloß.

Der Mausling warf sich seinen Sack über die Schulter und öffnete die Tür. Fafhrd winkte den beiden Frauen zu und verließ wortlos den Raum. Der Nachtnebel war so dicht geworden, daß die Treppe kaum noch erkennbar war. Der Mausling nahm sich die Zeit, Ivrian zuzuwinken, bevor er Fafhrd folgte.

»Glück und Erfolg!« wünschte Vlana den beiden.

»Oh, seid vorsichtig!« rief Ivrian ängstlich.

Der Mausling, hinter dem Fafhrd riesenhaft aufragte, schloß schweigend die Tür.

Vlana und Ivrian warteten auf das Knarren der Stufen, das ihnen anzeigen würde, daß die beiden die Treppe hinuntergingen. Aber es kam und kam nicht. Der in den Raum eingedrungene Dunst löste sich auf – aber draußen blieb es totenstill.

»Was tun sie nur?« flüsterte Ivrian endlich. »Überlegen sie noch?«

Vlana schüttelte ungeduldig den Kopf. Sie stand auf, öffnete vorsichtig die Tür und wagte sich sogar auf den Treppenabsatz hinaus. Dann kam sie zurück und schloß die Tür.

»Sie sind fort«, stellte sie verwundert fest.

»Oh, ich fürchte mich!« rief Ivrian aus und warf sich ihr in die Arme.

Vlana drückte sie einen Augenblick an sich. Dann machte sie sich wieder frei, um die drei massiven Riegel vorzuschieben.

Unten an der Treppe rollte der Mausling das Seil zusammen, mit dem sie sich in die Tiefe gelassen hatten, nachdem er es an dem Fackelhalter neben der Tür befestigt hatte. »Was hältst du von einem Abstecher in den Silbernen Aal?«

»Willst du den beiden etwa nur erzählen, wir wären im Diebeshaus gewesen?« erkundigte Fafhrd sich ungläubig.

»Nein, nein!« beteuerte der Mausling. »Aber du bist vorhin um deinen letzten Becher gekommen – und ich auch.«

Fafhrd holte grinsend zwei Krüge unter seinem weiten Umhang hervor.

»Die habe ich heimlich mitgenommen. Vlana sieht viel, aber eben doch nicht alles.«

»Du bist ein kluger, vorausschauender Mann«, meinte der Mausling bewundernd. »Ich bin froh, dich zum Kameraden zu haben.«

Jeder entkorkte seinen Krug und nahm einen herzhaften Zug daraus. Dann führte der Mausling sie nach Westen – sie stolperten und schwankten nur wenig – und schließlich nach Norden, wo die Gassen noch finsterer und enger wurden.

Aber je länger sie durch dieses Labyrinth tappten, desto heller schien es um sie herum zu werden. Als sie aufsahen, erkannten sie Sterne über sich. Trotzdem wehte kein Wind von Norden her. Die Nachtluft bewegte sich nicht.

Die beiden Männer konzentrierten sich in ihrer Trunkenheit ausschließlich auf ihr Vorhaben. Hätten sie sich umgesehen, hätte ihnen auffallen müssen, daß der Nachtnebel dort immer dichter wurde. Ein hoch über der Stadt kreisender Nachthabicht hätte beobachtet, wie die dunklen Schwaden aus allen Teilen von Lankhmar zusammenströmten: Rauch aus Kohlebecken, Küchenherden, offenen Kaminen, Eisenhütten, Schmieden, Brauereien, Schnapsbrennereien, Abfallfeuern. Alchimistenessen, Krematorien, Köhlermeilern und Tausenden von anderen Feuerstätten. Der Nachtnebel konzentrierte sich in einem Gebiet, in dessen Mittelpunkt der Silberne Aal und das baufällige Haus dahinter standen. Je näher man diesem Punkt kam, desto dichter und substantieller wurde der Smog, bis er Spinnweben gleich an Mauervorsprüngen und rauhen Wandflächen haftete.

Aber der Mausling und Fafhrd wunderten sich nur über den Sternenhimmel, ohne über die Ursache nachzudenken, und torkelten weiter über die Straße der Denker, die manche Moralisten als Atheistenstraße bezeichneten. Dann bogen sie nach Nordwesten und erreichten endlich einen Punkt, an dem die Cheap-Straße kaum zehn Meter vor ihnen lag. Der Mausling blieb augenblicklich stehen und hinderte Fafhrd mit ausgestrecktem Arm, an ihm vorbeizugehen.

Jenseits der Cheap-Straße sahen sie das breite, niedrige, offene Tor des Hauses der Diebe. Zwei durch jahrhundertelange Benützung ausgetretene Steinstufen führten zum Eingang hinauf. Gelbes Licht fiel ins Freie. Das offene Tor schien unbewacht zu sein; nicht einmal ein Wachhund lag dort an einer Kette. Aber gerade deshalb wirkte es um so unheimlicher.

»Wie kommen wir dort hinein?« flüsterte Fafhrd heiser. »Das Tor sieht wie eine Falle aus.«

»Wir gehen einfach hinein«, behauptete der Mausling. Er runzelte die Stirn. »Oder wir humpeln und tapsen uns voran. Komm, wir müssen uns fertigmachen.« Fafhrd verzog skeptisch das Gesicht, aber der Mausling zog ihn mit sich, bis das Tor verschwunden war, und erklärte ihm: »Wir treten als Bettler auf – als Mitglied eines Zweiges der Diebeszunft. Wir sind neue Mitglieder, die tagsüber gebettelt haben, so daß der Bettlermeister vom Dienst uns nicht kennen kann.«

»Aber wir sehen doch nicht wie Bettler aus!« protestierte Fafhrd. »Bettler haben ekelerregende Geschwüre oder sind blind oder verkrüppelt.«

»Dafür werde ich schon sorgen«, beruhigte der Mausling ihn und zog Skalpell. Er ignorierte Fafhrd, der einen Schritt zurücktrat und ihn wachsam beobachtete, starrte nachdenklich sein Schwert an und nickte schließlich zufrieden. Zum Erstaunen seines Begleiters steckte er das Schwert in die Scheide zurück, schnallte sie ab und umwickelte sie von unten bis oben mit einer Binde aus seinem Sack.

»Fertig!« sagte er und verknotete das Ende. »Jetzt habe ich einen Blindenstab.«

»Wozu?« erkundigte Fafhrd sich. »Was soll das?«

Der Mausling legte sich ein dünnes schwarzes Tuch um die Augen und band es am Hinterkopf fest.

»Weil ich blind bin.« Der Mausling machte einige unsichere Schritte, tastete mit dem umwickelten Schwert, dessen Knauf und Griff in seinem Ärmel verschwanden, das Pflaster vor sich ab und streckte die linke Hand nach Art der Blinden voraus. »Na, wie gefällt dir das?« fragte er Fafhrd, als er zurückkam. »Keine Angst – ich kann mit diesem Gazestreifen vor den Augen noch ganz gut sehen. Außerdem brauche ich niemand im Diebeshaus davon zu überzeugen, daß ich wirklich blind bin. Wie du weißt, simulieren die meisten Zunftbettler nur. Und was fangen wir mit dir an? Du kannst nicht auch blind sein – das würde Verdacht erregen.« Er entkorkte seinen Krug und trank daraus, um besser nachdenken zu können. Fafhrd folgte seinem Beispiel.

Der Mausling schnalzte mit der Zunge. »Ich hab's! Fafhrd, stell' dich aufs rechte Bein und zieh' das linke an. Halt! Du sollst nicht auf mich fallen! Aber du kannst dich auf meine Schulter stützen. So ist's recht. Den linken Fuß höher! Dein Schwert tarnen wir wie meines als Stock. Du kannst dich mit der anderen Hand an meiner Schulter festhalten, während du voranhopst – Der Krüppel führt dann den Blinden. Den linken Fuß höher, hab' ich gesagt! Nein, das hat keinen Zweck – ich muß ihn dir hochbinden. Aber gib mir zuerst dein Schwert.«

Wenig später hatte der Mausling Graywand wie Skalpell umwickelt und band Fafhrds linken Fuß hoch. Er zog das Seil kräftig fest, aber der Riese spürte kaum etwas davon, weil sein vom Wein umnebeltes Gehirn keinen Schmerz wahrnahm. Er stützte sich auf sein Schwert, trank aus dem Krug und dachte mit gerunzelter Stirn angestrengt nach. Der Plan des Mauslings war ohne Zweifel brillant, aber er schien auch einige Nachteile mit sich zu bringen.

»Mausling«, wandte Fafhrd ein, »ich weiß nicht recht, ob es mir gefällt, daß unsere Schwerter so eingewickelt sind, daß wir sie nicht ziehen können, falls wir sie brauchen sollten.«

»Wir können sie trotzdem als Keulen verwenden«, antwortete der Mausling und zog den letzten Knoten fest. »Außerdem haben wir unsere Dolche. Da fällt mir übrigens noch etwas ein: Du mußt deinen Gürtel so drehen, daß du den Dolch unter dem Umhang auf dem Rücken hast. Das tue ich mit meinem auch. Bettler tragen keine Waffen, zumindest nicht sichtbar. Hör endlich mit der Sauferei auf! Du hast schon mehr als genug getrunken. Ich brauche selbst noch etwas, um richtig in Stimmung zu kommen.«

»Und ich weiß nicht recht, ob es mir gefällt, auf diese Weise behindert ins Diebeshaus einzudringen. Ich kann verblüffend schnell hopsen, das ist wahr – aber ich kann natürlich viel schneller laufen. Hältst du das wirklich für angebracht?«

»Du kannst dich notfalls blitzschnell losschneiden«, zischte der Mausling aufgebracht. »Bist du denn nicht einmal bereit, um der Kunst willen dieses kleine Opfer zu bringen?«

»Gut, wie du meinst.« Fafhrd leerte seinen Krug und ließ ihn auf dem Pflaster zerschellen. »Natürlich bin ich zu Opfern für die Kunst bereit!«

»Du siehst zu gesund aus«, stellte der Mausling fest. Er holte graue Schminke aus seinem Sack und veränderte damit Fafhrds Gesichtsfarbe. »Und du bist zu sauber und ordentlich gekleidet.« Er kratzte eine Handvoll Schmutz zusammen, schmierte ihn auf den Umhang des anderen und bemühte sich vergeblich, ihn am Saum einzureißen. Dann zuckte er mit den Schultern, schnürte seinen Sack zu und nahm ihn unter den Arm.

»Du bist mir auch zu sauber«, meinte Fafhrd. Er hob selbst eine Handvoll Schmutz auf und behandelte damit die Kleidungsstücke des Mauslings. Der kleine Mann fluchte, aber Fafhrd drohte ihm grinsend mit dem Zeigefinger. »Du willst doch nicht etwa auffallen und uns alles verderben? Komm jetzt, solange wir noch in Stimmung sind!« Er legte dem Mausling eine Hand auf die Schulter, benützte sein Schwert als Krücke und hopste in Richtung Cheap-Straße davon.

»Langsam, du Idiot!« zischte der Mausling aufgebracht. »Krüppel müssen schwach und kränklich wirken – das weckt erst Mitleid.«

Fafhrd nickte weise und verringerte sein Tempo etwas. Das ominöse offene Tor kam wieder in Sicht. Der Mausling setzte seinen Krug an, um den letzten Rest auszutrinken, verschluckte sich dann und bekam einen Hustenanfall. Fafhrd nahm ihm den Krug ab, leerte ihn und warf ihn achtlos in die nächste Ecke.

Sie überquerten die Cheap-Straße und betraten das Diebeshaus. Vor ihnen lag ein langer gerader Gang, an dessen Ende eine Treppe ins Obergeschoß hinaufführte. Aus offenen Türen fiel Licht, aber der Korridor selbst war menschenleer.

Der Mausling und Fafhrd hatten eben das Tor hinter sich, als sie plötzlich kalten Stahl im Nacken spürten. Gleichzeitig befahlen zwei Stimmen: »Halt!«

Die beiden blieben stehen und sahen langsam nach oben. Zwei hagere, narbenbedeckte und ausnehmend häßliche Gesichter sahen aus einer geräumigen Nische über dem Tor auf sie herab. Die Wächter hielten ihre Schwerter stoßbereit.

»Ihr seid mittags mit der zweiten Gruppe aufgebrochen, was?« sagte einer von ihnen. »Na, hoffentlich bringt ihr viel mit, wenn ihr so spät zurückkommt. Der Bettlermeister hat sich ein paar Stunden dienstfrei genommen. Meldet euch oben bei Krovas. Verdammt noch mal, ihr stinkt aber! Macht euch erst ein bißchen sauber, sonst läßt Krovas euch auskochen. Verschwindet!«

Der Mausling und Fafhrd tapsten und hopsten so echt wie möglich davon. »Schon gut, ihr beiden!« rief ihnen der zweite Wachtposten nach. »Hier bei uns braucht ihr euch nicht mehr anzustrengen.«

»Übung macht den Meister!« antwortete der Mausling mit zittriger Stimme. Fafhrds Finger umklammerten warnend seine Schulter. Sie bewegten sich etwas natürlicher weiter – soweit man das von Fafhrd behaupten konnte, weil dessen Fuß hochgebunden blieb. Alle Teufel schienen es darauf abgesehen zu haben, sie heute nacht mit Krovas zusammenzubringen, als sollte es doch noch abgeschlagene Köpfe geben. Sie kamen an einigen Türen vorbei, an denen sie gern stehengeblieben wären, aber sie wußten, daß sie bestenfalls etwas langsamer gehen durften.

Hier waren hochinteressante Dinge zu beobachten. In einem Raum wurden Jungen zu Taschendieben ausgebildet. Sie mußten sich ihrem Lehrer von hinten nähern, und wenn er Schritte hörte, Finger spürte oder gar ein Geldstück zu Boden fallen hörte, hatte der Schüler eine saftige Ohrfeige zu erwarten.

In einem anderen Raum lernten ältere Schüler, wie man Sicherheitsschlösser öffnete. Die Gruppe wurde von einem Graubart mit schmutzigen Händen unterwiesen. Der Ausbilder zeigte eben, aus welchen Teilen ein kompliziertes – und angeblich einbruchsicheres – Kunstschloß bestand.

In einem dritten Raum aßen Diebe an langen Tischen. Die Essensdüfte waren so verlockend, daß Fafhrd und der Mausling unwillkürlich kurz stehen blieben. Die Zunft sorgte gut für ihre Mitglieder.

Im nächsten Raum war der Fußboden teilweise gepolstert; hier wurden Diebe im Nahkampf geschult und in allen nur möglichen Tricks und Ausweichmanövern unterwiesen. Eine heisere Stimme knurrte: »Nein, nein, nein! So entwischst du nicht einmal deiner gelähmten Großmutter. Wenn du unter meinem Arm hindurchschlüpfen willst, darfst du nicht gleich einen Kniefall machen. Wann begreifst du endlich, daß ...«

Unterdessen befanden Fafhrd und der Mausling sich bereits auf der Treppe, die Fafhrd mit einiger Anstrengung überwand, indem er sich am Geländer hochzog.

Der erste Stock glich dem Erdgeschoß, aber schon der Korridor war ungleich luxuriöser. Silberne Lampen und Weihrauchgefäße wechselten sich an der Decke ab und füllten den Gang mit mildem Licht und würzigen Düften. Die Wände waren mit kostbaren Seidentapeten bespannt; auf dem Fußboden lagen dicke Teppiche. Aber auch dieser Korridor war menschenleer – und noch dazu völlig still. Fafhrd und der Mausling wechselten einen stummen Blick und gingen weiter.

Hinter der ersten offenen Tür lag ein Raum mit zahllosen Garderobenständern, an denen Dutzende von prächtigen und einfachen, sauberen und schmutzigen Kostümen hingen. In Regalen wurden Perücken, falsche Bärte, Schminktöpfe und anderes Zubehör aufbewahrt. Vor großen Spiegeln ließ sich die Verkleidung prüfen.

Der Mausling huschte in den Raum, griff nach einer grünen Flasche, die auf dem nächsten Tisch stand, und brachte sie mit. Er zog den Glasstöpsel heraus und roch vorsichtig daran. Süßlicher Blumenduft mischte sich mit scharfem Weingeist. Der Mausling besprengte ihre Kostüme mit dieser zweifelhaften Mischung.

»Das ist gut gegen den Gestank«, erklärte er Fafhrd, während er die Flasche wieder verschloß. »Oder möchtest du, daß Krovas uns in kochendes Wasser werfen läßt?«

Am Ende des Korridors erschienen zwei Gestalten und kamen auf sie zu. Der Mausling verbarg die Flasche unter seinem Umhang und drückte sie mit dem Ellbogen gegen den Körper. Er und Fafhrd bewegten sich langsam weiter.

Die drei nächsten Türen waren geschlossen. Als sie sich der fünften Tür näherten, waren die Arm in Arm herankommenden Gestalten deutlicher zu erkennen. Sie waren wie Edelleute gekleidet, aber sie hatten Diebesgesichter. Beide runzelten indigniert und mißtrauisch die Stirn, als sie auf Fafhrd und den Mausling aufmerksam wurden.

Im gleichen Augenblick erklang irgendwo zwischen den beiden Paaren ein merkwürdiger Sprechgesang – als sagte dort ein Hexer Zaubersprüche auf.

Die beiden eleganten Diebe blieben an der siebenten Tür stehen und sahen hindurch. Sie rissen die Augen auf, wurden blaß und setzten sich dann plötzlich wieder in Bewegung. Sie hasteten an Fafhrd und dem Mausling vorbei, ohne auf die beiden zu achten. Der Sprechgesang erklang ohne Pause weiter.

Die fünfte Tür war geschlosen, aber die sechste stand wieder offen. Der Mausling warf vorsichtig einen Blick in den Raum, blieb auf der Schwelle stehen und schob seine Augenbinde hoch, um besser sehen zu können. Fafhrd trat neben ihn.

Vor ihnen lag ein großer Raum, der menschenleer zu sein schien, aber viele interessante Dinge enthielt. Die gesamte Rückwand des Raums bestand aus einer großen gezeichneten Karte von Lankhmar. Jede Straße, jede Gasse und jedes Gebäude war abgebildet. An vielen Stellen waren Korrekturen vorgenommen und Veränderungen eingetragen worden. Hier und dort waren geheimnisvolle Hieroglyphen in verschiedenen Farben zu erkennen.

Der Fußboden bestand aus feinstem Marmor, die Decke war blau wie Lapislazuli. An der linken Seitenwand hingen dicht nebeneinander alle nur vorstellbaren Einbruchswerkzeuge – von einer massiven Brechstange angefangen bis zu einem langen zierlichen Greifarm, der dafür geschaffen schien, von einem Fenster aus auf den Toilettentischen reicher Damen nach Kostbarkeiten zu angeln. Die rechte Seitenwand war mit Erinnerungsstücken an denkwürdige Einbrüche behangen. Zu diesen Kuriositäten gehörten beispielsweise eine atemberaubend schöne Blattgoldmaske, die dicht mit Rubinen verziert war, und ein Messer, dessen Klinge mit keilförmig geschliffenen Diamanten besetzt war, so daß eine rasiermesserscharfe Schneide entstand.

In der Mitte des Raumes stand ein mit Elfenbein eingelegter, runder Ebenholztisch, an dem sieben Polstersessel mit hohen Lehnen standen. Der größte Sessel stand dem Stadtplan gegenüber – offenbar war dies Krovas' Platz.

Der Mausling schlich darauf zu, aber Fafhrd hielt ihn im letzten Augenblick zurück. Er schüttelte warnend den Kopf, zog seinem Gefährten die Binde über die Augen und zeigte mit dem Daumen in den Korridor hinaus. Der Mausling zuckte enttäuscht mit den Schultern, folgte ihm aber wortlos.

Sobald sie sich abgewandt hatten, kam ein schwarzbärtiger Kopf schlangengleich hinter der Lehne des größten Sessels hervor und sah ihnen aus glitzernden, tief in den Höhlen liegenden Augen nach. Als nächstes erschien eine lange schmale Hand. Ein weißer Zeigefinger legte sich auf blutleere Lippen, um Schweigen zu gebieten, und gab dann den vier Wachtposten, die paarweise rechts und links der Tür standen, ein kurzes Zeichen. Die vier Männer trugen dunkle Uniformen und waren mit Krummdolchen und kurzen Morgensternen bewaffnet.

Als Fafhrd und der Mausling sich zwischen der sechsten und der siebten Tür befanden, kam ein hagerer, blasser Jüngling aus dem Raum gestürzt, in dem eine Geisterbeschwörung stattzufinden schien. Er hielt sich mit einer Hand den Mund zu, als fürchte er, sonst laut schreien oder sich übergeben zu müssen, und hatte einen Besen unter den Arm geklemmt, so daß er ein wenig an einen Zauberlehrling erinnerte, der dabei war, eine Luftreise zu beginnen. Er stürmte an Fafhrd und dem Mausling vorbei, hastete den Korridor entlang und lief die Treppe hinunter, wo seine Schritte verhallten.

Fafhrd sah sich nach dem Mausling um, zuckte mit den Schultern und machte dann eine Kniebeuge, bis auch sein linkes Knie den Boden berührte. In dieser Haltung rutschte er etwas weiter nach vorn und sah vorsichtig mit einem Auge in den siebenten Raum. Sekunden später gab er dem Mausling ein Zeichen, ebenfalls hineinzusehen.

Vor ihnen lag ein Raum, der etwas kleiner als der mit dem Stadtplan war und von blauweiß brennenden Lampen erhellt wurde. Der Fußboden bestand aus schwarzem Marmor, die dunklen Wände verschwanden fast hinter astrologischen Karten, Zaubergeräten und großen Regalen mit unzähligen Flaschen, Dosen, Gläsern und Phiolen, zwischen denen gewichtige alte Bücher standen. Auf dem Fußboden vor den Regalen, wo das Licht am schwächsten war, lagen Berge zerbrochener oder sonstwie unbrauchbar gewordener Behälter und Instrumente. Dazwischen waren an einigen Stellen große Rattenlöcher zu erkennen.

In der Mitte des Raums stand ein hellbeleuchteter, massiver Tisch mit zahllosen Beinen. Der Mausling dachte bei seinem Anblick flüchtig an einen Tausendfüßler und dann an die Theke im Silbernen Aal. Die dicke Tischplatte wies viele Flecken und Brandspuren auf. Über einer Weingeistflamme stand auf einem Dreifuß ein Destillierkolben, in dem eine dunkle Masse brodelte. Der aufsteigende schwarze Dampf schien sich blutrot zu verfärben, während er in ein noch größeres Glasgefäß übertrat, wo er in schlangenartigen Windungen auf dem Boden liegenblieb.

Am linken Tischende stand ein großer Mann in schwarzem Talar, dessen Kapuze sein Gesicht mehr beschattete als verbarg. Das Gesicht des Schwarzgekleideten wurde von einer langen spitzen Nase beherrscht, unter der ein schmaler Mund und das fliehende Kinn fast verschwanden. Unter der niedrigen Stirn und buschigen grauen Augenbrauen starrten schwarze Augen eine Schriftrolle an, die klauenartige Hände festhielten. Während er in rhythmischem Sprechgesang Zauberformeln von dem Pergament ablas, warf er nur gelegentlich einen raschen Blick auf den Destillierkolben über der Flamme.

Ihm gegenüber am Tisch hockte ein kleines, schwarzes Tier, bei dessen Anblick Fafhrds Finger sich in die Schulter des Mauslings gruben, während der kleine Mann erschrokken tief Luft holte. Das Tier, das abwechselnd den Zauberer und den Destillierkolben betrachtete, hatte Ähnlichkeit mit einer großen Ratte, aber seine Stirn war höher, die Augen standen enger zusammen, und seine Pfoten, die es sich ständig wie aus Begeisterung rieb, glichen den Händen seines Herrn.

Fafhrd und der Mausling kamen jeder für sich zu der Überzeugung, daß dies das merkwürdige Tier war, das Slivikin und seinen Gefährten im Rinnstein begleitet hatte und während des Überfalls geflohen war. Beide erinnerten sich an Ivrians Bemerkung über den Schutzgeist eines Hexers – und an Vlanas Feststellung, Krovas sei es durchaus zuzutrauen, daß er einen Hexer in seine Dienste genommen habe.

Das Tempo der Beschwörung steigerte sich, die Flamme unter dem Destillierkolben brannte heller und zischte hörbar, die dunkle Masse in dem Glasgefäß wurde dick wie Lava, große Blasen stiegen auf und zerplatzten laut, die schwarze Schlange in dem zweiten Gefäß bewegte sich hektischer. Fafhrd und der Mausling glaubten, die Gegenwart unsichtbarer Geister zu spüren; sie atmeten schwer und fürchteten, ihr lauter Herzschlag müsse droben am Tisch zu hören sein.

Dann brach die Beschwörung plötzlich wie mit einem Paukenschlag ab. In den Destillierkolben blitzte es auf. Das Glas zersprang an tausend Stellen und wurde undurchsichtig, ohne etwas von seinem Inhalt zu verlieren. Zwischen den schwarzen Schlangen des zweiten Gefäßes erschienen gleichzeitig zwei Schlingen, zogen sich zusammen und waren nur noch als Knoten zu erkennen.

Der Zauberer lächelte zufrieden, rollte das Pergament zusammen und sah zu seinem Schutzgeist hinüber, der aufgereckt keckerte und vor Freude auf und ab sprang.

»Ruhig, Slivikin! Jetzt bist *du* an der Reihe und mußt arbeiten und laufen und schwitzen und zappeln!« rief der Zauberer mit so quäkend hoher Stimme aus, daß Fafhrd und der Mausling ihn kaum verstanden. Beiden wurde jedoch klar, daß sie Slivikins Identität falsch gedeutet hatten. Im Augenblick des Überfalls hatte der dicke Dieb nicht seinen menschlichen Gefährten, sondern dieses Zaubertier zur Hilfe gerufen.

»Ja, Meister«, quietschte Slivikin kaum weniger verständlich – und widerlegte damit die Behauptung des Mauslings, es gebe keine sprechenden Tiere. »Ich höre und gehorche, Hristomilo.«

»An die Arbeit!« befahl der Zauberer Slivikin. »Sieh zu, daß du genügend Fresser versammelst! Ich will, daß die Leichen bis aufs Skelett abgenagt werden, damit keine Würgemerkmale und andere Spuren der Ermordung durch erhexten Smog zurückbleiben. Aber vergiß die Beute nicht! Und nun fort mit dir!«

Slivikin, der bei jedem dieser Befehle gehorsam genickt hatte, quietschte jetzt: »Ich sorge dafür, Hristomilo!« Er sprang vom Tisch, lief über den Boden und verschwand in einem der großen Rattenlöcher.

Der Hexer rieb sich zufrieden die Hände und rief dabei aus:

»Ha! Was Slevyas verlor, hat meine Zauberkunst wieder herbeigeschafft!«

Fafhrd und der Mausling zogen sich von der Tür zurück, um nicht gesehen zu werden, und bedauerten gleichzeitig die unbekannten Opfer Hristomilos und seines rattengleichen Gehilfen, die bereits tot waren und nun bis aufs Skelett abgenagt werden sollten. Als sie sich wieder aufrichteten, sahen sie an der Tür des sechsten Raums – des Raums mit dem Stadtplan – einen prächtig gekleideten Mann mit einem goldenen Dolch am Gürtel stehen. Aus dem Gesicht mit tief in den Höhlen liegenden Augen und unzähligen Falten sprachen Strenge, Unbeugsamkeit und Autorität. Schwarze Haare und ein kurzgestutzter schwarzer Bart betonten diesen Eindruck, der auch durch das Lächeln, mit dem der Mann jetzt Fafhrd und den Mausling zu sich heranwinkte, keineswegs gemildert wurde.

Beide errieten, daß der Unbekannte Krovas, Großmeister der Diebeszunft, sein mußte, und Fafhrd wunderte sich wieder einmal über die Folgerichtigkeit, mit der ihn sein Schicksal mit Krovas zusammenbrachte. Der Mausling runzelte besorgt die Stirn, erinnerte sich aber daran, daß der Wachtposten sie zu Krovas geschickt hatte, und schloß daraus, daß die Situation sich zwar nicht in völliger Übereinstimmung mit seinen vorerst noch nebelhaften Plänen entwickelte, aber immerhin auch keine katastrophalen Abweichungen zeigte.

Aber weder seine wache Intelligenz noch Fafhrds untrüglicher Instinkt warnten sie vor den bevorstehenden Gefahren, als sie Krovas in den Kartenraum folgten.

Sie hatten die Schwelle eben erst hinter sich, als sie von jeweils zwei Wachtposten ergriffen und mit Morgensternen bedroht wurden.

»Alles klar, Großmeister«, meldete einer der vier Uniformierten.

Krovas drehte den größten Sessel um, ließ sich darin nieder und betrachtete die beiden forschend.

»Was führt zwei stinkende, betrunkene Mitglieder der Bettlerzunft in diese Räumlichkeiten, die den Meistern vorbehalten sind?« fragte er ruhig.

Der Mausling atmete erleichtert auf. Ihre Verkleidung war

offenbar so gut, daß selbst der Großmeister sich täuschen ließ, obwohl er sofort gemerkt hatte, daß Fafhrd betrunken war. Er spielte weiter den blinden Bettler und antwortete mit zitternder Stimme: »Die Wachen am Tor haben uns an dich verwiesen, großer Krovas, da der zum Nachtdienst eingeteilte Bettlermeister im Augenblick abwesend ist. Heute abend haben wir einen guten Fang gemacht!« Er griff in seinen Beutel, holte ein Goldstück heraus und hielt es dem Großmeister entgegen. Seine Finger zitterten dabei.

»Erspare mir deine Schauspielerei!« forderte Krovas den Mausling streng auf. »Ich bin nicht irgend jemand, den du auf der Straße anbettelst. Und nimm die Binde von den Augen!«

Der Mausling gehorchte und blieb lächelnd zwischen den beiden Uniformierten stehen. Das Lächeln sollte seine erneut aufkommende Unsicherheit überspielen, denn er begann zu fürchten, daß Krovas sich selbst von seinem brillanten Auftritt nicht täuschen lassen würde.

Der Großmeister beugte sich vor. »Gut, nehmen wir einmal an, ihr hättet diesen Befehl tatsächlich bekommen – warum habt ihr dann in den Raum nebenan gestarrt, als ich euch ertappt habe?«

»Wir haben gesehen, wie tapfere Diebe aus diesem Raum geflohen sind«, antwortete der Mausling sofort. »Da wir Gefahr für die Zunft fürchteten, haben mein Kamerad und ich nachgesehen, um sie notfalls im Keim zu ersticken.«

»Aber was wir gesehen und gehört haben, hat uns nur verwirrt, großer Meister«, warf Fafhrd geschickt ein.

»Schweig, bis du gefragt wirst, Tölpel!« knurrte Krovas unwillig. Dann wandte er sich wieder an den Mausling. »Du bist ein eingebildeter Schurke, der sich Dinge anmaßt, die ihm nicht zustehen. Ein Bettler, der behauptet, Diebe vor Unheil bewahren zu wollen! Ich hätte nicht übel Lust, euch beide auspeitschen zu lassen, weil ihr spioniert habt, und ein zweites Mal, weil ihr betrunken seid – und ein drittes Mal wegen eurer Lügen!«

Der Mausling erkannte intuitiv, daß in dieser Situation nur weitere Unverschämtheiten helfen konnten. »Ich bin in der Tat ein eingebildeter Schurke, hoher Herr«, gab er gelassen zu. Dann wurde er plötzlich ernst. »Aber ich sehe ein, daß jetzt die Zeit gekommen ist, die ganze schreckliche Wahrheit zu sagen. Der Bettlermeister vom Tagdienst vermutet einen Attentatsversuch auf dich, Großmeister – von einem deiner höchsten und engsten Mitarbeiter, dem du so etwas nie zutrauen würdest! Das hat er uns selbst erzählt! Deshalb hat er mir und meinem Kameraden heimlich den Auftrag gegeben, dich zu bewachen und die Verschwörer zu entlarven.«

»Lügen, nichts als Lügen!« wehrte Krovas ab, aber der Mausling sah, wie blaß er geworden war. Jetzt stand der Großmeister halb auf. »Welcher meiner Mitarbeiter?«

Der Mausling grinste zufrieden. Seine beiden Bewacher starrten ihn neugierig an. Ihr Griff lockerte sich merklich. Die Uniformierten neben Fafhrd schienen ähnlich zu reagieren.

»Verhörst du mich als Spion oder überführter Lügner?« erkundigte der Mausling sich gelassen. »Sollte das der Fall sein, will ich dein Ohr nicht länger mit neuen Lügen beleidigen.«

Krovas runzelte finster die Stirn und rief: »Junge!« Hinter einem Wandteppich kam ein schwarzhäutiger junger Mann, der nur mit einem Lendenschurz bekleidet war, hervor und kniete vor dem Großmeister nieder, der ihm befahl: »Hol meinen Zauberer und dann die Diebe Slevyas und Fissif.« Der junge Mann sprang auf, verbeugte sich und lief hinaus.

Der Bärtige überlegte, wandte sich dann an Fafhrd und fragte ihn streng: »Was weißt du von dieser Sache, Säufer? Kannst du die verrückte Geschichte bestätigen, die uns dein Kamerad aufgetischt hat?«

Fafhrd zuckte nur mit den Schultern und verschränkte die Arme. Sein als Krücke getarntes Schwert hing jetzt vor seinem Körper herab. Im nächsten Augenblick verzog Fafhrd das Gesicht zu einer Grimasse, weil sein linkes Bein, an das er nicht mehr gedacht hatte, sich durch einen stechenden Schmerz bemerkbar machte.

Krovas ballte die Fäuste, holte tief Luft und schien einen Befehl erteilen zu wollen. Aber in diesem Augenblick glitt Hristomilo in den Raum – oder schien zu gleiten, da er unter seiner langen schwarzen Robe kurze Trippelschritte machte und sich fortbewegte, ohne die Füße zu zeigen. Sein Auftreten schien die anderen zu erschrecken. Aller Augen folgten ihm, die Männer hielten den Atem an, und Fafhrd und der Mausling spürten, daß die Hände der Wachtposten auf ihren Schultern zitterten. Selbst Krovas schien nicht ganz wohl zumute zu sein; er beobachtete seinen Zauberer jedenfalls wachsam.

Hristomilo schien nichts von dieser Reaktion auf sein Erscheinen bemerkt zu haben. Er blieb dicht neben dem Sessel des Großmeisters stehen, deutete eine Verbeugung an und wartete geduldig.

Krovas deutete auf Fafhrd und den Mausling. »Kennst du diese beiden?« erkundigte er sich nervös.

Hristomilo nickte zustimmend. »Sie haben mich vorhin beobachtet«, antwortete er, »während ich mit der Beschwörung beschäftigt war, von der wir gesprochen haben. Ich hätte sie weggejagt und Meldung erstattet, aber dann wäre mein Zauber wirkungslos gewesen. Dieser hier ist ein Nordling, der andere scheint aus dem Süden zu stammen – aus Tovilys, nehme ich an. Beide sind jünger, als sie jetzt aussehen. Straßenräuber und Banditen, soweit sich das beurteilen läßt – von der Sorte, die gelegentlich von der Mörderbruderschaft angeheuert wird, wenn das Stammpersonal einmal nicht ausreicht. Jetzt sind sie natürlich recht unbeholfen als Bettler verkleidet.«

Fafhrd gähnte gelangweilt, und der Mausling schüttelte mitleidig den Kopf, um zu zeigen, daß der Zauberer sich das alles nur ausgedacht habe. Der Mausling warf Krovas sogar einen warnenden Blick zu, als wolle er andeuten, der potentielle Attentäter könnte der eigene Hexer des Großmeisters sein.

»Mehr kann ich nicht sagen, ohne ihre Gedanken zu lesen«, fügte Hristomilo hinzu. »Soll ich meine Lichter und Spiegel holen?«

»Nein, noch nicht.« Krovas starrte den Mausling an. »Sprich jetzt die Wahrheit, sonst lasse ich sie dir durch Zauberkünste entreißen und dich danach zu Tode peitschen. Welchen meiner Vertrauten solltest du im Auftrag des Bettlermeisters vom Tagdienst bespitzeln? Aber du hast nie einen Auftrag dieser Art erhalten, nicht wahr?«

»Doch!« behauptete der Mausling. »Wir haben dem Bettlermeister ausführlich Bericht erstattet, und er hat uns gelobt und uns den Auftrag gegeben, weiterzuspionieren und möglichst viele Informationen über diese Verschwörung zu sammeln.«

»Und mir hat er kein Wort davon gesagt!« knurrte der Großmeister. »Wenn das stimmt, lasse ich Bannat köpfen! Aber du lügst doch?«

Während der Mausling sich darauf beschränkte, Krovas einen gekränkten Blick zuzuwerfen, hinkte ein stattlicher Mann an einem vergoldeten Stab auf dem Korridor vorbei. Trotz seiner Behinderung bewegte er sich würdevoll und fast lautlos.

Aber Krovas sah ihn an. »Bettlermeister vom Nachtdienst!« rief er scharf. Der Hinkende blieb stehen, machte kehrt und kam majestätisch heran. Krovas deutete auf Fafhrd und den Mausling. »Kennst du diese beiden, Flim?«

Der Bettlermeister vom Nachtdienst betrachtete sie gelassen und schüttelte dann den Kopf, auf dem er einen Goldturban trug. »Nein, die habe ich noch nie gesehen. Wer sind sie? Falsche Bettler?«

»Aber Flim kann uns nicht kennen!« warf der Mausling verzweifelt ein. »Wir haben immer nur Verbindung mit Bannat gehabt.«

»Bannat liegt seit zehn Tagen mit Sumpffieber im Bett«, widersprach Flim ruhig. »Seitdem vertrete ich ihn auch tagsüber als Bettlermeister.«

In diesem Augenblick kamen Slevyas und Fissif eilig herein. Der große Dieb hatte einen blauen Fleck am Kinn. Der Dicke trug einen Kopfverband. Er zeigte aufgeregt auf Fafhrd und den Mausling und rief: »Das sind die beiden Schurken, die uns überfallen und unsere Eskorte niedergemacht haben!«

Der Mausling ließ die grüne Parfümflasche fallen, die er noch immer unter seinem Umhang trug. Sie zersplitterte auf dem Marmorboden. Gleichzeitig riß er sich von den beiden Wachen los, sprang auf Krovas zu und hob sein eingewickeltes Schwert wie eine Keule.

Flim streckte mit verblüffender Schnelligkeit seinen vergoldeten Stab aus und ließ den Mausling darüber stolpern.

Der Kleine überschlug sich in vollem Lauf, versuchte aber noch, einen Salto zu machen.

Gleichzeitig stieß Fafhrd seinen linken Bewacher zur Seite, schlug dem rechten den Schwertknauf unters Kinn und hopste auf einem Bein auf die Wand mit den Beutestücken zu.

Slevyas eilte an die Wand mit den Einbruchswerkzeugen und riß das große Stemmeisen herunter.

Nachdem der Mausling nach einer harten Landung vor Krovas' Sessel wieder auf die Beine kam, fand er ihn leer vor und sah den Großmeister mit gezücktem Dolch hinter der hohen Rückenlehne lauern. Er warf sich herum und stellte fest, daß Fafhrds Wachen noch auf dem Boden lagen; einer der Männer schien bewußtlos zu sein, der andere richtete sich eben stöhnend auf. Der große Nordling stand mit dem Rücken zur Wand und bedrohte den ganzen Raum mit seinem Schwert, das er wie eine Keule schwang, und dem langen Dolch, den er aus der Scheide unter seinem Umhang gezogen hatte.

Der Mausling zückte ebenfalls Katzenklaue und rief durchdringend laut: »Zurück, alle zurück! Er ist wahnsinnig geworden! Aber ich sorge dafür, daß er nicht mehr lange auf seinem guten Bein stehen kann!« Er bahnte sich einen Weg durch die unschlüssig Dastehenden, stürzte sich mit dem Dolch in den Hand auf Fafhrd – und konnte nur hoffen, daß der Nordling erriet, was er vorhatte.

Der Dolch des Nordlings zuckte herab, aber Fafhrd verfehlte den Mausling absichtlich. Der Kleine bückte sich und schnitt das Seil durch, mit dem Fafhrds Bein festgebunden war. Dan sprang er auf, lief in Richtung Korridor und rief Fafhrd über die Schulter hinweg zu: »Los, komm mit!«

Hristomilo stand schweigend im Hintergrund und beobachtete den Kampf. Fissif watschelte davon, um sich in Sicherheit zu bringen. Krovas blieb hinter seinem Sessel und rief: »Haltet sie auf! Schneidet ihnen den Weg ab!«

Die drei noch kampffähigen Wachen rafften sich auf, um dem Mausling Widerstand zu leisten. Aber er täuschte sie mit einigen raschen Finten, war dann an ihnen vorbei und konnte gerade noch Flims vergoldeten Stab mit Skalpell zur Seite schlagen, bevor er zum zweitenmal darüber stolperte.

Inzwischen war Slevyas heran und holte mit dem Stemmeisen aus, um es dem Mausling über den Kopf zu schlagen. Aber noch bevor er es herabsausen lassen konnte, traf ein Schwertknauf seine Brust, so daß er zurücktaumelte. Der Mausling sah sich nach Fafhrd um, der ihn eben gerettet hatte, und stellte verwundert fest, daß der andere aus einem unerfindlichen Grund noch immer hopste. Er deutete zur Treppe. Fafhrd nickte, blieb aber noch stehen, um die schweren Wandbehänge abzureißen und hinter sich im Korridor aufzutürmen.

Sie erreichten die Treppe und liefen in den nächsten Stock hinauf. Der Mausling übernahm die Führung. Hinter ihnen ertönten Schreie.

»Hör mit dem Gehopse auf, Fafhrd!« wies der Mausling seinen Gefährten unwillig an. »Du hast jetzt wieder zwei Beine.«

»Ja, aber das andere ist noch immer eingeschlafen«, beklagte Fafhrd sich.

Ein Wurfmesser zischte an ihnen vorbei, traf mit der Spitze voraus die Wand und schlug Steinsplitter heraus. Dann waren sie außer Sichtweite der Verfolger.

Auf dem dritten Treppenabsatz stand eine Leiter, die offenbar aufs Dach des Diebeshauses hinaufführte. Dort hielt ein Posten Wache. Er bedrohte den Mausling mit gezücktem Schwert, aber als er sah, daß er es mit zwei Gegnern zu tun hatte, die entschlossen angriffen, wandte er sich hastig ab und flüchtete durch den obersten Korridor.

Fafhrd kletterte hinter dem Mausling die Leiter hinauf. Die beiden Männer standen auf einem steilen Schindeldach. Als der Mausling sich umdrehte, zog Fafhrd gerade die Leiter nach oben. Dabei zischte wieder ein Wurfmesser an ihm vorbei, fiel klappernd auf die Schindeln und rutschte vom Dach.

Der Mausling setzte sich in Bewegung und hatte bereits eine halbe Dachlänge hinter sich, bevor ein Klirren zeigte, daß das Messer auf das Straßenpflaster vor dem Haus gefallen war. Fafhrd folgte ihm etwas langsamer, weil er weniger Erfahrung auf steilen Dächern hatte, noch immer etwas hinkte und vor allem die schwere Leiter auf der rechten Schulter trug.

»Die brauchen wir nicht!« rief der Mausling ihm zu.

Fafhrd warf die Leiter sofort in die Tiefe. Als sie auf dem Pflaster zersplitterte, sprang der Mausling bereits auf ein zwei Meter tieferes, etwas flacheres Dach. Fafhrd landete neben ihm.

Der Mausling hastete zwischen Schornsteinen, Kaminaufsätzen, Ventilatoren mit Windfahnen, Wasserbehältern, Vogelbauern und Taubenfallen über fünf weitere Dächer hinweg. Dann erreichten sie die Straße der Denker an der Stelle, wo sie, wie bei Rokkermaas & Slaarg, von einem Brückenbauwerk überspannt wurde.

Als sie gebückt hinüberliefen, zischte etwas dicht an ihnen vorbei, prallte von einer Mauer ab und fiel auf die Straße hinunter. Der Mausling hob das nächste Geschoß auf, das von einem Kamin abprallte. Er erwartete einen Stein zu finden, und war überrascht, eine Bleikugel in seiner Hand zu entdekken.

»Unsere Freunde haben keine Zeit verloren und Wachtposten mit Schleudern aufs Dach geschickt«, stellte er fest. »Sie zielen gar nicht schlecht, das muß man ihnen lassen.«

Nun ging es nach Südosten weiter bis zu einer Stelle der Cheap-Straße, wo die Obergeschosse der Häuser so nahe zusammenrückten, daß es leicht war, von einer Straßenseite zur anderen zu springen. Auf dem Weg dorthin stießen die beiden Männer plötzlich auf so dichten Nachtnebel, daß der Mausling sich nur vorwärtstasten konnte und Fafhrd ihm eine Hand auf die Schulter legen mußte. Aber kurz vor der Cheap-Straße hörte der Nebel plötzlich wieder auf; sie sahen Sterne über sich und erkannten eine schwarze Front, die hinter ihnen nach Norden abzog.

»Was war das, verdammt noch mal?« wollte Fafhrd wissen, und der Mausling zuckte mit den Schultern.

Im Osten der Cheap-Straße kletterten die beiden Gefährten wieder zu Boden und machten sich auf den Heimweg. Als sie sich im Sternenschein prüfend betrachteten und ihre schmutzigen Gesichter, ihre rußgeschwärzten Umhänge und ihre eingehüllten Schwerter sahen, begannen sie plötzlich zu lachen, bis sie Tränen in den Augen hatten. Besonders Fafhrd schüttelte sich vor Lachen, während er sein linkes Bein massierte.

Dieses Gelächter hielt an, bis sie ihre Schwerter ausgewikkelt und wieder am Gürtel befestigt hatten.

Beide waren jetzt wieder völlig nüchtern, denn die Anstrengungen hatten ihren Rausch verfliegen lassen. Sie waren nicht mehr durstig, sondern wollten nur noch nach Hause zurück, um zu essen und ihren Gefährtinnen von ihrem verrückten Abenteuer zu berichten.

Fafhrd und der Mausling liefen Seite an Seite weiter. Sie erreichten die enge Gasse hinter dem Silbernen Aal, hasteten die lange knarrende Treppe hinauf und blieben auf dem obersten Absatz stehen. Der Mausling streckte den Arm aus, um die Tür aufzustoßen.

Sie bewegte sich nicht.

»Verriegelt«, sagte er zu Fafhrd. Ihm fiel auf, daß aus den Türritzen und dem offenen Schnitzwerk der Fenster kaum Licht drang – nur ein schwacher, orangeroter Schein. Dann lächelte er zärtlich und fuhr mit gut verhehlter Besorgnis fort: »Die beiden schlafen, anstatt sich Sorgen zu machen!« Dann klopfte er dreimal kräftig an die Tür und rief: »Hallo, Ivrian! Ich bin wieder da. Hallo, Vlana! Fafhrd hat sich ausgezeichnet geschlagen, obwohl er auf einem Fuß kämpfen mußte!«

Aus dem Zimmer drang kein Laut nach draußen – oder nur ein leises Rascheln, das so schwach war, daß man nicht genau wußte, ob man es wirklich hörte.

Fafhrd verzog das Gesicht. »Ich rieche Ungeziefer!«

Der Mausling klopfte erneut und bekam wieder keine Antwort.

Fafhrd gab ihm ein Zeichen, er solle zur Seite treten, und spannte die Muskeln an, um sich gegen die Tür zu werfen.

Aber der Mausling schüttelte den Kopf. Er schlug gegen einen Ziegel, der fest in das Mauerwerk neben der Tür eingelassen zu sein schien, zog ihn heraus und steckte den Arm in die Öffnung. Der erste Riegel ließ sich leicht zurückziehen; die beiden anderen folgten. Der Mausling zog rasch seinen Arm zurück und stieß die Tür auf.

Trotzdem konnten die beiden Männer nicht in den Raum stürmen, wie sie es vorgehabt hatten, denn der Gestank, der aus der geöffneten Tür drang, drohte sie im ersten Augenblick zu überwältigen.

Sie sahen den Raum undeutlich vor sich. Er wurde von dem orangeroten Rechteck der offenen Tür des kleinen Ofens erhellt, aber das Rechteck war unnatürlich verkantet, weil der Ofen zur Seite gekippt war und jetzt an einer Wand des offenen Kamins lehnte.

Schon allein dieser unnatürliche Winkel vermittelte den Eindruck eines aus den Fugen geratenen Universums.

Die Teppiche waren seltsam verschoben und wiesen hier und dort etwa handtellergroße, schwarze Löcher auf. Die vorher ordentlich aufgestapelten Kerzen und einige Emailledosen lagen vor den Regalen auf dem Boden verstreut. Am Kamin und vor der Couch lagen zwei unregelmäßig geformte, dunkle, niedrige, längliche Haufen.

Von jedem dieser Haufen starrten Dutzende von roten Augen Fafhrd und den Mausling an.

Auf der anderen Seite des Kamins lag ein silbernes Spinnennetz – der Vogelkäfig ohne die beiden Vögel.

Metall knirschte gegen Metall, als Fafhrd sich davon überzeugte, daß Grauwand locker in der Scheide steckte. Dieses Geräusch wirkte wie ein vereinbartes Angriffssignal. Die beiden Männer rissen ihre Schwerter heraus, traten über die Schwelle und bewegten sich vorsichtig weiter in den Raum hinein.

Als die Klingen aufblitzten, bewegten sich die roten Augen unsicher, und als die beiden Männer jetzt näher kamen, wandten sich die schwarzen Tiere mit den roten Augen und den langen, unbehaarten Schwänzen zur Flucht. Die Löcher in den Teppichen, zu denen sie jetzt flohen, waren unzweifelhaft Rattenlöcher – und die schwarzen Tiere mit den roten Augen waren Ratten.

Fafhrd und der Mausling fielen über sie her, schlugen fluchend auf sie ein und trafen doch nur wenige. Die Ratten verschwanden in den Löchern an der Wand und im Kamin.

Fafhrds wütender Schlag ließ den Fußboden an einer Stelle zersplittern. Als er weiterging, brach er mit dem rechten Bein bis zur Hüfte ein. Der Mausling huschte an ihm vorbei, ohne auf das drohende Knacken des Fußbodens zu achten.

Fafhrd befreite sich aus eigener Kraft, ohne darauf zu achten, daß er sich das Bein an dem zersplitterten Holz zerkratzte. Aber die Ratten waren verschwunden. Er stürzte hinter seinem Gefährten her, der eben ein Bündel Feueranzünder in den Ofen steckte, um besser sehen zu können.

Das Entsetzliche war, daß die beiden länglichen Haufen auf dem Fußboden blieben, auch als die Ratten verschwunden waren. Sie waren jetzt kleiner und hatten ihre Farbe geändert – sie waren keine schwarzen Haufen mehr, aus denen rote Augen leuchteten; sie waren eine Mischung aus Dunkelbraun und Schwarz, aus Purpurrot, Violett, Samtschwarz mit dem Weiß eines Schlangenpelzes, dem Rot feingewirkter Strümpfe und Blut, blutigem Fleisch und Knochen.

Obwohl die Gliedmaßen bis auf die Knochen abgenagt und die Körper von innen heraus angefressen worden waren, hatten die Ratten die beiden Gesichter bisher verschont. Der Anblick war gräßlich, denn sie waren purpurrot verfärbt, die Augen quollen hervor, die Lippen waren weit zurückgezogen und gaben die Zähne frei und die Gesichter waren im Todeskampf verzerrt. Nur das schwarze und dunkelbraune Haar schimmerte unverändert – und die weißen Zähne.

Während Fafhrd und der Mausling die Leichen ihrer Geliebten anstarrten und sich nicht von diesem Anblick losreißen konnten, obwohl Entsetzen, Schmerz und Zorn sie dabei zu überwältigen drohte, sahen sie beide, wie sich ein dünner, schwarzer Streifen vom Hals der Erdrosselten löste, zur offenen Tür schwebte und sich dort spurlos auflöste – zwei Nachtsmogfäden.

Der Fußboden gab knackend und krachend drei Handbreiten weit nach und blieb vorerst in dieser Lage hängen.

Die beiden Männer nahmen trotz ihres Entsetzens weitere Einzelheiten wahr: Vlanas Dolch hatte eine Ratte durchbohrt und steckte im Fußboden; offenbar war diese eine Ratte ihr voreilig zu nahe gekommen, bevor der Nachtnebel sie erdrosselt hatte. Vlanas Gürtel und ihr Beutel mit den Edelsteinen fehlte. Ivrians mit Samt ausgeschlagene Emailledose, in die sie eine Hälfte der Beute gelegt hatte, war ebenfalls verschwunden.

Der Mausling und Fafhrd starrten sich an. Beide waren leichenblaß, ihre Gesichter haßverzerrt. Sie verstanden sich ohne Worte. Fafhrd brauchte nicht zu erklären, warum er seinen Umhang abwarf, nach Vlanas Dolch griff, die Ratte mit einem Ruck fortschleuderte und sich den Dolch in den Gürtel steckte. Der Mausling brauchte seinerseits nicht zu erklären, warum er drei Ölkrüge vor dem Kamin zerschellen ließ, drei weitere in seinen Sack steckte, die letzten Feueranzünder hinzulegte und obenauf den gut verschlossenen Feuertopf stellte.

Dann streckte der Mausling wortlos die Hand aus, griff nach dem Ofen, ohne darauf zu achten, daß er sich daran verbrannte, und kippte ihn mit offener Tür nach vorn auf die ölgetränkten Teppiche. Gelbe Flammen loderten auf.

Sie wandten sich ab und wollten zur Tür laufen. Aber der Boden unter ihnen gab nach, und sie mußten einen verzweifelten Kampf gegen die herabrutschenden Teppiche führen, bis sie die Tür erreichten. Kaum standen sie auf dem Treppenabsatz, als der Fußboden ganz einbrach; die Teppiche und der Ofen, das Brennmaterial, die Kerzen, die goldene Couch und alle Tischchen und Flaschen und Dosen – und die entstellten Körper ihrer ersten Geliebten – fielen in den darunterliegenden leeren Raum, aus dem lange Flammenzungen aufstiegen und nach den beiden zu greifen schienen.

Sie hasteten die Treppe hinunter, die hinter ihnen aus der Wand brach und im Hof zusammenstürzte, so daß sie über die Trümmer klettern mußten. Unterdessen züngelten bereits Flammen aus dem Dach, und hinter den Fenstern der beiden oberen Stockwerke wurde Feuerschein sichtbar. Als Fafhrd und der Mausling um die erste Straßenecke bogen, hörten sie den durchdringend hellen Glockenton, mit dem im Silbernen Aal Alarm gegeben wurde.

Der Mausling hielt Fafhrd fest, als sie nicht mehr weit vom Diebeshaus entfernt waren. Der Nordling fluchte und schlug blindlings um sich, aber er blieb stehen, als der Mausling beschwörend rief: »Nur zehn Herzschläge lang, bis wir bewaffnet sind!«

Er hob den Sack über den Kopf, hielt ihn mit beiden Händen zu und ließ ihn auf das Pflaster niedersausen – so kräftig, daß nicht nur die Ölkrüge, sondern auch der Feuertopf zersplitterten. Der Sack begann unten zu brennen.

Dann zog der Mausling sein blitzendes Schwert, Fafhrd

hatte seines bereits in der Hand, und die beiden liefen weiter. Der Mausling schwang den brennenden Sack mit der linken Hand, um die Flammen anzufachen. Er hatte eine wahre Feuerkugel in der Hand, als sie die Cheap-Straße überquerten und ins Diebeshaus stürmten. Dort schwang der Mausling den brennenden Sack zum letztenmal, sprang hoch und ließ ihn in die große Nische über dem Torbogen sausen.

Die Wächter schrien vor Entsetzen und Schmerzen auf, als das Brandgeschoß zwischen ihnen zerplatzte.

Angehende Diebe strömten aus den Türen im Erdgeschoß, als sie das Geschrei und die schweren Schritte hörten. Aber sie wichen hastig wieder zurück, als sie den Brandherd und die beiden Unbekannten mit gezückten Schwertern auf sich zustürmen sahen.

Ein magerer kleiner Lehrling – nicht älter als neun oder zehn Jahre – zögerte zu lange. Graywand durchbohrte ihn unbarmherzig, während er noch mit ängstlich hervorquellenden Augen und weit aufgerissenem Mund um Gnade flehte.

Vor Fafhrd und dem Mausling ertönte ein unheimlicher, langgezogener Klageruf, der einem die Haare zu Berge stehen lassen konnte. Türen wurden zugeworfen, anstatt die Bewaffneten auszuspeien, auf die Fafhrd und der Mausling warteten, um sie durchbohren zu können. Und obwohl hier unten erst vor kurzem neue Fackeln aufgesteckt worden waren, wurde es im Korridor merklich dunkler.

Der Grund dafür wurde ihnen klar, als sie die Treppe hinaufstürmten. Nachtnebelfäden erschienen im Treppenhaus, tauchten aus dem Nichts auf und wurden zusehends dichter.

Die Fäden waren lang und klebrig. Im Korridor vor den beiden Männern bildeten sie ein Netz von Wand zu Wand, durch das Fafhrd und der Mausling sich mit dem Schwert einen Weg bahnen mußten. Aus dem siebenten Raum ertönte wieder der klagende Ruf. Diesmal endete er mit schrillem Gelächter.

Auch hier oben wurden hastig alle Türen geschlossen, so daß dem Mausling selbst in seinem Zorn auffiel, daß die Diebe nicht ihn und Fafhrd, sondern Hristomilo fürchteten. Niemand konnte wissen, daß zwei Bewaffnete die Treppe heraufgekommen waren; folglich hatten die Diebe Angst vor dem Zauberer und seine Hexenkünsten, mit denen er sie verteidigen sollte.

Selbst der Kartenraum, aus dem ein Gegenangriff zu erwarten gewesen wäre, war mit einer massiven Eichenholztür verschlossen.

Sie mußten jetzt zweimal nach den schwarzen, klebrigen, fingerdicken Spinnweben schlagen, um einen Schritt vorwärtszukommen. Zwischen dem Kartenraum und der siebenten Tür entstand eine riesige schwarze Spinne – zunächst noch schemenhaft, dann immer deutlicher und massiver.

Der Mausling arbeitete sich an das wolfsgroße Ungeheuer heran, zertrennte die letzten Spinnweben, trat zwei Schritte zurück und sprang dann in die Höhe. Skalpell stieß blitzschnell zu, durchbohrte die Spinne mitten zwischen ihren acht glitzernden Augen und ließ sie zusammensinken.

Dann standen Fafhrd und er an der Tür von Hristomilos Raum. Auf dem langen Tisch kochte und brodelte es diesmal in zwei Destillierkolben gleichzeitig, aber die dünnen schwarzen Fäden wurden nicht von anderen Glasgefäßen aufgenommen, sondern blieben im Raum, um eine Barriere zwischen ihren Schwertern und dem Magier zu bilden, der wieder über sein Pergament gebeugt am Tischende stand. Sein Blick galt jedoch mehr den Eindringlingen, die er lauernd und triumphierend zugleich beobachtete, als den Beschwörungsformeln, die er in klagendem Sprechgesang rezitierte.

In seiner Nähe, wo es keine schwarzen Spinnweben gab, hockte nicht nur Slivikin, sondern auch eine riesige schwarze Ratte, die nur einen kleineren Kopf als der Schutzgeist hatte.

Aus Rattenlöchern am Fuß der Wände leuchteten und glitzerten rote Augenpaare.

Fafhrd stieß einen wütenden Schrei aus und begann auf die schwarze Barriere einzuschlagen, aber aus den Destillierkolben kamen mehr Fäden, als er durchtrennen konnte, während die zerschnittenen Enden nicht kraftlos herabsanken, sondern sich schlangengleich um seinen Körper wandten.

Er nahm Graywand plötzlich in die linke Hand, zog seinen langen Dolch und warf ihn nach dem Zauberer. Die Waffe durchtrennte die ersten der Fäden, wurde von einem vierten gebremst, von dem fünften abgelenkt, von dem sechsten beinahe aufgehalten und blieb in der Umschlingung des siebenten in der Luft hängen.

Hristomilo lachte schrill und zeigte grinsend seine langen oberen Schneidezähne, während Slivikin keckerte und neben ihm auf und ab hüpfte.

Der Mausling warf Katzenklaue, ohne mehr zu erreichen – sogar weniger, denn er gab dadurch zwei schwarzen Fäden Gelegenheit, sich um seinen rechten Arm und seinen Hals zu schlingen. Ratten kamen aus ihren Löchern.

Inzwischen wanden sich andere Fäden um Fafhrds Knöchel, Knie und linken Arm und brachten ihn beinahe zu Fall. Aber während er um sein Gleichgewicht kämpfte, riß er Vlanas Dolch aus dem Gürtel und hielt ihn hoch über die Schulter. Der Silbergriff glitzerte, und die Klinge war von getrocknetem Rattenblut rostrot.

Hristomilos Grinsen verschwand schlagartig, als er die Waffe sah. Der Zauberer stieß einen erstickten Schrei aus, wich vom Tisch bis an die Wand zurück und ließ seine Schriftrolle liegen. Er hob entsetzt die Hände, als wolle er das Unheil dadurch abwehren.

Vlanas Dolch fuhr unbehindert durch das schwarze Spinnengewebe – die Fäden schienen sogar vor ihm zurückzuweichen – und zwischen Hristomilos Händen hindurch und drang bis zum Heft in sein rechtes Auge.

Er schrie laut auf und versuchte noch, nach dem Dolch zu tasten.

Die Destillierkolben zersprangen gleichzeitig. Zähflüssige Lava ergoß sich auf die massive Tischplatte, deren Holz zu schwelen begann. Das schwarze Spinngewebe wand sich wie im Todeskampf. Lava tropfte schwer auf den Marmorboden.

Mit einem letzten Aufschrei brach Hristomilo zusammen, fiel nach vorn und blieb unbeweglich liegen. Seine rechte Hand umklammerte den Dolch, der aus der Augenhöhle ragte.

Das schwarze Netz verblaßte wie Tinte, die verwässert wird; seine Fäden lösten sich vor den Augen der beiden Männer allmählich auf.

Der Mausling setzte sich in Bewegung und durchbohrte Slivikin und die große Ratte, bevor die Tiere wußten, wie ihnen geschah. Auch sie starben mit einem Aufschrei, während alle anderen Ratten blitzschnell kehrtmachten und in ihren Löchern verschwanden.

Dann hatte sich der Nachtnebel oder Zauberrauch gänzlich aufgelöst. Fafhrd und der Mausling standen vor drei Kadavern inmitten tiefer Stille, die nicht nur in diesem Raum, sondern im gesamten Diebeshaus zu herrschen schien. Selbst die Lava aus den Destillierkolben bewegte sich nicht mehr, erstarrte bereits und war soweit abgekühlt, daß das Holz nicht mehr schwelte.

Ihr Zorn war verflogen, ihr Rachedurst gestillt. Sie hatten nicht mehr den Wunsch, Krovas oder einen anderen Dieb umzubringen. Fafhrd lief ein kalter Schauer über den Rükken, als er das erbarmungswürdige Gesicht des Kind-Diebes, den er durchbohrt hatte, vor seinen inneren Augen auftauchen sah.

Nur ihr Schmerz blieb ihnen und wurde nicht geringer, sondern nahm vielmehr weiter zu – er und der rasch wachsende Abscheu vor allem, das sie umgab: die Toten, das Diebeshaus und die ganze Stadt Lankhmar bis zur letzten, stinkenden Gasse.

Der Mausling verzog angewidert das Gesicht, riß Skalpell aus den Kadavern der Nagetiere, wischte die Klinge am nächsten Wandbehang ab und steckte das Schwert in die Scheide zurück. Fafhrd folgte seinem Beispiel, säuberte Graywand und schob den blanken Stahl in die Scheide. Dann bückten die beiden Männer sich nach ihren Dolchen und hoben sie vom Boden auf, wohin sie gefallen waren, als das Netz sich aufgelöst hatte. Keiner von ihnen sah zu Vlanas Dolch hinüber, der noch immer am gleichen Ort steckte. Aber sie sahen Vlanas silberbestickten Beutel und Ivrians Emailledose auf dem Tisch des Zauberers. Sie nahmen beides mit.

Ohne mehr Worte zu verlieren, aber weiterhin mit dem Bewußtsein, die gleichen Absichten zu haben, das gleiche Ziel zu verfolgen und in dem anderen einen zuverlässigen Kameraden zu haben, verließen sie langsam, mit schleppendem Schritt und hängenden Schultern Hristomilos Alchimistenkabinett. Sie gingen erst rascher, als sie den dick mit Teppichen belegten Korridor erreichten, an dem Kartenraum vorbeikamen, dessen eisenbeschlagene Eichentür noch immer fest geschlossen war, und an allen übrigen Türen vorbei zur Treppe kamen. Dort wurde ihr Tempo schneller; sie folgten dem langen kahlen Gang im Erdgeschoß, kamen wieder an geschlossenen Türen vorbei, hörten ihre Schritte im Korridor hallen, obwohl sie sich bemühten, leise aufzutreten, ließen die ausgebrannte Nische über dem Torbogen hinter sich zurück und traten auf die Cheap-Straße hinaus. Dann wandten sie sich nach Norden, um die Straße der Götter auf dem kürzesten Weg zu erreichen, und bogen dort nach Osten ab. Auf der breiten Straße war um diese Zeit noch niemand unterwegs – nur vor einer Weinhandlung kehrte ein blasser, hagerer Bursche im ersten Tageslicht das Pflaster –, aber in den Rinnsteinen und Hauseingängen lagen zahllose Gestalten schlafend, schnarchend und träumend. Sie marschierten auf der Straße der Götter nach Osten, denn dort stand das Marschtor, von dem aus die alte Dammstraße durch die Großen Salz-Marschen führte; durch dieses Tor konnten sie die große, glänzende, lebendige Stadt, die ihnen nun verhaßt war, auf dem schnellsten Weg verlassen – eine Stadt voll geliebter, unerträglicher Geisterwesen, in der sie beide keinen schweren, schmerzenden Herzschlag länger als unbedingt nötig bleiben wollten.

Aus dem Amerikanischen
übersetzt von Wulf H. Bergner

Zweites Buch

Schwerter gegen den Tod

Der Fluch

Ein großer und ein kleiner Schwertkämpfer passierten das Marschtor Lankhmars und schritten auf der Dammstraße in östlicher Richtung. Nach ihrer Haut und ihren geschmeidigen Bewegungen zu urteilen, waren sie noch jung, doch der tiefgekerbte Ausdruck von Schmerz und steinerner Entschlossenheit auf ihren Gesichtern wies sie als Männer aus.

Die schläfrigen Wächter in ihren braunen Eisenharnischen stellten keine Fragen. Nur Verrückte und Wahnsinnige verlassen freiwillig die größte Stadt Nehwons – zumal noch bei Morgengrauen und zu Fuß. Außerdem wirkten die beiden ausgesprochen gefährlich.

Am Horizont erstrahlte hellrosa der Himmel, wie im aufschäumenden Rund eines großen Kristallkelchs voller Rotwein, während der hellere rosa Schein darüber die letzten Sterne nach Westen vertrieb. Doch ehe die Sonne ihren ersten grellroten Streifen über den Horizont heben konnte, raste vom Norden, vom Binnenmeer, ein Unwetter herbei – von heftigem Wind getragen. Wieder brach das Dunkel der Nacht herein, durchzuckt vom Schimmer der Blitze und vom Rollen des Donners. Die Sturmböen trugen den salzigen Geruch des Meeres herbei, vermischt mit dem Gestank der Marsch. Sie beugten die grünen Spitzen des Seegrases tief herab und peitschten die Äste der Dornenbüsche und knorrigen Bäume. Drei Fuß hoch wurde das schwarze Sumpfwasser an der Nordseite des schmalen, gewundenen, abgeflachten Straßendammes emporgedrückt. Dann begann der Regen.

Die beiden Schwertkämpfer schritten schweigend weiter aus; nur ein kleines Anheben der Schultern und Köpfe war zu bemerken, ein Hinwenden der Gesichter nach Norden, als hießen sie den Angriff des Unwetters willkommen, als begrüßten sie die Ablenkung von Seelen- und Herzensqual.

»Ho, Fafhrd!« tönte da eine tiefe Stimme durch das Grollen des Donners, das Pfeifen des Windes und das Prasseln des Regens.

Der große Schwertkämpfer wandte abrupt den Kopf.

»He, Grauer Mausling!«

Der kleine Schwertkämpfer folgte dem Beispiel seines Begleiters.

Unmittelbar am Südrand der Straße erhob sich auf fünf schmalen Pfosten eine ziemlich große abgerundete Hütte. Die Pfosten mußten ziemlich hoch sein, denn obwohl die Dammstraße hier ziemlich in die Höhe führte, lag die Schwelle der niedrigen runden Hüttentür in Kopfhöhe des großen Schwertkämpfers.

Das war im Grunde nichts Ungewöhnliches; denn es war bekannt, daß in den Salz-Marschen nichts gedieh außer Riesenwürmern, Giftaalen, Wasserkobras, dünnbeinigen Sumpfratten und dergleichen.

Ein blauer Blitz zuckte auf und offenbarte in aller Deutlichkeit eine verhüllte Gestalt, die hineingeduckt in der niedrigen Türöffnung saß. Ihre Kleidung trat in jeder Einzelheit deutlich hervor, wie aus Bronze gegossen.

Doch im Innern der Kapuze vermochte auch der Blitz nichts zu erhellen – dort herrschte tintenschwarze Leere.

Der Donner grollte erneut.

Im nächsten Augenblick begann die tiefe Stimme einige Verszeilen aufzusagen; die Worte wurden hart und nachdrücklich herausgepreßt, so daß der leichte Vers zu einem düsteren Singsang wurde:

»Großer Fafhrd, ho!
Und kleiner Mausling ebenso!
Wie kommt's, daß ihr die wunderschöne Stadt verlaßt?
Es wäre wirklich schad',
Wär'n eure Herzen schwer von düst'rer Trauerlast
Und eure Füße schmerzlich weh
Von langem Wanderpfad,
Eh' ihr Lankhmar dereinst wiederseht.
Kehret sofort um, kehret um im Nu!«

Das Lied war schon zu drei Vierteln vorgetragen, als die beiden Schwertkämpfer erkannten, daß sie gar nicht stehengeblieben waren und die Hütte trotzdem neben ihnen blieb. Also mußte sie wohl auf ihren Pfählen – oder eher: Beinen – mit ihnen wandern. Und als ihnen diese Erkenntnis gekommen war, bemerkten sie auch das Ausschwingen und Einknicken der fünf hölzernen Glieder.

Als die tiefe Stimme nach dem »Im Nu!« verstummte, blieb Fafhrd stehen.

Der Mausling tat es ihm nach.

Die Hütte hielt ebenfalls inne.

Die beiden Schwertkämpfer wandten sich der niedrigen Tür zu und starrten hinein.

Im gleichen Augenblick schlug dicht hinter ihnen mit betäubendem Donnerschlag ein gewaltiger Blitz ein. Er ließ sie auffahren, sandte einen Schauder über ihre Haut und beleuchtete die Hütte und ihren Bewohner taghell und noch heller – doch in der Kapuze der Gestalt war nichts zu sehen.

Wäre die Kapuze leer gewesen, hätte der Stoff an der Rückseite sichtbar sein müssen. Doch es war nur ein ebenholzschwarzes Oval aus Dunkelheit wahrzunehmen – eine Düsternis, die nicht einmal ein Blitzstrahl zu erhellen vermochte.

Fafhrd ließ sich durch dieses Rätsel ebensowenig beeindrucken wie durch den Donnerschlag, und er brüllte durch das Unwetter zur Tür hinüber:

»Hör her, du Hexe, Zauberer, Nachtgespenst – was du auch bist! Ich setze in meinem ganzen Leben keinen Fuß mehr in diese schlimme Stadt, die mir meine einzige Liebe genommen hat, die unvergleichliche, unersetzliche Vlana, um die ich ewig trauern werde und deren furchtbarer Tod mir ewig auf der Seele lasten wird. Die Diebeszunft hat sie umgebracht, weil sie selbständig arbeitete – und wir haben dafür ihre Mörder getötet, obwohl wir keinen Vorteil davon hatten.«

»Auch ich werde mich der Stadt Lankhmar nie wieder nähern«, fuhr der Mausling neben ihm mit Trompetenstimme fort, »diesem abscheulichen Ort, der mich auf entsetzliche Weise meiner geliebten Ivrian beraubte – so wie auch Fafhrd beraubt wurde – und der mir eine nicht geringere Last des Leides und der Scham auferlegt hat, an der ich ewig tragen werde, auch wenn ich dereinst gestorben bin.«

Eine tellergroße Salzspinne segelte, vom Sturm getrieben, mit strampelnden Beinen dicht an seinem Ohr vorbei, doch der Mausling ließ sich dadurch nicht beirren. »Wisse denn, du Wesen der Schwärze, du Freund der Dunkelheit, daß wir den bösen Zauberer erschlagen haben, der unsere Geliebten ermordete, daß wir seine beiden Tierkumpane töteten und seine Auftraggeber im Diebeshaus in Angst und Schrecken versetzten. Doch Rache ist ein leerer Wahn. Sie bringt die Toten nicht zurück. Sie kann das Schmerz- und Schuldgefühl nicht lindern, das wir beim Gedanken an unsere Liebe verspüren.«

»Wirklich nicht«, schaltete sich Fafhrd wieder laut ein, »denn wir waren betrunken, als unsere Geliebten starben, und dafür gibt es kein Verzeihen. Wir stahlen der Zunft ein kleines Vermögen an Juwelen, doch wir verloren die einzigen beiden unbezahlbaren Edelsteine unseres Lebens. Und wir kehren niemals nach Lankhmar zurück!«

Blitze zuckten hinter der Hütte auf, und Donner grollte. Das Unwetter rückte weiter über das Land, wanderte nach Süden von der Straße fort.

Die Kapuze, die die Schwärze umschloß, fuhr ein wenig zurück, bewegte sich langsam seitwärts, einmal, zweimal, dreimal hin und her. Leise, denn die Ohren Fafhrds und des Mauslings waren noch immer vom Donner betäubt, intonierte die harte Stimme:

»›Niemals‹ und ›ewig‹ sind nicht dem Menschen untertan:
Zurück ihr kommt – und zweifelt nicht daran!«

Im nächsten Augenblick entfernte sich die Hütte auf ihren fünf spindeldürren Beinen von der Straße. Sie drehte sich herum, so daß die Türöffnung nicht mehr sichtbar war, und begann schneller auszuschreiten, wobei sich die Beine wie bei einem Insekt bewegten, und verlor sich schnell zwischen den Büschen und Bäumen.

So endete die erste Begegnung des Mauslings und seines Freundes Fafhrd mit Sheelba der Augenlosen.

Noch am gleichen Tage lauerten die beiden Schwertkämpfer einem Händler auf, der ohne ausreichende Bewachung nach Lankhmar kutschierte, und nahmen ihm – da ihnen der Diebstahl inzwischen zur Selbstverständlichkeit geworden war – die beiden besten Pferde seines Vierergespanns. Auf diesen Tieren ritten sie dann aus der Großen Salzmarsch heraus und über das Sinkende Land zur düsteren Stadt Ilthmar, einer Stadt voller kleiner Gasthäuser und unzähliger Statuen, Reliefs und anderer Darstellungen des dort angebeteten Rattengottes.

Hier tauschten sie ihre langsamen Pferde gegen Kamele und ließen sich schon wenig später nach Süden durch die Wüste tragen, der Ostküste des türkisfarbenen Ostmeeres folgend. In der Trockenzeit überquerten sie den Tilth-Fluß und setzten ihren Weg durch die Sand-Öde zu den Ländern des Ostens fort, die ihnen beiden noch unbekannt waren. In der Fremde hofften sie Abwechslung zu finden, und Horborixen, die Zitadelle des Königs der Könige, war ihr erstes Ziel – eine Stadt, die an Größe, Alter und barockem Glanz nur von Lankhmar übertroffen wurde.

Die nächsten drei Jahre hindurch, die Jahre des Leviathan, des Roc und des Drachen, durchwanderten sie die Welt Nehwon im Süden, Osten, Norden und Westen, in dem Bemühen, ihre erste große Liebe und ihre erste große Schuld zu vergessen – ohne diesem Ziel auch nur einen Schritt näherzukommen.

Sie wagten sich im Osten über das sagenumwobene Tisilinilit mit seinen schlanken, schimmernden Türmen hinaus, die sich aus dem feuchten perlgrauen Himmel stets neu zu kristallisieren schienen, und erreichten schließlich Ländereien, die in Lankhmar oder gar Horborixen nur durch Legenden bekannt waren. Eines von vielen war das zusammengeschrumpfte Imperium von Eevamarensee, ein fortentwickeltes und zugleich dekadentes Land, in dem alle Ratten und Männer kahlköpfig und sogar die Hunde und Katzen haarlos sind.

Gen Norden ritten sie schließlich wieder durch die große Steppe und entgingen nur knapp der Gefangennahme durch die Mingol – ein Schicksal, das in der Sklaverei geendet hätte. In der Eis-Öde suchten sie nach Fafhrds Schnee-Clan und fanden heraus, daß er im letzten Jahr von einer wilden Horde Eis-Zwerge überwältigt und den Gerüchten zufolge bis zum letzten Mann massakriert worden war – womit das Schicksal von Fafhrds Mutter Mor, seiner zurückgebliebenen Jungbraut Mara und seines ersten Nachkommens besiegelt schien.

Eine Zeitlang standen sie danach in den Diensten Lithquils,

des Verrückten Herzogs von Ool Hrusp, und dachten sich für ihn wilde Schauduelle, simulierte Morde und andere Zerstreuungen aus. Anschließend reisten sie an Bord eines sarheenmarschen Handelsschiffes durch das Äußere Meer in das tropische Klesh, wo sie sich eine Zeitlang durch den Dschungel schlugen. Dann wieder nach Norden, am geheimnisvollen Schattenreich Quarmall vorbei zu den Pleea-Seen, aus denen der Hlal-Fluß entspringt, und von dort zur Bettlerstadt Tovilyis, in der der Graue Mausling seinen Geburtsort vermutete, ohne es genau zu wissen; als sie wieder fortritten, war er auch nicht schlauer.

Auf einem Kornkahn überquerten sie das Ostmeer und suchten anschließend eine Weile nach Gold in den Bergen der Älteren, nachdem die letzten ihrer erbeuteten Juwelen längst verspielt oder eingetauscht waren. Als ihnen das Glück hier untreu blieb, wandten sie sich wieder nach Westen, dem Binnenmeer und Ilthmar zu.

Sie ernährten sich durch Diebstähle, Raubüberfälle, Wachdienste, durch kurze Aufträge als Kuriere und Agenten – und solche Aufträge erfüllten sie immer, oder zumindest fast immer mit größter Genauigkeit und unterstützt durch ihre schauspielerischen Talente. Der Mausling führte Tricks vor, jonglierte und sang, während Fafhrd sein Sprachtalent und seine Ausbildung als singender Skalde benutzte, sich in der Dichtkunst und mit der Übersetzung der Legenden seiner Eisheimat hervorzutun. Niemals aber arbeiteten die beiden etwa als Köche, Kontorangestellte, Zimmerleute, Baumfäller oder einfache Bedienstete, und unter keinen Umständen ließen sie sich als Söldner einschreiben.

Die Zeit brachte neue Wunden, aber auch neue Fähigkeiten und Erfahrungen, brachte Verstehen und Mitleid, brachte Zynik und Geheimnisse – brachte ihnen ein Lachen, in das sich versteckter Hohn einschlich, und ein unbewegtes Äußeres, das alles innere Leid überkrustete und Fafhrds barbarische Herkunft und des Mauslings ärmliche Vergangenheit verdeckte.

Äußerlich entwickelten sie sich zu fröhlichen und gleichgültigen und gelassenen Männern, doch ihr Leid und ihre Schuld verließen sie nicht, die Gespenster Ivrians und Vlanas suchten sie heim im Schlafen und im Wachen, so daß sie mit anderen Mädchen kaum zu tun hatten, und wenn es einmal dazu kam, war mehr Qual als Freude im Spiel. Die kameradschaftlichen Bande zwischen ihnen schlossen sich fester und fester, doch alle anderen menschlichen Beziehungen waren nur von kurzer Dauer. Melancholie war ihr ständiger Begleiter, obwohl sie das selbst dem Freund gegenüber selten eingestanden.

Da rückte der Mittag des Tages der Maus im Monat des Löwen im Jahr des Drachen heran. Sie ruhten sich in einer Höhle nahe Ilthmar aus. Während draußen die Hitze über dem hartgetrockneten Boden und dürren braunen Gras flimmerte, war es hier im Innern angenehm kühl. Die Pferde, eine graue Stute und ein kastanienbrauner Wallach, hatten ebenfalls in der Höhlenöffnung Schatten gefunden. Fafhrd war kurz auf Schlangensuche gegangen, ohne etwas zu finden. Er verabscheute die kalten schuppenbewehrten Exemplare des Südens, die sich so sehr von den warmblütigen pelzigen Schlangen der Eis-Öde unterschieden. Er ging ein Stück in den schmalen Felskorridor hinein, der im rückwärtigen Teil der Höhle in den kleinen Berg führte, kehrte jedoch um, als er nichts mehr sehen konnte und er weder ein Reptil noch ein Gangende gefunden hatte.

Sie ruhten bequem auf ihren aufgerollten Schlafsäcken. Da der Schlaf ausblieb, begannen sie sich leise zu unterhalten. Nach und nach wurde ein ernstes Gespräch daraus. Schließlich setzte der Graue Mausling zu einer Zusammenfassung der letzten drei Jahre an.

»Wir haben die ganze Welt durchreist und kein Vergessen gefunden.«

»Da möchte ich widersprechen«, erwiderte Fafhrd. »Nicht deiner zweiten Bemerkung – ich bin noch ebenso geplagt von meinen Erinnerungen wie du –, aber wir haben bisher das Äußere Meer noch nicht überquert und uns auf dem großen Kontinent umgesehen, der den Legenden zufolge im Westen liegt.«

»Doch, das haben wir getan, glaube ich«, wandte der Mausling ein. »Ich stimme dir zu, daß es wenig Sinn hätte, jetzt noch die Meere abzusuchen. Aber als wir ganz weit im

Osten waren und an der Küste jenes großen Ozeans standen, dessen gewaltige Brandung uns fast schwerhörig machte, da war das sicherlich die Westküste des Äußeren Meeres – zwischen uns und Lankhmar nur das aufgewühlte Wasser.«

»Welchen großen Ozean meinst du?« wollte Fafhrd wissen. »Und welche gewaltige Brandung? Das war doch nur ein Binnensee, eine kleine Pfütze, die etwas vom Wind bewegt wurde! Ich habe ganz deutlich das gegenüberliegende Ufer sehen können.«

»Dann bist du Trugbildern zum Opfer gefallen, mein Freund, und hast dich einer deiner Stimmungen hingegeben, da dir ganz Nehwon wie ein winzig kleines Bläschen vorkommt, das du mit einem Schnipser zum Platzen bringen könntest.«

»Vielleicht«, stimmte ihm Fafhrd zu. »Oh, wie überdrüssig bin ich dieses Lebens!«

In der Dunkelheit hinter ihnen erklang ein kleines Husten, fast nur ein Räuspern. Sie rührten sich nicht, doch ihre Haare richteten sich auf, so nahe hatte das kleine Geräusch geklungen, so sehr deutete es auf eine Intelligenz und nicht auf bloße Animalität hin, denn es hatte etwas seltsam Fragendes und Aufmerksamkeit Heischendes.

Schließlich wandten sie gleichzeitig die Köpfe und starrten in die schwarze Öffnung des Felskorridors, wo es nichts zu sehen gab. Dann jedoch glaubten sie, sieben schwache grüne Schimmer zu erkennen, die dort in der Dunkelheit schwebten und langsam ihre Stellung veränderten – sieben Glühwürmchen, die jedoch ein ganz gleichmäßiges und diffuses Licht ausstrahlten, als trüge jedes Lichtpartikel einen Umhang aus mehrschichtiger Gaze.

Plötzlich ertönte eine Stimme zwischen den schwachen Glühzonen – eine salbungsvolle alte Stimme, eine Stimme wie ein zitternder Flötenton. Die Stimme sagte: »Oh, meine Söhne, abgesehen von dem hypothetischen Westkontinent, über den ich euch keine Aufklärung geben kann, gibt es *einen* Ort in Nehwon, an dem ihr noch kein Vergessen von dem grausamen Tod eurer Geliebten gesucht habt.«

»Und welcher Ort mag das sein?« fragte der Mausling zögernd nach langem Schweigen. »Wer bist du überhaupt?«

»Die Stadt Lankhmar, meine Söhne. Und wer ich bin ist – außer der Tatsache, daß ich als euer Seelentröster eintrete – Privatsache.«

»Wir haben einen feierlichen Eid geschworen, niemals wieder nach Lankhmar zurückzukehren«, knurrte Fafhrd; es wurde jedoch nur ein leises und abwehrendes Knurren.

»Eide brauchen nur so lange gehalten zu werden, wie ihr Zweck sich noch nicht erfüllt hat«, erwiderte die Flötenstimme. »Jedes Gesetz wird irgendwann einmal aufgehoben, jede selbstgesteckte Regel außer Kraft gesetzt. Sonst würde die Ordnung im Leben eine Beschränkung für das Wachstum werden; Disziplin, Einschränkung, Integrität, Knechtschaft und das Böse. Was ihr über die Welt lernen konntet, habt ihr erfahren. Ihr habt den größten Teil Nehwons erfolgreich durchreist. Was nun noch bleibt, sind eure abschließenden Studien in Lankhmar, der größten Universität des zivilisierten Lebens.«

Die sieben schwachen Schimmer wurden womöglich noch dunkler und zogen sich zusammen, als entfernten sie sich durch den Korridor.

»Wir kehren nicht nach Lankhmar zurück«, erwiderten Fafhrd und der Mausling wie aus einem Mund.

Die sieben Lichter vergingen völlig, und ganz leise, so daß die beiden Männer kaum etwas hören konnten, fragte die Flötenstimme: »Habt ihr etwa Angst?« Dann ertönte das Knirschen von Fels.

So endete die erste Begegnung Fafhrds und seines Kameraden mit Ningauble, dem Siebenäugigen.

Nach einem Dutzend Herzschlägen zog der Graue Mausling sein schmales, anderthalb Arme langes Schwert, mit dem er wie ein Chirurg umzugehen verstand, und betrat den Felskorridor. Er schritt entschlossen aus und kam schnell voran. Fafhrd folgte ihm etwas vorsichtiger, dann und wann zögernd, und ließ die Spitze seiner schweren Waffe, Graywand genannt, die er im Kampf dennoch sehr geschickt zu handhaben wußte, auf den Felsboden deuten und von einer Seite auf die andere schwenken. Das langsame Auf und Ab der sieben schwachen Lichtpunkte hatte ihn an die Köpfe großer Kobras denken lassen, die zum Angriff bereit waren. Und solche Höhlenkobras, wenn es sie überhaupt gab, mochten durchaus phosphoreszieren wie Höhlenaale.

Die beiden waren inzwischen weiter in den Berg vorgedrungen als Fafhrd bei seinem ersten Inspektionsgang – und mit der Zeit hatten sich ihre Augen auch an die relative Dunkelheit gewöhnt. Doch dann traf das Schwert des Mauslings mit schrillem Geräusch auf eine senkrechte Felswand. Wortlos blieben sie stehen und warteten ab, bis sich ihre Augen soweit angepaßt hatten, daß sie auch ohne weiteres Herumstochern mit den Schwertern das Ende ihres Ganges erkennen konnten.

Nirgendwo gab es ein Loch, das einer sprechenden Schlange Durchlaß gewährt hätte, geschweige denn einem Wesen, das logischerweise noch eher die Fähigkeit des Sprechens besaß. Der Mausling drückte gegen den Fels, und auch Fafhrd warf sich an mehreren Stellen gegen die Steinwand, die sich jedoch nicht rührte. Auch hatten sie keine kleinen oder größeren Seitenhöhlen verpaßt; nicht einmal schmale Spalten oder Öffnungen nach oben gab es.

Als sie wieder auf ihren Schlafsäcken lagen – draußen vor dem Höhleneingang zupften die Pferde noch immer ruhig am braunen Gras –, sagte Fafhrd abrupt: »Das muß ein Echo gewesen sein.«

»Wie kann es ein Echo geben ohne Stimme?« fragte der Mausling verdrießlich. »Wie einen Schwanz ohne Katze? Ich meine, einen lebendigen Schwanz.«

»Eine kleine Schneeschlange hat große Ähnlichkeit mit dem gelenkigen Schwanz einer weißen Hauskatze«, erwiderte Fafhrd ungerührt. »Aye, und sie läßt auch einen ähnlich hohen, zitternden Schrei hören.«

»Willst du etwa sagen ...?«

»Natürlich nicht. Du wirst sicher auch vermuten, daß es da irgendwo im Felsgestein eine Tür gibt, die so gut eingepaßt ist, daß wir die Fugen nicht finden konnten. Wir haben gehört, wie sie sich schloß. Doch zuvor ist er – oder sie, oder es – noch hindurchgegangen.«

»Warum redest du dann von Echos und Schneeschlangen?«

»Man tut gut daran, alle Möglichkeiten zu bedenken.«

»Er – oder sie und so weiter – hat uns als Söhne bezeichnet«, überlegte der Mausling.

»Es heißt manchmal, die Schlange ist das klügste und weiseste Tier und gar der Vater aller Dinge«, bemerkte Fafhrd.

»Da wären wir wieder bei den Schlangen! Also, eines ist gewiß: Niemand hielte es für klug, dem Rat einer Schlange zu folgen, geschweige denn sieben.«

»Und doch hat er – die anderen Pronomen mußt du dir denken – nicht ganz unrecht, Mausling. Bis auf den ungewissen Westkontinent haben wir Nehwon überall bereist. Was bleibt uns noch außer Lankhmar?«

»Fluch auf deine Pronomen! Wir haben geschworen, daß wir nie zurückkehren würden! Hast du das vergessen, Fafhrd?«

»Nein, doch ich sterbe vor Langeweile. Ich habe auch mal geschworen, niemals wieder Wein zu trinken.«

»Ich würde in Lankhmar ersticken! Denk an den Nebel bei Tag und bei Nacht, denk an die Ratten und den Schmutz!«

»In diesem Augenblick ist es mir ziemlich egal, ob ich lebe oder sterbe oder wo und wie ich sterbe, Mausling.«

»Jetzt Adverbien und Konjunktionen! Bah, du brauchst etwas zu trinken.«

»Wir suchen Vergessen. Es heißt, wenn man ein Gespenst töten will, muß man ihm dort entgegentreten, wo es entstand.«

»Aye, und wird dann noch schlimmer heimgesucht.«

»Schlimmer als jetzt kann es gar nicht werden.«

»Daß eine Schlange uns fragen mußte, ob wir Angst haben – welche Schande!«

»Haben wir denn vielleicht Angst?«

Und so nahm die Diskussion ihren Lauf – mit dem vorhersehbaren Ergebnis, daß Fafhrd und der Mausling an Ilthmar vorbei zu einem steinigen Küstenstreifen reisten, der eine seltsam glatte Schräge bildete, und dort einen Tag und eine Nacht lang warteten, bis mit gewaltigem Strudel das Sinkende Land aus dem Meerarm stieg, der hier das Ostmeer mit dem Binnenmeer verband.

Schnellen, doch vorsichtigen Schrittes überquerten sie dann die dampfende Landmasse – es war ein heißer, sonniger Tag – und ritten bald wieder auf der Dammstraße dahin, diesmal jedoch in Richtung Lankhmar.

In der Ferne tobten Unwetter zu beiden Seiten des Weges – im Norden über dem Binnenmeer und im Süden über den Großen Salzmarschen. Immer näher kamen die Männer der monströsen Stadt mit ihren Türmen, Tempeln und gewaltigen zinnenbewehrten Mauern, die sich aus der riesigen Nebelglocke erhoben und Silhouetten bildeten im Licht der untergehenden Sonne.

Einmal glaubten der Mausling und Fafhrd zwischen den Büschen und Sumpfblättern ein rundes Gebilde auf langen unsichtbaren Beinen wahrzunehmen und eine leise, harte Stimme singen zu hören: »Ich hab's euch gesagt. Ich hab's euch gesagt. Ich hab's euch gesagt.« Doch Sheelbas verzauberte Hütte und auch ihre Stimme blieben weit in der Ferne.

Also brachen Fafhrd und der Graue Mausling ihren Eid und kehrten in die Stadt zurück, die sie haßten und dennoch ersehnten. Vergessen fanden sie auch hier nicht; die Gespenster Ivrians und Vlanas verschwanden nicht aus ihren Träumen, wenn sie auch – vielleicht, weil inzwischen soviel Zeit vergangen war – verblaßten und die Männer nicht mehr ganz so stark heimsuchten. Auch wurde ihr Haß auf die Diebeszunft nicht erneut entfacht, sondern ließ eher etwas nach. Jedenfalls kam ihnen Lankhmar schließlich auch nicht unangenehmer vor als manch anderer Ort in Nehwon und auf jeden Fall interessanter als die meisten. Sie blieben also eine Zeitlang und machten die Stadt wieder zum Ausgangspunkt ihrer Abenteuer.

Aus dem Amerikanischen
übersetzt von Thomas Schlück

Der Schatz im Walde

Es war der Tag der Schildkröte im Monat des Stachelschweins im Jahr des Behemoth. Eine heiße Sommersonne senkte sich über dem schwermütigen, fruchtbaren Land Lankhmar dem Abend entgegen. Die Landarbeiter auf den endlosen Kornfeldern hielten einen Augenblick inne, hoben ihre erdverschmutzten Gesichter und dachten daran, daß nun bald die Zeit des Feierabends heranrückte. Das Vieh, das die Stoppeln abfraß, begann sich langsam in Richtung Stall zu bewegen. Verschwitzte Händler und Ladenbesitzer überlegten, daß sie das Vergnügen eines Bades noch etwas hinauszögern sollten. Diebe und Astrologen drehten sich unruhig im Schlaf, denn sie spürten, daß die dunklen Nachtstunden ihrer Arbeit heranrückten.

Im südlichsten Teil des Landes Lankhmar, ein Tagesritt jenseits des Dorfes Soreev, wo die Kornfelder in gewaltige Ahorn- und Eichenwälder übergehen, trabten zwei Reiter gemächlich eine schmale staubige Straße entlang. Sie waren von sehr gegensätzlicher Statur. Der größere trug eine Tunika aus ungebleichtem Leinen, die um die Mitte von einem breiten Ledergürtel zusammengehalten wurde. Ein Stück Stoff schützte seinen Kopf vor der Sonne. Ein langes Schwert mit einem granatapfelförmigen goldenen Knauf baumelte an seiner Seite. An seiner rechten Schulter wippte ein Köcher mit Pfeilen, und in einem ledernen Sattelschuh steckte der dazugehörige Bogen aus dickem Eibenholz. Die ausgeprägten Muskeln des Mannes, seine weiße Haut, das kupferne Haar, die grünen Augen und vor allem der wilde Gesichtsausdruck – all das deutete auf ein Heimatland hin, das kälter und rauher war als Lankhmar.

Während der größere Mann also etwas Wildes an sich hatte, machte sein Begleiter, der ein gutes Stück kleiner war, einen ausgesprochen städtischen Eindruck. Sein dunkles Gesicht ließ an einen Hofnarren denken. Leuchtende schwarze Augen, eine Knopfnase, ein ironisches Lächeln um die Mundwinkel. Hände eines Taschenspielers. Seine ganze Haltung ließ erkennen, daß er sich bei Straßenkämpfen und

Wirtshausraufereien außerordentlich gut zu behaupten wußte. Er war von Kopf bis Fuß in graue Seide gekleidet. Sein schmales Schwert, in graues Leder gehüllt, war an der Spitze leicht gekrümmt. An seinem Gürtel hingen eine Schleuder und ein Beutel mit Geschossen.

Trotz dieser vielen Gegensätze gab es keinen Zweifel, daß die beiden Männer Weggefährten waren, daß zwischen ihnen ein Band gegenseitigen Verständnisses existierte, das aus Melancholie, Humor und mancherlei anderem Material gewoben war. Der kleine Mann ritt eine grauscheckige Stute, der andere einen kastanienbraunen Wallach.

Sie näherten sich einem Punkt, an dem die schmale Straße einen Hügelkamm erreichte, eine leichte Biegung vollführte und sich dann in das nächste Tal hinabwand. Der grüne Wald zu beiden Seiten rückte näher. Es herrschte eine beträchtliche Hitze, die jedoch nicht bedrückend war; sie ließ an Satyrn und Zentauren denken, die auf verborgenen Lichtungen schlummerten.

Im nächsten Augenblick begann die graue Stute, die ein paar Schritte voraus war, zu wiehern. Der kleine Mann zog die Zügel an und suchte mit wachsamem Blick hastig die beiden Seiten der Straße ab. Ein leises Kratzen war zu hören, als schabte Holz über Holz.

Ohne Vorwarnung duckten sich die beiden Männer im Sattel zur Seite und klammerten sich fest. Gleichzeitig erklang das Surren von Bogensaiten, und mehrere Pfeile zischten dort entlang, wo die beiden Reiter eben noch gewesen waren. Schon galoppierten die Stute und der Wallach um die Wegbiegung und rasten, den Staub hoch aufstiebend, davon.

Hinter den beiden ertönten aufgeregte Schreie, und gleich darauf tauchten die Verfolger auf. Es schienen tatsächlich sieben oder acht Männer im Hinterhalt gelegen zu haben – kräftige Burschen in Kettenhemden und mit Eisenhelmen. Die Stute und der Wallach hatten kaum einen Steinwurf weit zurückgelegt, als der Trupp auch schon unterwegs war. Ein schwarzes Pferd mit einem schwarzhaarigen, bärtigen Reiter nahm die Spitze ein.

Doch auch die Verfolgten verschwendeten keine Zeit. Der größere der beiden stellte sich in seinen Steigbügeln auf und zerrte den Eibenbogen aus dem Sattelschuh. Mit der Linken stemmte er ihn in den Steigbügel und bog ihn durch, während seine rechte Hand die obere Schlinge der Bogensehne einhakte. Dann glitt die linke Hand am Bogen entlang und schloß sich um den Griff, während die rechte aus der gleichen Bewegung heraus über die Schulter griff und einen Pfeil nach vorn holte. Das Pferd mit den Knien lenkend, hob er sich womöglich noch höher, wandte sich um und schickte einen mit Adlerfedern besetzten Pfeil auf den Weg. Gleichzeitig hatte sein Weggefährte eine kleine Bleikugel in seine Schleuder getan, sie zweimal summend um den Kopf geschwungen und sein Geschoß surren lassen.

Pfeil und Kugel trafen zugleich ihr Ziel. Der Anführer der Verfolger wurde an der Schulter getroffen, während die Kugel einem Mann hinter ihm den Eisenhelm verbeulte und ihn aus dem Sattel warf. Der Trupp der Verfolger löste sich in einem Durcheinander stürzender und scheuender Pferde auf.

Die Männer, die das Chaos angerichtet hatten, zügelten an der nächsten Wegkurve ihre Tiere und blickten zurück.

»Beim Wildschwein«, sagte der kleinere und lächelte grimmig. »Die überlegen es sich zweimal, ehe sie wiederum Überfall spielen.«

»Ahnungslose Narren!« sagte der andere. »Können die denn nicht mal im Sattel schießen? Ich sage dir, Grauer Mausling, man muß schon ein Barbar sein, um sein Pferd richtig in den Griff zu bekommen.«

»Da gibt es aber doch einige Ausnahmen«, erwiderte der andere, der den Spitznamen Grauer Mausling trug. »Doch schau, Fafhrd, die Burschen ziehen mit ihren Verwundeten ab, und einer galoppiert voraus. Ja, dem habe ich ganz schön den Kopf eingebeult. Er hängt wie ein Mehlsack im Sattel. Wenn er gewußt hätte, wer wir sind, wäre er wahrscheinlich nicht so eifrig hinter uns her gewesen.«

Diese Prahlerei war nicht ganz unberechtigt, denn die Namen des Grauen Mauslings und des Nordlings Fafhrd waren in dieser Gegend und sogar im stolzen Lankhmar allgemein bekannt. Ihr Hang zu geheimnisvollen Abenteuern, ihr plötzliches Kommen und Gehen, ihr seltsamer Humor – all das gab den Menschen in diesen Landstrichen manches Rätsel auf.

Jäh hakte Fafhrd seinen Bogen aus und wandte sich wieder nach vorn.

»Das müßte das Tal sein, das wir suchen«, sagte er. »Schau dort die beiden Hügel, jeder mit zwei dicht beeinanderliegenden Erhebungen, wie in der Urkunde beschrieben. Komm, schauen wir sie uns noch einmal an, um ganz sicher zu sein.«

Der Graue Mausling griff in seinen großen Lederbeutel und zog einen dicken Pergamentbogen heraus, der uralt sein mußte. An drei Kanten war das Papier ausgefranst und zerknittert; die vierte dagegen zeigte einen frischen glatten Schnitt. Die Seite war mit komplizierten lankhmarischen Hieroglyphen beschrieben, in schwarzer Tinte. Doch nicht diesen Lettern wandte sich der Mausling zu, sondern einigen winzigen rotgeschriebenen Zeilen, die sich am Rand befanden. Er las vor.

»Mögen Könige ihre Schatzkammern bis zur Decke vollstapeln und Händler ganze Gewölbe mit Münzen füllen, und mögen Narren sie beneiden. Ich habe einen Schatz, der alle anderen übertrifft. Einen Diamanten, der so groß ist wie ein Menschenschädel. Zwölf Rubine, die jeweils die Größe eines Katzenkopfes haben. Siebzehn Smaragde so groß wie ein Maulwurfskopf. Und dazu Kristall- und Orichalchumstäbe. Mögen die Herrscher dieser Welt unter der Last ihrer Juwelen schwanken, mögen sich Königinnen mit Edelsteinen behängen und Narren sie bewundern. Ich habe einen Schatz, der die Ihren überdauern wird. Ein Schatzhaus habe ich im südlichen Wald dafür errichtet, dort, wo sich die beiden Hügel jeweils doppelt erheben, wie schlafende Kamele, einen Tagesritt jenseits des Dorfes Soreev.

Ein großes Schatzhaus mit einem hohen Turm, einem König angemessen – und doch würde kein König dort leben können. Direkt unter dem Grundstein der Hauptkuppel liegt mein Schatz versteckt – ewig wie die schimmernden Sterne. Er wird mich und meinen Namen überdauern – Urgaan von Angarngi. Dies ist mein Vermächtnis an die ewige Zukunft. Mögen Narren danach suchen. Sie werden den Schatz gewinnen oder nicht.

Zwar ist mein Schatzhaus völlig leergeräumt,
Kein tödlich Tier dort noch auf Beute träumt,

Einen Wächter draußen gibt's nirgendwo,
Auch nicht Gift und Fallstrick ebenso.
Weder über noch unter noch im ganzen Haus
Gehen Dämonen und Teufel ein und aus.
Auch gibt's keine Schlange mit tödlichem Zahn,
Keinen Schädel, dessen Auge dich tödlich schaut an.
Und doch ließ ich einen Wächter dort!
Löse dies Rätsel und trage den Schatz dir fort!«

»Der Bursche hatte etwas für Schädel übrig«, knurrte der Mausling. »Er war sicher Friedhofswärter oder Leichenfledderer.«

»Oder Architekt«, bemerkte Fafhrd nachdenklich, »und zwar in jenen längst vergangenen Tagen, da man Tempel mit Menschen- und Tierschädeln zu zieren pflegte.«

»Vielleicht«, stimmte der Mausling zu. »Auf jeden Fall sind Schrift und Tinte alt genug. Sie stammen mindestens aus dem Jahrhundert der Kriege mit dem Osten – fünf Lebensspannen lang.«

Der Mausling war ein geschickter Fälscher von Handschriften und Urkunden und auch Kunstgegenständen. Er kannte sich daher aus.

Sie wußten nun, daß das Ziel ihrer Reise nahe war, und warfen durch eine Lücke im Laub einen Blick über das Tal. Es hatte die Form einer Schote – flach, schmal und lang. Sie befanden sich an einem der schmalen Enden. Die beiden seltsam geformten Hügel bildeten die Längsseiten. Das ganze Tal erstrahlte grün vom Laub der Ahornbäume und Eichen, bis auf eine kleine Lichtung in der Mitte. Dort, so überlegte der Mausling, mochte ein Hof oder ein sonstiges Anwesen liegen.

Jenseits der Lichtung war etwas Dunkles, Rechteckiges auszumachen, das ein kleines Stück über die Baumwipfel ragte. Er machte seinen Begleiter darauf aufmerksam, doch sie vermochten nicht zu sagen, ob es sich um einen Turm handelte, wie er in der Urkunde beschrieben war, oder ob sie vielleicht nur einen seltsamen Schatten wahrnahmen oder etwa den toten, astlosen Stamm einer Rieseneiche. Sie waren einfach noch zu weit entfernt.

»Jetzt haben die Burschen genügend Zeit gehabt«, sagte Fafhrd nach kurzem Schweigen, »um sich durch den Wald heranzuschleichen und vielleicht noch einmal auf uns zu schießen. Es wird Abend.«

Sie trieben ihre Pferde an und ritten langsam weiter. Sie versuchten das Ding im Auge zu behalten, das wie ein Turm aussah, aber da der Weg hangabwärts führte, ging es natürlich sofort zwischen den Wipfeln verloren. Sie konnten es erst wieder zu Gesicht bekommen, wenn sie ganze nahe heran waren.

Eine leise Erregung durchlief den Mausling. Schon bald würden sie wissen, ob es hier einen Schatz zu holen gab oder nicht. Ein Diamant so groß wie ein Menschenkopf ... Rubine ... Smaragde ... Es bereitete ihm ein fast nostalgisches Vergnügen, dieses letzte, gemächliche Stadium ihrer Reise noch bis zum Letzten auszukosten. Der kürzliche Überfall gab ihrem Unternehmen erst den richtigen Reiz.

Er dachte daran, wie er das interessant aussehende Pergament aus dem alten Architekturbuch geschnitten hatte, auf das er in der Bücherei des raubgierigen und anmaßenden Lord Rannarsh gestoßen war. Wie er noch halb im Spaß mehrere Hausierer aus dem Süden aufgesucht und befragt hatte. Wie ihm schließlich einer über den Weg gelaufen war, der erst kürzlich ein Dorf namens Soreev passiert hatte. Wie dieser ihm von einem Steingebäude im Wald berichtet hatte, südlich von Soreev, von einem Gebäude, das von den Leuten dort das Haus Angarngis genannt wurde und seit langen Jahren leerstand. Der Hausierer hatte einen großen Turm über die Bäume ragen sehen. Der Mausling erinnerte sich an das runzlige schlaue Gesicht des alten Mannes und lachte leise. Und er dachte an das gierige Gesicht Lord Rannarshs, und ein neuer Gedanke ging ihm durch den Kopf.

»Fafhrd«, sagte er, »die Burschen, die wir eben in die Flucht geschlagen haben – wofür hältst du die?«

Der Nordling knurrte verächtlich.

»Gauner, die fetten Händlern auflauern. Wegelagerer, Lümmel, Banditen.«

»Trotzdem – sie waren alle gut bewaffnet, und zwar gleichartig, so als ob sie in den Diensten eines reichen Mannes stünden. Und der eine, der den anderen vorausgeritten ist, hatte der etwa Eile, seinem Herrn einen Bericht abzustatten?«

»Worauf willst du hinaus?«

Der Mausling antwortete nicht sofort. »Ich muß nur daran denken«, sagte er schießlich, »daß Lord Rannarsh ein reicher und habgieriger Mann ist, dem bei dem Gedanken an Edelsteine das Wasser im Mund zusammenläuft. Und ich frage mich, ob er nicht etwa diesen roten Text gelesen und ihn womöglich abgeschrieben hat und ob mein kleiner Diebstahl des Originals vielleicht sein Interesse geweckt hat.«

Der Nordling schüttelte den Kopf.

»Das bezweifle ich. Du bist zu mißtrauisch. Aber selbst wenn du recht hast und er uns bei dem Schatz zuvorkommen will, sollte er sich jeden Schritt zweimal überlegen und sich Helfer aussuchen, die auf dem Pferderücken zu kämpfen verstehen.«

Sie kamen so langsam voran, daß die Hufe der Stute und des Wallachs kaum Staub aufwirbelten. Sie hatten nicht das Gefühl, daß ihnen von hinten noch Gefahr drohte. Allenfalls ein gut vorbereiteter Hinterhalt hätte sie noch überraschen können.

Die schmale Straße wand sich weiter. Blätter strichen ihnen durch das Gesicht, und von Zeit zu Zeit mußten sie sich niederbeugen, um nicht von Ästen aus dem Sattel gestreift zu werden. Der schwere Duft des Spätsommerwaldes hatte sich hier am Rande des Tales noch verstärkt. Er vermischte sich mit einem Duft nach Wildbeeren und aromatischem Unterholz. Unmerklich wurden die Schatten länger.

»Neun zu eins«, murmelte der Mausling träumerisch, »daß das Schatzhaus schon vor einigen hundert Jahren ausgeräumt wurde – von Männern, deren Körper längst zu Staub geworden sind.«

»Das mag schon sein«, stimmte Fafhrd zu. »Im Gegensatz zu den Menschen ruhen Rubine und Smaragde selten still in ihren Gräbern.«

Diese Möglichkeit, die sie schon mehrmals durchgesprochen hatten, beunruhigte sie nicht weiter und machte sie auch nicht ungeduldig. Vielmehr vermittelte sie ihrem Ritt etwas von der angenehmen Melancholie einer vergeblichen Hoffnung. Sie atmeten mit vollen Zügen die schwere Luft und ließen ihre Pferde nach Belieben an den Blättern zupfen. Ein Eichelhäher stieß einen schrillen Schrei aus, und irgendwo im Wald schlug eine Spottdrossel; die Vogelstimmen erhoben sich über das leise Summen der Insekten. Die Nacht rückte heran. Die inzwischen fast waagerechten Sonnenstrahlen vergoldeten die Baumwipfel. Da vernahmen Fafhrds scharfe Ohren das Muhen einer Kuh.

Nach einigen weiteren Wegbiegungen erreichten sie die Lichtung, die sie schon vom Hang aus gesehen hatten. Wie erwartet, stand dort ein kleines Gehöft, ein sauberes hingeducktes Gebäude aus verwittertem Holz, das sich in der Mitte eines hektargroßen Kornfeldes erhob. An einer Seite befand sich eine Reihe Bohnenstangen, auf der anderen ein Holzstapel, der fast das Hausdach überragte. Vor dem Haus stand ein drahtiger alter Mann, dessen Haut fast so braun war wie seine selbstgesponnene Tunika. Offenbar hatte er die Pferde eben erst gehört und drehte sich nun um.

»Ho, Vater!« rief der Mausling. »Heute ist ein guter Tag zum Reiten, und ein schönes Heim haben Sie da.«

Der Landmann bedachte diese Worte und nickte dann.

»Wir sind zwei müde Reisende«, fuhr der Mausling fort.

Wieder nickte der Mann.

»Würden Sie uns die Nacht über einquartieren – für zwei Silbermünzen?«

Der Bauer rieb sich das Kinn und hielt drei Finger in die Höhe.

»Gut, also drei Silbermünzen«, sagte der Mausling und stieg ab. Fafhrd folgte seinem Beispiel.

Als sie dem alten Mann eine Münze gegeben hatten, um das Geschäft zu besiegeln, fragte der Mausling beiläufig: »Gibt es hier nicht ein altes verlassenes Gebäude, das das Haus Angarngis genannt wird?«

Der Bauer nickte.

»Was für ein Haus ist denn das?«

Der Mann zuckte die Achseln.

»Kennen Sie es denn nicht?«

Kopfschütteln.

»Aber haben Sie es denn nie gesehen?« In der Stimme des Mauslings schwang unverhohlene Verwunderung.

Wieder erhielt er nur ein Kopfschütteln zur Antwort.

»Aber Vater, es liegt doch nur ein paar Minuten zu Fuß von deinem Haus hier, nicht?«

Der Bauer nickte langsam, als ob das alles nicht neu wäre.

Ein muskulöser junger Mann, der hinter dem Haus hervorgekommen war, um ihre Pferde fortzuführen, schaltete sich ein.

»Sie können den Turm von der anderen Seite des Hauses sehen. Ich zeig's Ihnen.«

Nun stellte der alte Mann unter Beweis, daß er nicht völlig stumm war. Mit ausdrucksloser Stimme sagte er: »Schauen Sie ihn sich an, so lange Sie wollen.«

Und er verschwand im Haus. Fafhrd und der Graue Mausling erhaschten einen Blick auf ein Kind am Türpfosten, auf eine alte Frau, die in einem Topf rührte, und auf eine Gestalt, die vor einem kleinen Feuer auf einem Stuhl hockte.

Der obere Teil des Turmes war durch eine Lücke zwischen den Bäumen eben noch sichtbar. Die letzten Sonnenstrahlen tauchten ihn in ein tiefes Rot. Er schien etwa vier oder fünf Pfeilschüsse entfernt zu sein. Noch während sie hinschauten, ging die Sonne unter und ließ die Turmspitze zu einem formlosen schwarzen Steinklotz werden.

»Ein ganz altes Gemäuer«, erklärte der junge Mann unbestimmt. »Ich habe mich da oft herumgetrieben. Vater hat sich einfach nie darum gekümmert.«

»Bist du auch drinnen gewesen?« wollte der Mausling wissen.

Der junge Mann kratzte sich am Kopf.

»Nein. Ist doch nur altes Gemäuer. Zu nichts mehr gut.«

»Die Dämmerung dauert noch ziemlich lange«, sagte Fafhrd, der den Blick nicht vom Turm nehmen konnte. »Es reicht jedenfalls, daß wir uns mal genauer umsehen.«

»Ich würde Ihnen ja gern den Weg zeigen«, sagte der junge Mann, »aber ich muß Wasser holen.«

»Egal«, erwiderte Fafhrd. »Wann gibt es Abendessen?«

»Wenn die ersten Sterne herauskommen.«

Sie ließen den jungen Mann bei den Pferden zurück und

gingen geradewegs in den Wald. Kaum waren sie zwischen die Bäume getreten, als es auch schon viel dunkler wurde – als wäre die Dämmerung bereits vorbei und hätte nicht eben erst begonnen. Das Unterholz war dichter als erwartet. Von überallher ragten Äste und dornige Ranken, denen sie ausweichen mußten. Über ihnen wurde in unregelmäßigen Fetzen der Himmel sichtbar.

Der Mausling ließ seinen Freund vorangehen. Seine Gedanken waren müßig mit der Bauernfamilie beschäftigt. Die Vorstellung, daß diese Menschen ihr ganzes arbeitsames Leben hier verbracht hatten, reizte ihn irgendwie – mehrere Generationen, die nur wenige Schritte von der vielleicht größten Schatzkammer der Welt entfernt wohnten. Es erschien ihm unglaublich. Wie konnte man einem Juwelenschatz so nahe sein, ohne davon zu träumen? Aber diese Leute träumten wahrscheinlich nie.

So achtete der Graue Mausling während des Marsches durch den Wald wenig auf seine Umwelt und registrierte nur im Unterbewußtsein, daß sich Fafhrd viel Zeit zu nehmen schien – was ihm seltsam vorkam, da der Barbar doch ein erfahrener Waldläufer war.

Schließlich ragte ein noch schwärzerer Schatten zwischen den Bäumen auf, und wenige Sekunden später standen sie am Rande einer kleinen felsübersäten Lichtung, beherrscht von dem unförmigen Gebilde, das sie gesucht hatten.

Noch ehe seine Augen die baulichen Einzelheiten aufnehmen konnten, war der Mausling plötzlich von Sorgen erfüllt. War es etwa ein Fehler gewesen, die Pferde einfach bei den fremden Leuten zurückzulassen? Und hätten die Räuber sie nicht zum Bauernhof verfolgen können? Und war heute nicht noch der Tag der Schildkröte, ein schlechter Tag, wenn es darum ging, verlassene Gebäude zu betreten? Und hätten sie nicht besser einen kurzen Speer mitbringen sollen, falls sie auf einen Leoparden stießen? Und hörte er da nicht links einen Ziegenmelker singen, ein böses Vorzeichen?

Das Schatzhaus Urgaans von Angarngi bot einen seltsamen Anblick. Der Hauptteil des Gebäudes war eine große flache Kuppel auf Wänden, die ein Achteck bildeten. An der Vorderseite schlossen sich zwei kleinere Kuppeln an, die mit dem Hauptgebäude verschmolzen. Dazwischen gähnte ein großer viereckiger Eingang. Der Turm erhob sich asymmetrisch am hinteren Teil der Hauptkuppel.

Mit hastigem Blick versuchte der Mausling den Grund für die offensichtliche Eigentümlichkeit des Gebildes auszumachen und kam zu dem Schluß, daß diese wohl in der absoluten Schlichtheit liegen mußte. Es gab keine Pfeiler, keine hervortretenden Simse, keine Friese, keinen irgendwie gearteten architektonischen Schmuck, sei er nun mit Schädeln verziert oder nicht. Bis auf den Eingang und ein paar winzige Fenster, die sich hier und da an unerwarteter Stelle auftaten, war das Haus Angarngis eine kompakte Masse aus eintönig dunkelgrauen Backsteinen, die sehr dicht aneinandergefügt waren.

Doch schon betrat Fafhrd die breiten Stufen, die auf die offene Tür zuführten, und der Mausling folgte ihm, obwohl er sich lieber noch etwas länger umgesehen hätte. Mit jedem Schritt spürte er ein seltsames Widerstreben in sich stärker werden. Die fröhliche Erwartung, die ihn erfüllt hatte, verschwand so plötzlich, als wäre er in Treibsand geraten. Es kam ihm vor, als gähnte ihm der Eingang wie ein zahnloser Schlund entgegen. Und dann durchfuhr ihn ein leiser Schauder, denn er sah, daß dieser Mund einen Zahn hatte, ein Stück geisterhaftes Weiß, das vom Boden in die Höhe ragte. Fafhrd bückte sich zu dem Objekt hinab.

»Ich möchte wissen, wessen Schädel das ist«, sagte er.

Der Mausling betrachtete das Ding und die durcheinanderliegenden Knochen und Knochenstücke daneben. Seine Unruhe steigerte sich schnell, und er hatte das unangenehme Gefühl, daß bald irgend etwas geschehen würde. Wie mochte die Antwort auf Fafhrds Frage lauten? Welcher Tod war diesem früheren Eindringling widerfahren? Es war sehr dunkel im Schatzhaus. War in dem Manuskript nicht von einem Wächter die Rede gewesen? Schwerlich ließ sich ein Wächter aus Fleisch und Blut vorstellen, der dreihundert Jahre überdauern konnte, doch andererseits gab es Wesen und Dinge, die unsterblich oder zumindest annähernd unsterblich waren.

Es war zu erkennen, daß Fafhrd nicht im geringsten mit Vorahnungen belastet war und sicherlich nichts dabei fand, die Suche nach dem Schatz sofort zu beginnen. Das mußte um jeden Preis verhindert werden. Da fiel ihm ein, daß der Nordling etwas gegen Schlangen hatte.

»Dieses kalte feuchte Gemäuer«, bemerkte er beiläufig, »gerade richtig für schuppige Kaltblütlerschlangen.«

»Aber nein«, erwiderte Fafhrd ärgerlich. »Ich möchte wetten, da drinnen gibt es keine einzige Schlange. In Urgaans Spruch war von ›kein tödlich Tier dort auf Beute träumt‹ die Rede und außerdem noch von ›auch gibt's keine Schlange mit tödlichem Zahn‹.«

»Ich spreche nicht von Schlangen, die Urgaan vielleicht als Wächter zurückgelassen hat«, erklärte der Mausling, »sondern von Reptilien, die sich hier ein Nachtquartier gesucht haben. Ebensowenig wie der Schädel hier von Urgaan hergesetzt wurde als ›Schädel, dessen Auge dich tödlich schaut an‹, sondern nur der Gehirnkasten eines unglücklichen Abenteurers ist, der hier sein Leben aushauchte.«

»Ich weiß nicht«, sagte Fafhrd und betrachtete in aller Ruhe den Schädel. »Vielleicht schimmern die Augenhöhlen phosphoreszierend, wenn es richtig dunkel ist.«

Gleich darauf stimmte er dem Mausling jedoch zu, daß es sicher gut sei, die Suche bis zum nächsten Tag zu verschieben, nachdem sie das Schatzhaus ausfindig gemacht hatten. Vorsichtig setzte er den Schädel wieder ab.

Als sie das Bauernhaus erreichten, war es noch gar nicht so dunkel, wie sie angenommen hatten. Sie sahen nach ihren Pferden, stellten fest, daß die Tiere gut versorgt waren, und machten sich dann über das schmackhafte Gemisch aus Bohnen, Haferflocken und Kräutern her, das die Bauersfrau in kleinen Eichenschalen austeilte. Frische Milch zum Herunterspülen kam in hübsch geschnitzten Holzkelchen auf den Tisch. Das Mahl war sehr sättigend, und das Innere des Hauses bot einen netten und sauberen Anblick – trotz des festgetretenen Erdbodens und der niedrigen Dachstreben, vor denen sich Fafhrd in acht nehmen mußte.

Wie es sich herausstellte, zählte die Familie insgesamt sechs Seelen. Da waren der Vater, seine gleichermaßen dünne und zähe Frau, der ältere Sohn, ein kleiner Junge, eine Tochter und der vor sich hin murmelnde Großvater, den sein hohes Alter an einen Stuhl vor dem Kaminfeuer fesselte. Die beiden letzten waren auch die interessantesten des Kreises. Das Mädchen war im Alter des Erwachsenwerdens; die Bewegungen ihrer schlanken Beine und dünnen Arme mit den hervorstechenden Ellenbogen hatten noch etwas Füllenhaftes. Sie war sehr scheu und machte den Eindruck, als wollte sie jeden Augenblick zur Tür hinausstürzen und sich im Wald verkriechen.

Um sie zu erheitern und ihr Vertrauen zu gewinnen, begann der Mausling kleine Taschenspielertricks vorzuführen. Er zog Kupfermünzen aus den Ohren des erstaunten Bauern und Knochennadeln aus der Nase seiner kichernden Frau. Er verwandelte Bohnen in Knöpfe und zurück, schluckte eine große Gabel, ließ eine winzige Holzfigur auf seiner Handfläche tanzen und verwirrte die Katze, indem er ihr etwas aus der Nase zog, das eine Maus zu sein schien.

Die alten Leute sperrten Mund und Nase auf und grinsten. Der kleine Junge wurde ganz zappelig vor Aufregung. Seine Schwester verfolgte alles mit konzentriertem Interesse und lächelte sogar zutraulich, als der Mausling ihr ein Stück viereckiges grünes Leinen überreichte, das er offenbar aus der Luft gegriffen hatte. Zum Sprechen konnte sie sich jedoch noch nicht entschließen.

Dann begann Fafhrd Seemannslieder zu singen, die das Dach erzittern ließen, und grölte einige lustige Weisen, die dem alten Großvater ein entzücktes Gurgeln entlockten. In der Zwischenzeit holte der Mausling eine kleine Weinhaut aus seinen Satteltaschen, versteckte sie unter dem Mantel und füllte unbemerkt die Eichenkelche. In der Folge gerieten die Bauersleute, die solch starkes Gebräu nicht gewohnt waren, ziemlich durcheinander, und als Fafhrd mit einer besonders blutrünstigen Geschichte aus dem kalten Norden fertig war, nickten alle bis auf das Mädchen und den Großvater ein.

Dieser sah die fröhlichen Abenteurer von unten herauf an, und in seinen wäßrigen Augen stand eine Art verschmitzter, seniler Freude. Er murmelte: »Ihr beide seid klug. Vielleicht Tierschwindler.« Doch ehe er diese Bemerkung näher erläutern konnte, wurden seine Augen wieder ausdruckslos, und einige Minuten später schnarchte er bereits.

Wenig später waren die anderen seinem Beispiel gefolgt.

Fafhrd und der Mausling behielten ihre Waffen in Griffweite, doch nur das Schnarchen und Knacken des erlöschenden Feuers durchbrachen die Stille im Haus.

Der Tag der Katze dämmerte klar und kühl herauf. Der Mausling reckte sich wohlig, ließ seine Muskeln spielen und sog die süße, feuchte Luft in vollen Zügen ein. Ihm war ausgesprochen frisch und frei zumute, und er konnte den Tag gar nicht früh genug beginnen. Denn war das heute nicht sein Tag, der Tag des Grauen Mauslings, ein Tag, der ihm einfach kein Unglück bringen konnte?

Seine Bewegungen weckten Fafhrd, und gemeinsam stahlen sie sich aus dem Haus, um die schlafenden Bauersleute nicht zu wecken. Sie erfrischten sich im nassen Gras und sahen nach den Pferden. Dann kauten sie etwas Brot, spülten es mit kühlem Brunnenwasser, vermischt mit etwas Wein, hinunter und bereiteten ihren Abmarsch vor.

Diesmal verwendeten sie mehr Sorgfalt auf ihre Ausrüstung. Der Mausling nahm einen Holzhammer und eine kräftige Brechstange mit, für den Fall, daß sie sich an eine Mauer heranmachen mußten, und achtete auch darauf, daß sein Beutel einige Kerzen, Feuerstein, Keile, Meißel und verschiedene andere kleine Werkzeuge enthielt. Fafhrd borgte sich von den Bauern eine Hacke aus und stopfte sich eine Rolle dünnes Seil in den Gürtel. Er vergaß auch seinen Bogen und Köcher nicht.

Zu dieser frühen Stunde war es im Wald sehr angenehm. Vögel sangen, und von oben klang lautes Schimpfen herab, und einmal entdeckten sie ein schwarzes Tier, das wie ein Eichhörnchen über einen Ast huschte. Ein paar Schimpansen hockten unter einem Busch, an dem rote Beeren schimmerten. Was gestern abend noch Schatten gewesen war, bot sich jetzt als vielfältige grüne Blätterpracht dar. Die beiden Abenteurer schritten leise aus.

Sie waren eben einen Pfeilschuß weit in den Wald eingedrungen, als sie ein leises Rascheln hinter sich vernahmen. Das Geräusch kam schnell näher, und plötzlich tauchte das Bauernmädchen auf. Atemlos verharrte es, eine Hand an einen Baumstamm gelegt. Es schien bereit, bei der geringsten hastigen Bewegung wieder die Flucht zu ergreifen.

Fafhrd und der Graue Mausling blieben stockstill stehen, als sei sie ein Reh oder eine Dryade. Schließlich überwand sie ihre Scheu und öffnete den Mund.

»Sie gehen dorthin?« fragte sie und deutete mit hastigem Nicken auf das Schatzhaus.

»Ja, wir gehen dorthin«, erwiderte Fafhrd lächelnd.

»Nicht.« Dieses Wort war von Kopfschütteln begleitet.

»Aber warum denn nicht, Mädchen?« Fafhrds Stimme war leise und tief. Sie schien etwas in dem Mädchen auszulösen. Sie atmete tief ein und legte los.

»Weil ich vom Waldrand beobachte, doch nie herangehe. Niemals, niemals. Ich sage mir, da gibt es einen Zauberkreis, den ich nicht überschreiten darf. Und ich sage mir, da ist ein Riese im Haus. Ein seltsamer und schrecklicher Riese.« Die Worte sprudelten heraus wie ein plötzlich entfesselter Strom. »Ganz grau ist er, wie die Steine des Gebäudes. Ganz grau – Augen und Haare und auch Fingernägel. Und er hat einen Steinknüppel so groß wie ein Baum. Und er ist groß, größer als Sie, zweimal so groß.« Bei diesen Worten deutete sie auf Fafhrd. »Und mit dem Knüppel tötet er. Doch nur, wenn Sie nahe herangehen. Fast jeden Tag spiele ich mit ihm. Ich tue so, als will ich den Zauberkreis betreten. Und er beobachtet mich aus der Tür dort, wo ich ihn nicht sehen kann, und er glaubt, ich gehe rüber. Aber ich tanze durch den Wald um das ganze Haus herum, und er folgt mir und starrt durch die kleinen Fenster. Und ich komme immer näher an den Kreis heran, immer näher und näher. Aber ich betrete ihn nie. Und er ist sehr böse und knirscht mit den Zähnen – wie Felsen, die über Felsen knirschen, so daß das ganze Haus zittert. Und ich laufe, laufe davon. Aber Sie dürfen nicht hineingehen. O nein!«

Sie unterbrach sich, wie von ihrem eigenen Mut erschreckt. Ihre Augen waren ängstlich auf Fafhrd gerichtet. Sie schien sich zu ihm hingezogen zu fühlen. Der Nordling antwortete völlig ernsthaft.

»Aber du hast den Riesen niemals wirklich gesehen – oder?«

»O nein. Dazu ist er zu schlau. Aber ich sage mir, daß er bestimmt da drin ist. Und das ist doch das gleiche, nicht?

Großvater weiß über ihn Bescheid. Als ich noch klein war, sprachen wir manchmal darüber. Großvater nennt ihn das Ungeheuer. Aber die anderen lachen mich aus, darum sage ich nichts.«

Ein erstaunliches Paradox, dachte der Mausling und grinste innerlich. Phantasie war eine so seltene Gabe hier auf dem Lande, daß das Mädchen alles für bare Münze nahm.

»Mach dir um uns keine Sorgen, Mädchen. Wir nehmen uns vor deinem grauen Riesen in acht«, sagte er, doch hatte er seine Stimme anscheinend weniger in der Gewalt als Fafhrd, oder sie paßte nicht so gut in die Waldumgebung.

Jedenfalls rang sich das Mädchen noch eine Warnung ab: »Gehen Sie nicht hinein, o bitte!« Und sie wandte sich zur Flucht.

Die beiden Abenteurer sahen sich an und lächelten. Irgendwie trug das überraschende kleine Mädchen mit seinem gar nicht ungewöhnlichen Bösewicht und der charmant-naiven kleinen Erzählerin zu ihrer morgendlichen Hochstimmung bei. Ohne etwas zu sagen, setzten sie vorsichtig ihren Weg fort. Und es war nur gut, daß sie leise gingen, denn kaum hatten sie sich der Lichtung auf einen Steinwurf genähert, als sie auch schon Stimmen hörten, die leise miteinander stritten.

Sofort versteckten sie Hacke, Brecheisen und Holzhammer in einem Gebüsch und stahlen sich leise weiter, wobei sie die natürliche Deckung ausnutzten und sorgfältig auf den Boden achteten.

Am Rande der Lichtung stand ein halbes Dutzend stämmiger Männer, ausgerüstet mit schwarzen Kettenhemden, Bogen und Kurzschwertern. Auf den ersten Blick waren sie als die Räuber zu erkennen, die gestern abend im Hinterhalt gelegen hatten. In diesem Augenblick setzten sich zwei in Richtung Schatzhaus in Bewegung, wurden jedoch von einem Kumpan zurückgerufen. Woraufhin die Diskussion offenbar von neuem begann.

»Der Rothaarige dort«, flüsterte der Mausling nach einem Blick. »Ich möchte schwören, ich habe ihn schon in den Ställen von Lord Rannarsh gesehen. Ich hatte recht. Wir haben anscheinend einen Rivalen.«

»Warum warten sie und zeigen immer wieder auf das Haus?« flüsterte Fafhrd. »Sind vielleicht schon ein paar Leute drinnen am Werk?«

Der Mausling schüttelte den Kopf. »Das kann nicht sein. Siehst du die Spitzhacken und Schaufeln und Eisenstangen dort am Boden? Nein, sie warten auf einen Anführer. Einige wollen aber das Haus schon vor seiner Ankunft untersuchen. Andere sind dagegen. Und ich möchte meinen Kopf gegen eine Bowlingkugel verwetten, daß dieser Anführer Rannarsh persönlich ist. Er ist viel zu habgierig und mißtrauisch, um diese Schatzsuche irgendwelchen Gefolgsleuten zu überlassen.«

»Was läßt sich tun?« murmelte Fafhrd. »Wir kommen nicht ungesehen in das Haus hinein, selbst wenn das ratsam wäre, was es aber nicht ist. Wir wären sofort drin gefangen.«

»Ich hätte nicht übel Lust, auf der Stelle meine Schleuder in Aktion treten zu lassen und den Burschen beizubringen, wie man einen Hinterhalt legt«, erwiderte der Mausling und kniff grimmig die Augen zusammen. »Nur würden dann die Überlebenden ins Haus fliehen und Widerstand leisten, bis Rannarsh kommt und womöglich noch mehr Männer mitbringt.«

»Wir könnten uns im Wald halb um die Lichtung schleichen«, sagte Fafhrd nach kurzer Pause. »Dann könnten wir ungesehen die Lichtung betreten und uns hinter einem der kleinen Türme verstecken. Auf diese Weise haben wir den Eingang unter Kontrolle und können verhindern, daß die anderen innen Deckung finden. Anschließend rufe ich ihnen etwas zu und versuche sie zu verscheuchen, während du untergetaucht bleibst und meine Drohungen unterstützt, indem du Lärm für zehn machst.«

Dies schien beiden der beste Plan zu sein, und den ersten Teil setzten sie auch mühelos in die Tat um. Der Mausling duckte sich hinter den kleinen Turm und legte sein Schwert, seine Schleuder und Dolche und ein paar Holzstücke zum Lärmmachen oder Kampf bereit. Schließlich trat Fafhrd mit entschlossenem Schritt aus der Deckung, den Bogen nachlässig erhoben, einen Pfeil auf die Sehne gelegt. Dies alles geschah so beiläufig, daß Rannarshs Männer ihn nicht sofort bemerkten. Dann aber griffen sie mit hastigen Bewegungen nach ihren Bögen und zuckten ebenso schnell wieder zurück, als sie bemerkten, daß der Neuankömmling im Vorteil war. Ärgerlich und verständnislos starrten sie ihn an.

»Ho, ihr Lümmel!« begann Fafhrd. »Wir lassen euch ausreichend Zeit zu verschwinden, aber beeilt euch! Und laßt euch ja nicht einfallen, Widerstand zu leisten oder euch zurückzuschleichen. Meine Männer sind überall im Wald verstreut. Beim ersten Zeichen decken sie euch mit Pfeilen ein.«

Nun hatte auch der Mausling mit seiner Geräuschkulisse begonnen, die er langsam und kunstvoll von leisem Beginn zu größerer Lautstärke steigerte. In schneller Folge wechselte er Intonation und Lautstärke seiner Stimme und ließ sie zuerst von den verschiedenen Gebäudeteilen und schließlich vom Waldrand zurückwerfen. Er erweckte damit den Eindruck, als läge hier ein ganzer Trupp blutrünstiger Bogenschützen im Hinterhalt. Wilde Rufe wie »Sollen wir angreifen?«, »Du nimmst den Rotschopf!« und »Auf den Bauch mußt du zielen, das ist am sichersten!« klangen immer wieder hier und dort auf, bis sich Fafhrd beim Anblick der verwirrten Blicke, mit denen sich die sechs Burschen auf der Lichtung umsahen, kaum noch das Lachen verkneifen konnte. Doch seine Belustigung erfuhr ein schnelles Ende, als plötzlich, da die Banditen eben zurückweichen wollten, aus dem Wald kommend, ein Pfeil eine Speerlänge über seinen Kopf dahinzischte.

»Verdammter Ast!« fluchte eine tiefe, gutturale Stimme, die der Mausling sofort als Lord Rannarshs Organ erkannte. Gleich darauf begann sie Befehle auszustoßen.

»Auf sie, ihr Narren! Das alles ist ein Trick. Es sind nur zwei. Überrennt sie!«

Fafhrd wirbelte ohne Vorwarnung herum und jagte seinen Pfeil in Richtung Stimme los, ohne sie zum Schweigen zu bringen. Dann suchte er wieder hinter der kleinen Kuppel Deckung und rannte mit dem Mausling auf den Wald zu.

Die sechs Banditen, die klugerweise erkannten, daß ein Schwertangriff der reinste Selbstmord wäre, hielten ebenfalls auf die Bäume zu und nahmen dabei ihre Bogen zur Hand. Einer aus der Gruppe wandte sich um, ehe er ausreichend Deckung gefunden hatte, und legte einen Pfeil an. Das war ein Fehler. Eine Kugel aus der Schleuder des Mauslings traf ihn an der Nasenwurzel, und er sank zu Boden und rührte sich nicht mehr.

Das Auftreffen des Geschosses und der Fall des Mannes waren eine Zeitlang die letzten Geräusche, die auf der Lichtung zu hören waren, abgesehen von den Vogelrufen, von denen einige echt waren und andere der Verständigung zwischen Fafhrd und dem Mausling dienten.

Die Regeln des tödlichen Wettstreits schälten sich sehr schnell heraus. Nachdem der Kampf begonnen hatte, wagte sich niemand mehr auf die Lichtung hinaus, da er dort zum gefährdeten Ziel wurde; und der Mausling war sicher, daß von den verbleibenden fünf Gaunern keiner im Innern des Juwelenhauses Schutz gesucht hatte. Auch wagte keine der Seiten, ihre Leute völlig aus Sichtweite des Eingangs abzuziehen, da das dem Gegner die Möglichkeit eröffnet hätte, in der Turmspitze günstig Stellung zu beziehen, vorausgesetzt, der Turm hatte überhaupt eine begehbare Treppe. Es lief also darauf hinaus, daß man sich unweit des Waldrandes um die Lichtung schlich, also langsam im Kreise kroch und dazwischen längere Zeit an günstiger Stelle verharrte und darauf wartete, daß jemand vorbeikam und sich erschießen ließ.

Der Mausling und Fafhrd wandten diese Strategie sofort an, indem sie etwa zwanzig Schritte an die Stelle heranrückten, an der die Banditen im Wald verschwunden waren. Offensichtlich war ihre Geduld ein wenig größer als die ihrer Gegner, denn nach etwa zehnminütiger entnervender Warterei erwischte Fafhrd den rothaarigen Reiter voll in den Hals, als dieser eben zu einem Schuß auf den Mausling ansetzte. Außer Rannarsh waren also noch vier Männer im Spiel. Augenblicklich änderten die beiden Abenteurer ihre Taktik und trennten sich; während der Mausling mit schnellem Schritt das Schatzhaus umkreiste, zog sich Fafhrd so weit wie möglich von der Lichtung zurück.

Rannarshs Männer schienen sich auf den gleichen Plan geeinigt zu haben, denn der Mausling stieß fast sofort auf einen narbengesichtigen Burschen, der leise durch den Wald schlich. In so geringer Entfernung waren Bogen und Schleuder natürlich nutzlos – auf bewährte Weise eingesetzt. Der

Narbengesichtige versuchte, dem Mausling einen Speer ins Auge zu stoßen. Der Mausling wich zur Seite aus, schwang seine Schleuder wie eine Peitsche und schlug den Mann mit dem Horngriff bewußtlos. Dann zog er sich einige Schritte zurück, dankte dem Tag der Katze, daß sein Gegner allein gewesen war, und stieg in einen Baum, wo er sicherer, wenn auch langsamer voranzukommen hoffte. Er hielt sich in mittlerer Höhe und eilte mit dem Schritt eines Seiltänzers über die Äste, schwang sich jedoch nur von einem Baum zum nächsten, wenn es unbedingt nötig war und er mehr als einen Rückzugsweg offen hatte.

Er hatte auf diese Weise drei Viertel des Rundes der Lichtung hinter sich gebracht, als er einige Bäume weiter Schwerterklirren vernahm. Er erhöhte seine Geschwindigkeit und blickte bald auf einen Kampf hinab. Fafhrd focht mit dem Rücken an einer großen breiten Eiche gegen zwei Günstlinge Rannarshs, die ihn mit ihren kurzen Waffen bedrängten.

Der Nordling wußte, daß seine Lage alles andere als rosig war. In den alten Sagen war oft von Helden die Rede, die es im Schwertkampf mit vier Gegnern gleichzeitig aufnehmen konnten. Doch solche Geschichten waren oft genug erfunden.

Rannarshs Leute waren Veteranen. Sie griffen vorsichtig, doch pausenlos an, hielten ihre Schwerter immer zwischen sich und den Gegner und holten nicht zu wilden Schlägen aus. Der Atem pfiff ihnen durch die Nase, doch sie waren ganz zuversichtlich, wußten sie doch, daß der Nordling keinen großen Ausfall wagen konnte, da das seinen Flankenschutz gefährdete. Sie hatten es sich zum Ziel gesetzt, ihn in die Zange zu nehmen und dann gleichzeitig anzugreifen.

Fafhrd wehrte sich dagegen, indem er schnell die Stellung wechselte und den ihm zunächst stehenden Gegner wild angriff, ehe der andere wieder in Reichweite kommen konnte. Auf diese Weise hielt er sie Seite an Seite, wo er ihre Klingen durch schnelle Finten und Querschläge im Schach halten konnte. Sein Gesicht war schweißbedeckt, und Blut sickerte aus einem Kratzer an seinem linken Oberschenkel. Ein Grinsen entblößte seine weißen Zähne, und von Zeit zu Zeit fluchte er.

Der Mausling erfaßte die Situation mit einem Blick, hangelte sich hastig auf einen niedrigeren Ast, richtete sich auf und zielte mit seinem Dolch auf einen der beiden Fafhrd-Gegner unter sich. Dabei stand er jedoch ganz dicht am dikken Baumstamm, um den jetzt eine hornige harte Hand schnellte, ein kurzes Schwert in den Fingern.

Der dritte Fremde hatte es ebenfalls für klug gehalten, sich in den Bäumen umzusehen. Zum Glück für den Mausling war der andere in dieser Höhe nicht ganz so gut zu Fuß und war daher mit seinem Hieb, obwohl durchaus gut gezielt, etwas zu langsam. Trotzdem konnte der kleine graugekleidete Mann einem Treffer nur ausweichen, indem er sich fallen ließ.

Doch im nächsten Augenblick verblüffte er seinen Gegner mit einem Akrobatentrick. Er ließ sich nicht zu Boden fallen, weil dann der Mann im Baum die ganze Szene beherrscht hätte. Vielmehr packte er den Ast, auf dem er eben noch gestanden hatte, schwang sich mit schnellem Ruck wieder hoch und erlangte sein Gleichgewicht. Mal mit der einen, mal mit der anderen Hand abgestützt, gingen die beiden Männer nun aufeinander los, rammten sich mit Knien und Ellenbogen, wo immer sich eine Chance bot. Beim ersten Angriff waren Dolch und Schwert zu Boden gefallen; die lange Klinge zischte zwischen den unten Kämpfenden hindurch und blieb im Boden stecken, was die beiden Angreifer derart erschreckte, daß Fafhrd fast einen erfolgreichen Ausfall machen konnte.

Der Mausling und sein Gegner schwankten und reckten sich auf dem Ast, vom Stamm fort, taten sich jedoch kaum etwas, da sie genug damit zu tun hatten, im Gleichgewicht zu bleiben. Schließlich glitten sie gleichzeitig ab, hielten sich jedoch mit den Händen am Ast fest. Der keuchende Gauner versuchte einen bösartigen Tritt zu landen. Der Mausling wich aus, indem er sich nach oben rollte und seine Beine anzog. Dann trat er seinerseits zu und traf den Gegner voll in den Brustkasten. Der unglückliche Gefolgsmann Rannarshs stürzte zu Boden, wo ihm zum zweitenmal der Atem ausging.

Im gleichen Augenblick versuchte einer von Fafhrds Gegnern einen Trick, der fast geklappt hätte. Während sein Freund den Nordling bedrängte, griff er hastig nach dem Kurzschwert, das vor ihm im Boden steckte, und wollte es wie einen Speer werfen. Doch Fafhrd, dessen Ausdauer sich langsam vorteilhaft auswirkte, erahnte die Absicht des anderen und entfesselte eine brillante Gegenattacke. Er kam mit zwei blitzschnellen Stößen zum Ziel – der erste eine Finte auf den Bauch, der andere ein Hieb, der dem Mann den Hals durchtrennte. Aus der gleichen Bewegung heraus wirbelte er herum und hieb mit schneller Bewegung dem anderen Gegner beide Waffen aus den Händen. Der Mann blickte verwundert auf, brach in die Knie und atmete keuchend. Mit letzter Kraft flehte er um Gnade.

Mitten in dieser Situation sprang der Mausling – wie aus dem Himmel gefallen. Instinktiv wollte Fafhrd sein Schwert heben und zu einem gewaltigen Rückhandschlag ausholen. Dann starrte er den Mausling an – etwa so lange, wie der am Boden sitzende Mann für drei keuchende Atemzüge brauchte. Schließlich begann er zu lachen, zuerst unkontrolliert, dann laut und dröhnend. Es war ein Lachen, in dem der Wahnsinn des Kampfes, die sich entladende Erregung und die Überlebensfreude gleichermaßen zum Ausdruck kamen.

»Oh, bei Glaggerk und Kos!« dröhnte er. »Beim Behemoth! Oh, bei der Eis-Öde und den Gedärmen des Roten Gottes. Oh! Oh!« Wieder brach das verrückte Lachen aus ihm heraus. »Oh, beim Killerwal und der Kalten Frau und ihrer Brut!« Nach und nach verging das Lachen. Er rieb sich mit der Handfläche über die Stirn, und sein Gesicht wurde ernst. Er kniete neben dem Mann nieder, den er getötet hatte, richtete ihm Arme und Beine, schloß ihm die Augen und begann auf eine Art zu weinen, die bei jedem Nicht-Barbar lächerlich und heuchlerisch gewirkt hätte.

Die Reaktion des Mauslings war nicht annähernd so tiefgreifend. Er war beunruhigt und fühlte sich nicht ganz wohl; außerdem empfand er die Ironie der Situation. Er verstand natürlich Fafhrds Gefühle und wußte, daß seine eigene Reaktion später noch kommen würde – eine Reaktion, die dann ihn betäubte.

Wachsam blickte er sich um; er befürchtete einen überraschenden neuen Angriff, auf den sein Begleiter nur hilflos reagieren konnte. Er zählte die Gegner. Ja, die sechs Kämpfer waren da. Doch Rannarsh persönlich – wo war Rannarsh? Er tastete nach seinem Beutel und vergewisserte sich, daß seine Glückstalismane und Amulette noch vorhanden waren. Schnell murmelte er Gebete und Beschwörungen. Trotzdem ließ seine Aufmerksamkeit keinen Augenblick nach; er hielt seine Schleuder bereit, und sein Blick huschte ständig umher.

In einem dichten Gebüsch war ein schmerzerfülltes Keuchen zu hören. Der Mann, den er aus dem Baum geworfen hatte, kam wieder zu sich. Der Kämpfer, den Fafhrd entwaffnet hatte und dessen Gesicht mehr vor Erschöpfung denn Furcht aschfahl war, rutschte langsam auf das Unterholz zu. Der Mausling beobachtete ihn gleichgültig; mit einem kleinen Lächeln bemerkte er, daß dem Mann der Eisenhelm nach vorn gerutscht war und ihm nun auf der Nasenwurzel ruhte. Inzwischen waren die Atemzüge des Mannes im Gebüsch ruhiger geworden. Fast gleichzeitig kamen die beiden auf die Beine und stolperten durch den Wald davon.

Der Mausling lauschte dem Knacken und Stampfen nach. Er war sicher, daß von diesen beiden nichts mehr zu befürchten war. *Die* kamen bestimmt nicht zurück. Und dann mußte er wieder lächeln, denn er hörte, wie sich eine dritte Person der Flucht anschloß. Das mußte Rannarsh sein, überlegte der Mausling, ein feiger Mann, der sich nicht allein zu behaupten wußte. Der Gedanke, daß es sich bei dem dritten Flüchtling um den Mann handeln mochte, den er mit dem Griff seiner Schleuder betäubt hatte, kam ihm nicht.

Um überhaupt etwas zu tun, folgte er den Fliehenden gemächlich einige Pfeilschußweiten in den Wald. Ihre Spur war unmöglich zu verfehlen: niedergetrampelte Büsche und Dornen, an denen Stoffetzen hingen. Die Spur führte in gerader Linie von der Lichtung fort. Befriedigt kehrte er um und machte einen kleinen Umweg, um den Holzhammer, die Spitzhacke und das Stemmeisen aus dem Versteck zu holen.

Fafhrd war damit beschäftigt, sich eine Binde um die Schenkelwunde zu binden. Der Nordling hatte seine Gefühle und sich selbst wieder in der Gewalt. Der Tote, um den er getrauert hatte, bedeutete ihm jetzt nichts mehr – war allenfalls

Nahrung für die Käfer und Vögel. Für den Mausling dagegen war er noch immer ein furchterregendes, unschönes Objekt.

»Und jetzt setzen wir unsere Pläne fort?« fragte der Mausling.

Fafhrd nickte nur und stand auf. Zusammen betraten sie die felsige Lichtung. Leicht überrascht stellten sie fest, daß eigentlich sehr wenig Zeit vergangen war. Gewiß, die Sonne stand etwas höher am Himmel, doch es herrschte noch immer Morgenstimmung. Der Tau war noch nicht getrocknet. Das Schatzhaus Urgaans von Angarngi erhob sich vor ihnen – massiv und grotesk eindrucksvoll.

»Das Bauernmädchen hat tatsächlich richtig prophezeit – ohne es natürlich zu wissen«, sagte der Mausling lächelnd. »Wir haben ihr kleines Spielchen gespielt – ›Um-die-Lichtung-und-Achtung-vor-der-Zaubergrenze‹!«

Das Schatzhaus flößte ihm heute keine Angst ein. Er dachte an die Unruhe, die ihn am Vorabend befallen hatte, doch vermochte er sie nicht mehr zu verstehen. Der bloße Gedanke an einen Wächter kam ihm lächerlich vor. Für das Skelett im Eingang gab es bestimmt natürliche Erklärungen.

Diesmal war es also der Mausling, der als erster das Schatzhaus betrat. Das Innere des Gebäudes, so leer und schmucklos wie die Außenmauern, war eine Enttäuschung. Ein einziger großer niedriger Raum. Zu beiden Seiten führten gedrungene Türöffnungen in die kleineren Kuppeln, während im Hintergrund ein langer Flur zu sehen war und eine Treppe, die offenbar in den oberen Teil der Hauptkuppel führte.

Der Mausling streifte den Schädel und das zerbrochene Skelett mit kurzem Blick und hielt sofort auf die Treppe zu.

»Unser Dokument«, sagte er zu Fafhrd, der sich jetzt neben ihn geschoben hatte, »beschreibt den Lagerort des Schatzes – unmittelbar unter dem Schlußstein der Hauptkuppel. Wir müssen also im Raum oder in den Räumen oben suchen.«

»Stimmt«, erwiderte der Nordling und sah sich um. »Aber ich möchte zu gern wissen, Mausling, welchen Zweck das Gebäude einmal gehabt hat. Ein Mann baut ein Haus einzig und allein zu dem Zweck, einen Schatz darin aufzubewahren – und schreit dann in die Welt hinaus, daß er diesen

Schatz besitzt. Meinst du, das Haus war einmal ein Tempel?«

Der Mausling stieß plötzlich einen Zischlaut aus und fuhr zurück. Ein Stück weiter oben auf der Treppe lag hingebreitet ein zweites Skelett, das im wesentlichen noch zusammenhielt. Die Schädeldecke war zu kleinen Knochensplittern zerschmettert, die hellweiß schimmerten.

»Die Hausherren hier sind ganz schön alt und unanständig nackt«, zischte der Mausling, der sich über sein Erschrecken ärgerte. Er hastete die Stufen hoch und untersuchte den grausigen Fund. Seine scharfen Augen machten verschiedene Gegenstände zwischen den Knochen aus. Da waren ein rostiger Dolch, ein fleckiger Goldring, der einen Fingerknöchel umschloß, eine Handvoll Hornknöpfe und ein schmaler, grünspaniger Kupferzylinder.

Dieser Zylinder erweckte des Mauslings Interesse. Er nahm ihn auf und brachte dabei einige Handknochen durcheinander. Mit der Dolchspitze entfernte er den Deckel der Rolle und schüttelte ein fest zusammengerolltes altes Pergamentblatt heraus. Vorsichtig rollte er es auf. Im Licht eines kleinen Fensters auf dem Treppenabsatz entzifferten Fafhrd und er eine winzige rote Schrift:

Ich habe einen versteckten Schatz. Orichalchum besitze ich und Kristalle und blutroten Bernstein. Rubine und Smaragde, um die selbst Dämonen streiten würden, und einen Diamanten, der die Größe eines Menschenschädels hat. Und doch hat niemand diesen Schatz zu Gesicht bekommen – niemand außer mir. Ich, Urgaan von Angarngi, habe nichts übrig für die Schmeichelei und den Neid der Narren. Ein einsames Schatzhaus habe ich für meine Juwelen gebaut. Dort, versteckt unter dem Schlußstein, mögen sie ungestört träumen, bis Erde und Himmel vergehen. Ein Tagesritt jenseits des Dorfes Soreev, im Tal der zwei doppelten Hügel liegt dieses Haus, überdacht mit drei Kuppeln und einem Turm. Es ist leer. Jeder Narr kann es betreten. Lasset ihn. Es ist mir gleich.

»Die Einzelheiten sind etwas anders«, murmelte der Mausling, »doch sonst hören sich die Sätze fast so an wie in unserer Urkunde.«

»Der Mann muß verrückt gewesen sein«, stellte Fafhrd stirnrunzelnd fest. »Warum sollte er sonst einen Schatz sorgsam verstecken und dann mit gleicher Sorgfalt verbreiten, wie er zu finden ist?«

»Wir hielten unser Dokument für eine Notiz oder ein Versehen«, sagte der Mausling nachdenklich. »Doch bei *zwei* Urkunden läßt sich das kaum noch vermuten.« Gedankenverloren wandte er sich dem letzten Stück der Treppe zu, nur um sich erneut einem grinsenden Schädel gegenüberzusehen, der in einem schattigen Winkel ruhte. Diesmal erschrak er nicht, doch kam er sich wie eine Fliege vor, die – im Netz einer Spinne gefangen – die leeren Hüllen von einem Dutzend Artgenossen herumbaumeln sieht. Hastig begann er zu sprechen.

»Auch würden sich *drei* oder *vier* oder womöglich ein *Dutzend* Schriftstücke nicht erklären lassen. Denn wie kamen diese anderen Leute hierher, wenn nicht auch durch eine schriftliche Botschaft! Urgaan von Angarngi mag ja verrückt gewesen sein – doch er hat mit voller Absicht Männer hierhergelockt. Eines ist sicher: Dieses Haus enthält – oder enthielt – eine tödliche Falle. Einen Wärter. Vielleicht irgendein Riesentier. Oder womöglich scheiden die Steine ein Gift aus. Vielleicht werden durch verborgene Federn Schwerterklingen ausgelöst, die durch irgendwelche Mauerritzen hervortreten und sich dann wieder zurückziehen.«

»Das kann nicht sein«, erwiderte Fafhrd. »Die Männer hier starben durch gewaltige Hiebe. Rippen und Rückgrat des ersten Skeletts waren zersplittert, dem zweiten wurde der Schädel eingeschlagen. Und der dritte dort – siehst du? Dem ist der Unterleib zertrümmert.«

Der Mausling setzte zu einer Antwort an. Dann begann er unvermutet zu lächeln. Er merkte, worauf Fafhrds Worte unbewußt hinausliefen – und er wußte, daß diese Schlußfolgerung lächerlich war. Was tötete mit großen wilden Hieben? Niemand anders als der graue Riese, von dem ihnen das Bauernmädchen erzählt hatte! Der graue Riese von doppelter Mannesgröße, ein Riese mit einer Steinkeule – ein Riese, wie er in Märchen und Träume paßte.

Und Fafhrd erwiderte das Lächeln. Sie machten einfach zuviel Aufhebens von ihren Funden, überlegte er. Die Skelette mochten zwar eine Bedeutung haben, doch waren diese Männer nicht schon vor vielen Jahren oder gar vor Jahrhunderten gestorben? Welcher Wächter konnte drei Jahrhunderte überdauern? Diese Zeit war lang genug, um selbst die Geduld eines Dämons zu erschöpfen! Und so etwas wie Dämonen gab es zudem gar nicht. Und überhaupt hatte es keinen Sinn, sich mit alten Schrecken herumzuschlagen, die ohnehin schon zu Staub geworden waren. Das ganze Problem, überlegte Fafhrd, ließ sich auf eine einfache Feststellung reduzieren. Sie hatten ein verlassenes Haus betreten, um festzustellen, ob es dort einen Schatz gab.

In diesem Punkt einig, stiegen die beiden Weggefährten das letzte Stück die Treppe hinauf, das in die dunkleren Regionen des Hauses von Angarngi führte. Trotz ihrer Zuversicht blieben sie vorsichtig und behielten die Schatten links und rechts sorgsam im Auge.

Und das war nur klug.

Als sie eben die letzte Stufe erreichten, blitzte im Dunkeln eine stählerne Spitze auf. Die Klinge traf den Mausling, der zur Seite auswich, an der Schulter. Mit metallischem Klirren fiel sie zu Boden. Der Mausling, von Wut und Angst ergriffen, duckte sich und stürzte durch die Tür, aus der die Waffe gekommen war – der Gefahr, wie sie auch aussehen mochte, direkt entgegen.

»Im Dunkeln mit Dolchen werfen, du schleimiger Wurm!« war gleich darauf seine Stimme zu hören, und im nächsten Augenblick war auch Fafhrd durch die Tür.

Lord Rannarsh lehnte verschreckt an der Wand; sein besticktes Jagdgewand war schmutzig und zerknittert, das schwarze Haar war ihm aus der Stirn gefallen, sein Gesicht eine bleiche Maske des Hasses und Entsetzens. Und dieses Entsetzen schien ihn mit jedem Augenblick mehr gefangenzunehmen – ein Entsetzen, das sich seltsamerweise nicht auf die Männer richtete, die er angegriffen hatte, sondern auf etwas anderes, etwas Unsichtbares.

»O Götter!« rief er. »Laßt mich hier hinaus! Der Schatz gehört euch. Laßt mich hier hinaus! Sonst bin ich verdammt! Das Ding hat Katz und Maus mit mir gespielt. Ich ertrag's nicht länger. Ich ertrage es einfach nicht mehr!«

»Ah, da singen wir also plötzlich ein ganz anderes Lied!« schnaubte der Mausling. »Erst mit dem Dolch werfen, dann Bibbern und Flehen!«

»Schmutzige, feige Tricks«, schaltete sich Fafhrd ein. »Du hast dich hier in Sicherheit gebracht, während deine Gefolgsleute tapfer gestorben sind.«

»In Sicherheit? Haben Sie ›Sicherheit‹ gesagt? O Götter!« Rannarsh weinte fast. Dann machte sich eine Veränderung auf seinem verkrampften Gesicht bemerkbar. Nicht daß sein Entsetzen nachgelassen hätte – das wurde womöglich noch größer. Doch ihm schien zusätzlich die Erkenntnis seiner Schande zu dämmern, die Erkenntnis, daß er sich in den Augen der beiden Kämpfer erniedrigt hatte. Er entblößte die zusammengebissenen Zähne. Seine linke Hand vollführte eine unterwürfige Bewegung.

»O Gnade, habt Gnade!« rief er mitleiderregend, und seine rechte Hand zerrte einen zweiten Dolch aus dem Gürtel und schleuderte ihn von unten herauf in Fafhrds Richtung.

Der Nordling schlug die Waffe mit schneller Handbewegung zur Seite und sagte langsam: »Er gehört dir, Mausling. Bring ihn um.«

Und jetzt begann das Katz-und-Maus-Spiel. Lord Rannarsh zog ein schimmerndes Schwert aus goldverzierter Scheide und griff mit kräftigen Hieben und Stichen an. Der Mausling gab etwas nach, und seine schlanke Klinge zuckte in defensivem Gegenangriff; ein wenig zögernd und ausweichend, doch tödlich. Er brachte Rannarshs Attacke schnell zum Stillstand. Sein Schwert bewegte sich so schnell, daß es ein stählernes Netz um den Mann zu weben schien. Dann sprang es in schneller Folge dreimal vor. Beim ersten Hieb traf es auf ein verborgenes Kettenhemd und bog sich sichtlich durch. Der zweite Stich jedoch traf den Magen und der dritte den Hals. Lord Rannarsh fiel zu Boden, keuchend und würgend, und seine Finger umschlossen seinen Hals. Dann starb er.

»Ein böses Ende«, sagte Fafhrd düster, »obwohl wir fairer mit ihm umgesprungen sind, als er es verdiente, und obwohl er sein Schwert zu handhaben wußte. Mausling, dieser Tod gefällt mir nicht, auch wenn er sicher berechtigter war als die anderen.«

Der Mausling, der seine Waffe am Schenkel seines Gegners abwischte, wußte, was Fafhrd meinte. Auch ihm brachte der Sieg keine Freude; er erfüllte ihn vielmehr mit kaltem Widerwillen. Eben noch hatte er gewütet und gekämpft, doch jetzt war seine Wut verpufft. Er öffnete seine graue Jacke und untersuchte die Dolchwunde an seiner linken Schulter. Ein wenig Blut sickerte heraus und lief am Arm herab.

»Lord Rannarsh war kein Feigling«, sagte er langsam. »Er hat sich selbst umgebracht – oder wenigstens seinen Tod verursacht, weil wir ihn entnervt gesehen und seinen Angstschrei gehört hatten.«

Und bei diesen Worten, ohne die geringste Vorwarnung, wurden der Graue Mausling und Fafhrd von eisigem Entsetzen befallen. Es war, als hätte ihnen Lord Rannarsh ein Vermächtnis der Angst hinterlassen, das mit seinem Tod nun auf sie überging. Und das Unheimliche war, daß es vorher überhaupt keine Ankündigung dafür gegeben hatte, nicht das geringste Anzeichen von Angst oder düsterer Vorahnung.

Das Entsetzen faßte nicht langsam Fuß und wuchs allmählich an, sondern kam mit einem Schlag – überwältigend, lähmend. Und was noch schlimmer war – es schien überhaupt keinen Grund dafür zu geben. Noch eben hatten sie ganz gleichgültig auf Lord Rannarshs Leiche hinabgeschaut, doch im nächsten Augenblick wurden ihnen die Beine weich, ein kaltes Gefühl fuhr ihnen durch den Magen, ein Prickeln überlief ihr Rückgrat, ihre Zähne begannen zu klappern und ihre Herzen heftig zu schlagen, und ihnen standen die Haare zu Berge.

Fafhrd hatte das Gefühl, in das Maul einer Riesenschlange geraten zu sein. Sein barbarischer Geist wurde völlig aufgewühlt. Er dachte an den bösen Gott Kos, der in der kalten Stille der Eis-Öde schlummerte. Er dachte an die maskierten Mächte ›Geschick‹ und ›Chance‹, die um das Blut und die Seelen der Menschen Spiele veranstalten. Und diese Gedanken beschwor er nicht willentlich herauf. Vielmehr schienen sie sich aus seiner eisigen Angst herauszukristallisieren und wie Schneeflocken in sein Bewußtsein zu fallen.

Langsam gewann er wieder die Kontrolle über seine zitternden Glieder und zuckenden Muskeln. In seinem Alptraum befangen, sah er sich langsam um und nahm die Einzelheiten seiner Umgebung wieder in sich auf. Der Raum, in dem sie sich befanden, war halbkreisförmig; er nahm die Hälfte der großen Kuppel ein. Zwei kleine Fenster, hoch unter der einwärts gekrümmten Decke, spendeten Licht.

Eine innere Stimme wiederholte immer wieder: *Mach keine plötzliche Bewegung. Langsam. Langsam. Vor allem darfst du nicht rennen. Das haben die anderen getan. Deshalb sind sie so schnell gestorben. Langsam. Langsam.*

Er warf einen Blick auf das Gesicht des Mauslings, in dem das gleiche Entsetzen stand. Er fragte sich, wie lange das noch dauern mochte, wie lange er diesem Gefühl noch widerstehen konnte, ohne Amok zu laufen, wie lange er das Gefühl ertragen konnte, daß sich eine große unsichtbare Klaue drängend über ihn schob ...

Leise Schritte klangen im Raum unter ihnen auf. Gleichmäßige, langsame Schritte. Jetzt näherten sie sich dem hinteren Gang. Dann waren sie auf der Treppe. Und schließlich erreichten sie den Treppenabsatz und kamen die letzten Stufen herauf.

Der Mann, der den Raum betrat, war groß und alt und sehr hager. Einige tiefschwarze Haarlocken hingen ihm in die hohe Stirn. Die eingefallenen Wangen ließen die Linie seines Jochbeins deutlich hervortreten, und die wachsbleiche Haut spannte sich über einer kleinen Nase. In den tiefstehenden Augen brannte ein fanatisches Feuer. Er trug die einfache, ärmellose Robe eines Heiligen. Ein Beutel hing an der Schnur, die ihm als Gürtel diente.

Er richtete seinen Blick auf Fafhrd und den Grauen Mausling.

»Ich grüße Euch, Männer des Blutes«, sagte er mit hohler Stimme.

Dann fiel sein Blick mißbilligend auf Rannarshs Körper.

»Und wieder ist Blut vergossen. Das ist nicht gut.«

Mit dem knochigen Zeigefinger seiner linken Hand zeichnete er ein seltsames dreifaches Viereck in die Luft – das heilige Zeichen des Großen Gottes.

»Sprecht nicht«, fuhr seine ruhige, tonlose Stimme fort, »denn ich weiß, weshalb ihr hier seid. Ihr seid gekommen, um den Schatz aus diesem Hause zu entführen. Andere wollten das gleiche und haben es nicht geschafft. Auch ihr werdet es nicht schaffen. Was mich angeht, so lüstet mich nicht nach Schätzen. Vierzig Jahre lang habe ich von Brotkrumen und Wasser gelebt und meine Seele dem Großen Gott geweiht.« Wieder machte er das seltsame Zeichen. »Die Juwelen und Schmuckstücke dieser Welt und die Edelsteine und der Tand der Dämonenwelt können mich nicht in Versuchung führen oder von meinem Ziel abbringen. Ich bin hier, um Böses zu vernichten.

Ich«, – und er berührte sich an der Brust –, »ich bin Arvlan Angarngi, der neunte direkte Nachkomme Urgaans von Angarngi. Schon von Kindheit an habe ich das bedauert, denn Urgaan von Angarngi war ein böser Mann. Doch erst vor fünfzehn Tagen, am Tag der Spinne, las ich in einem alten Dokument, daß Urgaan dieses Haus gebaut hatte – erbaut als ewige Falle für die Unklugen und Abenteuerlustigen dieser Welt. Er hat einen Wächter hier zurückgelassen, und dieser Wächter wacht noch immer.

Schlau war mein verfluchter Ahn Urgaan, schlau und böse. Er war der fähigste Architekt in ganz Lankhmar, ja das war er – ein Mann, der sich mit Steinen und in der Geometrie auskannte. Doch er schmähte den Großen Gott. Er sehnte sich nach Macht, die ihm nicht zustand. So ließ er sich mit Dämonen ein und rang ihnen einen unnatürlichen Schatz ab. Doch er hatte keine Verwendung dafür. Denn bei seiner Jagd nach Reichtum und Macht ging ihm die Fähigkeit verloren, ein normales Gefühl oder Vergnügen zu empfinden. So versteckte er seinen Schatz, doch auf eine Weise, die der Welt endloses Unheil bringen mußte – so wie ihm seiner Meinung nach die Menschen und eine stolze, grausame Frau Böses angetan hatten. Ich habe nun den Willen – und das Recht –, Urgaans unheilvollen Fluch zu brechen.

Laßt mich gewähren, damit Verderbnis euch nicht überkomme. Mich kann kein Schaden treffen, denn der Große Gott hält seine Hand über mich und wehrt jeder Gefahr, die seinen treuen Diener bedroht. Sein Wille ist mein Wille. Sprecht nicht, ihr Männer von Blut! Ich zerstöre den Schatz Urgaans von Angarngi!«

Und mit diesen Worten ging der hagere Heilige weiter, gemessenen Schrittes, wie ein Gespenst, und verschwand durch die schmale Tür, die in den vorderen Teil des großen Kuppelraumes führte.

Fafhrd starrte ihm mit weitgeöffneten Augen nach, ohne ihm folgen oder ihn hindern zu wollen. Seine Furcht war noch so stark wie zuvor, doch sie hatte sich verändert. Noch immer war er sich einer entsetzlichen Gefahr bewußt, doch sie schien sich nicht länger gegen ihn persönlich zu wenden.

Inzwischen war dem Mausling eine seltsame Vorstellung durch den Kopf gegangen. Er hatte das Gefühl, soeben nicht einen ehrwürdigen Heiligen gesehen zu haben, sondern ein Gespenst des seit Jahrhunderten gestorbenen Urgaans von Angarngi. Gewiß hatte Urgaan die gleiche hohe Stirn gehabt, den gleichen verborgenen Stolz, die gleiche befehlsgewohnte Haltung. Und die jugendlich-schwarzen Haarlocken, die so gar nicht zu dem gealterten Gesicht paßten, schienen ebenfalls zu einem Bild zu gehören, das aus der Vergangenheit aufstieg. Ein Bild, das durch die Zeit abgeschwächt und verfälscht war, das jedoch noch etwas von der Macht und Individualität des alten Originals bewahrte.

Sie hörten, wie der alte Mann ein Stück in den anderen Raum hineinging und stehenblieb. Etwa ein Dutzend Herzschläge lang herrschte absolutes Schweigen. Dann begann der Boden leicht unter ihren Füßen zu zittern, als ob die Erde erbebte oder ein Riese langsam näher käme. Schließlich ertönte ein zitternder Schrei aus dem nächsten Raum – ein Schrei, der plötzlich abbrach, gefolgt von einem kurzen ekligen Geräusch, das die beiden Männer zusammenfahren ließ. Und wieder herrschte absolute Stille.

Fafhrd und der Mausling blickten sich in unverhohlenem Staunen an – nicht so sehr wegen des eben Gehörten, sondern weil, fast im Augenblick der Erschütterung, die Angst von ihnen gewichen war. Sie rissen ihre Schwerter heraus und eilten durch die Tür.

Der nächste Raum unterschied sich in nichts vom anderen Teil der Kuppel, außer daß es hier drei Fenster gab, von denen eines nahe dem Boden lag. Auch gab es nur eine Tür – die, durch die sie eben gekommen waren. Der Rest bestand aus dichtgefügtem Mauerwerk – Fußboden, Wände und eingewölbte Decke.

In der Nähe der dicken Mittelwand, die die Kuppel teilte, lag der Heilige. ›Lag‹ war vielleicht nicht das richtige Wort. Seine linke Schulter und die Brust waren gegen den Boden gequetscht. Er lebte nicht mehr. Blutlachen umgaben ihn.

Fafhrd und der Graue Mausling sahen sich hastig nach einem anderen Lebewesen um und fanden nichts – nicht einmal eine Mücke in den Staubschleiern, die in den schmalen Lichtkegeln der Fenster wirbelten. Ihre Phantasie suchte in aller Hast nach einem Wesen, das einen solchen Hieb austeilen und dann durch eine der drei winzigen Fensteröffnungen verschwinden konnte. Vergeblich.

In der Mauer unweit des Toten war ein Stein von etwa zwei Fuß Kantenlänge zu sehen, der ein wenig hervorstand. In antiken lankhmarischen Lettern stand darauf: »Hier ruht der Schatz Urgaans von Angarngi.«

Dieser Anblick war wie ein Schlag ins Gesicht. Die beiden Abenteurer sahen sich an. Ihr Fund mobilisierte nun das letzte Quentchen Eigensinn und Entschlossenheit, das bisher noch geschlummert hatte. Was machte es schon, daß ein alter Mann erschlagen neben dem Stein lag? Sie hatten ihre Schwerter! Was machte es, daß die Existenz des gefährlichen Wächters hier im Schatzhaus nun erwiesen war? Sie konnten schon auf sich aufpassen! Sollten sie etwa davonlaufen und den Stein unangetastet lassen – diesen Stein mit seiner provokativen Inschrift? Nein, bei Kos und Behemoth! Da wollten sie eher in Nehwons Hölle einfahren!

Fafhrd rannte los, um die Spitzhacke und die anderen großen Werkzeuge zu holen, die dort, wo Lord Rannarsh seinen ersten Dolch geworfen hatte, hingeworfen lagen. Der Mausling sah sich den hervorspringenden Stein genauer an.

Die Fugen ringsum waren ziemlich breit und mit einer dunklen teerartigen Masse angefüllt. Als er mit dem Schwertknauf darauf klopfte, klang es hohl. Er rechnete aus, daß die Wand an dieser Stelle etwa sechs Fuß dick sein mußte – und somit einem beträchtlichen Hohlraum Platz bot. Versuchsweise klopfte er zu beiden Seiten an der Wand entlang, doch das hohle Geräusch ließ sehr schnell nach. Offensichtlich war die Höhlung nicht sehr breit. Er bemerkte, daß die Fugen zwischen den anderen Steinen sehr dünn waren und keinerlei Bindesubstanz zu enthalten schienen. Er konnte eigentlich nicht sicher sein, daß diese anderen Fugen nicht nur vorgetäuscht waren – bloße Oberflächeneinschnitte in einer gewaltigen Felsmauer. Doch das erschien ihm kaum möglich. Er hörte Fafhrd zurückkommen, setzte seine Untersuchung jedoch fort.

Der Mausling war in einer seltsamen Stimmung. Grimmige Entschlossenheit überschattete alle anderen Gefühle – die Entschlossenheit, den Schatz in seinen Besitz zu bringen. Das unerklärliche Nachlassen seiner Angst hatte bestimmte Teile seines Gehirns betäubt. Es war, als hätte er beschlossen, seine Gedanken im Zaum zu halten, bis er den Inhalt der Schatzhöhle gesehen hatte. Er beschränkte sich darauf, seinen Geist mit Äußerlichkeiten zu beschäftigen und abzuwarten.

Fafhrd ging es nicht anders, nur waren seine Gedanken noch ausschließlich darauf gerichtet, das Geheimnis des Schatzsteins zu ergründen.

Sie gingen die breiten Fugen mit Holzhammer und Meißel an. Die dunkle Teermasse ließ sich ziemlich leicht entfernen, zuerst in harten Brocken, dann in flexiblen herausgemeißelten Streifen. Nachdem sie fingertief gebohrt hatten, fühlte Fafhrd mit der Spitzhacke nach und vermochte den Stein ein Stückchen zu verschieben, was wiederum den Mausling in die Lage versetzte, auf der anderen Seite tiefer zu meißeln. Anschließend setzte Fafhrd seinen Hebel an der entgegengesetzten Kante erneut an. So nahm die Arbeit ihren Fortgang; mal meißelte der Mausling auf der einen, mal auf der anderen Seite.

Sie konzentrierten sich mit unnötiger Intensität auf jeden Handgriff, damit ihre Gedanken nicht bei einem Mann verweilen konnten, der schon über zweihundert Jahre tot war. Bei einem Mann mit hoher Stirn, eingesunkenen Wangen, schädelartiger Nase – vorausgesetzt, der Tote am Boden war ein wirklicher Sproß der Angarngi-Familie. Ein Mann, der irgendwie einen großen Schatz in seinen Besitz gebracht und ihn dann vor allen versteckt hatte, um weder Ruhm noch materiellen Vorteil daraus zu ziehen. Der seinen eigenen Worten zufolge dem Neid der Narren nichts abgewinnen konnte und der dennoch zahlreiche herausfordernde Texte hinterließ – winzige rotgeschriebene Zeilen, die die Narren über seinen Schatz informieren und sie neidisch machen sollten. Ein Mann, der quer durch die Jahrhunderte nach ihnen zu greifen schien – wie eine Spinne, die am anderen Ende der Welt eine Fliege fassen möchte und dazu ihr Netz webt.

Und doch war er ein geschickter Architekt, hatte der Heilige gesagt. Vermochte so ein Mann einen Steinautomaten zu bauen, doppelt so groß wie ein Mensch? Einen grauen Steinautomaten mit einem Riesenknüppel? Hatte er etwa ein Versteck bauen können, aus dem dieses Wesen hervortrat, um sein tödliches Handwerk zu verrichten, und in dem es dann wieder verschwand? Nein, nein, das waren nur kindische Vorstellungen, denen man nicht weiter nachhängen durfte! Die Arbeit war wichtiger.

Zuerst galt es festzustellen, was sich hinter dem beschrifteten Stein befand. Zum Nachdenken war später noch Zeit.

Der Stein reagierte jetzt schon lockerer auf die Bewegungen der Spitzhacke. Bald ließ er sich bestimmt herausziehen.

Inzwischen begann eine völlig neue Empfindung den Mausling heimzusuchen – diesmal kein Entsetzen, sondern ein greifbarer körperlicher Widerwille. Die Luft, die er atmete, kam ihm schwer und unangenehm vor. Er verspürte auch Ekel vor der Teermasse, die er aus den Fugen holte – eine Masse, der plötzlich etwas von Phantasiesubstanzen anhaftete – wie Drachendung oder verhärtete Behemoth-Ausscheidungen. Er versuchte jede Berührung damit zu vermeiden und trat den kleinen Haufen aus Teerstücken und -streifen, der sich um seine Füße angesammelt hatte, zur Seite. Das Gefühl der Abneigung gegen seine Umgebung ließ sich kaum noch ertragen.

Er versuchte dagegen anzugehen, doch hätte er ebensogut seekrank sein können, so wenig ließ sich das Unwohlsein seinem Willen unterordnen. Es hatte überhaupt manche Ähnlichkeit mit der Seekrankheit; ihm war schwindlig zumute, sein Mund füllte sich immer wieder mit Speichel, kalter Schweiß sammelte sich auf seiner Stirn.

Da Fafhrd offenbar überhaupt keine Beschwerden hatte, widerstrebte es ihm, davon zu sprechen; es schien lächerlich unangemessen, zumal er keine Furcht empfand.

Schließlich hatte sogar das Mauerwerk die gleiche unangenehme Wirkung; es erfüllte ihn mit einem scheinbar grundlosen Widerwillen. Schließlich hielt er es nicht länger aus. Er nickte Fafhrd entschuldigend zu, ließ seinen Meißel fallen und trat an das niedrige Fenster, um etwas frische Luft zu schnappen.

Doch das schien nicht sonderlich zu helfen. Er schob den Kopf durch die Öffnung und atmete tief ein. Seine Gedanken waren von der allgemeinen Gleichgültigkeit eines extremen Unwohlseins überschattet, und alles schien ihm weit entfernt.

Als er das Bauernmädchen in der Mitte der Lichtung entdeckte, dauerte es daher eine Weile, ehe ihm die Bedeutung dieser Tatsache bewußt zu werden begann. Als es dann soweit war, fiel die Übelkeit ein wenig von ihm ab – oder zumindest brachte er sie soweit unter Kontrolle, daß er das Mädchen mit zunehmendem Interesse betrachten konnte.

Ihr Gesicht war bleich, sie hatte die Fäuste geballt, ihre Arme hingen steif herab. Selbst auf diese Entfernung entging ihm nicht die Mischung aus Entsetzen und Entschlossenheit, mit der sie den großen Eingang des Hauses anstarrte. Sie zwang sich dazu, auf die Stufen zuzugehen, einen ruckhaften Schritt nach dem anderen, als ob sie mit jeder Bewegung ihren Mut erneut zusammennehmen müßte.

Plötzlich hatte der Mausling Angst – nicht um sich, sondern um das Mädchen. Ihr Entsetzen war ganz offensichtlich; und doch überwand sie sich und trat ihrem fürchterlichen grauen Riesen entgegen, und zwar seinetwegen und Fafhrds wegen! Es mußte auf jeden Fall verhindert werden, überlegte er, daß sie noch näher an das Haus herankam. Es war nicht richtig, daß sie dem entsetzlichen Einfluß noch eine Sekunde länger ausgesetzt war!

Obwohl er durch das fürchterliche Übelkeitsgefühl durcheinander war, wußte er sofort, was er tun mußte. Schwankenden Schrittes eilte er zur Treppe, wobei er Fafhrd zuwinkte. Als er den Raum verließ, wandte er sich zufällig um und entdeckte etwas Seltsames an der Decke, dessen Bedeutung er nicht sofort begriff.

Fafhrd bemerkte die Bewegungen des Mauslings kaum, geschweige denn seine Signale. Der Seitenblock zeigte sich jetzt immer gefügiger. Zwar hatte auch Fafhrd etwas von dem Übelsein verspürt, doch das hatte ihn, vielleicht wegen seiner größeren Entschlossenheit, nicht übermäßig belastet. Und jetzt konzentrierte sich seine Aufmerksamkeit völlig auf den Stein. Das ständige Hebeln hatte den Block eine ganze Handbreit aus der Wand hervortreten lassen. Fafhrd packte ihn nun fest mit kräftigen Händen und ruckte ihn von einer Seite auf die andere, hin und her. Das dunkle zähe Zeug klebte daran fest, doch mit jeder Seitwärtsbewegung kam der Stein ein Stückchen weiter heraus.

Der Mausling stürzte die Stufen hinab und kämpfte gegen ein allesumfassendes Schwindelgefühl an. Seine Füße traten gegen Knochen und schleuderten sie an die Wände. Was hatte er da eben an der Decke gesehen? Irgendwie schien das eine Bedeutung zu haben. Doch zuerst mußte er das Mädchen von der Lichtung schaffen. Sie durfte sich dem Haus nicht noch weiter nähern. Sie durfte es nicht betreten.

Fafhrd begann das Gewicht des Steines zu spüren und wußte, daß er ihn bald frei hatte. Er war sehr schwer – immerhin fast einen Fuß breit. Zwei sorgsam berechnete Bewegungen bildeten den Abschluß. Der Stein neigte sich. Fafhrd fuhr hastig zurück. Gewichtig krachte der Block zu Boden. Ein buntes Glitzern sprang in der Höhle auf, die dahinter sichtbar wurde. Fafhrd steckte den Kopf hinein.

Der Mausling stolperte auf die Tür zu. Einen verwischten Blutfleck hatte er an der Decke gesehen. Und direkt über dem Körper des Heiligen. Aber warum? Er war doch gegen den Boden gedrückt worden, nicht? War das Blut bei dem tödlichen Schlag so hoch gespritzt? Aber warum war es dann verschmiert? Egal. Das Mädchen. Er mußte sich um das Mädchen kümmern.

Da war sie, fast schon in der Tür. Er konnte sie sehen. Er spürte den Steinboden leicht unter seinen Füßen vibrieren. Aber das kam doch nur, weil ihm schwindlig war, oder?

Auch Fafhrd spürte die Vibration. Doch er dachte darüber

nicht weiter nach, denn der phantastische Anblick seines Fundes hielt ihn gefangen. Die Höhle war bis dicht unter das Sims der Steinöffnung mit einer quecksilberähnlichen Flüssigkeit gefüllt, die allerdings nachtschwarz war. Und auf dieser Flüssigkeit ruhte ein Juwelenschatz, wie ihn Fafhrd sich nicht erträumt hatte.

In der Mitte lag ein titanischer Diamant mit Myriaden seltsam geschliffener Facetten. Er war von zwei unregelmäßigen Kreisen umgeben, deren innerer aus zwölf Rubinen – jeweils Dekaeder – und deren äußerer aus siebzehn Smaragden – unregelmäßige Oktaeder – bestand. Zwischen diesen Juwelen, manchmal einzelne Steine berührend oder verbindend, befanden sich dünne, zerbrechlich wirkende Brücken aus Kristallen, Bernstein, grünlichem Turmalin und honiggelbem Orichalchum. All diese Objekte schienen weniger in der metallischen Flüssigkeit zu schwimmen als vielmehr darauf zu ruhen, wobei sie in der Flüssigkeit kleine flache Vertiefungen hervorriefen. Die Kristallstäbe glühten schwach, während jedes einzelne Juwel in einem Licht erglitzerte, das Fafhrd seltsamerweise als gebrochenen Sternenschein empfand.

Sein Blick richtete sich auf die Quecksilberflüssigkeit, wo sie sich zwischen den Steinen auswärts wölbte, und er sah die verzerrten Spiegelungen von Sternen und Konstellationen, die er wiedererkannte – Sterne und Konstellationen, die jetzt am Himmel zu sehen gewesen wären, hätte nicht die Sonne ihre Strahlen ausgeschickt.

Ein ehrfürchtiges Staunen überkam ihn. Er konzentrierte sich wieder auf die Steine. Das komplizierte Arrangement hatte etwas unendlich Bedeutsames, etwas, das in fremdartigem Symbolismus eine überwältigende Wahrheit zu verkünden schien. Darüber hinaus entstand der zwingende Eindruck einer inneren Bewegung, eines trägen Denkens, eines inorganischen Bewußtseins – etwa wie das, was die Augen sehen, wenn sie des Nachts geschlossen werden: nicht absolute Schwärze, sondern ein regsames Durcheinander vielfarbiger Lichtpunkte. In dem Gefühl, daß er unbefugt in das Innere eines denkenden Geistes griff, streckte Fafhrd die Rechte nach dem schädelgroßen Diamanten aus …

Der Mausling stürzte durch die Tür. Es gab keinen Zweifel

mehr. Die dichtgefügten Mauern zitterten. Die blutige Schmierstelle! Als wäre die Decke auf den Heiligen niedergefahren und hätte ihn am Boden zerdrückt, oder als hätte der Boden nach oben ausgeschlagen. Aber da war das Mädchen, die vor Schrecken geweiteten Augen auf ihn gerichtet, den Mund zu einem Schrei geöffnet, der nicht kam. Er mußte sie fortziehen, fort von der Lichtung.

Wieso hatte er plötzlich das Gefühl, daß die schreckliche Gefahr auch ihm drohte? Wieso meinte er, etwas Dräuendes rage hinter ihm auf, wolle ihn vernichten? Als er die Außentreppe herabstolperte, warf er einen Blick über die Schulter nach oben. Der Turm. Der Turm! Er stürzte. Er stürzte auf ihn zu! Er langte über die Kuppel nach ihm! Doch es waren keine Bruchstellen zu sehen. Er zerbrach nicht. Er stürzte gar nicht ein. Er beugte sich herab!

Fafhrds Hand fuhr zurück, das riesige, seltsam geschliffene Juwel umfangen – ein so schwerer Stein, daß er ihn kaum halten konnte. Augenblicklich geriet die Oberfläche der metallischen sternenreflektierenden Flüssigkeit in Bewegung. Sie wogte und erzitterte. Und inzwischen zitterte auch das ganze Haus. Die anderen Juwelen begannen wie Wasserinsekten an der Oberfläche eines Teiches herumzuhuschen. Die verschiedenen metallischen und kristallinen Formationen kreiselten wie verrückt und wurden mit ihren Spitzen mal von diesem, mal von jenem Juwel angezogen, als wären die Edelsteine Magnete und die Kristallstäbe Eisennadeln. Die Oberfläche der Flüssigkeit war ein einziges zuckendes Chaos, das an einen verrücktgewordenen Geist denken ließ.

Einen qualvollen Augenblick lang starrte der Mausling starr vor Verblüffung zu der knüppelähnlichen Turmspitze auf, die sich auf ihn stürzte. Dann duckte er sich, sprang auf das Mädchen zu, riß sie mit, rollte mit ihr über die Lichtung davon. Die Turmspitze traf eine Schwertlänge hinter ihnen auf – ein dumpfer, ohrenbetäubender Aufprall, der sie ein Stückchen in die Luft warf. Dann fuhr der Turm wieder in die Höhe, ein tiefes Loch im Boden hinterlassend.

Fafhrd riß seinen Blick von der unglaublichen Schönheit der juwelenzuckenden Höhle los. Seine rechte Hand brannte. Der Diamant war heiß. Nein, er war vielmehr unglaublich kalt. Bei Kos, der Raum veränderte seine Form! Die Decke wölbte sich an einer Stelle einwärts! Er hastete auf die Tür zu und blieb wie angewurzelt stehen, als sich die Öffnung schloß. Er wandte sich um und stolperte über den zitternden Boden auf das kleine niedrige Fenster zu. Es schloß sich im gleichen Augenblick wie eine Irisblende. Er versuchte, den Diamanten fallen zu lassen, doch der blieb schmerzhaft an seiner Handfläche kleben. Mit einer Schleuderbewegung seines Handgelenks peitschte er ihn von sich. Der Stein prallte zu Boden und begann herumzuspringen und schimmerte dabei wie ein Stern am Himmel.

Der Mausling und das Bauernmädchen rollten auf den Waldrand zu. Der Turm hieb noch zweimal nach ihnen, doch beide Hiebe gingen klafterweit daneben. Dann waren sie außer Reichweite.

Der Mausling lag lang ausgestreckt auf der Seite und beobachtete das Steinhaus, das sich wie ein Ungeheuer zusammenzog und zuckte, und einen Turm, der immer wieder einknickte und grabtiefe Löcher in den Boden schlug. Bei einem Treffer zwischen einigen Felsbrocken brach seine Spitze ab, doch das abgebrochene Turmende setzte sein wildes Auskeilen fort, donnerte in unbeherrschter Wut auf die Felsbrocken ein und zerschlug sie in winzige Stücke.

Der Mausling verspürte den unwiderstehlichen Drang, seinen Dolch zu ziehen und sich die Waffe ins Herz zu stoßen. Man konnte doch nicht weiterleben, wenn man so etwas sah!

Fafhrd verlor die Beherrschung nicht, weil er jede Minute aus einer neuen Richtung angegriffen wurde und weil er sich sagen konnte: »Ich weiß, ich weiß. Das ganze Haus ist ein Ungeheuer, und die Edelsteine sind sein Gehirn. Und nun ist das Gehirn durchgedreht.«

Wände, Decke und Fußboden zitterten und wogten, doch ihre Bewegungen schienen sich nicht ausschließlich gegen ihn zu richten. Von Zeit zu Zeit dröhnte ihm ein lautes Krachen in den Ohren. Er stolperte über felsige Erhebungen und wich steinernen Attacken aus, die nur teilweise ihn zum Ziel hatten und die Geschwindigkeit und Zielgenauigkeit des ersten Turmangriffes auf den Mausling vermissen ließen. Der Körper des Heiligen wurde herumgeworfen.

Nur der große Diamant schien Fafhrds Gegenwart genau zu spüren. Mit furchterregender Intelligenz stürzte er sich immer wieder auf ihn und sprang zuweilen sogar kopfhoch. Unwillkürlich hielt Fafhrd auf die Tür zu, die seine einzige Hoffnung war. Sie schloß und öffnete sich mit krampfartiger Regelmäßigkeit. Er paßte sorgsam den richtigen Augenblick ab, stürzte vor, als sie gerade wieder aufging, und wand sich hindurch.

Der Diamant folgte ihm und prallte gegen seine Beine. Die Leiche Rannarshs wurde ihm in den Weg geworfen. Er sprang darüber hin und glitt und taumelte und stolperte und stürzte die erbebenden Stufen hinab, auf denen die bleichen Knochen tanzten.

Es bestand kein Zweifel – das Ungeheuer starb, und das Haus brach zusammen und begrub ihn gleich unter sich. Der Diamant sprang auf seinen Kopf zu, verfehlte sein Ziel, segelte durch die Luft und prallte gegen eine Wand. Dort zersprang er mit gewaltigem Klirren zu glitzerndem Staub.

Augenblicklich verstärkte sich das Zittern des Hauses. Fafhrd rannte über den zuckenden Boden, entging um Haaresbreite der tödlichen Umarmung des Eingangs, stürzte über die Lichtung, wobei er ein Dutzend Schritte an der Stelle vorbeikam, wo der Turm noch immer die Felsbrocken zu Staub zermahlte, und sprang dann über zwei Vertiefungen im Boden. Sein Gesicht war maskenhaft starr und bleich, sein Blick völlig leer. Wie ein Nachtwandler rannte er zwischen die Bäume und wurde nur aufgehalten, weil er schließlich gegen einen Stamm prallte.

Die wilden Bewegungen des Hauses hatten aufgehört; es zitterte nur noch über und über wie ein riesiger grauer Pudding. Plötzlich fuhr sein Vorderteil in die Höhe wie ein Behemoth in Todesqualen. Die beiden kleineren Kuppeln wurden ein Dutzend Fuß über den Boden erhoben. Die Hauptkuppel zog sich mit plötzlicher Bewegung zusammen, als wäre sie eine gigantische Lunge. Einen Augenblick verharrte das Gebilde reglos. Dann brach es zu einem gewaltigen Steinhaufen zusammen. Die Erde erzitterte. Der Lärm hallte durch den Wald. Die aufgewühlte Luft peitschte Äste und Blätter. Dann war alles still. Nur zwischen den Steinrissen sickerte langsam eine teerschwarze Flüssigkeit hervor, und hier und da brachte ein leiser Lufthauch den Duft von Juwelenstaub.

Im südlichsten Teil des Landes Lankhmar, auf einer schmalen staubigen Straße, unweit des Dorfes Soreev, trabten gemächlich zwei Reiter. Sie machten einen etwas angeschlagenen Eindruck. Der größere der beiden, der auf einem kastanienbraunen Wallach ritt, zeigte mancherlei Verletzungen; seinen Schenkel umspannte eine Binde und eine zweite seine rechte Hand. Der kleinere Mann, der im Sattel einer grauen Stute saß, schien gleichermaßen mitgenommen.

»Machst du dir eigentlich klar, wohin wir reiten?« brach der kleinere Mann das lange Schweigen. »Wir reiten in eine Stadt. Und diese Stadt ist voller Häuser aus Stein, voller zahlloser Steintürme, steingepflasterter Straßen, voller Kuppeln, Bögen und Treppen. Ja, wenn mir dann noch so zumute ist wie jetzt, wage ich mich wohl nie wieder nach Lankhmar!«

Sein großer Weggenosse lächelte.

»Was ist denn, kleiner Mann? Soll das etwa heißen, du fürchtest dich vor – Erdbeben?«

Aus dem Amerikanischen
übersetzt von Thomas Schlück

Die Stätte der Schädel

Was hätte es für einen Sinn, den Namen eines Schädels zu wissen? Man könnte ja doch nicht mit ihm sprechen«, sagte der dicke Dieb lärmend. »Mich interessiert nur, daß in den Augenhöhlen Rubine stecken.«

»Aber es steht hier, daß der Name Ohmphal ist«, erwiderte der Dieb mit dem schwarzen Bart befehlsgewohnt.

»Zeig mal«, sagte das kesse rothaarige Mädchen, das über seine Schulter schaute. Keß mußte sie schon sein, denn seit Urzeiten war Frauen das Betreten des Diebeshauses verboten. Die drei lasen gemeinsam die winzigen Hieroglyphen:

OBJEKT: Der Schädel Ohmphal, ehemals Meisterdieb, mit großen Rubinaugen und einem Paar juwelenbesetzter Hände. GESCHICHTE DES OBJEKTS: Der Schädel Ohmphal wurde der Diebeszunft von den Priestern von Votishal gestohlen und in der verfluchten Krypta ihres Tempels aufgestellt. WEISUNGEN: Der Schädel Ohmphal ist so schnell wie möglich zurückzugewinnen, damit ihm ein ehrenvoller Platz in der Diebesgruft zuteil werde. SCHWIERIGKEITEN: Das Schloß in der Tür der Krypta soll angeblich auch der höchsten Diebeskunst widerstehen. WARNUNG: In der Krypta soll sich ein sehr gefährliches Ungeheuer aufhalten.

»Die krakeligen Buchstaben sind verdammt schwer zu lesen«, sagte das rothaarige Mädchen stirnrunzelnd.

»Kein Wunder – sie sind ja auch vor Jahrhunderten geschrieben worden«, sagte der Dieb mit dem schwarzen Bart.

Der Dicke sagte: »Ich habe noch nie von einer Diebesgruft gehört – wir haben doch den Müllplatz, die Verbrenner und das Binnenmeer.«

»Die Zeiten und Sitten ändern sich«, sagte der schwarzhaarige Dieb philosophisch. »Eine Epoche der Anbetung wird auch mal wieder durch eine Epoche des Realismus abgelöst.«

»Warum wird aber der Schädel Ohmphal genannt?« fragte der dicke Dieb. »Warum ist nicht vom Schädel *des* Ohmphal die Rede?«

Der schwarzhaarige Dieb zuckte die Achseln.

»Wo hast du das Pergament gefunden?« fragte ihn die Rothaarige.

»Im doppelten Boden einer halb verrotteten Kiste aus unseren Lagerräumen.«

»Bei den Göttern, die es nicht gibt«, lachte der dicke Dieb, der sich noch immer über den Text beugte, »die Diebeszunft muß damals ganz schön abergläubisch gewesen sein! Sich vorzustellen, daß wertvolle Juwelen an einen Schädel verschwendet wurden! Wenn wir diesen Ohmphal zu fassen kriegen, werden wir seine Rubinaugen in klingende Münze eintauschen.«

»Aye!« sagte der schwarzhaarige Dieb. »Und gerade darüber wollte ich mit dir sprechen, Fissif: wie man an Ohmphal herankommt.«

»Da gibt es gewisse Schwierigkeiten, wie du, Krovas, o Herr, sicherlich weißt«, erwiderte der fette Dieb, der schnell seine bisherige Einstellung änderte. »Selbst heute noch, nach vielen hundert Jahren, denkt man nur mit Schaudern an die Krypta von Votishal mit dem Schloß und dem Ungeheuer. Es gäbe niemanden in der Diebeszunft, der ...«

»In der Diebeszunft niemand, das ist wahr!« unterbrach ihn der schwarzhaarige Dieb scharf. »Aber«, – und seine Stimme wurde leiser –, »da gibt es Leute außerhalb der Zunft, die dazu in der Lage wären. Hast du schon gehört, daß vor kurzem ein gewisser Hansdampf namens Grauer Mausling wieder nach Lankhmar zurückgekehrt ist? Und daß in seiner Begleitung ein großer Barbar ist, der den Namen Fafhrd trägt, zuweilen aber auch der Monstrentöter genannt wird? Wir haben eine kleine Rechnung mit den beiden zu begleichen, wie du weißt. Sie haben unseren Zauberer Hristomilo erschlagen. Die beiden jagen gewöhnlich allein – doch wenn du ihnen diesen verlockenden Vorschlag machst ...«

»Aber Herr«, wandte der Dicke ein, »in diesem Falle würden sie doch mindestens zwei Drittel der Beute beanspruchen.«

»Genau!« sagte der schwarzhaarige Dieb mit grimmigem Humor. Die Rothaarige begriff und lachte laut auf. »Genau! Und deshalb habe ich dich erwählt, Fissif, den glattzüngigsten aller Betrüger.«

Seit dieser Konferenz waren die restlichen zehn Tage des Monats der Schlange vergangen und die ersten fünfzehn Tage des Monats der Eule. Auch jetzt, am fünfzehnten Tag, war bereits die Nacht hereingebrochen. Wie ein dunkles Tuch umspannte kalter Nebel das alte steinerne Lankhmar, die Hauptstadt des Landes Lankhmar. Heute abend war der Nebel noch früher gekommen als gewöhnlich und wallte nun durch die gewundenen Straßen und Gassen. Und er wurde noch dicker.

In einer Straße, die vielleicht noch schmaler und stiller war als die übrigen – Marktstraße geheißen – leuchtete gelber Fackelschein aus der breiten Tür eines großen Steinhauses. Diese weit geöffnete Tür in einer Gasse, die sonst im Dunkeln lag, hatte etwas Unheimliches.

Die Menschen mieden überhaupt die Gegend während der Nacht. Und ihre Angst war nicht unbegründet, denn das Haus hatte einen schlechten Ruf. Wie man hören konnte, war es das Haus, in dem die Diebe Lankhmars ihre Pläne schmiedeten, ihre Palaver abhielten und ihre privaten Streitereien schlichteten – das Hauptquartier, in dem Krovas, der bekannte Meisterdieb, seine Befehle erteilte –, kurz, das Zentrum der Diebeszunft Lankhmars.

Doch jetzt kam ein Mann diese Straße entlanggeeilt, von Zeit zu Zeit nervös über die Schulter schauend. Er war dick und humpelte ein wenig, als hätte er gerade einen weiten harten Ritt hinter sich. Er trug eine fleckige alte Kupferkiste, etwa so groß, daß sie einen Menschenschädel enthalten mochte. Er blieb im Eingang stehen und sagte ein Losungswort – scheinbar ins Leere, denn im langen Korridor vor ihm war niemand zu sehen. Doch schon antwortete eine Stimme über ihm: »Geh durch, Fissif. Krovas erwartet dich in seinem Raum.«

Und der Dicke sagte: »Sie sind mir dicht auf den Fersen – du weißt schon, welche beiden ich meine.«

Und die Stimme erwiderte: »Wir sind gewappnet.« Der Dicke hastete durch den Korridor davon.

Eine lange Zeit herrschte Stille. Der Nebel wurde immer undurchdringlicher. Schließlich ertönte irgendwo weiter unten an der Straße ein leiser Warnpfiff, der sich gleich darauf etwas lauter wiederholte und aus dem Innern des Hauses erwidert wurde.

Schon ertönten Schritte in der Richtung, aus der der Pfiff zu hören gewesen war, Schritte, die langsam lauter wurden. Sie schienen nur auf eine Person hinzudeuten, doch das Licht aus dem Eingang offenbarte, daß es neben der großen Gestalt auch einen kleineren Mann gab, der nur ganz leise auftrat, ein kleiner Mann in engsitzender grauer Kleidung – Tunika, Wams, Mäusehautkappe und Umhang.

Sein Begleiter war groß und hatte kupferrotes Haar – offensichtlich ein Barbar aus der fernen Eis-Öde im hohen Norden. Seine Tunika war tiefbraun, sein Umhang grün. Er schien eine Vorliebe für Leder zu haben – Armbänder, Kopfband, Stiefel und ein breiter enggezogener Gürtel. Der Nebel hatte das Leder befeuchtet und die Metallteile beschlagen lassen. Als sie den Lichtkegel vor der Tür erreichten, runzelte der Große die breite Stirn. Seine grünen Augen blickten hastig nach links und rechts. Er legte dem kleinen Mann die Hand auf die Schulter und flüsterte: »Das gefällt mir nicht, Grauer Mausling.«

»Ja, das Haus sieht aber immer so aus, wie du wissen müßtest«, erwiderte der Mausling heftig. Seine Lippen hatten sich höhnisch verzogen, und seine Augen blitzten. »Das machen sie doch nur, um die Bevölkerung abzuschrecken. Komm, Fafhrd! Wir können diesen ekligen Fissif nicht entkommen lassen, nachdem er uns so hereingelegt hat.«

»Ich weiß das alles, mein wütendes kleines Wiesel«, erwiderte der Barbar und zog den Mausling zurück. »Und es würde mich betrüben, wenn uns Fissif entkäme. Aber es gefällt mir noch weniger, meinen Hals in eine Falle zu stecken. Vergiß nicht – sie haben gepfiffen.«

»Bah! Das machen sie immer. Sie geben sich gern geheimnisvoll. Ich kenne diese Diebe, Fafhrd, ich kenne sie gut. Und du bist doch selbst schon zweimal im Diebeshaus gewesen und wieder entwischt. Nun komm schon!«

»Aber ich kenne nicht das ganze Diebeshaus«, wandte Fafhrd ein. »Eine gewisse Gefahr besteht immer noch.«

»Gewisse Gefahr! Die kennen das Haus ja nicht mal selbst ganz – ihr eigenes Hauptquartier! Es ist ein unerforschter Irrgarten, ein Labyrinth längst vergessener Geschichte. Komm jetzt!«

»Ich weiß nicht. Ich habe böse Erinnerungen an meine Vlana.«

»Und ich an meine Ivrian! Aber dürfen wir diesen Burschen deswegen den Vorteil lassen?«

Der Große zuckte die Achseln und setzte sich in Bewegung.

»Wenn ich es mir recht überlege«, flüsterte der Mausling, »hast du vielleicht nicht ganz unrecht.« Und er zog einen Dolch aus dem Gürtel.

Grinsend entblößte Fafhrd seine weißen Zähne und zog langsam ein Langschwert mit dickem Knauf aus der gutgeölten Scheide.

»Keine gute Waffe für den Kampf im Haus«, murmelte der Mausling.

Vorsichtig näherten sie sich der Tür, wobei sich jeder auf einer Seite dicht an der Wand bewegte. Fafhrd hielt sein Schwert zum Schlag bereit und betrat das Haus. Der Mausling war ihm zwei Schritte voraus. Aus dem Augenwinkel sah Fafhrd etwas Schlangenähnliches auf den Kopf seines Begleiters zufallen und schlug hastig mit seinem Schwert danach. Das Objekt pendelte ihm entgegen, und er ergriff es mit seiner freien Hand. Es war ein Strick mit einer Schlinge.

Fafhrd drehte sich zur Seite, ruckte einmal heftig daran, und der Mann, der das andere Ende hielt, stürzte von seinem Mauervorsprung herunter. Einen Augenblick schien er reglos in der Luft zu hängen, ein dunkelhäutiger Gauner mit langem schwarzem Haar und roter, golddurchwirkter Ledertunika, die nicht mehr ganz sauber war.

Als Fafhrd sein Schwert hob, sah er plötzlich den Mausling von der anderen Seite des Korridors heranstürzen, den Dolch erhoben. Einen Augenblick lang dachte er, sein Freund wäre verrückt geworden. Doch dann zischte der Dolch um Haaresbreite an ihm vorbei, und eine zweite Klinge fuhr wirkungslos an seinem Rücken entlang.

Der Mausling hatte eine Falltür entdeckt, die sich neben Fafhrd im Boden öffnete und einen Dieb nach oben entließ, der sofort mit dem Schwert auf Fafhrd losgehen wollte.

Nachdem der Mausling den seinem Freund zugedachten Hieb abgelenkt hatte, schlug er die Falltür wieder zu und erwischte noch Schwertklinge und zwei Finger des sich dukkenden Diebes. Metall und Knochen brachen, und von unten her ertönte Geschrei. Fafhrds Gegner, vom Langschwert aufgespießt, war tot.

Von der Straße her waren Pfiffe zu hören und die Schritte heraneilender Männer.

»Sie haben uns den Rückzug abgeschnitten!« schnappte der Mausling. »Jetzt können wir nur noch weiter. Wir sehen uns nach Krovas' Zimmer um. Vielleicht ist Fissif bei ihm. Komm!«

Und schon eilte er durch den Korridor und eine gewundene Treppe hinauf. Im ersten Stock hasteten sie auf eine Tür zu, aus der helles Licht drang.

Der Mausling war etwas verwundert, daß sich ihnen niemand in den Weg gestellt hatte. Seine scharfen Ohren vernahmen kein Geräusch einer Verfolgung. Auf der Schwelle blieb er so plötzlich stehen, daß Fafhrd in ihn hineinrannte.

Vor ihnen lag ein großer Raum mit mehreren Nischen. Wie überall, so bestanden auch hier Fußböden und Wände aus dunklem schmucklosem Stein. Vier irdene Lampen standen verstreut auf einem schweren Tisch aus Zypressenholz. Hinter dem Tisch saß ein in kostbare Roben gekleideter Mann mit schwarzem Bart, der anscheinend mit äußerstem Erstaunen eine Kupferkiste und ein Durcheinander kleinerer Objekte betrachtete. Seine Hände umklammerten die Tischkante.

Den beiden Eindringlingen blieb keine Zeit, sich über die seltsame Reglosigkeit des Mannes und über seine noch seltsamere Gesichtsfarbe zu wundern, denn ihre Aufmerksamkeit richtete sich sofort auf das rothaarige Mädchen, das neben ihm stand.

Als sie wie eine aufgeschreckte Katze zurücksprang, deutete Fafhrd mit dem Schwert auf das Objekt unter ihrem Arm und rief: »Schau, Mausling, der Schädel! Der Schädel und die Hände!«

Ihr schlanker Arm hielt tatsächlich einen bräunlichen Schädel umschlungen, in dessen Augenhöhlen große Rubine glitzerten und dessen Zähne aus Diamanten und schwarzen

Perlen bestanden. Die weißen Hände des Mädchens umklammerten außerdem zwei Bündel aus braunen Knochen, die in goldenem Schimmer und rötlichem Glitzern ausliefen. Fafhrd hatte noch nicht zu Ende gesprochen, als sie sich auch schon umwandte und auf die größte Nische zurannte, wobei sich unter den seidenen Umhängen ihre schlanken Beine abzeichneten. Fafhrd und der Mausling eilten ihr nach.

Sie sahen, daß sie auf eine kleine niedrige Tür zuhielt. Als sie die Nische betrat, schoß ihre freie Hand hervor und ergriff eine Schnur, die von der Decke baumelte. Ohne einen Augenblick innezuhalten, zog sie daran. Ein schwerer Samtvorhang stürzte hinter ihr herab und verschloß die Nische. Fafhrd und der Mausling rannten voll herein und gerieten aus dem Gleichgewicht. Endlich konnte sich der Mausling als erster freimachen und unten hindurchwinden. Vor sich erblickte er einen schwachen Lichtspalt, der schnell schmaler wurde, sprang darauf zu, packte den Steinblock, der sich in die Türöffnung senkte, zog dann die Hand fluchend zurück und saugte an seinen gequetschten Fingern. Der Stein schloß sich mit leisem Knirschen.

Fafhrd schob den schweren Samtstoff zur Seite, der seine breiten Schultern wie einen Mantel umgab. Aus dem Hauptraum drang genügend Licht in die Nische, um eine festgefügte Mauer erkennen zu lassen. Der Mausling versuchte seinen Dolch in die Türritze zu stecken, gab es jedoch schnell wieder auf.

»Pah! Ich kenne diese Türen. Sie lassen sich entweder nur von der anderen Seite öffnen – oder durch irgendwelche Hebel irgendwo in einem anderen Zimmer. Sie ist uns glatt entwischt – sie und der Schädel.«

Er saugte noch immer an seinen Fingern, die fast zerquetscht worden wären, und fragte sich abergläubisch, ob der Vorfall an der Falltür, wo auch der Dieb schon zwei Finger eingebüßt hatte, etwa ein böses Omen war.

»Wir dürfen Krovas nicht vergessen«, sagte Fafhrd plötzlich, hob die Vorhänge an und schaute zurück.

Der schwarzhaarige Mann hatte von dem Durcheinander überhaupt keine Notiz genommen. Sie schlichen langsam näher und entdeckten, daß sein Gesicht unter der glatten

Haut bläulich angelaufen war und daß er erwürgt worden war.

Fafhrd hob den gepflegten Bart und sah die schlimmen Druckstellen am Hals, die mehr an eine Klaue, denn an eine Menschenhand denken ließen. Der Mausling untersuchte die Gegenstände auf dem Tisch. Da waren eine Reihe Juwelierswerkzeuge, deren elfenbeinerne Griffe vom vielen Gebrauch schon gelb geworden waren. Er nahm einige kleine Gegenstände zur Hand.

»Krovas hatte schon drei von den Fingerjuwelen und mehrere Zähne losgemacht«, bemerkte er und zeigte Fafhrd drei Rubine und eine Anzahl Perlen und Diamanten.

Fafhrd nickte und hob Krovas' Bart ein zweitesmal an, betrachtete stirnrunzelnd die Male, die sich bereits dunkel zu färben begannen.

»Ich möchte wissen, wer die Frau ist«, sagte der Mausling. »Jedem Dieb ist es bei Todesstrafe untersagt, eine Frau hierherzubringen. Natürlich hat der Meisterdieb gewisse Vorrechte, und vielleicht konnte er sich das Risiko leisten.«

»Er ist ein Risiko zuviel eingegangen«, murmelte Fafhrd.

In diesem Augenblick wurde dem Mausling die Problematik ihrer Situation bewußt. Im Geiste hatte er schon einen Plan gewälzt, wonach sie Krovas in ihre Gewalt bringen und damit ihre Flucht bewerkstelligen wollten. Aber ein toter Mann läßt sich nicht mehr einschüchtern. Als er eben eine Bemerkung darüber machen wollte, waren vor der Tür Stimmengemurmel und Schritte zu hören. Schnell zogen sich die beiden in ihre Nische zurück, wobei sie sich in Augenhöhe einen kleinen Vorhangspalt offenhielten.

Sie hörten jemand sagen: »Ja, die beiden sind uns glatt entwischt – diese Glückspilze! Die Tür zur Hintergasse war offen.«

Der erste Dieb, der das Zimmer betrat, war füllig, bleich und sichtlich verängstigt. Der Graue Mausling und Fafhrd erkannten ihn sofort wieder – es war Fissif. Er wurde von einem großen, ausdruckslosen Burschen mit dicken Armen und Händen weitergestoßen. Der Mausling kannte auch ihn – Slevyas, der Schweigende, der erst kürzlich zum Assistenten Krovas' aufgestiegen war. Etwa ein Dutzend anderer

Diebe folgte den beiden und stellte sich an den Wänden auf. Es handelte sich vorwiegend um alte erfahrene Diebe, die eine ganze Sammlung von Narben und anderen Entstellungen zusammenbrachten – einschließlich zweier schwarzer Augenklappen. Sie alle waren ziemlich unruhig und fühlten sich offenbar nicht ganz wohl in ihrer Haut. Sie hielten Dolche und Kurzschwerter bereit, und sie alle starrten fasziniert auf den Erwürgten hinter dem Tisch.

»Krovas ist also wirklich tot«, sagte Slevyas und stieß Fissif weiter vor. »Wenigstens stimmt dieser Teil deiner Geschichte.«

»Tot wie ein Fisch«, echote ein Dieb, der sich etwas näher an den Tisch herangeschlichen hatte. »Jetzt haben wir einen besseren Herrn. Vorbei ist es mit dem Schwarzbart und seiner rothaarigen Puppe.«

»Nimm dich mit deinen Zähnen in acht, Ratte, sonst brech ich sie dir!« sagte Slevyas drohend.

»Aber du bist doch jetzt unser Herr«, erwiderte der Dieb überrascht.

»Ja, ich bin der Herr von euch allen, euer Meister, und mein erster Rat ist der: Einen toten Meisterdieb zu kritisieren, mag nicht respektwidrig sein, aber es ist auf jeden Fall Zeitverschwendung. Also, Fissif, wo ist der Juwelenschädel? Wir alle wissen, daß er wertvoller ist als die Taschenklauerei eines Jahres und daß die Diebeszunft Gold braucht. Also erlaub dir keinen Spaß mit uns!«

Der Mausling, der vorsichtig durch den Vorhangspalt lugte, mußte grinsen, als er Fissifs ängstliches Gesicht bemerkte.

»Der Schädel, o Herr?« fragte Fissif. »Nun, er ist in das Grab zurückgeflogen, aus dem wir drei ihn gestohlen haben. So muß es sein, denn wenn diese Knochenhände Krovas erwürgen konnten, wie ich es mit eigenen Augen gesehen habe, so kann sicher auch der Schädel fliegen.«

Slevyas versetzte Fissif einen Schlag ins Gesicht.

»Du lügst, alter Dickwanst! Ich sage dir, was geschehen ist. Du hast dich mit den beiden Schurken zusammengetan – mit Fafhrd und dem Grauen Mausling. Du hast angenommen, es wird dich niemand verdächtigen, weil du die beiden ja – wie verabredet – hereingelegt hattest. Aber du wolltest auch uns anschmieren. Du hast ihnen geholfen, aus der gestellten Falle zu entwischen und Krovas zu töten, und hast dann ihre Flucht sichergestellt mit deiner Gespenstergeschichte über die Würgefinger! Du dachtest, du könntest uns alle hereinlegen!«

»Aber Herr«, flehte Fissif, »mit meinen eigenen Augen habe ich gesehen, wie ihm die Skelettfinger an den Hals gesprungen sind. Sie waren wütend auf ihn, weil er einige Juwelen herausgebrochen hatte, die ihre Fingernägel waren und ...«

Ein zweiter Schlag entrang ihm ein leises Wimmern.

»Eine unsinnige Geschichte«, höhnte ein hagerer Dieb. »Wie haben denn die Knochen zusammengehalten?«

»Sie waren durch Messingdrähte verbunden«, erwiderte Fissif eingeschüchtert.

»Pah! Und dann haben die Hände, nachdem sie Krovas erwürgt hatten, den Schädel aufgenommen und davongetragen?« fragte ein anderer Dieb. Mehrere kicherten. Slevyas brachte sie durch einen Blick zum Schweigen und deutete mit dem Daumen auf Fissif.

»Bindet ihn!« befahl er.

Zwei Diebe näherten sich Fissif, der sich nicht wehrte. Sie drehten ihm die Arme auf den Rücken.

»Wir machen die Sache nach Vorschrift«, sagte Slevyas und setzte sich auf den Tisch. »Diebesgericht. Alles, wie es sich gehört. Die Diebesjury muß die Entscheidung fällen. Fissuf, Beutelschneider ersten Ranges, erhielt den Auftrag, das heilige Grab im Tempel von Votishal zu berauben, und zwar um einen Schädel und ein Paar Hände. Aufgrund besonderer Schwierigkeiten sollte sich Fissif der Dienste zweier besonders fähiger Außenseiter bedienen – nämlich Fafhrds und des Grauen Mauslings.«

Der Mausling machte hinter seinem Vorhang eine höfliche Verbeugung und legte sein Auge wieder an den Spalt.

»Nachdem die Beute gesichert war, sollte Fissif sie den beiden anderen abnehmen – und zwar so schnell wie möglich, damit sie sich nicht ihrerseits selbständig machten.«

Der Mausling glaubte Fafhrd leise knurren und mit den Zähnen knirschen zu hören.

»Wenn möglich, sollte Fissif sie dabei umbringen«, schloß Slevyas. »Auf jeden Fall sollte er die Beute direkt zu Krovas bringen. Soweit Fissifs Anweisungen, wie Krovas sie mir mitteilte. Jetzt kannst du deine Geschichte erzählen, Fissif, aber vergiß nicht – keine Altweibergeschichten!«

»Diebesbrüder«, begann Fissif mit düsterer Stimme, wurde jedoch von mehreren verächtlichen Ausrufen begleitet. Slevyas klopfte wild um Ruhe.

»Ich habe diese Anweisungen befolgt, so wie sie mir gegeben wurden«, fuhr Fissif fort. »Ich suchte Fafhrd und den Grauen Mausling auf und interessierte sie für den Plan. Ich stimmte zu, die Beute mit ihnen zu teilen – ein Drittel für jeden.«

Fafhrd, der Fissif durch den Vorhang musterte, nickte feierlich. Nun machte der Dieb einige unfreundliche Bemerkungen über Fafhrd und den Mausling, wodurch er offenbar seine Zuhörer zu überzeugen hoffte, daß er sich nicht mit den beiden zusammengetan hatte. Die Diebe lächelten jedoch nur grimmig.

»Und als es schließlich darum ging, die Beute aus dem Tempel zu holen«, fuhr Fissif fort, der sein Selbstvertrauen zurückzugewinnen schien, »stellte es sich heraus, daß ich ihre Hilfe gar nicht so sehr brauchte.«

Fafhrd unterdrückte einen Fluch. Er mußte sich sehr zusammennehmen, um diese Lügen schweigend über sich ergehen zu lassen. Dem Mausling dagegen machte die Szene sogar richtigen Spaß.

»Jetzt ist nicht der rechte Augenblick für Prahlerei«, unterbrach Slevyas. »Du weißt sehr wohl, daß die Geschicklichkeit des Mauslings erforderlich war, das Schloß zu knacken, und daß das Ungeheuer ohne den Nordling kaum bezwingbar gewesen wäre.«

Diese Worte besänftigten Fafhrd etwas. Fissif gab sich wieder unterwürfig und neigte zustimmend den Kopf. Die Diebe rückten langsam vor.

»Und so«, endete er in Panik, »nahm ich die Beute, während die beiden schliefen, und ritt im Eiltempo nach Lankhmar. Ich wagte es nicht, sie umzubringen, aus Angst, daß der eine aufwachen könnte, während ich den anderen tötete. Die

Beute habe ich sofort Krovas übergeben, der mir ein Kompliment machte und die Juwelen herauszubrechen begann. Da steht ja auch die Kupferkiste, die den Schädel und die Hände enthalten hat.« Er deutete auf den Tisch. »Und was hinterher geschehen ist ...« Er hielt inne, fuhr sich mit der Zunge über die Lippen und fügte dann mit leiser, verzweifelter Stimme hinzu: Das geschah genau so, wie ich's schon erzählt habe.«

Die Diebe gaben ihrem Unglauben Ausdruck und rückten noch näher, doch Slevyas brachte sie mit herrischem Klopfen zum Stillstand. Er schien sich etwas zu überlegen.

Ein neuer Dieb eilte in den Raum und grüßte Slevyas. »Herr«, keuchte er, »Moolsh, der die ganze Nacht gegenüber der Gassentür auf dem Dach gestanden hatte, berichtete eben, daß niemand das Haus verlassen oder betreten hat. Die beiden Eindringlinge sind vielleicht noch hier!«

Slevyas' Zusammenzucken war kaum zu bemerken. Er starrte seinen Informanten an. Dann, wie von einem Instinkt gelenkt, wandte er langsam sein regloses Gesicht, bis seine kleinen hellen Augen auf die schweren Vorhänge vor der Nische gerichtet waren. Er wollte eben einen Befehl ausstoßen, als der schwere Stoff, wie von einem heftigen Windstoß bewegt, nach außen wallte. Er schwang vor und in die Höhe, bis er fast waagerecht zur Decke hing, und im gleichen Augenblick nahm Slevyas zwei Gestalten wahr, die auf ihn zurasten. Der große, kupferhaarige Barbar zielte mit dem Schwert auf ihn.

Mit einer Wendigkeit, die man diesem massigen Mann nicht zugetraut hätte, duckte sich Slevyas und ließ sich halb vom Tisch fallen, und das große Langschwert verbiß sich in die Tischplatte, an der er eben noch gelehnt hatte.

Vom Boden aus sah er seine Gefolgsleute verwirrt zurückweichen. Fissif, der schneller wieder zu sich kam als die anderen, weil er sein Leben in mehr als einer Hinsicht in Gefahr wußte, ergriff einen Dolch und schleuderte ihn. Es war ein unvollkommener Wurf, der das Messer mit dem Knauf voran auf die Reise schickte. Doch es traf sein Ziel. Slevyas sah, wie der große Barbar, als er eben durch die Tür hastete, an der Schläfe getroffen wurde und sichtlich angeschlagen weitertaumelte.

Im nächsten Augenblick war der Zunftmeister wieder auf den Beinen, hatte sein Schwert gezogen und organisierte die Verfolgung. Sekunden später war der Raum leer bis auf den toten Krovas, der in die leere Schatzkiste starrte.

Der Graue Mausling kannte sich im Diebeshaus aus, und er führte Fafhrd durch ein Gewirr von Gängen. Sie rasten um Ecken, sprangen kleine Treppen hinauf und hinab, die eine Orientierung erschwerten; Fafhrd wußte bald nicht mehr, in welchem Stockwerk sie überhaupt waren.

Der Mausling hatte zum erstenmal sein schmales Schwert Skalpell gezogen und benutzte es dazu, im Vorbeihasten die Kerzen umzustoßen und nach den Wandfackeln zu hauen, womit er die Verfolger in Verwirrung zu stürzen hoffte, deren Pfiffe unmittelbar hinter ihnen erklangen. Zweimal stolperte Fafhrd und rappelte sich wieder auf.

Zwei halbangekleidete Diebeslehrlinge steckten neugierig die Köpfe in den Gang. Der Mausling schlug ihnen die Tür in die fragend erhobenen Gesichter und sprang eine gewundene Treppe hinab. Er hatte einen dritten Ausgang im Sinn, der vermutlich nur ungenügend bewacht war.

»Wenn wir getrennt werden, treffen wir uns im Silbernen Aal«, sagte er hastig zu Fafhrd. Er meinte eine Taverne, die die beiden ständig besuchten.

Der Nordling nickte. Das Schwindelgefühl in seinem Kopf begann nachzulassen, obwohl er noch beträchtliche Kopfschmerzen hatte. Doch als der Mausling jetzt nach einem steilen Abstieg durch mindestens zwei Stockwerke einen niedrigen Torbogen passierte, verschätzte Fafhrd sich und schlug mit dem Kopf voll dagegen. Es wurde plötzlich dunkel ringsum, und vor seinen Augen begannen Kreise zu wirbeln.

Er hörte den Mausling sagen: »Hier entlang jetzt! Wir folgen der linken Mauer!« und versuchte das Bewußtsein nicht zu verlieren, als er durch den Korridor eilte, den ihm der Mausling gezeigt hatte. Er nahm an, sein Freund werde ihm folgen.

Doch der hatte einen Augenblick zu lange gezögert. Gewiß, der Haupttrupp der Verfolger war noch nicht in Sicht, doch ein Wächter, der in diesen Gängen Patrouille ging, hatte die Pfiffe gehört und sich in aller Eile von einem kleinen Würfelspiel getrennt.

Der Mausling duckte sich, als sich die kunstvoll geknüpfte Schlinge um seinen Hals schließen wollte, doch nicht ganz rechtzeitig. Der Strick legte sich hart um Ohr und Wange und brachte ihn zu Fall. Im nächsten Augenblick hatte er mit Skalpell den Strick durchtrennt, doch der Wächter hatte Zeit gehabt, sein Schwert zu ziehen. Einige lange Momente kämpfte der Mausling vom Boden aus und wehrte manchen Hieb ab, der gefährlich nahe vorbeizischte. Er nahm schließlich seine Chance wahr, rappelte sich auf und bedrängte den Mann mit einem Wirbelwindangriff, bei dem Skalpell zu drei oder vier Schwertern zugleich zu werden schien. Er tötete schließlich den Mann mit einem Stich in den Hals.

Die Verzögerung hatte jedoch ausgereicht. Als der Mausling den Strick von Nase und Mund fortzerrte, wo er ihn während des Kampfes am Atmen gehindert hatte, sah er den ersten Verfolger im Torbogen auftauchen. Augenblicklich raste er durch den Hauptkorridor davon, vom Seitengang fort, den Fafhrd genommen hatte. Ein halbes Dutzend Pläne ging ihm durch den Kopf.

Triumphierendes Geschrei ertönte, als Slevyas' Truppe seiner ansichtig wurde, gefolgt von einigen Pfiffen vor ihm. Er kam zu dem Schluß, daß seine Chancen auf dem Dach sicher am besten standen, und huschte in einen Seitengang. Er hoffte, daß Fafhrd inzwischen entkommen war, wenn ihm auch das Verhalten des Nordlings Sorgen machte. Er hatte keinen Zweifel daran, daß er, der Graue Mausling, noch zehnmal mehr Diebe zu überlisten verstand, als jetzt schon durch das Korridorlabyrinth des Diebeshauses trampelten und schlitterten. Er erhöhte sein Tempo, und seine Füße in den weißen Schuhen flogen förmlich über die ausgetretenen Steine.

Fafhrd, der schon eine unbestimmte Zeit in pechschwarzer Dunkelheit herumirrte, stützte sich auf etwas, das ihm wie ein Tisch vorkam, und versuchte sich zu entsinnen, wie er sich hatte verirren können. Doch der Schädel pochte ihm, und etwas zog sich immer wieder schmerzhaft zusammen, und seine Erinnerungen waren lückenhaft. Da war eine offene Treppe gewesen, die er hinabgestürzt war, und dann eine Steinwand, die bei seinem Aufprall lautlos nachgegeben hatte, so daß er hindurchgefallen war. Ihm war fürchterlich übel gewesen, so daß er sich übergeben mußte, und anschließend hatte er offenbar einige Zeit bewußtlos gelegen, denn er erinnerte sich, daß er sich hochgestemmt hatte und ein gutes Stück auf Händen und Knien gekrochen war, durch ein Gewirr aus Kisten und dumpfriechenden Stoffballen. Daß er sich mehr als einmal den Kopf gestoßen hatte, schien sicher; wenn er mit den Fingern durch das wirre, schweißnasse Haar fuhr, spürte er nicht weniger als drei Beulen auf der Kopfhaut.

Seine Gefühle waren von einer dumpfen Wut auf die schweren Steinmassen ringsum bestimmt. Seine primitive Phantasie dichtete ihnen fast die konkrete Absicht an, ihn zu behindern und aufzuhalten, wohin er auch gehen mochte. Er wußte, daß er die Anweisungen des Mauslings irgendwie durcheinandergebracht hatte. Doch welchen Weg hatte ihm der kleine graue Mann überhaupt angegeben? Und wo war der Mausling? Vermutlich in schrecklichen Schwierigkeiten.

Wenn die Luft nicht so heiß und trocken gewesen wäre, hätte er sicher besser nachdenken können. Nichts schien zusammenzupassen. Auch die Zusammensetzung der Luft paßte nicht zu seiner Vermutung, daß sein Weg ihn vorwiegend abwärts geführt hatte – etwa in einen tiefen Keller. Sie hätte kalt und feucht sein müssen, doch das war nicht der Fall. Sie war trocken und warm. Er ließ seine Hand über die Holzoberfläche gleiten, und weicher Staub schob sich zwischen seine Finger. Das – und die undurchdringliche Dunkelheit und absolute Stille ringsum – schien darauf hinzudeuten, daß er sich in einem seit langem ungenutzten Teil des Diebeshauses befand.

Er verweilte einen Augenblick bei seinen Erinnerungen an die Steinkrypta, aus der er, der Mausling und Fissif den Juwelenschädel gestohlen hatten. Der feine Staub, der ihm in die Nase stieg, brachte ihn zum Niesen, und das trieb ihn weiter. Seine tastende Hand stieß gegen eine Mauer. Er versuchte sich an die Richtung zu erinnern, aus der er ursprünglich an den Tisch herangetreten war, doch es wollte ihm nicht einfallen, und so suchte er einfach herum. Er tastete sich mit ausgestreckten Händen langsam weiter.

Die Vorsicht rettete ihm das Leben. Unter seinem Fuß schien ein Stein leicht nachzugeben, und er zuckte sofort zurück. Augenblicklich gab es ein scharrendes Geräusch, gefolgt von einem metallischen Klirren und zwei dumpfen Lauten. Er wartete einen Augenblick und tatstete sich dann vorsichtig weiter durch die Dunkelheit. Seine Hand stieß in Schulterhöhe auf einen Streifen rostiges Metall. Vorsichtig fühlte er daran entlang und stellte fest, daß der Streifen aus einer Öffnung in der Wand zu seiner Linken hervorstand und in einer Spitze auslief – wenige Zentimeter vor der Wand, die er jetzt rechts ausmachte. Weiteres vorsichtiges Tasten offenbarte ihm eine zweite Klinge unter der ersten. Er begriff, daß das dumpfe Geräusch von Gegengewichten herrührte, die, vom Druck auf den Stein freigelassen, automatisch die Klingen durch die Öffnung herausgeschoben hatten. Noch ein Schritt, und er wäre durchbohrt worden. Er ergriff sein Langschwert, fand es nicht in der Scheide, nahm deshalb die Scheide und brach damit die beiden Klingen dicht an der Wand ab. Dann wandte er sich um und tastete sich zu dem staubbedeckten Tisch zurück.

Als er sich auf der anderen Seite des Tisches langsam an der Wand entlangarbeitete, stieß er doch nur wieder auf den Korridor mit den Schwertklingen. Er schüttelte seinen schmerzenden Kopf und fluchte ausgiebig, weil er kein Licht hatte und auch kein Feuer machen konnte.

Was tun? War er durch diesen Korridor in seine Falle geraten und hatte beim ersten Durchgang die Todesklingen nur durch Zufall verfehlt? Das schien die einzige Möglichkeit zu sein; knurrend wandte er sich wieder dem Gang zu, streckte die Arme aus und tastete sich vorsichtig mit den Händen an den Mauern entlang. Schritt um Schritt arbeitete er sich weiter. Nach einer Weile kam ihm der Gedanke, daß er vielleicht weiter hinten durch eine Öffnung hoch in der Wand in den Raum gefallen war, doch seine Halsstarrigkeit schloß eine erneute Umkehr aus.

Sein vorsichtig suchender Fuß stieß gleich darauf ins Leere – ein Abgrund, der sich als der Anfang einer nach unten führenden Treppe erwies. In diesem Augenblick gab er es auf, nach dem Wie seines Hierseins zu forschen. Zwanzig Stufen weiter unten drang ihm ein muffiger, trockener Geruch in die Nase. Nach weiteren zwanzig Schritten fühlte er sich an den Gestank in gewissen Wüstengräbern der Ostländer erinnert. Der Geruch hatte eine fast unmerkliche Würze, einen Todeshauch. Seine Haut war trocken und heiß. Er zog sein langes Messer aus dem Gürtel und schritt vorsichtig weiter aus, langsam, lautlos.

Die Treppe endete mit der dreiundfünfzigsten Stufe, und die Seitenwände wichen zurück. Nach der Luft ringsum glaubte er sich in einem großen Raum zu befinden. Er ging noch ein Stück weiter, und seine Füße furchten durch einen dicken Staubteppich. In der Luft war ein trockenes Flappen und leises Rascheln zu hören. Zweimal strich ihm etwas Hartes über die Wange.

Er dachte an eine Höhle voller Fledermäuse, die er einmal erkundet hatte. Aber die leisen Töne jetzt, obwohl sie ihn sehr daran erinnerten, waren doch keine richtigen Fledermausgeräusche. Im Nacken standen ihm die Haare zu Berge. Er riß die Augen auf, nahm jedoch nur jenes bedeutungslose Wirbeln von Lichtpunkten wahr, das jede tintenschwarze Dunkelheit mit sich bringt.

Wieder strich ihm eines der Wesen über das Gesicht, und diesmal war er gewappnet. Seine großen Hände griffen blitzschnell zu – und ließen fast fallen, was sie umfangen hielten, denn das Etwas war trocken und gewichtslos, ein Skelett aus winzigen, brüchigen Knochen, die zwischen seinen Fingern zerbrachen. Mit Zeigefinger und Daumen erkundete er einen winzigen Tierschädel.

Er unterdrückte den Gedanken an Fledermausskelette, die in der großen grabähnlichen Kammer hin und her flogen. Das Wesen mußte wohl gestorben sein, während es mit dem Kopf nach unten an der Decke hing, und sein Eindringen hatte den Griff der Krallen gelockert. Doch er griff kein zweites Mal nach dem schwachen Rascheln in der Luft ringsum.

Dann begann er andere Geräusche wahrzunehmen – kaum hörbare schrille Quietscher, die für das menschliche Ohr fast zu hoch waren. Ob nun real oder eingebildet, jedenfalls waren sie höchst merkwürdig und riefen in Fafhrd Panik hervor. Er hörte sich plötzlich losschreien: »Sprecht doch mit mir! Was heult und schnattert ihr da herum? Offenbart euch!«

Schwache Echos seiner Worte hallten, und er fand seine Vermutung bestätigt, daß er sich in einem großen Saal befand. Dann herrschte Schweigen, auch die Geräusche in der Luft wurden leiser. Und nachdem die Stille zwanzig oder dreißig Herzschläge lang angedauert hatte, wurde sie auf eine Weise gebrochen, die Fafhrd gar nicht gefiel.

Irgendwo vor ihm ertönte eine schwache, hohe, tonlose Stimme: »Der Mann ist ein Nordling, Brüder, ein langhaariger, schmutziger Barbar aus der Eis-Öde.«

Von einer Stelle weiter links antwortete eine ähnliche Stimme. »Zu unserer Zeit waren von seiner Sorte viele bei den Docks anzutreffen, wir tränkten sie mit Alkohol und stahlen ihnen den Goldstaub aus den Taschen. Wir waren schon tüchtige Diebe zu unserer Zeit: einzigartig geschickt und schlau.«

Und eine dritte: »Schaut, er hat sein Schwert verloren! Und da, Brüder – er hat eine Fledermaus zerdrückt und hält sie in der Hand.«

Fafhrds Schrei, daß das alles doch Unsinn und Mummenschanz wäre, erstarb ihm auf den Lippen, denn er fragte sich jäh, wie die Unbekannten in dieser absoluten Dunkelheit sein Aussehen beurteilen und sogar erkennen konnten, was er in der Hand hielt. Fafhrd wußte sehr wohl, daß sogar Katzen und Eulen bei völliger Nachtschwärze nichts mehr sehen können. Entsetzen packte ihn.

»Aber der Schädel einer Fledermaus ist kein Menschenschädel«, ertönte die Stimme, die – soweit sich das überhaupt unterscheiden ließ – zuerst gesprochen hatte. »Er ist einer der drei, die den Schädel unseres Bruders aus dem Tempel von Votishal geholt haben. Und doch hat er ihn jetzt nicht mitgebracht.«

»Jahrhundertelang hat der juwelengeschmückte Kopf unseres Bruders einsam im verfluchten Tempel von Votishal gelegen«, sprach eine vierte Stimme. »Und nun haben ihn die Menschen da oben gestohlen, wollen ihn uns aber nicht zurückgeben. Sie würden am liebsten seine glitzernden Augen herausreißen und in schmierige Münze tauschen. Mickrige Diebe sind das, gottlos und habgierig. Sie haben uns vergessen, ihre Brüder aus der Vergangenheit. Sie sind durch und durch schlecht.«

Die Stimmen hatten etwas Totes und Abwesendes, als ob sie in einem Vakuum sprachen. Tonlos waren sie und doch seltsam traurig und drohend, schwankten halbwegs zwischen einem schwachen Seufzen und einem kalten Lachen. Fafhrd ballte die Hände, so daß das winzige Skelett zwischen seinen Fingern zu Splittern zerbrach, die er mit abrupter Bewegung zur Seite schleuderte. Er versuchte seinen ganzen Mut zusammenzunehmen und weiterzugehen, doch er konnte sich nicht von der Stelle rühren.

»Es ist unrecht, daß unser Bruder ein so unwürdiges Schicksal erleidet«, ertönte die erste Stimme, die sich in leiser Autorität über die anderen zu erheben schien. »Höre, Nordling, auf unsere Worte, merke auf!«

»Seht, Brüder«, schaltete sich die zweite Stimme ein, »der Nordling hat Angst und wischt sich den Mund mit seiner großen Hand und beißt sich furchtsam auf die Knöchel.«

Fafhrd begann zu zittern, als seine Bewegungen so präzise beschrieben wurden. Längst vergessene Ängste stiegen in ihm auf. Er dachte zurück an seine erste gedankliche Begegnung mit dem Tod, dachte daran, wie er als Junge an den Begräbnissen der Eis-Öde teilgenommen hatte.

Plötzlich meinte er zum erstenmal in der Dunkelheit etwas auszumachen. Vieleicht handelte es sich nur um eine besonders seltsame Formation im bedeutungslosen Zucken der Lichtpunkte, doch er nahm eine Anzahl winziger Glitzerpunkte wahr, die sich etwa in Kopfhöhe befanden – jeweils in Paaren, etwa eine Daumenlänge auseinander. Einige waren tiefrot, einige grün und andere hellblau wie Saphire. Er mußte an die rubinroten Augen des Schädels denken, den sie aus Votishal gestohlen und dessen knochige Hände angeblich Krovas erwürgt hatten. Die Lichtpunkte rückten zusammen und kamen auf ihn zu, sehr langsam.

»Nordling«, fuhr die erste Stimme fort, »wisse, daß wir die früheren Meisterdiebe Lankhmars sind und daß wir des Geistes unseres Bruders Ohmphal bedürfen – seines Schädels.

Du bringst ihn uns, ehe die Sterne der Mitternacht wieder über diesem Haus stehen. Wenn nicht, werden wir dich fangen und dir das Leben zu nehmen wissen.«

Die farbigen Lichtpunkte rückten noch weiter vor, und nun glaubte Fafhrd auch das Geräusch schlurfender Schritte im trockenen Staub zu hören. Er mußte an die purpurnen Druckstellen an Krovas' Hals denken.

»Bring uns den Schädel!« befahl die zweite Stimme.

»Vor Mitternacht morgen«, ertönte eine andere.

»Und die Juwelen müssen an Ort und Stelle sein; kein einziger Stein darf fehlen.«

»Ohmphal, unser Bruder, wird zurückkehren.«

»Wenn du uns enttäuschst«, flüsterte die erste Stimme, »holen wir uns deinen Schädel.«

Und im nächsten Augenblick schienen sie ihn zu umgeben und von allen Seiten zu rufen: »Ohmphal! Ohmphal!« Mit ihren ekligen Stimmen, die noch immer keinen Deut lauter oder leiser oder näher klangen. Fafhrd hob verkrampft die Hände, berührte etwas, das sich hart und glatt und trocken anfühlte. Und er zuckte zurück und stürmte davon, so schnell ihn seine Beine trugen, wurde schmerzlich gebremst von der Steintreppe, raste hinauf, drei Stufen auf einmal nehmend, und stieß sich die Ellenbogen an den Wänden.

Der dicke Dieb Fissif wanderte niedergeschlagen in einem großen niedrigen Kellerraum herum, der kaum erhellt und mit mancherlei Dingen vollgestellt war, mit leeren Kästen und verrotteten Tuchballen und Latten. Er kaute auf einer Rauschnuß, die seine Lippen blau färbte und einen blauen Speichelfaden über sein dickes Kinn schickte. In regelmäßigen Abständen seufzte er voller Selbstmitleid. Er schätzte seine Chancen in der Diebeszunft alles andere als rosig ein, obwohl ihm Slevyas eine Art Amnestie gewährt hatte. Er mußte an Slevyas' seltsamen Blick denken und erschauderte. Das Alleinsein hier unten gefiel ihm nicht, wenn es auch den verächtlichen und drohenden Blicken seiner Bruderdiebe vorzuziehen war.

Das Geräusch schleppender Schritte brachte ihn dazu, einen seiner monotonen Seufzer zu unterdrücken – auch die

Kaubewegung stoppte – und hinter einem Tisch Deckung zu suchen. Zwischen den Schatten tauchte eine verblüffende Erscheinung auf. Fissif erkannte den Nordling Fafhrd sofort; doch es war ein sehr traurig aussehender Fafhrd, der da auftauchte, mit bleichem, schmutzigem Gesicht, mit zerzaustem und verstaubtem Haar. Er bewegte sich, als wäre er in Trance oder tief in Gedanken. Fissif erkannte seine Chance sofort, nahm eine große Gobelinstange auf, die neben ihm lag, und schlich sich hinter die Gestalt des Nordlings.

Fafhrd hatte sich eben dazu überwunden, die seltsamen Stimmen, vor denen er geflohen war, für Produkte seiner Phantasie zu halten, hervorgerufen von seinen Kopfschmerzen und dem Fieber. Immerhin, so überlegte er, sah man nach einem Schlag auf den Kopf fast immer farbige Lichtpunkte und hörte schrille Geräusche; er mußte nicht ganz bei Verstand gewesen sein, um sich in der Dunkelheit so schnell zu verlaufen – die Leichtigkeit, mit der er jetzt den Rückweg gefunden hatte, sprach dafür. Er mußte sich nun darauf konzentrieren, die dumpfriechenden Räumlichkeiten zu verlassen. Er durfte nicht länger träumen. Eine ganze Handvoll Diebe hielt nach ihm Ausschau, und an jeder Wegbiegung mochte ihm einer über den Weg laufen.

Als er eben den Kopf schüttelte, um sein Denken wieder anzuregen, und sich aufmerksam umblickte, erhielt sein Kopf den sechsten Schlag an diesem Abend. Und dieser Hieb war härter als die anderen.

Slevyas' Reaktion auf die Nachricht, daß Fafhrd gefangen war, entsprach nicht ganz Fissifs Erwartungen. Er lächelte nicht. Er hob den Blick nicht von den Platten mit kaltem Fleisch, die vor ihm standen. Er nippte nur einmal kurz an seinem Wein und setzte seine Mahlzeit fort.

»Der Juwelenschädel?« fragte er kurzangebunden.

Fissif erklärte ihm, daß der Nordling den Schatz irgendwo versteckt haben mochte oder ihn vielleicht in den unteren Kellerbereichen verloren hatte. Eine sorgfältige Suche würde Klarheit bringen. »Vielleicht hat ihn auch der Graue Mausling mitgenommen ...«

»Du hast den Nordling umgebracht?« fragte Slevyas.

»Nicht ganz«, erwiderte Fissif. »Aber ich habe ihm ganz schön den Schädel poliert.«

Fissif erwartete jetzt ein Lob oder zumindest ein freundliches Nicken, doch Slevyas starrte ihn nur kühl an – ein Blick, der sich schwer abschätzen ließ. Der Zunftmeister stopfte sich den Mund mit Fleisch voll, schluckte es hinunter und trank langsam von dem Wein. Die ganze Zeit über blieb sein Blick auf Fissif gerichtet.

Schließlich sagte er: »Hättest du ihn umgebracht, wäre jetzt die Folterbank für dich fällig. Dickwanst, ich traue dir nicht. Zu viele Dinge deuten auf deine Komplicenschaft hin. Als Kumpan Fafhrds hättest du ihn sicher umgebracht, damit dein Verrat nicht mehr ans Tageslicht kommen kann. Vielleicht hast du das auch versucht. Dein Glück, daß sein Schädel so dick ist.«

Der sachliche Tonfall nahm Fissif den Mut zum Widerspruch. Slevyas leerte den Kelch, lehnte sich zurück und machte den Lehrlingen ein Zeichen, abzuräumen.

»Ist der Nordling wieder bei Bewußtsein?« fragte er.

Fissif nickte und fügte hinzu: »Er scheint Fieber zu haben. Warf sich in den Fesseln hin und her und murmelte herum. Etwas von ›morgen um Mitternacht‹. Dreimal hat er das wiederholt. Das übrige war in fremder Sprache.«

Ein dürrer rattengesichtiger Dieb trat ein. »Herr«, sagte er und verneigte sich unterwürfig, »wir haben den Grauen Mausling gefunden. Er sitzt in der Taverne zum Silbernen Aal. Wir halten das Haus unter Bewachung. Sollen wir ihn gefangennehmen oder umbringen?«

»Hat er den Schädel bei sich? Oder einen Kasten, in dem er sein könnte?«

»Nein, Herr«, erwiderte der Dieb und verbeugte sich noch tiefer.

Slevyas schwieg einen Augenblick gedankenverloren und bedeutete dann einem Lehrling, ihm Pergament und schwarze Tinte zu bringen. Er schrieb einige Zeilen und fragte Fissif: »Wie lauten doch die Worte, die der Nordling gemurmelt hat?«

»›Morgen um Mitternacht‹, Herr«, erwiderte Fissif nicht minder ergeben.

»Die passen genau«, sagte Slevyas und lächelte dünn – wie über eine Ironie, die nur er verstand. Und weiter bewegte sich seine Feder über das steife Pergament.

Mit dem Rücken zur Wand saß der Graue Mausling an einem zerkratzten weinfleckigen Tisch im Silbernen Aal und rollte nervös zwischen Zeigefinger und Daumen einen der Rubine, die er vom Tisch des toten Krovas genommen hatte. Sein kleiner Kelch mit bittergewürztem Wein war erst halb leer. Sein Blick wanderte unruhig durch den fast leeren Raum und richtete sich immer wieder auf die vier kleinen Fenster hoch an der Wand, die den kalten Nebel hereinließen. Mit zusammengekniffenen Augen starrte er den dicken Wirt mit der Lederschürze an, der entsetzlich schnarchte; er saß auf einem Stuhl am Fuß der kurzen Treppe, die zum Ausgang führte. Mit halbem Ohr lauschte er auf das unzusammenhängende schläfrige Murmeln der beiden Soldaten auf der anderen Seite des Raumes, die große Krüge vor sich stehen hatten und in trunkener Vertraulichkeit die Köpfe zusammensteckten.

Warum kam Fafhrd nicht? Ein unrechter Moment, zu spät zu kommen – und doch waren seit Ankunft des Mauslings die Kerzen fast um einen Zentimeter tiefergebrannt. Dem Mausling machte es keinen Spaß mehr, die gefährlichen Momente seiner Flucht aus dem Diebeshaus noch einmal zu überdenken, das eilige Treppenhasten, die Flucht von Dach zu Dach, der kurze Kampf zwischen den Kaminen.

Bei den Göttern des Abenteuers! Mußte er etwa in das Haus zurückkehren, das jetzt mehr denn je vor lockersitzenden Messern und wachsamen Augen strotzte, und nach seinem Freund suchen? Er schnippste die Finger zusammen, so daß das Juwel dazwischen in die Höhe sprang, auf die schmutzige Decke zu, ein glitzernd roter Streifen, ein Lichtfleck, den seine andere Hand wieder einhaschte, wie eine Eidechse, die eine Fliege fängt. Wieder starrte er mißtrauisch auf den zusammengesunkenen Wirt, der mit offenem Mund schlief.

Aus dem Augenwinkel erblickte er den Stahl, der vom nebelverschwommenen Fensterrechteck auf ihn zuraste. Instinktiv duckte er sich zur Seite, doch das war nicht nötig.

Der Dolch grub sich eine Armeslänge weiter links in die Tischplatte.

Einen scheinbar langen Augenblick hielt sich der Mausling bereit, beim geringsten Anzeichen von Gefahr in Deckung zu gehen. Der Einschlag des Dolches hatte den Wirt nicht geweckt und auch die beiden Soldaten nicht aufmerksam gemacht, von denen jetzt einer schnarchte. Langsam streckte der Mausling die linke Hand aus und zog den Dolch heraus. Er zerrte die kleine Pergamentrolle von der Klinge und begann, während er immer wieder wachsam die Fenster absuchte, abschnittsweise die hastig hingeworfenen lankhmarischen Runen zu lesen.

Der Text lautete: *Wenn du den Juwelenschädel nicht morgen Mitternacht in Slevyas' Raum bringst – der vorher Krovas' Raum war –, beginnen wir damit, den Nordling umzubringen.*

Wieder kroch mit dem nächsten Abenddämmer der Nebel nach Lankhmar hinein. Alle Geräusche wurden gedämpft, die Fackeln bekamen rauchige Höfe. Doch obwohl Mitternacht heranrückte, waren die Straßen mit Kaufleuten und Handwerkern angefüllt und mit Zechkumpanen, die den Schenken zustrebten, und mit Seeleuten frisch auf Urlaub, die die Ladenmädchen anstarrten.

In der Straße parallel zur Straße des Diebeshauses – Straße der Seidenhändler wurde sie genannt – ließ das Treiben langsam nach. Die Händler schlossen ihre Läden. Gelegentlich tauschten sie lautstark Bemerkungen aus, wie sie zwischen Geschäftsrivalen üblich sind, oder stellten Fragen nach dem Gang des Geschäfts.

Einige warfen seltsame Blicke auf ein schmales Steingebäude, das von der dunklen Masse des Diebeshauses überschattet wurde und aus dessen schlitzschmalen Fenstern im Obergeschoß warmes Licht drang. Hier wohnte eine gewisse Ivlis mit ihren Dienern und Leibwächtern. Sie war eine hübsche rothaarige Frau, die manchmal für den Oberherrn des Landes tanzte und die mit allgemeinem Respekt behandelt wurde – nicht allein deshalb, sondern weil auch das Gerücht umlief, sie sei die Geliebte des Oberen der Diebeszunft, dem die Seidenhändler Tribut zahlen mußten. An diesem Tage jedoch war die Vermutung aufgekommen, der alte Zunftmeister sei tot, und ein neuer habe seinen Platz eingenommen. Die Seidenhändler überlegten nun, ob Ivlis nicht mehr in Gunst stand und sich etwa angstvoll eingeschlossen hatte.

Eine kleine alte Frau kam durch die Straße herbeigehumpelt und tastete mit ihrem verbogenen Stock die Vertiefungen im Kopfsteinpflaster ab. Sie hatte sich in einen schwarzen Mantel gewickelt und einen schwarzen Schal über den Kopf gezogen und schien fast ein Teil des dunklen Nebels zu sein. Prompt stieß einer der Händler mit ihr zusammen. Er half ihr um eine Pfütze und grinste mitleidsvoll, als sie sich mit zitternder Stimme über den Zustand der Straße und die vielfältigen Gefahren beschwerte, denen eine alte Frau ausgesetzt war. Senil vor sich hin murmelnd, setzte sie ihren Weg fort. »Komm, es ist ja nur noch ein kleines Stück, nur ein kleines Stück. Aber sieh dich vor. Alte Knochen sind zerbrechlich.«

Ein Färberlehrling stieß hart mit ihr zusammen, und ging flegelhaft weiter, ohne sich nach ihr umzusehen. Er war kaum zwei Schritte weit gekommen, als ein wohlgezielter Fußtritt seine Kehrseite traf. Er fuhr ungeschickt herum, doch er sah nur die gebeugte alte Frau mit unsicher tappendem Stock davonschlurfen. Er riß Mund und Augen auf, trat einige Schritte zurück, kratzte sich verwundert und nicht ganz ohne böse Vorahnung den Kopf. Später gab er seiner Mutter die Hälfte seines Lohnes.

Die alte Frau blieb vor dem Haus der Ivlis stehen, starrte mehrmals zu den erleuchteten Fenstern auf, als könne sie nicht mehr so gut sehen und wisse nicht ganz, wo sie war. Schließlich stieg sie mühsam die Stufen zur Tür hinauf und klopfte schwach mit dem Stab dagegen. Nach einer Weile klopfte sie ein zweites Mal und rief mit nervöser Stimme: »Laßt mich ein! Ich bringe dem Bewohner dieses Hauses Nachricht von den Göttern. Ihr da drinnen – laßt mich ein!«

Endlich öffnete sich ein Fensterchen, und eine mißmutige Baßstimme sagte: »Verschwinde, du alte Hexe. Heute kommt niemand hier herein.«

Doch die alte Frau scherte sich nicht um den Einwand und wiederholte unbeirrt: »Laß mich ein, sage ich. Ich kann die

Zukunft lesen. Es ist kalt auf der Straße, und der Nebel kratzt mir in der Kehle. Laß mich hinein. Heute mittag kam eine Fledermaus und berichtete mir von unheilvollen Ereignissen, die die Bewohnerin dieses Hauses betreffen. Meine alten Augen vermögen die Schatten von Dingen zu erhellen, die es noch gar nicht gibt. Laß mich ein, sage ich.«

Am Fenster über der Tür zeichnete sich die schmale Silhouette einer Frau ab. Nach einer Weile entfernte sie sich wieder.

Der Wortwechsel zwischen der Alten und dem Wächter wurde noch einige Zeit fortgesetzt. Dann rief eine leise, heisere Stimme die Treppe herab: »Laß die weise Frau herein. Sie ist doch allein, nicht? Dann spreche ich mit ihr.«

Die Tür wurde ein kleines Stück geöffnet, und die schwarzumhüllte Gestalt schlurfte ins Haus. Die Tür wurde sofort wieder zugemacht und verriegelt.

Der Graue Mausling sah sich um und musterte die drei Leibwächter, die im dunklen Flur standen, kräftige Burschen, die jeweils zwei Kurzschwerter trugen. Sie gehörten offensichtlich nicht der Diebeszunft an. Anscheinend war ihnen nicht ganz wohl zumute. Er simulierte ein asthmatisches Keuchen, hielt sich die gekrümmte Seite und dankte mit feuchtsenilem Blick dem Mann, der ihm die Tür geöffnet hatte.

Der Wächter wich mit kaum verhohlenem Widerwillen zurück. Der Mausling bot auch keinen sehr schönen Anblick – sein Gesicht war kunstvoll mit aschevermischtem Fett beschmiert, mit entstellenden Lehmwarzen besetzt und halb verdeckt von dem strähnigen, trockenen grauen Haar einer Perücke, die – so hatte Laavyan, der Perückenverkäufer, behauptet – aus echtem Hexenhaar bestand.

Langsam begann der Mausling die Treppe zu erklimmen. Er stützte sich dabei schwer auf seinen Stock und blieb alle paar Stufen stehen, wie um zu Atem zu kommen. Es fiel ihm nicht leicht, ein solches Schneckentempo vorzulegen, wo doch Mitternacht so nahe war. Doch er hatte schon dreimal vergeblich versucht, in dieses gut bewachte Haus einzudringen, und er wußte, daß der geringste Fehler ihn sofort verraten würde. Er hatte noch nicht die halbe Treppe erklommen, als die heisere Stimme einen Befehl gab und eine dunkelhaarige Bedienstete in einem schwarzen Seidenkleid herabeilte. Ihre bloßen Füße waren auf dem Stein kaum zu hören.

»Du bist sehr freundlich zu einer alten Frau«, pfiff er und tätschelte die glatte Hand, die seinen Ellenbogen ergriff. Sie begannen ein wenig schneller zu gehen. Die Gedanken des Mauslings waren ganz auf den Juwelenschädel konzentriert. Er glaube ihn förmlich vor sich zu sehen – ein hellbraunes Oval. Dieser Schädel war der Schlüssel zum Diebeshaus und zu Fafhrds Sicherheit.

Nicht daß Slevyas den Nordling wirklich freilassen würde, selbst wenn er ihm den Schädel brachte. Doch mit dem Schatz war der Mausling wenigstens in einer guten Ausgangsposition. Ohne ihn würde er Slevyas' Unterschlupf stürmen müssen – und da war heute jeder Dieb auf sein Kommen vorbereitet. Gestern abend hatten das Glück und die Umstände auf seiner Seite gekämpft. So würde es nicht wieder kommen. Während ihm diese Gedanken durch den Kopf gingen, klagte er schrill über die steile Treppe und seine steifen Gelenke.

Das Mädchen führte ihn in ein Zimmer, das mit schweren Teppichen ausgelegt war und im Glanze von Seidentapeten erschimmerte. Von der Decke hing an schweren Metallketten eine Kupferlampe mit riesiger Schale, mit feingeritzten Ornamenten überzogen. Sie war noch nicht angezündet. Das weiche Licht und ein angenehm aromatischer Duft kamen von hellgrünen Kerzen auf kleinen Tischen, auf denen auch Parfümkrüge, kleine dickbauchige Flaschen mit Salben und dergleichen standen.

In der Mitte des Raumes wartete das rothaarige Mädchen, das er mit dem Schädel aus Krovas' Zimmer hatte fliehen sehen. Sie trug eine Seidenrobe. Ihr schimmerndes Haar war mit goldbeknopften Nadeln hochgesteckt. In aller Ruhe konnte er jetzt ihre Züge mustern und bemerkte die Härte ihrer gelbgrünen Augen und das verkrampfte Gesicht – Einzelheiten, die nicht zu ihren vollen weichen Lippen und der hellen cremigen Haut zu passen schienen. Die gespannte Haltung ihres Körpers verriet Besorgnis.

»Du liest die Zukunft, Frau?« Ihre Frage war mehr ein Befehl.

»Aus Haar und Hand«, bestätigte der Mausling und versuchte seinem zitternden Falsett einen drohenden Unterton zu geben. »Aus Handfläche, Herz und Auge.« Er zockelte auf sie zu. »Ja, und kleine Wesen sprechen mit mir und verraten mir ihre Geheimnisse.« Mit diesen Worten zog er plötzlich unter dem Umhang ein kleines schwarzes Kätzchen hervor und hielt es dem Mädchen vor das Gesicht. Die Rothaarige fuhr überrascht zurück und stieß einen Schreckenslaut aus, doch konnte er erkennen, daß diese Einzelheit seiner Vorstellung einen Anstrich von Echtheit gegeben hatte.

Ivlis winkte das Mädchen fort, und der Mausling beeilte sich, seinen Vorteil zu nutzen, ehe Ivlis' gegenwärtige Stimmung schwand. Er sprach von Verdammnis und Geschick, von bösen Omen und Vorzeichen, von Geld und Liebe und Reisen über Wasser. Er baute auf die abergläubischen Vorstellungen, die seines Wissens unter den Tanzmädchen Lankhmars kursierten. Er beeindruckte sie, indem er ›einen dunklen Mann mit schwarzem Bart, entweder vor kurzem gestorben oder an der Schwelle zum Tode‹ heraufbeschwor. Er verwebte Tatsache, Vermutungen und eindrucksvolle Gemeinplätze zu einem komplizierten Ganzen.

Die morbide Faszination eines Blicks in die verbotene Zukunft packte das Mädchen, und sie beugte sich vor, atmete hastiger, rang die Finger, biß sich auf die Unterlippe. Ihre hastig hingehauchten Fragen drehten sich zumeist um einen ›grausamen großen Mann‹, in dem der Mausling unschwer Slevyas wiedererkannte, und ob sie Lankhmar etwa verlassen sollte.

Der Mausling redete und redete und hielt nur inne, um seinen Vortrag noch realistischer zu gestalten, indem er hustete, keuchte oder kicherte. Zuweilen glaubte er fast selbst, eine Hexe zu sein und eine unheimliche Wahrheit zu verkünden.

Doch der Gedanke an Fafhrd und den Schädel ließ ihm keine Ruhe, und er wußte, daß Mitternacht nicht mehr fern war. Er erfuhr viel von Ivlis; vor allem, daß sie Slevyas mehr haßte als fürchtete. Doch die Information, die ihm am meisten am Herzen lag, blieb aus.

Dann erblickte der Mausling etwas, das ihn wieder belebte. Hinter Ivlis gab ein Vorhangspalt den Blick auf die Wand frei, und er bemerkte dort einen großen Stein, der nicht an Ort und Stelle zu liegen schien. Gleich darauf wurde ihm bewußt, daß der Stein die gleiche Größe und Form und Beschaffenheit hatte wie der Stein in Krovas' Zimmer. Es mußte sich hier also, so überlegte er optimistisch, um das andere Ende des Ganges handeln, durch den Ivlis entkommen war. Er beschloß, auf diesem Wege in das Diebeshaus einzudringen, ob er den Schädel nun an sich bringen konnte oder nicht.

Der Mausling wollte nun keine Zeit mehr verschwenden und griff nach einer List. Er hielt plötzlich inne, kniff dem Kätzchen in den Schwanz, um es zum Miauen zu bringen, schnüffelte mehrmals, verzog das Gesicht zu einer Maske des Schreckens und rief: »Knochen! Ich spüre die Knochen eines Toten.«

Ivlis zog scharf den Atem ein und warf einen hastigen Blick auf die große Lampe, die dunkel von der Decke hing. Der Mausling wußte sofort, was dieser Blick bedeutete.

Doch entweder zeigte sich seine Befriedigung zu deutlich, oder Ivlis erriet, daß sie auf hinterlistige Weise aus der Reserve gelockt worden war – jedenfalls starrte sie ihn scharf an. Die abergläubische Erregung verließ sie, und ihr Blick gewann seine ursprüngliche Härte zurück.

»Du bist ein Mann!« sagte sie aufbrausend. »Slevyas hat dich geschickt!«

Mit diesen Worten zerrte sie eine der dolchlangen Nadeln aus ihrem Haar und warf sich, nach seinen Augen zielend, auf ihn. Er fuhr zur Seite, packte mit der Linken ihr Handgelenk und legte ihr die Rechte über den Mund. Der Kampf dauerte nicht lange und verlief wegen der dicken Teppiche fast völlig lautlos. Als er das Mädchen mit Vorhangfetzen sorgfältig gefesselt und geknebelt hatte, schloß der Mausling zunächst die Tür zur Treppe, zog die geheimnisvolle Steintür auf und stieß wie erwartet auf den schmalen Durchgang. Ivlis verfolgte ihn mit ihren mörderischen Blicken und lehnte sich vergeblich gegen ihre Fesseln auf. Doch für Erklärungen blieb ihm jetzt keine Zeit. Er hob seine unpassende Kleidung, sprang geschickt zur Lampe hoch und hielt sich am Außenrand fest. Die Lampenketten hielten sein Gewicht, und er zog sich hinauf, bis er in das Rund der Schale blicken konnte. Und dort lagen der mattbraune juwelenglitzernde Schädel und die edelsteinbesetzten Handknochen.

Die obere Schale der kristallenen Wasseruhr war fast leer. Mit unbewegtem Blick beobachtete Fafhrd das Herausstülpen und den Fall der Tropfen, die sich in der unteren Schale sammelten. Er lag auf dem Boden, mit dem Rücken zur Wand. Seine Beine waren vom Knie bis zu den Fußgelenken zusammengebunden, die Arme waren ihm mit der gleichen Menge Schnur auf dem Rücken gefesselt, so daß er sich überhaupt nicht bewegen konnte. Auf jeder Seite hockte ein bewaffneter Dieb.

Wenn die obere Schale sich leerte, war es Mitternacht.

Gelegentlich richtete sich sein Blick auf die dunklen wesenlosen Gesichter rings um den Tisch, auf dem die Uhr und einige andere Folterinstrumente standen. Das waren die Aristokraten der Diebeszunft – Männer mit listigen Augen und eingefallenen Wangen, Männer, die miteinander um den Prunk und die Schmierigkeit ihrer Kleidung wetteiferten.

Die zuckenden Fackeln warfen schmutzigrote und purpurne Schlaglichter, erhellten hier und da die silber- und goldverzierten Gewänder. Hinter den maskenstarren Gesichtern spürte Fafhrd jedoch Unsicherheit. Nur Slevyas, auf dem Stuhl des toten Krovas sitzend, schien völlig ruhig und selbstbewußt. Mit fast gleichgültiger Stimme verhörte er einen Dieb, der unterwürfig vor ihm kniete.

»Bist du wirklich ein so großer Feigling, wie du uns glauben machen möchtest?« fragte er. »Willst du uns etwa erzählen, du hättest dich vor einem leeren Keller gefürchtet?«

»Herr, ich bin kein Feigling«, flehte der Dieb. »Ich bin den Fußabdrücken des Nordlings durch den Staub gefolgt – durch den schmalen Korridor und fast bis zum unteren Ende der alten Treppe, die bis heute vergessen war. Aber niemand könnte die seltsam hohen Stimmen und das Knochenrasseln vernehmen, ohne von Entsetzen gepackt zu sein. Die trokkene Luft machte mich würgen, ein Windhauch blies meine Fackel aus. Irgendwelche Wesen redeten mich an. Herr, ich fände nichts dabei, einer lauernden Kobra einen Edelstein abzunehmen, wenn du das befiehlst. Doch ich habe es nicht fertiggebracht, in diese Dunkelheit vorzudringen.«

Fafhrd sah, wie Slevyas die Lippen zusammenpreßte, und rechnete damit, daß jetzt das Urteil über den unglücklichen Dieb gesprochen würde, doch einige Männer am Tisch hatten noch etwas zu sagen.

»Da mag etwas daran sein«, sagte einer. »Wer will schon wissen, was sich in den Kellerräumen aufhält, die der Nordling zufällig entdeckt hat?«

»Bis gestern abend wußten wir überhaupt nicht, daß es sie gibt«, sagte ein zweiter. »Im Staub der Jahrhunderte mag manches Seltsame lauern.«

»Gestern abend«, schaltete sich ein dritter ein, »haben wir Fissif für einen Lügner gehalten. Und doch fanden wir an Krovas' Hals Male von Klauen oder von nackten Knochen.«

Es war, als wogte eine Angstwelle aus dem fernen Keller herauf. Die Stimmen klangen bedrückt. Die untergebenen Diebe, die an den Wänden standen und Fackeln und Waffen hielten, wurden von abergläubischem Entsetzen ergriffen. Wieder zögerte Slevyas, obwohl er im Gegensatz zu den anderen eher verwirrt als verängstigt schien. In der plötzlichen Stille war das Platschen der fallenden Tropfen deutlich zu hören. Fafhrd beschloß, sich diese Situation zunutze zu machen.

»Ich werde euch verraten, was ich dort im Keller fand«, sagte er mit tiefer Stimme. »Doch zuerst müßt ihr mir sagen, wo die Diebe seit jeher ihre Toten begraben.«

Abschätzend blickte man ihn an. Seitdem er wieder zu sich gekommen war, hatte er noch kein Wort gesagt. Seine Frage blieb unbeantwortet, doch durfte er sprechen. Sogar Slevyas machte keine Einwände, wenn er auch die Stirn runzelte und mit einer Daumenschraube spielte.

Fafhrds Bericht war hörenswert. Seine Worte klangen hohl durch den Raum, sie hatten einen Hauch von nordischer Eis-Öde, von dramatischem Beigeschmack, wie ihn nur die Stimme eines geschulten Skalden aufbringen kann. In allen Einzelheiten berichtete er von seinen Abenteuern in den dunklen Bereichen unter dem Gebäude. Ja, er fügte noch kleine Beigaben hinzu, die die Wirkung steigern sollten und die sein Erlebnis zu einem erschreckenden Epos werden ließen. Die einfachen Diebe, die diese Art Erzählung nicht kannten, starrten ihn offenen Mundes an. Die Männer am Tisch rührten sich nicht. Er legte seinen Bericht so breit an, wie er es nur irgend wagte – er versuchte, Zeit zu gewinnen.

In den kurzen Pausen, die er einlegte, war das Tropfen der Wasseruhr nicht mehr zu hören. Plötzlich nahmen Fafhrds Ohren ein leises Knirschen wahr – als würde Stein über Stein geschoben. Seine Zuhörer schienen nichts zu merken, doch Fafhrd wußte sofort, daß die Steintür in der Nische geöffnet wurde, die noch immer durch die schwarzen Vorhänge verschlossen war.

Er hatte den Höhepunkt seiner Enthüllungen erreicht.

»Dort, in jenen vergessenen Kellergewölben«, sagte er, und seine Stimme dröhnte womöglich noch ein wenig tiefer, »halten sich die lebendigen Gebeine der verstorbenen Diebe Lankhmars auf. Lange schon liegen sie dort und hassen euch, die ihr sie vergessen habt. Der Juwelenschädel gehört ihrem Bruder Ohmphal. Hatte Krovas euch nicht gesagt, daß die Pläne für den Diebstahl aus der fernen Vergangenheit stammten? Ohmphal sollte wieder zu seinen Brüdern heimkehren. Statt dessen entweihte Krovas den Schädel, indem er die Juwelen herausbrach. Wegen dieser Freveltat fanden Ohmphals knochige Hände die übernatürliche Kraft, ihn zu töten. Ich weiß nicht, wo der Schädel jetzt ruht. Doch wenn er nicht zu ihnen zurückgekehrt ist, werden ihn die Wesen da unten holen kommen – heute nacht. Und sie werden keine Gnade walten lassen.«

Da blieben Fafhrd die Worte im Hals stecken. Sein wichtigstes Argument, das ihn von den Fesseln befreien sollte, blieb unausgesprochen. Denn vor dem schwarzen Vorhang der Nische, freischwebend in der Luft, leuchtete der Schädel Ohmphal, und seine Juwelenaugen glitzerten in einem Licht, das nicht nur Reflexion war. Die Diebe folgten Fafhrds Blick, und ein Hauch der Angst ging rings durch den Raum – eine so spürbare, intensive Angst, daß einen Augenblick lang gar keine Panik aufkommen konnte. Eine Angst, wie sie sie ihrem lebendigen Herrn gegenüber empfanden, doch um ein Vielfaches verstärkt.

Und dann sprach eine hohe, schrille Stimme aus dem Schädel: »Bewegt euch nicht, ihr feigen Diebe der Gegenwart! Zittert und schweigt! Hier spricht euer alter Herr und Meister. Hört, ich bin Ohmphal!«

Die Wirkung der Stimme auf die Diebe war seltsam. Die meisten wichen zurück, knirschten mit den Zähnen und ballten die Fäuste, um das Zittern ihrer Arme zu unterdrücken. Zugleich überlief Fafhrd eine große Erleichterung, denn er hatte die Stimme des Mauslings erkannt. Und auf dem Gesicht des dicken Fissif paarte sich Verwunderung mit Angst.

»Zuerst«, fuhr die Stimme des Schädels fort, »erwürge ich den Nordling, um euch ein Beispiel zu geben. Schneidet seine Fesseln durch und bringt ihn herüber. Beeilt euch, damit ich und meine Brüder euch nicht alle töten müssen.«

Mit zitternden Fingern zerschnitten die Wächter seine Fesseln. Er spannte seine mächtigen Muskeln an und versuchte seinen Kreislauf wieder in Gang zu bringen. Er wurde hochgezogen und stolpernd auf den Schädel zugestoßen.

Urplötzlich erzitterten die schwarzen Vorhänge, bauschten sich auswärts. Etwas schien dahinter vorzugehen. Ein schriller Wutschrei ertönte. Der Schädel Ohmphals rutschte am schwarzen Samt zu Boden, rollte ins Zimmer und brachte die Diebe dazu, quiekend beiseite zu springen, aus Angst, der Schädel könnte ihnen mit vergifteten Zähnen in die Waden beißen. Aus dem Loch am Hals fiel eine Kerze, deren Flamme sofort erlosch. Die Vorhänge wurden zur Seite gerissen und gaben den Blick auf zwei miteinander ringende Gestalten frei.

Einen Augenblick lang wollte Fafhrd seinen Augen nicht trauen, als er die alte Frau in Schwarz erblickte, die ihre Röcke zwischen den Beinen hochgebunden hatte. Welch erstaunlicher Anblick! Ihre Gegnerin war ein rothaariges Mädchen mit einem Dolch. Im nächsten Moment wurde der alten Frau die Perücke abgerissen, und er erkannte das Gesicht des Mauslings unter der Fettmaske. Fissif sprang mit gezücktem Dolch an Fafhrd vorüber. Der Nordling erwachte sofort aus seiner Verblüffung, packte ihn an der Schulter, warf ihn gegen die Wand, entriß einem reglosen Dieb das Schwert und stolperte mit halb gelähmten Muskeln in den Kampf.

Inzwischen wurde sich Ivlis der Zuschauer bewußt und gab ihren Angriff auf. Fafhrd und der Mausling wandten sich der Nische zu, die ihnen ein Entkommen bot, und wurden fast umgerannt von den drei Leibwächtern Ivlis', die durch den Gang gestürmt kamen, um ihre Herrin zu befreien. Die Männer gingen sofort zum Angriff auf Fafhrd und den Mausling über, da die beiden am nächsten standen, jagten sie durch den Raum und begannen mit ihren kurzen Schwertern auch auf die Diebe einzuhauen.

Diese Entwicklung verwirrte Slevyas' Anhänger noch mehr, gab ihnen jedoch auch Gelegenheit, sich ein wenig von ihrer Angst vor dem Übernatürlichen zu erholen. Slevyas, der das Wesentliche der Lage sofort begriff, trieb mit seinen Breitseit-Hieben seines Schwertes eine Gruppe von Dieben vor die Nische, damit sie dort den Tunnel blockierten. Ein wilder Tumult brach los. Schwerter klirrten. Dolche zuckten. Panische, sinnlose Angriffe wurden gestartet, Köpfe schlugen zusammen, Blut floß. Fackeln wurden geschwungen wie Knüppel, fielen zu Boden und versengten dort die Verletzten. In der Verwirrung kämpfte mancher Dieb gegen seinesgleichen, während die Oberen, die am Tisch gesessen hatten, auch in der Verteidigung dicht zusammenblieben. Slevyas brachte einen kleinen Trupp Gefolgsleute zusammen und ging zum Angriff auf Fafhrd über. Der Mausling stellte Slevyas ein Bein, doch dieser wirbelte auf den Knien herum und hieb mit seinem Langschwert nach dem schwarzen Umhang und hätte den kleinen Mann fast gefällt. Fafhrd schlug mit einem Stuhl um sich und brachte damit seine Angreifer von den Beinen; dann warf er den Tisch um, und die Wasseruhr zersplitterte.

Nach und nach bekam Slevyas seine Diebe wieder in den Griff. Er wußte, daß sie in dem Durcheinander im Nachteil waren, und bemühte sich, sie zusammenzurufen und in zwei Gruppen zu organisieren – die eine in der Nische, deren Vorhang inzwischen abgerissen war, und die andere bei der Tür. Fafhrd und der Mausling hockten in der entgegengesetzten Ecke des Raumes hinter dem umgestürzten Tisch, dessen Platte ihnen als Barrikade diente. Der Mausling war nicht wenig überrascht, Ivlis neben sich zu finden.

»Ich habe genau gesehen, daß du Slevyas töten wolltest«, flüsterte sie grimmig. »Wir müssen uns ohnehin zusammentun.«

Einer ihrer Leibwächter war bei ihr. Die anderen beiden lagen tot oder bewußtlos bei dem Dutzend Diebe, das im Zimmer verstreut lag – zwischen den gefallenen Fackeln, die die Szene in ein schwaches, unheimliches Flackerlicht tauchten. Verwundete Diebe stöhnten und krochen herum oder wurden von ihren Kameraden in den Korridor hinausgezogen. Slevyas brüllte nach Netzen und neuen Fackeln.

»Wir müssen den Sturm wagen«, flüsterte Fafhrd durch zusammengebissene Zähne, mit denen er eine Binde um seinen Arm festknotete. Und dann hob er plötzlich den Kopf und schnüffelte. Durch all das Chaos und den süßlichschwachen Blutgeruch war ein Duft zu ihm gedrungen, der seine Haut prickeln ließ, ein Geruch, der ihm zugleich fremd und vertraut war, ein schwacher Duft, heiß, trocken und staubig. Einen Augenblick lang schwiegen die Diebe, und Fafhrd glaubte leisen Marschtritt zu hören, das Klicken knochiger Füße.

Dann schrie ein Dieb: »Herr, der Schädel, der Schädel! Er bewegt sich. Er beißt die Zähne zusammen!«

Verwirrte Geräusche deuteten an, daß die Männer hastig zurückwichen, dann ertönte Slevyas' Fluch. Der Mausling starrte über die Tischkante und sah Slevyas den Juwelenschädel in die Mitte des Raumes treten.

»Narren!« rief er seinen eingeschüchterten Gefolgsleuten zu. »Glaubt ihr immer noch an diese Lügen, an das Altweibergewäsch? Glaubt ihr wirklich, die toten Gebeine könnten gehen? Ich und kein anderer bin euer Herr! Und mögen alle toten Diebe auf ewig verdammt sein!«

Mit diesen Worten pfiff sein Schwert herab. Ohmphals Schädel zersprang wie eine Eierschale. Die Diebe stießen ein schrilles Angstgeheul aus. Der Raum wurde dunkler, als wäre er plötzlich von Staub erfüllt.

»Und jetzt folgt mir!« schrie Slevyas. »Tod den Eindringlingen!«

Doch die Diebe wichen zurück, wurden zu Schatten in der Düsternis.

Fafhrd, der seine Gelegenheit gekommen sah, bezwang seine aufsteigende Angst und griff Slevyas an. Der Mausling folgte ihm. Fafhrd wollte sein Ziel mit drei Schlägen erreichen. Zuerst ein Hieb gegen Slevyas' längeres Schwert, um es abzulenken, dann ein schneller Schlag zur Seite, der den Gegner aus dem Gleichgewicht bringen sollte, und schließlich ein Rückhandschlag gegen den Kopf.

Doch Slevyas war kein schlechter Schwertkämpfer. Er wich dem dritten Hieb aus und schlug dann mit seiner Waffe nach dem Hals des Nordlings. Dieser Angriff brachte Fafhrds kräftige Muskeln wieder in Aktion. Gewiß, die Klinge streifte seinen Nacken, doch sein Gegenschlag traf Slevyas' Schwert nahe dem Griff und lähmte die Hand des Meisterdiebs. Fafhrd wußte, daß er jetzt die Oberhand hatte, und bedrängte seinen Gegner mit einer rücksichtslosen Attacke. Er bemerkte nicht, daß der Raum dunkler wurde. Er wunderte sich nicht, daß Slevyas' verzweifelte Hilferufe ohne Reaktion blieben; es entging ihm, daß die Diebe auf die Nische zuströmten, daß die Verwundeten aus dem Korridor wieder in den Raum gekrochen kamen. Auf die Tür zu trieb er Slevyas, so daß sich der Mann schließlich als Silhouette davor abzeichnete. Schließlich, Slevyas hatte eben die Schwelle erreicht, entwaffnete er ihn mit einem Schlag, der das Schwert des Diebes davonwirbeln ließ, und legte Slevyas die Schwertspitze an den Hals.

»Ergib dich!« rief er.

Erst da ging ihm auf, wie schwer ihm der staubige Geruch in der Nase lag, wie still das Zimmer hinter ihm war; er spürte einen heißen Wind aus dem Gang, vernahm das Geräusch von Knochen, die im Marschtritt auf den Steinboden klickten. Er sah Slevyas über die Schulter blicken, sah Todesfurcht auf dem Gesicht seines Gegners. Dann wallte eine plötzliche Dunkelheit heran, wie eine schwarze Rauchwolke. Doch ehe sie ihn völlig blendete, erblickte er Knochenarme, die Slevyas um den Hals fuhren, und als der Mausling ihn zurückzerrte, sah er ein Durcheinander von Skelettgestalten auf der Schwelle, deren Augen grün und rot und saphierblau schimmerten.

Dann herrschte absolute Dunkelheit, durchbrochen von

den Schreien der Diebe, die durch den schmalen Tunnel in der Nische zu fliehen versuchten. Und über all dem Geschrei waren hohe dünne Stimmen zu vernehmen, wie das Piepsen von Fledermäusen, kalt wie die Ewigkeit. Einen Schrei hörte er ganz deutlich:

»Mörder Ohmphals, dies ist die Rache seiner Brüder!«

Dann fühlte sich Fafhrd vom Mausling wieder in die andere Richtung gezogen, zur Korridortür hin. Als er wieder richtig sehen konnte, befand er sich auf der Flucht durch das leere Diebeshaus – er, der Mausling, Ivlis und der übriggebliebene Leibwächter.

Ivlis' Zimmermädchen, das entsetzt das andere Ende des Ganges versperrt hatte, hockte zitternd auf den Teppichen, lauschte, ohne fliehen zu können, auf die gedämpften Schreie und das Flehen und das schwache Stöhnen, in dem ein schrecklicher Triumph mitschwang. Die kleine schwarze Katze krümmte sich mit gesträubtem Fell zusammen und fauchte. Schließlich war nichts mehr zu hören.

In den folgenden Jahren gab es nach allgemeiner Beobachtung weniger Diebe in Lankhmar. Und es gingen Gerüchte, daß die Diebeszunft bei Vollmond seltsame Riten vollzog, daß die Diebe in den Keller zogen und dort irgendwelchen alten Göttern huldigten. Und man vermutete sogar, daß sie diesen Göttern, wer immer sie sein mochten, ein Drittel ihrer ganzen Beute gaben.

Doch Fafhrd, der mit dem Mausling und Ivlis und einem Mädchen aus Tovilyis in einem Hinterzimmer des Silbernen Aals saß, klagte über die Ungerechtigkeit des Schicksals.

»All die Mühe – und dann haben wir nicht mal etwas vorzuweisen! Die Götter hegen einen anhaltenden Groll gegen uns.«

Der Mausling lächelte, griff in seinen Beutel und legte drei Rubine auf den Tisch.

»Ohmphals Fingerspitzen«, sagte er.

»Wie kannst du es wagen, die Steine zu behalten?« fragte Ivlis. »Fürchtest du dich nicht vor braunen Knochen um Mitternacht?« Sie schauderte und beäugte den Mausling nicht ohne Sorge.

Er erwiderte ihren Blick und sagte, obwohl der Geist seiner Ivrian dagegen protestierte: »Mir liegt mehr an rosa Knochen, die angemessen bekleidet sind.«

Aus dem Amerikanischen
übersetzt von Thomas Schlück

Die öde Küste

»Du glaubst also, daß ein Mann den Tod betrügen und das Schicksal überlisten kann?« fragte der kleine bleiche Mann, dessen vorspringende Stirn von einer schwarzen Kapuze bedeckt war.

Der Graue Mausling, den Würfelbecher zum Wurf bereit, hielt inne und sah den Fragesteller von der Seite an.

»Ich sagte, daß ein schlauer Mann den Tod eine lange Zeit betrügen kann.«

Im Silbernen Aal herrschte ein rauhes Durcheinander. Männer stritten und balgten sich, und das Klirren der Harnische vermischte sich mit dem dumpfen Poltern von Krügen – eine tiefe Begleitung zum schrillen Gelächter der Frauen. Gardisten wehrten sich mit Ellenbogen gegen die jungen Herren. Sklaven schlängelten sich mit offenen Weinkrügen geschickt durch das Gewirr. In einer Ecke tanzte ein Sklavenmädchen, und das Klirren ihrer silbernen Fußglöckchen ging im allgemeinen Lärm unter. Draußen, jenseits der dicht verschlossenen Fenster, füllte ein trockener, scharfer Wind die Luft mit Staub, der zwischen den Pflastersteinen herumwirbelte und die Sterne vernebelte. Im Innern jedoch herrschte lustiges Chaos.

Der Graue Mausling gehörte zu dem Dutzend Männern am Spieltisch. Er war von Kopf bis Fuß in Grau gekleidet – Wams, Seidenhemd und Kappe aus Mäuseleder –, doch seine dunklen blitzenden Augen und das geheimnisvolle Lächeln schienen ihn mehr mit Leben zu erfüllen als die anderen – vielleicht mit Ausnahme des riesigen Barbaren neben ihm, der hemmungslos lachte und krügeweise den sauren Wein Lankhmars in sich hineinschüttete, als wäre er Bier.

»Es heißt, du bist ein geschickter Schwertkämpfer und hast dem Tod oft nahegestanden«, fuhr der kleine bleiche Mann in der schwarzen Robe fort, und seine Lippen bewegten sich kaum, während er sprach.

Doch der Mausling hatte inzwischen seinen Wurf gemacht, und die seltsamen Würfel Lankhmars offenbarten die zueinandergehörigen Zeichen des Aals und der Schlange, und er war damit beschäftigt, dreieckige Goldmünzen einzusammeln. So antwortete der Barbar an seiner Stelle:

»Ja, der Graue hier versteht mit dem Schwert umzugehen – fast so gut wie ich. Er ist auch ein großer Betrüger beim Würfeln.«

»Dann bist du also Fafhrd?« fragte der andere. »Und glaubst auch du, daß ein Mann den Tod betrügen kann, wenn er beim Spiel zu betrügen versteht?«

Der Barbar entblößte grinsend seine weißen Zähne und betrachtete mit einiger Verwirrung den kleinen bleichen Mann, dessen düstere Erscheinung, dessen ernstes Gehabe so wenig zu den anderen Gästen der niedrigen Taverne paßte.

»Sie haben richtig geraten«, sagte er herausfordernd. »Ich bin Fafhrd, ein Nordling, und ich bin bereit, mich mit jeder Gefahr zu messen.« Er stieß seinem Begleiter mit dem Ellenbogen in die Seite. »Schau, Mausling, was hältst du von dieser kleinen schwarzgekleideten Maus, die sich durch einen Spalt im Boden herausgeschlichen hat und sich mit dir und mir über den Tod unterhalten möchte?«

Der Mann in Schwarz schien die spöttische Bemerkung überhaupt nicht zu hören. Wieder bewegte er kaum die blutleeren Lippen, doch seine Worte klangen seltsam deutlich durch den Lärm ringsum.

»Man hört, daß ihr beide in der Verbotenen Stadt der Schwarzen Götzen dem Tode nahe wart – und in der Steinfalle Angarngis und auf der Nebelinsel im See der Ungeheuer. Auch wird erzählt, ihr hättet in der Eis-Öde dem Schicksal getrotzt, ebenso wie im Gewirr der Klauen. Aber wer kann das beurteilen, wer kann wissen, ob Tod und Verderbnis wirklich so nahe waren? Wer kann dafür einstehen, daß ihr nicht Großmäuler seid, die sich einmal zu oft mit fremden Taten gebrüstet haben? Ich habe mir sagen lassen, daß der Tod zuweilen einen Mann zu sich ruft, mit einer Stimme, die nur dieser eine hören kann. Dann muß er sich erheben und seine Freunde verlassen und die Stelle aufsuchen, die der Tod ihm bezeichnet hat. Hat der Tod euch jemals auf diese Weise gerufen?«

Fafhrd hätte lachen mögen; er tat es nicht. Dem Mausling

lag eine witzige Bemerkung auf der Zunge, doch er hörte sich plötzlich fragen: »Wie würde der Tod uns denn rufen?«

»Das käme darauf an«, sagte der kleine Mann. »Vielleicht schaut er zwei Männer wie euch an und sagt: ›Die öde Küste.‹ Mehr nicht. ›Die öde Küste.‹ Und wenn er es zum drittenmal gesagt hat, müßtet ihr gehen.«

Diesmal versuchte Fafhrd zu lachen, doch es gelang ihm nicht. Beide vermochten nur den Blick des kleinen Mannes mit der bleichen vorspringenden Stirn zu erwidern, vermochten nur in seine kalten tiefliegenden Augen zu starren. Ringsum wehte Gelächter über irgendeinen Spaß. Ein betrunkener Gardist grölte ein Lied. Die Spieler stießen den Mausling ungeduldig an, seinen nächsten Einsatz zu machen. Eine kichernde Frau in einem roten und goldenen Kleid stolperte an dem kleinen bleichen Mann vorbei und streifte ihm fast die schwarze Kapuze vom Kopf. Doch er bewegte sich nicht.

Und Fafhrd und der Graue Mausling vermochten den Blick nicht loszureißen – fasziniert, hilflos starrten sie in seine schwarzen Augen, die ihnen jetzt wie Tunnel in eine ferne, böse Zukunft vorkamen. Eine eiskalte Hand ergriff von ihnen Besitz, hielt sie eisern umfangen. Die Taverne rückte ab, verlor jedes Geräusch, als wäre sie plötzlich hinter eine dicke Glasscheibe gerückt. Sie sahen nur die Augen und das Jenseitige hinter diesen Augen, jenes unwägbare Trostlose und Gefährliche.

»Die öde Küste«, wiederholte der Mann.

Im nächsten Augenblick sahen die Gäste der Taverne Fafhrd und den Grauen Mausling aufstehen. Ohne ein Zeichen des Abschieds, ohne Gruß gingen sie zusammen auf die niedrige Eichentür zu. Ein Gardist fluchte, als ihn der riesige Nordling blindlings aus dem Weg schob. Fragen wurden gebrüllt, spöttische Bemerkungen fielen – der Mausling hatte gerade gewonnen –, doch das ließ schnell nach, denn das Verhalten der beiden strahlte etwas Seltsames, etwas Fremdartiges aus.

Niemand nahm Notiz von dem kleinen bleichen Mann im schwarzen Umhang. Alle sahen, wie die Tür geöffnet wurde. Sie hörten das Stöhnen des Windes und vernahmen ein hohles Flappen, das wahrscheinlich vom Baldachin vor dem Gebäude herrührte. Sie sahen einen Staubwirbel auf der Treppe. Dann war die Tür wieder geschlossen, und Fafhrd und der Graue Mausling waren gegangen.

Niemand sah sie auf ihrem Weg zu den großen Steinkais am Ostufer des Hlal-Flusses auf der anderen Seite Lankhmars. Niemand sah Fafhrds kleine Schaluppe, die ein rotes Segel hatte, ablegen und in die Strömung hinausgleiten, die in das stürmische Binnenmeer führte. Die Nacht war dunkel, und der Staub hielt die Menschen zu Hause. Am nächsten Tag waren sie jedenfalls verschwunden, und das Schiff mit ihnen, und dazu auch seine vierköpfige Mingol-Besatzung – Sklavengefangene, zu lebenslangem Dienst verpflichtet, die Fafhrd und der Mausling von einem ansonsten erfolglosen Zug gegen die Verbotene Stadt der Schwarzen Götzen mitgebracht hatten.

Etwa vierzehn Tage später traf ein Bericht aus Westpunkt in Lankhmar ein – aus einer kleinen Hafenstadt ganz weit im Westen, an der Küste des schiffslosen Äußeren Meers. Es wurde berichtet, daß eine Schaluppe in den Hafen gekommen war und eine ungewöhnlich große Menge Nahrungsmittel und Wasser an Bord genommen hatte – ungewöhnlich groß, weil die Mannschaft nämlich nur aus sechs Personen bestand: aus einem düsteren bleichen Barbaren aus dem Norden, aus einem ernsten kleinen Mann in Grau und aus vier breiten, gedrungenen schwarzhaarigen Mingols. Anschließend war das Boot direkt in den Sonnenuntergang gesegelt. Die Leute des Ortes hatten das rote Segel bis zum Anbruch der Dunkelheit beobachtet und hatten die Köpfe geschüttelt über den kühnen Kurs.

Als dieser Bericht in Lankhmar umging, gab es erneutes Kopfschütteln, und man sprach mit besonderer Betonung von dem seltsamen Verhalten der beiden Freunde am Abend ihrer Abfahrt. Und als die Wochen zu Monaten wurden und sich schließlich auch die Monate aneinanderreihten, sprachen viele von Fafhrd und dem Grauen Mausling, als wären sie tot.

Dann tauchte der Mingol Ourph auf und erzählte den Hafenarbeitern Lankhmars seine seltsame Geschichte. Über die

Stichhaltigkeit seines Berichtes war man geteilter Meinung, denn obwohl Ourph die weiche Sprache Lankhmars ganz gut beherrschte, war und blieb er ein Außenseiter, und nachdem er wieder verschwunden war, wußte niemand zu beweisen, daß er tatsächlich zu den Mingols gehörte, die auf der Schaluppe gefahren waren. Außerdem ließ seine Geschichte doch einige Fragen offen, weshalb sie von vielen auch für unwahr gehalten wurde.

»Sie waren verrückt«, erzählte Ourph, »oder standen unter einem Fluch, diese beiden Männer, der große und der kleine. Geahnt habe ich das schon, als sie uns vor den Mauern der Verbotenen Stadt das Leben schenkten. Gewißheit erhielt ich, als sie nun immer weiter nach Westen segelten, ohne aufzuhören, ohne auch nur einmal das Segel zu reffen, ohne den Kurs zu ändern, immer hatten wir den Stern der Eisfelder zur Linken. Sie sprachen wenig, schliefen wenig, lachten überhaupt nicht. Ola, sie waren verflucht! Wir vier – Teevs, Larlt, Ouwenyis und ich – schienen für sie überhaupt nicht zu existieren. Wir hatten unsere Amulette, die allen bösen Zauber von uns abhielten. Wir hatten Sklaventreue bis in den Tod geschworen. Und wir waren Männer der Verbotenen Stadt. Wir meuterten also nicht.

Viele Tage lang segelten wir. Die See war ruhig und leer ringsum – und klein, sehr klein; es hatte den Anschein, als beugte sie sich im Norden und Süden und im schrecklichen Westen von uns fort, so daß wir sie nicht mehr sehen konnten, so als wäre sie schon nach einer Stunde Fahrt zu Ende. Und auch im Osten sah es bald so aus. Doch die Hand des großen Nordlings lag wie ein Fluch auf der Ruderpinne, und die Hand des kleinen Grauen war nicht minder fest.

Wir vier saßen zumeist im Bug, denn um die Segel brauchten wir uns kaum zu kümmern, und würfelten des Morgens und des Abends um unser Geschick, um unsere Amulette und Kleidung – wir hätten auch unsere Haut verspielt, wären wir nicht Sklaven gewesen.

Um den Ablauf der Tage im Griff zu behalten, band ich ein Stück Schnur um meinen rechten Daumen, und rückte es jeden Tag einen Finger weiter, bis es vom rechten kleinen Finger zum linken kleinen Finger überwechselte und bei meinem linken Daumen wieder ankam. Dann steckte ich es auf Teevs rechten Daumen. Als dessen linker Daumen erreicht war, gab er die Schnur an Larlt weiter. So zählten wir die Tage und verloren nicht die Übersicht.

Und mit jedem Tag wurde der Himmel leerer und das Meer kleiner, bis das Ende des Wassers auf allen Seiten nur noch einen Pfeilschuß weit entfernt zu sein schien. Teevs sagte, wir müßten auf einem verzauberten Stück Wasser sein, das durch die Luft auf den roten Stern der Hölle zugezogen würde. Gewiß hat er recht gehabt. Soviel Wasser kann es im Westen gar nicht geben. Ich habe das Binnenmeer durchquert und den See der Ungeheuer – und ich weiß Bescheid.

Es war an dem Tage, da die Schnur an Larlts linkem Ringfinger steckte, daß der große Sturm uns von Südwesten überraschte. Drei Tage lang blies es immer stärker und stärker, peitschte das Wasser zu schäumenden Wellen, Abgründe und Wirbel taten sich auf, masthoher Schaum überdeckte alles. Nie haben Menschen solche Wellen gesehen – noch waren sie für unsere Augen bestimmt, denn sie gehören einfach nicht in unsere Welt, in unsere Ozeane.

Dann erhielt ich einen weiteren Beweis, daß unsere Herren unter einem Fluch standen: Sie kümmerten sich nicht um den Sturm; sie ließen zu, daß der Wind für sie die Segel reffte. Sie achteten auch nicht darauf, daß Teevs über Bord gespült wurde, daß wir halb mit Wasser vollschlugen und bis zum Schaudeck voller Gischt standen oder daß die Schöpfeimer schaumig waren wie Bierkrüge. Sie standen am Heck und stemmten sich gegen die Ruderpinne.

Von den überkommenden Wellen durchnäßt, starrten sie stur geradeaus und schienen sich mit Kreaturen zu unterhalten, die nur Verzauberte hören können. Oh! Sie waren verflucht! Irgendein böser Dämon hielt seine schützende Hand über sie. Wie hätten wir den Sturm sonst heil überstanden?

Als die Schnur an Larlts linkem Daumen war, machten die turmhohen Wellen und der weiße Schaum einer schweren schwarzen Seedünung Platz, die der pfeifende Wind aufwühlte, ohne sie zum Schäumen bringen zu können. Als der Morgen heraufdämmerte und wir uns umsahen, rief Ouwenyis aus, Zauberkräfte hätten uns in ein Meer aus schwarzem

Sand versetzt; und Larlt meinte, daß wir während des Sturms wohl in einen Ozean aus schwefligem Öl geraten wären, das angeblich unter der Erde fließt – denn Larlt kennt die schwarzen, aufschäumenden Seen des Fernen Ostens. Ich mußte an Teevs' Worte denken und fragte mich, ob das sichtbare Wasser ringsum nicht durch die dünne Luft getragen und in einem völlig anderen Meer oder einer gänzlich anderen Welt abgesetzt worden wäre.

Der kleine Graue hörte unser Gerede, warf einen Eimer über Bord, holte ihn wieder herauf und überschüttete uns mit seinem Inhalt – und da wußten wir, daß die Schiffshülle noch immer im Wasser lag und daß dieses Wasser – wo immer das nun auch sein mochte – salzig war.

Dann gab er uns den Befehl, die Segel zu flicken und die Schaluppe wieder fahrtüchtig zu machen. Und gegen Mittag rasten wir wieder nach Westen – sogar schneller, als wir während des Sturmes vorangekommen waren. Doch die Dünung war so flach und bewegte sich so schnell in unsere Richtung, daß wir im Laufe eines Tages vielleicht nur sechs Wogen erklommen. Bei den Schwarzen Götzen, waren diese Wogen flach!

Und so bewegte sich die Schnur an Ouwenyis' Fingern entlang. Doch die Wolken über uns waren so schwarz und bleiern wie das komische Meer ringsum, und wir wußten nicht, ob das gelegentlich hindurchscheinende Licht die Strahlen der Sonne oder irgendeines verzauberten Mondes waren, und als wir einen Blick auf die Sterne erhaschten, kamen uns die Konstellationen ganz fremd vor.

Und noch immer lag die Hand des Nordlings schwer auf der Ruderpinne, und noch immer starrten er und der Graue stur nach vorn. Doch am dritten Tage unserer Flucht über die schwarze Weite brach der Nordling sein Schweigen. Ein freudloses, schreckliches Lächeln spielte um seine Lippen, und ich hörte ihn murmeln: ›Die öde Küste.‹ Weiter nichts. Der Graue nickte, als läge ein bedeutungsvoller Zauber in den Worten. Viermal hörte ich die Worte über die Lippen des Nordlings kommen, so daß sie mir im Gedächtnis geblieben sind.

Die Tage wurden dunkler und kälter, und die dräuenden

Wolken sanken immer tiefer herab, wie das Dach einer gewaltigen Höhle. Als die Schnur um Ouwenyis' Zeigefinger lag, sahen wir endlich einen reglosen, bleischwarzen Streifen vor uns, der zuerst zur Dünung zu gehören schien, doch dann über die Wogen stieg – und wir wußten, daß wir die öde Küste erreicht hatten.

Immer höher und höher ragte der Küstenstreifen vor uns auf, bis wir die steilen Basaltfelsen ausmachen konnten, die so rund waren wie die Meeresdünung, hier und dort mit grauen Granitbrocken besprenkelt, stellenweise auch weiß befleckt wie vom Kot riesiger Vögel – doch wir sahen überhaupt keine Vögel, weder kleine noch große. Über den Klippen hingen dunkle Wolken, und darunter erstreckte sich ein Streifen hellen Sandes – das war alles.

Nun bewegte der Nordling die Ruderpinne und steuerte direkt auf die Küste zu, als wollte er uns zerschellen lassen; im letzten Augenblick wendete er eine Mastlänge weit um ein rundes Riff herum, das sich kaum über die Dünung erhob, und fand eine ruhige Stelle zum Ankern. Wir waren zunächst in Sicherheit.

Wie im Traum machten sich der Nordling und der Graue daran, ihre Rüstung anzulegen – ein leichtes Kettenhemd und einen runden Helm; beides war noch salzüberkrustet von der Gischt des Sturmes. Und sie gürteten ihre Schwerter, umhüllten sich mit wallenden Mänteln, nahmen ein wenig Nahrung und Wasser und gaben Befehle, das kleine Boot zu Wasser zu lassen. Ich ruderte sie an Land, und sie betraten den Strand und gingen auf die Klippen zu. Obwohl ich mich sehr fürchtete, rief ich ihnen schließlich nach: ›Wohin geht ihr? Sollen wir euch folgen? Was sollen wir tun?‹

Einige Augenblicke lang schwiegen sie. Dann antwortete der Graue, ohne den Kopf zu wenden: ›Folgt uns nicht. Wir sind tot. Fahrt zurück, wenn ihr es schafft.‹ Seine Stimme war ein leises, heisernes Flüstern, das jedoch ganz deutlich herüberklang.

Und ich erschauderte und beugte den Kopf und ruderte zum Schiff zurück. Ouwenyis, Larlt und ich sahen zu, wie sie die hohen, runden Felsen erklommen. Die beiden Gestalten wurden immer kleiner, bis der Nordling nur noch ein winziger Käfer und sein grauer Begleiter fast unsichtbar war – außer wenn sie eine der weißen Stellen überquerten. Schließlich kam ein Fallwind von der Küste herab und blies das Wasser vom Strand fort, und wir wußten, daß wir Segel setzen konnten. Doch wir blieben – waren wir nicht treue Sklaven? Und bin ich denn kein Mingol?

Als der Abend herandämmerte, wurde der Wind stärker, ebenso wie unser Wunsch fortzusegeln – selbst auf die Gefahr hin, in diesem unbekannten Meer zu ertrinken. Denn die seltsam runden Basaltklippen der öden Küste gefielen uns nicht, auch fiel uns auf, daß überhaupt keine Möwen oder Habichte oder sonstige Vögel in der bleiernen Luft zu sehen waren, und auch kein Tang am Ufer. Außerdem begannen wir etwas Schimmerndes an der Spitze der Klippen wahrzunehmen. Und doch warteten wir bis zur dritten Stunde der Nacht, ehe wir den Anker einholten und die öde Küste verließen.

Einige Tage später gab es wieder einen großen Sturm, der uns möglicherweise in die bekannten Meere zurückversetzte. Ouwenyis wurde dabei über Bord gespült, Larlt drehte durch vor Durst, und am Ende wußte ich selbst nicht mehr genau, was eigentlich vorging.

Ich wurde schließlich unweit von Quarmall an die Küste geschwemmt und kam nach vielen Abenteuern hier nach Lankhmar. Doch in meinen Träumen sehe ich immer wieder die schwarzen Klippen und visionenhaft die bleichen Knochen meiner Herren und ihre grinsenden Schädel, die aus leeren Augenhöhlen auf irgend etwas Seltsames, Tödliches starren.«

Ohne sich der Müdigkeit bewußt zu sein, die seine Muskeln lähmte, arbeitete sich der Graue Mausling am letzten Felsbrocken hoch, wobei er sich an kleinen Vorsprüngen festhielt und seine Füße in kleine Vertiefungen setzte – dort, wo sich Granit und schwarzer Basalt trafen. Schließlich stand er auf den runden Klippen, die die öde Küste säumten. Er nahm Fafhrd neben sich wahr: eine große, behelmte Gestalt in weißlichem Kettenhemd. Doch die Umrisse seines Freundes blieben undeutlich, als sähe er sie durch ein dickes Glas. Das einzige, was er klar ausmachte – und was er seit Ewigkeiten angestarrt zu haben schien –, waren zwei tiefliegende, tunnelähnliche schwarze Augen und dahinter etwas Düsteres, Gefährliches, etwas, das im Anfang noch jenseits des Äußeren Meeres gelegen hatte, doch jetzt ganz dicht heranrückte.

So war es seit dem Augenblick gewesen, da er den Spieltisch in der Taverne in Lankhmar verlassen hatte. Vage erinnerte er sich an die neugierigen Einwohner Westpunkts, an die Gischt, an die Wut des Sturmes, an das seltsame Wogen der Dünung und das Entsetzen auf dem Gesicht des Mingols Ourph – auch diese Erinnerungen waren wie durch eine vielschichtige Glasscheibe verschleiert. In irgendeiner Ecke seines Gehirns war ihm bewußt, daß sie unter einem Fluch standen und jetzt zur Ursache ihres Banns vorgedrungen waren.

Denn in der flachen Landschaft, die sich vor ihm erstreckte, zeigte sich kein Leben. Vor ihnen neigte sich der Basalt und bildete eine große Vertiefung. Der schwarze Sand darin bestand aus winzigen Eisenerzpartikeln. Halb eingebettet in der Masse lagen fast fünfzig Gebilde, die der Mausling zuerst für tintenschwarze Felsen von verschiedener Größe hielt. Doch ihre Rundung war zu perfekt, zu gleichmäßig, als daß es sich um Felsen handeln konnte, und langsam kam dem Mausling die Erkenntnis, daß das keine Steine waren, sondern schwarze Eier. Einige waren so groß, daß ein Mensch sie nicht mit den Armen umfangen konnte. Eines hatte sogar die Größe eines Zeltes.

Im Sand lagen außerdem kleine und große Knochen in großer Anzahl. Der Mausling machte den fangbewehrten Schädel eines Wildschweins aus und zwei kleinere Wolfsköpfe. Da lag auch das Skelett einer großen Raubkatze. Daneben die Knochen eines Pferdes und dahinter ragte der Brustkasten eines Mannes oder Menschenaffen auf. Die Knochen lagen um die riesigen schwarzen Eier verstreut – ein weißlich schimmernder Kreis.

Von irgendwoher erklang eine tonlose dünne Stimme, deutlich zu hören, kommandierend: »Den Kriegern ein geziemendes Ende.«

Der Mausling kannte diese Stimme; sie hatte ihm wochenlang in den Ohren geklungen, hatte ihn nicht verlassen, seit er sie zum erstenmal gehört hatte in jener Taverne in Lankhmar, die Stimme des kleinen bleichen Mannes mit der vorspringenden Stirn und der schwarzen Robe. Und eine noch leisere Stimme klang in seinem Innern auf und sagte: Er bemüht sich stets, Erlebtes noch einmal zu erleben – noch einmal zu seinen Gunsten zu beenden.

Dann stellte er fest, daß die Szene vor ihm nicht völlig leblos war. An der öden Küste gab es plötzlich Bewegung. Ein Riß war in einem der großen schwarzen Eier zu sehen, dann in einem zweiten, und die Risse verbreiterten sich, weiteten sich, und kleine Brocken Eierschale fielen in den schwarzen Sand.

Der Mausling wußte, daß diese Entwicklung eine Reaktion auf die Bemerkung der ersten, der dünnen Stimme war. Er wußte auch, daß ihn die Stimme aus diesem Grunde über das Äußere Meer gerufen hatte. Ohne sich rühren zu können, beobachtete er dumpf die langsame, monströse Geburt. Unter dem dunkler werdenden Himmel sah er, wie der Tod, der ihm und seinem Begleiter zugedacht war, aus der Schale schlüpfte.

Einen ersten Eindruck von der Beschaffenheit der Wesen gab ihm eine lange, schwertähnliche Klaue, die sich durch einen Riß schob und ihn weiter verbreiterte. Jetzt regneten die Bruchstücke der Eierschalen förmlich zu Boden.

Die beiden Wesen, die sich in der Dämmerung aufrichteten, kamen selbst den betäubten Sinnen des Mauslings riesig vor. Schlenkrig gehend, standen sie aufrecht wie Menschen, waren jedoch größer und hatten knochige Reptilienköpfe, Klauenfüße wie Eidechsen, spitzenbewehrte Schultern, und die Vorderglieder endeten jeweils in einer meterlangen Klaue. Im Halbdämmer machten sie sich wie Karikaturen zweier schwerbewaffneter Menschen aus. Der Abend verhüllte nicht das Gelb ihrer blinzelnden Augen.

Dann rief die Stimme erneut: »Den Kriegern ein geziemendes Ende.«

Und mit diesen Worten fiel die Lähmung vom Mausling ab. Einen Augenblick lang hatte er das Gefühl, aus einem Traum zu erwachen. Doch dann sah er die eben ausgeschlüpften Wesen mit schrillen Schreien auf ihn zurasen. Neben sich vernahm er ein kurzes knirschendes Geräusch: Fafhrd riß sein Schwert aus der Scheide. Sofort zog der Mausling auch seine Klinge, und Sekunden später klirrte sie gegen eine stahlharte Klaue, die auf seinen Hals gezielt war. Gleichzeitig wehrte Fafhrd einen ähnlichen Schlag des anderen Ungeheuers ab.

Es folgte ein Alptraum. Klauen hieben und stachen nach den beiden Menschen. Allerdings nicht so schnell, daß man ihnen nicht noch ausweichen konnte, obwohl hier vier Klingen gegen zwei kämpften. Die Gegenangriffe prallten an den undurchdringlichen Knochenpanzern ab. Beide Wesen fuhren plötzlich herum und hieben nach dem Mausling. Fafhrd stürzte von der Seite herbei und rettete ihn im letzten Augenblick. Langsam wurden die beiden Freunde zurückgetrieben – auf die Küstenklippen zu. Die Ungeheuer schienen nicht zu ermüden, sie schienen aus Metall zu bestehen und nicht aus Fleisch.

Der Mausling sah das Ende kommen. Er und Fafhrd schafften es vielleicht, die Gegner noch eine Weile im Zaum zu halten, doch schließlich würde die Müdigkeit sie übermannen; ihre Abwehr würde erlahmen, und dann hatten die Monstren die Oberhand.

Wie um seine Vermutung wahr werden zu lassen, spürte der Mausling, wie eine Klaue sein Handgelenk ritzte. Und in diesem Augenblick erinnerte er sich an die dunklen, tiefliegenden Augen, die sie über das Äußere Meer gelockt hatten, an die Stimme, die dieses Unheil auf sie herabbeschworen hatte.

Eine seltsame Wut überkam ihn – nicht auf die beiden Ungeheuer, sondern auf ihren Herrn. Er vermeinte die schwarzen toten Augen wahrzunehmen, die ihn vom Sand herauf anstarrten. Dann verlor er die Beherrschung. Als die beiden Ungeheuer ihren nächsten Doppelangriff auf Fafhrd konzentrierten, sprang er nicht für seinen Freund in die Bresche, sondern huschte an den Kämpfenden vorbei in die Senke hinab – auf die dort begrabenen Eier zu.

Auf sich allein gestellt, kämpfte Fafhrd wie ein Wahnsinniger gegen die beiden Monstren, sein großes Schwert pfiff, und er verausgabte sich bis zum Letzten. Er merkte es kaum, als sich eines der Wesen umwandte, um seinen Begleiter zu verfolgen.

Der Mausling stand zwischen den Eiern und beäugte ein Exemplar, das etwas kleiner war als die übrigen und mehr glänzte. Aufgebracht ließ er sein Schwert darauf niedergehen. Der Schlag lähmte seine Hand, ließ jedoch die Schale zerplatzen.

Und da kannte der Mausling das schlimme Geheimnis der öden Küste – den Quell des Bösen, der von hier aus seine tödlichen Impulse aussandte und seinen Geist in ferne Länder schickte und Menschen in ihr Verderben lockte. Hinter sich hörte er das Hasten und aufgeregte Kreischen des Ungeheuers. Doch er wandte sich nicht um. Statt dessen hob er das Schwert und schlug mit einem pfeifenden Hieb nach dem Wesen, das sich dort in halb-embryonalem Zustand an den Geschöpfen weidete, die es in den Tod gerufen hatte, ließ die Klinge niedergehen auf die vorspringende Stirn des bleichen kleinen Mannes mit den dünnen Lippen.

Dann wartete er auf den tödlichen Klauenhieb. Doch es geschah nichts. Er wandte sich um und sah das Ungeheuer ausgebreitet im schwarzen Sand liegen. Ringsum zerfielen die schwarzen Eier zu Staub. Eine Silhouette vor dem dunklen Himmel, so stolperte Fafhrd auf ihn zu und schluchzte mit tiefer, kehliger Stimme seine Erleichterung und sein Erstaunen heraus. Der Tod war von der öden Küste gewichen, der Fluch war an den Wurzeln vernichtet. Irgendwo draußen in der Nacht erklang der Schrei eines Meeresvogels, und Fafhrd und der Mausling dachten an den langen Weg, der zurück nach Lankhmar führte.

Aus dem Amerikanischen
übersetzt von Thomas Schlück

Der heulende Turm

Der Ton war nicht laut, doch schien er die ganze riesige dämmerige Ebene und den hellschimmernden Himmel zu erfüllen – ein Klagen und Heulen, so leise und monoton, daß es ohne das pulsierende Auf und Ab vielleicht gar nicht hörbar gewesen wäre; ein unbestimmbarer, unheimlicher Laut, der irgendwie zu der wilden, kaum bewachsenen Gegend und der barbarischen Kleidung der drei Männer paßte, die in einer kleinen Vertiefung Schutz gesucht hatten und sich um ein ersterbendes Feuer scharten.

»Wölfe vielleicht«, sagte Fafhrd. »So haben die Wölfe geheult, als sie mich damals in der Eis-Öde jagten. Aber ein ganzer Ozean trennt uns von der Eis-Öde, und der Ton ist auch anders, Grauer Mausling.«

Der Mausling zog seinen grauen Wollumhang enger. Dann musterten er und Fafhrd den dritten Mann, der noch nichts gesagt hatte. Er machte einen schäbigen Eindruck; sein Umhang war ausgefranst und die Scheide seines Kurzschwertes zerfressen. Überrascht stellten sie fest, daß die Augen in seinem verkniffenen, ledrigen Gesicht verdreht waren und daß er zitterte.

»Du bist schon oft hier im Flachland gewesen«, sagte Fafhrd in der gutturalen Sprache ihres Führers. »Deshalb haben wir dich gebeten, uns den Weg zu zeigen. Du mußt die Gegend doch gut kennen.« Die letzten Worte enthielten eine deutliche Frage.

Der Mann schluckte und nickte hastig. »Ich habe das schon einmal gehört, aber nicht so laut«, sagte er hastig. »Und nicht zu dieser Jahreszeit. Es gehen Gerüchte um, daß hier Leute verschwunden sind. Es heißt, man wird im Traum davongelockt – kein guter Laut, dieses Heulen.«

»Kein Wolf ist ein guter Wolf«, murmelte Fafhrd amüsiert.

Es war noch einigermaßen hell, so daß der Mausling den widerwilligen Ausdruck im Gesicht des Mannes wahrnehmen konnte, als dieser fortfuhr:

»Ich habe noch keinen Wolf in dieser Gegend gesehen oder mit einem Mann gesprochen, der einen erlegt hätte.« Er hielt inne und fuhr geistesabwesend fort: »Es wird von einem alten Turm irgendwo da draußen erzählt. Angeblich soll der Ton dort am stärksten sein. Ich habe ihn noch nicht gesehen. Es heißt ...«

Jäh hielt er inne. Er zitterte nicht mehr, schien nur seltsam nach innen gekehrt. Der Mausling versuchte ihn mit einigen Fragen herauszufordern, doch er erhielt nur nichtssagende Antworten.

Das Feuer glühte durch die weiße Asche und erlosch. Ein leiser Windhauch fuhr raschelnd durch das magere Gras. Das Heulen hatte aufgehört oder war ihnen so tief in das Bewußtsein gedrungen, daß sie es nicht mehr hörten. Der Mausling, der schläfrig die gewaltige Silhouette Fafhrds musterte, weilte mit seinen Gedanken im tavernenreichen Lankhmar, das unendlich weit entfernt war – durch fremde Länder und einen gewaltigen unerschlossenen Ozean von ihnen getrennt. Tiefe Dunkelheit legte sich wie ein Mantel über sie.

Am nächsten Morgen war der dritte Mann verschwunden.

Fafhrd, der sich reckte und die kühle, klare Luft in vollen Zügen einsog, nahm die Sache leicht.

»Pah! Ich hätte dir gleich sagen können, daß das Flachland ihm nicht lag – auch wenn er es angeblich schon siebenmal durchquert hat. Der Mann bestand ja nur aus abergläubischen Ängsten! Hast du gesehen, wie er zitterte, als die kleinen Wölfe zu heulen anfingen? Mein Wort – er ist zu seinen Freunden zurückgerannt, die wir an der letzten Wasserstelle zurückließen.«

Der Mausling, der ergebnislos den leeren Horizont absuchte, nickte ohne rechte Überzeugung. Er wühlte in seinem Beutel.

»Nun, wenigstens hat er uns nicht ausgeraubt. Abgesehen von den zwei Goldstücken, die wir ihm zur Besiegelung unseres Handels gaben.«

Fafhrd lachte laut auf und schlug dem anderen zwischen die Schulterblätter. Der Mausling packte sein Handgelenk, warf ihn mit einer Drehung auf den Rücken, und sie rangen am Boden miteinander, bis sich der Mausling nicht mehr rühren konnte.

»Komm!« sagte Fafhrd und sprang auf. »Es ist ja nicht das erste Mal, daß wir uns in fremder Gegend allein zurechtfinden müssen.«

Sie legten eine weite Strecke zurück an diesem Tag. Der Mausling war zäh und drahtig, und so bereitete es ihm keine Mühe, sich Fafhrds langen Schritten anzupassen. Gegen Abend brachte Fafhrds Pfeil eine kleine Antilope mit zierlichen Hörnern zu Fall. An einem Wasserloch hatten sie zuvor ihre Wasserhäute gefüllt. Als der Sommertag endlich zu Ende ging, schlugen sie ihr Lager auf und kauten die sorgsam bereitete Lende mit knusprigen Fettstückchen.

Der Mausling lutschte Lippen und Finger ab und wanderte langsam auf einen kleinen Hügel in der Nähe, um sich in der Richtung umzusehen, die sie am nächsten Morgen einschlagen würden. Der leichte Dunst, der am Nachmittag die Orientierung erschwert hatte, war vergangen, und so hatte er einen guten Ausblick über das gewellte Grasland. In diesem Augenblick kam ihm die Straße nach Lankhmar gar nicht mehr so lang und mühsam vor. Im nächsten Moment nahmen seine scharfen Augen eine Unregelmäßigkeit am Horizont wahr.

Sie hob sich zu deutlich ab und war zu ebenmäßig geformt, als daß es sich um Bäume oder Felsen handeln konnte – und er hatte in diesem Land überhaupt noch keine Felsen oder Bäume gesehen. Das Etwas hob sich scharf gegen den hellen bleichen Himmel ab. Nein, es war von Menschenhand erbaut; eine Art Turm mußte es sein.

In diesem Augenblick war wieder der Laut zu hören. Er schien von allen Seiten zugleich auf ihn einzudringen, als ob der Himmel ein schwaches Heulen ausstieße, als ob der weite feste Erdboden unter ihm sich klagend äußerte. Das Geräusch war lauter heute abend und brachte eine seltsame Mischung aus Traurigkeit und Drohung, aus Kummer und Gefahr.

Fafhrd sprang auf die Füße und schwenkte wild die Arme, und der Mausling hörte ihn fröhlich brüllen: »Kommt, ihr kleinen Wölfe, kommt zu uns ans Feuer und versengt euch die kalten Schnäuzchen. Ich schicke euch meine kleinen Vögelchen mit ihren Bronzeschnäbeln entgegen, und mein

Freund zeigt eucht, daß ein geschleuderter Stein wie eine Biene summen kann. Wir weihen euch in die Geheimnisse des Schwertes und der Axt ein. Kommt, ihr kleinen Wölfe, und seid die Gäste Fafhrds und des Grauen Mauslings! Kommt, ihr kleinen Wölfe – auch wenn ihr Riesenviecher seid!«

Das wilde Gelächter, mit dem er seine Herausforderung beendete, löschte das unheimliche Heulen aus, das anschließend nur langsam wieder zu seiner alten Lautstärke zurückfand, als hätte das Lachen die Oberhand darüber. Der Mausling fühlte sich erleichtert und erzählte Fafhrd von seiner Entdeckung und erinnerte ihn an die Worte des anderen Mannes über den Ton und den Turm.

Fafhrd lachte nur noch lauter und vermutete: »Vielleicht haben die Pelztierchen da ihr Nest. Wir sehen morgen nach, da wir sowieso in die Richtung gehen. Ich würde gern einen Wolf erlegen.«

Der große Mann war guter Laune und wollte mit dem Mausling nicht über ernste und melancholische Dinge sprechen. Statt dessen sang er einige Trinklieder und wiederholte alte Wirtshauswitze, lachte oft und laut und behauptete, er fühle sich fast betrunken. Er machte einen solchen Lärm, daß der Mausling nicht zu sagen wußte, ob das seltsame Heulen aufgehört hatte, wenn er es auch zwischendurch ein- oder zweimal zu hören glaubte. Als sie sich dann im geisterhaften Sternenlicht in ihre Schlafsäcke rollten, war jedenfalls nichts mehr zu hören.

Am nächsten Morgen war Fafhrd verschwunden. Noch ehe der Mausling nach ihm gerufen und die Umgebung des Lagers abgesucht hatte, wußte er, daß seine geheimen Ängste Wirklichkeit geworden waren. Noch immer war der Turm zu sehen, wenn er auch im flachen, gelben Licht des Morgens zurückgewichen schien, als wollte er ihm aus dem Weg gehen. Er vermeinte sogar eine kleine Figur in der Nähe des Turmes zu erblicken. Doch das konnte nur Einbildung sein, die Entfernung war einfach zu groß. Trotzdem verlor er keine Zeit: er stopfte sich in aller Hast etwas kaltes Fleisch in den Mund, schnürte noch ein paar Fleischstreifen in seinen Beutel und kippte ein wenig Wasser hinunter. Dann setzte er sich mit federnden Schritten in Bewegung – ein Tempo, das er stundenlang durchhalten konnte.

In der nächsten Senke stieß er auf weicheren Boden, sah sich links und rechts nach Fafhrds Spuren um und fand sie schließlich. Es waren die weit auseinanderliegenden Fußabdrücke eines rennenden Mannes.

Gegen Mittag fand er ein Wasserloch, trank ein wenig und ruhte sich kurze Zeit aus. Er war wieder auf Fafhrs Spur gestoßen und bemerkte nun eine zweite Linie von Abdrücken in der weichen Erde, die nicht von Fafhrd stammten, sondern etwa parallel zu seinem Weg verliefen. Sie waren mindestens einen Tag älter, lagen auch weit auseinander, doch waren sie ein wenig unregelmäßiger. Nach der Größe und Form zu urteilen, konnten sie durchaus von den Sandalen ihres Führers herrühren – in der Mitte jedes Fußabdrucks zeigten sich schwach die Kerben von Riemen, wie er sie um den Schritt getragen hatte.

Der Mausling eilte entschlossen weiter. Sein Beutel, der eingerollte Umhang, die Wasserhaut und die Waffen wurden zu einer schweren Last. Der Turm war sichtlich näher gerückt, auch wenn der Dunst die sonstigen Einzelheiten noch verbarg. Er schätzte, daß er etwa die Hälfte der Entfernung zurückgelegt hatte.

Die sanften Wellen der Landschaft hatten die Monotonie eines Traumes. Er nahm sie weniger mit den Augen wahr denn mit den Füßen, die auch die winzigste Steigung und Senkung sofort als Hindernis oder Marscherleichterung registrierten. Die kleinen Büsche, an denen er sein Vorwärtskommen maß, sahen alle gleich aus. Die gelegentlichen Spalten und Schluchten waren meistens so schmal, daß er sie überspringen konnte. Einmal hob eine grüne Schlange, die sich zusammengerollt auf einem Felsen sonnte, ihren flachen Kopf und beobachtete ihn. Von Zeit zu Zeit surrte ihm ein Grashüpfer aus dem Weg.

Er behielt die Füße stets dicht am Boden, um Kraft zu sparen, doch hatte sein Schritt etwas Vorwärtsstrebendes: Er war es gewöhnt, sich den Schritten eines größeren Mannes anzupassen. Seine Nasenflügel bebten, saugten die Luft an, stießen sie wieder aus. Der breite Mund war zusammengepreßt.

Die schwarzen Augen über den braunen Wangen hatten einen grimmigen, starren Ausdruck. Er wußte, daß er sich dem Tempo seines muskulösen Freundes allenfalls anpassen konnte – und das nur, wenn er sich größte Mühe gab.

Wolken kamen im Norden auf, warfen riesige Schatten auf die Landschaft und ließen die Sonne schließlich ganz verschwinden. Er konnte den Turm jetzt besser sehen. Er war dunkel und hatte hier und da kleine schwarze Flecken, die Fenster sein mochten.

Als er gerade auf einem Hügel eine kleine Pause machte, um etwas zu Atem zu kommen, begann das Geräusch erneut; er war nicht darauf gefaßt und bekam am ganzen Körper eine Gänsehaut. Vielleicht waren es die niedrig hängenden Wolken, die die Wirkung des Heultons verstärkten und ihm einen unheimlichen Echoeffekt vermittelten. Vielleicht war es auch sein Alleinsein, das diesen Ton drohender klingen ließ. Jedenfalls war er lauter, und sein rhythmisches Auf und Ab hatte etwas von Windstößen.

Der Mausling hatte sich ausgerechnet, daß er den Turm bei Sonnenuntergang erreichen würde. Doch der frühe Beginn des Heulens brachte seine Berechnungen durcheinander und war kein gutes Zeichen für Fafhrd. Er überlegte, daß er den Rest des Weges noch schaffen konnte, wenn er so schnell lief, wie es irgend ging. Er faßte seinen Entschluß sofort.

Er warf seinen großen Beutel, die Wasserhaut, seinen Umhang, sein Kettenhemd und das Schwert in eine Buschgruppe – nur sein Wams, den langen Dolch und die Schlinge behielt er bei sich. Auf diese Weise erleichtert, eilte er mit wirbelnden Füßen weiter. Die tiefhängenden Wolken verdunkelten sich noch mehr. Erste Regentropfen fielen. Er richtete den Blick auf den Boden und hielt nach Unebenheiten und schlüpfrigen Stellen Ausschau. Der Ton schien sich mit jedem wilden Schritt zu intensivieren und noch unirdischer zu werden.

Schon weiter draußen war das Flachland leer und einsam gewesen – doch hier in der Nähe des Turmes wurde die Landschaft erst wirklich öde und trostlos. Die altersschwachen oder eingefallenen Nebengebäude, die wildwachsenden oder abgestorbenen Gärten, die Reihen der kahlen oder umgeworfenen Bäume, die Reste von Zäunen und Wegen und Radspuren – all das deutete darauf hin, daß es hier einmal menschliches Leben gegeben hatte, das jedoch schon vor langer Zeit von hier verschwunden war. Nur der große Steinturm hatte in widerspenstiger Festigkeit ausgeharrt und schien von Leben erfüllt zu sein, da das Heulen anscheinend von ihm ausging.

Der Mausling, der schon ziemlich keuchte, ohne allerdings am Ende seiner Kräfte zu sein, wechselte die Richtung, und lief etwas zur Seite, um die Deckung einiger dünner Bäume und windzerfetzter Büsche auszunutzen. Vorsicht dieser Art war ihm zur zweiten Natur geworden. Alle seine Instinkte warnten ihn vor der Begegnung mit einer Wolfs- oder Hundemeute im offenen Gelände.

Er hatte sich am Turm vorbeigeschoben und auch schon halb um das Gemäuer herumgearbeitet, als er erkannte, daß die Deckung nicht ganz bis an den Turm heranreichte – er stand ein wenig abseits von den Ruinen ringsum.

Der Mausling verhielt hinter einem wettergebleichten geduckten Nebengebäude und suchte automatisch den Boden ab, bis er ein paar kleine Steine gefunden hatte, die in seine Schlinge paßten. Sein Atem ging noch immer heftig. Schließlich starrte er um die Ecke auf den Turm und runzelte nachdenklich die Stirn.

Der Turm war nicht so hoch, wie er vermutet hatte – fünf Stockwerke oder vielleicht sechs. Die schmalen Fenster öffneten sich in unregelmäßigen Abständen und ergaben kein rechtes Bild von der Innenaufteilung. Die Steine waren groß und grobgeformt; mit Ausnahme der Fundamente, die sich offenbar etwas verschoben hatten, schienen sie festgefügt. Unmittelbar gegenüber gähnte das Rechteck einer Tür.

Es hatte keinen Sinn, einen solchen Turm zu stürmen, überlegte der Mausling – schon gar nicht, wenn sich überhaupt kein Verteidiger zeigte. Er kam auch nicht ungesehen hinein; ein Wächter auf den Zinnen hätte ihn längst entdeckt. Man konnte nur einfach darauf zumarschieren, jeden Augenblick auf einen unerwarteten Angriff gefaßt. Und das tat der Mausling.

Er hatte noch nicht die Hälfte des Weges zurückgelegt, als

ihm die Sehnen zu schmerzen begannen. Er war sicher, daß er von jemandem beobachtet wurde, der ihm alles andere als freundlich gesinnt war. Der lange Lauf hatte ihn ein wenig schwindlig gemacht, doch seine Sinne waren messerscharf.

Vor dem hypnotischen Grundton des Heulens hörte er das Klatschen einzelner Regentropfen. Er registrierte die Größe und Form jedes dunklen Steins um den noch dunkleren Eingang. Er nahm den charakteristischen Geruch von Stein, Holz und Erdboden wahr – doch ein starker Tiergeruch war nicht dabei.

Zum tausendstenmal versuchte er sich eine Ursache für das Heulen vorzustellen. Ein Dutzend Hundemeuten in einer unterirdischen Höhle? Das war möglich, aber irgendwie paßte es nicht. Irgend etwas fehlte ihm noch. Und jetzt waren die dunklen Mauern ganz nahe, und er strengte seine Augen an, um die Düsternis des Eingangs zu durchdringen.

Das leise Knirschen hätte als Warnung vielleicht nicht ausgereicht, denn er war fast in Trance. Vielleicht war es dann die plötzliche, kaum spürbare Zunahme der Dunkelheit über seinem Kopf, die ihn katzengleich in den Turm springen ließ – instinktiv, ohne einen Blick nach oben zu werfen.

Jedenfalls handelte er keinen Augenblick zu früh, denn er spürte eine harte Oberfläche an seinem Körper entlangstreichen und seine Hacken berühren. Ein Windstoß fuhr von hinten an ihm entlang, und ein dumpfer Aufprall schüttelte ihn durch. Er wirbelte herum und erblickte einen riesigen Steinbrocken, der den Eingang halb verdeckte. Noch Sekunden zuvor war dieser Stein ein Teil der Turmzinnen gewesen.

Der Mausling starrte den Block an, der da halb im Boden versunken lag, und zum erstenmal an diesem Tag grinste er und lachte fast erleichtert auf.

Eine erschreckende Stille herrschte jetzt. Der Mausling merkte, daß das Heulen völlig aufgehört hatte. Er sah sich im kahlen, kreisförmigen Erdgeschoß des Turmes um und begann die gewundene Steintreppe zu erklimmen, die an der Innenwand in die Höhe führte. Das Grinsen auf seinem Gesicht hatte etwas Gefährliches. Im ersten Stockwerk fand er Fafhrd und – gewissermaßen – den Führer. Doch er stieß auch auf ein Rätsel.

Wie unten das Treppenhaus, so nahm auch dieser Raum die gesamte Grundfläche des Turms ein. Das Licht, das durch die unregelmäßig verteilten Fensterschlitze hereindrang, erhellte nur schwach die Kisten an den Wänden und die trokkenen Gräser und ausgestopften Vögel, Säugetiere und Reptilien, die von der Decke hingen und an den Laden eines Apothekers erinnerten. Überall lag Unrat, doch es war sauberer Unrat, der auf unverständlich logische Weise arrangiert schien. Auf dem Tisch herrschte ein Durcheinander aus zugekorkten Flaschen und Krügen, Döschen und Gläsern und seltsamen Instrumenten aus Horn, Glas und Knochen – außerdem waren da ein Feuergestell, in dem Kohlen glühten, und ein Teller mit abgenagten Knochen und daneben ein metalleingebundenes Pergamentbuch, das durch einen Dolch offengehalten wurde.

Fafhrd lag mit dem Gesicht nach oben auf einem Bett aus Fellen, die an ein niedriges Holzgestell gebunden waren. Er war bleich und atmete schwer; er schien unter Betäubung zu stehen. Er reagierte nicht, als der Mausling ihn sanft schüttelte und seinen Namen flüsterte, auch nicht, als er wild an der Schulter gerüttelt und angebrüllt wurde. Was den Mausling jedoch am meisten erstaunte, waren die Stoffbandagen, die Fafhrd um Beine, Arme und Brust und Hals gewickelt waren. Sie waren sauber, und als er sie ein Stück abwickelte, zeigten sich keine Wunden darunter. Als Fesseln waren sie anscheinend auch nicht gedacht.

Und ganz dicht neben Fafhrd – so dicht, daß seine Hand den Griff berührte – lag sein großes Schwert, ohne Scheide.

Erst in diesem Augenblick entdeckte der Mausling den Führer, der in einer dunklen Ecke hinter der Couch hockte. Er war auf ähnliche Weise bandagiert, doch seine Bandagen waren verhärtet und voller rostroter Flecken, und es ließ sich erkennen, daß er nicht mehr lebte.

Der Mausling versuchte erneut, Fafhrd zu wecken, doch das Gesicht des großen Mannes blieb eine Marmormaske. Der Mausling hatte das Gefühl, daß Fafhrd gar nicht wirklich anwesend war, und dieses Gefühl machte ihm Angst und ärgerte ihn zugleich.

Als er über das Rätsel nachdachte, hörte er plötzlich leise

Schritte, die die Steintreppe herabkamen. Langsam wanderten sie um den Turm. Das Geräusch schweren Atmens war zu hören, regelmäßig, keuchend. Der Mausling duckte sich hinter die Tische und richtete den Blick auf das schwarze Loch in der Decke, durch das die Treppe verschwand.

Der Mann, der dort zum Vorschein kam, war alt und klein und gebeugt und entsprach in seiner äußeren Erscheinung dem Durcheinander und der Muffigkeit des Raumes. Er hatte eine Halbglatze; wirres graues Haar umstand seine großen Ohren. Als der Mausling lossprang und ihn mit gezogenem Dolch bedrohte, versuchte er nicht zu fliehen, sondern schien von Angst übermannt zu werden – er zitterte, plapperte unverständliche Laute und zuckte hilflos mit den Armen.

Der Mausling stieß eine dicke Kerze in das Feuergestell und hielt sie dem alten Mann vor das Gesicht. In seinem ganzen Leben hatte er noch keine so gefühllos dünnen Lippen und keine so schreckgeweiteten Augen gesehen, die wie kleine weiße Bälle hervorstanden.

Die ersten verständlichen Worte, die zwischen den Lippen hervorkamen, klangen heiser und erstickt; die Stimme eines Mannes, der lange Zeit nicht gesprochen hatte.

»Du bist tot. Du bist tot!« krächzte er und zeigte mit zitterndem Finger auf den Mausling. »Du hast hier nichts zu suchen. Ich habe dich umgebracht. Weshalb hätte ich sonst den großen Stein so geschickt in der Balance gehalten, daß er bei der leichtesten Berührung kippen mußte? Ich wußte, daß du nicht gekommen bist, weil das Geräusch dich angelockt hat. Du bist gekommen, um mir weh zu tun und deinem Freund zu helfen. Also habe ich dich getötet. Ich sah den Stein fallen, ich sah dich unter dem Stein. Du konntest ihm unmöglich entkommen. Du bist tot.«

Und er stolperte auf den Mausling zu und berührte ihn mit weit ausholender Bewegung, als könnte er ihn damit zum Verschwinden bringen. Doch als seine Hände festes Fleisch berührten, kreischte er auf und fuhr zurück.

Der Mausling folgte ihm und machte eine eindeutige Bewegung mit seinem Messer. »Du weißt also, weshalb ich gekommen bin«, sagte er. »Gib mir meinen Freund zurück. Weck ihn.«

Zu seiner Überraschung wich der alte Mann nicht weiter aus. Es war noch immer vorhanden, doch etwas Neues war hinzugetreten. Das Staunen schwand und machte etwas anderem Platz. Er ging am Mausling vorbei und setzte sich auf einen Stuhl am Tisch.

»Ich fürchte mich nicht besonders vor dir«, murmelte er und schaute zur Seite. »Aber es gibt Wesen, vor denen ich große Angst habe. Und ich fürchte dich nur, weil du verhindern willst, daß ich mich vor ihnen schütze und die nötigen Maßnahmen treffe.« Seine Stimme bekam etwas Flehendes. »Du darfst mich nicht daran hindern. Das darfst du nicht.«

Der Mausling runzelte die Stirn. Der entstellende Ausdruck des Entsetzens – und jenes unbekannte andere – auf dem Gesicht des alten Mannes schien dort festgefroren, doch seine seltsamen Worte klangen ganz real.

»Trotzdem mußt du meinen Freund wecken.«

Der alte Mann antwortete nicht. Statt dessen starrte er nach einem kurzen Blick auf den Mausling stur an die Wand, schüttelte den Kopf und begann zu sprechen.

»Ich fürchte dich nicht. Und doch kenne ich alle Abgründe der Angst. Du kennst sie nicht. Oder hast du jahrelang mit diesem Heulen allein gelebt und seine Bedeutung erkannt? Ich habe es.

Die Angst ist mir angeboren. Sie steckte meiner Mutter in den Knochen. Und sie lag im Blute meines Vaters und meiner Brüder. Unser Heim und unser Volk waren ein Hort des Zaubers und der Einsamkeit. Als Kind haßten und fürchteten mich alle – sogar die Sklaven und die großen Hunde, die mich anknurrten und nach mir schnappten.

Doch meine Ängste waren noch größer, denn starben die anderen nicht einer nach dem anderen, ohne daß ein Verdacht auf mich fiel bis ganz zuletzt? Ich wußte, daß ich gegen viele stand, und ich ging kein Risiko ein. Als es begann, dachte ich immer, ich wäre der nächste, der an der Reihe war!« Er lachte schrill. »Sie hielten mich für klein und schwach und blöde. Doch starben meine Brüder nicht vor mir – scheinbar von eigener Hand erwürgt? Wurde meine Mutter nicht krank und siechte dahin? Stieß mein Vater nicht einen gewaltigen Schrei aus und sprang von der Turmspitze?

Die Hunde waren die letzten. Sie haßten mich am meisten – sogar noch mehr, als mein Vater mich gehaßt hatte – und der kleinste des Rudels hätte mir mühelos den Hals durchbeißen können. Sie waren hungrig, weil da niemand mehr war, der sie füttern konnte. Doch ich lockte sie in den tiefen Keller, indem ich so tat, als wäre ich auf der Flucht, und als sie alle unten waren, schlüpfte ich hinaus und verriegelte die Tür.

Noch manche Nacht bellten und heulten sie mich an, doch ich wußte, ich war in Sicherheit. Langsam wurde das Bellen leiser; die Tiere brachten sich gegenseitig um, doch die Überlebenden gewannen neue Kräfte aus den Körpern der anderen. Es dauerte sehr lange. Schließlich war nur eine einzige dünne Stimme übriggeblieben, die rachedurstig zu mir heraufheulte. Jeden Abend legte ich mich schlafen mit dem Gedanken: ›Morgen ist Ruhe.‹ Doch früh wurde ich wieder durch den Schrei geweckt. Dann überwand ich mich, eine Fackel zu nehmen, nach unten zu gehen und durch ein Fensterchen in der Kellertür zu starren. Doch obwohl ich eine lange Zeit hindurchschaute, nahm ich keine Bewegung wahr, allenfalls ein paar zuckende Schatten, und ansonsten nur weiße Knochen und Hautfetzen. Und ich redete mir ein, der Lärm würde bald aufhören.«

Die Lippen des alten Mannes verzogen sich zu einem mitleidsvollen, bedrückten Lächeln, das dem Mausling einen Schauder über den Rücken jagte.

»Doch das Heulen lebte weiter, und nach langer Zeit begann es wieder lauter zu werden. Da wußte ich, daß all meine Listen vergeblich gewesen waren. Ich hatte ihre Körper getötet, doch nicht ihre Geister, und bald hatten sie Kraft genug gesammelt, um heraufzusteigen und mich umzubringen, wie es stets ihre Absicht gewesen war.

So studierte ich eingehend die Zauberbücher meines Vaters und versuchte, die Gespenster meiner Feinde gänzlich zu vernichten oder sie an ferne Orte zu verbannen, von wo sie nicht mehr an mich herankonnten. Eine Zeitlang schien das auch zu wirken, doch die Waagschale neigte sich wieder, und sie begannen die Oberhand zu gewinnen. Immer näher kamen sie, und manchmal glaubte ich die Stimmen meines

Vaters und meiner Brüder zu hören, kaum unterscheidbar im schrillen Heulen.

Es geschah in einer Nacht, da sie offenbar sehr nahe waren, daß ein erschöpfter Reisender in den Turm gestolpert kam. Er hatte einen seltsamen Ausdruck in den Augen, und ich dankte dem wohltätigen Gott, der ihn an meine Tür geschickt hatte. Ich wußte sofort, was zu tun war. Ich gab ihm zu essen und zu trinken, und in sein Getränk mischte ich eine Flüssigkeit, die den Schlaf herbeiführte und seinen Geist aus dem Körper vertrieb.

Sie mußten ihn sofort gefangen und zerfetzt haben, denn gleich darauf begann der Mann zu bluten und starb. Doch das befriedigte sie irgendwie, denn das Heulen entfernte sich ein gutes Stück, und es dauerte lange, bis es wieder heranzukriechen begann. Danach hatten die Götter noch oft ein Einsehen mit mir und schickten mir immer einen Gast, ehe der Laut wieder zu nahe kam. Ich gewöhnte mir auch an, die Betäubten zu bandagieren, damit sie länger hielten und ihr Tod die Heulenden noch mehr befriedigte.«

Der alte Mann hielt inne, schüttelte den Kopf und machte ein Schnalzgeräusch mit der Zunge.

»Inzwischen beunruhigt mich aber«, fuhr er fort, »daß sie gieriger geworden sind oder meine List vielleicht durchschaut haben. Denn sie sind weniger leicht zufriedenzustellen, sie bedrängen mich und entfernen sich überhaupt nicht mehr richtig. Manchmal wache ich des Nachts auf und höre sie herumschnüffeln und spüre ihre Schnauzen am Hals. Ich brauche mehr Männer, die sie von mir abhalten, ja, unbedingt. Er«, – und der alte Mann deutete auf den steifen Körper des Führers –, »war überhaupt nichts. Sie ließen ihn links liegen wie einen trockenen Knochen. Doch der da«, – sein Finger deutete zitternd auf Fafhrd –, »ist groß und stark. Er müßte sie eine ganze Zeit zurückhalten.«

Es war jetzt dunkel draußen, und das einzige Licht im Zimmer ging von der flackernden Kerze aus. Der Mausling musterte den alten Mann, der wie ein hilfloser Narr auf seinem Stuhl saß. Dann sah er zu Fafhrd hinüber, sah die breite Brust auf- und niedergehen, sah das starke Wangenbein, das sich über die Bandagen erhob. Und bei diesem Anblick stieg eine fürchterliche Wut in ihm auf, und er warf sich auf den alten Mann.

Doch als er eben mit seinem langen Dolch zustoßen wollte, erklang erneut das Heulen.

Es schien aus irgendeinem dunklen Schacht überzufließen und den Turm und das Flachland ringsum zu durchtränken, so daß die Mauern vibrierten und kleine Staubwolken zwischen den toten Wesen an der Decke hervortraten.

Der Mausling erstarrte. Seine Klinge war noch eine Handbreit vom Hals des alten Mannes entfernt, dessen zurückgeneigter Kopf vor Entsetzen wackelte. Der plötzliche Beginn des Heulens brachte die Frage auf, ob Fafhrd denn überhaupt durch jemand anders als den alten Mann gerettet werden konnte. Der Mausling überlegte, unsicher geworden, stieß den alten Mann zur Seite, kniete neben Fafhrd nieder, schüttelte ihn, redete auf ihn ein. Keine Reaktion. Dann hörte er die Stimme des alten Mannes. Sie war zittrig und durch das Heulen kaum zu hören, doch in ihr schwang eine fast triumphale Überzeugung.

»Der Körper deines Freundes balanciert am Abgrund zum Tode. Wenn du grob mit ihm umspringst, verliert er diese Balance vielleicht. Wenn du die Bandagen abmachst, stirbt er nur um so schneller. Du kannst ihm nicht helfen.« Dann, als ahnte er die Gegenfrage des Mauslings, sagte er: »Nein, es gibt kein Gegenmittel.« Und, wie um dem Mausling nicht alle Hoffnung zu nehmen, fuhr er fort: »Aber er ist nicht völlig wehrlos. Er ist stark. Sein Geist ist vielleicht ebenso widerstandsfähig. Möglicherweise übersteht er den Angriff. Wenn er um Mitternacht noch lebt, kehrt er vielleicht zu uns zurück.«

Der Mausling wandte sich um und sah zu ihm auf. Wieder schien der alte Mann etwas in den gnadenlosen Augen des Mauslings zu lesen, denn er sagte: »Wenn du mich tötest, wird das die Heulenden nicht zufriedenstellen. Deinen Freund rettest du damit nicht, sondern besiegelst sein Schicksal erst richtig. Um meinen Geist betrogen, werden sie den seinen förmlich zerfetzen.«

Der schrumpelige Körper zitterte in einer Ekstase der Erregung und des Entsetzens. Die Hände lagen keinen Augenblick still. Der Kopf ruckte vor und zurück, wie von Altersschwäche ergriffen. Es war nicht leicht, in seinem Gesicht zu lesen, in diesem zuckenden Gesicht mit den aufgerissenen Augen. Der Mausling stand langsam auf.

»Vielleicht nicht«, sagte er. »Vielleicht besiegelt dein Tod das Schicksal meines Freundes, wie du sagst.« Er sprach langsam und mit lauter Stimme. »Trotzdem gehe ich das Risiko deines Todes auf der Stelle ein, wenn du nicht einen anderen Vorschlag hast.«

»Warte!« sagte der alte Mann, griff nach dem Dolch des Mauslings und zuckte zurück, als die Klinge seine Haut ritzte. »Warte. Ich könnte dir vielleicht helfen. Irgendwo dort draußen«, – er machte eine ausladende Handbewegung –, »kämpft der Geist deines Freundes gegen diese Wesen. Ich habe noch mehr von dem Betäubungsmittel. Ich gebe dir davon. Dann kannst du sie zusammen mit deinem Freund bekämpfen. Zusammen besiegt ihr sie vielleicht. Aber du mußt dich beeilen. Schau! Sie sind schon am Werk!«

Der alte Mann deutete auf Fafhrd. Die Bandage am linken Arm des Barbars war nicht mehr fleckenlos. Über dem linken Handgelenk breitete sich langsam ein roter Fleck aus – an der Stelle, wo ein Hund zuerst zubeißen mochte. Der Mausling starrte darauf und spürte eine seltsame Übelkeit und Kälte in sich aufsteigen. Der alte Mann drückte ihm etwas in die Hand. »Trink davon. Trink schnell«, sagte er.

Der Mausling senkte den Blick. Er hatte ein kleines Glasröhrchen in der Hand. Die purpurne Farbe der Flüssigkeit entsprach dem Schimmer des getrockneten Rinnsals an Fafhrds Mundwinkel. Wie betäubt zog er den Korken heraus, hob das Gefäß an die Lippen, hielt inne.

»Schnell! Schnell!« drängte der alte Mann, der vor Ungeduld fast auf der Stelle hüpfte. »Die Hälfte genügt, um dich zu deinem Freund zu bringen. Die Zeit ist knapp. Trink. Trink!«

Doch der Mausling trank nicht. Plötzlich war eine Ahnung in ihm aufgestiegen, und er starrte den alten Mann über seine erhobene Hand hinweg an. Und der Alte schien diesen Blick sofort richtig zu deuten, denn er griff sich den Dolch vom Buch und stürzte sich mit überraschender Schnelligkeit auf den Mausling.

Fast fand sein Stoß sein Ziel, doch im letzten Augenblick kam der Mausling wieder zu sich und hieb mit der freien Faust von der Seite gegen die Hand des alten Mannes, so daß der Dolch zu Boden polterte. Mit schneller, vorsichtiger Bewegung setzte der Mausling das Röhrchen auf den Tisch. Der alte Mann huschte hinter ihm her, griff danach, wollte es umstürzen, doch der Mausling umfing mit eisernem Griff sein Handgelenk, zwang ihn zu Boden, riß ihm den Kopf zurück.

»Ja«, sagte der Mausling. »Ich werde trinken – darum brauchst du keine Angst zu haben. Aber du wirst es mir gleichtun.«

Der alte Mann stieß einen erstickten Schrei aus und bäumte sich auf. »Nein!« schrie er. »Töte mich! Erstich mich! Aber nicht das Zeug! Nicht das Zeug!« Der Mausling kniete sich auf die Arme des alten Mannes, um sie festzuhalten, und versuchte ihm den Mund zu öffnen. Plötzlich wurde der Alte still und starrte nach oben, eine seltsame Klarheit in den verdrehten Augen mit den stecknadelkopfgroßen Pupillen. »Es ist sinnlos«, sagte er. »Ich wollte dich hereinlegen. Dein Freund hat den letzten Rest des Mittels bekommen. Was du da hast, ist Gift. Wir werden beide elend sterben, und dein Freund wird unwiderruflich verloren sein.«

Doch als er sah, daß der Mausling sich nicht um seinen Einwand kümmerte, begann er sich wieder wie ein Verrückter zu wehren. Und der Mausling ließ sich nicht beirren. Obwohl er einen tiefen Biß in den Daumen hinnehmen mußte, zwang er den Mund des alten Mannes auf, hielt ihm die Nase zu und schüttete die dicke purpurne Flüssigkeit hinein. Das Gesicht des Alten wurde rot, und die Adern auf seiner Stirn traten hervor. Als er schließlich schlucken mußte, klang es wie ein Todesröcheln. Nun trank der Mausling den Rest – die Flüssigkeit schmeckte salzig wie Blut und hatte einen unangenehmen süßen Geruch – und wartete.

Widerwille erfüllte ihn. Noch nie hatte er einem Menschen so etwas antun müssen. Fast wäre es ihm lieber gewesen, den alten Mann töten zu können. Sein Gesichtsausdruck hatte eine groteske Ähnlichkeit mit dem Entsetzen eines gefolterten Kindes. Nur dieser Greis, dachte der Mausling, kannte die volle Bedeutung des Heulens, das ihnen noch immer drohend in den Ohren schrillte. Der Mausling ließ ihn fast den Dolch erreichen, auf den er sich mit schwacher Bewegung zuwand. Doch mit dem Gedanken an Fafhrd hielt er den alten Mann schließlich fest.

Langsam füllte sich der Raum mit einem seltsamen Dunst und begann zu schwanken und gemächlich zu kreisen. Dem Mausling wurde schwindlig. Es war, als ob der Heulton nach und nach die Wände zur Auflösung brächte. Etwas griff nach seinem Körper, versuchte seinen Geist anzutasten. Dann folgte absolute Schwärze, durch ein Pandämonium des Heulens erschüttert.

Doch dann war überhaupt kein Laut zu hören auf der weiten, fremdartigen Ebene, die plötzlich aus der Schwärze auftauchte. Nur sehen konnte er. Und er spürte eine seltsam durchdringende Kälte. Ein wolkenloses Dämmerlicht ohne ersichtliche Quelle enthüllte in endlosen Erhebungen glattes schwarzes Felsgestein und einen deutlichen Horizont.

Er war sich eines Wesens bewußt, das neben ihm stand und sich offenbar hinter ihm verstecken wollte. Dann nahm er in einiger Entfernung eine bleiche Gestalt wahr, in der er instinktiv Fafhrd erkannte. Und rings um die schattenhafte Gestalt wirbelte eine Horde schwarzer, schattenhafter Tiere, die vorsprangen und wieder zurückwichen, die die bleiche Menschengestalt bedrängten. Ihre Augen schimmerten heller als das Mondlicht, sie knurrten, ohne daß etwas zu hören war. Das Wesen neben ihm schien sich noch näher heranzuducken. Und schon hastete der Mausling auf seinen Freund zu.

Das Schattenrudel wandte sich um, und er bereitete sich auf den Angriff vor. Doch der Führer des Packs sprang an seiner Schulter vorbei, und die übrigen fluteten wie ein aufgewühlter schwarzer Strom rechts und links an ihm vorüber. Da merkte er, daß das Wesen, das sich hinter ihm hatte verstecken wollen, nicht mehr da war. Er wandte sich um und sah, daß die schwarze Horde eine kleine bleiche Gestalt verfolgte.

Sie lief schnell, doch nicht schnell genug. Die Jagd führte über eine Felserhebung nach der anderen. Der Mausling glaubte größere Menschengestalten zwischen den Tieren wahrzunehmen. Langsam wurden sie immer kleiner, wurden winzig, vergingen. Und noch immer spürte der Mausling den schrecklichen Haß und die Angst, die von ihnen ausging.

Dann schwand das unbestimmte Mondlicht, und nur die Kälte blieb, und auch sie verschwand und ließ ein Nichts zurück.

Als er erwachte, schaute Fafhrd auf ihn herab und sagte: »Bleib still liegen, kleiner Mann. Bleib liegen. Nein, ich bin nicht schlimm verletzt. Nur an der Hand. Nicht schlimmer als du.«

Doch der Mausling schüttelte ungeduldig den Kopf und stemmte sich hoch. Seine Schulter schmerzte. Sonnenlicht drang durch die schmalen Fensterschlitze und ließ den Staub in der Luft tanzen. Dann erblickte er den Körper des alten Mannes.

»Ja«, sagte Fafhrd, als sich der Mausling schwach zurücklegte. »Seine Ängste sind ausgestanden. Sie sind mit ihm fertig. Ich sollte ihn wohl hassen. Doch wer kann solch alte Haut verachten? Als ich hier in den Turm kam, gab er mir von dem Gebräu. Und dann ging etwas in meinem Kopf vor. Ich hatte seinen Worten geglaubt. Er sagte mir, es würde mich zu einem Gott machen. Ich trank und wurde in eine kalte Höllenwelt verschlagen. Doch nun ist alles vorbei, und wir sind immer noch in Nehwon.«

Der Mausling, der die unzweifelhaft toten Dinge beäugte, die da von der Decke hingen, war's zufrieden.

Aus dem Amerikanischen
übersetzt von Thomas Schlück

Das versunkene Land

Im Zeichen des Glücks bin ich geboren, als Zwilling!« rief Fafhrd fröhlich und sprang so heftig auf, daß die kleine Schaluppe trotz ihrer Ausleger zu schwanken begann. »Ich fange mitten im Ozean einen Fisch. Ich schneide ihm den Bauch auf. Und nun schau, kleiner Mann, was ich gefunden habe!«

Der Graue Mausling wich vor der blutigen Hand zurück, die ihm fast ins Gesicht gestoßen wurde, rümpfte ein wenig angewidert die Nase, hob die linke Augenbraue und sah sich das Fundstück an. Nicht einmal auf Fafhrds breiter Handfläche sah es sonderlich klein aus, und obwohl es ein wenig schleimig war, bestand es zweifellos aus Gold. Es war ein Ring und zugleich ein Schlüssel, wobei der Schlüsselteil im rechten Winkel verlief, so daß der Bart sich an den Finger schmiegte, wenn der Ring aufgesteckt war.

Instinktiv faßte der Graue Mausling einen Widerwillen gegen das Objekt. Irgendwie konzentrierte sich darin das vage Mißbehagen, das er in den letzten Tagen verspürt hatte.

Er hatte überhaupt wenig übrig für das gewaltige Äußere Meer, und nur Fafhrds tollkühne Begeisterung und seine eigene Sehnsucht nach Lankhmar hatten ihn dazu verleitet, die lange und nicht ungefährliche Reise über die unerforschten Tiefen mitzumachen. Wenig schmeckte ihm die Tatsache, daß ein Fischschwarm hier draußen fern von allem Land das Wasser zum Kochen bringen konnte. Sogar das beständig gute Wetter und die günstigen Winde störten ihn irgendwie, schienen sie ihm doch ein Anzeichen für entsprechend negative Einflüsse zu sein, die noch auf sie einwirken mußten, die noch abwartend unter dem Horizont lauerten wie gewaltige Gewitterwolken. Zuviel Glück war immer gefährlich. Und jetzt dieser Ring, durch einen verblüffenden Glücksumstand in Fafhrds Hände gefallen ...

Sie besahen ihn aus der Nähe. Fafhrd drehte ihn langsam herum. Soweit sich ausmachen ließ, stellte das Relief auf dem eigentlichen Ring ein Seeungeheuer dar, das ein Schiff in die Tiefe zog. Die Zeichnung war natürlich ziemlich vereinfacht, und es waren kaum Einzelheiten auszumachen, so daß man sich irren konnte. Dem Mausling machte jedoch am meisten zu schaffen, daß er, obwohl er schon wirklich herumgekommen war und viel von der Welt kannte, den Stil der Darstellung nicht unterbringen konnte.

In Fafhrd dagegen weckte der Anblick seltsame Erinnerungen. Bruchstücke alter Legenden kamen ihm in den Sinn, Sagen, die an flackernden Treibholzfeuern erzählt wurden, um die langen Nordnächte abzukürzen; Berichte von großen Seereisen und fernen Raubzügen aus uralter Zeit; Glühwürmchenblicke auf Beutestücke unvorstellbar alter Vorfahren, Kostbarkeiten, die zu sehr in der Tradition verhaftet waren, als daß sie verkauft oder verschenkt werden durften; geheimnisvoll-vage Warnungen zur Abschreckung kleiner Jungen, die gern zu weit hinausschwammen oder segelten. Einen kurzen Augenblick bewölkte sich sein Blick, und sein wettergestähltes Gesicht wurde ernst, doch das war sofort vorüber.

»Ein hübsches Ding, das mußt du zugeben«, sagte er lachend. »Wessen Tür öffnet wohl dieser Schlüssel, was meinst du? Die Tür zum Schlafgemach irgendeiner Frau, möchte ich wetten. Der Ring würde gut an den Finger eines Königs passen.«

Er warf ihn in die Höhe, fing ihn wieder auf und wischte ihn am groben Tuch seines Umhangs ab.

»Ich würde ihn an deiner Stelle nicht tragen«, sagte der Mausling. »Sicher ist er von der Hand eines Ertrunkenen abgefressen worden und hat Giftstoffe aufgenommen. Wirf ihn fort.«

»Um dann nach einem größeren zu angeln, was?« fragte Fafhrd grinsend. »Nein, der reicht mir völlig.« Er steckte ihn auf den Mittelfinger seiner linken Hand, ballte die Faust und betrachtete kritisch das Schmuckstück. »Damit lassen sich auch gut Leute verprügeln«, bemerkte er.

Im nächsten Augenblick sah er einen großen Fisch aus dem Wasser springen, der dann fast zu ihm aufs Deck platschte, griff nach seinem Bogen, legte einen federlosen Pfeil auf die Sehne, der an der Spitze mit Widerhaken und Gewichten versehen war, und starrte über die Bordkante ins Wasser, wobei er sich mit einem Fuß auf dem Ausleger abstützte.

Der Mausling beobachtete ihn nicht ohne Neid. Fafhrd, dieser große, schwere Mann schlüpfte an Bord eines Schiffes in eine völlig neue Haut. Jedesmal wenn er Schiffsplanken betrat, wurden seine Schritte katzenhafter, seine Bewegungen sicherer. Er war dann so behend, wie sich der Mausling an Land bewegte. Der Mausling war durchaus keine Landratte und konnte so gut schwimmen wie Fafhrd, doch ihm war immer ein wenig unheimlich zumute, wenn da ringsum nur Wasser in Sicht war, Tag um Tag – so wie sich Fafhrd in einer Stadt nicht wohl fühlte, außer wenn er in eine Taverne einkehren oder in einen Straßenkampf eingreifen konnte. An Bord wurde der Mausling vorsichtig und ein wenig nervös; laufend hielt er Ausschau nach Lecks, nach Schwelbränden, nach verdorbenem Essen und verrotteten Seilen. Es gefiel ihm nicht, daß Fafhrd ständig neue Takelungen ausprobierte und mit dem Segelreffen immer bis zum letzten Augenblick wartete. Es ärgerte ihn ein wenig, daß er das Verhalten seines Freundes dennoch nicht als tollkühn verdammen konnte.

Fafhrd starrte eindringlich auf die heranwogenden Wellen. Das lange, kupferrote Haar hatte er hinter den Ohren zusammengebunden. Er trug eine grobe bräunliche Tunika und Hosen. Dazu leichte Ledersandalen, die sich leicht abwerfen ließen. Gürtel, Langschwert und die anderen Waffen waren natürlich sorgsam in Öltuch verstaut, damit sie nicht rosteten, und er trug keine Juwelen oder sonstigen Schmuckstücke – mit Ausnahme des Ringes.

Der Blick des Mauslings glitt von ihm ab und richtete sich auf den Horizont, wo sich Steuerbord voraus ein kleines Wolkengebirge aufzutürmen begann. Fast ein wenig erleichtert fragte er sich, ob das nun endlich das längst überfällige schlechte Wetter sein mochte. Er zog seinen dünnen grauen Umhang am Hals fester zusammen und drückte die Ruderpinne ein wenig zur Seite. Die Sonne, die gleich untergehen mußte, warf seinen Schatten auf das hellbraune Segel.

Fafhrds Bogen sirrte, und der Pfeil schoß los. Die Leine wurde ihm zischend aus der Hand gerissen. Vorsichtig ließ er sie mit dem Daumen weiter aus. Die Leine lockerte sich etwas und ruckte dann in Richtung Heck wieder an. Fafhrds Fuß glitt über den Ausläufer, bis er am Ponton angehalten wurde, fast drei Armlängen außenbords. Er ließ den anderen Fuß nachfolgen und lag dann dort, sich abstützend, mit den Beinen im Wasser, lachend und zufrieden grunzend, und spielte vorsichtig mit dem Fisch.

»Und was hattest du diesmal an der Angel?« fragte der Mausling später, als ihm Fafhrd eine Portion weißes zartes Fleisch servierte, das er in der gemütlichen Bugkabine auf dem Feuerkessel gekocht hatte. »Hast du jetzt ein Armband und eine Brosche, passend zum Ring?«

Fafhrd grinste mit vollem Mund und antwortete nicht, als gäbe es nichts anderes auf der Welt als das Essen. Doch als sie sich später in der wolkendurchbrochenen Sternendunkelheit ausstreckten, einer Dunkelheit, belebt von einem schnellen Steuerbordwind, der das Schiff mit zunehmender Geschwindigkeit vorantrieb, begann er zu sprechen.

»Ich glaube, das Land hieß Simorgya. Es ist vor Urzeiten im Meer versunken. Und schon damals hatte mein Volk Beutezüge dorthin unternommen, obwohl es ein weiter und mühsamer Weg war. Meine Erinnerung mag mich trügen, ich habe nur dann und wann darüber reden hören, als ich noch klein war. Aber ich habe tatsächlich ein paar Krüge gesehen, die etwa in dem Stil verziert waren wie mein Ring – allerdings nur wenige. Wenn ich mich richtig erinnere, hieß es in den Legenden, daß die Bewohner des fernen Simorgya mächtige Zauberer waren und daß Wind und Wellen und die Kreaturen unter Wasser ihrem Willen gehorchten. Und doch wurden sie alle vom Meer verschlungen. Jetzt sind sie dort. »Er drehte die Hand, bis sein Daumen zum Bootskiel zeigte. »Und in den Legenden steht auch, daß mein Volk eines Tages dorthin einen Raubzug unternahm und daß von den Booten nur eins zurückkehrte, ein Boot, das schließlich eintraf, als die Hoffnung schon aufgegeben war. Die Männer waren fast verdurstet. Sie berichteten, daß sie immer weiter gesegelt wären und immer weiter, doch daß sie Simorgya überhaupt nicht finden konnten, daß sie seine felsige Küste und die gedrungenen fensterreichen Türme nicht zu Gesicht bekamen. Da war nur die leere See, ringsum. Im nächsten Sommer startete eine neue Expedition, ebenso im übernächsten Jahr, doch niemand vermochte Simorgya zu finden.«

»Aber wenn das so ist«, schaltete sich der Mausling betont ein, »dann schwimmen wir vielleicht in diesem Augenblick über dem versunkenen Land? Womöglich ist der Fisch, den du vorhin gefangen hast, in den Türmen dieses Reiches aus und ein geschwommen!«

»Wer kann das wissen?« erwiderte Fafhrd ein wenig verträumt. »Das Meer ist groß. Wenn wir wirklich dort sind, wo wir unsere Position vermuten – das heißt, bald zu Hause –, dann mag das durchaus sein. Oder nicht. Ich weiß eigentlich gar nicht, ob es wirklich einmal ein Simorgya gegeben hat. Die Legendenmacher konnten schon immer gut lügen. Auf jeden Fall war der Fisch nicht alt genug, daß er den Ring vom Fleisch eines Simorgyaners essen konnte.«

»Trotzdem«, sagte der Mausling mit leiser, tonloser Stimme, »würde ich den Ring an deiner Stelle fortwerfen.«

Fafhrd lachte leise. Seine Phantasie begann sich zu regen, ließ ihn das sagenumwobene Land Simorgya erkennen, nicht dunkel und von Meerwasser bedeckt, sondern als ein Reich, wie es vielleicht einmal bestanden hatte, belebt von Industrie und Handel, gestärkt durch unheimliche Zauberkräfte. Dann änderte sich das Bild, und er erblickte eine lange schmale Galeere mit zwanzig Rudern, ein Schiff, wie es von seinem Volk gebaut wurde, und er sah es durch stürmische See fahren. Goldenes und stählernes Glitzern umgab den Kapitän auf dem Achterschiff, und die Muskeln des Rudergastes knackten, als er sich ins Steuer stemmte. Die Gesichter der rudernden Krieger waren begierig gespannt, beherrscht von dem Drang, dem Unbekannten das Äußerste abzuluchsen. Das ganze Schiff war wie eine vorwärtsschießende Speerspitze. Fafhrd war erstaunt, wie klar er das Bild vor Augen hatte. Eine überkommene Sehnsucht zitterte in ihm nach. Er spürte den Ring, ließ einen Finger über das Relief des Schiffes und des Ungeheuers gleiten und lachte erneut.

Der Mausling holte eine breite Kerze mit schwerem Docht aus der Kabine und stellte sie in eine kleine Hornlaterne, die die Flamme vor dem Wind schützte. Er hängte die Lampe ans Heck, wo sie die Dunkelheit ein wenig zurückdrängte. Bis Mitternacht hatte der Mausling Wache. Nach kurzer Zeit schlief Fafhrd ein.

Er erwachte und hatte sofort das Gefühl, daß sich das Wetter geändert hatte und seine Hilfe benötigt wurde. Der Mausling rief seinen Namen. Das kleine Boot war aus dem Wind gefallen, so daß die Steuerbordpontons die Wucht der Wellen abbekamen. Kühle Gischt lag in der Luft. Die Lampe schwang wild hin und her. Nur heckwärts waren Sterne sichtbar. Der Mausling brachte das Boot in den Wind, und Fafhrd legte ein dreifaches Reff in das Segel, während die Wellen gegen den Bug anhämmerten und die Schaluppe gelegentlich überschäumten.

Als sie wieder auf Kurs waren, kam er dem Mausling nicht sofort zu Hilfe, sondern blieb noch einen Augenblick stehen und machte sich zum erstenmal klar, wie gut das Boot mit den schweren Brechern zurechtkam. Es war eigentlich kein Boot, wie er es sich in seiner nördlichen Heimat gebaut hätte, doch es war für diese besonderen Umstände natürlich am besten geeignet. Er hatte es sorgfältig kalfatert und geteert, jedes schwache Holzstück ersetzt, das viereckige Segel gegen ein dreieckiges ausgetauscht und den Bug ein wenig hochgezogen. Um einer Kenterneigung entgegenzuwirken, hatte er dicht hinter dem Mast ein paar Ausläufer angebracht, wobei er für die Querstützen das stärkste und beste Holz genommen und es unter Dampf vorsichtig in die benötigte Form gebracht hatte. Er hatte gute Arbeit geleistet, das wußte er, was jedoch nichts an der Tatsache änderte, daß das Boot ein schwerfälliges Gerüst und zahlreiche versteckte Schwächen hatte.

Er atmete die scharfe, salzige Luft und starrte mit zusammengekniffenen Augen in den Wind, versuchte das Wetter abzuschätzen. Der Mausling sagte etwas, das er nicht verstand, und er wandte den Kopf.

»Los, wirf den Ring fort, ehe er uns noch einen Hurrikan anhängt!«

Er lächelte und machte eine wilde Handbewegung, die sein »Nein!« ausdrückte. Dann drehte er sich wieder um und starrte in das wilde Chaos aus Wind und Wellen, das über die Schaluppe hereinbrach. Er schüttelte die Gedanken an Boot und Wetter ab und war zufrieden, die ehrfurchtgebietende altgewohnte Szene in sich aufzunehmen, den Rhythmus des

Schwankens mit den Füßen auszugleichen, jede Bewegung des Bootes zu spüren und zugleich, als wäre das etwas ihm Verwandtes, die gottlose Macht der Elemente zu erfühlen.

Und in diesem Augenblick geschah das Unglaubliche, das ihn völlig in seinen Bann schlug.

Aus der schäumenden Dunkelheit tauchte der drachenkopfbewehrte Bug einer Galeere auf. Fafhrd sah das schwarze Holz der Flanken, das helle Holz der Ruder, das Schimmern nassen Metalls. Die ganze Erscheinung ähnelte so sehr dem Schiff seiner Phantasie, daß er sich erstarrt fragte, ob er da ein neues Traumbild erlebte oder etwa das Kommen des Schiffes erahnt hatte oder ob es womöglich erst durch seine Gedanken aus der Finsternis herbeigerufen worden war. Es ragte immer höher und höher über ihm auf.

Der Mausling schrie etwas und legte die Ruderpinne herum, sein Körper spannte sich mit der Anstrengung. Es war schon fast zu spät, als sich das kleine Boot endlich unter dem Drachenkopfbug fortdrehte. Und noch immer starrte Fafhrd auf das Schiff, als wäre es eine Erscheinung. Ihm entging der warnende Schrei des Mauslings, als sich das Segel der Schaluppe von der anderen Seite füllte und knallend umschlug.

Der Segelbaum fegte ihm gegen die Kniekehlen und schleuderte ihn über Bord. Doch er landete nicht im Wasser, sondern fand Halt an einem schmalen Ponton und hielt sich dort mühsam im Gleichgewicht. Im nächsten Augenblick fuhr ein Ruder der Galeere herab, und er wich zur Seite, hielt sich im Fallen instinktiv am Ruderblatt fest. Das Meer durchnäßte ihn, wollte ihn fortzerren, doch er hielt sich mit aller Kraft fest und begann sich langsam an dem Ruder hochzuziehen.

Seine Beine waren betäubt von dem mächtigen Schlag; vielleicht konnte er nicht schwimmen. Und noch immer hielt ihn der Anblick des Schiffes gefangen. Er vergaß den Mausling und die Schaluppe völlig. Er schüttelte die Wellen ab, erreichte die Außenwand der Galeere, klammerte sich im Ruderloch fest. Dann schaute er zurück und sah mit lähmender Überraschung das Heck der Schaluppe verschwinden, erblickte das grauumhüllte Gesicht des Mauslings im Licht der schlenkernden Laterne, sah den Mausling hilflos herüberstarren.

Was nun geschah, löste den lähmenden Bann, der auf ihm gelegen hatte. Eine Hand mit stählerner Klinge fuhr herab. Er warf sich zur Seite und umfing das Handgelenk, packte die Reling der Galeere, stellte den Fuß auf das Ruder im Ruderloch und zog an dem Arm. Der Mann ließ das Messer zu spät fallen, klammerte sich am Holz fest, vermochte sich nicht zu halten und wurde über Bord gezogen. Keuchend stürzte er in die Dunkelheit.

Instinktiv ging Fafhrd in die Offensive, sprang auf die Ruderbank hinab, die halb unter dem Ruderdeck lag und die die letzte von zehn Reihen bildete. Sein suchender Blick fiel auf ein Gestell mit Schwertern, und er wirbelte eine Klinge heraus und bedrohte die beiden Schattengestalten, die von den vorderen Bänken und vom Ruderdeck auf ihn eindrangen. Die Unbekannten griffen an, blitzschnell, aber lautlos, was Fafhrd doch seltsam berührte. Die gischtfeuchten Klingen trafen funkensprühend aufeinander.

Fafhrd kämpfte vorsichtig und achtete auf Angriffe von oben, paßte seine Ausfälle dem Rollen der Galeere an. Er wich einem zischenden Hieb aus und parierte einen unerwarteten Rückhandschlag der gleichen Waffe. Übelriechender Weinatem schlug ihm ins Gesicht. Jemand zog ein Ruder herein und warf es wie eine Lanze zwischen Fafhrd und die beiden Schwertkämpfer, wo es krachend das Schwertgestell traf.

Fafhrd erblickte ein knopfäugiges, spitzzahniges Rattengesicht, das ihn aus der Dunkelheit unter dem Ruderdeck anstarrte. Einer der Schwertkämpfer probierte einen wilden Ausfall, glitt aus und stürzte. Der andere wich zurück und setzte zu einem neuen Angriff an. Doch dann verhielt er plötzlich, das Schwert halb erhoben, und starrte über Fafhrds Kopf, als wäre dort ein neuer Gegner aufgetaucht. Im nächsten Augenblick traf ihn eine gewaltige Woge an der Brust, ließ ihn verschwinden.

Fafhrd spürte das Gewicht des Wassers auf den Schultern und klammerte sich an einem Balken fest. Das Deck war gefährlich geneigt. Durch die gegenüberliegenden Ruderlöcher sprudelte Wasser herein. Er machte sich klar, daß die Galeere in all dem Durcheinander abgefallen war und nun die Wellen von der Seite nahm. Und dafür war sie nicht gebaut. Er wich einem zweiten Brecher aus, zog sich auf das Ruderdeck hinauf, und stand dem einsamen Steuermann zur Seite. Gemeinsam stemmten sie sich gegen das große Ruder, das in Stein und nicht in Wasser eingebettet schien. Zentimeter um Zentimeter bewegten sie sich über das schmale Deck. Trotzdem schien die Galeere dem Untergang nahe.

Doch dann kam plötzlich die Wende zum Besseren – vielleicht lag es an einem vorübergehenden Nachlassen des Windes oder an dem glücklichen Schlag eines Ruderers weiter vorn. Langsam und mühsam wie ein vollgelaufenes Schiff hob die Galeere ihren Bug und begann auf den richtigen Kurs einzuschwenken. Fafhrd und der Steuermann gaben sich alle Mühe, die gewonnenen Zentimeter zu halten. Erst als die Galeere wieder sicher vor dem Wind trieb, blickten sie auf. Fafhrd sah sich zwei erhobenen Schwertern gegenüber. Er rechnete sich seine Chancen aus und blieb reglos stehen.

Es war eigentlich kaum vorstellbar, daß das Feuer während des nassen Intermezzos nicht ausgegangen war, doch da kam einer der Schwertkämpfer tatsächlich mit einer knisternden Teerfackel. Das Licht enthüllte Fafhrd, daß er es hier mit Nordlingen zu tun hatte, mit Menschen, die aus seiner Gegend stammen mußten. Große, knochige Burschen, so blond, daß sie fast keine Augenbrauen zu haben schienen. Sie trugen metallschimmernde Kriegsausrüstungen und engsitzende Bronzehelme. Ihr Gesichtsausdruck schwankte zwischen düster und belustigt. Wieder roch er den abgestandenen Wein. Sein Blick wanderte zum Bug. Drei Ruderer schöpften Wasser mit Eimer und Pumpe.

Jemand näherte sich mit großen Schritten dem Achterdeck – der Anführer, nach dem Gold und den Juwelen und dem sicheren Auftreten zu urteilen. Er sprang auf die kurze Leiter und kletterte geschmeidig wie eine Katze herauf. Er schien jünger zu sein als die anderen, und seine Züge waren fast zart. Weiches, seidig blondes Haar klebte ihm feucht am Kopf. Doch seine zusammengepreßten, lächelnden Lippen verrieten eine weibische Gier, und Wahnsinn stand in seinen blauen Augen.

Fafhrd wappnete sich gegen den Blick dieses Mannes. Eine Frage machte ihm zu schaffen. Warum hatte es auch im schlimmsten Durcheinander keine Schreie gegeben, warum hatte er noch keinen einzigen Befehl gehört, kein Wort vernommen?

Der junge Anführer schien sich endlich über Fafhrd eine Meinung zu bilden, denn sein schmallippiges Lächeln vertiefte sich etwas, und er deutete auf das Ruderdeck. Schließlich brach Fafhrd das Schweigen und sagte mit einer Stimme, die ihm unnatürlich und heiser vorkam: »Was haben Sie vor? Bitte bedenken Sie, daß ich Ihr Schiff gerettet habe.«

Er machte sich auf eine heftige Reaktion gefaßt und bemerkte mit einiger Befriedigung, daß der Steuermann dicht neben ihm blieb, als hätte die gemeinsam bewältigte Aufgabe ein besonderes Band zwischen ihnen geschmiedet. Der Anführer hörte auf zu lächeln. Er legte den Finger an die Lippen und wiederholte ungeduldig seine erste Geste.

Diesmal begriff Fafhrd. Er sollte den Ruderer ersetzen, den er über Bord gezogen hatte. Er mußte zugeben, daß in dieser Maßnahme eine gewisse ironische Gerechtigkeit lag. Er hatte keine Zweifel daran, daß ihm ein schneller Tod drohte, wenn er den Kampf jetzt wieder aufnahm; und wenn er über Bord sprang, in der verrückten Hoffnung, in der heulenden, bewegten Schwärze das andere kleine Boot zu finden, war ihm ein langsamer Tod sicher. Die Arme, die die Schwerter hielten, spannten sich. Er nickte kurz. Wenigstens waren das hier seine eigenen Leute.

Als er zum erstenmal das schwere Wasser widerspenstig gegen sein Ruderblatt ankämpfen spürte, überkam ihn ein neues Gefühl, ein Gefühl, das ihm nicht völlig fremd war. Er schien ein Teil des Schiffes zu werden, schien sein Schicksal zu dem seinen zu machen, wie es auch aussehen mochte.

Das war der von alters her bekannte Geist der Ruderbank. Als seine Muskeln angewärmt waren und sich an die Aufgabe gewöhnt hatten und als sich seine Nerven dem Rhythmus angepaßt hatten, warf er immer öfter einen Blick in die Runde, musterte die Männer ringsum, als hätte er sie schon einmal gesehen, versuchte den eifrigen, entschlossenen Ausdruck ihrer Gesichter zu durchschauen und daran teilzuhaben.

Ein Wesen in einem viel zu großen Umhang kam aus einer kleinen Kabine ganz hinten unter dem Ruderdeck und hielt dem gegenübersitzenden Ruderer eine Lederflasche an die Lippen. Zwischen all den großen Männern wirkte das Wesen absurd klein und gedrungen. Als es sich umwandte, erkannte Fafhrd die Knopfaugen, die er schon einmal bemerkt hatte, und als das Wesen näherkam, machte er unter der schweren Kapuze das faltige, schlaue Gesicht eines alten Mingol aus.

»Du bist also der Neue«, krächzte der Mingol höhnisch. »Dein Kampfstil hat mir gefallen. Komm, trink nur; Lavas Laerk entschließt sich vielleicht noch vor Morgengrauen, dich den Meeresgöttern zu opfern. Aber nimm dich in acht, verschütten darfst du nichts.«

Fafhrd trank gierig und hätte sich fast verschluckt, als ihm ein Schwall starker Wein in der Kehle brannte. Nach einer Weile zerrte der Mingol die Flasche fort.

»Jetzt weißt du, was Lavas Laerk seinen Ruderern zu trinken gibt. Es gibt wenige Mannschaften in dieser oder der nächsten Welt, die auf der Ruderbank mit Wein ernährt werden.« Er lachte leise und fuhr fort: »Aber du fragst dich sicher, warum ich laut spreche. Nun, der junge Lavas Laerk verlangt allen seinen Leuten das Schweigegelübde ab, doch nicht bei mir, so ich doch nur ein Sklave bin. Denn ich kümmere mich um das Feuer – und wie gut ich das tue, weißt du selbst – und schenke den Wein aus und koche das Fleisch und stimme Gesänge an zum Wohle des Schiffes. Es gibt bestimmte Dinge, die weder Lavas Laerk noch irgendein anderer Mensch oder Dämon von mir verlangen könnte.«

»Aber was will Lavas Laerk ...«

Der Mingol klatschte seine ledrige Hand auf Fafhrds Mund und stoppte die geflüsterte Frage.

»Psst! Ist dir dein Leben so wenig wert? Denk daran, du bist Lavas Laerks Gefolgsmann! Ich werde dir sagen, was du wissen willst.« Er setzte sich auf die nasse Bank neben Fafhrd. »Lavas Laerk hat sich geschworen, das ferne Simorgya auszurauben, und hat für sich und seine Männer ein Schweigegelübde abgelegt, bis die Küste in Sicht kommt. Pst! Pst! Ich weiß, daß Simorgya im Meer liegen soll und daß seine

Existenz überhaupt umstritten ist. Aber Lavas Laerk hat einen großen Eid geschworen vor seiner Mutter, die er mehr haßt als seine Freunde, und er hat schon einen Mann umgebracht, der seine Entscheidung in Frage stellte.

Wir suchen also Simorgya, und wenn wir dazu den Austern Perlen stehlen und die Fische befragen müssen. Komm, lehn dich herüber und rudere weniger kräftig, und dann verrate ich dir ein Geheimnis, das gar kein Geheimnis ist, und mache dir eine Prophezeiung, die gar keine ist.« Er rückte noch näher. »Lavas Laerk haßt alle Menschen, die nüchtern sind, denn er glaubt – und damit hat er recht –, daß nur Betrunkene etwa so sind wie er. Heute nacht rudert die Mannschaft bestimmt gut, obwohl sie gestern zum letztenmal Fleisch bekommen hat. Heute nacht schenkt ihnen der Wein wenigstens einen Hauch von der Vision, die Lavas Laerk vor Augen hat. Aber morgen früh wird das mit schmerzenden Rücken und ziehenden Gedärmen und dröhnenden Schädeln teuer bezahlt. Und dann gibt es eine Meuterei, und nicht einmal Lavas Laerks Wahnsinn wird ihm dabei helfen.«

Fafhrd fragte sich, warum der Mingol erschauderte und dann röchelnd hustete. Er streckte die Hand aus und spürte eine warme Flüssigkeit an den Fingern. Im nächsten Augenblick zog Lavas Laerk seinen Dolch aus dem Hals des Mingol, der nach vorn von der Bank rollte.

Kein Wort wurde gesprochen, doch die Nachricht von der schrecklichen Tat wanderte durch die stürmische Dunkelheit von einem Ruderer zum nächsten, bis sie die Bank im Bug erreichte. Dann setzte langsam ein unterdrücktes Gemurmel ein, eine Erregung, die noch spürbar zunahm, als sich die Erkenntnis durchsetzte, wie schrecklich die Tat war – der Mord an dem Sklaven, der sich um das Feuer kümmerte und dessen Zauberkräfte, wenn auch oft belacht, mit dem Schicksal des Schiffes verwoben waren. Noch waren keine Worte zu hören, doch leises Grunzen, Schnauben und Knurren ertönte, das Kratzen von von Rudern, die eingezogen und abgelegt wurden, ein lauter werdendes Murmeln, in dem sich Verwirrung und Angst und Gefahr mischten und das zwischen Bug und Steuerdeck wie eine Welle in einer Wanne hin und her schwappte.

Halb in den Bann dieses Aufruhrs gezogen, wappnete sich Fafhrd zum Sprung, obwohl er nicht wußte, ob er die gespannt-reglose Gestalt Lavas Laerks angreifen oder sich in die relative Sicherheit der hinteren Kabine zurückziehen sollte. Auf jeden Fall war Lavas Laerk zum Untergang verdammt – oder er wäre es gewesen, wenn nicht der Steuermann in diesem Augenblick mit zittriger Stimme von oben geschrien hätte: »Land in Sicht! Simorgya! Simorgya!«

Dieser Schrei fuhr wie eine gekrallte Skeletthand zwischen die Männer, riß ihre Erregung zu neuem, fast unerträglichem Höhepunkt hinauf. Ein Zittern durchfuhr das Schiff. Dann kamen verwunderte Rufe, Angstschreie, Flüche, die bald in Gebete umschlugen. Zwei Ruderer begannen sich zu schlagen, nur weil das plötzliche Aufwallen der Gefühle irgendein Ventil erforderte. Ein anderer zerrte wild an seinem Holzgriff und kreischte, man solle seinem Beispiel folgen und den Kurs der Galeere ändern und dem Tod entfliehen. Fafhrd sprang auf seine Bank und starrte nach vorn.

Schwarz und spitz wie ein Berg ragte es vor dem Schiff auf – gefährlich nahe. Ein großer dunkler Punkt, der sich kaum von der Dunkelheit der Nacht abhob, doch zum Teil auch wieder verdeckt durch Nebelschwaden und Gischtfahnen, doch in regelmäßigen Abständen von kleinen Lichtquadraten durchbrochen, bei denen es sich nur um Fenster handeln konnte. Und mit jedem Herzschlag wurde das Zischen der sich überschlagenden Wellen und das Dröhnen der Brandung lauter.

Und dann brach es auch schon über sie herein. Fafhrd sah einen großen vorspringenden Felsen vorbeigleiten, so nahe, daß das letzte Ruder auf der anderen Seite abgebrochen wurde. Als die Galeere auf einer Welle in die Höhe stieg, starrte er gebannt in die drei Fenster der Felsspitze – die vielleicht auch ein halb versunkener Turm war. Doch in den Fenstern war nur ein gespenstisch gelbes Leuchten auszumachen.

Dann hörte er Lavas Laerk mit schriller Stimme Befehle brüllen. Ein paar Männer mühten sich verzweifelt mit den Rudern, doch es war zu spät, obwohl die Galeere nun anscheinend hinter eine schützend vorspringende Felswand geglitten war, wo das Wasser etwas ruhiger brandete. Ein entsetzliches Schurren fuhr den Kiel entlang. Planken stöhnten und knackten. Eine letzte Welle hob das Schiff an, und ein gewaltiges Knirschen und Krachen ließ die Männer durcheinanderpurzeln. Dann rührte sich die Galeere überhaupt nicht mehr, und das einzige Geräusch war das Toben der Brandung, bis Lavas Laerk triumphierend ausrief: »Verteilt die Waffen und den Wein! Fertigmachen zum Angriff!«

Fafhrd wollte seinen Ohren nicht trauen. In dieser mehr als gefährlichen Situation waren solche Befehle wohl kaum am Platz – die Galeere war zerbrochen, von den Felsen aufgeschlitzt! Doch schon gerieten die Männer in Bewegung und schienen sogar etwas von der wilden Begeisterung ihres Herrn und Meisters anzunehmen, der ihnen bewiesen hatte, daß die Welt nicht weniger verrückt war als er.

Fafhrd sah, wie eine Fackel nach der anderen aus der Kabine unter dem Steuerdeck geholt wurde, bis das ganze Heck raucherfüllt war. Er sah, wie die Männer aus den Weinhäuten tranken und die ausgegebenen Schwerter und Dolche gürteten, sie miteinander verglichen und durch die Luft zischen ließen, um sich damit vertraut zu machen. Dann griff jemand auch nach ihm, zerrte ihn zum Schwertgestell und sagte: »Hier, Rotschopf, du brauchst auch eine Waffe.«

Fafhrd wehrte sich nicht, obwohl er sicher war, daß Lavas Laerk seine Bewaffnung kaum zulassen würde. Immerhin war er noch vor kurzem ein Feind des Schiffes gewesen. Und tatsächlich – Lavas Laerk gebot dem Helfer Einhalt, der Fafhrd ein Schwert reichen wollte, und starrte fasziniert auf Fafhrds linke Hand.

Verwirrt hob Fafhrd sie vor sein Gesicht, und Lavas Laerk brüllte: »Packt ihn!« und zerrte im gleichen Augenblick etwas von Fafhrds Mittelfinger. Da fiel es Fafhrd wie Schuppen von den Augen. Der Ring!

»Kein Zweifel, woher der Ring kommt«, sagte Lavas Laerk und blickte Fafhrd listig an, und seine hellblauen Augen schielten etwas. »Dieser Mann ist ein simorgyanischer Spion oder Dämon, der die Gestalt eines Nordlings angenommen hat, um uns zu täuschen. Er stieg doch aus dem Meer zu uns herauf, mitten in einem tobenden Unwetter, nicht wahr? Wer von euch hat überhaupt ein Boot gesehen?«

»Ich«, sagte der Steuermann hastig. »Eine komische Schaluppe mit dreieckigem Segel ...« Doch Lavas Laerk brachte ihn mit scharfem Blick zum Schweigen.

Fafhrd spürte eine Dolchspitze im Rücken und spannte seine Muskeln.

»Sollen wir ihn umbringen?« Die Frage wurde dicht an Fafhrds Ohr gesprochen.

Lavas Laerk lächelte sein schiefes Lächeln und erstarrte, als lauschte er auf den Rat eines unsichtbaren Sturmgeistes. Dann schüttelte er den Kopf. »Laßt ihn noch leben. Er kann uns zeigen, wo der Schatz versteckt ist. Bewacht ihn mit gezogenen Schwertern.«

Woraufhin die Männer vom Bug der Galeere Seile ins Wasser warfen und daran hinabkletterten. Bald standen sie auf brandungsumspülten Felsen. Ein oder zwei lachten auch und sprangen. Eine losgelassene Fackel verzischte im Wasser. Es wurde viel geredet und geschrien. Jemand begann mit trunkener Stimme krächzend zu singen. Schließlich brachte Lavas Laerk seine Männer doch irgendwie in Schwung, und sie marschierten ab, die Hälfte mit Fackeln, ein paar noch mit Weinhäuten, und glitten unsicher dahin, fluchten über die scharfen Felsen und Muscheln, an denen sie sich im Fallen verletzten, bedachten die Dunkelheit vor sich, wo die seltsamen Fenster leuchteten, mit Drohungen. Hinter ihnen lag die lange Galeere mit ausgebreiteten Rudern wie ein totes Insekt.

Sie waren ein kleines Stück marschiert, und das Geräusch der Brecher hatte etwas nachgelassen, als das Licht der Fackeln in einer großen schwarzen Felswand ein Portal enthüllte – eine Wand, die zu einer Burg gehören mochte. Das Portal erreichte die Höhe eines Ruders. Drei ausgetretene Stufen, mit nassem Sand überzogen, führten hinauf. Undeutlich waren an den Pfeilern und auf der schweren Querstrebe Darstellungen auszumachen, die durch Schleim und sonstigen verkrusteten Schmutz teilweise wieder ausgelöscht waren, die jedoch die Handschrift Simorgyas verrieten.

Die Mannschaft, nun still geworden, rückte enger zusammen. Der langgezogene Trupp bildete bald einen großen Haufen. Dann rief Lavas Laerk spöttisch: »Wo sind deine Wächter, Simorgya? Wo sind deine Kämpfer?« und schritt ohne Zögern die Steinstufen hinauf. Nach kurzem Überlegen gerieten die Männer in Bewegung und folgten ihm.

Auf der massiven Schwelle blieb Fafhrd unwillkürlich stehen. Wie ein Keulenschlag überkam ihn die Erkenntnis, woher das schwache gelbe Licht kam, das er schon in den Fenstern wahrgenommen hatte. Dieses Licht war überall – an den Decken, an den Wänden, auf dem schleimigen Fußboden – alles erglühte wabernd-phosphoreszierend. Sogar die Reliefs leuchteten. Hin und her gerissen zwischen Staunen und Widerwillen, ließ sich Fafhrd von den Männern durch die Türöffnung schieben. Der Wein und das entschlossene Kommando Lavas Laerks hatten ihre Sinne abstumpfen lassen, und als sie nun durch den langen Korridor schritten, schienen sie die unheimliche Umgebung kaum wahrzunehmen.

Zuerst hielten einige noch die Waffen im Anschlag, um einem Angriff oder Hinterhalt schnell zu begegnen, doch bald schon wurden die Schwerter nachlässig gesenkt, und man begann aus den Weinhäuten zu trinken und Witze zu machen. Ein riesiger Ruderer, dessen blonder Bart noch mit gelbem Brandungsschaum bedeckt war, stimmte ein Seemannslied an, in das die anderen einfielen, so daß es von den feuchten Wänden widerhallte. Immer tiefer drangen sie in die Höhle oder Burg ein, durch den breiten, gewundenen, schleimbedeckten Korridor.

Fafhrd wurde mitgerissen. Wenn er zu langsam ausschritt, stießen ihn die anderen in die Rippen, bis er wieder schneller ging, doch im Grunde wollte er nicht mit. Nur seine Augen gehorchten seinem Willen, wandten sich hierhin und dorthin, nahmen die Einzelheiten in angstvoller Neugier auf – die endlosen vagen Reliefs, auf denen Seeungeheuer und widerliche Menschengestalten sich im Flimmern der Phosphoreszenz zu bewegen schienen; die noch lebenden, zuckenden Fische, die von den Männern totgetreten oder einfach zur Seite gestoßen wurden; die Muschelkolonie an den Ecken; die Ahnung, daß da vorn seltsame Dinge in die Dunkelheit entflohen.

Lauter und immer lauter dröhnte ihm der Gedanke durch den Kopf: Die anderen mußten doch endlich erkennen, wo sie waren. Gewiß wußten sie doch, daß dieses Leuchten das

Schimmern des Meeres war. Sie mußten doch merken, daß sie sich in der Zuflucht geheimnisvoller Meerestiere befanden, mußten sich klar machen, daß Simorgya tatsächlich im Meer versunken und erst gestern wieder aufgestiegen war – oder gar erst vor einer Stunde.

Doch immer weiter marschierte Lavas Laerk, und weiter marschierten auch die Männer, sangen und schrien und warfen die Köpfe in die Nacken, hoben im Gehen die Weinsäcke an, tranken mit schnellen Schlucken. Und Fafhrd brachte kein Wort heraus. Seine Schultermuskeln waren angespannt, als lastete das Gewicht des Meeres darauf. Sein Geist war bedrückt von der geheimnisvollen Gegenwart des versunkenen Simorgya. Erinnerungen an die Legenden, an die schwarzen Jahrhunderte, in deren Verlauf das Seeleben langsam in den Irrgarten aus Zimmern und Korridoren eingedrungen war, bis es sich auch in der letzten Spalte breitgemacht hatte und Simorgya mit den Geheimnissen des Ozeans eins geworden war.

In einer tiefen Grotte, die sich zum Korridor hin öffnete, erblickte er einen dicken Steintisch mit einem gewaltigen Steinthron dahinter; und obwohl er seinen Augen nicht recht traute, glaubte er einen Tintenfisch dort wahrzunehmen, ein Tentakelwesen, das sich in Nachahmung eines menschlichen Königs dort im Sessel räkelte, mit starren, glitzernden Augen.

Langsam ließ der Schein der qualmenden Fackeln nach, denn das phosphoreszierende Leuchten verstärkte sich. Und als die Männer zu singen aufhörten, war das Lärmen der Brandung nicht mehr zu hören.

Im nächsten Augenblick stieß Lavas Laerk, der um eine Korridorecke gebogen ar, einen triumphierenden Schrei aus. Die anderen folgten ihm hastig, stolperten dahin, rempelten sich an, schrien erregt durcheinander.

»O Simorgya!« rief Lavas Laerk. »Wir haben deinen Schatz gefunden!«

Der Raum, in den der Korridor mündete, war viereckig und hatte eine wesentlich niedrigere Decke als der Korridor. Im Zimmer verstreut stand eine Anzahl schwarzer, schwer beschlagener Truhen. Der Boden war modrig weich. Überall schimmerten Pfützen. Das zuckende Leuchten war stärker.

Ein blondbärtiger Ruderer sprang los, faßte sich ein Herz, während die anderen noch zögerten. Er zerrte am Deckel der nächststehenden Truhe. Eine Ecke löste sich unter dem Druck seiner Hand, das Holz war weich wie Käse, das »Metall« ein schwarzer, schmieriger Stoff. Er riff erneut zu und zerrte fast das ganze Oberteil frei, enthüllte eine Schicht aus mattglänzendem Gold und schleimbedeckten Juwelen. Über diese kostbare Oberfläche huschte ein Krabbenwesen und entkam durch ein Loch an der Rückseite der Kiste.

Mit gierigen Schreien stürzten sich nun die Männer auf die anderen Kisten, traten danach, zerrten daran und schlugen sogar mit ihren Schwertern nach dem schwammigen Holz. Zwei gerieten in Streit über die Frage, wer eine Kiste öffnen sollte, stürzten dagegen und zerdrückten sie förmlich unter sich, kämpften schließlich in einem schleimigen Durcheinander aus Edelsteinen.

Während dieser Ereignisse verharrte Lavas Laerk an der Stelle, wo er seinen triumphierenden Schrei ausgestoßen hatte. Fafhrd, der vergessen neben ihm stand, hatte den Eindruck, als könnte er noch nicht recht fassen, daß seine Mission nun zu Ende war, als suchte er verzweifelt nach etwas Besserem als Juwelen und Gold, nach etwas Besserem zur Befriedigung seines Wahnsinns.

Dann bemerkte Fafhrd den Blick des anderen, der auf etwas gerichtet war: Auf eine rechteckige, schleimige Tür gegenüber dem Eingang, eine Tür, die offensichtlich aus purem Gold bestand und auf der das Bild eines seltsamen flachen Seeungeheuers prangte. Er hörte Lavas Laerks kehliges Lachen und sah, wie er geradewegs auf diese Tür zuging. Er sah auch etwas in der Hand des Mannes. Zusammenfahrend erkannte er in dem Gegenstand den Ring wieder, den ihm Lavas Laerk abgenommen hatte. Er sah, wie der andere gegen die Tür drückte, die sich nicht rührte. Er sah ihn an dem Ring herumfummeln, sah, wie der Schlüsselbart in die goldene Tür gesteckt und herumgedreht wurde. Er sah, wie die Tür unter dem nächsten Stoß etwas nachgab.

Und im nächsten Augenblick wurde ihm klar – und diese Erkenntnis überrollte ihn wie eine mannshohe Woge –, daß nichts zufällig gewesen war, daß alles vorausberechnet war von dem Augenblick, da sein Pfeil den Fisch traf, daß etwas oder jemand eine Tür, *diese* Tür geöffnet haben wollte, und er wandte sich um und raste durch den Korridor zurück, als wäre ihm eine Sturzwelle auf den Fersen.

Der Korridor, nun ohne Fackeln, war bleich und von Leuchten durchzuckt wie ein Alptraum. Das Schimmern schien an den Wänden entlangzukriechen, als führte es ein eigenständiges Leben, und enthüllte zuvor nicht bemerkte Wesen in jeder Nische. Fafhrd stolperte, stürzte der Länge nach hin, rannte weiter. So sehr er sich auch mühte, es war ihm, als käme er nur langsam von der Stelle, wie in einem schlimmen Traum. Er bemühte sich, starr nach vorn zu schauen, doch aus den Augenwinkeln nahm er dennoch jedes Detail wahr, das er schon zuvor registriert hatte: die herabhängenden Pflanzen, die monströsen Reliefs, die behangenen Muscheln, die düster starrenden Tintenfischaugen. Er bemerkte ohne Überraschung, daß er überall an den Füßen und am Körper glühte, wo ihn ein Spritzer des leuchtenden Schleims getroffen hatte. Er sah dann ein winziges dunkles Viereck im allgegenwärtigen Schimmer und hastete darauf zu. Es wurde größer – das Höhlenportal! Er warf sich über die Schwelle in die Nacht hinaus. Er hörte eine Stimme seinen Namen rufen.

Die Stimme des Grauen Mauslings! Sie tönte nicht von der Galeere herüber, sondern aus der entgegengesetzten Richtung. Über gefährliche Felsrisse rannte er darauf zu. Das Licht der Sterne, die nun wieder sichtbar waren, enthüllte ihm eine schwarze Bucht. Er sprang, landete unsicher auf einer Felsoberfläche, hastete weiter, ohne zu fallen. Er bemerkte eine Mastspitze über einer dunklen Felskante und rannte beinahe in die kleine Gestalt hinein, die gebannt in die Richtung starrte, aus der er kam. Der Mausling packte ihn an den Schultern, zerrte ihn zur Felskante, zog ihn hinab. Sie platschten zusammen ins Wasser und schwammen zur Schaluppe hinaus, die dort hinter einem windgeschützten Felsriff lag. Der Mausling wollte den Anker hieven, doch Fafhrd durchtrennte das Seil mit einem Messer, das er seinem Freund aus dem Gürtel riß, und setzte mit heftigen Bewegungen Segel.

Langsam begann sich das Boot zu bewegen. Nach und nach wurde das Gekräusel zu kleinen Wellen, dann zu klatschenden Wogen. Schließlich glitten sie an einer schwarzen, umschäumten Felszunge vorbei und waren wieder auf dem offenen Meer. Noch immer sagte Fafhrd kein Wort, sondern setzte alle Segel, die er finden konnte, und versuchte alle Tricks, um das sturmgequälte Schiffchen auf Geschwindigkeit zu bringen. Der Mausling half nach besten Kräften mit.

Sie waren noch nicht lange unterwegs, als der große Schlag kam. Der Mausling, der nach hinten schaute, stieß einen heiseren Schrei aus. Die Welle, von der sie nun blitzschnell überholt wurden, überragte den Mast. Und irgend etwas zog die Schaluppe zurück. Der Mausling hob schützend seine Arme. Dann begann das Schiff anzusteigen; hoch, hoch, hoch ging es, bis die Spitze erreicht war, bis das Boot überkippte und auf der anderen Seite wieder in die Tiefe stürzte. Der ersten Woge folgten eine zweite und dritte und vierte – fast ebenso hoch. Ein größeres Boot wäre sicherlich vollgeschlagen. Schließlich machten die Wellen einem unruhigen, unberechenbaren Chaos Platz, das den Männern die letzte Kraft und Geschicklichkeit abverlangte, damit sie nicht doch noch in die Tiefe gezogen wurden.

Als die erste Vorahnung der Dämmerung heraufzog, waren sie wieder auf Heimatkurs, ein kleines improvisiertes Segel anstelle des großen Dreiecks, das ein letztes Aufbäumen des Sturmes noch zerrissen hatte, und es war genügend Wasser ausgeschöpft, daß das kleine Schiff wieder seetüchtig war.

Fafhrd wartete betäubt auf den Sonnenaufgang. Er fühlte sich schwach. Er bekam kaum mit, daß ihm der Mausling bruchstückhaft berichtete, wie er die Galeere im Durcheinander verloren hatte und ihr dann auf geschätztem Kurs gefolgt war, bis der Sturm nachließ; wie er dann die seltsame Insel gesichtet hatte und dort gelandet war und sie fälschlicherweise für den Heimathafen der Galeere hielt.

Der Mausling tischte nun dünnen sauren Wein und Salzfisch auf, doch Fafhrd stieß das Essen beiseite und sagte: »Eins muß ich noch wissen. Ich habe nicht zurückgeschaut. Du aber hast ganz gebannt gestarrt. Was ist geschehen?«

Der Mausling zuckte die Achseln. »Ich weiß es nicht. Die Entfernung war zu groß, und es herrschte ein ganz seltsames Licht. Ich glaubte, etwas Komisches wahrzunehmen. Ich wäre gern näher dran gewesen.« Er runzelte die Stirn und zuckte erneut die Achseln. »Nun, was ich zu sehen glaubte, war folgendes: Eine Gruppe von Männern in großen schwarzen Umhängen – sie sahen wie Nordlinge aus – kam aus irgendeiner Öffnung geeilt. Sie sahen irgendwie seltsam aus; das Licht, in dem ich sie sah, schien überhaupt keinen Ursprung zu haben. Dann wickelten sie sich in ihre großen schwarzen Mäntel, als kämpften sie damit oder führten eine Art Tanz auf ... ich sage ja, es klingt alles ziemlich komisch ... und hockten sich anschließend auf Hände und Knie, bedeckten sich mit den Mänteln und krochen wieder in die Öffnung, aus der sie gekommen waren. Und jetzt kannst du mich einen Lügner schimpfen.«

Fafhrd schüttelte den Kopf. »Das waren keine Umhänge«, sagte er.

Der Mausling machte sich klar, daß da mehr hinter der Sache steckte, als er vermutet hatte. »Aber was waren sie dann?« fragte er.

»Ich weiß es nicht«, sagte Fafhrd.

»Aber was war das für ein Land – ich meine die Insel, die uns beim Versinken fast in die Tiefe zog?«

»Simorgya«, sagte Fafhrd und hob den Kopf und begann auf eine wilde Art zu grinsen, die den Mausling erschreckte. »Simorgya«, wiederholte Fafhrd, neigte sich über den Bootsrand und starrte in das dahinströmende Wasser. »Simorgya. Und jetzt ist es wieder untergegangen. Und möge es dort verrotten und vergehen!« Er erschauderte, als er seinen Fluch aussprach, und sank zurück. Am östlichen Horizont zog ein rötlicher Streifen auf.

Aus dem Amerikanischen
übersetzt von Thomas Schlück

Sieben schwarze Priester

Glutrote Augen, in einem Gesicht wie erkaltete Lava, starrten den Steilhang hinab auf den schneebedeckten Pfad, der in kühler Dämmerung verschwand. Das Herz des schwarzen Priesters klopfte heftig. Solange er sich zurückerinnern konnte, war es noch nicht vorgekommen, daß ein Eindringling über den schmalen Weg heraufkam, der vom Äußeren Meer über diese Berge führte, die als die Gebeine der Alten bekannt waren. Auch sein Vater hatte niemals einen Fremden zu Gesicht bekommen. Dreimal war das Jahr der Ungeheuer ins Land gezogen, viermal war das Schiff in das tropische Klesh abgesegelt, um Frauen für die Männer zu holen, und die ganze Zeit über hatten nur er und die anderen Priester den Weg beschritten. Dennoch hatte er ihn immer aufmerksam bewacht, als wäre er der nächtliche Trampelpfad ketzerischer Speerwerfer und Bogenschützen.

Da war es wieder – kein Zweifel! Jemand sang. Nach der Lautstärke zu urteilen, mußte der Mann die Brust eines Bären haben. Als hätte er die Bewegung jede Nacht geübt (was sogar zutraf!), legte der Priester seine Kopfbedeckung ab, schlüpfte aus seinen pelzbesetzten Schuhen, ließ seinen Fellumhang von den Schultern gleiten und enthüllte eine dickbäuchige, gut eingefettete Gestalt mit dünnen Armen und Beinen.

Er verschwand im hinteren Teil der Steinnische, nahm einen schmalen Stock aus einem sorgfältig abgeschirmten Feuer und legte ihn über eine Vertiefung im Gestein. Im Licht der ruhigen Flamme war zu erkennen, daß die Vertiefung bis eine Handbreit unter dem Rand mit einem Pulver gefüllt war, das wie Juwelenstaub glitzerte. Er dachte daran, daß es wahrscheinlich dreißig langsame Atemzüge dauerte, bis der Stock in der Mitte durchgebrannt war.

Stumm kehrte er zur Nischenöffnung zurück, die etwa vier volle Mannesgrößen über der schneebedeckten Felskante lag. Nun konnte er in einiger Entfernung eine Gestalt auf dem Pfad ausmachen – nein, zwei Gestalten. Er zog ein langes Messer aus seinem Lendenschurz, beugte sich vor und setzte sich in die Hocke, wobei er sich mit den Händen abstützte. Er schickte ein stummes Gebet zu seinem Gott. Irgendwo über ihm knackte und knirschte das Eis oder eine Felsspalte, als begänne der Berg selbst die Muskeln zu rühren.

»Los, den nächsten Vers, Fafhrd!« rief die vordere der beiden Schneegestalten fröhlich. »Du hast jetzt drei Minuten Zeit gehabt, dir neue Reime auszudenken. Unser Abenteuer hat ja nicht mal so lange dauert! Oder ist dir dein poetischer Sinn vor Kälte im Hals erstarrt?«

Der Mausling grinste und setzte mit scheinbarer Achtlosigkeit einen Fuß vor den anderen. Das Schwert Skalpell schwang an seiner Hüfte, sein hochgeschlossener grauer Mantel und seine Kapuze waren zugeknöpft und beschatteten sein dunkles Gesicht, ohne die kühnen Züge ganz verdecken zu können.

Fafhrds Fellkleidung, aus der Schaluppe gerettet, die an der eisigen Küste zerschellt war, schützte ihn gut vor der Kälte. Eine große goldene Spange schimmerte matt auf seiner Brust, und ein goldenes Band hielt sein rötliches Haar im Zaum. Sein bleiches Gesicht mit den weit auseinanderstehenden Augen hatte einen ruhigen, selbstsicheren Ausdruck, auch wenn er nun nachdenklich die Stirn runzelte. Über seine rechte Schulter ragte ein Bogen, während auf der anderen Seite die Saphiraugen eines Drachenkopfes leuchteten – der Knauf eines Langschwerts, das er sich auf den Rücken geschnallt hatte.

Seine Stirn glättete sich, und er begann zu singen:

Oh, Lavas, der Strolch,
Hatt' ein Gesicht wie ein Dolch
Und der Kämpfer zwei Dutzend
Und ein schlankschwarzes Boot,
Das schnellste in der Not,
Doch es tat ihm nichts nutzen.
Denn er wurde gefaßt,
Von uns beiden abgepaßt
Und von düsterem Zauber zerrissen.
Jetzt dient er den Fischen
Als Nahrung bei Tische
Und ist …

Das Singen brach ab, und der Graue Mausling hörte das dumpfe Geräusch von Leder auf Schnee. Er wirbelte herum, sah Fafhrd über den Klippenrand abstürzen und fand noch Zeit zu überlegen, ob sich etwa der riesige Nordling von seinem dummen Gesang so hatte mitreißen lassen, daß er nun Lavas Laerks Sprung in die bodenlose See nachmachen mußte.

Da fing sich Fafhrd auch schon mit Ellenbogen und Händen am Felsrand ab; gleichzeitig erschien eine schwarzschimmernde Gestalt an der Stelle, die er soeben ungewollt verlassen hatte, bremste mit gekrümmten Armen und hochgezogenen Schultern ihren Fall, wirbelte mit einem Salto herum und sprang mit blitzendem Dolch auf den Mausling los. Das Messer wollte schon in den Magen des Mauslings dringen, als Fafhrd, auf einen Ellenbogen gestützt, den Angreifer mit der freien Hand am Fußgelenk packte und zurückzerrte. Daraufhin begann die kleine schwarze Gestalt leise zu zischen, machte wieder eine Kehrtwendung und stürzte sich auf Fafhrd.

Doch nun erholte sich der Mausling endlich von der Überraschung, die ihn – wie er sich hastig einredete – in einer weniger kalten Gegend bestimmt nicht derart gelähmt hätte, und warf sich auf den kleinen Angreifer, lenkte seine Attacke ab. Funken sprühten, als die Waffe einen Fingerbreit neben Fafhrds Arm am Gestein entlangsirrte. Im nächsten Augenblick schleuderte der Mausling den Angreifer über Fafhrd hinweg in die Tiefe. Stumm wie eine Fledermaus verschwand das schwarze Bündel nach unten, stürzte in die Schlucht.

Fafhrd ließ seine Riesengestalt über dem Abgrund baumeln und schloß seinen Gesang:

Und ist dort der leckerste Bissen.

»Psst, Fafhrd!« zischte der Mausling, duckte sich und lauschte. »Ich glaube, ich habe den Aufprall gehört.«

Fafhrd hangelte sich geistesabwesend hoch und setzte sich auf die Felskante. »Das ist unmöglich, wenn das Tal hier nur halb so tief ist wie vorhin, als wir den Grund noch sehen konnten«, erwiderte er.

»Aber was war das für einer?« fragte der Mausling stirnrunzelnd. »Er sah wie ein Kleshite aus.«

»Ja, wo der Dschungel von Klesh etwa so weit entfernt ist wie der Mond«, erinnerte ihn Fafhrd mit leisem Lachen. »Irgendein schwarzgefrorener verrückter Einsiedler, würde ich sagen. Man sagt, hier leben seltsame Vögel in den Bergen.«

Der Mausling starrte an der gewaltigen Felswand empor und entdeckte die nahe Höhle. »Ob es noch mehr von der Sorte gibt?« fragte er zweifelnd.

»Verrückte sind meistens Einzelgänger«, stellte Fafhrd fest und stand auf. »Los, du Plagegeist, wir müssen weiter, wenn wir noch ein warmes Frühstück wollen. Soweit man den alten Sagen trauen kann, sind wir bei Sonnenaufgang am Rande der Eis-Öde, und da finden wir bestimmt wieder Holz.«

Im gleichen Augenblick flammte zischend ein gewaltiges Licht in der kleinen Nische auf. Das Leuchten pulsierte, wurde violett und grün und gelb und schließlich rot.

»Was ist denn das?« überlegte Fafhrd, der nun doch aus seiner Gleichgültigkeit erwachte. »Von Feuerstürmen in den Gebeinen der Alten haben unsere Vorfahren nichts berichtet. Wenn ich dich mal hochhebe, Mausling, kommst du vielleicht an den kleinen Vorsprung und kannst dann vielleicht selbst ...«

»O nein«, unterbrach ihn der Mausling, zerrte den großen Mann herum und verfluchte sich innerlich, daß er mit der Fragerei angefangen hatte. »Ich möchte mein Frühstück über einem gesünderen Feuer braten. Ich möchte hier fort, ehe jemand anders das Licht entdeckt.«

»Niemand sieht das Licht, du kleiner Geheimniskrämer«, sagte Fafhrd und lachte leise, aber er ließ sich doch weiterziehen. »Schau, es hört ja schon auf.«

Doch es gab ein Auge, das den pulsierenden Schein wahrgenommen hatte – ein Auge von der Größe eines Tintenfisches, ein Auge wie ein Stern.

»Ha, Fafhrd!« schrie der Graue Mausling einige Stunden später in der Morgendämmerung. »Da, ein Omen, an dem wir unsere kalten Herzen wärmen können. Ein grüner Hügel winkt uns zu – blinzelt fröhlich herüber wie eine kleshitische Kurtisane!«

»Und er ist auch heiß wie eine kleshitische Kurtisane«, fügte der riesige Nordling hinzu, der nun um eine Felsspalte bog, »denn er hat den ganzen Schnee zum Schmelzen gebracht.«

Und das stimmte. Obwohl am Horizont die Schneeflächen und Gletscher der Eis-Öde flimmerten, offenbarte die kleine schüsselartige Vertiefung vor ihnen einen eisfreien See. Und obwohl die Luft ringsum winterlich kühl war und den Atem der Männer in kleinen weißen Wolken davonwehte, war der braune Felsvorsprung unter ihren Füßen frei von Schnee.

Das diesseitige Ufer des Sees stieg zu jenem Hügel an, den der Mausling angekündigt hatte, ein Hügel, von dem ein winziger sternengroßer Punkt das Licht der eben aufgegangenen Sonne grell reflektierte.

»Wenn man das einen Hügel nennen kann«, fügte Fafhrd leise hinzu. »Nun, ob kleshitische Kurtisane oder Hügel – auf jeden Fall hat er viele Gesichter.«

Und das war gut beobachtet. Die grünen Hänge des Hügels waren mit Vertiefungen und kleinen Erhebungen übersät, die einem phantasievollen Betrachter als monströse Gesichter erscheinen mochten – Gesichter, deren Augen geschlossen waren bis auf jenes eine, das da herüberblinkte. Die Gesichter strömten wie Wachs zu Tal – in steinernen Bächen, die im spiegelglatten, unangenehm wirkenden Wasser verschwanden. Hier und dort waren auf dem grünen Gestein dunkelrote Felsgruppen festzustellen, bei denen es sich um Blut oder Münder handeln konnte. Die runde Hügelkuppe schien aus fleischrosa Marmor zu bestehen, eine Farbe, die überhaupt nicht in die seltsame Landschaft paßte. Auch sie schien ein Gesicht zu bilden – das eines schlafenden Ogers. Ein Streifen grellroter Felsen zog sich als Mund darüber hin. Aus einer Spalte zwischen den roten Felsen stieg Dampf empor.

Der Hügel schien mehr als nur ein Vulkan zu sein. Er ließ an das Emporschießen einer wilden, urzeitlichen Bewußtheit denken, wie sie Fafhrd und der Graue Mausling noch nicht erlebt hatten – erstarrt im Augenblick des Übergriffs auf eine jüngere, schwächere Welt, erstarrt und doch auf ewig wach und abwartend und begierig ...

Und im nächsten Augenblick war die Illusion vergangen – die Gesichter schienen verschwunden. Der Hügel war plötzlich eine schlichte Erhebung in der Landschaft, eine seltsame vulkanische Formation in der Eis-Öde, ein grüner Hügel mit einem besonderen Blitzen.

Fafhrd atmete seufzend aus. Er musterte das Seeufer auf der anderen Seite, das dort hügelig aufragte und mit einer Vegetation überzogen war, die ihn an ein Fell erinnerte. An einer Stelle erhob sich ein altarähnlicher gedrungener Steinpfeiler. Jenseits der haarigen Büsche, zwischen denen rote Blätter leuchteten, erstreckten sich Eis und Schnee, nur hier und dort von Felsen und dürren Baumgruppen durchbrochen.

Doch der Mausling war mit ganz anderen Gedanken beschäftigt.

»Das Auge, Fafhrd, das fröhlich glitzernde Auge!« flüsterte er, als gingen sie auf belebter Straße und müßten sich vor Spionen in acht nehmen. »Nur einmal habe ich bisher einen solchen Schimmer gesehen, und das war bei Mondlicht in der Schatzkammer eines Königs. Damals mußte ich ohne einen riesigen Diamanten abziehen – eine Wächterschlange hat dafür gesorgt. Ich tötete das Vieh, aber sein Zischen weckte die anderen Wächter.

Heute ist aber nur ein kleiner Hügel zu erklimmen. Und wenn der Stein auf diese Entfernung schon so schimmert, Fafhrd«, – er ließ seine Hand auf das Bein seines Freundes fallen und preßte, um seine Worte zu unterstreichen, die empfindliche Stelle über dem Knie –, »denk doch nur, wie *groß* er sein muß!«

Der Nordling, der die Stirn runzelte wegen der Berührung, noch immer in seinen düsteren Zweifeln und Vorahnungen befangen, schnappte dennoch anerkennend nach Luft.

»Und wir armen schiffbrüchigen Diebe«, fuhr der Mausling begeistert fort, »können den staunenden und neidischen Dieben von Lankhmar berichten, daß wir nicht nur die Gebeine der Alten überquert, sondern sie unterwegs auch noch ausgeraubt haben.«

Und fröhlich hüpfte er auf dem schmalen Vorsprung weiter, der nun in einen kaum breiteren, seebegrenzten Felssattel überging und zu dem geheimnisvollen grünen Hügel führte. Fafhrd folgte ihm etwas langsamer, nahm seinen Blick nicht von dem grünen Wunderberg, in der Hoffnung, daß er die Gesichter wieder wahrnehmen würde. Doch es geschah nichts. Da fiel ihm ein, daß der Berg vielleicht zum Teil durch Menschenhand geformt worden war und daß damit der Gedanke an einen diamantenäugigen Gott schon plausibler wurde. Am anderen Ende des Sattels, am Fuße des grünen Hügels, holte er den Mausling ein. Dieser betrachtete einen flachen schwarzen Felsen voller Einschnitte, die Fafhrd nach kurzem Blick als künstlich erkannte.

»Die Ruinen des tropischen Klesh«, murmelte der Nordling. »Was tun diese Hieroglyphen so weit entfernt von ihrem Dschungel?«

»Bestimmt von irgendeinem verfrorenen Einsiedler eingemeißelt, dem sein Wahnsinn die kleshitische Sprache beibrachte«, bemerkte der Mausling sarkastisch. »Oder hast du den Dolchschwinger von vorhin schon vergessen?«

Fafhrd schüttelte kurz den Kopf. Gemeinsam machten sie sich an die Entzifferung der tief eingeritzten oder eingemeißelten Buchstaben, zogen ihr Wissen heran, das sie beim Lesen alter Schatzkarten und beim Entschlüsseln abgefangener Spionagebotschaften erworben hatten.

»Die sieben schwarzen ...«, las Fafhrd ziemlich schnell.

»... Priester«, beendete der Mausling den Satz. »Sie haben damit zu tun, wer sie auch sein mögen. Dazu ein Gott oder Ungeheuer oder Teufel – diese Schlängelhieroglyphe hat diese drei Bedeutungen, je nachdem, wie die Nachbarworte lauten, die ich hier nicht verstehe. Eine sehr alte Schrift, kann ich dir sagen. Und die sieben schwarzen Priester sollen der Schlangenhieroglyphe dienen oder sie bewachen oder auch bändigen – wieder kann eine dieser Bedeutungen zutreffen.«

»Und solange diese Priesterschaft andauert«, fuhr Fafhrd fort, »solange wird Gott-Ungeheuer-Teufel ruhig abwarten ... oder schlafen ... oder tot bleiben ... oder nicht heraufkommen ...«

Jäh sprang der Mausling auf und fuhr mit den Füßen hin und her. »*Heiß* ist es hier!« klagte er.

Fafhrd begriff. Auch er spürte die unnatürliche Wärme des Gesteins durch die dicken Ledersohlen seiner Stiefel.

»Heißer als das Höllenfeuer«, bemerkte der Mausling und hüpfte von einem Fuß auf den anderen. »Na, was jetzt, Fafhrd? Gehen wir rauf oder nicht?«

Fafhrd beantwortete die Frage mit einem lauten Lachen. »Das hast du vorhin längst entschieden, kleiner Mann! Oder habe etwa *ich* von dem Riesendiamanten angefangen?«

Los ging es also, wobei sie sich eine Stelle aussuchten, an der ein gewaltiger Felsbrocken oder Tentakel oder ein zerschmolzener Kieferknochen aus dem Granit ragte. Der Aufstieg war beschwerlich, denn das grüne Gestein war überall abgeschliffen und zeigte nirgendwo Axt- oder Meißelspuren, was Fafhrds vage Theorie, die Gestalt des Hügels könnte von Menschenhand beeinflußt sein, doch etwas ins Wanken brachte.

Immer weiter mühten sie sich, und der Atem wehte ihnen in immer größeren Frostwolken vom Gesicht, obwohl sich zugleich die Felsen unter ihren Fingern unangenehm heiß anfühlten. Nach Bewältigung einer besonders glatten Stelle, an der sie Hände und Füße, Ellenbogen und Knie und sogar das Kinn einsetzen mußten, standen sie endlich auf einem der Hügelmünder. Hier schien ihr Aufstieg nun zu Ende zu sein, denn die große Wange über ihnen war glatt und wölbte sich eine Speerlänge links und rechts nach außen.

Doch Fafhrd nahm dem Mausling ein Seil vom Rücken, das vor kurzem noch den Mast ihrer schiffbrüchigen Schaluppe gesichert hatte, machte eine Schlinge hinein und warf sie zur Stirn des Gesichts hinauf, wo ein gedrungenes Horn oder ein Fühler hervorstand. Die Schlinge legte sich um den Vorsprung. Fafhrd hängte sich probehalber an das Seil und schaute seinen Kameraden fragend an.

»Was hast du vor?« wollte der Mausling wissen, der die Felswand umarmte. »Dieser verflixte Ausflug kommt mir doch langsam recht sinnlos vor.«

»Aber was ist mit dem Edelstein?« fragte Fafhrd nicht ohne Ironie. »*So* groß ist er, Mausling, *so* groß!«

»Ist bestimmt nur Quarz«, sagte der Mausling bitter. »Ich habe meinen Appetit darauf verloren.«

»Aber was mich betrifft«, rief Fafhrd, »ich habe plötzlich großen Hunger danach.«

Und er schwang sich in die Leere hinaus, verschwand um die grüne Wange, pendelte in das blasse, grelle Sonnenlicht hinaus.

Er hatte den Eindruck, als stände er still, als drehte sich der ruhige See und der grüne Hügel um ihn. Er landete unter dem monströsen Tränensack des Gesichts. Langsam zog er sich höher hinauf, fand Halt auf dem Vorsprung, der vor dem eigentlichen Augapfel verlief, und warf dem Mausling, den er nun nicht mehr sehen konnte, das Seil zurück. Beim dritten Versuch blieb es verschwunden. Er hockte sich auf den Vorsprung und stemmte sich fest, um das Seil auch sicher auffangen zu können. Es spannte sich in seiner Hand. Gleich darauf erschien der Mausling neben ihm auf der Felskante.

Der kleine Dieb hatte etwas von seiner alten Fröhlichkeit, als wollte er die Sache nun schnell hinter sich bringen. Die beiden rückten langsam an dem gewaltigen Auge entlang, bis sie direkt unter der Pupille standen. Sie lag ein gutes Stück außerhalb Fafhrds Reichweite, doch der Mausling, der sich geschickt auf die Schultern seines Freundes schwang, konnte bequem zugreifen.

Fafhrd stützte sich an der grünen Felswand ab und wartete ungeduldig, daß der Mausling etwas sagte. Das Schweigen zog sich in die Länge. »Na?« fragte er schließlich, als seine Schultern zu schmerzen begannen.

»Oh, es ist schon ein Diamant«, sagte der Mausling seltsam uninteressiert. »Ja, er ist groß. Ich kann ihn gerade noch umfassen. Und er ist zur Kugel geschliffen, eine Art Diamantenauge. Aber ich weiß nicht, ob wir ihn rausbekommen – er sitzt sehr tief. Soll ich's versuchen? Nun schrei nicht so, Fafhrd, wir stürzen sonst noch ab! Naja, vielleicht sollten wir ihn ruhig mitnehmen, wo wir schon mal hier sind. Aber es ist nicht leicht. Mit dem Messer kann ich bestimmt nicht ... doch! Es geht! Ich dachte, das wäre ein Steinring da um das Juwel, aber es ist irgendein Teerzeug. Läßt sich kneten. Da! Ich komme jetzt runter.«

Fafhrd erhaschte einen Blick auf etwas Glattes, Kugelförmiges, Glitzerndes – ein Gebilde, an dem ein seltsam häßlicher, zerfetzter schwarzer Streifen klebte. Im nächsten Augenblick hatte er das Gefühl, jemand zupfte ihn am Ellenbogen. Er schaute nach unten. Einen Sekundenbruchteil lang glaubte er sich in den grün dampfenden Dschungel Kleshs versetzt, denn aus dem Fell seines Mantels ragte ein bösartig wirkender kleiner Pfeil mit Widerhaken, dick beschmiert mit einer Substanz, die so schwarz und teerartig war wie das Ringgebilde, das das Diamantenauge verunstaltete.

Blitzschnell ließ er sich flach auf den Felsvorsprung fallen und rief dem Mausling zu, er sollte seinem Beispiel folgen. Dann zerrte er vorsichtig den Pfeil aus dem Stoff und stellte zu seiner Erleichterung fest, daß die Spitze zwar durch das Leder gedrungen war, daß sie seine Haut jedoch nicht geritzt hatte.

»Ich glaube, ich sehe ihn«, rief der Mausling, der vorsichtig über die schützende Felskante starrte. »Ein kleiner Bursche mit einem sehr langen Blasrohr. Er trägt Felle und einen spitz zulaufenden Hut. Er hockt hinter den schwarzen Büschen da auf der anderen Seeseite. Ein Farbiger, würde ich sagen, wie unser Messerschwinger gestern abend. Bestimmt ein Kleshite, wenn es sich nicht wieder um einen von deinen verfrorenen Einsiedlern handelt. Jetzt hebt er sein Blasrohr an die Lippen. Paß auf!«

Ein zweiter Pfeil traf über ihnen klirrend auf die Felswand und fiel dicht neben Fafhrds Hand zu Boden. Mit heftiger Bewegung brachte er seine Finger in Sicherheit.

Nun ertönte ein sirrendes Geräusch, das mit einem gedämpften Aufprall endete. Der Mausling hatte sich entschlossen, das Feuer zu erwidern. Es ist bestimmt nicht leicht, mit der Schleuder zu zielen, wenn man flach auf einem Felsvorsprung liegt, doch das Geschoß des Mauslings schlug dicht neben dem farbigen Bläser ein, der sofort in Deckung ging, in die pelzigen Büsche.

Nun war der Gegenplan kein Problem mehr – es gab ohnehin nur wenige Möglichkeiten. Während der Mausling die Büsche auf der anderen Seeseite mit Schleuderschüssen belegte, hangelte sich Fafhrd am Seil hinab. Trotz des Feuerschutzes hoffte er inständig, daß sein Mantel ihn ausreichend schützte. Er wußte aus Erfahrung, daß mit kleshitischen Pfeilen nicht zu spaßen war. In unregelmäßigen Abständen war das Surren der Schleuderschüsse zu hören, das ihn doch immer wieder beflügelte.

Als er den Fuß des grünen Hügels erreichte, spannte er seinen Bogen und gab seinem Freund durch einen Ruf zu verstehen, daß er nun seinerseits bereit war, den Rückzug des Mauslings zu decken. Sein Blick erforschte die pelzigen Klippen jenseits des Wassers, und zweimal bemerkte er eine Bewegung und opferte einen Pfeil aus seinem kostbaren Vorrat. Schließlich stand der Mausling neben ihm, und sie rannten vom heißen Berghang fort auf das grünschimmernde Gletschereis zu. Immer wieder schauten sie sich um und musterten die gefährlichen Pelzbüsche, die hier und dort mit roten Pflanzen durchsetzt waren. Zwei- oder dreimal glaubten sie eine Bewegung darin wahrzunehmen – eine Bewegung, die ihnen langsam folgte. Und jedesmal schickten sie einen Pfeil oder Stein an die Stelle, obwohl sich nicht abschätzen ließ, welche Wirkung die Geschosse hatten.

»Die sieben schwarzen Priester ...« murmelte Fafhrd.

»Die sechs«, berichtigte ihn der Mausling. »Einen von der Truppe haben wir schon erledigt.«

»Also gut, die sechs«, gab Fafhrd nach. »Sie scheinen böse auf uns zu sein.«

»Und warum auch nicht?« wollte der Mausling wissen. »Wir haben das einzige Auge ihres Götzen gestohlen. So etwas ist für Priester eine fürchterliche Sache.«

»Das Ding scheint aber mehr als nur ein Auge zu haben«, bemerkte Fafhrd nachdenklich. »Wenn es sie nur geöffnet hätte!«

»Aarth sei Dank, daß es dazu nicht gekommen ist!« zischte der Mausling. Und – *Vorsicht, ein Pfeil!*«

Fafhrd warf sich sofort auf die Felsen, und der schwarze Pfeil sirrte über das Eis vor ihnen.

»Ich meine, sie sind viel zu aufgebracht«, sagte Fafhrd und rappelte sich wieder hoch.

»Das ist bei Priestern immer so«, erwiderte der Mausling philosophisch und warf erschaudernd einen Blick auf die schwarzverkrustete Pfeilspitze im Eis.

»Jedenfalls sind wir sie los«, sagte Fafhrd erleichtert, als er und der Mausling auf das Eis sprangen. Der Mausling blickte ihn sarkastisch an. Doch Fafhrd merkte nichts.

Stunde um Stunde marschierten sie schnellen Schrittes über das grüne Eis und vergewisserten sich am Stand der Sonne, daß sie die südliche Richtung eingeschlagen hatten – eine Sonne, die kaum einen Handbreit über den Horizont stieg. Gegen Abend erlegte der Mausling mit drei Schleuderschüssen zwei Arktisvögel, die sich zu tief herabgewagt hatten, während Fafhrds scharfes Auge in einem Felsvorsprung am Fuße eines gewaltigen Schneehangs eine Höhle ausmachte. Zum Glück fanden sie auch etwas Holz in der Nähe, und wenig später kauten die beiden Abenteurer festes, braunes Vogelfleisch und beobachteten das flackernde Feuer im Höhleneingang.

Fafhrd reckte sich genüßlich und sagte: »Ade, ihr schwarzen Priester! Das hätten wir also auch hinter uns.« Er streckte seine große, langfingrige Hand aus. »Mausling, laß mich mal einen Blick auf das Glasauge werfen, das wir dem grünen Hügel abgenommen haben.«

Ohne ein Wort zu sagen, langte der Mausling in seinen Beutel und reichte Fafhrd die schimmernde teergefaßte Kugel. Fafhrd hielt sie in seinen großen Händen und betrachtete sie nachdenklich. Das Licht der Flammen leuchtete hindurch, sammelte sich darin und strahlte neu aus, erfüllte die Höhle mit unheilvoll roten Strahlen. Fafhrd starrte in das Juwel, ohne zu blinzeln, bis sich der Mausling plötzlich der gewaltigen Stille ringsum bewußt wurde, die nur durch das ständige leise Knistern des Feuers und das laute und weniger regelmäßige Knistern des Eises unterbrochen wurde. Er war plötzlich todmüde, konnte aber trotzdem noch nicht ans Schlafen denken.

Schließlich sagte Fafhrd mit leiser, unnatürlicher Stimme: »Die Erde, auf der wir gehen, hat einmal gelebt – als ein gewaltiges, heißes Ungeheuer, das Feuer atmete und geschmolzenes Gestein ausspie. Es war sein einziger Wunsch, seinen rot-heißen Stoff zu den Sternen zu schleudern. All das geschah, ehe der Mensch auftauchte.«

»Was soll das?« fragte der Mausling, aus seiner Halb-Trance erwachend.

»Nun ist der Mensch gekommen, und die Erde hat sich schlafen gelegt«, fuhr Fafhrd mit derselben hohlen Stimme fort, ohne den Mausling anzuschauen. »Aber in ihren Träumen denkt sie an das Leben und regt sich und versucht, die Gestalt des Menschen anzunehmen.«

»Was soll das alles, Fafhrd?« wiederholte der Mausling seine Frage unsicher. Doch Fafhrd gab ihm nur ein Schnarchen zur Antwort. Vorsichtig nahm der Mausling seinem Freund den Edelstein wieder ab. Der klebrige schwarze Streifen war ekelerregend weich und war, wie eine Art Bindegewebe. Der Mausling steckte das Ding wieder in seinen Beutel. Eine lange Zeit verging. Dann berührte der Mausling seinen Freund an der pelzigen Schulter. Fafhrd fuhr zusammen und erwachte. »Was ist los, Kleiner?« fragte er.

»Morgen«, sagte der Mausling kurz und deutete über die Asche des Feuers auf den heller werdenden Himmel.

Als sie gebeugt aus der Höhle traten, lag plötzlich ein leises Dröhnen in der Luft. Sie schauten über den Schneerand den Hang hinauf, und erblickten eine gewaltige weiße Kugel, die noch im Augenblick des Hinschauens anwuchs und auf sie zuraste. Die beiden Männer konnten sich kaum wieder in die Höhle retten, als die Erde auch schon zu zittern begann und der Lärm ohrenbetäubend wurde und die Höhle vorübergehend verdunkelt war. Der gewaltige Schneeball donnerte am Höhleneingang vorbei. Die beiden Männer rochen die saure Asche des toten Feuers, die durch die vorbeirollende Kugel verweht worden war, und der Mausling hustete.

Fafhrd stürzte sofort aus der Höhle, spannte mit hastiger Bewegung seinen großen Bogen und legte einen Pfeil an, der eine Armeslänge erreichte. Er zielte den Hang hinauf. Am Ende des Hangs, jenseits der bösartigen Pfeilspitze, tummelte sich ein halbes Dutzend kleiner Insektengestalten mit spitz zulaufenden Hüten; sie bewegten sich deutlich sichtbar als Silhouetten vor der gelb-purpurnen Morgendämmerung.

Mit Bienenfleiß waren sie dabei, einen mannshohen Schneeball in Position zu bringen.

Fafhrd atmete halb aus, konzentrierte sich und schickte seinen Pfeil auf die Reise. Noch mehrere Atemzüge lang mühten sich die winzigen Gestalten mit der störrischen Kugel. Dann sprang plötzlich eine der Silhouetten, die dem Schneeball am nächsten war, in die Höhe und stürzte auf das Geschoß. Die Kugel begann den Hang herabzurollen und wirbelte den pfeilgetroffenen schwarzen Priester mit, wuchs immer weiter an. Bald war die dunkle Gestalt in der Außenkruste kaum noch zu sehen, doch zuvor hatten seine hin und her schwenkenden Arme und Beine noch den Kurs des Balles geändert, so daß er fast eine Speerlänge an der Höhlenöffnung vorbeidonnerte.

Als der Lärm erstarb, erkundete der Mausling vorsichtig die Lage.

»Ich habe die zweite Lawine vom Kurs geschossen«, bemerkte Fafhrd beiläufig.

»Marschieren wir los.«

Der Mausling hätte sicher den Weg um den Hügel gewählt – ein langer und gefährlicher Pfad –, doch Fafhrd sagte: »Nein, geradewegs über den Gipfel, wo uns die Schneebälle jetzt einen Weg freigemacht haben. Die Burschen sind viel zu klug, uns hier zu erwarten.«

Dennoch hielt er stets seinen Bogen in Bereitschaft, als sie sich nun langsam den Felshang hinaufarbeiteten, und sah sich bei der Ankunft auf dem Bergkamm vorsichtig um. Eine endlose, mit grünem Gletschereis befleckte Landschaft öffnete sich vor ihnen, doch keine dunklen Punkte bewegten sich darauf, und es gab auch keine Verstecke in der Nähe. Fafhrd hakte seinen Bogen aus und lachte.

»Sie haben sich wohl abgesetzt«, sagte er. »Bestimmt laufen sie zu ihrem kleinen grünen Hügel zurück und wärmen sich auf. Jedenfalls sind wir sie los.«

»Ja, so wie gestern«, bemerkte der Mausling trocken. »Der Tod des Messerschwingers hat die Burschen anscheinend überhaupt nicht aufgeregt, aber jetzt sind sie fürchterlich erschreckt, daß du einen zweiten mit einem Pfeil versorgt hast.«

»Na ja«, sagte Fafhrd kurz, »wenn wir einmal annehmen, daß es tatsächlich sieben schwarze Priester gegeben hat, können es jetzt nur noch fünf sein.«

Und er begann auf der anderen Bergseite mit dem Abstieg, ging mit großen, furchtlosen Schritten voraus. Der Mausling folgte ihm langsam, einen Stein schußbereit in der Schlinge, und ließ den Blick unruhig von einer Seite auf die andere wandern.

Als sie den Schnee erreichten, studierte er ihn eingehend, doch soweit er feststellen konnte, gab es keine Spuren in der Nähe. Schon war ihm Fafhrd einen Schleuderschuß weit voraus. Um seinen Freund wieder einzuholen, begann der Mausling leichtfüßig zu traben, ohne dabei in seiner Wachsamkeit nachzulassen. Sein Blick richtete sich auf eine niedrige Schneerhebung, auf die Fafhrd zuging. Vielleicht hätten ihm die Schatten verraten können, ob dort Gestalten in Dekkung hockten, doch ein gelblich-purpurner Nebel verdeckte die Sonne, und so blieb ihm nichts anderes übrig, als die Erhebung zu beobachten und noch schneller auszuschreiten. Er hatte Fafhrd schon fast eingeholt, als er den kleinen Hügel erreichte und sich überzeugte, daß niemand dahinter hockte.

Im gleichen Augenblick zerplatzte das Gebilde in tausend Schneebrocken, und eine schwarze dickbäuchige Gestalt sprang hoch, stürzte sich mit ausgestrecktem Arm auf Fafhrd, wollte dem Nordling mit einem Streich den Hals durchschneiden. Fast gleichzeitig sprang der Mausling vorwärts, wirbelte seine Schlinge in der Rückhand.

Der Stein, noch immer in der Schleuder, traf den Angreifer in das Gesicht. Das gekrümmte Messer verfehlte sein Ziel um wenige Zentimeter. Der Priester stürzte zu Boden. Fafhrd blickte sich fast uninteressiert um.

Die Stirn des Schwarzen war derart eingedrückt, daß an dem Zustand des Mannes kein Zweifel bestehen konnte; dennoch starrte der Mausling lange auf ihn hinab. »Ein Mann aus Klesh, wie schon vermutet«, sagte er nachdenklich. »Aber dicker. Besser gewappnet gegen die Kälte. Seltsam, daß die Leute so weit heraufgezogen sind, um ihrem Gott zu dienen.« Er schaute hoch und wirbelte seine Schleuder herum, ohne den Arm zu erheben – wie um die unsichtbaren Gegner abzuschrecken.

»Noch vier«, sagte er, und Fafhrd nickte langsam.

Den ganzen Tag marschierten sie durch die Eis-Öde – und hielten Ausschau. Doch es gab keine weiteren Zwischenfälle. Ein Wind sprang auf, und die Kälte wurde schneidend. Der

Mausling zog seine Kapuze enger, so daß sie Mund und Nase bedeckte, und sogar Fafhrd rückte seinen Mantel schützend zurecht.

Als sich der Himmel indigo verdunkelte, blieb Fafhrd plötzlich stehen, spannte seinen Bogen und verschoß einen Pfeil. Einen Augenblick lang wunderte sich der Mausling über den gelassenen Ausdruck seines Freundes und glaubte schon, der Nordling mache ein paar sinnlose Schießübungen. Doch dann geriet der Schnee in Bewegung, enthüllte vier ausschlagende graue Beine, und der Mausling erkannte, daß Fafhrd ein Weißpelztier geschossen hatte. Er leckte sich begierig über die Lippen, während er das Tier ausbluten ließ, ausnahm und sich dann über die Schulter hängte.

Ein Stück weiter erreichten sie eine kleine schwarze Felsformation. Fafhrd musterte sie einen Augenblick, nahm dann seine Axt aus dem Gürtel, und versetzte dem Stein einen vorsichtigen Schlag mit der Hinterkante der Klinge. Eifrig sammelte der Mausling in einem Mantelzipfel die kleinen und großen Brocken, die da zu Boden fielen. Er spürte ihr Fett und fühlte sich schon ganz warm bei dem Gedanken an die dicke Flamme, die von den Stücken genährt wurde.

Unmittelbar hinter der Felsformation ragte ein niedriges Kliff auf, an dessen Fuß sie eine Höhle entdeckten, die durch einen einsam stehenden Felsen, etwa zwei Speerlängen entfernt, abgeschirmt wurde. Der Mausling freute sich schon auf das Abendessen und trottete hinter Fafhrd auf die einladende schwarze Öffnung zu. Völlig durchkühlt und ermüdet, hatte er schon befürchtet, daß sie vielleicht draußen schlafen und sich mit den Knochen der Vögel von gestern zufriedengeben müßten. In erstaunlich kurzer Zeit hatten sie nun Nahrung, Brennmaterial und eine Unterkunft gefunden. Sehr bequem, das Ganze ...

Und als Fafhrd um den schützenden Felsen bog und auf die Höhlenöffnung zuging, kam dem Mausling der Gedanke: *Viel zu bequem!* Ohne noch eine Sekunde darauf zu verschwenden, ließ er die Kohlen fallen und sprang seinen Kameraden an, brachte den Riesen glatt von den Beinen.

Ein Pfeil zischte dicht über ihm dahin und klickte kaum hörbar gegen den schützenden Felsblock. Und wieder zögerte der Mausling nicht. Er zog Skalpell aus der Scheide und raste in die Höhle hinein. Als er den Eingang passierte, huschte er ein wenig nach links, wich dann plötzlich nach rechts aus, lehnte sich an die Felswand und hieb mit dem Schwert vorsichtig in das Dunkel, das er mit den Blicken zu durchbohren versuchte.

Drüben auf der anderen Seite der Höhle machte der Gang einen Knick und lag dahinter zur Überraschung des Mauslings nicht im Dunkel, sondern wurde durch ein pulsierendes Licht erhellt, das offenbar weder von einem Feuer noch von der Sonne stammte. Wenn sich überhaupt ein Vergleich ziehen ließ, dann mit dem unnatürlichen Glühen, das über den Gebeinen der Alten gestanden hatte.

Unnatürlich oder nicht – das Licht brachte den Vorteil, daß der Mausling seinen Gegner deutlich sehen konnte. Der gedrungene Mann hatte sein Blasrohr fallen lassen und hielt nun ein geschwungenes Messer umklammert. Als der Mausling angriff, huschte er durch den Gang davon und verschwand um eine Ecke. Und wieder war der Mausling überrascht, als mit jedem Schritt nicht nur die Temperatur, sondern auch die Luftfeuchtigkeit anstieg. Er trat um die Ecke. Der schwarze Priester, der nur zwei Schritte weitergegangen war, stürzte sich auf ihn. Doch der Mausling war nicht unvorbereitet, und Skalpell durchbohrte die Brust seines Angreifers, spießte ihn auf, während das gebogene Messer nur die dunstige Luft durchtrennte.

Einen Augenblick lang versuchte sich der Priester an der Klinge emporzuarbeiten, um doch noch zustechen zu können. Doch dann erstarb das fanatische Glühen in seinen Augen, und er sank zusammen, während der Mausling seine Klinge säuberte.

Der Priester stolperte rückwärts in dem nebelhaften Schimmer, als dessen Ursache der Mausling jetzt einen tiefen Schacht erkannte. Mit gurgelndem Stöhnen trat der Schwarze über den Rand und verschwand. Fleisch prallte auf Gestein, ein kurzes Schweigen, ein leises Platschen, dann herrschte Stille bis auf das leise Blubbern und Simmern, das aus der Grube heraufönte – und bis auf Fafhrds schwere Schritte, die nun heranpolterten.

»Noch drei«, informierte ihn der Mausling beiläufig. »Der vierte kocht da unten in der Grube. Aber ich möchte lieber etwas Gebratenes zum Abendessen, und außerdem ist meine Gabel nicht lang genug. Also hol die schwarzen Steine her, die ich fallen gelassen habe.«

Fafhrd machte zunächst Einwände. Er blickte sich abergläubisch in der dampfenden und leuchtenden Höhle um und drängte darauf, daß sie sich eine andere Unterkunft für die Nacht suchten. Doch der Mausling erwiderte, daß es sicher gefährlicher wäre, die Nacht draußen ungeschützt im Freien zu verbringen, als hier in der Höhle zu bleiben.

Zur Erleichterung des Mauslings stimmte Fafhrd schließlich zu, nicht ohne vorher in der Grube nach Griffen Ausschau gehalten zu haben, an denen sich ein Angreifer womöglich heraufhangeln konnte. Der Mausling hatte wenig Lust, diesen angenehm warmen Ort wieder zu verlassen.

Das Feuer wurde an der einen Höhlenwand dicht am Ausgang entzündet, so daß sich niemand hereinschleichen konnte, ohne zugleich in den Schein der Flammen zu geraten. Nachdem sie Leber und eine Anzahl scharf gebratener Fleischscheiben verzehrt und die Knochen in das prasselnde Feuer geworfen hatten, wo sie jetzt lustig knisterten, lehnte sich Fafhrd an die Felswand und bat den Mausling, ihn einen Blick auf das Diamantenauge werfen zu lassen.

Der Mausling ließ sich nur widerstrebend darauf ein, einmal mehr abgestoßen von dem frostig schimmernden schwarzen Ring. Er hatte das Gefühl, daß Fafhrd etwas Unkluges anstellen würde mit dem Juwel; doch was, das wußte er nicht. Aber der Nordling warf nur einen kurzen Blick darauf, fast verwirrt, und steckte den Edelstein in *seinen* Beutel. Der Mausling machte Einwände, doch Fafhrd erwiderte knapp, der Stein sei ihr gemeinsames Eigentum. Darauf wußte der Mausling nichts zu sagen.

Sie hatten vereinbart, abwechselnd zu wachen. Fafhrd war als erster an der Reihe. Der Mausling kuschelte sich in seinen Mantel und machte sich aus seinem Beutel und der zusammengefaltenen Kapuze ein Kissen. Das Kohlenfeuer knisterte und flackerte, das seltsame Licht aus der Grube pulsierte stumm. Der Mausling fand es sehr angenehm, sich zwischen diesen beiden Wärmequellen auszustrecken, eine Wärme, die durch den kühlen Luftzug von draußen nur noch intensiviert zu werden schien. Mit halb geschlossenen Augen beobachtete er das Zucken der Schatten. Fafhrd saß zwischen dem Mausling und den Flammen, eine aufragende Gestalt, mit offenen Augen, wachsam. Kurz vor dem Einschlafen überlegte der Mausling noch, wie froh er war, daß Fafhrd den Diamanten hatte. Ohne den Stein war sein Kissen viel bequemer.

Er erwachte vom Klang einer leisen Stimme. Das Feuer war fast niedergebrannt. Einen erschreckten Augenblick lang glaubte er, ein Fremder hätte sich irgendwie in die Höhle geschlichen und murmelte nun hypnotische Worte, um seinen Freund in den Schlaf zu wiegen. Dann machte er sich klar, daß er die seltsame Stimme schon gestern abend von seinem Freund gehört hatte und daß der Nordling in das Diamantenauge starrte, als sähe er dort unendliche Visionen, und er schwenkte den Stein langsam hin und her. Diese Bewegung führte die schimmernden Strahlen des Juwels in den Rhythmus des seltsamen Pulsierens über, was dem Mausling gar nicht gefiel.

»Nehwons Blut«, murmelte Fafhrd, fast singend, »pulsiert noch immer kräftig unter der verschrumpelten Felshaut, und blutet noch immer heiß aus den Wunden in den Bergen. Aber es bedarf des Blutes von Helden, ehe es sich nach dem Vorbild des Menschen formen kann.«

Der Mausling sprang auf, griff Fahrd bei den Schultern und schüttelte ihn.

»Jene, die Nehwon wirklich verehren«, fuhr Fafhrd in Trance fort, als wäre überhaupt nichts geschehen, »bewachen seine Bergwunden und hoffen im Gebet auf den großen Tag der Erfüllung, da Nehwon wiedererwacht, diesmal in Menschengestalt, und sich von dem Ungeziefer, genannt Mensch, befreit.«

Jetzt schüttelte der Mausling seinen Freund heftiger, und Fafhrd erwachte zusammenzuckend – und versicherte dem Mausling im gleichen Atemzug, daß er die ganze Zeit wach gewesen wäre und daß der Mausling einen Alptraum gehabt haben müßte. Er belachte die Beteuerungen seines Freundes und ließ nicht von seiner Meinung ab. Auch wollte er den

Diamanten nicht aus der Hand geben, den er tief in seinen Beutel steckte. Dann gähnte er zweimal ausgiebig und schlief ein, während der Mausling noch redete.

Der Mausling fand seine Wache ganz und gar nicht angenehm. Hatte er die Höhle bis jetzt für sicher gehalten, so begann er nun in jeder Richtung Gefahr zu wittern und starrte ebensooft in die dampfende Grube wie durch die schwarze Höhlenöffnung jenseits der glühenden Kohlen und dachte an Priester, die verstohlen heranschlichen. Währenddessen beschäftigte sich der vernünftigere Teil seines Geistes mit einer unerfreulich logischen Theorie, wonach der heiße Kern Nehwons in der Tat auf die Menschen eifersüchtig war und der grüne Hügel einer jener Flecken war, wo das Innere Nehwons seiner felsigen Zwangsjacke zu entkommen suchte, sich eine alles erobernde, riesige Menschengestalt aus lebendigem Stein geben wollte.

Die schwarzen Kleshite-Priester waren zweifellos Nehwon-Anbeter, die es auf die Vernichtung aller anderen Menschen abgesehen hatten. Und das Diamantenauge, das alles andere als ein harmloses Beutestück war, lebte irgendwie und versuchte, Fafhrd mit Glitzerblick in seinen Bann zu bringen und ihn einem tödlichen Schicksal entgegenzuführen.

Dreimal versuchte der Mausling seinem Freund den Edelstein abzunehmen und schnitt ihm beim drittenmal sogar den Saum seines Beutels auf. Aber obwohl der Mausling als einer der geschicktesten Beutelschneider in ganz Lankhmar bekannt war, so preßte Fafhrd doch jedesmal den Beutel fester an sich, murmelte im Schlaf und wischte die Hand des Mauslings unweigerlich fort.

Der Mausling überlegte, ob er den Diamanten gewaltsam an sich bringen sollte, ließ sich jedoch von der unerklärlichen Überzeugung beeindrucken, daß ein solcher Angriff den Nordling zu gefährlichem Widerstand reizen würde. Ja, er hatte überhaupt ein schlimmes Gefühl, wenn er an den Zustand dachte, in dem sein Freund erwachen würde.

Doch als der Höhleneingang schließlich hell wurde, fuhr Fafhrd auf, schüttelte sich und gähnte und knurrte wie jeden Morgen. Er gab sich derart lebhaft und begeistert, daß die

Bedenken des Mauslings sofort zerstreut oder zumindest zurückgedrängt wurden. Die beiden Abenteurer aßen ein kaltes Fleischfrühstück und wickelten die Schinken und Lendenstücke ein, die die Nacht über am Feuer gelegen hatten.

Während Fafhrd ihm mit dem Bogen Deckung gab, huschte der Mausling aus der Höhle und ging hinter dem außenstehenden Felsbrocken in Deckung. In unregelmäßigen Abständen sprang er hoch, um sich schnell umzusehen, suchte die Klippe über der Höhle nach einem Hinterhalt ab. Er hielt seine Schleuder schußbereit, während Fafhrd nun ebenfalls herauseilte. Bald hatten sie sich überzeugt, daß keine Angreifer in der Nähe waren, und Fafhrd übernahm mit ausschwingenden Schritten die Führung.

Der Mausling folgte dichtauf, wurde jedoch nach kurzer Zeit von Zweifeln befallen. Es kam ihm vor, als hielte Fafhrd nicht die Richtung, sondern schwenkte ziemlich scharf nach links ab. Der Mausling war sich seiner Sache durchaus nicht sicher, denn die Sonne war noch immer nicht erkennbar. Sie versteckte sich hinter purpurnen und gelblichen Wolken. Außerdem wußte der Mausling nicht zu sagen, aus welcher Richtung sie gestern gekommen waren, da eine Szene im Rückblick immer anders aussieht, als wenn man darauf zuschreitet.

Trotzdem äußerte er seine Zweifel nach einer Weile, doch Fafhrd erwiderte mit großer Gewißheit: »Ich bin in der Eis-Öde groß geworden. Sie ist mir so vertraut, wie dir Lankhmars Gassen oder die Sumpfwege der Großen Salzmarsch bekannt sind.«

Der Mausling ließ sich beruhigen. Außerdem war der Tag fast windstill, was den Mausling, der immer etwas für Wärme übrig hatte, sehr erfreute.

Nachdem sie einen guten halben Tag gewandert waren, erreichten sie eine schneebedeckte Anhebung, und als er die Szenerie überschaute, hob der Mausling ungläubig die Augenbrauen. Er sah eine schräge Fläche aus grünem Eis, das so eben wie eine Glasscheibe war. Der obere Rand, etwas zur Rechten, war mit abgebrochenen Eisspitzen besetzt, wie die Schaumgipfel einer gewaltigen Woge. Das untere Ende erstreckte sich sehr weit nach links und verlor sich in einer Art weißem Nebel, während es auch nach geradeaus keine Begrenzung zu geben schien.

Die Ebene war so groß, daß sie wie ein Ozean wirkte, der sich auf Befehl eines mächtigen Zauberers schräggestellt hatte. Der Mausling war überzeugt, daß sich bei klarem Himmel die Sterne im Eis spiegeln würden.

Allerdings war er nun doch etwas ängstlich, wenn auch nicht überrascht, als sein Freund kaltblütig vorschlug, sie sollten geradewegs hinübergehen. Das scharfe Auge des Nordlings hatte ganz in der Nähe eine Stelle ausgemacht, wo sich der Hang ein kleines Stück abflachte, ehe er wieder steiler abfiel. Auf dieser ebenen Fläche, sagte Fafhrd beruhigend, ließ sich mühelos gehen – und im nächsten Augenblik marschierte der Nordling auch schon los, ohne die Antwort seines Freundes abzuwarten.

Der Mausling zuckte fatalistisch die Achseln und folgte ihm. Zuerst schritt er wie auf Eiern aus und warf manchen unsicheren Blick auf den Steilhang. Er wünschte sich Stiefel mit Bronzenägeln oder auch nur flache Schuhe, wie sie Fafhrd trug, oder irgendwelche Metallschienen für seine glatten Sohlen, damit er sich besser abbremsen konnte, falls er doch einmal ins Rutschen kam. Nach einer Weile wurde er zuversichtlicher und machte längere und schnellere Schritte, wenn er auch noch immer sehr vorsichtig marschierte, und er holte Fafhrd langsam wieder ein.

Sie waren vielleicht drei Pfeilschuß weit auf das Eis hinausmarschiert, ohne daß ein Ende abzusehen war, als ihn eine aus dem Augenwinkel wahrgenommene Bewegung veranlaßte, den Kopf zu wenden.

Aus einem Versteck weiter oben am Hang schossen die letzten drei Priester hervor und kamen herabgeglitten. Sie sausten über den Hang wie perfekte Skifahrer – und tatsächlich schienen sie eine Art Skier unter den Füßen zu tragen. Zwei hielten Speere – Blasrohre, in die sie Dolchgriffe gesteckt hatten –, während der mittlere über einen schmalen, nadelspitzen Eiszapfen verfügte, der gut zwei Meter lang war.

Pfeil und Schleuder waren hier fehl am Platze, und es hatte auch wenig Sinn, jemand mit einem Schwert zu durchbohren, der schon zuvor mit seinem Speer zustoßen konnte. Außerdem war der Eishang kein Ort für die Verteidigung einer Standposition. Ohne ein Wort an Fafhrd zu richten, so sicher war er, daß der Nordling das gleiche tun würde, stürzte der Mausling den Hang zu seiner Linken hinab.

Es war, als hätte er sich dem Gott der Geschwindigkeit in die Arme geworfen. Das Eis summte leise unter seinen Stiefeln; die stille Luft wurde zu einem kalten Wind, der an seiner Kleidung riß und seine Wangen erstarren ließ.

Doch damit nicht genug. Die skifahrenden schwarzen Priester hatten einen Vorteil. Der Mausling hoffte, das ebene Stück würde sie aus dem Takt bringen, doch sie nahmen es mit gewisser Eleganz und segelten anschließend ein Stück durch die Luft, ehe sie sicher wieder landeten, ohne auch nur einen Meter verloren zu haben. Sie lagen nur noch zwei Speerlängen zurück. Dolche und Eislanze glitzerten drohend.

Der Mausling zog Skalpell und versuchte sich damit abzudrücken und seine Geschwindigkeit zu steigern – doch vergeblich. Dann hockte er sich hin, um einen möglichst geringen Luftwiderstand zu bieten. Doch die schwarzen Priester holten weiter auf. Neben ihm trieb Fafhrd sein drachenknaufiges Schwert so heftig in den Schnee, daß das Eis in kleinen Kaskaden aufsprühte, und schoß mit gewaltigem Seitwärtsschwung davon. Der Priester mit der Eislanze folgte ihm.

Inzwischen holten die beiden anderen Priester den Mausling ein. Er neigte sich im Fluge, um dem Speer des ersten aus dem Wege zu gehen, und schlug die Waffe des zweiten mit Skalpell zur Seite, und war dann auch schon in das seltsamste Duell verwickelt, das man sich nur vorstellen kann. Es war fast, als stünden sie still, da die Kämpfenden mit der gleichen Geschwindigkeit dahinrasten. Zwischendurch glitt der Mausling auch einmal rückwärts zu Tal und parierte die Stiche der gefährlichen Speere mit seiner kürzeren Waffe.

Doch zwei gegen einen ist immer eine gute Ausgangsbasis, und wahrscheinlich wäre auch der Mausling daran gescheitert, wenn nicht in diesem Augenblick Fafhrd, der an einem Seitenhang Tempo gewonnen hatte, zurückgeschwungen wäre und sein Schwert hätte wirbeln lassen. Er raste dicht hinter den beiden Priestern vorbei, und im nächsten Augenblick fielen ihre Köpfe abgetrennt zu Boden, glitten noch mit der gleichen Geschwindigkeit weiter.

Und schon hätte auch Fafhrd daran glauben müssen, denn der letzte schwarze Priester, vielleicht durch das geringe Gewicht seiner Eislanze, verfolgte den Nordling mit noch größerer Geschwindigkeit und hätte ihn sicher aufgespießt, wenn der Mausling nicht im letzten Augenblick den Eisspeer, Skalpell mit zwei Händen stützend, nach oben abgelenkt hätte, so daß die Spitze nur durch Fafhrds rotes Haar fuhr.

Im nächsten Augenblick stürzten alle in den weiß-eisigen Nebel. Der Mausling erhaschte einen letzten Blick auf Fafhrds dahinhuschenden Kopf über der fast mannshohen Nebelbank. Dann tauchte er völlig in den Nebel ein.

Es war ein seltsames Gefühl, durch die milchige Welt zu huschen, von Eiskristallen ins Gesicht getroffen, und nicht zu wissen, ob nicht jeden Augenblick ein unsichtbares Hindernis das Ende bringen mochte. Er hörte einen dumpfen Laut, der von Fafhrd stammen mochte, begleitet von einem leichten Klirren, das vielleicht das Zerbrechen der Eislanze gewesen war, gefolgt von einem seufzenden, gequälten Stöhnen.

Plötzlich hatte der Mausling das Gefühl, das Ende des Hanges erreicht zu haben, es ging wieder nach oben, und schon sauste er aus dem Nebel in den purpur-gelben Tag hinaus, glitt in eine weiche Schneeverwehung und stimmte ein erleichtertes Gelächter an. Erst nach einigen Minuten wurde ihm bewußt, daß Fafhrd dicht neben dem Schnee vergraben lag und sich ebenfalls ausschütten wollte vor Lachen.

Als Fafhrd schließlich herüberschaute, zuckte der Mausling die Achseln und warf einen fragenden Blick auf den Nebel weiter unten. Der Nordling grinste beruhigend.

»Der letzte Priester ist tot. Der letzte!« rief der Mausling fröhlich und reckte sich im Schnee wie auf einem Feldbett. Am liebsten hätte er sich eine Höhle gesucht, um einmal richtig auszuschlafen.

Doch Fafhrd hatte ganz andere Pläne. Er drängte darauf, daß sie sofort weiterzogen bis zur Dämmerung, und lockte mit dem Versprechen, daß sie am Morgen oder sogar bei Einbruch der Dunkelheit die Eis-Öde endlich hinter sich lassen würden. So fand sich der kleine Mann bald wieder im Kielwasser des Großen, obwohl er sich von Zeit zu Zeit fragte, wie sich Fafhrd in diesem Chaos aus Eis, Schnee und dunklen Wolken zurechtfand. Er hatte in seiner Jugend doch gewiß nicht *jeden* Winkel der Eis-Öde kennengelernt, sagte sich der Mausling und erschauerte.

Die Dämmerung brach herein, und sie hatten den versprochenen Wald noch nicht erreicht. Auf Drängen des Mauslings begannen sie nach einem Unterschlupf für die Nacht zu suchen. Diesmal bot sich keine Höhle in der Nähe an, und es war schon ziemlich dunkel, als Fafhrd einen Felsüberhang ausmachte, vor dem einige abgestorbene Bäume aufragten, die zumindest ein annehmbares Feuer und Windschutz versprachen.

Doch es schien noch besser zu kommen. Vielleicht brauchten sie das Holz gar nicht, denn dicht vor den Stämmen erhob sich ähnlich wie gestern abend ein schwarzer Felsbrokken, der anscheinend mit Kohle bedeckt war.

Doch als Fafhrd die Axt heben wollte, zuckte der Felsbrokken hoch und sprang mit einem Dolch auf ihn los.

Daß Fafhrd am Leben blieb, verdankte er seiner außergewöhnlichen Körperkraft. Er sprang so schnell zur Seite, daß sogar der Mausling verblüfft zusammenfuhr, und schlug mit der Axt auf seinen Angreifer ein. Der gedrungene schwarze Körper zuckte konvulsivisch und erstarrte am Boden. Fafhrd lachte grollend. »Nennen wir ihn den nullten schwarzen Priester, Mausling?« fragte er.

Doch dem Mausling war nicht nach Scherzen zumute. Mit einem Schlag kehrten Angst und Unsicherheit zurück. Wenn sie nun nicht richtig gezählt hatten, wenn sich vielleicht der Priester im Schneeball wieder erholt hatte, oder etwa der Mann, der angeblich im Nebel umgekommen war ... Wieso waren sie überhaupt so sicher gewesen, daß es nur sieben schwarze Priester gab? War die alte Inschrift denn so verläßlich? Und wenn man erst akzeptierte, daß es acht Priester geben konnte, warum dann nicht auch neun oder zehn oder gar zwanzig?

Wie dem auch sein mochte – Fafhrd schüttelte diese Fragen mit einem Lachen ab, hackte Holz und entzündete ein prasselndes Feuer in der kleinen Felsnische. Und obwohl die Flammen ein meilenweit sichtbares Signal gaben, war dem Mausling die Wärme so angenehm, daß er Fafhrd nicht recht tadeln konnte.

Und als sie sich aufgewärmt und ihr mitgebrachtes Röstfleisch verzehrt hatten, überfiel ihn eine derartig angenehme Müdigkeit, daß er seinen Mantel enger zog und sich sofort schlafen legte. Fafhrd wählte diesen Augenblick, um im Schein der Flammen das Juwel herauszuholen und zu betrachten, was den Mausling veranlaßte, seine Augen wieder einen Spalt zu öffnen.

Diesmal schien Fafhrd nicht in eine Trance zu verfallen. Er grinste fast gierig, während er den Edelstein hin und her drehte, als bewunderte er die Strahlen, die dabei aufblitzten, als schätzte er im Geiste bereits den Wert in einfachen lankhmarischen Goldstücken.

Obwohl sich seine Vorahnungen nicht bestätigten, war der Mausling ärgerlich. »Tu ihn fort, Fafhrd!« bat er schläfrig.

Fafhrd hielt inne und richtete einen Strahl des Edelsteins auf den Mausling. Dieser erschauderte, denn er hatte plötzlich das Gefühl, Blickpunkt einer bösartigen Intelligenz zu sein.

Doch Fafhrd steckte den Stein gehorsam fort, gähnte und legte sich ebenfalls schlafen. Langsam klangen die unheimlichen Visionen ab, die dem Mausling zu schaffen machten, ließen nach, während er in die tanzenden Flammen starrte und schließlich einschlief.

Als er erwachte, fühlte er sich grob auf eine Matte aus dichtem Gras geworfen, das sich unangenehm wie ein Fell anfühlte. Heftiger Kopfschmerz plagte ihn, und ringsum flakkerte pulsierend ein gelblich-purpurner Schimmer, von Zeit zu Zeit von grellen Blitzen durchzuckt. Es dauert eine Weile, bis er erkannte, daß all die Helligkeit ihre Ursache außerhalb seines Kopfes hatte und nicht etwa in seinem Schädel zuckte.

Schließlich hob er den Kopf, von unerträglichem Schmerz geplagt, und sah sich um. Er ließ sich jedoch nicht beirren und wußte bald, wo er sich befand.

Er lag auf dem hügeligen, dunkel-bewachsenen Seeufer jenseits des grünen Hügels. Am nächtlichen Himmel zuckte Nordlicht, während aus dem mundartigen Spalt auf der rosa

Hügelspitze – ein Mund, der nun auch weiter geöffnet war – roter Rauch in kleinen Wolken aufstieg, als atmete der Berg ziemlich erregt. Überall in dem bewegten Licht schienen die grünen Gesichter des Hügels zu leben, die Münder schienen monströs zu zucken und die Augen zu blitzen, als ob jede Pupille einen Augendiamanten enthielt.

Nur wenige Schritte neben dem Mausling stand Fafhrd erstarrt hinter der breiten Felserhebung – tatsächlich ein Altar, auf dem eine große Schale stand. Der Nordling sang etwas in einer gutturalen Sprache, die der Mausling noch nie gehört hatte und die Fafhrd normalerweise ganz bestimmt nicht beherrschte.

Der Mausling rappelte sich auf, bis er saß. Vorsichtig betastete er seinen Kopf und stieß auf eine große Beule über seinem rechten Ohr. Im gleichen Augenblick hieb Fafhrd über der Schale etwas gegeneinander – offenbar Stein und Stahl –, und lodernde purpurne Flammen schossen in die Höhe. Der Mausling sah, daß Fafhrd die Augen geschlossen hatte, und daß er das Diamantenauge in der Hand hielt.

Im nächsten Augenblick ging dem Mausling auf, daß das Diamantenauge viel klüger gewesen war als die schwarzen Priester, die ihrem Berggötzen gedient hatten. Wie so viele Priester waren sie viel zu fanatisch und nicht annähernd so klug wie der Gott, dem sie dienen wollten. Während sie sich abmühten, das gestohlene Auge zurückzubringen und die ketzerischen Diebe zu vernichten, hatte das Auge sein Schicksal selbst in die Hand genommen. Es hatte Fafhrd in seine Gewalt gebracht und ihn veranlaßt, einen Bogen zu schlagen und mit dem Mausling zum grünen Hügel zurückzukehren. Es hatte das letzte Stadium der Reise sogar noch beschleunigt, indem es Fafhrd zwang, seinen Freund mit einem Schlag zu betäuben und ihn das letzte Stück des Weges zu tragen.

Ja, das Auge war umsichtiger und zielstrebiger gewesen als seine Priester. Es schien ein ganz besonders wichtiges Ziel zu haben – außer natürlich der Absicht, wieder zu seinem Gott zurückzukehren. Warum hätte es Fafhrd sonst anweisen sollen, den Mausling am Leben zu lassen und mitzubringen? Das Diamantenauge mußte noch Pläne mit ihnen haben. Der

Mausling hielt sich den schmerzenden Kopf und erinnerte sich schwach an einen Satz, den Fafhrd vor zwei Nächten gemurmelt hatte: »Doch es braucht das Blut von Helden, ehe es sich die Gestalt des Menschen zum Vorbild nehmen kann.«

Während diese Gedanken durch den schmerzenden Kopf des Mauslings schossen, sah er Fafhrd auf sich zukommen. Sein Freund trug das Diamantenauge in der einen und das gezogene Langschwert in der anderen Hand, und auf seinem Gesicht stand ein freundliches Lächeln.

»Komm, Mausling«, sagte er leise. »Es wird Zeit, daß wir den See überqueren und auf den Hügel steigen und den Kuß der höchsten Lippen erfahren, und daß sich unser Blut mit dem heißen Blut Nehwons vermischt. Auf diese Weise leben wir in den steinigen Felsgiganten weiter, die dann geboren werden, und genießen durch sie die Freuden der Vernichtung von Städten und Armeen und Ländereien.«

Diese verrückte Äußerung brachte den Mausling auf die Beine, der sich nun durch das pulsierende Licht ringsum nicht länger einschüchtern ließ. Er zerrte Skalpell aus der Scheide und sprang auf Fafhrd los, parierte das Langschwert mit einem besonderen Seitenhieb, der dem anderen die Waffe aus der Hand wirbeln mußte – zumal der Nordling noch immer die Augen geschlossen hatte.

Doch Fafhrds schwere Waffe wich dem schnellen Hieb des Mauslings hurtig aus und kam in derart gefährlichem Gegenangriff zurück, daß der Mausling sich nur mit einem gewaltigen Rückwärtssprung retten konnte.

Der Sprung brachte ihn näher an den See heran. Fafhrd stieß sofort nach, griff mit höhnischer Miene an. Sein breites Gesicht war eine Maske eisiger Verachtung. Seine weitaus schwerere Waffe bewegte sich wie Skalpell, wob ein schimmerndes Netz aus Angriff und Parade in die Luft, das den Mausling immer weiter zum See hinabtrieb.

Und die ganze Zeit über blieben Fafhrds Augen fest geschlossen. Erst als er das Seeufer erreicht hatte, erkannte der Mausling den Grund. Der Diamant in Fafhrds linker Hand war sein Auge! Er folgte jeder Bewegung Skalpells mit List und Sachverstand.

Während er auf dem schlüpfrigen schwarzen Grat über dem wild zuckenden See balancierte, während der Himmel gelblich-purpurn über ihm pulsierte und sich der grüne Hügel in seinem Rücken wiegte, ignorierte der Mausling plötzlich Fafhrds gefährliche Klinge, duckte sich und schlug überraschend nach dem Diamantenauge.

Fafhrds Hieb pfiff einen Fingerbreit über seinen Kopf dahin.

Das Diamantenauge, von Skalpell getroffen, explodierte zu weißem Juwelenstaub.

Der schwarze, pelzige Boden unter seinen Füßen erschauderte in einem fast gequälten Aufbäumen.

Der grüne Hügel explodierte mit lebhafter Bewegung, die den Mausling von den Füßen warf und einen Strahl flüssiges Gestein unvorstellbar hoch in den Himmel schleuderte.

Der Mausling packte seinen verblüfft um sich starrenden Freund und rannte mit ihm davon, ließ den grünen Hügel und den aufgewühlten See hinter sich.

Ein Dutzend Herzschläge später überflutete heiße Lava den Altar und spritzte in alle Richtungen. Einige rote Funken erreichten auch die beiden Fliehenden, ließen glühende Pfeilspitzen über ihre Schultern zucken. Ein oder zwei Spritzer trafen sogar, und der Mausling mußte ein kleines Feuer ausschlagen, das sich auf Fafhrds Mantel gebildet hatte.

Der Mausling drehte sich im Laufen um und erhaschte einen letzten Blick auf den grünen Hügel. Obwohl er noch immer Feuer spie und rote Ströme ausschickte, schien er im großen und ganzen doch sehr still zu sein, als wäre es mit dem Leben, das er führen wollte, für eine Weile vorbei – oder sogar für immer.

Als sie schließlich stehenblieben, starrte Fafhrd verständnislos auf seine linke Hand und sagte: »Mausling, ich habe mich in den Daumen geschnitten. Er blutet.«

»Das tut der grüne Hügel auch«, bemerkte der Mausling und schaute zurück. »Und der *verblutet* sogar, zum Glück.«

Aus dem Amerikanischen
übersetzt von Thomas Schlück

Angst und Schrecken blühten im Mondlicht über Lankhmar. Furcht schwebte wie ein Nebelhauch durch die gewundenen Straßen und verwinkelten Gassen und sickerte sogar in jenen unübersichtlichen, höhlenartigen Durchgang, in der eine düstere Laterne den Eingang der Taverne zum Silbernen Aal kennzeichnete.

Es war eine schleichende Angst, die die Stadt befiel – nicht die Angst, wie sie etwa von Belagerern ausgeht, von kriegführenden Adligen, revoltierenden Sklaven oder wahnsinnigen Herrschern, die ihre Untertanen in Angst und Schrecken versetzen, oder von einer feindlichen Flotte, die vom Binnenmeer in die Hlal-Mündung gesegelt kommt. Dennoch war sie überall spürbar. Sie bedrückte die Frauen, die durch die niedrige Tür des Silbernen Aals kamen, und machte ihr Lachen scharf und schrill. Sie ging auch an ihren Begleitern nicht spurlos vorüber, die schneller sprachen und lauter mit ihren Schwertern rasselten, als eigentlich nötig war.

Es war eine Gruppe junger Aristokraten, die sich in diesem allgemein als verrucht und nicht ungefährlich bekannten Lokal einen Nervenkitzel gönnen wollten. Sie waren kostbar und phantasievoll gekleidet, nach der Mode des dekadenten lankhmarischen Adels. Doch eines war sogar im exotischen Lankhmar etwas übertrieben: Die Köpfe der Frauen steckten in kleinen, kostbar verzierten Vogelkäfigen.

Wieder öffnete sich die Tür und ließ zwei Männer heraus, die hastig davonschritten. Der eine war groß und schien unter seinem Mantel etwas zu verbergen. Der andere war klein und wendig und von Kopf bis Fuß in weichen grauen Stoff gekleidet, der im bleichen Mondlicht kaum zu sehen war. Er trug eine Angelrute über der Schulter.

»Ich möchte wissen, was Fafhrd und der Graue Mausling da wieder vorhaben«, murmelte ein Gast in der Taverne und blickte sich neugierig um. Der Wirt zuckte die Achseln.

»Nichts Gutes, würde ich meinen«, fuhr der Gast fort. »Ich habe gesehen, daß sich das Ding unter Fafhrds Mantel bewegte, als lebte es. Heutzutage ist das höchst verdächtig in Lankhmar. Wissen Sie, was ich meine? Und dann die Angel.«

»Vorsicht«, sagte der Wirt. »Die beiden sind ehrliche Schurken, obwohl sie mal wieder dringend Geld brauchen, nach dem Betrag zu urteilen, mit dem sie bei mir in der Kreide stehen. Sagen Sie nichts gegen die beiden.«

Aber er schaute doch ein wenig verwirrt drein, als er seine Arbeit wieder aufnahm.

Drei Monate waren vergangen, seit die Angst in Lankhmar Einzug hielt, und zuerst war es noch gar nicht so schlimm gewesen. Es begann mit einer ungewöhnlich langen Serie von Diebstählen. Stets verschwand billiger und kostbarer Schmuck, und meistens waren Frauen die Beraubten. Hellleuchtende Objekte, wertvoll oder nicht, gehörten zur bevorzugten Beute.

Zuerst hieß es, verantwortlich sei eine Bande außerordentlich geschickter und wagemutiger Diebe, die sich besonders der Schlafzimmer großer Damen annahmen, obwohl das Auspeitschen von Zofen und Leibsklaven keine Hinweise auf Spione erbrachte. Dann äußerte jemand die Theorie, daß hier schlaue Kinder am Werk sein müßten, die zu jung waren, um den Wert der Objekte wirklich zu ermessen.

Aber nach und nach änderte sich der Charakter der Diebstähle. Bald wurden kaum noch wertlose Stücke genommen. Immer öfter verschwanden nun kostbarste Edelsteine, die zwischen weniger wertvollen Juwelen herausgepickt wurden – was den seltsamen Eindruck hervorrief, daß die Diebe erst mit zunehmender Praxis die richtige Unterscheidung zu treffen lernten.

Etwa in diesem Stadium begann man auch zu vermuten, daß die alte und renommierte Diebeszunft Lankhmars eine neue Strategie entwickelt hätte, und es wurde davon gesprochen, einige besonders verdächtigte Anführer zu foltern oder den Westwind abzuwarten und die Straße der Seidenhändler abzubrennen.

Doch da die Diebeszunft eine konservative, wenig aufgeschlossene Organisation war, die den traditionellen Diebesmethoden verhaftet blieb, verlagerte sich der Verdacht doch wieder, als das besonders mutige und geschickte Vorgehen der Diebe immer deutlicher zutage trat.

Wertstücke verschwanden nun schon bei Tageslicht, sogar aus Zimmern, die verschlossen und sorgfältig bewacht waren, oder aus umschlossenen Dachgärten. Eine Dame legte ein Armband auf ein unzugängliches Fensterbrett; das Schmuckstück verschwand, während sie mit einem Freund plauderte. Die Tochter eines Herzogs, die in einem Privatgarten spazierenging, spürte aus einem dicht belaubten Baum etwas herablangen, und im nächsten Augenblick war eine Diamantennadel aus ihrem Haar verschwunden; sofort stiegen Diener in den Baum und durchsuchten ihn, fanden jedoch nichts.

Dann kam ein Stubenmädchen hysterisch zu ihrer Herrin gelaufen und brachte ihr die Nachricht, daß sie einen großen pechschwarzen Vogel gesehen hätte, der soeben aus einem Fenster geflattert war, einen Smaragdring in den Klauen.

Diese Geschichte stieß zunächst auf Unglauben. Man kam zu dem Schluß, daß das Mädchen den Ring selbst gestohlen haben mußte. Sie wurde unter großem Beifall der Öffentlichkeit fast zu Tode gepeitscht.

Am nächsten Tag stieß ein großer schwarzer Vogel auf die Nichte des Oberherrn herab und riß ihr einen Edelstein aus dem Ohr.

Sofort wurden weitere Umstände bekannt, die für die Vogeltheorie sprachen. Plötzlich waren solche Tiere an den ungewöhnlichsten Orten gesehen worden. Nun fiel auch auf, daß bei jedem der Diebstähle der Luftweg offengeblieben war. Die Opfer begannen sich an Dinge zu erinnern, die in der ersten Aufregung keinen Sinn ergeben hatten – das Schlagen von Flügeln, das Rascheln von Gefieder, Krallenspuren und Vogeldung, ein Schatten aus der Nacht – Dinge dieser Art.

Lankhmar stand vor einem Rätsel. Man nahm jedoch an, daß die Diebstähle nun aufhören würden, nachdem die Ursache der Taten bekannt war und hinreichende Vorsichtsmaßnahmen ergriffen wurden. Dem verletzten Ohr der hochstehenden Nichte wurde keine besondere Bedeutung beigemessen. Beides sollte sich noch rächen.

Zwei Tage später wurde die stadtbekannte Kurtisane Lessnya auf offener Straße von einem großen schwarzen Vogel angegriffen. Sie wußte von den Diebstählen und schlug sofort mit einem Stock auf ihren Angreifer ein und schrie los, um das Tier zu verscheuchen.

Doch zum Entsetzen der Passanten wich der Vogel den wilden Schlägen aus, krallte sich auf ihrer weißen Schulter fest und hackte der Frau das rechte Auge aus. Dann stieß er ein Krächzen aus, schlug mit den Flügeln und flog mit einer Bernsteinbrosche davon.

In den nächsten drei Tagen wurden fünf weitere Frauen auf gleiche Art beraubt; nur zwei der Opfer kamen ohne Verletzungen davon.

Lankhmar war entsetzt. Die unheimliche Zielstrebigkeit der Vögel brachte alle möglichen abergläubischen Ängste ans Tageslicht. Bogenschützen mit dreispitzigen Pfeilen wurden auf den Dächern postiert. Furchtsame Frauen gingen nicht mehr aus oder trugen Umhänge, um ihr Geschmeide zu bedecken. Trotz der sommerlichen Hitze blieben viele Fenster zu. Eine beträchtliche Anzahl unschuldiger Tauben und Möwen wurde erschossen und vergiftet. Mutige junge Adlige nahmen ihre Falken und machten Jagd nach den Übeltätern.

Doch sie hatten Mühe, überhaupt einen Gegner zu finden. Und wenn es ganz selten einmal zu einer Auseinandersetzung kam, trafen die Falken auf einen Gegner, der schnell flog und geschickt kämpfte. Mehr als einmal kam es dazu, daß in den reichen Haushalten um einen Jagdvogel getrauert wurde. Alle Versuche, den geflügelten Dieben zu folgen, schlugen fehl.

Allerdings hatten diese Bemühungen ein spürbares Ergebnis: Von nun an fanden die meisten Überfälle und Diebstähle nach Anbruch der Dunkelheit statt.

Einige Tage später, drei Stunden nachdem sich Vogelkrallen in ihren Hals geschlagen hatten, starb eine Frau unter großen Schmerzen, und die Ärzte in ihren schwarzen Roben meinten, die scharfen Krallen müßten mit einem tödlichen Gift bedeckt gewesen sein.

Die Panik wuchs und zeugte wilde Theorien. Die Priester des Großen Gottes sahen in den Vorfällen eine göttliche

Maßnahme gegen die weibliche Eitelkeit und äußerten düstere Prophezeiungen über eine bevorstehende Revolte aller Tiere gegen die sündige Menschheit. Astrologen wollten unheilvolle Zeichen erkannt haben. Ein wilder Mob zündete ein Vogelhaus an, das einem reichen Kornhändler gehörte, und drängte sich dann durch die Straßen, bewarf alle Vögel mit Steinen und tötete drei heilige schwarze Schwäne, ehe die Leute zerstreut werden konnten.

Doch die Angriffe gingen weiter. Mit gewohnter Anpassungsfähigkeit begann sich Lankhmar nun doch etwas auf die bizarre, unerklärliche Belagerung aus dem Himmel einzurichten. Reiche Frauen münzten ihre Angst in eine neue Mode um und trugen Silbernetze über den Gesichtern. Das forderte natürlich die Witzemacher zu der Bemerkung heraus, daß die Vögel nun frei wären, während die Frauen in den Käfigen steckten. Die Kurtisane ließ sich von ihrem Juwelier ein kostbares Goldauge machen, das nach allgemeiner Auffassung ihre exotische Schönheit noch förderte.

Dann erschienen Fafhrd und der Graue Mausling in Lankhmar. Nur wenige ahnten, wo sich der riesige Nordling und sein kleiner, flinker Begleiter aufgehalten hatten oder warum sie gerade jetzt zurückgekommen waren. Auch machten sich Fafhrd und der Graue Mausling nicht die Mühe, ihre Gegenwart zu erklären.

Im Silbernen Aal fragten sie herum, forschten auch an anderen Stellen in der Stadt, tranken dabei viel Wein und mieden Auseinandersetzungen. Durch bestimmte Kanäle erfuhr der Mausling, daß der überaus reiche, doch gesellschaftlich nicht gerade angesehene Geldverleiher Muulsh dem König des Ostens, der gerade dringend Bargeld brauchte, einen großartigen Rubin abgekauft hatte und ihn seiner Frau schenken wollte. Woraufhin der Mausling und Fafhrd weitere Erkundigungen einzogen und geheimnisvolle Vorbereitungen trafen und nun in mondheller Nacht vom Silbernen Aal fortschlichen und dabei Dinge bei sich trugen, die beim Wirt und anderen Zweifel und Mißtrauen weckten.

Denn es ließ sich nicht leugnen, daß sich das Gebilde unter Fafhrds Umhang regte, als ob es lebte, und daß es die Größe eines Vogels erreichte.

Im Licht des Mondes traten die Umrisse des großen Steinhauses, das dem Geldverleiher gehörte, deutlich hervor. Ekkig, mit flachem Dach und kleinen Fenstern, zwei Stockwerke hoch, so stand es zwischen den ähnlichen Häusern der reichen Kornhändler, ein wenig abseits, als sei es nicht recht willkommen.

Ganz in der Nähe floß der Hlal vorbei, der hier ein wenig unruhig war. Die Stadt ragte an dieser Stelle wie ein Ellenbogen in das Bett des Flusses, und beschleunigte das Tempo des Wassers. Dicht am Fluß, an der äußersten Spitze der Halbinsel ragte ein dunkles turmartiges Gebilde auf – einer der zahlreichen verfluchten Tempel Lankhmars, vor Urzeiten verlassen aus Gründen, die nur wenigen Priestern und Zauberern bekannt waren.

Am gegenüberliegenden Ufer drängten sich in dunklen Umrissen die Lagerhäuser. Muulshs Haus strahlte eine seltsame Macht aus und legte Zeugnis ab von großem Reichtum und gut behüteten wichtigen Geheimnissen.

Doch der Graue Mausling, der durch eines der Dachfenster in das Schlafzimmer der Hausherrin starrte, erlebte einen völlig anderen Muulsh. Der allgemein als herzlos bekannte Geldverleiher ließ zitternd eine eheliche Schimpfkanonade über sich ergehen und sah wie eine ängstliche Henne aus.

»Du Wurm! Du Schurke! Du fettes Ungeheuer!« tobte seine schlanke, junge Frau. »Du hast mein Leben ruiniert. Keine einzige Frau von Rang will mit mir sprechen. Kein Herr oder Kornhändler wagt, mit mir zu flirten. Überall werde ich geschnitten. Und nur weil deine Finger schmutzig und fett sind vom Umgang mit Geld!«

»Aber Atya«, murmelte Muulsh verschüchtert. »Ich dachte doch, du hättest deine Freunde. Jeden Tag bist du stundenlang unterwegs – ohne mir zu sagen, wo du hingehst.«

»Du gefühlloser Patron!« rief sie. »Ist es ein Wunder, wenn ich in die Einsamkeit fliehe, um Trost zu suchen in mir selbst? Du wirst meine Gefühle nie verstehen. Warum habe ich dich überhaupt geheiratet? Ich hätte niemals eingewilligt, darauf kannst du dich verlassen, wenn du meinen Vater nicht dazu gezwungen hättest. Du hattest ihn ja in der Hand. Du hast mich gekauft. Anders weißt du auch nichts für dich zu gewinnen.

Und als mein armer Vater starb, hattest du die Stirn, dieses Haus zu kaufen, *sein* Haus, das Haus in dem ich geboren bin. Du hast das getan, um meine Erniedrigung vollkommen zu machen. Um mit mir in einer Gegend zu wohnen, wo mich jeder kannte und sagen konnte: (Da geht die Frau dieses unmöglichen Geldverleihers) – wenn man sich überhaupt so höflich ausdrückt und mich als deine Frau bezeichnet! Du willst mich quälen und erniedrigen, mich auf deine Stufe herabziehen. Oh, du Schwein!«

Und sie ließ ihre Schuhe auf dem schimmernden Parkett klappern. Sie war ein hübsches Persönchen in einer gelben Seidentunika mit Hosen. Ihr schmales Gesicht mit den leuchtenden Augen übte eine seltsame Anziehung aus unter dem schimmernd schwarzen Haar. Ihre Bewegungen hatten etwas Hektisches. Im Augenblick drückte jede Geste ihre unerträgliche Wut aus, aber das Ganze hatte doch etwas Routinemäßiges an sich, und der Mausling war sicher, daß diese Szene nicht zum erstenmal abrollte.

Das Zimmer mit seinen Seidenbehängen und den zierlichen Möbeln paßte zu ihr. Auf niedrigen Tischen, die überall im Raum verstreut standen, drängten sich Kosmetikflaschen, Schalen mit Süßigkeiten und alle möglichen Spielereien. Die Flammen der schmalen Wandleuchter bewegten sich in der warmen Brise, die durch das offene Fenster hereinwehte.

An dünnen Ketten hing ein ganzes Dutzend Käfige voller Kanarienvögel, Nachtigallen, Liebesvögel und anderer winziger Sänger, die bereits schlummerten oder leise schilpten. Hier und dort lagen flauschige Teppiche. Alles in allem, ein sehr molliges Nest in der Steinwüste Lankhmars.

Muulsh entsprach etwa der Beschreibung seiner Frau – er war fett und häßlich und rund zwanzig Jahre älter als sie. Seine bunte Tunika hing wie ein Sack an ihm herab. Der ängstliche und zugleich lüsterne Blick, den er seiner Frau zuwarf, hatte etwas unwiderstehlich Komisches.

»O Atya, meine kleine Taube, sei nicht böse. Ich bemühe mich ja so, dir Freude zu machen, und ich liebe dich doch so«, rief er und versuchte ihr die Hand auf den Arm zu legen, doch sie wich ihm aus. Unbeholfen eilte er ihr nach, stieß dabei prompt gegen einen der Vogelkäfige, die zu tief hingen. Sie ging auf ihn los.

»Du störst meine Kleinen, wie, du Scheusal! Na, na, meine Lieben, keine Angst. Es ist nur das alte Trampeltier.«

»Deine verdammten Tiere!« fluchte er impulsiv und hielt sich die Stirn. Dann fuhr er zurück, als hätte er Angst, geschlagen zu werden.

»Oh! Nicht genug, daß du mich mit deinen schlimmen Beleidigungen bedenkst – meine Vögel sollen auch darunter leiden?« fragte sie, und ihre Stimme war plötzlich eisig.

»Nein, nein, geliebte Atya. Ich habe mich vergessen. Ich liebe dich sehr, und deine gefiederten Freunde natürlich auch. Ich will ihnen nichts tun.«

»Natürlich nicht! Du willst uns nur zu Tode quälen. Du willst mich in den Augen aller herabsetzen und ...«

»Aber Atya«, unterbrach er sie beruhigend. »Ich meine nicht, daß ich dich erniedrigt habe. Du darfst nicht vergessen, daß sich deine Familie auch *vor* deiner Heirat nicht gerade oft in der lankhmarischen Gesellschaft blicken ließ.«

Diese Bemerkung war ein Fehler, wie der lauschende Mausling, der sein Lachen kaum noch zurückhalten konnte, sofort erkannte. Auch Muulsh schien es schnell zu merken, denn als Atya bleich wurde und nach einer schweren, geschliffenen Glasflasche griff, wich er hastig zurück und rief: »Ich habe dir ein Geschenk gekauft.«

»Ich kann mir denken, was das ist«, höhnte sie. Sie entspannte sich etwas, hielt jedoch die Flasche wurfbereit. »Irgend so ein Glitzerding, das man an eine Zofe verschenkt. Oder ein paar bunte Sachen, die sonst nur Huren tragen.«

»O nein, meine Liebe. Es ist ein Geschenk für eine Herrscherin.«

»Das glaube ich nicht. Lankhmar akzeptiert mich nicht, weil du einen schlechten Geschmack hast und dich nicht benehmen kannst.« Ihre zarten Züge verzogen sich schmollend, ihr schöner Busen wogte noch immer vor Wut. »›Sie ist die Konkubine Muulshs‹, sagen die Leute überall und kichern über mich. Kichern!«

»Dazu haben sie kein Recht. Ich könnte sie alle aufkaufen!

Warte nur, bis sie mein Geschenk sehen. Ein Edelstein, um den dich sogar die Frau des Oberherrn beneiden wird!«

Als das Wort »Edelstein« fiel, spürte der Mausling eine seltsame Spannung durch das Zimmer streichen, ja er sah, wie sich einer der seidenen Wandvorhänge auf eine Weise bewegte, die durch das offene Fenster nicht zu erklären war.

Vorsichtig rückte er weiter, beugte sich vor und starrte mit schräg gehaltenem Kopf in den Zwischenraum zwischen Wand und Vorhang. Und dann erschien ein amüsiertes Lächeln auf seinem kleinen, knopfnasigen Gesicht.

In dem bernsteinfarbenen Licht, das durch die Vorhänge drang, hockten zwei hagere Männer, die bis auf ihre dunklen Lendenschurze nackt waren. Jeder trug einen Sack, der gut über den Kopf eines Menschen paßte. Aus diesen Beuteln stieg ein schwacher betäubender Geruch auf, den der Mausling gleich zu Anfang bemerkt hatte und nicht unterbringen konnte.

Das Lächeln des Mauslings vertiefte sich. Lautlos zog er seine schmale Angel näher heran und kontrollierte die Leine und die mit einer klebrigen Masse beschmierten Klauen, die als Haken dienten.

»Zeig mir den Edelstein!« sagte Atya.

»Ja doch, meine Liebe. Sofort«, erwiderte Muulsh. »Aber meinst du nicht, wir sollten zuerst die Deckenluke und die anderen Fenster schließen?«

»Kommt nicht in Frage!« schnappte Atya. »Soll ich erstikken, nur weil ein Haufen Frauen sich einer dummen Angst hingibt?«

»Aber, mein Täubchen, das ist keine dumme Angst. Ganz Lankhmar fürchtet sich. Und zu recht.«

Er machte Anstalten, einen Sklaven zu rufen. Atya stampfte bösartig mit dem Fuß auf. »Halt, du dicker Feigling! Ich weigere mich, auf deine kindischen Ängste zu hören. Ich glaube diese phantastischen Geschichten einfach nicht, ob sie nun von hochstehenden Damen erzählt werden oder nicht. Wage es nur nicht, die Fenster schließen zu lassen. Zeig mir sofort den Stein, oder ... oder ich bin nie wieder nett zu dir.«

Sie schien der Hysterie nahe. Muulsh seufzte und ergab sich in sein Schicksal.

»Na gut, mein Süßes.«

Er trat an einen Intarsientisch neben der Tür, wobei er sich ungeschickt unter den Vogelkäfigen hindurchbückte. Dann fummelte er an einem Kästchen herum. Vier Paar Augen folgten seinen Bewegungen. Als er zurückkehrte, hielt er etwas Schimmerndes in der Hand. Er setzte es in der Mitte des Tisches ab.

»Da«, sagte er und trat etwas zurück. »Ich sagte dir ja, der Stein steht einer Königin gut an – und das stimmt ja wohl auch.«

Atemlose Stille herrschte in dem Zimmer. Die beiden Diebe hinter den Wandbehängen beugten sich gierig vor, lösten lautlos die Verschnürung der Säcke und ließen ihre Füße wie Katzenpfoten über den blanken Boden streichen.

Der Mausling schwenkte die Angelleine durch das Dachfenster, mied vorsichtig jeden Kontakt mit den Ketten der Käfige und ließ die Klaue absinken, bis sie über der Mitte des Tisches hing wie eine Spinne, die sich auf einen ahnungslosen Käfer stürzen will.

Atya hatte die Augen aufgerissen. Neue Würde, neues Selbstvertrauen spiegelte sich in Muulshs Haltung. Das Juwel glitzerte wie ein dicker, durchsichtiger Blutstropfen.

Die beiden Diebe rüsteten sich zum Sprung. Der Mausling bewegte vorsichtig die Leine und peilte sein Ziel an, ehe er die Klaue fallen ließ. Atya streckte begierig den Arm aus und näherte sich dem Tisch.

Doch alle diese Vorbereitungen wurden auf einen Schlag unterbrochen.

Es erklang das Surren von Flügeln. Ein tintenschwarzer Vogel, kaum größer als eine Krähe, flatterte durch ein Seitenfenster herein und kam in den Raum gesegelt wie ein Stück Schwärze, das sich von der Nacht draußen gelöst hatte. Beim Aufprall rissen seine tiefen Krallen armlange Kratzer in die Tischplatte. Dann neigte der Eindringling den Kopf, stieß ein lautes, widerhallendes Krächzen aus und stürzte sich auf Atya.

Ein unvorstellbares Chaos brach aus. Die präparierte Klaue wurde auf halbem Wege gestoppt. Die beiden Diebe versuchten mühsam das Gleichgewicht zu halten, um nicht gesehen zu werden. Muulsh schwang die Arme und brüllte: »Husch! Husch!« Atya brach zusammen.

Der schwarze Vogel schwebte dicht an der Frau vorbei, wobei seine Flügel an den silbernen Käfigen entlangstrichen, und entschwand in der Nacht.

Wieder herrschte Schweigen. Die kleinen Singvögel waren durch das Eindringen ihres diebischen Artgenossen völlig verschreckt. Die Angelschnur verschwand durch das Dekkenfenster nach oben. Die beiden Diebe bewegten sich hinter den Vorhängen und schlichen lautlos auf eine Tür zu. Ihre verwirrten und angstvollen Blicke wichen professionellem Bedauern.

Atya kniete am Boden, die zierlichen Hände vor das Gesicht gepreßt. Ein Schaudern lief über Muulshs massigen Körper, und er eilte auf sie zu.

»Hat es ... hat es dich ... verletzt? Dein Gesicht! Das Biest hat nach dir geschlagen.«

Atya ließ die Hände sinken und enthüllte ein unversehrtes Gesicht. Sie starrte ihren Mann an. Übergangslos wurde das Starren zu einem wutentbrannten Blick, zu einem überschäumenden Kessel der Gefühle.

»Du nutzloser Dummkopf!« schrillte sie. »Wenn es nach dir ginge, hätte mir das Ungeheuer ein Auge auspicken können! Warum hast du nichts getan! Husch! Husch! hast du geschrien, als das Biest nach mir hackte, und der Edelstein ist für immer verloren! Oh, du armseliger Waschlappen!«

Sie fuhr hoch und zog mit entschlossener Miene einen Schuh vom Fuß. Muulsh trat protestierend den Rückzug an und wurde von den Vogelkäfigen gestoppt.

Ein hingeworfener Mantel kennzeichnete die Stelle, an der sich der Graue Mausling von seinem Freund getrennt hatte. Er eilte an die Dachkante und entdeckte Fafhrds riesige Gestalt auf den Dächern des benachbarten Lagerhauses. Der Barbar starrte in den mondhellen Himmel. Der Mausling nahm den Umhang auf und sprang über die schmale Gasse auf das nächste Dach.

Als der Mausling seinen Freund erreichte, grinste Fafhrd zufrieden, und seine weißen Zähne blitzten in der Dunkelheit. Seine Körpergröße und das metallbesetzte Leder, das er um Arme und Hüfte trug, paßten ebensowenig in das zivilisierte Lankhmar wie sein langes kupferfarbiges Haar, sein lebhaftes Gesicht und seine bleiche Nordlingshaut, die im Mondlicht gespenstisch schimmerte. Auf seinem schweren Lederhandschuh saß ein Adler mit weißer Kappe, der dann und wann seine Federn aufstellte und ein gurgelndes Geräusch von sich gab, als der Mausling näherkam.

»Nun sag mir bloß, ich könnte bei Vollmond nicht mit dem Adler jagen«, rief er freudig aus. »Ich weiß nicht, was da in dem Zimmer geschehen ist oder ob du Glück gehabt hast, aber was den schwarzen Vogel angeht, der da hineinflog und wieder herauskam ... da ist er!«

Mit dem Fuß berührte er ein regloses schwarzes Federbündel.

Der Mausling rief atemlos seine Götter an und fragte: »Aber der Edelstein?«

»Davon weiß ich nichts«, sagte Fafhrd uninteressiert. »Du hättest es sehen sollen, kleiner Mann! Ein großartiger Kampf!« In seiner Stimme schwang neue Begeisterung. »Der andere Vogel war schnell und geschickt, aber Kooskra stieg auf wie der Nordwind an einem Bergpaß. Einen Augenblick lang bekam ich gar nichts mit. Eine Art Kampf hat es aber gegeben. Dann brachte ihn Kooskra an.«

Der Mausling war auf die Knie gesunken und untersuchte vorsichtig Kooskras Beute. Er zog ein kleines Messer aus seinem Gürtel.

»Wenn ich mir vorstelle«, fuhr Fafhrd fort und rückte das Lederhäubchen auf dem Adlerkopf zurecht, »daß es hieß, diese Vögel wären Dämonen oder unbezwingbare Nachtgeister! Unsinn! Krähen sind es, häßliche Nachtkrähen!«

»Du redest zu laut«, sagte der Mausling und blickte auf. »Aber man kann sagen, daß der Adler heute die Angel überrundet hat. Schau mal, was ich hier in den Krallen gefunden habe. Er hat bis zuletzt nicht losgelassen.«

Mit seiner freien Hand riß Fafhrd seinem Freund den Rubin aus den Fingern und hielt ihn ins Mondlicht.

»Königliche Beute!« schrie er. »Mausling, wir sind gemachte Leute! Ich sehe es schon ganz deutlich. Wir folgen den Vögeln auf ihren Raubzügen und jagen ihnen mit Kooskra die Beute wieder ab.« Er lachte laut.

Diesmal war kein Flügelschlag zu hören, der die beiden Männer gewarnt hätte – da schwebte nur plötzlich ein Schatten heran, der über Fafhrds hochgereckte Hand strich und stumm weiterflog. Er tauchte fast bis zum Dach hinab und flatterte dann mit kräftigen Bewegungen wieder hoch.

»Blut des Kos!« fluchte Fafhrd und schüttelte seine Verblüffung ab. »Mausling, er hat das Ding geschnappt!« Dann: »Los, Kooskra! Auf ihn!« Mit schneller Bewegung nahm er dem Adler das Häubchen ab.

Doch es wurde sofort klar, daß etwas nicht stimmte. Der Flügelschlag des Adlers war langsam und unsicher, und er schien Mühe zu haben, überhaupt an Höhe zu gewinnen. Trotzdem näherte er sich langsam seinem Gegner. Der schwarze Vogel wich plötzlich zur Seite, stürzte herab und segelte wieder hoch. Der Adler folgte dichtauf, obwohl er noch immer sehr unsicher flog.

Wortlos sahen Fafhrd und der Mausling, wie sich die Vögel dem hochaufragenden Turm des verlassenen Tempels näherten und bald als Silhouetten vor den hellschimmernden Mauern sichtbar waren.

In diesem Augenblick schien Kooskra wieder zu sich zu kommen. Er erlangte eine überlegene Position, verharrte einen Augenblick still in der Luft, während der andere Vogel verzweifelt hierhin und dorthin flatterte, und setzte dann zum Sturzflug an.

»Er hat ihn, bei Kos!« atmete Fafhrd auf und schlug sich mit der Faust auf das Knie.

Doch das stimmte nicht. Kooskra traf ins Leere. Im letzten Augenblick war der schwarze Vogel zur Seite geglitten und hatte in einem hohen Turmfenster Schutz gesucht.

Jetzt konnte kein Zweifel mehr bestehen, daß etwas mit Kooskra nicht stimmte. Er wollte vor der Fensteröffnung schweben, die seinen Gegner schützte, verlor jedoch an Höhe. Abrupt wandte er sich um und flog vom Turm fort. Seine Flügel zuckten ohne Rhythmus auf und ab. Fafhrds Finger krampften sich besorgt in die Schulter des Mauslings.

Als Kooskra fast genau über ihnen schwebte, stieß er einen

wilden Schrei aus, der die stille lankhmarische Nacht aufschreckte. Dann stürzte er wie ein totes Blatt kreiselnd ab. Nur einmal schien er noch den Versuch zu machen, seine Flügel wieder in die Gewalt zu bekommen, doch es nützte nichts.

Er landete mit dumpfem Geräusch wenige Schritte entfernt. Als Fafhrd die Stelle erreichte, war er tot.

Der Barbar kniete nieder, strich geistesabwesend die Federn des Tieres glatt und starrte zum Turm empor. Verwirrung, Wut und Leid zeigten sich auf seinem Gesicht.

»Flieg nordwärts, alter Freund«, murmelte er mit tiefer, leiser Stimme. »Flieg in das Nichts, Kooskra.« Dann wandte er sich an den Mausling. »Keine Wunde zu finden. Ich würde schwören, er war unberührt.«

»Es muß passiert sein, als er den ersten Vogel vom Himmel holte«, sagte der Mausling nüchtern. »Du hast die Krallen dieses Burschen nicht gesehen. Sie waren mit einem grünlichen Stoff beschmiert. Durch irgendeine kleine Wunde ist es in Kooskras Körper gelangt. Der Tod war schon in ihm, als er auf deinem Handgelenks aß, und wurde natürlich noch beschleunigt, als er den schwarzen Vogel angriff.«

Fafhrd nickte, ohne den Blick vom Turm zu nehmen. »Wir haben heute abend ein Vermögen und einen verläßlichen Raubvogel verloren. Aber die Nacht ist noch nicht vorüber. Ich interessiere mich für die tödlichen Schatten da oben.«

»Was hast du vor?« fragte der Mausling.

»Ich denke daran, daß man doch ohne weiteres einen Haken mit Seil über den Turmrand werfen können und daß ich mir vorhin eine solche Leine um den Bauch gebunden habe. Wir sind damit auf Muulshs Dach geklettert und jetzt benutze ich sie ein zweitesmal. Spar dir die Worte, kleiner Mann. Muulsh? Was haben wir von ihm zu befürchten? Er hat einen Vogel gesehen, der mit seinem Edelstein fortflog. Warum sollte er nun Wächter aussenden, um die Dächer abzusuchen?

Ja, ich weiß, daß der Vogel wegfliegt, wenn ich ihm nachsteige. Aber vielleicht läßt er den Stein fallen, oder du kannst ihn mit deiner Schleuder erwischen.

Und was die Giftklauen betrifft ... ich trage Handschuhe

und Umhang und halte meinen Dolch bereit. Komm schon, kleiner Mann. Wir streiten uns nicht. Hier, wir nehmen die Seite, die von Muulshs Haus nicht zu sehen ist. Wo die abgebrochene Spitze aufragt. Wir kommen, o Turm!« Und er schüttelte die Faust.

Der Mausling summte ein Lied vor sich hin und sah sich immer wieder nervös um, während er das Seil festhielt, an dem Fafhrd nun emporstieg. Ihm war entschieden unwohl zumute – Fafhrd hatte sich da auf eine sinnlose Sache eingelassen, und sein Glück war für diese Nacht vielleicht schon verbraucht. Außerdem lag der ganze Tempel still und trostlos da.

Es war bei Todesstrafe verboten, solche Orte zu betreten, und man konnte nicht wissen, welch böse Mächte dort lauerten und sich an der Einsamkeit ergötzten. Außerdem war das Mondlicht einfach zu stark. Er fuhr gequält zusammen bei dem Gedanken, welch gutes Ziel er und Fafhrd vor der Wand abgaben.

In seinen Ohren dröhnte das beständige Rauschen des Hlal-Flusses, der am Fuße der gegenüberliegenden Wand vorbeisprudelte. Einmal vermeinte er ein Zittern zu spüren, das durch den Tempel ging, als würde das Gebäude von den Fluten angenagt.

Vor seinen Füßen gähnte der zwei Meter breite Abgrund zwischen Lagerhaus und Tempel, ein Spalt, der ihm Einblick gab in den umschlossenen, verwilderten Tempelgarten.

Als er nun zufällig in diese Richtung schaute, erblickte er etwas, das ihm einen Schauder über den Rücken jagte. Er hob die Augenbrauen. Über die mondhelle Fläche stahl sich eine ungewöhnlich massige Gestalt.

Der Mausling hatte den Eindruck, als fehlten dem seltsamen Körper alle charakteristischen menschlichen Formen und Gliedansätze, als trüge sein Gesicht überhaupt keine Züge. Das Wesen erinnerte unangenehm an einen Frosch. Es schien am ganzen Körper braun zu sein.

Es verschwand in Richtung Tempel. Was für eine Kreatur das sein mochte, wußte der Mausling nicht zu sagen.

Er schaute auf, wollte Fafhrd warnen, doch der schwang sich in diesem Augenblick in schwindelnder Höhe durch die

Schießscharten. Der Mausling zögerte unentschlossen, fürchtete die Folgen eines Ausrufs. Am liebsten wäre er seinem Freund nachgeklettert. Ununterbrochen summte er die gleiche Liedstelle vor sich hin – ein Diebeslied, das angeblich den Schlaf der Menschen in einem heimgesuchten Haus förderte. Er wünschte inständig, der Mond würde hinter einer Wolke verschwinden.

Als habe sein Wunsch die Wirklichkeit herausgefordert, strich im nächsten Augenblick etwas am Ohr vorbei und prallte mit dumpfem Geräusch gegen die Tempelwand. Er wußte sofort Bescheid – ein Ball aus weichem Ton, von einer Schleuder abgefeuert.

Als er sich zu Boden fallen ließ, folgten zwei weitere Geschosse. Nach dem Geräusch zu urteilen kamen sie aus kurzer Entfernung. Jemand hatte es auf sein Leben abgesehen. Er suchte das mondhelle Dach ab, doch es war nichts zu erkennen.

Noch ehe seine Knie das Dach berührten, wußte er, was er tun mußte, wenn er Fafhrd helfen wollte. Es gab einen schnellen Ausweg aus der Situation, und er zögerte nicht länger.

Er packte das herabbaumelnde Seil und tauchte in den Abgrund zwischen den Gebäuden. Schon zerplatzten drei weitere Lehmbälle an der Wand.

Als sich Fafhrd vorsichtig durch die Schießscharten schwang und endlich wieder festen Boden unter den Füßen spürte, ging ihm auf, was ihn an den verwitterten Wandreliefs störte: Irgendwie schienen alle Darstellungen mit Vögeln – vorwiegend Raubvögeln – zu tun zu haben und mit Menschen, die auf groteske Weise vogelähnlich waren; sie hatten Köpfe mit Schnäbeln, fledermausartige Flügel oder schuppige Arme und Beine.

Ein ganzes Fries solcher Wesen zog sich um die Schießscharten, und der vorspringende Stein, an dem sich sein Haken verfangen hatte, stellte einen Adlerkopf dar. Dieser seltsame Zufall ließ den Damm der Furcht in ihm zusammenbrechen und erfüllte ihn mit Erstaunen und Entsetzen und tilgte einen Teil seiner Wut über Kooskras häßlichen Tod. Zugleich fühlte er sich in gewissen vagen Vorstellungen bestätigt, die ihn schon während des Aufstiegs geplagt hatten.

Er sah sich um. Der schwarze Vogel schien sich in das Turminnere zurückgezogen zu haben, wo das schwache Mondlicht einen beschmutzten Steinfußboden und eine halb offene Tür offenbarte.

Fafhrd zog ein langes Messer und trat lautlos ein, verlagerte dabei sein Gewicht nur langsam von einem Fuß auf den anderen, um mögliche Unebenheiten und Schwächen des jahrhundertealten Gemäuers sofort zu erfühlen.

Es wurde ziemlich dunkel um ihn, bis sich seine Augen ein wenig an die Dämmerung gewöhnten. Der Boden unter seinen Füßen war schlüpfrig. In seine Nase drang der Geruch von Vögeln.

In unregelmäßigen Abständen war auch leises Rascheln zu hören. Er redete sich ein, daß es ganz natürlich war, wenn sich irgendwelche Vögel – vielleicht Tauben – in diesem verlassenen Bau einnisteten, aber eine düstere Vorstellung in seinem Unterbewußtsein beharrte darauf, daß seine ursprüngliche Annahme richtig war.

Er passierte eine Steinwand und erreichte die große obere Hauptkammer des Turms.

Das Mondlicht, das durch zwei Spalten in der hohen Decke hereindrang, enthüllte Wände mit Nischen, die sich undeutlich zu seiner Linken abzeichneten. Das Rauschen des Hlal drang nur gedämpft und irgendwie verändert, als werde es nicht durch die Luft, sondern durch das Gemäuer heraufgetragen. Nur noch wenige Schritte bis zur halb geöffneten Tür.

Er bemerkte eine winzige Öffnung darin mit einem Gitter, als handelte es sich um eine Zellentür. An der Längswand des Raumes erhob sich ein Steingebilde, das ein Altar zu sein schien, umgeben von undeutlichen Skulpturen. Und zu beiden Seiten, auf Terrassen, die den Abstufungen des Altars entsprachen, waren Reihen von kleinen schwarzen Punkten auszumachen.

Dann hörte er einen heiseren Falsettschrei: »Mensch! Mensch! Töten! Töten!« und sah, wie sich ein Teil der schwarzen Punkte in die Luft erhob, die Flügel ausbreitete und auf ihn losging.

Da er mit einem solchen Angriff schon gerechnet hatte, reagierte er sofort. Er zog sich seinen schützenden Umhang über den Kopf und ließ abwehrend sein Messer wirbeln. Auf diese Entfernung konnte er die Angreifer nun besser erkennen: schwarze Vögel mit scharfen Krallen, Artgenossen der beiden Tiere, gegen die Kooskra gekämpft hatte, eine krächzende Horde, die ihn wild aus allen Richtungen angriff.

Zuerst glaubte er sich wehren zu können, doch seine Gegner waren wie Schatten. Zwei- oder dreimal fand sein Messer ein Ziel, genau wußte er es nicht. Und er erlangte keinen Vorteil. Er spürte den scharfen Griff von Krallen am linken Handgelenk.

Da ihm nun kein anderer Ausweg blieb, sprang er durch die halb geöffnete Tür, schlug sie hinter sich zu, erledigte mit einem Messerstich den Vogel, der sich an seinem Handgelenk festgeklammert hatte, ertastete seine Wunden, stach mit dem Messer hinein und saugte das Gift heraus, das vielleicht an den Vogelkrallen gewesen war.

Seine Schulter drückte gegen die Tür, während er auf das verwirrte Schlagen und ärgerliche Krächzen lauschte. Eine Flucht von hier war nicht einfach; dieser Innenraum war tatsächlich eine Zelle, dunkel bis auf ein paar Lichtstrahlen, die durch die Gitteröffnung in der Tür hereindrangen. Er hatte keine Ahnung, wie er zu den Schießscharten durchbrechen und sich an dem Seil wieder hinablassen sollte. Selbst wenn er es bis dahin schaffte, war er den Vögeln beim Klettern ausgeliefert.

Er wollte dem Mausling eine Warnung zurufen, fürchtete jedoch, daß sein Schrei, der auf diese Entfernung unverständlich bleiben mußte, seinen Freund auch noch in die Falle locken würde. In seiner Unsicherheit trat er wutentbrannt nach dem toten Vogel.

Langsam beruhigten sich seine Nerven wieder. Auch die Vögel schienen von ihm abzulassen. Sie flogen jedenfalls nicht mehr sinnlos gegen die Tür oder klammerten sich kreischend an das Gitter.

Durch die Öffnung hatte er einen guten Ausblick auf den dunklen Altar und die leiterähnlichen Vogelstangen. Die schwarzen Umrisse regten sich unruhig, rückten hin und her, bedrängten einander, flatterten aufgeregt von Stufe zu Stufe. Schwerer Vogelgeruch lag in der Luft.

Und dann hörte er wieder das heisere Falsett, doch diesmal war es nicht nur eine Stimme.

»Juwelen, Juwelen. Schimmernd, schimmernd.«

»Blitzende Juwelen, leuchtende Juwelen.«

»Ohr zerfetzt, Auge aus.«

»Wange kratzt. Nacken krallt.«

Es konnte kein Zweifel mehr bestehen, daß da die Vögel sprachen. Fafhrd starrte fasziniert durch die Tür. Schon öfter hatte er Vögel reden hören, kannte fluchende Papageien und heisere Raben. Auch diese Vögel sprachen mit der typischen Monotonie, auch sie wiederholten alles und schienen die Worte nur sinnlos nachzusprechen.

Aber was die Tiere da sprachen, war so teuflisch, daß er einen Augenblick lang befürchtete, die Stimmen würden sich zu einem intelligenten Gespräch aus Frage und Antwort zusammenfinden. Und das ganz und gar nicht sinnlose Kommando: »Mensch! Mensch! Töten! Töten!« wollte ihm nicht aus dem Sinn.

Während er noch gebannt dem grausamen Chor lauschte, huschte eine Gestalt an dem Gitterfenster vorbei und ging auf den Altar zu. Ein nur entfernt menschenähnliches Wesen ohne Gesicht, mit einheitlich lederbrauner Haut, wie ein dickhäutiger haarloser Bär. Fafhrd sah, wie sich die Vögel auf die neue Gestalt warfen, wie sie sie umschwärmten und krächzend darauf einhackten.

Doch das Wesen kümmerte sich überhaupt nicht um die Tiere, als wäre es gegen Schnäbel und Giftkrallen immun. Ohne Eile und mit erhobenem Kopf näherte es sich dem Altar. Dort drang inzwischen ein Mondstrahl aus einem Dachspalt fast senkrecht herab und erzeugte einen bleichen Fleck auf dem Fußboden vor dem eigentlichen Altar, und Fafhrd sah das Wesen in einem großen Kästchen herumfummeln und kleine Gegenstände herausnehmen, die in der Dunkelheit blitzten und schimmerten. Die Gestalt kümmerte sich nicht um die Vögel, die nun in noch größerer Anzahl heranflatterten.

Dann trat die Kreatur einen Schritt zurück, so daß sie im

Mondlicht voll zu sehen war, und Fafhrd erblickte einen Mann in einem unförmigen Lederanzug, der nur zwei lange schmale Augenschlitze hatte und den Körper ansonsten verdeckte. Ungeschickt, aber geduldig stopfte er den Inhalt des Kästchens in einen Lederbeutel, den er bei sich trug. Und Fafhrd machte sich klar, daß der Kasten das Versteck für die vielen Juwelen gewesen war, die die Vögel gestohlen hatten.

Die ledergeschützte Gestalt beendete ihre Arbeit und ging auf dem gleichen Weg zurück, den sie gekommen war, noch immer von der schwarzen Gewitterwolke aus wild krächzenden Vögeln umgeben.

Doch als sie an Fafhrds Tür vorbeikam, fielen die Vögel plötzlich von ihr ab und flogen zum Altar zurück, als hätten sie in all dem Durcheinander plötzlich einen Befehl vernommen. Die Ledergestalt erstarrte und sah sich suchend um, und die langen Augenschlitze gaben ihr ein unheimliches, drohendes Aussehen.

Dann setzte sie sich wieder in Bewegung. Doch im gleichen Augenblick fiel eine Schlinge herab und legte sich um den lederbehelmten Kopf.

Die Gestalt begann zu zappeln und unsicher zu schwanken, sie betastete mit der unförmigen Hand ihren Hals. Dann schwenkte sie auffällig die Arme, so daß ihr der große Beutel in der Hand aufsprang und einen Strom von Edelsteinen und kostbarem Edelmetall verstreute. Ein letztes geschicktes Rukken des Seils brachte das Wesen zu Fall.

Fafhrd hielt den Augenblick für gekommen, einen Ausbruchsversuch zu machen. Er hoffte, daß das Durcheinander und die Überraschung auf seiner Seite waren. Doch das war ein Irrtum. Vielleicht hatte doch eine Spur Gift aus seinen Venen einen Weg in sein Gehirn gefunden.

Fast hatte er den Durchgang erreicht, der zu den Schießscharten führte, als sich eine zweite Schlinge um seinen Hals legte. Seine Füße traten plötzlich Luft, und er schlug hart mit dem Schädel auf. Die Schlinge wurde noch enger gezogen, und er hatte das Gefühl, in einem Meer aus schwarzen Federn zu versinken – einem Meer, in dem alle Edelsteine der Welt schwammen.

Als das Bewußtsein schmerzvoll wieder die Oberhand

gewann, hörte er eine unsichere Stimme entsetzt ausrufen:

»Im Namen des Großen Gottes, wer bist du? Was bist du?«

Daraufhin eine zweite Stimme – hoch, süßlich, vogelgleich, befehlsgewohnt, eisig: »Ich bin die geflügelte Priesterin, die Herrin der Falken. Ich bin die Krallenkönigin, die Federprinzessin, die Inkarnation jeder Frau, die hier ewig regiert, trotz des Verbots der Priester, trotz der Befehle des Oberherrn. *Ich* belege die hochmütigen und wollüstigen Frauen Lankhmars mit gerechter Strafe. *Ich* sende meine Boten aus, um den Tribut einzuholen, der in früherer Zeit freiwillig, wenn auch mit Zittern und Zagen auf meinen Altar gelegt wurde.«

Wieder sprach die erste Stimme, hörbar verängstigt: »Aber du kannst mir unmöglich etwas antun. Ich werde dein Geheimnis bewahren. Ich bin nur ein Dieb.«

Und die zweite Stimme: »Das bist du wirklich, du wolltest den Altarschatz der Geflügelten Tyaa rauben, und für dieses Verbrechen verhängen die Vögel von Tyaa eine Strafe, die ihnen angemessen erscheint. Wenn sie meinen, du hättest Gnade verdient, wirst du nicht sterben; sie picken dir dann nur ein Auge aus – oder auch zwei.«

Ein seltsames Trillern und Schilpen lag in der Stimme, so daß sich Fafhrds schmerzgepeinigtes Gehirn immer wieder einen ungeheuren Singvogel vorstellte. Er versuchte auf die Füße zu kommen, merkte jedoch, daß er an einen Stuhl gefesselt war. Seine Arme und Beine waren schon abgestorben. Nur durch seinen linken Arm schoß dann und wann ein heftiger Schmerz.

Langsam verlor das Mondlicht etwas von seiner Schärfe, und er erkannte, daß er noch immer in derselben Kammer saß, dem Altar zugewandt, unmittelbar vor der Tür mit dem Gitterfenster. Neben ihm stand ein zweiter Stuhl, auf dem der lederbewehrte Mann saß, ähnlich gefesselt. Der Helm war ihm abgenommen worden und enthüllte den glattrasierten Kopf und das pockennarbige Gesicht eines Mannes, in dem Fafhrd den bekannten Beutelschneider Stravas erkannte.

»Tyaa, Tyaa«, krächzten die Vögel. »Augen aus. Nase pickt.«

Stravas' Augen waren dunkle Angstschlitze zwischen seinen abrasierten Brauen und den dicken Wangen. Wieder wandte er sich zum Altar.

»Ich bin ein Dieb, gewiß. Du aber auch. Die Götter dieses Tempels sind verbannt und verboten. Der Große Gott hat sie persönlich verflucht. Sie haben dieses Haus vor Jahrhunderten verlassen. Was du auch sein magst – du bist auf jeden Fall ein Eindringling. Irgendwie – vielleicht durch Zauberkräfte – hast du den Vögeln das Stehlen beigebracht und nutzt dabei ihre natürliche Vorliebe für schimmernde Dinge aus. Was sie stehlen, wandert in deine Tasche.

Du bist nicht besser als ich, der ich dein Geheimnis erraten habe und dich nun berauben wollte. Du bist keine Priesterin, die wegen eines heiligen Verstoßes ein Todesurteil aussprechen kann. Wo sind deine Anbeter? Wo sind deine Priester? Wo ist deine Milde? Du bist eine Diebin!«

Er stemmte sich in seine Fesseln, als wollte er der Vernichtung entgegenstürzen, die er mit seiner mutigen Rede herausgefordert hatte. Dann erblickte Fafhrd hinter Stravas eine Gestalt, die ihn an seinen Sinnen zweifeln ließ: einen Mann mit Ledermaske.

Doch ein zweiter Blick enthüllte ihm, daß die Maske nur ein schmaler Lederstreifen war und der Mann im übrigen die Kleidung eines Falkners trug – ein schweres Wams und riesige Armschützer. An seinem breiten Ledergürtel hingen ein Kurzschwert und ein aufgerolltes Lasso. Fafhrd drehte sich mühsam zur Seite und machte neben seinem Stuhl die Umrisse einer ähnlichen Gestalt aus.

Nun klang wieder die Stimme vom Altar herüber, noch schärfer, noch etwas schriller, doch immer noch melodisch und erschreckend vogelähnlich. Und als sie aufklang, riefen die Vögel im Chor: »Tyaa! Tyaa!«

»Nun stirbst du auf jeden Fall, und zwar qualvoll. Und der Mann da neben dir, dessen gottloser Adler Kivies tötete und dann selbst getötet wurde, stirbt auch. Aber ihr werdet in dem Bewußtsein umkommen, daß Tyaa wirklich Tyaa ist und daß ihre Priesterin und Inkarnation kein Eindringling sein kann.«

Fafhrd schaute nun direkt zum Altar – etwas, das er aus einem abergläubischen Widerwillen bisher unwillkürlich vermieden hatte.

Der Mondstrahl war ein wenig näher an den Altar herangekrochen und enthüllte zwei Steingestalten, die wie Wächter zu beiden Seiten aufragten. Sie hatten Frauengesichter, doch die drohend erhobenen Arme endeten in Klauen, und eingefaltete Flügel ragten über ihre Schultern. Welch Künstler da auch vor langer Zeit am Werk gewesen war – er hatte eine teuflische Geschicklichkeit aufgewandt, denn es sah ganz so aus, als wollten die Gestalten im nächsten Augenblick ihre Steinflügel ausbreiten und sich in die Luft erheben.

Auf dem eigentlichen Altar, zwischen den geflügelten Frauen, doch ein wenig weiter zurück und außerhalb des Mondstrahls, hockte eine große schwarze Gestalt mit herabhängenden schwarzen Gebilden, bei denen es sich um Flügel handeln mochte. Fafhrd starrte darauf und fuhr sich mit der Zunge über die Lippen, und sein gelähmter Geist versuchte sich vergeblich auf den Anblick einzustellen.

Zugleich begannen seine Finger, ohne daß er sie bewußt lenken mußte, das feste Seil zu bearbeiten, mit dem seine Handgelenke gefesselt waren.

»Wisse, du Narr«, tönte die Stimme der schwarzen Gestalt, »daß Götter nicht zu existieren aufhören, wenn sie durch falsche Priester verbannt werden; daß sie auch nicht fliehen, wenn der Fluch eines falschen und anmaßenden Gottes auf ihnen lastet. Wenn sich Priester und Anbeter auch zerstreuen, die Götter bleiben. Ich war klein und hatte keine Flügel, als ich zum erstenmal hier heraufstieg, und doch spürte ich Tyaas Gegenwart in jedem Stein. Und ich wußte sofort, daß mein Herz ihr zugewandt war.«

In diesem Augenblick hörte Fafhrd den Mausling rufen; ganz leise und kaum verständlich drang der Laut herauf. Der Ruf schien weiter unten aus dem Tempelinnern zu kommen und vermischte sich mit dem schwachen, dumpfen Dröhnen des Hlal. Die Gestalt auf dem Altar stieß einen trillernden Schrei aus und machte eine Bewegung, und einer der herabhängenden Halbkreise bewegte sich.

Ein schwarzer Vogel schwebte heran und setzte sich auf das Handgelenk des Falkners neben Stravas. Der Mann entfernte sich. Seine Schritte verhallten nach unten, als schritte er eine Treppe hinab. Der andere Mann eilte an die Schießscharte, durch die Fafhrd den Turm betreten hatte, und schnitt mit leisem Knirschen das Seil durch. Dann kehrte er zurück.

»Es will mir scheinen, heute nacht kann sich Tyaa über einen Mangel an Anbetern nicht beklagen«, zwitscherte die Gestalt auf dem Altar. »Und der Tag wird kommen, da alle reichen Frauen Lankhmars entsetzt, doch willenlos hier heraufkommen und Tyaa einen Teil ihrer Schönheit opfern.«

Fafhrds Augen gewöhnten sich immer mehr an das Halbdämmer des Raumes. Es wollte ihm scheinen, die dunkle Gestalt sei zu glatt, als daß sie ein Federkleid haben könnte. Doch er war sich seiner Sache nicht sicher. Er beschäftigte sich weiter mit seinen Fesseln, die sich an seiner rechten Hand langsam lösten.

»Schönheit hinfort, Schönheit hinfort«, sangen die Vögel heiser. »Schnabelkuß. Krallenhieb.«

»Als ich jung war«, fuhr die Stimme fort, »träumte ich nur von diesen Dingen, stahl mich heimlich aus dem Haus meines Vaters an diesen heiligen Ort. Doch schon damals war Tyaas Geist in mir, sorgte dafür, daß mich die anderen fürchteten und mieden.

Eines Tages fand ich hier oben einen jungen Vogel, der sich verletzt hatte, und pflegte ihn gesund. Das Tier war ein Abkomme der alten Tyaa-Vögel, die sich damals in die Berge der Dunkelheit retteten, als der Tempel geschlossen wurde. Dort wollten sie warten, bis Tyaa sie zurückrief. Auf unergründlichem Wege hatte der Vogel gespürt, daß Tyaa in mir wiedergeboren war, und flog hierher. Er gewöhnte sich an mich, und da wir ganz allein waren, erinnerten wir uns nur langsam an die überlieferten Rituale und an die alte Sprache, die zwischen Tyaa und ihren Vögeln gesprochen wurde.

Jahre vergingen, und nach und nach kamen auch die anderen Vögel aus den Bergen der Dunkelheit herüber, einer nach dem anderen. Und sie pflanzten sich fort. Unsere Zeremonien wurden immer vollkommener. Es wurde schwierig für mich, die Priesterin Tyaas zu sein, ohne daß die Außenwelt mein Geheimnis entdeckte. Ich mußte Nahrung für die Vögel heranschaffen. Ich mußte sie unterweisen.

Doch ich bewahrte mein Geheimnis. Und meine Mitmenschen in der Welt dort draußen haßten und verachteten mich immer mehr, meine Macht erfühlend, und sie beleidigten mich und versuchten mich zu erniedrigen.

Tausendmal am Tag wurde die Ehre Tyaas in den Schmutz gezogen. Ich wurde um die Privilegien meiner Geburt und meines Standes betrogen, wurde gezwungen, mich mit den Mächten des Vulgären zusammenzutun. Und doch ging ich darauf ein, tat so, als gehörte ich dazu, spottete über die Geistlosigkeit und Frivolität und Eitelkeit. Ich wartete die Zeit ab, spürte ich doch in mir immer stärker den Geist Tyaas.«

»Tyaa! Tyaa!« echoten die Vögel.

»Und dann suchte ich nach Helfern und fand sie auch: zwei Abkömmlinge der alten Falkner von Tyaa, deren Familien die alten Riten und Traditionen hochgehalten hatten. Sie erkannten mich und erwiesen mir ihre Referenz. Sie sind meine Priester.«

Fafhrd spürte, daß sich der Mann neben ihm ehrerbietig verbeugte. Er hatte das Gefühl, einem unheimlichen Schattenspiel beizuwohnen. Die Angst um den Mausling war ein Gewicht, das schwer auf seine verwirrten Gedanken drückte. Dennoch registrierte er eine perlenbesetzte Brosche und ein Saphierarmband auf dem schmutzigen Boden dicht neben seinem Stuhl. Noch hatte niemand die Juwelen aufgesammelt, die aus Stravas' Beutel gefallen waren.

»Vor vier Monaten«, fuhr die Stimme fort, »als der Mond der Eule abnahm, wuchs meine Gewißheit, daß Tyaa in mir nun die volle Größe erlangt hatte und daß die Zeit gekommen war, mit Lankhmar abzurechnen.

Ich schickte die Vögel aus, den überfälligen Tribut zu fordern, befahl ihnen, zu strafen, wenn dieser Tribut verweigert wurde oder wenn die Frau wegen ihrer Eitelkeit und ihres Stolzes bekannt war. Schnell gewannen die Tiere ihre alte Geschicklichkeit zurück. Tyaas Altar wurde geziemend beschenkt. Und Lankhmar lernte das Fürchten, obwohl niemand wußte, daß Tyaa die Ursache der Angst war. Das wird sich bald ändern!« Ihre Stimme hatte plötzlich einen durchdringenden Klang.

»Bald werde ich Tyaa ausrufen. Die Tempeltüren werden

den Anbetern und Tributzahlenden wieder offenstehen. Die Götzen des Großen Gottes werden gestürzt, seine Tempel verwüstet. Die reichen und unverschämten Frauen, die Tyaa in mir verachteten, werden hier heraufgerufen. Und zum erstenmal seit langer Zeit wird der Altar wieder die Süße des Opfers spüren.« Die Stimme begann zu kreischen. »Und zwar sofort! Schon heute werden zwei Eindringlinge Tyaas Rache zu spüren bekommen!«

Ein zittriges Geräusch drang aus Stravas' Kehle, und er kämpfte vergeblich gegen seine Fesseln an. Fafhrd zerrte wild an den locker werdenden Schlingen um seine rechte Hand. Ein Teil der schwarzen Vögel erhob sich auf Kommando von den Stangen – und sank unsicher wieder zurück, als der getrillerte Befehl nicht beendet wurde.

Der andere Falkner hatte den Raum wieder betreten und näherte sich dem Altar, eine Hand zu feierlichem Gruß erhoben. Auf seinem Handgelenk saß kein Vogel mehr. In der Linken trug er ein blutiges Kurzschwert.

Die Gestalt auf dem Altar beugte sich begierig in das Mondlicht, so daß Fafhrd sie zum erstenmal deutlich erkennen konnte. Sie war kein Riesenvogel oder monströses Zwitterwesen, sondern eine Frau in schwarzen Roben, mit weiten, herabhängenden Ärmeln. Die zurückgefallene Kapuze enthüllte ein von strähnigem schwarzem Haar gerahmtes weißes Gesicht, ein bleiches Dreieck im Mondlicht, dessen glasig schimmernde Augen, dessen mörderische Züge tatsächlich an einen Vogel denken ließen, aber auch an ein böses, hübsches Kind. Sie bewegte sich geduckt, mit ruckhaften Bewegungen.

»Drei in einer Nacht«, rief sie. »Du hast den dritten getötet. Gut gemacht, Falkner.«

In diesem Augenblick war Stravas' keuchende Stimme zu hören: »Ich kenne dich. Ich kenne dich.«

Der Falkner war nicht stehengeblieben, und sie fragte: »Was ist los? Was willst du?« Da sprang der Mann plötzlich katzenhaft auf sie zu und hob das blutige Schwert, das rot vor ihrer schwarzen Brust glitzerte.

Und Fafhrd hörte den Mausling sagen: »Rühr dich nicht, Atya. Und gib deinen Vögeln keine dummen Befehle – sonst stirbst du im Handumdrehen wie dein Falkner und sein schwarzer Freund.«

Fünf Herzschläge lang herrschte absolute Stille. Dann begann die Frau auf dem Altar trocken und erstickt zu atmen, begann kurze, gebrochene Schreie auszustoßen, die fast ein Krächzen waren.

Einige schwarze Vögel stiegen auf und flatterten unsicher herum, tauchten dann und wann in den Mondstrahl und verschwanden wieder, doch dem Altar näherten sie sich nicht. Die Frau begann rhythmisch hin und her zu schwanken. Das Schwert folgte ihr unweigerlich wie ein Pendel.

Fafhrd bemerkte, daß sich der zweite Falkner neben ihm bewegte und sein Kurzschwert zum Wurf erhob. Mit äußerster Kraft hebelte sich Fafhrd aus der letzten Fessel und warf sich mit dem Stuhl zur Seite, fiel gegen den Falkner, der gerade das Schwert schleudern wollte, und stürzte mit ihm zu Boden.

Der Mann schrie vor Schmerz, und das Brechen von Knochen war zu hören. Fafhrd lag reglos auf ihm und starrte den lederbewehrten Mausling und die Frau an.

»Zwei Falkner in einer Nacht«, sagte der Mausling und äffte den Tonfall der Frau nach. »Gut gemacht, Fafhrd.« Dann fuhr er mitleidlos fort: »Die Maskerade ist aus, Atya. Deine Rache an den reichen Frauen Lankhmars ist zu Ende. Ah, was wird sich der fette Muulsh über sein kleines Täubchen wundern! Die eigenen Juwelen zu stehlen, das war fast zu raffiniert, Atya!«

Ein Schrei, in dem Verzweiflung und Hoffnungslosigkeit, Erniedrigung und Schwäche mitschwangen, kam von ihren Lippen. Aber dann saß sie still und blickte entschlossen auf.

»Zu den Bergen der Dunkelheit!« rief sie wild. »Zu den Bergen der Dunkelheit! Bringt den Tribut in Tyaas letzte Festung!« Und sie stieß eine Reihe seltsamer Pfiffe und Triller und Schreie aus.

Nun waren alle Vögel in der Luft und schwirrten wild durcheinander, ohne allerdings dem Altar nahe zu kommen. Sie krächzten und flatterten und schienen mit der Frau fast ein Gespräch zu führen.

»Keine Tricks, Atya!« sagte der Mausling warnend. »Der Tod ist dir nahe.«

Dann tauchte eines der schwarzen Tiere zum Boden hinab, ergriff ein smaragdbesetztes Armband, stieg wieder auf und verschwand durch eine tiefe Schießscharte in der Wand, die zum Hlal-Fluß hinausführte. Ein Vogel nach dem anderen folgte seinem Beispiel.

Wie eine groteske feierliche Prozession, so schwebten die Tiere in die Nacht hinaus, ein Vermögen in den Klauen – Halsketten, Broschen, Ringe und Nadeln aus Gold. Silber und Neusilber, mit Juwelen aller Farben, im Mondlicht schimmernd.

Nachdem die letzten drei Vögel, die keine Edelsteine mehr gefunden hatten, ebenfalls verschwunden waren, hob Atya die Arme zu den beiden aufragenden Statuen links und rechts von ihrem Altar, als wollte sie ein Wunder tun, stieß einen wilden Schrei aus, sprang auf und rannte hinter den Vögeln her.

Der Mausling schlug nicht zu, sondern folgte ihr mit erhobenem Schwert. Zusammen verschwanden sie in der Schießscharte. Wieder war ein Schrei zu hören, und gleich darauf kehrte der Mausling allein zurück und trat neben Fafhrd. Er schnitt seinem Freund die Fesseln durch, zog den Stuhl zur Seite und half ihm auf. Der verletzte Falkner rührte sich nicht. Er wimmerte leise.

»Ist sie in den Hlal gesprungen?« fragte Fafhrd mit trockenem Mund. Der Mausling nickte.

Fafhrd rieb sich betäubt die Stirn. Die Wirkung des Giftes ließ nach, er begann wieder klarer zu denken.

»Sogar die Namen waren gleich«, murmelte er. »Atya und Tyaa!«

Der Mausling ging auf den Altar zu und begann, den Dieb zu befreien. »Ein paar von deinen Leuten haben mir vorhin eingeheizt, Stravas«, sagte er beiläufig. »Ich bin ihnen nur knapp entkommen und mußte über die Treppe aufsteigen.«

»Das tut mir nachträglich leid«, sagte Stravas.

»Dann waren es wohl auch deine Leute, die da heute in Muulshs Haus Beute machen wollten?«

Stravas nickte und bewegte seine abgestorbenen Arme.

»Aber ich hoffe, wir sind nun Verbündete«, erwiderte er, »obwohl da kaum etwas zu teilen ist.« Er lachte grimmig. »Gab es denn keine Möglichkeit, die schwarzen Dämonen loszuwerden, ohne auch die ganzen Juwelen zu verlieren?«

»Für einen Mann, der eben noch den Tod vor Augen hatte, bist du ganz schön gierig, Stravas«, sagte der Mausling, »aber das liegt wohl an deinem Beruf. Nein, ich bin froh, daß die Vögel geflohen sind. Ich befürchtete besonders, daß sie wild werden würden – was ganz bestimmt geschehen wäre, wenn ich Atya getötet hätte. Nur sie hatte Macht über die Tiere. Wir wären bestimmt zerfetzt worden. Seht nur, wie geschwollen Fafhrds Arm ist.«

»Vielleicht bringen die Vögel den Schatz zurück«, sagte Stravas hoffnungsvoll.

»Das ist kaum anzunehmen«, erwiderte der Mausling.

Zwei Tage später wußte Muulsh, der Geldverleiher, noch immer nicht genau, was sich in dem unheimlichen Turm zugetragen hatte. Ein verletzter Falkner, der seit langem in seinem Haushalt angestellt war, um für die Singvögel seiner Frau zu sorgen, war seine einzige Informationsquelle. Er lag ausgestreckt auf dem Luxusbett im Zimmer seiner Frau. Eine schwammige Hand umfaßte einen Kelch mit Wein, die andere das Handgelenk der hübschen Kammerzofe, die seiner Frau das Haar gelegt hatte.

»Ich habe sie niemals wirklich geliebt«, sagte er und zog das schüchtern lächelnde Mädchen näher. »Sie hat mich nur immer erschreckt.«

Das Mädchen befreite sich sanft aus seinem Griff.

»Ich möchte nur etwas über die Käfige hängen«, erklärte sie. »Die Augen der Vögel erinnern mich an sie.« Und sie erschauerte leicht unter ihrer dünnen Tunika.

Als der letzte Singvogel im Dunkeln verstummt war, kehrte sie zu Muulsh zurück und setzte sich auf sein Knie.

Langsam wich die Angst aus der Stadt. Doch viele reiche Frauen trugen auch weiterhin ihre silbernen Kopfkäfige, eine Mode, die sich noch lange hielt und erst nach einiger Zeit einem Faible für weiche Silbermasken wich.

Einige Zeit war ins Land gegangen, als der Mausling sich

an Fafhrd wandte und sagte: »Da gibt es etwas, das ich dir noch nicht gesagt habe. Als Atya in den Hlal sprang, schien der Mond. Und doch verlor ich sie im Fall irgendwie aus den Augen, und ich habe überhaupt kein Aufspritzen gesehen, obwohl ich mir fast die Augen aus dem Kopf schaute. Als ich dann wieder aufsah, zeichnete sich das Ende der Vogelprozession vor dem Mond ab. Und ich hatte den Eindruck, als folgte ihnen ein übergroßer Vogel nach, ein Tier, das kräftig flatterte.«

»Und du meinst ...«, sagte Fafhrd.

»Nun, ich meine, Atya ist im Hlal ertrunken«, sagte der Mausling.

Aus dem Amerikanischen
übersetzt von Thomas Schlück

Alles hat seinen Preis

Fafhrd, der Barbar, Ausgestoßener der Nehwonschen Eis-Öde, ewiger Fremdling in den Ländereien und den Straßen Lankhmars, Nehwons bedeutendster Region, und der Graue Mausling, ein kleiner, doch gefährlicher Schwertkämpfer, der sogar im ungeregelten, unbürokratischen Nehwon als Staatenloser galt und als Mann ohne Heimat (jedenfalls erinnerte er sich an keine), waren enge Freunde und Weggefährten seit dem Augenblick, da sie sich in der Stadt Lankhmar begegneten; dies geschah in der Nähe der Kreuzung der Goldstraße mit der Geldstraße. Bei aller Gemeinsamkeit wohnten sie doch nie unter einem gemeinsamen Dach. Zum einen – und dies lag auf der Hand – waren sie trotz ihrer Freundschaft Einzelgänger, die vorwiegend ohne festes Zuhause auskommen. Zum anderen trieben sie sich fast ständig abenteuernd herum; sie trödelten durch die Welt oder erkundeten ferne Länder oder flohen vor den tödlichen Folgen vergangener Untaten und Irrtümer. Zum dritten wurden beider erstes und einziges Liebchen – Fafhrds Vlana und des Mauslings Ivrian – gleich in der ersten Nacht nach ihrem Kennenlernen heimtückisch ermordet (und auf blutige, wenn auch wenig tröstliche Weise gerächt); und ohne eine innig Geliebte ist jedes Zuhause kalt und abweisend. Viertens war es die Gewohnheit der beiden jungen Männer, sich ihre gesamte Habe zusammenzustehlen, sogar die Schwerter und Dolche, die sie stets Graywand und Herzstecher und Skalpell und Katzenklaue nannten, wie oft sie ihre Klingen auch verloren und sich um Ersatz bemühen mußten – und ein Heim zu stehlen, ist nun wirklich von erlesener Schwierigkeit. Ausgenommen sind natürlich Zelte, Schänkenzimmer, Höhlen, Paläste, in denen man Anstellung gefunden hat oder vielleicht Gast einer Prinzessin oder Königin ist, allerdings auch Hütten, die man für ein Weilchen mietet, wie es der Mausling und Fafhrd später und vorübergehend in einer Gasse unweit des Platzes der Dunklen Freuden taten.

Doch nachdem sie einige Male quer durch Nehwon gewandert und gehetzt waren, nachdem sie ihr zweites und vordringlich frauenloses Abenteuer in und um Lankhmar überstanden hatten – denn die Erinnerung an Ivrian und Vlana verfolgte sie noch über Jahre – und nach ihrer Zauberreise über das Äußere Meer und zurück und nach der Begegnung mit den Sieben Schwarzen Priestern und mit Atya und Tyaa und ihrer zweiten Rückkehr nach Lankhmar, da teilten sie sich einige Monde lang doch ein Haus und ein Zuhause, obgleich es ziemlich klein und natürlich gestohlen war und die beiden darin hausenden Frauen lediglich Gespenster und sein Standort infolge der morbiden Stimmung, in der sie gleichermaßen übereinstimmten, als höchst zweifelhaft und unbestimmt bezeichnet werden mußte.

Eines Abends kamen die beiden auf dem Weg vom Goldenen Lampion, einer Taverne an der Ecke Geld- und Hurenstraße, halb betrunken durch die Pestgasse und Knochengasse zu einer Schänke, an die sie denkbar fröhliche, doch auch düstere Erinnerungen hatten, den Silbernen Aal; und gewahrten hinter diesem Gebäude, am Dunklen Weg, auf halber Strecke zwischen der Cheap- und der Carter-Straße gelegen, die noch immer nicht weggeräumten verkohlten Balkenreste und angeschwärzten, eingestürzten Steine der Behausung, in der ihre ersten wahrhaft geliebten Mädchen Ivrian und Vlana nach vielen Qualen zu weißer Asche verbrannt waren, Asche, von der Partikel noch jetzt im vagen Mondschein auszumachen sein mochten.

Die Nacht war schon um etliches weiter vorangeschritten, und sie waren noch viel betrunkener, als sie schließlich jenseits der Straße der Götter nach Norden in das Aristokratenviertel an der Meeresmauer gelangten und sich dort nach Osten zum Regenbogenpalast des lankhmarschen Oberherrschers Karstak Overtamortes wandten. Hinter einer dornenbewehrten Mauer des Anwesens von Herzog Danius erspähte der Mausling im heller gewordenen Mondschein – der schwache nördliche Seewind hatte den Nachtnebel ein wenig vertrieben – ein hübsches, schmales, nett lackiertes Gartenhaus aus Naturholz mit einem krumm behörnten Firstbalken und anmutig geschwungenen Balkenenden, eine Behausung, zu dem er in plötzlicher extremer Zuneigung entbrannte und zu dessen Bewunderung er sogar Fafhrd anzuhalten vermochte. Das Bauwerk ruhte auf sechs kurzen Zedernpfosten, die ihrerseits auf flachem Gestein endeten. So kam nun nichts anderes in Frage als zur Mauerstraße und zum Marschtor zu eilen, dort mit einem hübschen Silberstück und einem Getränk und dem Versprechen auf eine Goldmünze und ein größeres Getränk drei Dutzend kräftige Männer anzuheuern, die sich unweigerlich dort herumtrieben, diese zu Danius' dunklem Haus zu führen, das eiserne Gartentor zu knacken, die Schar vorsichtig hineinzuführen, ihr zu befehlen, das Gartenhaus anzuheben und hinauszuschleppen, am besten ohne lautes Quietschen und Knacken und ohne störenden Auftritt von Wächtern oder sonstigen Aufsichtspersonen. Während sie dieses Treiben beaufsichtigten, vermochten der Mausling und Fafhrd sogar noch einen weiteren Krug Wein zu leeren. Anschließend legten sie den drei Dutzend Trägern eng sitzende Augenbinden um – dies war der einzige schwierige Teil des Unternehmens, der die entsprechenden Fähigkeiten der beiden voll beanspruchte: des Mauslings schnelle, zuversichtliche, überzeugende Art und Fafhrds gelassene, wenn auch zuweilen unheildrohende und fordernde Freundlichkeit –, woraufhin die sechsunddreißig Aushilfsträger, die ächzend und japsend das Haus schleppten, nur noch den richtigen Weg geführt werden mußten. Nach Süden ging es die leere Carter-Straße entlang, schließlich nach Westen durch die Knochengasse (das Gartenhaus war zum Glück ziemlich schmal, drei kleinere Räumlichkeiten hintereinander), bis man schließlich das leere Grundstück hinter dem Silbernen Aal erreichte, wo Platz war, die Last abzusetzen, nachdem Fafhrd noch schnell drei Steinblöcke aus dem Weg geräumt hatte. Schließlich galt es, die noch immer mit Augenbinden versehenen Träger zum Marschtor zurückzuführen, ihnen das versprochene Geld zu geben, ihnen Wein zu kaufen – hier war sicher ein großer Krug pro Mann angebracht, um das Gedächtnis zu trüben – und dann im rosa heraufdämmernden Morgen loszulaufen, um von Schänkenwirt Braggi das wertlose Grundstück hinter dem Silbernen Aal zu erwerben, dann widerstrebend mit Fafhrds Kampfaxt den Fahnenmast und die Giebelenden abzuschlagen, das Dach mit Wasser und tarnender Asche zu bedecken (ohne daran zu denken, welch böses Omen dies in bezug auf Vlanas und Ivrians Schicksal darstellte) und schließlich ins Innere zu torkeln und auf dem kahlen Boden zum Schlaf hinzusinken, ohne überhaupt einen Blick in die Runde zu werfen.

Als die beiden am nächsten Abend erwachten, erwies es sich, daß das Innere recht hübsch gestaltet war: Die beiden äußeren Zimmer waren Schlafzimmer mit dicken Teppichen und ziemlich erotischen Darstellungen an den Wänden. Der Mausling rätselte an der Frage, ob Herzog Danius seine Garten-Konkubinen mit einem Freund teilte oder womöglich ganz allein zwischen den beiden Schlafgemächern pendelte. Das Mittelzimmer erwies sich als höchst züchtig und konservativ gestalteter Wohnraum mit mehreren Regalen voll kostbar gebundener anregender Bücher und einer hübschen Vorratstruhe voller auf Krügen gezogener Lebensmittel und Weine. Eines der Schlafzimmer verfügte sogar über eine kupferne Badewanne – hier griff sofort der Mausling zu –, und beide Schlafräume waren mit Toiletten ausgestattet, die sich durch einen vom Aal ausgeliehenen Hausjungen mühelos von unten leeren ließen.

Es war ein höchst erfolgreicher Diebstahl; denn mit Lankhmars braunkürassierten und im allgemeinen ziemlich faulen Wächtern gab es keine Schwierigkeiten, ebensowenig wie mit Herzog Danius; wenn er eigene Spione losschickte, so wurden sie der nicht gerade einfachen Aufgabe in keiner Weise gerecht. So lebten der Graue Mausling und Fafhrd einige Tage lang sehr zufrieden in ihrem neuen Domizil und vertilgten Danius' schöne Vorräte, wobei sie nur ab und zu Wein aus dem Silbernen Aal holen ließen und der Mausling zwei- oder dreimal am Tag parfümiert duftende, seifige, ölige Bäder nahm, die er ausgiebig genoß, während Fafhrd alle zwei Tage das nächstgelegene öffentliche Dampfbad aufsuchte und sich viel mit den Büchern beschäftigte und seine bereits erheblichen Kenntnisse des Hochlankhmarischen, Ilthmarischen und Quarmallischen noch erweiterte.

Allmählich veränderten sich die Räumlichkeiten: Fafhrds Schlafzimmer zeugte von einem gemütlichen Durcheinander, während beim Mausling eine saubere Ordnung Einzug hielt; so manifestierte sich die wahre Natur dieser beiden.

Einige Tage später entdeckte Fafhrd eine zweite Bibliothek, die auf das raffinierteste versteckt war; darinnen standen ausschließlich Bücher über den Tod, Bücher, die mit den übrigen prächtig-erotischen Bänden nichts gemein hatten. Fafhrd fand sie gleichermaßen lehrreich, während der Graue Mausling sich amüsiert vorstellte, wie Herzog Danius bei seinem hastigen Hin und Her zwischen den beiden Schlafzimmern und den darin residierenden zwei oder mehr Mädchen kurz innehielt, um einige Zeilen über das Strangulieren oder die kleshitischen Dschungelgifte zu lesen.

Gleichwohl luden unsere beiden Kämpfer keine Mädchen in ihr attraktives neues Heim; und das hatte womöglich einen guten Grund, denn nach bereits einem halben Mond erschien das Gespenst der schlanken Ivrian vor den Augen des Mauslings, und Fafhrd bekam Besuch vom Geist der großgewachsenen Vlana; Wesenheiten, die sich aus ihren noch herumwirbelnden oder gar an den Außenwänden klebenden mineralischen Resten erhoben haben mochten. Die Mädchen-Gespenster sprachen kein Wort, ließen nicht einmal das leiseste Flüstern vernehmen, sie suchten auch keine Berührung, nicht das winzigste Haar streifte die Überlebenden; und Fafhrd sagte dem Mausling nichts von Vlana, ebensowenig wie der Mausling seinem Freund ein Wort über Ivrian sagte. Die beiden Mädchen waren stets unsichtbar, unhörbar, unberührbar; *doch waren sie da*.

Die Freunde setzten die Heimlichkeiten voreinander fort und konsultierten Hexen, Scharlatane, Astrologen, Zauberer, Seher, angesehene Ärzte, sogar Priester, immer in dem Bestreben, das Übel loszuwerden (beide wollten entweder mehr von ihrem toten Mädchen oder überhaupt nichts sehen). Doch es gab keine Heilung.

Es dauerte keine drei Mondzyklen, da waren der Mausling und Fafhrd – die sich in allen Dingen sehr nett und tolerant verhielten und stets einen Scherz auf den Lippen hatten, wobei sie weitaus mehr als üblich lächelten – auf dem besten Wege, den Verstand zu verlieren. Dies wurde vor allem dem Mausling klar, als er eines grauen Morgens erwachte und endlich eine bleiche zweidimensionale Ivrian vor sich erblickte, die ihn einen Moment lang von der Decke herab traurig anschaute und dann völlig verschwand.

Dicke Schweißtropfen standen ihm auf dem Gesicht und an den Schläfen, ein bitterer Geschmack breitete sich in der Kehle aus, und er begann zu würgen und zu husten. Mit energischer Bewegung des rechten Arms warf er schließlich das gesamte Bettzeug von sich und rannte nackt aus seinem Schlafraum durch das Wohnzimmer zu Fafhrd.

Aber das Zimmer des Nordlings war leer.

Der Mausling starrte lange Zeit auf das zerwühlte leere Bett. Dann kippte er in einem Zug eine halbe Flasche starken Weins, ehe er sich einen Topf brennend heißen, dreifach angesetzten Gahveh braute, nach dessen Genuß er heftig bebte und zitterte. Eilig streifte er eine Wollrobe über und gürtete sie sich fest an den Leib, dann zog er seine Wollstiefel an und war mit Zittern und Beben noch immer nicht fertig, als er den noch immer dampfenden Gahveh ausgetrunken hatte.

Den ganzen Tag hindurch wanderte er im Wohnzimmer auf und ab oder lag in einem der großen Sessel und trank abwechselnd aufgesetzten Wein und heißen Gahveh und erwartete Fafhrds Rückkehr. Immer wieder bekam er von Zeit zu Zeit Zitteranfälle und zog die warme Robe enger.

Aber der Nordling ließ sich nicht blicken.

Als die Fenster aus dünnem aschestaubigen Horn am späten Nachmittag gelb wurden und sich verdunkelten, begann der Mausling seiner Lage endlich mit praktischeren Erwägungen zu begegnen. Ihm kam der Gedanke, daß er wegen seiner schrecklichen Ivrian-Besessenheit einen bestimmten Zauberer noch nicht konsultiert hatte – wohl weil er gerade bei diesem Wesen nicht das Gefühl hatte, es mit einem Täuscher und Quacksalber zu tun zu haben: der Augenlose Sheelba, der in einer fünfbeinigen Hütte in der großen Salz-Marsch östlich Lankhmars residierte.

Hastig riß er sich das Wollzeug herunter und legte seine rauhe graue Seidentunika und die Rattenlederstiefel an, gürtete seine schmale Klinge, die Skalpell genannt wurde, und seinen Dolch Katzenklaue (ihm war längst aufgefallen, daß Fafhrd Straßenkleidung und Schwert Graywand und Dolch

Herzstecher verschwunden waren), schnappte sich seinen Kapuzenumhang, der aus dem gleichen Stoff gefertigt war wie seine Tunika, und floh das schreckliche kleine Haus in der unendlichen, plötzlichen Angst, Ivrians trauriges Gespenst könnte ihm erneut erscheinen, nur um gleich darauf zu verschwinden, ohne ein Wort zu sagen, ohne ihn zu berühren.

Die Sonne ging unter. Der Hausjunge der Aal-Taverne reinigte gerade die Toilette. Ziemlich nachdrücklich fragte der Mausling: »Hast du heute schon Fafhrd gesehen?«

Der Junge wich zurück. »Ja«, antwortete er. »Im Morgengrauen ist er auf einem großen weißen Pferd fortgeritten.«

»Fafhrd besitzt kein Pferd«, erwiderte der Mausling barsch drohend.

Wieder prallte der Junge zurück. »War das größte Pferd, das ich je gesehen. Mit braunem Sattel und Geschirr, goldbesetzt.«

Der Mausling bleckte die Zähne und zog Skalpell halb aus der mausledernen Scheide. Im nächsten Moment entdeckte er im Zwielicht hinter dem Schänkenjungen ein schimmerndes pechschwarzes Pferd mit schwarzem Sattel und Zaumzeug, beides silberbeschlagen.

Und schon stürzte er an dem Jungen vorbei, der sich seitlich in den Dreck warf, sprang in den Sattel, packte die Zügel, schob die Füße in die Steigbügel, die genau auf seine Länge eingestellt waren, und spornte das Pferd an, das sofort losgaloppierte – durch den Dunklen Weg, auf die Carter-Straße und nach Westen auf die Straße der Götter, wo die Menschenmenge auseinanderstob, und war durch das offene Marschtor gerast, ehe die Wächter ihre schartigen Hellebarden zum Stoß zurückziehen oder sie zur Barriere verschränken konnten.

Der Sonnenuntergang war vorbei, die Nacht stand bevor, feuchter Wind umspielte die Wangen, und der Mausling fand alle diese Dinge schön.

Eine Strecke von etwa sechzig Bogenschußweiten oder dreihundertundsechzig Speerwürfe galoppierte das schwarze Pferd über die Dammstraße und stürmte dann so plötzlich binnenwärts nach Süden, daß der Mausling beinahe aus dem Sattel gerissen wurde. Er vermochte sich dann aber doch auf dem Rücken zu halten und hatte größte Mühe, den bewehrten Ästen der Dornen und Seefalkenbäume auszuweichen. Keine hundert keuchende Atemzüge später hielt das Pferd plötzlich an; vor ihm erhob sich Sheelbas Hütte mit dem niedrigen schwarzen Eingang dicht über des Mauslings Kopf, darin eine mit schwarzer Robe und Kapuze verhüllte hockende Gestalt.

Laut sagte der Mausling: »Was führst du im Schilde, du raffinierter Zauberer? Gewiß hast du dieses Pferd losgeschickt, mich zu holen.«

Sheelba schwieg und rührte sich überhaupt nicht, obwohl seine Hockstellung sehr unbequem sein mußte – zumindest für ein Wesen, das Beine und nicht etwa Tentakel hatte.

»Hast du heute früh Fafhrd zu dir kommen lassen?« fragte der Mausling nach einiger Zeit noch lauter. »Hast du ihm einen riesigen Schimmel mit goldbesetztem braunem Zaumzeug geschickt?«

Nun zuckte Sheelba doch ein wenig zusammen, faßte sich aber schnell wieder und schwieg noch immer, wobei natürlich die Stelle, an der sein Gesicht hätte sein müssen, noch schwärzer wirkte als der Umhang.

Die Dämmerung setzte ein. Nach einer längeren Pause sagte der Mausling mit leiser, gebrochener Stimme: »Ach, Sheelba, großer Zauberer, gewähre mir deine Gunst, sonst verliere ich den Verstand! Gib mir meine geliebte Ivrian zurück, gib sie mir ganz, oder befreie mich für alle Ewigkeit von ihr, als hätte es sie nie gegeben! Tu eines von beiden, dafür bezahle ich dir, was du verlangst.«

Nun meldete sich aus der Hüttentür eine rauhe, knirschende Stimme, die an das Scharren kleiner Felsen in einer mürrischen Brandung erinnerte: »Wirst du mir getreu dienen, solange du lebst? Wirst du jeden meiner rechtmäßigen Befehle ausführen? Ich verspreche dir dafür, dich nicht mehr als einmal im Jahr rufen zu lassen, höchstens zweimal und dich von dreizehn Monden deiner Zeit höchstens drei Monde lang zu beanspruchen. Du mußt mir dafür auf Fafhrds und deine eigenen Knochen folgendes schwören: daß du dich erstens jedes auch noch so schändlichen und niedrigen Mittels bedienen wirst, um mir die Maske des Todes aus dem Schattenland zu besorgen; und daß du zweitens jedes Wesen töten wirst, das dich daran zu hindern sucht, sei es nun deine unbekannte Mutter oder der Große Gott persönlich!«

Nach einem noch längeren Schweigen sagte der Mausling mit noch leiserer Stimme: »Versprochen.«

»Nun gut«, erwiderte Sheelba. »Behalte das Pferd. Reite darauf an Ilthmar vorbei, vorbei an der Stadt der Geister, am See der Ungeheuer, vorbei an den Ausgedörrten Bergen, bis du das Schattenland erreichst. Dort suchst du die Blaue Flamme und verschaffst mir vom Thronsitz, der sich davor befindet, die Maske des Todes. Oder reißt sie dem Tod vom Gesicht, wenn er sich zu Hause befindet. Ach, im Schattenland wirst du übrigens deiner Ivrian begegnen. Hüte dich insbesondere vor einem gewissen Herzog Danius, dessen Gartenhaus ihr euch kürzlich – nicht ganz zufällig – aneignen konntet und dessen Todesbibliothek du wohl inzwischen entdeckt und durchstöbert hast. Dieser Danius fürchtet den Tod mehr als jede andere Kreatur aus der bisher aufgezeichneten oder von Menschen, Dämonen oder Göttern überlieferten Geschichte, und er beabsichtigt, ins Schattenland vorzudringen und dabei nichts Geringeres zu vollbringen, als den Tod persönlich (sei er nun männlich, weiblich oder sächlich, entzieht sich selbst meiner Kenntnis) zu töten und seinen gesamten Besitz zu zerstören, einschließlich der Maske, die du versprochen hast, mir zu besorgen. Nun, erfülle deinen Auftrag. Das ist alles.«

Der betäubte, erstaunte und noch immer unglückliche und mißtrauische Mausling behielt die dunkle Türöffnung im Auge, bis der Mond aufgestiegen war und sich hinter den spitzen Ästen eines abgestorbenen Seefalkenbaums abzeichnete; doch Sheelba sagte kein Wort mehr und bewegte sich auch nicht im geringsten, und dem Mausling fiel auch nicht mehr die kleinste vernünftige Frage ein, die er stellen konnte. So preßte er schließlich dem schwarzen Pferd die Hacken in die Flanken, woraufhin sich das Tier drehte und vorsichtig zur Dammstraße zurückkehrte, um sich dort im Trab nach Osten zu wenden.

Unterdessen, ziemlich genau um diese Zeit, denn es ist ein

guter Tagesritt von Lankhmar durch die Große Salz-Marsch und über das Sinkende Land zu den Bergen jenseits des übel beleumundeten Ilthmar, stand Fafhrd in der riesigen labyrinthhaften Höhle des Siebenäugigen Ningauble und führte genau dasselbe Gespräch und gab ein identisches Versprechen ab – nur war Ningauble wie üblich viel geschwätziger als Sheelba, ohne letztlich mehr zu sagen als der andere.

So machten sich die beiden unrühmlichen und nicht von Prinzipien geplagten Helden auf den Weg ins Schattenland, wobei der Mausling vorsichtigerweise der Küstenstraße in östlicher Richtung nach Sarheenmar folgte und sich von dort ins Binnenland wandte, während Fafhrd kühn direkt durch die Vergiftete Wüste nach Nordwesten ritt. Doch hatten beide Glück und durchquerten die Ausgedörrten Berge am gleichen Tag, wobei der Mausling den Nördlichen, Fafhrd den Südlichen Paß benutzte.

Die dichte Bewölkung, die an der Wasserscheide der Ausgedörrten Berge begann, verdichtete sich, auch wenn kein Regentropfen fiel und kein Hauch von Nebel sich herabsenkte. Die Luft war kühl und feucht, und überall wuchs saftiges grünes Gras, das wahrscheinlich aus unterirdischen Quellen ernährt wurde, und bald erhob sich ein aufgelockerter Wald aus schwarzen Zedern. Herden schwarzer Antilopen und Rentiere hielten die endlosen Grasflächen kurz, und doch gab es keine Herdenwächter, überhaupt waren keine Menschen auszumachen. Noch mehr verdunkelte sich der Himmel, zeigte beinahe ständige Nacht, dann tauchten seltsame niedrige Hügel auf, von schwarzen Felsbändern gekrönt, unter dem Horizont begannen ferne Feuerstellen in vielen Farben zu flackern, allerdings keine davon blau, und bei der Annäherung erloschen die Erscheinungen ausnahmslos wieder, ohne daß man an der Stelle, an der man die Helligkeit bemerkt hatte, Asche oder eine sonstige Spur davon finden konnte. Daran erkannten der Mausling und Fafhrd, daß sie das Schattenland erreicht hatten, eine Zone, die angstvoll gemieden wurde von den skrupellosen Mingols im Norden, von den knochenstolzen, mit unsichtbarem Fleisch behangenen Geistern im Westen, im Osten von den haarlosen Wesen und den kahlen Ungeheuern des klein gewordenen, doch diplomatisch geschickten und lang aushaltenden Reiches von Eevarensee, und im Süden vom König der Könige persönlich, bei dem die Maxime galt, daß jede Person – und sei es sein eigener Wesir oder meistgeliebter Sohn oder begünstigste Königin –, die den Namen ›Schattenland‹ auch nur flüsterte, geschweige denn die düstere Zone irgendwie anders erwähnte, des sofortigen Todes sei.

Schließlich sichtete der Mausling einen schwarzen Pavillon, ritt darauf zu, stieg von seinem schwarzen Pferd, öffnete den Seidenvorhang des Eingangs – und entdeckte seine geliebte Ivrian hinter einem Ebenholztisch, lustlos weißen Wein aus einem Kristallkelch trinkend, gekleidet in ihre und seine Lieblingsrobe aus violetter Seide, eine Hermelinstola um die Schultern.

Doch schimmerten ihre kleinen schlanken Hände todesblau wie Schiefer, und ihr Gesicht wies eine ähnliche Tönung auf, und den Augen fehlte jeder Glanz. Nur das Haar funkelte lebendig-schwarz wie eh und je, auch wenn es – ebenso wie die Fingernägel – länger war, als es der Mausling in Erinnerung hatte.

Ivrians Augen, in denen der Mausling nun eine körnige Weiße ausmachte, starrten ihn an, und die schwarzen Lippen öffneten sich und ließen eine monotone Stimme vernehmen: »Es übersteigt mein Ausdrucksvermögen, meine Freude zu bekunden, dich wiederzusehen, ewig geliebter Mausling, der nun sogar meinetwegen die Schrecknisse des Schattenlandes auf sich genommen hat; dabei bist du noch am Leben, und ich bin tot. Daß du mich nie wieder störst, größte Liebe meines Lebens! Genieße das Leben!«

Und als der Mausling vorstürmte und den zerbrechlichen schwarzen Tisch zur Seite hieb, begann ihre Gestalt ein wenig zu verblassen und sehr schnell im Boden zu versinken, als handelte es sich um durchlässigen, sanften, willkommenen Treibsand – der sich als feste Fläche entpuppte, sobald der Mausling danach krallte.

Unterdessen erlebte Fafhrd einige lankhmarische Meilen weiter südlich Identisches mit seiner geliebten Vlana, deren Gesicht und Hände ebenfalls schieferblau schimmerten – jene lieben, langen, kräftigen Finger – und die wie eine

Schauspielerin in schwarze Tunika und rote Strümpfe gekleidet war, das dunkelbraune Haar schimmernd, nur daß sie weitaus mehr Worte machte, ehe sie dann ebenfalls im Boden versank – Worte, die um so seltsamer klangen, als sie einerseits lebhaft formuliert waren, doch andererseits in leblosem Singsang vorgetragen wurden: »Und jetzt verschwinde schleunigst, du geliebter Dummkopf, süßester Mann in der lebendigen Welt oder im Schattenland. Erfülle Ningaubles idiotische Aufgabe, die dir mit ziemlicher Sicherheit den Tod bringen wird, du Dummkopf, denn du hast ihm unklugerweise dein Versprechen gegeben. Dann galoppiere nach Südwesten, so schnell du kannst. Wenn du auf diesem Wege ums Leben kommst und dich zu mir ins Schattenland gesellst, werde ich dir ins Gesicht spucken und nie wieder ein Wort mit dir wechseln und schon gar nicht dein schwarzes Moosbett teilen. So ist nun mal der Tod.«

Als Fafhrd und der Mausling, Meilen voneinander entfernt, gleichzeitig wie entsetzte Mäuse aus den beiden schwarzen Pavillons stürzten, sichteten sie jeweils im Osten eine stahlblaue Flamme, die sich wie ein langes schimmerndes Stilett in die Luft erhob, höher als jede andere Flamme, die sie bisher im Schattenland beobachtet hatten, eine schmale grellblaue Säule, die tief in die schwarze Bewölkung hineinstach. Der Mausling erblickte die Erscheinung mehr nach Süden zu, Fafhrd ein wenig in nördlicher Richtung. Beide gaben ihren Pferden verzweifelt die Sporen und galoppierten los, aufeinander zu. Sie hatten das Gespräch mit den geliebten Frauen noch frisch im Kopf und empfanden es in diesem Moment als das beste, als das Wünschenswerteste überhaupt, die Begegnung mit dem Tod zu suchen und die schrecklichste Kreatur des Lebens zu töten oder von ihr getötet zu werden.

Doch während des wilden Galopps mußte Fafhrd unwillkürlich daran denken, daß Vlana zehn Jahre älter war als er und im Schattenland diesen Unterschied überdeutlich hatte erkennen lassen, während das Denken des Mauslings sich ohne eigenes Wollen der grundlegenden Dümmlichkeit und Hochmut Ivrians zuwandte.

Gleichwohl galoppierten beide willig, entschlossen, freudig auf die blaue Flamme zu, die immer dicker und heller wurde, bis sie erkannten, daß sie dem riesigen Mittelkamin eines niedrigen schwarzen Schlosses auf einem flachen weiten Hügel entsprang; Türen und Tore dieser Erscheinung standen weit offen.

Auffahrt und Torgang waren breit, und so ritten sie gleichzeitig in den Palast ein, ohne etwas vom anderen zu bemerken. In der weiter vorn aufragenden schwarzen Granitmauer klaffte ein breiter Kamin, in dem ein blaues Feuer beinahe so grell zuckte wie die unbedeckte Sonne und heftig den Schornstein hinaufzuckend die von weitem beobachtete Flamme erzeugte. Vor dem Kamin stand ein Ebenholzstuhl, mit schwarzem Samt bezogen, und auf diesem sehr kunstvoll gestalteten Sitz ruhte eine schimmernde schwarze Vollmaske mit weiten Augenlöchern.

Die acht eisenbeschlagenen Hufe des weißen und des schwarzen Pferdes klirrten und klapperten tödlich auf dem schwarzen Steinboden.

Fafhrd und der Mausling stiegen ab und bewegten sich zur Seite – Fafhrd auf die Nord-, der Mausling auf die Südseite des schwarzsamten bezogenen Ebenholzstuhls, auf dem die flirrend-schimmernde Maske des Todes lag. Vielleicht war es ein Glücksumstand, daß der Tod gerade unterwegs war – geschäftlich oder auf Urlaub.

In diesem Augenblick erkannten Fafhrd und der Mausling, daß sie gegenüber Ningauble und Sheelba im Eid standen, den Gefährten zu töten. Der Mausling ließ Skalpell hervorzucken. Nicht weniger schnell zog Fafhrd Graywand. So standen sie sich gegenüber, bereit, einander umzubringen.

Im gleichen Augenblick zuckte ein langer funkelnder Krummdolch zwischen ihnen herab, schnell wie das Licht, und spaltete die schwarzfunkelnde Todesmaske genau in zwei Hälften, von der schwarzen Stirn bis zum schwarzen Kinn.

Und schon wendete sich das schnelle Schwert Herzog Danius' gegen Fafhrd. Der Nordling vermochte den Hieb des aufgeregten Aristokraten nur mit Mühe zu parieren. Und sogleich zuckte die schimmernde Klinge auf den Mausling los, der den Schnitt um Haaresbreite ablenkte.

Wahrscheinlich wäre es beiden Helden ans Leder gegangen – denn wer hat auf die Dauer die Kraft, dem Wahnsinn zu widerstehen? –, wenn nicht in diesem Moment der Tod persönlich in sein schwarzes Schloß im Schattenland zurückgekehrt wäre und mit schwarzen Händen Herzog Danius um den Hals gefaßt und zu Tode gewürgt hätte, was siebzehn Herzschläge Fafhrds und einundzwanzig Herzschläge des Mauslings dauerte, während Danius' Herz noch etliche hundertmal hämmerte, ehe es stehenblieb.

Keiner der beiden Helden wagte, den Tod anzuschauen. Noch ehe jenes bemerkenswerteste und scheußlichste aller Wesen mit Danius, seinem törichten Gegner, auch nur zu einem Drittel fertig war, hatte sich jeder eine schimmernde Hälfte der schwarzen Maske geschnappt, war auf sein Pferd gesprungen und an der Seite des anderen davongaloppiert – wie Wahnsinnige der verrücktesten Sorte! Noch heftiger als sie ihre kräftigen Pferde – das eine schwarz, das andere weiß – antrieben, wurden sie selbst von jenem allmächtigsten Sieges-Jockey Angst bedrängt, und so strebten sie auf dem denkbar geradesten Weg nach Südwesten aus dem Schattenland hinaus.

Lankhmar und seine Umgebung, wohin sie schleunigst zurückkehrten, brachten ihnen keine große Erleichterung. Ningauble und Sheelba waren ausgesprochen zornig darüber, nur jeweils eine halbe Maske zu erhalten, obgleich es sich um die Maske des mächtigsten Wesens aller bekannten und unbekannten Universen handelte. Die beiden ziemlich eigensinnigen und irrationalen Erz-Zauberer, von ihrem Privatkrieg ziemlich amüsiert und mit Beschlag belegt – auch wenn sie zweifellos die raffiniertesten und weisesten Zauberer waren, die es jemals in der Welt Nehwon gegeben hatte –, ließen sich in keiner Weise durch die sehr handfesten vier Argumente erweichen, die Fafhrd und der Graue Mausling zur eigenen Entlastung vortrugen: erstens, daß sie sich an die von den Zauberern erstellten Regeln gehalten hatten, indem sie vor allem dafür sorgten, daß die Maske des Todes (oder soviel sie davon erwischen konnten) aus dem Schattenland geholt wurde, unabhängig von den Kosten an Kraft und Selbstachtung. Denn hätten sie gegeneinander gekämpft, wie es die zweite Regel vorsah, hätten sie sich wahrscheinlich beide gleichzeitig umgebracht, woraufhin Sheel oder Ning auch nicht den kleinsten Splitter der Maske erhalten hätten, während sicher nur der Unvernünftigste sich den Tod als Gegner ausgesucht hätte – wofür Danius ein denkbar deutliches Beispiel war. Zweitens, daß die Hälfte einer magischen Maske besser ist als gar nichts. Drittens, daß die beiden Zauberer, von denen jeder nun die Hälfte der Maske besaß, nun gezwungen waren, ihren dummen Krieg aufzugeben, und in Zukunft sogar zusammenarbeiten mußten, wodurch sich ihre bereits beträchtliche Macht verdoppeln ließ. Und viertens, daß die beiden Zauberer Vlana und Ivrian nicht in ihrem weichen, warmen, lebendigen Körper zurückgeholt, noch sie – wie versprochen – ganz aus der Zeit vertrieben hatten, bis es auch nicht den geringsten Erinnerungsfetzen mehr an sie gab, sondern die beiden Helden – und wahrscheinlich auch die Mädchen – bei der letzten schrecklichen Begegnung nur gequält hatten. In ihrer schmollenden Wut, die zwei so großen Zauberern wirklich nicht anstand, benahmen sich die beiden sehr kindisch: Ningauble ließ die gesamte Inneneinrichtung des Hauses verschwinden, das Fafhrd und der Mausling gestohlen hatten, während Sheelba den Bau zu Asche verbrennen ließ, die keinen Unterschied aufwies zu den Resten jener Unterkunft, in der Vlana und Ivrian ums Leben gekommen waren.

Was vermutlich nur zum Besten war, da es ohnehin höchst morbid von den beiden Helden gewesen war, in einem Haus hinter dem Silbernen Aal zu residieren – mitten auf dem Friedhof ihrer geliebten Mädchen.

Sheelba und Ningauble zeigten keinerlei Dankbarkeit, geschweige denn Reue wegen ihrer kindischen Rache; im Gegenteil, von nun an legten sie es darauf an, dem Mausling und Fafhrd das Äußerste an Diensten abzuverlangen, das diese bei ihrem unglückseligen Schwur zugesagt hatten.

Doch nie wieder sollten Fafhrd und der Graue Mausling von den beiden bewundernswerten, prächtigen Mädchen Ivrian und Vlana heimgesucht werden, und auch nicht mehr an sie denken müssen, es sei denn in beruhigender, schmerzloser Dankbarkeit. Innerhalb weniger Tage stürzte sich der

Mausling sogar in ein denkbar heißes Liebesabenteuer mit einer etwas zu jungen und höchst attraktiven Nichte Karstak Ovartamorrtes', während Fafhrd sich den beiden Zwillingstöchtern Herzog Danius' zuwandte, die ausgesprochen hübsch und reich waren und gleichwohl dicht davor standen, sich der aufregenden Prostitution zu ergeben.

Was Vlana und Ivrian in ihrem ewigen Schattenland von alledem hielten, ist ganz und gar ihre Sache und Sache des Todes, dessen scheußliches Gesicht sie nun gänzlich furchtlos schauen konnten.

Aus dem Amerikanischen
übersetzt von Thomas Schlück

Basar des falschen Zaubers

Die unheimlichen Sterne der Welt Nehwon glitzerten über den dunklen Dächern Lankhmars, zwischen denen Schwerterklirren fast so oft zu hören war wie das Klimpern von Münzen. Ausnahmsweise herrschte kein Nebel.

Auf dem Platz der Dunklen Freuden, der sieben Häuserblocks südlich vom Marschtor liegt und sich zwischen dem Brunnen der Dunklen Fülle bis zum Schrein der Schwarzen Jungfrau erstreckt, wetteiferten die Lichter der Läden kaum mit dem Schimmer der Sterne. Denn hier waren die Drogenverkäufer am Werk und die Kuriositätenhändler und die sonstigen Pläneschmieder und Vermittler, und sie erhellten ihre Stände und fensterlosen Hinterzimmer mit Kerzen, Glühwürmchen und Feuertöpfen und gingen ihren Geschäften so lautlos nach wie die Sterne.

Im nächtlichen Lankhmar gibt es viele Orte, an denen die Fackeln hellauf glühen, an denen großer Betrieb herrscht, doch nach uralter Tradition sind auf dem Platz der Dunklen Freuden leises Geflüster und ein angenehmes Halbdämmer die Regel. Oft finden sich dort Philosophen ein und meditieren, Studenten, die träumen wollen, und fanatische Theologen, die abstruse Theorien über den Teufel und andere dunkle Mächte hervorbringen, die das Universum beherrschen. Und wenn sie dabei ein paar verbotene Vergnügen am Rande mitnehmen, so sicherlich nicht zum Schaden ihrer Theorien und Träume und Dämonologien.

Heute jedoch gab es eine auffallende Ausnahme von der bekannten Dunkelheit. Aus einer niedrigen Türöffnung, die frisch in eine alte Mauer geschlagen worden war, ergoß sich helles Licht auf den Platz. Wie ein monströser Mond erhob sich die Türöffnung über dem Pflaster, leuchtend im Widerschein einer ungeheuerlichen Sonne, und löschte die Sterne der anderen Händler fast völlig aus.

Unheimliche, fremdartige Waren ergossen sich mit dem Licht ein kleines Stück auf den Platz, während neben dem Eingang eine spitznasige Gestalt hockte, nach einer Mode gekleidet, wie sie auf Land oder See völlig unbekannt war …

jedenfalls in Nehwon. Der Mann trug einen Hut wie einen kleinen roten Eimer, weite Hosen und seltsam rote Stiefel mit hochgeneigter Kappe. Seine Augen waren adlerscharf, doch sein Lächeln war so zynisch und lasziv einschmeichelnd wie das Lächeln eines legendären Satyrs.

Von Zeit zu Zeit sprang er auf und stolzierte herum, fegte immer wieder mit einem langen Besen über die Pflastersteine, als wollte er den Weg bereiten für einen phantastischen Herrscher, und oft hielt er in seinem Tanz inne und verbeugte sich tief und unterwürfig, doch stets mit nach oben gewandtem Blick, erwies der Menge seine Referenz, die sich in der Dunkelheit um die Tür versammelt hatte. Und er schwenkte seine Hand aus ihrer Richtung zum Innern des neuen Ladens herüber – eine bescheidene und zugleich unheimliche Einladung.

Noch hatte niemand den Mut gefunden, in den hellen Schein zu kommen und den Laden zu betreten oder auch nur die wohlfeilen Dinge zu betrachten, die so achtlos und doch verführerisch auf dem Pflaster vor der Tür aufgestellt worden waren.

Doch die Zahl der faszinierten Zuschauer nahm mit jeder Minute zu. Ein paar Stimmen äußerten sich flüsternd, kritisierten die neuen Verkaufsmethoden, die so sehr den dunklen Traditionen des Platzes zuwiderliefen – doch diese Beschwerden gingen im erstaunten Schnaufen und in der allgemeinen Bewunderung unter.

Der Graue Mausling glitt vom Brunnen her auf den Platz – und zwar so leise, als wollte er jemandem den Hals durchschneiden oder etwa die Spione des Oberherrn hereinlegen. Seine ledernen Mokassins huschten lautlos über den Boden. Sein Schwert Skalpell in der mausledernen Scheide strich unhörbar an seiner Tunika entlang, die aus grauer, seltsam grober Seide bestand.

Die Blicke, die er unter der halb zurückgeschobenen grauen Seidenkapuze um sich warf, hatten etwas Drohendes, etwas kühl Überlegenes.

Innerlich kam sich der Mausling eher wie ein kleiner Schuljunge vor – ein Schuljunge, der sich vor Tadel und Strafarbeit fürchtete. Denn in seinem Lederbeutel befand sich ein Stück silberne Fischhaut, auf dem Sheelba der Augenlose ihn aufforderte, sich an dieser Stelle einzufinden.

Sheelba hatte sich in zahlreichen Abenteuern als des Mauslings Lehrer und – wenn es ihm gefiel – auch als sein Beschützer erwiesen, und es hatte keinen Sinn, seine Aufforderungen zu ignorieren, denn Sheelbas Augen, auch wenn er sie nicht zwischen Stirn und Wangen trug, vermochten ihn überall aufzuspüren.

Doch die Aufgaben, die Sheelba dem Mausling zu stellen pflegte, waren meistens recht seltsam und sogar unangenehm. Einmal hatte er neun weiße Katzen auftreiben müssen, die kein einziges schwarzes Haar am Leibe haben durften; ein andermal war es darum gegangen, fünf Exemplare des gleichen Runenbuches aus fünf verstreut liegenden Zauberbibliotheken zu stehlen oder Proben des Unrats von fünf lebenden oder toten Königen zu beschaffen.

Der Mausling war heute sehr früh gekommen, um die schlimme Nachricht so schnell wie möglich hinter sich zu bringen, und er war allein, denn er hatte wenig Lust, daß sein Freund Fafhrd kichernd dabeistand, wenn Sheelba einem gehorsamen Mausling seine kleine Zauberpredigt hielt ... und sich womöglich noch etwas Neues ausdachte.

Sheelbas Aufforderung, unsichtbar im Gedächtnis des Mauslings eingebrannt, lautete schlicht: *Wenn der Stern Akul die Spitze Rhans berührt, sei am Brunnen der Dunklen Fülle,* und der Zettel war mit dem kleinen schmucklosen Oval unterzeichnet, der Sheelbas Siegel war.

Der Mausling glitt nun durch die Dunkelheit in den Schatten des Brunnens – einer gedrungenen Säule, von deren Spitze alle zwanzig Herzschläge ein gewaltiger schwarzer Tropfen herabquoll.

Der Mausling stand neben dem Brunnen, streckte die Hand aus und maß den Stand des grünen Akul. Der Stern mußte noch etwa sieben Fingerbreit sinken, ehe er die nadelscharfe Spitze des schlanken Rhan-Minaretts erreichte, das sich in der Ferne als Silhouette abzeichnete.

Der Mausling krümmte sich etwas zusammen und sprang leichtfüßig auf die schwarze Säule, um zu sehen, ob sich dadurch an Akuls Stand etwas änderte. Doch das war nicht der Fall.

Er suchte die Dunkelheit in der Nähe nach reglosen Gestalten ab ... suchte besonders nach einer verhüllten Mönchsgestalt – einem Mann, der so sehr verhüllt war, daß man sich fragte, wie er überhaupt sehen konnte. Doch es war niemand in der Nähe.

Die Stimmung des Mauslings schlug um. Wenn Sheelba nicht die Höflichkeit aufbrachte, ein wenig früher zu kommen, nun, dann konnte er auch stur sein. Er marschierte weiter, um sich den neuen Laden anzusehen, dessen unverschämtes Leuchten ihm schon aufgefallen war, als er den Platz der Dunklen Freuden noch gar nicht erreicht hatte.

Fafhrd der Nordling öffnete ein alkoholschweres Auge und betrachtete den kleinen durch ein Feuer erhellten Raum, in dem er unbekleidet schlief. Er schloß das Auge wieder, öffnete das zweite und überschaute den anderen Teil des Zimmers.

Keine Spur vom Mausling. Um so besser! Wenn sein Glück anhielt, brachte er die unangenehmen Geschäfte dieser Nacht hinter sich, ohne von dem kleinen grauen Schurken verhöhnt zu werden.

Unter seiner unrasierten Wange holte er ein violettes Stück Schlangenhaut voller winziger Löcher hervor, die, wenn er sie vor das tanzende Feuer hielt, eine Welt von Sternen ergaben. Wenn man eine Weile genau hinschaute, ergaben die Sterne eine geheimnisvolle Botschaft: *Wenn der Rhan-Dolch das Akul-Herz sticht, suche die Quelle schwarzer Tropfen auf.*

Mit orangebrauner Farbe geschrieben wie mit Blut, zog sich in kühnem Schwung ein siebenarmiges Hakenkreuz über die Löcher des violetten Vierecks – eines der Zeichen des Siebenäugigen Ningauble.

Fafhrd wußte sofort, daß als Quelle schwarzer Tropfen nur der Brunnen der dunklen Fülle gemeint sein konnte. Geheimnisvolle Nachrichten dieser Art waren ihm aus seiner Lehrlingszeit bei den singenden Skalden noch hinreichend bekannt.

Ningauble und Fafhrd hatten etwa das gleiche Verhältnis

wie Sheelba und der Mausling, nur war der Siebenäugige ein anspruchsvolleres Vorbild, dessen Aufträge an Fafhrd in etwas anderen Größenordnungen verliefen. So verlangte er zuweilen das Leben eines Drachen oder forderte Fafhrd auf, ein viermastiges Zauberschiff zu versenken oder eine streng bewachte verzauberte Königin zu befreien.

Auch gab Ningauble gern ein wenig an – besonders mit seiner gewaltigen Höhle, die ihm als Wohnung diente und deren gewundene Korridore, wie er oft sagte, alle wichtigen Orte in Raum und Zeit berührten.

Fafhrd hatte eigentlich gar keine Lust, mit Ningaubles Zaubersprüchen in nähere Berührung zu kommen, ebensowenig wie der Mausling mit Sheelba zu tun haben wollte, doch der Siebenäugige wußte genug über den Nordling, über seine Schwächen und alten Missetaten, daß Fafhrd stets geduldig auf Ningaubles väterliche Ermahnungen und sein magisches Gerede hören mußte – aber nicht, wenn es irgendwie möglich war, solange der Graue Mausling dabeistand und bis zu den Ohren grinste.

Inzwischen war Fafhrd aufgestanden und hatte mit heftigen Bewegungen Kleidung und Waffen und Schmuckstücke angelegt, hatte seinen mächtigen Körper bedeckt, dessen rotgoldene Haare im Schein der Flammen schimmerten. Als er schließlich die Außentür öffnete, um vor dem Gehen noch einen Blick in die dunkle Gasse zu werfen, sah er an der Ecke nur den buckligen Kastanienverkäufer hocken. Er hatte inzwischen auch Helm und Stiefel angelegt. Wenn man ihn so sah, mußte man annehmen, daß er sich nur mit lautem Knirschen und Poltern bewegen konnte, eine Kriegsmaschine, die sich ihrem Ziel nicht unbemerkt nähern konnte.

Um so mehr mußte der horchende Kastanienverkäufer, der auch Spion des Oberherrn war, sein Erschrecken kaschieren, als Fafhrd an ihm vorbeihuschte, groß wie eine Pinie, schnell wie der Wind und lautlos wie ein Gespenst.

Mit den Ellenbogen stieß der Mausling zwei Schaulustige zur Seite und marschierte über das dunkle Pflaster auf den Laden zu, dessen verlockend strahlende Tür wie ein umgekehrtes Herz aussah. Er überlegte, daß der Ladeninhaber seine Maurer zu großem Tempo angetrieben haben mußte, denn erst heute nachmittag war er an dieser Stelle vorbeigekommen und hatte nur eine blanke Mauer gesehen.

Der seltsame Verkäufer mit dem roten Zylinderhut und den krummen Schuhen kam mit seinem Besen herausgeeilt und begann seinem ersten Kunden einen Weg sauberzufegen, wobei er sich ständig verbeugte und seltsam grinste.

Doch auf dem Gesicht des Mauslings zeigte sich nur Ablehnung und Skepsis. Er blieb vor den aufgeschichteten Dingen außerhalb des Eingangs stehen und betrachtete sie mürrisch. Er zog Skalpell aus der grauen Scheide und öffnete mit seiner Spitze das oberste Buch auf einem Stapel staubiger Bände. Ohne näher heranzutreten, überflog er hastig die erste Seite, schüttelte den Kopf, wendete mit der Klinge schnell ein halbes Dutzend Blätter, wobei er das Schwert wie einen Zeigestock benutzte und auf dieses und jenes Wort richtete, das ihm – nach seinem Gesichtsausdruck zu urteilen – schlecht gewählt erschien. Dann schloß er jäh das Buch mit einem letzten Zucken der Klinge.

Jetzt benutzte er Skalpell, um ein rotes Tuch anzuheben, das hinter den Büchern von einem Tisch hing; dann um verächtlich gegen einen Glaskrug zu schlagen, in dem ein Menschenkopf schwamm, um mehrere andere Objekte geringschätzig zu berühren und eine angekettete Eule zu ärgern, die ihn von ihrer hohen Stange aus intensiv musterte.

Er steckte Skalpell wieder in die Scheide und wandte sich mit verkniffenem Gesicht an den Verkäufer und sah ihn an, als wollte er sagen – nein, ausrufen: »Ist das *alles,* was du zu bieten hast? Ist dieser Plunder eine Entschuldigung, den Dunklen Platz mit deinem Licht zu beschmutzen?«

In Wirklichkeit interessierte sich der Mausling sehr für die Dinge, die er da eben gesehen hatte. Das Buch zum Beispiel war in einer Sprache abgefaßt, die ihm völlig fremd war.

Drei Dinge waren dem Mausling klar. Erstens kamen die Waren nicht aus Nehwon, nein, nicht einmal aus den äußeren Randgebieten der bekannten Welt. Zweitens kam ihm das Zeug irgendwie sehr gefährlich vor – er wußte nicht warum. Drittens war das Gerümpel außerordentlich faszinierend, und er, der Mausling, wollte sich nicht von diesem Platz rühren, bis er jedes aufregende Stück befingert, untersucht und notfalls auch ausprobiert hatte.

Als er das grimmige Gesicht des Mauslings bemerkte, stürzte sich der Verkäufer in eine einschmeichelnde Rede, offensichtlich hin und her gerissen zwischen dem Wunsch, dem Mausling den Fuß zu küssen und mit liebevoller Bewegung jedes Objekt in seinem Laden selbst vorzuführen.

Er schloß dann mit einer derart tiefen Verbeugung, daß sein Kinn über das Pflaster strich, und deutete dabei auf das Ladeninnere und jammerte in fürchterlichem Lankhmarisch: »Alles zur Freude des Fleisches und der Sinne der Phantasie. Unvorstellbare Wunder. Sehr billig, sehr billig! Für einen Penny gehört Ihnen alles! Der Bazar des Bizarren. Bitte ansehen, o König!«

Der Mausling legte den Handrücken vor den Mund und gähnte ausgiebig, dann sah er sich erneut um, mit dem müden, geduldigen Lächeln eines Fürsten, der genau weiß, daß er manches Langweilige über sich ergehen lassen muß, um den Handel in seinem Gebiet zu fördern. Schließlich zuckte er resignierend die Achseln und betrat den Laden.

Hinter ihm begann der Verkäufer einen wahren Freudentanz, begann wie ein Verrückter das Pflaster zu fegen.

Drinnen fiel der Blick des Mauslings auf einen Stapel dünner Bücher, die in goldgeschnittenes rotes und violettes Leder gebunden waren.

Dann entdeckte er eine Reihe schimmernder Linsen und schlanker Messingröhren, die auf seinen neugierigen Blick warteten.

Dann entdeckte er ein schlankes, dunkelhaariges Mädchen, das aus einem goldenen Käfig, der an der Decke hing, geheimnisvoll auf ihn herablächelte.

Fafhrd sah den Mausling in dem Augenblick durch die Ladentür verschwinden, als seine Linke den kühlen Stein des Brunnens der Dunklen Fülle berührte und Akul auf der Rhanspitze saß wie eine grüne Signallampe.

Er wäre dem Mausling vielleicht gefolgt, vielleicht aber auch nicht; jedenfalls hätte er über den Vorgang nachgedacht, wenn nicht in diesem Augenblick ein leises »Pssst!« hinter ihm ertönt wäre.

Fafhrd fuhr wie ein riesiger Tänzer herum, und sein Langschwert Graywand zuckte aus der Scheide – schneller und leiser als eine Schlange.

Zehn Armlängen entfernt, in der Mündung einer Gasse, die noch dunkler war als normalerweise der Dunkle Platz, machte Fafhrd zwei verhüllte Gestalten aus, die dort nebeneinander standen.

Eine der Kapuzen umhüllte absolute Dunkelheit. Sogar ein kleshitischer Neger hätte in diesem Licht noch einen geisterhaften bronzenen Schimmer auf dem Gesicht gehabt. Hier jedoch herrschte absolute Leere.

In der anderen Kapuze waren sieben schwach leuchtende grünliche Punkte auszumachen. Sie bewegten sich unruhig, umkreisten einander von Zeit zu Zeit, schwangen auf unvorstellbaren Bahnen herum. Manchmal wurde einer der sieben ovalen Punkte etwas heller, wohl weil er in der Kapuze etwas nach vorn rückte, oder dunkler, wenn er sich zurückzog.

Fafhrd steckte Graywand fort und ging auf die beiden Gestalten zu. Ohne sich umzuwenden, ohne ein Wort zu sagen, verschwanden sie langsam in der schmalen Gasse.

Fafhrd folgte ihnen. Sein Interesse war geweckt ... und etwas anderes. Seinem übernatürlichen Mentor allein gegenüberzutreten, mochte zwar langweilig und ein wenig anstrengend sein; aber ein ehrfürchtiger Schauder war doch verständlich, wenn man gleichzeitig zwei solchen Wesen begegnet – dem Siebenäugigen Ningauble und dem Augenlosen Sheelba.

Erstaunlicher war, daß diese beiden Zauberrivalen nun verbündet schienen, daß sie offenbar freundschaftlich zusammenarbeiteten ... Etwas Wichtiges stand bevor, daran gab es keinen Zweifel.

Der Mausling gab sich inzwischen den verlockendsten und exotischsten Vergnügungen hin, die überhaupt vorstellbar waren. Die schön gebundenen Bücher enthielten Schriftzüge, die noch seltsamer waren als die Schrift des Buches, das er draußen vor der Tür durchgeblättert hatte – Schriftzüge, die ihn an Skelettungeheuer erinnerten, an Wolkenwirbel und unförmige Büsche und Bäume mit gewundenen Ästen –; doch erstaunlicherweise konnte er sie alle mühelos lesen.

Die Bücher berichteten in allen Einzelheiten über Dinge wie das private Leben von Teufeln, über die Herkunft gefährlicher Kulte, über die Duelltechniken, die gegen schwerbewaffnete Dämonen anzuwenden waren – illustriert –, und über die erotischen Tricks aller möglichen Zauberwesen.

Die Linsen und Messingröhren, von denen einige so phantastisch gekrümmt waren, als sollte man damit nach Art eines Periskops über Wände und durch verriegelte Fenster in andere Universen schauen, offenbarten ihm zunächst nur herrliche Juwelenmuster. Doch nach einer Weile vermochte der Mausling zahlreiche interessante Orte auszumachen: die Schatzkammern toter Könige, die Schlafzimmer lebendiger Königinnen, die Ratskrypten von Rebellen und Schränke voller Pläne phantastischer Welten, die zu schrecklich waren, als daß sie von den Göttern geschaffen werden konnten.

Was die süß gekleideten Mädchen in ihren verschnörkelten Käfigen anging, nun, sie waren angenehme Kissen, auf denen sich der in Büchern und Sehrohren ermüdete Blick ausruhen konnte.

Dann und wann pfiff eines der Mädchen leise und deutete spielerisch oder mit vielversprechender Geste auf eine juwelenbesetzte Kurbel an der Wand – eine Kurbel, durch die ihr Käfig, der an einer schimmernden Kette hing, über zwei Rollen herabgelassen werden konnte.

Solche Einladungen erwiderte der Mausling mit liebenswürdigem Lächeln und Nicken und winkte spielerisch mit den Fingern, als wollte er flüstern: »Später ... später. Habt Geduld.«

Schließlich hatten Mädchen die seltsame Eigenschaft, alle weniger schönen, aber trotzdem angenehmen Freuden des Lebens auszulöschen. Mädchen waren für den Nachtisch da.

Ningauble und Sheelba verschwanden in der dunklen Gasse, und Fafhrd folgte ihnen. Schließlich verlor er die Geduld, bezwang seine Ehrfurcht und rief nervös: »Also, wollt ihr ewig weiter rückwärts marschieren, bis wir alle in die Große

Marsch fallen? Was wollt ihr von mir? Was soll das alles?«

Aber die beiden verhüllten Gestalten waren bereits stehengeblieben, wie er am Sternenlicht und an einigen erleuchteten Fenstern erkennen konnte, und es wollte ihm scheinen, als hätten sie einen Sekundenbruchteil vor seinem Ausruf haltgemacht. Ein typischer Zauberertrick, der einen in Verlegenheit setzen sollte! Er biß sich auf die Lippen.

»O mein lieber Sohn ...«, begann Ningauble mit seiner süßlichen Stimme, und die sieben Lichtpunkte seiner Augen standen ganz ruhig in seiner Kapuze, glühten schwach wie die Formation der Plejaden an einem Sommerhimmel.

»Ich möchte wissen, was das alles soll«, unterbrach in Fafhrd heftig. Wenn ihm seine Ungeduld schon angelastet wurde, dann wollte er auch etwas davon haben.

»Ich möchte das Problem zunächst hypothetisch vortragen«, erwiderte Ningauble ungerührt. »Nehmen wir einmal an, mein lieber Sohn, es gibt einen Mann in einem Universum, und aus einem anderen Universum dringt eine verwerfliche Macht in sein Universum ein, und nun ist dieser Mann ein mutiger Mann, der sein Universum verteidigen möchte, der sein Leben gering achtet und der als Ratgeber einen sehr weisen und wohlwollenden Onkel zur Seite hat, der all diese Dinge kennt, die ich nur als Theorie ...«

»Die Gierigen bedrohen Lankhmar!« sagte Sheelba mit einer Stimme, die so peitschend klang wie brechendes Holz und die so plötzlich dazwischenplatzte, daß Fafhrd fast zusammengefahren wäre.

Fafhrd schwieg einen Augenblick und wandte sich dann an Sheelba. Seine Augen hatten sich nun langsam an die Dunkelheit gewöhnt, und er konnte schon mehr erkennen als vorhin am Eingang der Gasse. Das änderte aber nichts daran, daß in Sheelbas Kapuze nur undurchdringliche Dunkelheit wahrzunehmen war.

»Wer sind die Gierigen?« fragte er.

Nun ergriff Ningauble wieder das Wort. »Die Gierigen sind die fortgeschrittensten Händler in allen Universen – so vollkommen sogar, daß sie nur Plunder verkaufen. Sie können nicht anders, denn sie müssen sich derart auf die Vervollkommnung ihrer Verkaufsmethoden konzentrieren, daß sie sich um die Qualität der Waren gar nicht mehr kümmern können. Keine Sekunde verschwenden sie auf solche Dinge, aus Angst, ihre Geschicklichkeit im Verkaufen zu verlieren – und diese Geschicklichkeit ist so groß, daß ihr Angebot trotzdem völlig unwiderstehlich scheint, daß sie tatsächlich die schönsten Dinge aller Universen feilhalten. Du verstehst doch, was ich meine?«

Fafhrd schaute hoffnungsvoll zu Sheelba, doch da sich dieser einer prägnanten Bemerkung enthielt, nickte er.

Ningauble fuhr fort, wobei seine sieben Augen ein wenig in Bewegung gerieten: »Wie sich daraus ohne weiteres ableiten läßt, verfügen die Gierigen über die gewaltigsten Zauberkräfte – eine Magie, die sie sich aus zahlreichen Universen zusammengesucht haben –, während ihre Vortrupps von den aggressivsten Zauberern geleitet werden, die man sich überhaupt vorstellen kann, vorzüglich geschult für jeden Kampf – ob mit dem Geiste, mit dem Gefühl oder mit dem bewaffneten Körper.

Die Gierigen gehen nach einem bestimmten Plan vor. Zunächst öffnen sie einen Laden in einer neuen Welt und locken die kühnsten und abenteuerlustigsten Bewohner an – jene, die soviel Phantasie haben, daß sie nur leicht beeinflußt zu werden brauchen und den Eindringlingen dann die Verkaufsarbeit fast völlig abnehmen.

Wenn diese Leute in die Falle gegangen sind, nehmen sich die Gierigen die übrige Bevölkerung vor, was kurz gesagt heißt: Sie verkaufen und verkaufen und verkaufen! Sie verkaufen Tand und nehmen gutes Geld dafür und womöglich noch bessere Dinge.«

Ningauble seufzte leichthin und ein wenig mitleidig. »Alles das ist sehr schlimm, mein lieber Sohn«, fuhr er fort, und seine Augensterne wirbelten hypnotisch durcheinander, »aber durchaus natürlich in Universen, die von Göttern wie den unseren gelenkt werden – natürlich und vielleicht erträglich. Aber«, – er machte eine kurze Pause –, »es wird noch schlimmer! Die Gierigen streben nicht nur die Herrschaft über alle Wesen in allen Universen an, sondern sie wollten auch alle ihre Kunden auf eine Ebene sklavischer und unterwürfiger Beeinflußbarkeit hinabdrücken, vermutlich auch aus der Angst heraus, daß eines Tages doch jemand die gefürchtete Frage nach dem wahren Wert der Dinge stellt. Jedenfalls wollen sie, daß alle Wesen nur noch ungläubig starren und den Plunder der Gierigen kaufen.

Das bedeutet natürlich, daß ihre Kunden über kurz oder lang kein Geld mehr haben werden, doch darüber scheint man sich keine großen Sorgen zu machen. Vielleicht meinen die Gierigen, daß dann doch immer wieder ein neues Universum bereitsteht, das sie erobern können. Und vielleicht stimmt das ja auch!«

»Ungeheuerlich!« bemerkte Fafhrd. »Aber was haben die Gierigen von ihren wilden Bemühungen, von ihrem verrückten Schachern? Was wollen sie wirklich?«

Ningauble erwiderte: »Die Gierigen wollen nur Bargeld anhäufen und ihre Nachkommen dazu erziehen, ebenfalls Geld zu horten, und sie stehen damit untereinander im Wettstreit. Und die Gierigen denken gern über den Dienst nach, den sie den zahlreichen Universen damit erweisen – sie behaupten, daß unterwürfige Kunden auch die gehorsamsten Untertanen für die Götter sind –, und klagen darüber, wie die Arbeit des Geldhortens sie quält und ihre Verdauung durcheinanderbringt.

Außerdem sammelt jeder Gierige insgeheim die schönsten Dinge und Gedanken von wirklichen Männern und Frauen (und wirklichen Zauberern und Dämonen), Dinge, die er zu Bankrottpreisen erworben und mit Plunder bezahlt hat oder – wie es die Gierigen am liebsten mögen – überhaupt nicht.«

»Wirklich ungeheuerlich!« wiederholte Fahrd. »Die Kaufleute sind wirklich ein böses Mysterium dieser Welt, und diese Gierigen scheinen die schlimmsten zu sein. Aber was hat das alles mit mir zu tun?«

»Oh, mein lieber Sohn«, erwiderte Ningauble, in dessen salbungsvoller Stimme nun eine gewisse Enttäuschung schwang, »du zwingst mich erneut, auf meine Hypothese zurückzukommen. Kehren wir zurück zu unserem mutigen Mann, dessen Universum unmittelbar bedroht ist und der sein Leben gering achtet und der einen weisen Onkel hat, dessen Ratschlag er stets befolgt ...«

»Die Gierigen haben auf dem Platz der Dunklen Freuden einen Laden eröffnet!« schaltete sich Sheelba so unvermittelt ein, daß Fafhrd diesmal tatsächlich zusammenzuckte. »Du mußt diesen Vorposten noch heute nacht vernichten!«

Fafhrd dachte einen Augenblick darüber nach und sagte dann vorsichtig: »Dabei werdet ihr beiden mich begleiten, nehme ich an, um mir mit euren magischen Kräften bei diesem sehr gefährlichen Unternehmen beizustehen. Ihr wollt eine Art magische Artillerie abgeben, während ich das Angriffskorps bin ...«

»Oh, mein lieber Sohn ...«, unterbrach ihn Ningauble in höchster Enttäuschung und schüttelte den Kopf, so daß seine Augensterne durcheinanderwirbelten.

»Du mußt es allein schaffen!« sagte Sheelba heftig.

»Ohne Hilfe von außen?« fragte Fafhrd. »Nein! Da besorgt euch einen anderen. Holt euch doch einen ungewöhnlich mutigen Mann, der stets den Rat seines ränkeschmiedenen Onkels befolgt – so sklavisch, wie angeblich die Leute auf die ausgelegten Waren der Gierigen reagieren ... Holt euch *den!* Was mich angeht ... nein!«

»Dann verschwinde, du Feigling!« erwiderte Sheelba düster.

Ningauble seufzte nur und sagte entschuldigend: »Es war vorgesehen, daß du einen Begleiter haben solltest, einen Kameraden im Krieg gegen das Böse – den Grauen Mausling. Aber leider ist er zu seiner Verabredung mit meinem Kollegen zu früh erschienen und hat sich in den Laden der Gierigen locken lassen und steckt jetzt sicher schon bis zum Hals in ihrer Falle, wenn es nicht schon zu spät ist. Du siehst also, daß uns dein Wohlergehen nicht gleichgültig ist und daß wir dich nicht allein belasten wollten. Wenn du jedoch immer noch fest entschlossen bist, mein lieber Sohn ...«

Fafhrd stieß eine Laut aus, der Ningaubles Seufzer in nichts nachstand. »Na gut«, sagte er mürrisch und nahm die Niederlage hin. »Ich tu's. Irgend jemand muß den kleinen grauen Narren aus dem leuchtenden Feuer – oder glitzernden Wasser ziehen, das ihn angelockt hat. Aber wie stelle ich das an?« Er hielt Ningauble den Finger unter die Nase. »Und nenn mich nicht wieder deinen lieben Sohn!«

Ningauble schwieg. Dann sagte er nur: »Benutze deinen Menschenverstand.«

Sheelba bemerkte: »Nimm dich vor der Schwarzen Wand in acht.«

Ningauble sagte zu Fafhrd: »Moment, ich habe ein Geschenk für dich«, und hielt ihm ein zerfetztes, etwa ein Meter langes Stoffband hin, das im Tuch seines langen Ärmels eingeklemmt war, so daß die Hand, die die Gabe hielt, nicht zu sehen war. Fafhrd nahm den Fetzen, knüllte ihn zusammen und steckte ihn in seinen Beutel.

»Behandle ihn gut«, sagte Ningauble warnend. »Das ist der Mantel der Unsichtbarkeit, der bei bestimmten Zaubereien getragen wird. Du darfst ihn erst dicht vor dem Basar der Gierigen anlegen. Er hat zwei kleine Schwächen: Er macht dich nicht völlig unsichtbar, wenn du es mit einem Meisterzauberer zu tun bekommst, der deine Gegenwart spürt und gewisse Maßnahmen ergreift. Auch solltest du darauf achten, daß du nicht blutest, während du den Mantel trägst, denn er läßt das Blut sichtbar werden ...«

»Ich habe auch ein Geschenk«, sagte Sheelba und zog aus seiner schwarzen Kapuzenöffnung ein Gebilde, das in der Dunkelheit bleichlich schimmerte wie ...

Wie ein Spinngewebe.

Sheelba bewegte es, als wollte er eine Spinne herausschütteln.

»Die Binde aller Realität«, sagte er und streckte Fafhrd seine Gabe entgegen. »Sie zeigt dir die Dinge, wie sie wirklich sind. Du darfst sie erst anlegen, wenn du den Basar betrittst. Auf keinen Fall, wenn dir dein Leben lieb ist, darfst du sie gleich vors Auge heben!«

Fafhrd nahm das Gebilde vorsichtig entgegen, und ein Schauder lief ihm über den Rücken. Er war durchaus gewillt, die Weisungen des schweigsamen Zauberers zu befolgen. Im Augenblick hatte er wirklich wenig Lust festzustellen, wie Sheelba der Augenlose wirklich aussah.

Inzwischen las der Graue Mausling in dem interessanten Buch des ganzen Haufens – in einer Zusammenfassung verborgenen Wissens, verfaßt in einer Schrift aus astrologischen und geomantischen Zeichen, deren Bedeutung ihm förmlich entgegensprang.

Um seine Augen ein wenig auszuruhen – und um das Buch nicht zu schnell zu lesen –, starrte er durch ein neunfach gewundenes Sehrohr auf eine Szene, die eigentlich nur den höchsten Himmel des Universums darstellen konnte, einen Himmel, in dem Engel schimmernd wie Fliegen herumhuschten und in dem sich einige wenige auserwählte Helden von ihrem großen Aufstieg ausruhten und kritisch auf die ameisenhafte Geschäftigkeit der Götter unter ihnen hinabschauten.

Um sich nun wiederum *davon* zu erholen, warf er einen Blick auf den scharlachroten Käfig, in dem das schönste, schlankste, dunkeläugigste Mädchen von allen saß.

Sie hockte dort auf den Fersen, und ihr Oberkörper war ein wenig zurückgeneigt. Sie trug eine rote Samttunika und hatte einen goldenen Haarschopf, der dicht und schmiegsam über ihr Gesicht fiel und es bis zu den geschürzten Lippen bedeckte. Mit den schlanken Fingern einer Hand teilte sie den seidig goldenen Vorhang und starrte spielerisch den Mausling an, während die Finger der anderen Hand in langsamem, gewichtigem Rhythmus ein paar goldene Kastagnetten bewegten, die dann und wann jedoch in ein plötzliches Stakkato ausbrachen.

Der Mausling überlegte gerade, ob er nicht jetzt ein paar Drehungen der rubinbesetzten goldenen Kurbel versuchen sollte, als sein Blick im Hintergrund des Ladens auf die schimmernde Wand fiel. Er überlegte, woraus sie bestehen mochte. Aus unzähligen winzigen Diamanten? Aus schwarzen Opalen? Schwarzen Perlen? Aus schwarzem Mondschein?

Wie die Antwort auch lauten mochte – die Wand war überaus interessant, und der Mausling legte hastig sein Buch hin, wobei er das neunfach gewinkelte Sehrohr als Lesezeichen benutzte – er war gerade bei einigen höchst interessanten Seiten über das Duellieren und hatte soeben die Universelle Parade und die fünf falschen Varianten und drei echten Formen des Verstohlenen Stoßes kennengelernt. Dann winkte er der betörenden Blondine kurz mit den Fingern zu und verschwand mit schnellen Schritten im hinteren Teil des Ladens.

Als er sich der Schwarzen Wand näherte, glaubte er einen kurzen Augenblick ein silbriges Gespenst oder vielleicht ein Silberskelett wahrzunehmen, das ihm entgegenkam; doch dann merkte er, daß es sich um sein eigenes Spiegelbild handelte, um eine Reflexion in dem dunkel schimmernden Material. Was ihm vorübergehend wie ein silberner Brustkorb vorgekommen war, entpuppte sich als Abbild der silbernen Schnüre auf seinem Wams.

Er grinste sein Spiegelbild an, streckte einen Finger aus, um den schimmernden Finger seines Gegenübers zu berühren, doch – o Wunder! – seine Hand drang in die Wand ein, und er spürte dabei nur das Kribbeln einer vielversprechenden Kühle, etwa als probierte er mit der Hand ein frisch bezogenes Bett.

Er betrachtete seine Hand in der Wand, und – ein zweites Wunder! – sie bestand aus herrlichem Silber, mit winzigen Schuppen übersät. Und obwohl es zweifellos seine Hand war – was er feststellte, indem er sie zur Faust ballte –, zeigte sie sich ohne Narben und merklich schlanker und mit längeren Fingern als zuvor, auf jeden Fall eine hübschere Hand, als er sie in Erinnerung hatte.

Er ließ die Finger hin und her schnellen, und es war, als beobachtete er einen kleinen silbrigen Fisch in dunklem Wasser.

Was für ein seltsamer Gedanke, dieses dunkle Aquarium oder Schwimmbecken aufrecht ins Haus zu nehmen, so daß man in aller Ruhe in die senkrechte Flüssigkeit hineinlaufen konnte und sich das lärmende athletische Hineinspringen und Tauchen ersparen konnte.

Und wie angenehm, daß das Becken nicht mit nassem kalten Wasser gefüllt war, sondern mit einer Art Schlafessenz! Einer Essenz, die außerdem noch kosmetische Eigenschaften besaß – eine Art Schlammbad ohne Schlamm. Der Mausling kam zu dem Schluß, daß er unbedingt ein Bad nehmen mußte, doch in diesem Augenblick fiel sein Blick auf eine lange schwarze Couch am anderen Ende der schwarzen flüssigen Wand, und hinter der Couch auf einem kleinen hohen Tisch mit Gerichten und einem Kristallkrug neben einem Weinkelch.

Er ging an der Wand entlang, um sich seine Entdeckung näher anzusehen, und sein schönes Spiegelbild folgte ihm Schritt für Schritt.

Er ließ seine Hand in der Wand ein Stück mitwandern und zog sie schließlich heraus, wobei die Schuppen sofort verschwanden und den vertrauten Narben Platz machten.

Die Couch entpuppte sich als schmaler, hochbordiger schwarzer Sarg, der mit gepolstertem schwarzen Satin ausgeschlagen war und an einem Ende einen Stapel kleiner schwarzer Satinkissen bot. Die Kiste machte einen sehr bequemen Eindruck; sie war nicht ganz so verlockend wie die Schwarze Wand, aber dennoch sehr attraktiv. In den Satin war zur Zerstreuung des ›Bewohners‹ sogar ein Fach mit kleinen schwarzen Büchern eingelassen, daneben stand eine nicht brennende schwarze Kerze.

Die Sammlung auf dem kleinen Ebenholztisch auf der anderen Seite war überwiegend schwarz. Der Mausling beugte sich hinüber und kostete hier und da und stellte fest, um was es sich handelte: Da gab es sehr dunkles Roggenbrot, mit Mohn bestreut und mit schwarzer Butter bestrichen, dazu kohlegebratene Steaks, ähnlich zubereitete Kalbsleberscheiben mit dunklen Gewürzen bestreut, weiterhin dunkle Weintrauben, papierdünn geschnittene Trüffel, schwarzgebratene Pilze und eingelegte Kastanien – und natürlich reife Oliven und schwarzen Kaviar. Die schwarze Flüssigkeit im Krug, die beim Eingießen aufschäumte, erwies sich als Bier, das mit schäumendem Ilthmarwein durchsetzt war.

Er beschloß, zunächst den inneren Mausling ein wenig zu laben – jenen Mausling, der eine Art blindes Dasein zwischen seinen Lippen und seinem Magen führte. Erst dann wollte er schwimmen gehen in der Schwarzen Wand.

Fafhrd betrat den Platz der Dunklen Freuden zum zweitenmal. Vorsichtig ausspähend, hielt er den langen Fetzen des Mantels der Unsichtbarkeit zwischen Daumen und Zeigefinger der linken Hand und die schimmernde Binde aller Realität ähnlich vorsichtig in der Rechten.

Auf der anderen Seite des Platzes machte er den auffallend hellen Laden aus – jenen Laden, der eine Außenstelle der gefährlichen Gierigen sein sollte. Vor dem Laden bewegte sich unruhig eine Menschenmenge, die erregte Kommentare abgab und wilde Vermutungen anstellte.

Das einzige, was der Mausling auf diese Entfernung ganz deutlich ausmachen konnte, war der rotbehelmte Verkäufer in seinen weiten Hosen. Der Mann fegte gerade nicht, sondern stand neben dem spitzen Torbogen und stützte sich auf seinen langen Besen.

Mit schwungvoller Bewegung legte sich Fafhrd den Mantel der Unsichtbarkeit um den Hals. Das zerfetzte Band hing links und rechts auf seiner Brust herab. Er schaute an sich hinunter, ohne eine Veränderung zu bemerken, und ihm kamen Zweifel, ob der Zauber überhaupt funktionierte. Wie so manchem Wundertätigen machte es Ningauble nichts aus, völlig nutzlose Dinge herzugeben – nicht unbedingt, um dem Träger zu schaden, sondern um dessen Moral ein wenig anzuheizen. Fafhrd marschierte kühn auf den Laden los.

Der Nordling war ein großer breitschultriger Mann – ein Eindruck, der hier im zivilisierten Lankhmar durch seine barbarische Kleidung und seine übermäßige Bewaffnung noch verstärkt wurde. Daher hielt er es für selbstverständlich, daß ihm das gewöhnliche Stadtvolk aus dem Weg ging; es wäre ihm gar nicht eingefallen, daß es auch anders sein könnte.

Nun erlebte er einen Schock. Schreiber, Herumtreiber, Krieger, Studenten, Sklaven, zweitklassige Händler und zweitklassige Huren – alle, die ihm sonst instinktiv ausgewichen wären (letztere mit einem einladenden Hüftschlag), marschierten jetzt geradewegs auf ihn los, so daß er zur Seite springen, seinen Körper verdrehen, stehen bleiben und manchmal sogar zurückweichen mußte, um nicht angerempelt zu werden. Tatsächlich marschierte ein stürmischer Dikker sogar fast mit seinem Spinngewebe davon.

Er war so damit beschäftigt, den fafhrdblinden Lankhmariern auszuweichen, daß er erst wieder zum Laden hinschaute, als er fast in der Tür stand. Und ehe er sich zum erstenmal richtig umsah, neigte er auch schon den Kopf, so daß sein linkes Ohr die Schulter berührte, und legte sich Sheelbas Spinngewebe vor die Augen.

Es fühlte sich wie ganz gewöhnliches Spinngewebe an, wie

wenn man des nachts zwischen zwei dichtstehenden Bäumen hindurchgeht und mit dem Gesicht in ein solches Netz hineinläuft. Seine Umgebung schimmerte ein wenig, als sähe er sie durch ein feines Kristallgitter. Dann verschwand das Schimmern und auch das merkwürdig gespannte Gefühl über seinen Augen, und Fafhrd konnte – soweit er das zu beurteilen vermochte – wieder völlig normal sehen.

Es stellte sich heraus, daß die Ladentür der Gierigen mit allerlei Unrat verstellt war, und zwar mit besonders widerlichem Unrat, mit alten Knochen, toten Fischen, Darmresten von Schweinen, vermodernden Totentüchern, die ungleichmäßig zusammengefaltet waren, dazu Glas- und Geschirrscherben, kaputte Kästen, stinkende tote Blätter, die schon vom Mehltau befallen waren, blutige Lumpen, beschmutzte Lendenschurze, große Würmer, die sich neugierig umsahen, hin und her huschende Tausendfüßler, unzählige Küchenschaben, Maden, die überall herumkrochen – und weniger angenehme Dinge.

Auf dem ganzen Durcheinander hockte ein Geier, der fast alle Federn verloren hatte und unter irgendeiner Krankheit zu leiden schien. Fafhrd hielt ihn für tot, bis das Tier eines seiner weißen Augen öffnete.

Das einzige vielleicht verkäufliche Objekt vor dem Laden – eine bemerkenswerte Ausnahme – war eine große schwarze Eisenstatue, etwas überlebensgroß, die einen hageren Schwertkämpfer von grimmigem und zugleich melancholischem Aussehen darstellte. Die Gestalt erhob sich auf ihrem rechteckigen Podest neben der Tür und stützte sich ein wenig auf ihr breites Langschwert und schaute düster über den Platz.

Die Statue weckte eine Erinnerung in Fafhrds Kopf – eine ganz frische Erinnerung, glaubte er zu wissen, aber dann kam er mit seinen Gedanken nicht weiter und gab das Problem auf. Bei einem Unternehmen wie diesem kam es auf Schnelligkeit an. Er lockerte seine Axt in ihrer Schlinge, zog lautlos Graywand aus der Scheide und betrat, sich erschaudernd an dem Unrat vorbeidrückend, den Basar des Bizarren.

Der Mausling, angenehm gesättigt durch das schmackhafte schwarze Essen und den schweren schwarzen Wein, wanderte wieder zur Schwarzen Wand und stieß seinen Arm bis zur Schulter hinein. Er schwenkte ihn herum, genoß die sanft fließende Kühle und bewunderte die zarten Silberschuppen und die übermenschliche Schönheit seines anderen Arms. Als nächstes ließ er sein rechtes Bein nachfolgen, schwang es hin und her wie ein Ballettänzer, der an der Stange übt. Dann atmete er vorsichtig ein und ließ sich noch weiter hineintreiben.

Als Fafhrd den Basar betrat, fiel sein Blick auf die herrlich gebundenen Bücher und Sehrohre und Kristallinsen, die der Mausling schon bewundert hatte – Dinge, die Ningaubles Theorie, die Gierigen verkauften nur Plunder, doch etwas zu widersprechen schien.

Er entdeckte auch die wunderschönen Käfige aus juwelenbesetztem Metall und die schimmernden Ketten, an denen sie hingen, und die kostbaren Kurbeln an der Wand.

Jeder Käfig enthielt eine schimmernde, herrlich getönte dunkel- oder hellhaarige Spinne, fast kindsgroß. Die Tiere schwenkten von Zeit zu Zeit ihre langen klauenfüßigen Beine oder öffneten und schlossen die herabschwingenden Eßwerkzeuge. Dabei sahen sie Fafhrd aus wachsamen Augen, die in zwei juwelengleichen Reihen zu je vier angeordnet waren, starr an.

Mit der Spinne die Spinne fangen, überlegte Fafhrd und dachte an sein Spinngewebe und überlegte dann, was dieser Gedanke bedeuten mochte.

Hastig wandte er sich nützlicheren Überlegungen zu, doch er hatte sich kaum gefragt, ob er, ehe er weiter in den Laden vordrang, die Spinnen töten sollte, Spinnen, die wohl die Lasttiere irgendeiner Dschungelherrscherin waren – wieder ein Umstand gegen Ningaubles Unrat-Theorie! –, als aus dem hinteren Teil des Ladens ein leises Plätschern herüberklang.

Er mußte sofort an den Mausling denken, der ein Bad nahm. Der kleine graue Genießer badete gern, er liebte das lange gemütliche Ausharren in heißem seifigem Wasser, das mit Duftstoffen angereichert war. Fafhrd eilte weiter, nicht ohne sich mehrmals besorgt umzusehen.

Er umging eben den letzten Käfig, ein scharlachrotes Gebilde mit der schönsten Spinne von allen, als er ein Buch bemerkte, in dem ein gewundenes Sehrohr lag, so wie auch der Mausling immer seine Bücher ablegte, mit einem Dolch als Lesezeichen.

Fafhrd blieb stehen und öffnete das Buch. Die weißen Seiten waren leer. Er legte sein gestärktes Auge an das Okular der Messingröhre und erschaute eine Szene, bei er es sich nur um die rauchige Hölle des Universums handeln konnte – ein grausamer Ort, an dem schwarze Teufel wie Tausendfüßler herumeilten, an dem festgekettete Sünder verzweifelt nach oben schauten und sich die Verdammten im Griff schwarzer Schlangen mit leuchtenden Augen und feuerspeienden Nüstern wanden.

Als er Röhre und Buch fallen ließ, hörte er den schwachen Aufprall von Wassertropfen. Er fuhr herum und starrte in die dunklen Winkel des Ladens und entdeckte dort endlich die perlschimmernde Schwarze Wand und ein Silberskelett mit Diamantenaugen, das eben darin verschwand.

Der kostbare Knochenmann – erneut war Ningaubles Unrat-Theorie widerlegt! – hatte allerdings noch einen Arm auf dieser Seite der Wand, und dieser Arm bestand nicht aus Knochen, nicht aus silbernen oder weißen oder etwa bräunlichen Knochen, sondern aus lebendig wirkendem Fleisch mit richtiger Haut darüber.

Als der Arm in der Wand versinken wollte, sprang Fafhrd blitzschnell vor und ergriff die Hand, ehe sie völlig eintauchen konnte. Nun wußte er, daß er da seinen Freund gepackt hatte, denn des Mauslings Griff war unverkennbar, so geschwächt er auch sein mochte.

Fafhrd zerrte, doch es kam ihm vor, als säße der Mausling in schwarzem Treibsand fest. Der Nordling legte Graywand auf den Boden, packte den Mausling am Handgelenk, stemmte sich mit den Füßen in die groben Pflastersteine und setzte zu einem gewaltigen Kraftakt an.

Mit schwarzem Platschen kam das Silberskelett aus der Wand und verwandelte sich dabei in einen starr blickenden

Grauen Mausling, der – ohne seinen Freund und Retter anzusehen – im Bogen davonstolperte und kopfüber in den schwarzen Sarg stürzte.

Doch ehe Fafhrd seinen Kameraden aus dem neuen Gefängnis befreien konnte, waren schnelle Schritte zu hören, und zu Fafhrds Überraschung kam die große schwarze Eisenstatue in den Laden gerannt. Sie hatte ihr Podest verlassen, war jedoch nicht ohne das zweischneidige Schwert gekommen, das sie nun wild um den Kopf kreisen ließ, während sie düsteren Blickes alle Schatten und Ecken des Ladens absuchte.

Der dunkle Blick strich über Fafhrd dahin, ohne ihn wahrzunehmen, fiel jedoch auf Graywand, das dort auf dem Boden lag. Beim Anblick des Langschwertes fuhr die Statue sichtlich zusammen, verzog wutentbrannt den Mund und kniff die schwarzen Augen zusammen. Sie warf durchdringende Blicke in alle Richtungen und begann in überraschenden Zickzackbewegungen den Laden abzusuchen, wobei sie das dunkel schimmernde Schwert in niedrigen Sensenschlägen herumzischen ließ.

In diesem Augenblick starrte der Mausling mit aufgerissenen Augen über den Sargrand, hob schwach die Hand und rief mit leiser trunkener Stimme: »Juchhuu!«

Die Statue hielt inne und starrte den Mausling mit einer Mischung aus Verachtung und Verblüffung an.

Der Mausling richtete sich in dem schwarzen Sarg auf, schwankte unsicher hin und her und fingerte in seinem Beutel herum.

»He, Sklave!« rief er der Statue fröhlich zu. »Deine Waren sind ganz annehmbar. Ich nehme das Mädchen im roten Samt.« Er zog eine Münze aus seinem Beutel, starrte sie aus unmittelbarer Nähe an und warf sie der Statue hin. »Das ist ein Penny. Und dann das neunmal geknickte Sehrohr. Noch ein Penny.« Er schleuderte die Münze. »Und *Grons Großartiges Kompendium Exotischer Dinge* – wieder ein Penny. Ja, und hier ist noch etwas für das Essen – sehr schmackhaft. Oh, hätte ich fast vergessen – noch eine Münze für die Unterkunft hier!« Er warf der dämonischen schwarzen Statue ein fünftes Kupferstück hin, lächelte selig und verschwand wieder in seinem Sarg. Man hörte das leise Rascheln des schwarzen Satins, als er in die Polsterung sank.

Der Mausling war noch mit seinem Münzenwerfen beschäftigt, als es Fafhrd aufgab, über das unsinnige Verhalten seines Kameraden nachzudenken. Er kam zu dem Schluß, daß es sinnvoller war, sich die Ablenkung zunutze zu machen und Graywand wieder aufzunehmen. Er zögerte nicht lange, doch schon war die schwarze Statue wieder kampfbereit – wenn sie überhaupt eine Sekunde abgelenkt gewesen war. Ihr Blick fiel auf Graywand, als Fafhrd das Langschwert berührte, und sie trat widerhallend mit dem Fuß auf und ließ ein hartes metallisches »Ha!« vernehmen.

Offenbar wurde das Schwert unsichtbar, als Fafhrd es ergriff, denn die schwarze Statue folgte ihm nicht mit den Blikken, als er nun langsam die Stellung wechselte. Statt dessen legte sie das breite Schwert ab, nahm eine lange schmale Silbertrompete auf und setzte sie an die Lippen.

Fafhrd hielt einen sofortigen Angriff für geboten, ehe die Statue Verstärkung herbeirufen konnte. Er ging geradewegs auf das Ding los und holte dabei zu einem gewaltigen Schlag aus, wappnete sich gegen einen betäubenden Aufprall.

Die Statue blies, doch statt des erwarteten Alarmrufs wehte eine gewaltige weiße Wolke auf ihn zu, die wie dichter Hlal-Nebel alles auslöschte.

Fafhrd wich heuchend und hustend zurück. Der Nebel lichtete sich sehr bald wieder; das Pulver sank unnatürlich schnell zu Boden, und er konnte sich wieder auf seinen Angriff konzentrieren. Doch offenbar konnte ihn die Statue nun erkennen, denn sie starrte ihn direkt an, ließ wieder ihr metallisches »Ha!« erklingen und ließ in Erwartung des Angriffs die eigene Klinge um den Kopf wirbeln – als müßte sie für den Kampf ihr Uhrwerk noch aufziehen.

Fafhrd sah, daß seine Hände und Arme mit dem weißen Pulver bedeckt waren, das anscheinend überall an seinem Körper haftete – mit Ausnahme der Augen, die zweifellos durch Sheelbas Spinngewebe geschützt waren.

Die Eisenstatue kam wild um sich schlagend näher. Fafhrd fing den Hieb des großen Schwertes mit seiner Klinge ab, schlug zurück und wurde seinerseits pariert.

Von nun an war der Kampf ein ganz normales Schwertduell – außer daß Graywand mit jedem Schlag eine Kerbe hinnehmen mußte, während die etwas längere Waffe der Statue intakt blieb. Und jedesmal wenn Fafhrd die Abwehr des anderen durchbrach – was ihm nur im Zustoßen und nie durch einen Schlag gelang –, erwies es sich, daß der andere den Körper oder Kopf noch im letzten Augenblick unglaublich schnell zur Seite zucken ließ, als ahnte er jede Bewegung Fafhrds im voraus.

Zu der Zeit wollte es Fafhrd scheinen, als wäre dies der bedrückendste und gewiß ermüdendste Kampf seines Lebens, und so war er nicht wenig verärgert, als der Mausling nun in seinem Sarg wieder emportaumelte, sich mit einem Ellenbogen auf der satinbeschlagenen Kante abstützte, das Kinn in die Hände legte, die beiden Kämpfenden breit angrinste und von Zeit zu Zeit wild auflachte und Unsinn brüllte wie: »Jetzt den Verstohlenen Stoß Nummer zweieinhalb, Fafhrd – steht da im Buch!« oder »Spring doch in den Ofen – das ist eine tolle Strategie!« oder – zur Statue gewandt: »Du mußt auch unter seinen Füßen fegen, du Schurke!«

Die Statue wich einer plötzlichen Attacke ihres Gegners aus und stieß gegen den Tisch, auf dem die Überreste der Mahlzeit standen; offensichtlich erstreckten sich seine vorausschauenden Fähigkeiten nicht auf das, was hinter ihr war. Die Essensreste und Scherben ergossen sich auf den Boden.

Der Mausling lehnte sich über den Sargrand und wackelte tadelnd mit dem Finger. »Das wirst du aufwischen müssen!« rief er und wollte sich ausschütten vor Lachen.

Im Zurückweichen stieß die Statue nun gegen den schwarzen Sarg. Der Mausling klatschte der dämonischen Gestalt kameradschaftlich auf die Schulter und rief: »Los, weitermachen du Clown. Bürste ihn ab!«

Aber am schlimmsten war es vielleicht, als er – während die beiden Kämpfer eine kurze Pause machten und keuchten – verschmitzt zu der ersten großen Riesenspinne hinüberwinkte, sein verrücktes »Juchhuuu!« ausstieß und dann rief: »Wir sehen uns nach dem Zirkus!«

Fafhrd, der müde den fünfzehnten oder fünfzigsten Kopfhieb parierte, dachte bitter: *Das hat man davon, wenn man kleine herzlose Verrückte retten will. Sheelbas Spinngewebe zeigt mir den Grauen Mausling in seiner ganzen Idiotie.*

Der Mausling war zunächst wütend gewesen, als ihn der Kampflärm aus seinem satingebetteten Schlummer weckte, doch als er nun sah, was da vorging, hatte er schnell seinen Spaß an der komischen Szene.

Denn ohne Sheelbas Spinngewebe sah der Mausling natürlich nur den verrückten rotbemützten Verkäufer, der in seinen lächerlich hochgerollten roten Schuhen herumsprang und eine zweite Gestalt mit seinem Besen bedrohte. Und dieser Mann war Fafhrd, der in ein Mehlfaß gestürzt zu sein schien. Die einzige Stelle, an der der Nordling nicht weiß bestäubt war, zog sich schattig in Form einer Maske um seine Augen.

Was die Sache so überaus komisch erscheinen ließ, war die Tatsache, daß der mehlweiße Fafhrd die Bewegungen und Grimassen eines richtigen Kampfes absolvierte und sich dabei an die Regeln hielt; er parierte den Besenstiel, als wäre er eine gewaltige Doppelaxt oder sogar ein zweischneidiges Breitschwert.

Der Besen fuhr hoch, und Fafhrd starrte ihn lange an, legte die phantastische Nachahmung eines nervösgespannten Blickes auf die Bretter – trotz seiner seltsam beschatteten Augen. Dann fuhr der Besen wieder herab, und Fafhrd wappnete sich gegen den Schlag und schien ihn mit seinem Schwert nur mühsam abzufangen – und tat dann noch so, als werde er davon zurückgeworfen!

Der Mausling hatte keine Ahnung gehabt, daß Fafhrd so gut schauspielern konnte, wenn es sich auch um eine ziemlich mechanische Darstellung handelte, der das großangelegte dramatische Genie noch etwas fehlte, und er wieherte sein Vergnügen hinaus.

Dann berührte der Besen Fafhrd an der Schulter, und Blut floß.

Fafhrd, der nun verwundet war und wohl kaum gegen die schwarze Statue durchhalten konnte – obwohl deren eiserne Brust inzwischen auch auf und ab wogte wie ein Blasebalg –, entschloß sich zu einer schnellen Maßnahme. Wieder lokkerte er seine Handaxt in ihrer Schlinge, und in der nächsten

Kampfpause, da beide Kämpfer gleichzeitig zurückfuhren, brachte er die Klinge hoch und schleuderte sie in das Gesicht seines Gegners.

Anstatt der Axt auszuweichen oder sie abzuwehren, senkte die Statue ihren Kopf und machte nur eine kleine kreiselnde Bewegung mit dem Kopf.

Die Axt umschwang den hageren schwarzen Kopf wie ein silberner Komet und ging wie ein Bumerang wieder auf Fafhrd los – und sogar schneller, als Fafhrd sie abgeschleudert hatte.

Doch nun blieb Fafhrd die Zeit, sich etwas zu ducken und die Waffe mit der linken Hand aufzufangen, als sie an seiner Wange vorbeizischte.

Seine Gedanken waren plötzlich beflügelt. Er dachte daran, daß sein Gegner zwar jedem frontalen Angriff auszuweichen verstand, daß er aber den Tisch und den Sarg hinter sich nicht umgangen hatte. Fafhrd erkannte, daß der Mausling seit einem Dutzend Schlägen nicht mehr gelacht hatte, und entdeckte einen seltsam bleichen und nüchtern gewordenen kleinen Mann, der noch immer ein wenig verwirrt schien, der aber anscheinend entsetzt auf das Blut starrte, das Fafhrd am Arm hinablief.

Er versuchte seiner Stimme einen fröhlichen Klang zu geben und rief: »Komm, mach mit! Amüsier dich, du Clown! Hier ist dein Knüppel!« Und Fafhrd warf dem Mausling die Axt zu.

Ohne das Ergebnis seines Wurfes abzuwarten, ging er unter Aufbietung seiner letzten Kräfte zu einem erneuten Angriff über, der die dunkle Statue wieder gegen den schwarzen Sarg trieb.

Ohne den entsetzten Blick von der Schulter seines Freundes zu nehmen, streckte der Mausling im letzten Augenblick die Hand aus und fing die langsam herabwirbelnde Axt am Griff auf.

Als die schwarze Statue nun auf den Sarg zukam und offenbar zu einem gewaltigen Gegenangriff ausholte, beugte sich der Mausling vor, nun wieder sinnlos grinsend, und hieb mit der Axt auf den schwarzen Schädel ein.

Der eiserne Kopf teilte sich wie eine Kokosnuß, ohne völlig

auseinanderzufallen. Fafhrds Handaxt, in der Kerbe eingeklemmt, schien plötzlich zu Eisen zu werden wie die Statue, und ihr schwarzer Griff wurde dem Mausling aus der Hand gerissen, als sich die Statue hochrichtete und erstarrte.

Der Mausling betrachtete bedauernd den eingeschlagenen Kopf, wie ein Kind, das noch nicht gewußt hatte, daß Messer scharf sind.

Die Statue hob ihr großes Schwert flach vor die Brust, wie einen Stab, auf den sie sich stützen wollte, fiel steif vornüber und stürzte polternd zu Boden.

Im gleichen Augenblick lief weißes Leuchten über die Schwarze Wand, erhellte zuckend den ganzen Laden, und grollendes Donnern echote aus ihren Tiefen herauf.

Fafhrd schob Graywand in die Scheide, zog den Mausling aus seinem schwarzen Sarg und brüllte ihm ins Ohr: »Los! Raus hier!«

Der Mausling rannte auf die Schwarze Wand zu.

Fafhrd packte ihn im letzten Augenblick am Handgelenk, stürzte auf die spitze Türöffnung zu, den Mausling mitziehend.

Das Donnern verhallte, und ein leiser lockender Pfiff ertönte.

Wieder zuckte ein Leuchten über die Schwarze Wand, viel heller als zuvor, als raste dort ein Gewittersturm heran.

Der weiße Schimmer brannte eine Vision unauslöschlich in Fafhrds Gedächtnis: Die Riesenspinne im hintersten Käfig preßte sich gegen die blutroten Gitterstäbe und starrte auf sie herab. Sie hatte helle Beine und einen samtroten Körper und einen goldschimmernden Haarschopf, unter dem acht tiefschwarze Augen hervorstarrten, während ihre Eßwerkzeuge wie die Klingen einer goldenen Schere herabhingen und in wildem Stakkatorhythmus wie Kastagnetten rasselten.

In diesem Augenblick wiederholte sich der lockende Pfiff. Auch dieser Laut schien von der rotgoldenen Spinne auszugehen.

Doch am unheimlichsten war für Fafhrd nun die Antwort des Mauslings, der sich nur widerwillig mitziehen ließ: »Ja, Liebling, ich komme ja! Laß mich los, Fafhrd. Laß mich zu ihr hinaufsteigen. Nur ein Kuß! Meine Süße!«

»Hör auf damit, Mausling«, knurrte Fafhrd entsetzt. »Das ist eine Riesenspinne!«

»Wisch dir doch die Spinnweben aus den Augen, Fafhrd!« erwiderte der Mausling. »Ein herrliches Mädchen ist das! So etwas bekommt man nur einmal zu Gesicht – und ich habe sie bezahlt! *Süßes!*«

Dann erstickte das gewaltige Donnern seine Stimme und einen möglichen weiteren Pfiff, und wieder zuckte das Licht auf, heller als der Tag, gefolgt von einem weiteren gewaltigen Donnerschlag. Der Fußboden erbebte, der ganze Laden wurde durchgeschüttelt, Fafhrd zerrte den Mausling durch die Spitzbogentür ins Freie, und ein gewaltiger Blitz zuckte auf.

In seinem Licht erblickte er einen Halbkreis von Lankhmariern, die in alle Richtungen auseinanderstoben und mit entsetzten Gesichtern über die Schultern blickten, die auf der Flucht waren vor diesem bemerkenswerten Unwetter im Hausinnern, das sie ins Freie zu verfolgen drohte.

Fafhrd fuhr herum. Die Tür war verschwunden. Die Mauer war unversehrt.

Der Bazar des Bizarren hatte Nehwon verlassen.

Der Mausling saß auf dem feuchten Pflaster, wo Fafhrd ihn losgelassen hatte, und sagte in klagendem Tonfall: »Alle Geheimnisse der Zeit und des Raumes! Die Geheimnisse der Götter und der Hölle! Das schwarze Nirwana! Ein roter und goldener Himmel! Fünf Pennies verloren!«

Fahrd biß die Zähne zusammen. Ein Entschluß reifte in ihm heran, geboren aus der Aufregung der letzten Stunde.

Bisher hatte er Sheelbas Spinngewebe und Ningaubles Fetzen nur zum Nutzen anderer eingesetzt. Jetzt wollte er damit zur Abwechslung etwas für sich entscheiden. Er wollte sich den Mausling eingehender ansehen – und überhaupt jede Person, die er kannte. Auch sein eigenes Spiegelbild wollte er studieren! Doch zuerst mußte er zum magischen Kern Sheelbas und Ningaubles vordringen!

Über ihm war ein leises »Psst!« zu hören.

Als er aufschaute, spürte er, wie ihm etwas vom Hals fortgerissen wurde, wie sich mit kaum spürbarem Kribbeln etwas von seinem Gesicht löste.

Einen Augenblick lang nahm er einen Schimmer wahr, der sich nach oben entfernte, und durch diesen Hauch glaubte er – wie durch eine dicke Linse verzerrt – ein schwarzes Gesicht mit spinnwebartiger Haut wahrzunehmen, die Mund und Nasenflügel und Augen umschloß.

Dann war das seltsame Aufblitzen auch schon vergangen, und er sah nur zwei Kapuzenköpfe, die über eine Dachkante zu ihm herabschauten. Leises Gelächter ertönte.

Schließlich verschwanden die beiden Köpfe, und da waren nur noch das Dach und der Himmel und die Sterne und die glatte Wand.

Aus dem Amerikanischen
übersetzt von Thomas Schlück

Drittes Buch

Schwerter im Nebel

Im Tempel des Hasses

Nervtötender Trommelrhythmus war gedämpft zu hören, und rote Fackeln flackerten hypnotisch in dem unterirdischen Tempel des Hasses, einem Tempel, in dem fünftausend zerlumpte Gläubige knieten und ekstatisch die Stirnen gegen die kalten schmutzigen Steine preßten, während die Trance sie umschlossen hielt, während das menschliche Gift in ihnen aufstieg.

Der Trommelschlag tönte leise. Bis auf ein gelegentliches Schnaufen und Aufheulen war das innere Pulsieren lautlos. Und doch erzeugte beides zusammen eine teuflische Vibration, die die Stadt und das Land Lankhmar und die ganze Welt Nehwon zu erschüttern drohte.

Lankhmar hatte viele Monde lang in Frieden gelebt – das machte den Haß stark. Zudem feierte Lankhmars schwarzgekleideter Adel heute abend auf der anderen Seite der Stadt mit allem Prunk die Hochzeit der Tochter des Oberherrn mit dem Prinzen von Ilthmar – da war der Haß gleich doppelt stark.

Der nicht unterteilte unterirdische Tempel war lang und breit und in unregelmäßigen Abständen derart mit Pfeilern durchsetzt, daß von keiner Stelle aus mehr als ein Drittel seiner Fläche zu überschauen war. Und doch hing seine Decke so niedrig, daß man sie mit den Fingern berühren konnte – nur beugten ohnehin die meisten ehrfürchtig den Kopf. Die Luft war schwül. Die gekrümmten Rücken der haßerfüllten Anbeter bildeten eine Art hügelige Landschaft, aus der sich die Steinpfeiler wie graue Baumstämme erhoben.

Der maskierte Erzpriester des Hasses hob einen knochigen Finger. Zimbeln begannen im Rhythmus des Trommelschlages und der glühweißen Feuerzungen zu erklingen und steigerten sich in einen unerträglichen Höhepunkt.

In der Dämmerung der Riesenhalle begannen bleiche Schleier vom hügeligen Boden aufzusteigen, als wüchse dort ein seltsames Zaubergras. Die unheimlichen Ausläufer, die in einer anderen Welt vielleicht als ektoplasmisch bezeichnet worden wären, vervielfachten sich, wurden dicker und länger und vereinigten sich zu unruhigen weißen Schlangenformationen, so daß es schien, als wären Ausläufer des schweren Hlalnebels in den tiefen Keller herabgedrungen.

Die weißen Schlangen ringelten sich an den Pfeilern vorbei, strichen an der niedrigen Decke entlang, liebkosten feucht die Rücken ihrer Anbeter und Erzeuger, vereinigten sich erneut und verschwanden dann im schwarzen Tunnel einer schmalen Wendeltreppe, deren Stufen ausgetreten waren – ein geschmeidig dahinschlängelnder weißer Zylinder, in dem eine seltsame Röte lauerte.

Und die ganze Zeit setzten Trommeln und Zimbeln ihren Lärm fort, sie unterbrachen den entsetzlichen Rhythmus nicht, Holzräder drehten sich mit abgeschirmten rotbrennenden Kerzen, auch blieben die Augen des Erzpriesters unbeweglich hinter seiner hölzernen Maske, und keine hypnotisierte Seele blickte auf.

Durch eine neblige Gasse ganz in der Nähe eilte ein Bettlermädchen zu den Diebesquartieren – ein mageres, schwaches Mädchen mit riesigen ängstlichen Augen in einem feenhaft schönen Gesicht. Sie sah die weiße Säule, die, nun abgeflacht, zwischen den Stäben eines niedrigen ebenerdigen Fensters hervorquoll, und obwohl ihr der dichte kühle Flußnebel bereits auf den Fersen war, wußte sie, daß diese Erscheinung etwas anderes war.

Sie versuchte um das Ding herumzulaufen, doch pfeilschnell zuckte die Erscheinung zur entgegengesetzten Wand hinüber und versperrte ihr den Weg. Sie lief zurück, doch der Nebel überholte sie und bildete ein U, drückte sie gegen die unnachgiebige Mauer. Schließlich stand sie nur noch zitternd da, und die Nebelschlange rückte immer näher und wurde immer dichter und ringelte sich um sie. Ihre Spitze bewegte sich wie der Kopf einer Giftschlange kurz vor dem Zustoßen und zuckte plötzlich an ihre Brust. Ihr Zittern hörte augenblicklich auf, der Kopf fiel ihr zurück, und sie sank leblos zu Boden.

Die Nebelschlange tippte sie noch ein paarmal an, drehte sie – wohl vor Wut, daß sie kein Leben mehr in dem Mädchen feststellen konnte – auf den Rücken und bewegte sich dann hastig in der gleichen Richtung weiter, die auch der Flußnebel eingeschlagen hatte – quer durch die Stadt zum Viertel der Adeligen, in dem sich der laternenbesetzte Palast des Oberherrn erhob.

Abgesehen von einem gelegentlichen roten Schimmer in einem der Nebel, waren die beiden Wolken identisch.

Auf einer Kreuzung, an der fünf Gassen zusammenliefen, neben einem ausgetrockneten Pferdetrog, saßen zwei Männer, einen gedrungenen Feuerkessel mit etwas glühender Kohle zwischen sich. Sie waren den Häusern der Reichen so nahe, daß gelegentlich Musik und Gelächter herüberwehte, dazu flackerte dann und wann buntes Licht. Die beiden Männer hätten Bettler sein können – außer daß ihre Kleidung und Schuhe und Umhänge aus gutem Material bestanden – wenn sie auch abgetragen waren – und daß jeder seine Waffe in Griffweite behielt.

Der größere der beiden sagte: »Es gibt Nebel heute abend. Ich rieche ihn heraufkommen vom Fluß.« So sprach Fafhrd, gutbewaffnet, bleich und ernst, mit rotgoldenem Haar.

Der Kleine, dessen Kopf von einer weiten grauen Kapuze geschützt war, warf zwei Kohlestückchen in den Kessel und sagte sarkastisch: »Gleich prophezeist du noch einen Gletscher, der sich durch die Straße der Götter heranwälzt.« Der Mausling sagte es, mit wachsamem Blick und spöttisch verkniffenen Lippen.

Fafhrd grinste. Als ein Windhauch fröhliches Singen herüberwehte, wandte er sich an die dunkle Luft, die die Töne weitertrug: »Na, warum sitzen wir eigentlich nicht warm und weich da drinnen und trinken und lassen uns süß umarmen?«

Zur Antwort nahm der Graue Mausling seinen Rattenlederbeutel vom Gürtel und ließ ihn an der Schnur in seine Handfläche klatschen. Der Beutel verflachte sich etwas und klimperte nicht. Um sein Argument noch deutlicher zu machen, hielt er Fafhrd seine zehn Finger hin, an denen keine Ringe zu sehen waren.

Fafhrd grinste erneut und sagte in die Luft hinein, die nun von einem ersten Nebelhauch erfüllt war: »Also, das ist komisch. Wir haben bei unseren Abenteuern wer weiß wie viele

Juwelen und Goldstücke gewonnen – und sogar Kreditbriefe auf die Kornhändlerzunft. Wohin ist das Vermögen entschwunden? Die Kreditbriefe mit ihren Pergamentflügeln, die schönen, feuersprühenden Juwelen? Warum sind wir nicht reich?«

Der Mausling schnaubte: »Weil du unser Geld auf wertlose Dinge verschwendest oder es für sinnlose Ideen ausgibst – für irgendeinen Kreuzzug gegen die Mauern der Hölle zum Beispiel. Und ich bleibe arm, weil ich mich immer wieder um dich kümmern muß.«

Fafhrd lachte und erwiderte heftig: »Du vergißt deine eigenen Laster – vergißt deine Einfälle, dem Oberherrn den Beutel zu stehlen, damals als wir ihn retteten und ihm seine verlorene Krone zurückgaben. Nein, Mausling, wir sind arm, weil ...« Er richtete sich plötzlich auf und schnüffelte. »Der Nebel riecht so seltsam, heute abend«, verkündete er.

Der Mausling sagte trocken: »Es riecht schon nach totem Fleisch, verbranntem Fett und Pferdeäpfeln, nach verdorbener Lankhmarwurst, billigem Tempelweihrauch und ranzigem Öl, nach verdorbenem Korn, nach Sklavenunterkünften, Flüssigkeit zum Einbalsamieren und nach einer Kathedrale voller ungewaschener Typen, die orgiastische Riten feiern, und da redest du von einem Geruch.«

»Ein völlig anderer Geruch«, sagte Fafhrd und starrte vorsichtig in die fünf Gassen. »Vielleicht hat das letzte ...« Er zögerte voller Zweifel und zuckte die Achseln.

Nebelschwaden drangen durch die kleinen hohen Straßenfenster in die Taverne *Rattennest,* verbanden sich auf unheimliche Art mit der Rauchfahne einer schmutzigen Fackel und wurden nicht weiter beachtet – außer von einer alten Hure, die ihren oft geflickten Mantel enger um sich zog.

Alle Augen waren auf das Drückspiel gerichtet, das auf dem alten Eichentisch im Gange war. Der bekannte Gauner Gnarlag kämpfte gegen einen dunkelhäutigen Söldner, der fast so groß war wie er.

Die rechten Ellenbogen waren aufgesetzt, die Hände in festem Griff verkrampft, und jeder der beiden versuchte den anderen mit dem Handrücken auf die mit Ringen und Rissen und Messerspuren übersäte Tischplatte zu zwingen. Gnarlag, der spöttisch die Stirn runzelte, war im Vorteil.

Als interessiere sie sich für das Spiel, trieb eine der Nebelschwaden über Gnarlags Schulter herbei. Die alte Hure sah, daß der neugierige Nebelfinger wie von roten Venen durchzogen war – sicher eine Spiegelung von den Fackeln, doch sie hoffte, er brächte Gnarlag frisches Blut.

Der Nebelfinger berührte den gespannten Arm. Gnarlags höhnischer Blick wich einem Ausdruck schlimmen Hasses, und die Muskeln seines Unterarms schienen zu doppeltem Umfang anzuschwellen, als er sie nun drehte. Ein gedämpftes Knacken war zu hören, dann ein schmerzerfülltes Keuchen. Das Handgelenk des Söldners war gebrochen.

Gnarlag stand auf. Einen Weinkelch, der ihm angeboten wurde, schleuderte er an die Wand und stieß ein Mädchen zur Seite, das ihn umarmen wollte. Er ergriff seine beiden Schwerter, die in ihrem breiten Gürtel auf der Bank neben ihm lagen, stolzierte zur Treppe und verließ das *Rattennest*. Irgendein Luftstrom erzeugte die Illusion, als läge wie ein freundschaftlicher Arm ein Nebelhauch um seine Schulter.

Als er gegangen war, sagte jemand: »Gnarlag war schon immer ein kalter, unbarmherziger und undankbarer Sieger.« Der dunkle Söldner starrte auf seine herabbaumelnde Hand und unterdrückte ein Stöhnen.

»Komm, großer Philosoph, sag mir, warum wir noch nicht Herzöge sind«, forderte der Graue Mausling. Er entließ einen Zeigefinger aus der Faust, die auf seinem Knie lag, und deutete damit auf Fafhrd. »Oder Herrscher, wenn du so willst, oder Halbgötter.«

»Wir sind keine Herzöge, weil wir uns niemandem verschreiben«, erwiderte Fafhrd selbstgefällig und lehnte sich mit den Schultern an den Steintrog. »Auch ein Herzog muß vor einem König schöntun, und Halbgötter vor den Göttern. Wir machen vor niemandem eine Verbeugung. Wir gehen unseren Weg, suchen uns unsere Abenteuer selbst aus – und unsere Narreteien! Besser Freiheit und einen unbequemen Weg, als einen warmen Herd und Unterwürfigkeit.«

»So spricht der Hund, der von seinem letzten Herrn verstoßen wurde und noch keinen neuen Stiefel gefunden hat, den er lecken kann«, erwiderte der Mausling mit kameradschaftlichem Sarkasmus.

»Hör mal, du vornehmer Lügner, wir haben uns für ein Dutzend Herren und Könige und fette Händler abgemüht. Du hast Movarl gedient, drüben auf der anderen Seite des Binnenmeeres. Ich habe in den Diensten des Banditen Harfel gestanden. Wir beide haben für diesen Glinkerio gearbeitet, dessen Mädchen heute abend an Ilthmar vergeben wird.«

»Das sind Ausnahmen«, widersprach Fafhrd mit einer großartigen Geste. »Und selbst wenn wir jemandem zu Diensten sind, machen wir unsere Regeln selbst. Wir beugen uns keinem Kommando, tanzen nach keines Zauberers Flöte, machen in keinem Mob mit, folgen keinem wilden Haßruf. Wenn wir unsere Schwerter ziehen, dann nur für uns selbst. *Was ist das?*«

Er hatte sein Schwert gehoben, um seine lebhaften Worte zu unterstreichen, hatte es dicht über der Scheide an der Klinge angefaßt, doch nun hielt er es mit dem Griff an sein Ohr.

»Es summt uns eine Warnung zu«, sagte er nach kurzem Schweigen angespannt. »Der Stahl klirrt leise in der Scheide.«

Der Mausling ging mit einem leichten Lachen über den Aberglauben hinweg und zog sein kleines Schwert, schaute an der geölten Klinge entlang, die er auf die Flammen gerichtet hatte, entdeckte ein paar dunkle Stellen und begann sie mit einem Lappen fortzuwischen.

Als nichts geschah, legte Fafhrd sein noch immer umhülltes Schwert fort und sagte düster: »Vielleicht ist nur ein Drache über die Höhle gelaufen, in der die Klinge geschmiedet wurde. Trotzdem gefällt mir dieser stinkende Nebel nicht.«

Gis der Mörder und die Kurtisane Tres hatten zugesehen, wie der Nebel in der phantastischen Turmlandschaft Lankhmars aufstieg, bis er den tiefstehenden Halbmond und das bunt schillernde Licht des Palastes erstickte. Dann hatten sie die Vorhänge zugezogen und übten sich nun im Messerwerfen, um ihren Appetit auf ein intimeres Spiel zu wecken.

Obwohl sich Tres nicht ungeschickt anstellte, war ihr Gis

natürlich überlegen. Er konnte die Waffe ein Dutzend Mal oder mehr herumwirbeln lassen, ehe sie in das Holz eindrang, und vermochte die Messer zwischen seinen Beinen hindurch oder über die Schultern zu schleudern, als hätte er das Ziel direkt anvisiert. Jedesmal, wenn das Messer dicht neben Tres einschlug, lächelte er.

Sie redete sich immer wieder ein, daß er nicht viel schlimmer sein konnte als manche andere Männer.

Ein Nebelfinger wand sich durch die blauen Vorhänge herein und berührte Gis an der Schläfe.

»Das Blut des Nebels steht dir in den Augen!« schrie Tres und starrte ihn seltsam an.

Er packte das Mädchen am Ohr, lächelte und schnitt ihr die Kehle durch. Geschickt wich er dem hervorspritzenden Blut aus, nahm seinen Dolchgürtel an sich und huschte die gewundene Treppe zur Straße hinab, wo er sich in einen warmherzigen Nebel stürzte, der irgendwie voller Erregung war, aufputschend wie ein starker Tovilysis-Wein, eine wahre Zisterne des Zorns.

Er war von ekstatischen Regungen überschwemmt, die die kurze Berührung des Nebelhauchs in seinem Gehirn ausgelöst hatte. Visionen erdolchter Prinzessinnen und erschlagener Dienstmädchen tanzten durch seinen Kopf.

Fröhlich schritt er aus, erfüllt von angenehmer Vorfreude, schwenkte neben Gnarlag ein, der zwei Schwerter umgegürtet hatte, erkannte sofort in ihm den Haßbruder, einen weiteren Sklaven des gespenstischen Nebels.

Fafhrd hielt seine großen Hände über den Kessel und fiel pfeifend in die lustige Melodie ein, die vom Palast herüberwehte. Der Mausling, der nun seine Klinge Skalpell vor dem Hintergrund des Nebels frisch einölte, bemerkte: »Für einen, dem Gerüche und Gefahrensignale zu schaffen machen, bist du ganz schön aufgekratzt.«

»Es gefällt mir hier«, stellte der Nordling fest. »Ich habe nichts übrig für Zeremonien und Betten und Kaminfeuer in den Zimmern. Das Leben ist irgendwie lebenswerter hier auf der Straße – wie etwa auf einem Berggipfel. Ist eingebildeter Wein nicht süßer als richtiger Wein?«

»Ho!« lachte der Mausling sarkastisch.

»Und schmeckt das Brot einem Ausgehungerten nicht besser als Kaviar einem Feinschmecker? Not macht den größten Appetit, bringt den klarsten Blick.«

»Sagte der Affe, der nicht an den Apfel herankam«, bemerkte der Mausling. »Wenn sich da in der Mauer eine Tür zum Paradies auftäte, würdest du blindlings hindurchspringen!«

»Nur weil ich noch nie im Paradies war«, fuhr Fafhrd unbeirrbar fort. »Ist es nicht angenehmer, die Musik dieser Hochzeit von weitem zu hören, als sich unter die Gäste zu mischen, sich mit ihnen zu drängeln, sich ihre gesellschaftlichen Riten aufzwingen zu lassen?«

»Gar mancher verzehrt sich heute abend vor Neid, wenn er den Lärm hört«, sagte der Mausling düster. »Ich werde nicht grün vor Neid. Ich bin intelligenter in meinem Neid. Trotzdem ist die Antwort auf deine Frage *nein!*«

»Es ist doch schöner, heute abend Glinkerios Wächter zu sein als sein vollgefressener Gast«, beharrte Fafhrd, der sich von seinen Argumenten mitreißen ließ und nicht mehr auf den Mausling hörte.

»Du meinst, wir dienen Glinkerio *kostenlos?*« fragte dieser nun laut. »Aye, das ist die bittere Folge aller Freiheit – keine Bezahlung!«

Fafhrd lachte, überlegte und sagte dann fast niedergeschlagen: »Trotzdem hat die Aufgabe des Wächters etwas Besonderes. Wir sind Wächter nicht um des Geldes willen, sondern einzig und allein wegen des Wachens.

In einem warmen und bequemen Haus ist ein Mann doch blind. Hier draußen sehen wir die Stadt und die Sterne, wir hören das Rascheln und den Schritt des Lebens, wir ducken uns wie Jäger auf dem Anstand, halten Ausschau ...«

»Bitte, Fafhrd, keine neuen Gefahrensignale!« protestierte der Mausling. »Gleich behauptest du noch, da wäre ein Ungeheuer in der Stadt unterwegs, ein Monstrum, das sich nach Innesgay und ihren Brautjungfern die Lefzen leckt. Und vielleicht auch nach einem schwertgarnierten Prinzchen, als Appetithappen.«

Fafhrd starrte ihn nüchtern an, blickte sich im dicker werdenden Nebel um und sagte: »Ich sag's dir, wenn ich es sicher weiß.«

Die Zwillingsbrüder Kreshmar und Skel, ihres Zeichens Straßenräuber und Mörder, bedrohten einen Bürger in seiner Wohnung, als der rotdurchzogene Nebel sie erreichte.

So wie ein ehrgeiziger Mann, der an die Tafel des Königs gerufen wird, zu Hause noch schnell einen Bissen hinunterwürgt, machten die beiden noch weiter. Kreshmar schlug dem Mann den Schädel ein, während Skel den kleinen Goldbeutel an sich nahm, den der Tote besessen hatte. Hastig traten sie nach draußen, die Schwerter gegürtet, traten in den Nebel und marschierten dort hinter Gnarlag und Gis her – in der Mitte der kompakten bleichen Masse, die sich vom Flußnebel kaum unterschied und sie vergiftete, als wäre es ein Weinhauch, der Mord und Vernichtung suggerierte, der all ihre natürliche Vorsicht und ihre Ängste zerstreute und ihnen unendliche Freude und reiche Opfer versprach.

Hinter den vier Männern verdünnte sich der falsche Nebel zu einem mager schimmernden Arm, rot wie eine Arterie, ein Strang, der sich zum Tempel des Hasses erstreckte. Endloses Pulsieren lief durch diesen Strang, trug neue Energie, neuen Anreiz vom Tempel zur vordringenden Nebelmasse und zu den vier Mördern darin, die nun zum Äußersten aufgestachelt waren.

Die Nebelbank bewegte sich zielbewußt wie ein Schneetiger auf das Adelsviertel zu – und auf Glinkerios bunt bestrahlten Palast über den Brackwassern des Binnenmeeres.

Drei schwarzgekleidete Polizisten Lankhmars, mit metallverstärkten Knüppeln und schweren vielspitzigen Pfeilen bewaffnet, sahen die dichte Nebelmasse näherkommen und erblickten auch die Männer darin, die den Eindruck machten, als wären sie in einer Art Eis festgefroren.

Ein Schauder lief ihnen über den Rücken, sie waren wie gelähmt. Der Nebel betastete sie, ließ sie augenblicklich als ungeeignet wieder los.

Messer und Schwerter zuckten aus der Nebelbank. Stumm stürzten die drei Polizisten zu Boden, und auf ihren schwarzen Umhängen glitzerte eine Flüssigkeit, die sich nur auf ihren schlaffen Armen und Händen rot abzeichnete. Die Nebelbank verdichtete sich, als hätte sie durch ihre Opfer eine Stärkung erfahren. Die vier Männer waren nun von draußen kaum noch zu erkennen, obwohl sie ihre Umwelt unverändert deutlich ausmachten.

In der Tiefe der längsten und vom Wasser wegführenden Gasse erblickte der Mausling, beleuchtet durch den Palastschimmer, der über seine Schulter fiel, die anrückende weiße Masse, die suchend ihre Tentakel ausstreckte, und rief fröhlich aus:

»Schau Fafhrd! Wir bekommen Besuch. Der Nebel kommt den langen Weg vom Hlal herauf, um sich an unserem Feuer seine feuchten Pfoten zu wärmen.«

Fafhrd runzelte die Stirn und sagte mißtrauisch: »Ich glaube, der Dunst verhüllt neue Gäste.«

»Sei kein Angsthase!« tadelte ihn der Mausling mit lauter Stimme.

»Ein hübscher Gedanke kommt mir da, Fafhrd. Wenn das nun kein Nebel ist, sondern der Rauch aus all den Mohn- und Hanffeuern in Lankhmar? Was für Freuden wir da erlebten! Was für Träume uns beschert würden!«

»Ich glaube eher, er bringt uns Alpträume«, bemerkte Fafhrd leise und richtete sich halb auf. Dann: »Mausling! Der Geruch! Und mein Schwert kribbelt jetzt schon, wenn ich es nur anfasse!«

Der vordere der schnell heranhuschenden Nebeltentakel erreichte in diesem Augenblick sein Ziel und stürzte sich schnell auf sie, als hätte er hier endlich die beiden langgesuchten Anführer gefunden – Anführer, die ihn unbesiegbar machen würden.

Die beiden ungleichen Blutsbrüder spürten nun in vollem Ausmaß das Gift dieses Nebels, seinen lockenden, bittersüßen Haßgesang, seine heißen Versprechungen eines orgiastischen Blutrausches, einer Woge ungezügelter Mordlust.

Fafhrd, der heute abend nichts getrunken und sich nur an seinen Idealen und Vorstellungen von der Wächterschaft etwas berauscht hatte, blieb unberührt von den Gefühlen, empfand sie überhaupt nicht als Versuchung.

Der Mausling, dessen Natur sich zu einem Teil auf Haß und Neid gründete, hatte es schon schwerer, doch auch er widerstand schließlich dem Locken des Nebels, denn er – wenn man es negativ interpretierte – wollte selbst die Quelle seines Bösen sein und war nicht bereit, etwas von außerhalb anzunehmen, auch nicht als Geschenk des Erzfeindes persönlich.

Da fiel der Nebel ein Dutzend Schritte ab, wie eine verschmähte eitle Frau, enthüllte die vier Männer in seinem Kern und zeigte mit den Tentakeln auf Fafhrd und den Grauen Mausling.

Wie gut für den Mausling, daß er Lankhmars Unterwelt bis auf den letzten Halbprofessionellen kannte und daß seine Intuition und seine Reflexe pfeilschnell waren. Er erkannte den kleinsten der vier – Gis mit dem Messergürtel – als den gefährlichsten. Augenblicklich zerrte er Katzenklaue aus der Scheide, ließ den Arm zurückfahren, zielte und warf. Im gleichen Augenblick schleuderte auch Gis, der dem Mausling an Reaktion und Geschwindigkeit nicht nachstand, eines von seinen Messern.

Doch der Mausling, der immer auf der Hut und im rechten Augenblick ängstlich war, hatte im Augenblick seines Wurfes den Kopf zur Seite gerissen, so daß ihn Gis' Messer nur am Ohrläppchen streifte.

Gis, der sich zu sehr auf seine Schnelligkeit verlassen hatte, machte keine Ausweichbewegung – mit dem Ergebnis, daß ihm Katzenklaue bis zum Heft im rechten Auge steckte. Einen langen Moment schien er schockiert und überrascht mit dem anderen Auge auf den Messergriff zu starren, dann sank er mit schmerzverzerrtem Gesicht zu Boden.

Kreshmar und Skel und Gnarlag zogen nun blitzschnell ihre Schwerter, ungerührt über den schnellen Tod, der ihren Kameraden ereilt hatte. Da Gnarlag in jeder Hand eine Klinge führte, mußten sich die beiden Freunde gegen vier Waffen wehren.

Fafhrd, der einen guten Sinn für Taktik hatte, zog nicht sofort sein Schwert, sondern ergriff den Feuerkessel an einem der brennendheißen Beine und schleuderte seinen rotglühenden Inhalt den Angreifern ins Gesicht.

Das hielt den Angriff lange genug auf, daß der Mausling Skalpell ziehen und Fafhrd sein schweres Schwert in Position bringen konnte. Er hätte am liebsten ohne den Feuerkessel weitergekämpft, der viel zu heiß war, aber da er sich den beiden Schwertern Gnarlags gegenübersah, behielt er ihn in der Hand.

Der nun ausbrechende Kampf war kurz. Die drei Angreifer, die sich durch die heißen Kohlen nur kurz hatten aufhalten lassen, starteten siegesgewiß ihren Angriff. Vier gutgezielte Klingen blitzten auf Fafhrd und den Mausling zu.

Der Nordling parierte Gnarlags rechtshändiges Schwert mit dem Kessel und die linke Klinge mit seiner Waffe, deren Klinge er aus der gleichen Bewegung heraus durch den Nakken des Angreifers fahren ließ.

Der Aufprall dieses tödlichen Streiches war so groß, daß Gnarlags Schwerter, die zu beiden Seiten an Fafhrd herabfuhren, vom Todeskrampf des Mannes nicht mehr aus der Bahn gebracht wurden. Fafhrd, der nun einen schlimmen Schmerz in der linken Hand empfand, befreite sich von dem Kessel, indem er ihn Skel an den Kopf schleuderte, der soeben den Mausling angriff. Dieser duckte sich zurück, ohne allerdings der Attacke völlig auszuweichen.

Der Mausling huschte unter Kreshmars Klinge vor und stieß seinem Gegner aufwärts in die Brust – zog die Klinge blitzschnell wieder zurück und verpaßte dem betäubt taumelnden Skel einen ähnlichen Stich. Dann tanzte er zurück, schaute sich mit wachsamem Blick um, das Schwert drohend erhoben.

»Alle erledigt«, versicherte ihm Fafhrd, der sich schon hatte umsehen können. »Autsch, Mausling, ich habe mir die Finger verbrannt!«

»Und ich habe ein abgetrenntes Ohr«, berichtete sein Freund und erkundete vorsichtig die Wunde. Er grinste. »Zum Glück nur am Rande.« Dann kam ihm Fafhrds Ausruf zu Bewußtsein. »Geschieht dir ganz recht, wenn du wie ein Küchenjunge kämpfst!«

Fafhrd erwiderte heftig: »Pah! Wenn du die Kohlen nicht so schlecht aufgeheizt hättest, wären sie alle hinüber gewesen!«

»Und du hättest dir die Finger noch schlimmer verbrannt«, konterte der Mausling grinsend. Dann bekam seine Stimme einen noch fröhlicheren Klang: »Dachte ich mir doch, ich hörte das Klimpern von Gold ... bei dem Burschen, den du mit dem Kessel erledigt hast ... Skel heißt er wohl. Wenn ich Katzenklaue wiederhabe ...«

Er stockte, als ein unangenehm saugendes Geräusch aufklang, das mit einem leisen *Plopp* endete.

In dem Licht, das von den Häusern der Adligen herüberdrang, bot sich ihnen ein unheimlicher Anblick: Der blutige Dolch des Mauslings schwebte über Gis' zerstochenem Auge, nur von einem zusammengerollten weißen Nebeltentakel gehalten, jenem Nebel, der die vier Angreifer verborgen hatte und der jetzt noch dichter geworden war, als hätte der Tod seiner Gefolgsleute gewaltige Nahrung gebracht – was ja auch zutraf.

Düstere Visionen befielen Fafhrd und den Mausling: Visionen von Blitzen, die aus Sturmwolken herniederzucken und alles Leben töten, Visionen von gewaltigen Seeschlangen, die von der See aus zuschlagen, von den Schatten, die im Wald zusammentreffen, um den Mann zu töten, der sich verlaufen hat, von schwarzen Rauchschlangen, die sich wie eine Würgehand vom Feuer des Zauberers erheben.

Ringsum war das leise Klappern von Stahl zu hören, als andere Nebeltentakel die vier verstreuten Schwerter und Gis' Messer aufnahmen, während weitere Nebelfinger den Gürtel des Unholds betasteten, um sich in den Besitz seiner anderen Klingen zu setzen.

Es war, als säße dort ein gewaltiger gespenstischer Tintenfisch und machte sich zum Kampf bereit.

Und vier Meter über dem Boden, an der Stelle, wo alle Tentakel zusammentrafen, bildete sich eine rote Scheibe inmitten der Nebelbank, eine rötliche Scheibe, die von Moment zu Moment mehr wie ein gigantisches rotes Auge aussah.

Unweigerlich drängte sich der Gedanke auf, daß die zehn bewaffneten Tentakel zugleich losschlagen würden, sobald das Auge vollendet war und sehen konnte.

Fafhrd stand entsetzt zwischen dem sich schnell vollendenden Auge und dem Mausling. Dieser hatte plötzlich eine

Idee, packte Skalpell mit festem Griff, machte sich zum Angriff bereit und rief dem großen Nordling zu: »Mach mir einen Steigbügel!«

Fafhrd erriet sofort, was der Mausling plante, schüttelte sein Entsetzen ab, verhakte die Finger und duckte sich ein wenig. Der Mausling stürzte los, stellte seinen rechten Fuß in den Steigbügel, den Fafhrd nun bildete, und stieß sich ab; zugleich wurde er mit Schwung weiter in die Höhe gehoben, begleitet von einem gewaltigen Schmerzensschrei.

Der Mausling, der sein Schwert starr vor sich hielt, flog geradewegs durch die rötlich zerfließende Augenscheibe und löste sie völlig auf. Dann verschwand er so plötzlich, als wäre er in einer Schneewehe untergetaucht.

Einen Augenblick später begannen die bewaffneten Tentakel wild um sich zu hauen, ohne Koordination, ohne Ziel, blindlings. Doch da es immerhin zehn waren, kamen einige der Hiebe doch gefährlich nahe, und Fafhrd hatte mit dem Ausweichen alle Mühe.

Als das Knirschen seiner Schuhe hörbar wurde, begannen die Schwerter und Messer ein wenig genauer zu zielen, und er mußte noch schneller reagieren – was für einen Mann seiner Größe keine leichte Aufgabe war. Ein leidenschaftsloser Beobachter hätte denken können, daß ein gespenstischer Tintenfisch Fafhrd zum Tanzen bringen wollte.

Inzwischen hatte der Mausling auf der anderen Seite des weißen Ungeheuers den roten Silberstrang entdeckt, der ihm auszuweichen versuchte, als er nun hochsprang und ihn mit Skalpells Spitze durchtrennte. Der Strang bot mehr Widerstand als die Nebelbank, fiel aber schließlich mit einem knarrenden Geräusch auseinander.

Sofort sank der Nebelkörper in sich zusammen, zerfiel wie ein gewaltiger weißer Schneeball, von einem Riesenfuß getreten, und die Tentakel zerplatzten, und die Schwerter und Messer klapperten harmlos auf das Pflaster, und ein unangenehmer Gestank breitete sich aus, der die beiden Freunde veranlaßte, hastig die Hand über Nase und Mund zu legen.

Nachdem er vorsichtig geschnüffelt und die Luft wieder atembar gefunden hatte, rief der Mausling lebhaft aus: »Hallo, mein Freund! Ich glaube, ich habe dem Ding den Hals durchgeschnitten – oder seine Herzarterie oder sein Rückgrat oder seine Fessel oder Nabelschnur, oder was das für ein Strang gewesen sein mag.«

»Und wohin führte er?« erkundigte sich Fafhrd.

»Das will ich gar nicht wissen«, versicherte ihm der Mausling und schaute vorsichtig über die Schulter in die Richtung, aus der der Nebel gekommen war. »Wenn du willst, kannst du das lankhmarische Labyrinth durchsuchen. Der Strang jedenfalls scheint verschwunden wie das Nebelwesen überhaupt.«

»Autsch!« schrie Fafhrd plötzlich und begann seine Hände hin und her zu schlagen. »Oh, du kleiner Schurke, hast mich dazu überredet, mit meinen verbrannten Händen einen Steigbügel zu machen!«

Der Mausling grinste, während er langsam das beschmutzte Pflaster, die Toten und die verstreut liegenden Waffen betrachtete. »Katzenklaue muß hier noch irgendwo liegen«, murmelte er, »und ich habe wirklich Goldstücke klimpern hören ...«

»Wenn du jemals einen erwürgst, würdest du noch einen Penny unter seiner Zunge finden«, sagte Fafhrd aufgebracht.

Im Tempel des Hasses begannen sich fünftausend Anbeter müde und stöhnend zu erheben. Jeder war ein paar Gramm leichter als zu Beginn des Gottesdienstes. Die Trommler sanken über ihren Trommeln zusammen, die Lampendreher über ihren ausgeblasenen roten Kerzen, und der hagere Erzpriester senkte müde und grimmig den Kopf und legte die Holzmaske in seine klauenartigen Hände.

An der Kreuzung ließ der Mausling einen kleinen Beutel vor Fafhrds Gesicht hin und her baumeln, die Beute, die er Skel soeben abgenommen hatte.

»Mein ehrenwerter Freund, wollen wir der süßen Innesgay davon ein Hochzeitsgeschenk kaufen?« fragte er leise. »Und dann den kleinen Kessel wieder anzünden und die Nacht so zu Ende bringen, wie sie begonnen hat? Wollen wir die unvergleichlichen Freuden des Wächterdaseins genießen und die vielfältigen Wunder eines ...«

»Gib her, du Idiot!« schnaubte Fafhrd und riß dem Mausling das klimpernde Ding aus der Hand, seine schmerzenden Finger nicht achtend. »Ich kenne einen Ort, wo diese Münzen die reinste Wundsalbe sind – und auch eine Nadel, um damit die blutenden Ohren von Dieben zu flicken – und wo es Mädchen und Wein im Überfluß gibt!«

Aus dem Amerikanischen übersetzt von Thomas Schlück

Harte Zeiten in Lankhmar

Es geschah in Lankhmar, in der Stadt der Schwarzen Toga, in der Welt Nehwon, zwei Jahre nach dem Jahr des Gefiederten Tods, daß sich Fafhrd und der Graue Mausling trennten.

Was im einzelnen dazu führte, daß sich der stämmige Barbar und der schlanke Prinz aller Diebe miteinander zerstritten und ihre in vielen Abenteuern bewährte Partnerschaft zerbrach, ist nicht genau bekannt und war damals Gegenstand mancher Spekulation. Viele sagten, sie hätten sich wegen eines Mädchens entzweit. Andere behaupteten – was eigentlich noch unwahrscheinlicher war –, daß sie sich wegen der Teilung eines Juwelenschatzes in den Haaren gelegen hätten, den sie dem Geldverleiher Muulsh abgenommen hatten. Srith der Schreiber meint, daß die Abkühlung ihrer Freundschaft weitgehend auf die übernatürliche Feindschaft zurückzuführen war, die damals zwischen Sheelba dem Augenlosen, dem dämonischen Mentor des Mauslings, und dem Siebenäugigen Ningauble bestand, der Fafhrds übernatürlicher Schutzpatron war.

Die logischste Erklärung, die der Muulsh-Hypothese direkt entgegensteht, dürfte darin liegen, daß in Lankhmar harte Zeiten angebrochen waren, daß es nur wenige und uninteressante Abenteuer gab und daß die beiden Helden in ihrem Leben einen Punkt erreicht hatten, da es jeder in Anspruch genommene Mann darauf anlegt, auch die kleinsten Unternehmungen und Vergnügungstouren mit gewissen Bestrebungen zu verquicken, die entweder zu finanzieller oder seelischer Absicherung führen – wenn auch selten zu beidem.

Diese Theorie – daß Langeweile und ein Gefühl der Verunsicherung und eine Meinungsverschiedenheit, wie diesen niederdrückenden Gefühlen am besten zu begegnen war, im wesentlichen für die Entfremdung der beiden Unzertrennlichen geführt hatten – diese Theorie mag auch die ansonsten lächerliche Vermutung erklären, daß sich die beiden Kameraden wegen der richtigen Aussprache von Fafhrds Namen ereifert hätten – wobei der Mausling perverserweise auf einem einfachen lankhmarischen Äquivalent ›Faferd‹ bestand, während der Besitzer des Namens zu erkennen gab, nur die ursprüngliche zungenbrecherische Anhäufung von Konsonanten könne Ohren und Augen und sein barbarisches Gefühl für die Ordnung der Dinge zufriedenstellen.

Jedenfalls steht fest, daß die Freundschaft der beiden zwar nicht völlig zerbrach, aber doch sehr abkühlte, und daß sich ihre Wege deutlich trennten, auch wenn beide in Lankhmar blieben.

Der Graue Mausling trat in die Dienste eines gewissen Pulg, eines aufstrebenden Erpressers kleiner Religionsgemeinschaften, ein Herrscher in Lankhmars düsterer Unterwelt, der Zahlungen von den Priestern aller Götterchen erpreßte, die Götter werden wollten – und wenn nicht gespurt wurde, mußte sich der widerspenstige Priester bei einem seiner nächsten Gottesdienste auf unangenehme, peinliche Zwischenfälle gefaßt machen. Zahlte ein Priester nicht pünktlich, gingen seine nächsten Wunder garantiert daneben, seine Gemeinde und seine Kollekte schrumpften erheblich, und es war durchaus denkbar, daß er Hautabschürfungen und Knochenbrüche davontrug.

Mit drei oder vier Schlägern, die ebenfalls in Pulgs Diensten standen, dazu begleitet von einem oder mehreren schlanken Tanzmädchen, war der Mausling bald ein vertrauter und gefürchteter Anblick in der lankhmarschen Straße der Götter, die vom Marschtor bis zu den entfernten Docks und zur Zitadelle führte. Er trug nach wie vor seine graue Kleidung und die Kapuze und Katzenklaue wie Skalpell an der Hüfte – doch der Dolch und das schmale gekrümmte Schwert blieben in den Scheiden. In dem Bewußtsein, daß das Aussprechen einer Drohung im allgemeinen wirksamer ist als ihre Verwirklichung, beschränkte er seine Tätigkeit auf den Umgang mit Worten und Bargeld. »Ich komme für Pulg – Pulg mit *Pe-u!*« waren normalerweise seine ersten Worte. Wenn sich dann einige heilige Männer zu widerspenstig anstellten oder zu sehr mit ihm handeln wollten und es notwendig wurde, kleine Heilige zu züchtigen und Gottesdienste zu stören, überließ er es seinen Schlägertypen, die Strafmaßnahmen durchzuführen, während er dabeistand und sich oft sarkastisch-gelassen mit dem gerade in seiner Gunst stehenden Mädchen unterhielt und Süßigkeiten dabei naschte. Als die Monate ins Land gingen, wurde der Mausling dick und rund, und die Tanzmädchen wurden immer kindlich-hagerer und unterwürfiger.

Fafhrd dagegen zerbrach sein Langschwert über dem Knie (wobei er sich ziemlich verletzte), riß sich die letzten Schmuckstücke (matte, wertlose Metallstücke) und den von Motten zerfressenen Pelzbesatz von der Kleidung, schwor starken Getränken und damit verbundenen Freuden ab (er hatte seit einiger Zeit sowieso nur einfaches Bier getrunken und lange keine Frau mehr gehabt) und wurde der einzige Gehilfe von Bwadres, dem einzigen Priester Isseks vom Krug. Fafhrd ließ seinen Bart wachsen, bis er so lang war wie sein Haupthaar, das ihm bis zu den Schultern herabhing, er wurde hager und ausgezehrt und hohläugig, und seine Stimme wechselte vom Baß in den Tenor, allerdings *nicht* als Folge einer unangenehmen Verstümmelung, die ihm einige flüsternd zuschrieben – sie wußten eben nur, daß er sich mit seinem Schwert geschnitten hatte, flunkerten aber gewaltig, soweit es die Stelle betraf.

Die Götter *in* Lankhmar (die Götter und göttlichen Anwärter, die in der Unvergänglichen Stadt wohnen oder kampieren, nicht die Götter *von* Lankhmar – eine völlig andere und höchst geheime und ernste Sache) ... die Götter *in* Lankhmar scheinen zuweilen so zahllos zu sein wie die Sandkörner in der Großen Wüste des Ostens. In der überwiegenden Mehrzahl nahmen sie ihren Anfang als Menschen – oder genauer als Erinnerung an Männer, die ein asketisches, von Visionen geplagtes Leben geführt hatten und einen schmerzhaften, unangenehmen Tod gestorben waren. Man bekommt den Eindruck, als habe sich seit Anbeginn aller Zeiten ein nicht enden wollender Strom dieser Priester und Apostel (oder auch die Götter selbst; da besteht kaum ein Unterschied) durch die erwähnte Wüste über das Sinkende Land und durch die Große Salz-Marsch geschleppt – und habe dabei unterwegs zahlreiche unvermeidliche Folterungen, Kastrationen, Blendungen, Steinigungen, Aufspießungen, Kreuzigungen, Vierteilungen und so weiter erlitten – durch Räuber aus dem Osten oder ungläubige Mingols, die – so möchte man unwillkürlich annehmen – einzig und allein deswegen geschaffen worden waren, um diesen grausamen Leidensweg zu bevölkern. Zur so geplagten Heiligkeit gehören ein paar Zauberer und Hexen, die für ihre düsteren satanischen Möchtegern-Gottheiten die Unsterblichkeit suchen, und einige wenige Proto-Göttinnen – im allgemeinen Jungfrauen, die angeblich seit Jahrzehnten von sadistischen Zauberern versklavt oder durch ganze Mingol-Stämme geschändet worden waren.

Lankhmar und insbesondere die vorerwähnte Straße dient als Theater oder als intellektuelles und künstlerisches Testgebiet für die Protogötter, nachdem sie durch die Räuber und Mingols auf der sehr materiellen, doch nicht weniger grausamen Ebene zerrupft worden waren. Ein neuer Gott (das heißt, sein oder seine Priester) beginnt am Marsch-Tor und arbeitet sich mehr oder weniger langsam die Straße der Götter hinauf, wobei da und dort ein Tempel gemietet oder ein paar Meter Kopfsteinpflaster belegt werden, bis der Gott seine richtige Stellung gefunden hat. Nur sehr wenige dringen bis in das Gebiet unmittelbar an der Zitadelle und somit in die Aristokratie der Götter *in* Lankhmar vor – noch immer vergängliche Gottheiten, die allerdings Jahrhunderte und sogar Jahrtausende hier betehen können (die Götter *von* Lankhmar sind so eifersüchtig wie sie geheim sind). Man kann wohl getrost behaupten, daß weitaus mehr Götterchen Eintagsfliegen sind, die sich in der Nähe des Marsch-Tors kurze Zeit behaupten und dann plötzlich wieder verschwinden, vielleicht um Städte zu suchen, in denen das Publikum weniger kritisch ist. Die Mehrzahl schafft etwa die Hälfte der Straße der Götter und wandert dann langsam wieder zurück, bis sie wieder am Marsch-Tor ankommen und für immer aus Lankhmar und aus dem Gedächtnis der Lankhmarer verschwinden.

Issek vom Krug, den sich Fafhrd als Herr aussuchte, war einer der unbedeutendsten und erfolglosesten Götter oder Götterchen in Lankhmar. Er hielt sich zwar schon etwa dreizehn Jahre in der Stadt, aber in dieser Zeit war er in der Straße der Götter nur zwei Kreuzungen weit vorgedrungen und war nun wieder ganz unten und stand kurz vor dem Untergang. Man darf ihn auf keinen Fall mit Issek dem Armlosen oder mit Issek mit den Verbrannten Beinen oder dem Enthäuteten Issek oder einer der zahlreichen anderen prächtig verstümmelten Gottheiten des gleichen Namens verwechseln. Ja, seine mangelnde Popularität mag zum Teil an der Tatsache liegen, daß die Art und Weise seines Todes – auf einem Streckbett – nicht für besonders spektakulär gehalten wurde. Einige Gelehrte haben ihn auch mit Issek *im* Kruge verwechselt, einem völlig anderen Heiligen, der seinen Anspruch auf Unsterblichkeit von einem siebzehnjährigen Aufenthalt in einem nicht gerade großen Krug herleitete. Der Krug (der Krug Isseks vom Krug) enthielt angeblich Friedenswasser aus der Zisterne von Cillivat; aber offenbar dürstete niemanden danach. Ja, wenn man nach einem guten Beispiel für einen abgewirtschafteten Gott suchte, der eigentlich nie etwas dargestellt hat, hätte man es kaum besser treffen können als mit Issek vom Krug, während Bwadres das typische Beispiel des heruntergekommenen Priesters war: Dürr, senil, unterwürfig und vor sich hinmurmelnd. Der Grund, warum Fafhrd zu Bwadres ging und sich nicht einem der zahlreichen lebhafteren Heiligen mit besseren Aussichten anschloß, lag allein darin, daß er einmal gesehen hatte, wie Bwadres einem taubstummen Kind den Kopf tätschelte, *während niemand zuschaute* (soweit Bwadres das wissen konnte). Dieser Zwischenfall (der in Lankhmar womöglich ohne Beispiel war) hatte sich in der Erinnerung des Barbaren festgesetzt. Hiervon einmal abgesehen war Bwadres ein sehr durchschnittlicher alter Knabe.

Als Fafhrd jedoch sein Gehilfe geworden war, begann sich die Lage etwas zu ändern.

Auch ohne etwas zu tun, hätte Fafhrd schon eine sehr eindrucksvolle Ein-Mann-Gemeinde abgegeben – vom ersten Tag an, da er zerzaust und blutbeschmiert bei Bwadres auftauchte (die Wunden stammten von seinem Unfall mit dem Langschwert). Mit seinem fast sieben Fuß langen Körper und der noch immer kriegerischen Haltung ragte er turmhoch über die alten Frauen, Kinder und sonstigen Stadtstreicher hinaus, die sich am Marsch-Tor-Ende der Straße der Götter zu einer stinkenden, lauten und sehr wankelmütigen Gemeinde zusammenfanden. Man stellte sich unwillkürlich vor, daß Issek vom Krug doch überraschende Tugenden besitzen mußte, wenn er solche Art von Gläubigen anzog. Fafhrds erschreckende Größe, seine Schulterbreite und Körperhaltung hatten einen weiteren Vorteil: Er konnte für Bwadres und Issek jede gewünschte Pflasterfläche beanspruchen, indem er sich nach den abendlichen Ritualen einfach auf den Steinen ausstreckte.

Etwa zu dieser Zeit hörten die Raufbolde der Gegend damit auf, Bwadres zu belästigen und zu bespucken. Fafhrd war in seiner neuen Persönlichkeit höchst friedvoll eingestellt – schließlich war Issek vom Krug erklärtermaßen ein Gott des Friedens –, doch er hatte einen barbarisch gerechten Draht für ein angemessenes Eingreifen. Wenn sich jemand mit Bwadres Freiheiten herausnahm oder die verschiedenen Rituale der Issek-Verehrung störte, sah sich der Betreffende plötzlich in die Luft gehoben und an einem anderen Ort abgesetzt, begleitet von einer ermahnenden Kopfnuß, die durchaus angebracht schien – eine Art informelle Strafung, die aus einem einzigen Schlag bestand.

Als Folge der überraschenden Chance, die er und sein Göttchen am Abgrund der Vergessenheit erhielten, lebte Bwadres sichtlich auf. Er begann mehr als zweimal die Woche zu essen und seinen langen strähnigen Bart zu kämmen. Bald fiel die Senilität wie ein alter Mantel von ihm ab und ließ nur einen seltsamen sturen Schimmer in seinen gelben, von einer Kruste umgebenen Augen zurück. Er begann die Lehre Isseks vom Krug mit einer Inbrunst und Zuversicht zu verkünden, wie er sie nie zuvor empfunden hatte.

Fafhrd steuerte zur Förderung Isseks vom Krug bald mehr als nur seine Körpergröße und seine spürbaren Talente als Rauswerfer bei. Nach einer zweimonatigen freiwilligen Schweigezeit, die er nicht einmal unterbrach, um Bwadres' einfachste Fragen zu beantworten – dem Priester gab der riesige Konvertit zunächst nur Rätsel auf –, zog Fafhrd eine kleine zerbrochene Lyra aus der Tasche, reparierte sie und begann zu allen Gottesdiensten das Glaubenbekenntnis und die Geschichte Isseks vom Krug vorzutragen. Dabei mischte er sich nie in Bwadres' Angelegenheiten, indem er etwa eine der Litaneien anstimmte oder in Isseks Namen Segnungen aussprach; während der Gottesdienste verweilte er stets auf den Knien und kam schweigend seinen Aufgaben nach, doch während der Meditationen des Priesters zwischen den Ritualen saß er auf dem Pflaster vor dem Altar und entlockte seiner winzigen Leier angenehme Akkorde und sang mit einer ziemlich hohen angenehmen romantisch-vibrierenden Stimme vor sich hin.

Als Nordlingsjunge in der Eis-Öde, die ziemlich weit entfernt im Norden lag, jenseits des Binnenmeers, jenseits des bewaldeten Landes der Acht Städte und der Trollberge – in der Eis-Öde war Fafhrd in der Schule der Singenden Skalden ausgebildet worden (die so hießen, obwohl sie eher intonierten als sangen, denn sie steigerten ihre Stimmen ins Falsett), während er die Schule der Brüllenden Skalden (die ihre Stimme tief stellten) gemieden hatte. Dieser Rückgriff auf einen in der Kindheit erlernten Vortragsstil, den er auch verwendete, um die wenigen Fragen zu beantworten, die er in seiner Bescheidenheit zur Kenntnis nahm, war die wirkliche und einzige Ursache für die Veränderung in Fafhrds Stimme, die zum Klatschthema geworden war bei jenen, die ihn als brummenden Schwertgenossen des Grauen Mauslings gekannt hatten.

Als Fafhrd die Geschichte Isseks vom Krug immer wieder vortrug, veränderte sich mit der Zeit der Schwerpunkt des Berichts – ganz allmählich, so daß nicht einmal Bwadres etwas aufgefallen wäre, selbst wenn er darauf geachtet hätte. Die Geschichte wurde langsam zu etwas, das mehr an die Legende eines Helden aus dem Norden erinnerte, wenn sie auch in mancher Hinsicht gebremst war. So hatte Issek als Kind keine Drachen und anderen Ungeheuer erschlagen – das wäre gegen seinen Glauben gewesen –, er hatte nur mit ihnen herumgetollt, er hatte mit Leviathanen geschwommen und mit Behemoths gerungen und war auf den Rücken von Wivern, Griffin und Hyppogryphen durch die endlosen Weiten der Luft geflogen. Auch hatte Issek als Mensch nicht Könige und Herrscher im Kampf entthront – er hatte sie und ihre angstzitternden Minister nur dadurch verblüfft, daß er auf Feldern voller vergifteter Schwertspitzen herumgewandert war, in wilden Feuersbrünsten gestanden und Tanks mit kochendem Öl durchschritten hatte – während er in kompliziert gereimten Sprüchen herrliche Predigten über die brüderliche Liebe hielt.

Bwadres' Issek war ziemlich schnell, wenn auch mit einigen freundlichen letzten Ermahnungen gestorben, nachdem man ihn auf der Streckbank in zwei Teile zerrissen hatte. Fafhrds Issek (der jetzt *der* Issek war) hatte sieben Streckbänke zu Kleinholz zerbrochen, ehe seine Kraft spürbar nachließ. Noch als man ihn für tot gehalten und losgebunden hatte, war er noch kräftig genug gewesen, die Hände um den Hals des Oberfolterers zu krallen und den bösen Mann mühelos zu erdrosseln – obwohl dieser ein Meisterringer war. Doch Fafhrds Issek hatte dergleichen nicht getan – das hätte ebenfalls seinen Überzeugungen widersprochen –, sondern hatte nur das dicke Messingband zerbrochen, das als Zeichen seines Amtes um den Hals des Oberfolterers lag, und zu einem schönen Symbol des Krugs verdreht, ehe er es schließlich zuließ, daß seine Seele in das ewige Reich des Geistes entfloh, um seine wunderbaren Abenteuer dort fortzusetzen.

Da nun die überwiegende Mehrzahl der Götter *in* Lankhmar, die aus den Ländern im Osten oder zumindest aus den ähnlich dekadenten Südgebieten um Quarmall kamen, in ihrer irdischen Inkarnation ziemlich schlaffe Typen gewesen waren, die allenfalls wenige Minuten Hängestrick oder ein paar Stunden Aufspießung ertrugen und die geschmolzenem Blei oder Salven spitzer Pfeile relativ wenig Widerstand entgegensetzten und die zudem nicht gerade zu romantischen Gedichten oder großartigen Abenteuern mit wilden Ungeheuern neigten – da all dies so war, ist es nicht verwunderlich, daß Issek vom Krug in seiner Interpretation durch Fafhrd bald die Aufmerksamkeit und auch Verehrung einer wachsenden Anzahl der sonst ziemlich wankelmütigen, von Göttern geblendeten Lankhmarer genoß. Besonders die Vision Isseks vom Krug, der sich mitsamt seiner Streckbank erhob, mit der Last auf dem Rücken herumwanderte, das Holz zerbrach und dann mit ausgestreckten Armen ruhig wartete, bis eine neue Streckbank fertig war ... insbesondere diese Vision nahm in den Träumen und Tagträumen von Trägern,

Bettlern, Küchenjungen, Kindern und Greisen einen Platz von besonderer Bedeutung ein.

Im Zuge der wachsenden Beliebtheit bewegte sich Issek vom Krug bald nicht nur zum zweitenmal die Straße der Götter hinauf – was allein schon ziemlich selten vorkam –, sondern legte dabei auch ein Tempo vor, wie es in der Neuzeit kein anderer Gott bisher erreicht hatte. Nach fast jedem Gottesdienst konnten Bwadres und Fafhrd ihren einfachen Altar einige Meter weiter in Richtung Zitadelle verschieben, indem nämlich ihr zunehmendes Publikum in Gebiete drängte, die noch von Göttern geringerer Anziehungskraft beansprucht wurden. Außerdem versetzten zu spät kommende und unermüdliche Verehrer die beiden in die Lage, ihre Gottesdienste fortzusetzen, bis die Morgendämmerung den Himmel rötete – zehn oder zwölf Wiederholungen des Rituals (und ein entsprechendes Vorrücken) in einer Nacht. Mit der Zeit veränderte sich auch die Zusammensetzung der Gemeinde. Immer öfter ließen sich Besucher mit Geldbörsen sehen: Söldner und Kaufleute, agile Diebe und kleinere Beamte, juwelengeschmückte Kurtisanen und gelangweilte Aristokraten, glattrasierte Philosophen, die Bwadres' wirre Argumente und Isseks irrationale Glaubenslehre verhöhnten, die jedoch insgeheim die offenkundige Überzeugung des alten Mannes und seines großen poetischen Gehilfen bewunderten – und mit diesen geldstrotzenden Neuankömmlingen kamen unvermeidlich auch die eisernen Knappen Pulgs und anderer Raubvögel, die in den Gefilden der Religion jagten.

Und natürlich drohte diese Situation für den Grauen Mausling zu einem besonderen Problem zu werden.

Solange Bwadres und Fafhrd in Rufweite des Marsch-Tors blieben, brauchte er sich keine Sorgen zu machen. Wenn es dort an die Kollekte ging und Fafhrd mit zusammengelegten Händen durch die Menge schritt, konnte er allenfalls schimmlige Brotkrusten, angefaultes Gemüse, Lappen, Äste, Kohlestücke und – sehr selten, begleitet von verwunderten Ausrufen – einige verbeulte grünliche Messingmünzen erwarten. Solche Erträge waren unter dem Niveau von Pulg und seinen unbedeutenderen Kollegen, und Fafhrd hatte keine Mühe im Umgang mit den dummen Typen, die sich im

Schatten des Marsch-Tors zum Räuberhauptmann aufschwingen wollten. Mehr als einmal vermochte der Mausling Fafhrd verständlich zu machen, daß dieser Zustand eigentlich ideal war und daß jedes spürbare Vorrücken Isseks in der Straße der Götter große Unannehmlichkeiten nach sich ziehen könnte. Der Mausling war übervorsichtig und dazu höchst hellsichtig. Ihm gefiel seine neugewonnene Sicherheit, davon war er jedenfalls überzeugt, mehr als sein Seelenfrieden. Er wußte, daß er als ziemlich neuer Mitarbeiter in Pulgs Bande vom ›Alten‹ noch immer eingehend beobachtet wurde und daß jedes Zeichen einer anhaltenden Zuneigung zu Fafhrd (denn die meisten Außenseiter nahmen an, daß sie sich unversöhnlich zerstritten hatten) eines Tages unangenehme Folgen für ihn haben konnte. Wenn er sich also in seiner Freizeit – meistens bei Tage, denn die Religion in Lankhmar ist in erster Linie ein nächtliches, fackelbeleuchtetes Geschäft – durch die Straße der Götter schlenderte, sprach er anscheinend niemals direkt mit Fafhrd. Dennoch verweilte er scheinbar zufällig in der Nähe des Nordlings, und während er anscheinend mit einer ganz anderen privaten Angelegenheit beschäftigt war (oder sich auch hierherstellte, um sich insgeheim an dem miesen Leben seines großen Feindes zu weiden – das zweite Argument des Mauslings gegen eine mögliche Beschuldigung Pulgs), brachte er es fertig, sich aus dem Mundwinkel eingehend mit Fafhrd zu unterhalten – worauf Fafhrd, wenn er überhaupt reagierte, auf die gleiche Art antwortete – in seinem Falle wohl eher aus Zerstreutheit als mit der Absicht der Verstellung.

»Hör mal, Fafhrd«, sagte der Mausling bei dem dritten derartigen Zusammentreffen, während er gleichzeitig so tat, als mustere er ein hageres Bettlermädchen mit rundem Bauch und überlege sich, ob eine Diät aus Magerfleisch und gewisse Körperübungen eine jungenhafte Schönheit in ihr wecken könne. »Hör mal, Fafhrd, an der Stelle, wo du jetzt sitzt, da hast du, was du haben willst – was immer das sein mag, *ich* halte es für eine Gelegenheit, sich Gedichte aus den Rippen zu schneiden und Idioten vorzutragen – aber was immer es sei, du mußt es in der Nähe des Marsch-Tors genießen, denn das einzige, was sich in der Gegend nicht befindet, ist Geld, und du behauptest, kein Geld zu wollen – armer Tor! –, aber ich will dir etwas sagen: Wenn du Bwadres noch näher an die Zitadelle herankommen läßt, und sei es nur einen Steinwurf weit, bekommt ihr Geld, ob ihr es wollt oder nicht, und mit dem Geld handelt ihr beide euch garantiert etwas ein – so sehr ihr euren Geldbeutel auch zuhaltet und eure Ohren vor den Schreien der Händler verschließt. Und was ihr euch damit einhandelt, ist Ärger!«

Fafhrd antwortete mit einem leisen Knurren, dem Äquivalent eines Achselzuckens. Mit ruhigem Blick und fast schielender Konzentration starrte er an seinem buschigen Bart entlang auf etwas, an dem seine langen Finger kräftig herumbogen, das aber seine großen Handrücken vor den Augen des Mauslings verbargen.

»Wie geht es übrigens dem alten Dummkopf, seitdem er regelmäßig ißt?« fragte der Mausling jetzt und beugte sich vor, um zu sehen, was Fafhrd da in der Hand hielt. »Er ist stur wie eh und je, nicht wahr? Er hat immer noch die Absicht, Issek bis zur Zitadelle zu bringen? Ist er in ... äh ... geschäftlichen Dingen noch immer so unzugänglich?«

»Bwadres ist ein guter Mann«, sagte Fafhrd ruhig.

»Das ist ja mehr und mehr das Problem«, erwiderte der Mausling mit einer gewissen sarkastischen Entrüstung. »Aber hör zu, Fafhrd, du brauchst Bwadres gar nicht zu etwas zu überreden – ich habe so langsam das Gefühl, daß Sheelba und Ningauble diese kosmische Revolution nicht einmal gemeinsam fertigbrächten. Aber was zu tun ist, schaffst du ganz allein. Zieh deine Gedichte nur etwas ins Negative, tu eine Prise Defaitismus in Isseks Glaubensbekenntnis – selbst dir muß die lächerliche Verquickung von nördlichem Stoizismus und südlichem Masochismus inzwischen ein bißchen zum Hals heraushängen. Dir kann eine Veränderung doch nur recht sein. Ein Thema ist für den wahren Künstler so gut wie das andere. Oder noch etwas – und das wäre viel einfacher! Laß ab, Isseks Altar nach jedem großen Gottesdienst weiter die Straße hinaufzurücken ... du könntest ihn vielleicht sogar ein bißchen hinabschieben! Bwadres ist immer so aufgeregt wegen des großen Zulaufs, daß der alte Dummkopf die Richtungen sowieso durcheinanderbringt! Du könntest im Krebsgang weitermachen. Oder, was überhaupt das klügste wäre, du müßtest die Einnahme teilen, ehe du Bwadres die Kollekte aushändigst. Ich könnte dir die nötigen Taschenspielertricks im Nu beibringen, obwohl du das eigentlich nicht nötig hast – mit deinen riesigen Händen schaffst du alles.«

»Nein«, sagte Fafhrd.

»Wie du willst«, erwiderte der Mausling leichthin, wenn auch nicht ohne Anteilnahme.

»Handelt euch ruhig Ärger ein, wenn du willst – vielleicht ist es sogar dein Ende. Fafhrd, woran fummelst du da eigentlich dauernd herum? Nein, gib es mir nicht, du Idiot! Ich will nur mal einen Blick darauf werfen. Bei der schwarzen Toga! Was ist denn das?«

Ohne aufzublicken oder sich sonst zu bewegen, hatte Fafhrd die Hände zusammengelegt und zur Seite hin geöffnet, als wolle er dem Mausling einen gefangenen Schmetterling oder Käfer zeigen – und auf den ersten Blick sah der Gegenstand wirklich wie ein ziemlich großes Insekt aus, auf den er vorsichtig den Blick freigab – ein Käfer mit einem mattschimmernden Goldpanzer.

»Eine Gabe für Issek«, sagte Fafhrd tonlos. »Eine Gabe, die uns letzte Nacht von einer Dame überreicht wurde, die im Geiste mit dem Gott verbunden ist.«

»Ja, und mit der Hälfte aller jungen Aristokraten Lankhmars, und nicht nur im Geiste!« fauchte der Mausling aufgebracht. »Ich weiß doch, wie Lessnyas Doppelspiral-Armbänder aussehen! Die wurden ihr übrigens angeblich von den Zwillings-Herzögen von Ilthmar geschenkt. Was mußtest du mit ihr anstellen, um das Ding zu bekommen? Nein, antworte mir lieber nicht ... ich weiß es schon. Du mußtest Gedichte aufsagen! Fafhrd, die Lage ist weitaus schlimmer, als ich gedacht hatte. Wenn Pulg wüßte, daß ihr bereits Gold geschenkt bekommt ...«

Sein Flüstern verstummte. »Aber was hast du mit dem Armband getan?«

»Es zu einer Darstellung des Heiligen Krugs umgestaltet«, erwiderte Fafhrd, senkte den Kopf, öffnete seine Hände und neigte sie zur Seite.

»Ah, ich verstehe«, sagte der Mausling leise. Das matte Gold war zu einem glatten und seltsamen Knoten verdreht worden. »Gar nicht übel gemacht, Fafhrd! Wie du dir dein Gefühl für Kurven hast bewahren können, wo du doch seit sechs Monaten ohne solche Kurven geschlafen hast, ist mir ein Rätsel! Naja, da ist wohl jeder anders. Sag mal einen Augenblick gar nichts – mir kommt eben ein Einfall! Beim Schwarzen Umhang – eine vorzügliche Idee! Fafhrd, du mußt mir das kleine Schmuckstück geben, damit ich es Pulg schenken kann. Nein, bitte laß mich zu Ende reden und überlege dann! Es geht mir nicht um das Gold, es soll kein Bestechungsgeschenk oder eine erste Teilzahlung sein – das verlange ich von dir oder Bwadres ja gar nicht –, sondern eine kleine Gabe, ein Geschenk. Fafhrd, ich habe Pulg in letzter Zeit ganz gut kennengelernt und festgestellt, daß er eine sentimentale Ader hat: Er bekommt gern kleine Geschenke, kleine Trophäen von seinen ... äh ... Kunden nennen wir sie manchmal. Bei den Raritäten muß es sich immer um Gegenstände handeln, die mit den fraglichen Göttern im Zusammenhang stehen, Kelche, Weihrauchgefäße, Knochen in Silberfiligran, juwelenbesetzte Amulette, so etwas. Er sitzt gern vor seinen gefüllten Regalen und starrt diese Dinger an und träumt vor sich hin. Manchmal habe ich den Eindruck, daß der Alte sich zum Glauben bekehren läßt, ohne es selbst zu merken. Wenn ich ihm das kleine Stück da brächte, empfände er Zuneigung zu Issek – das weiß ich! Er wiese mich an, Bwadres mit Samthandschuhen anzufassen. Es wäre vielleicht sogar möglich, die Frage der Tributzahlungen für ... naja, für mindestens drei weitere Querstraßen aufzuschieben.«

»Nein«, sagte Fafhrd.

»Also gut, mein Freund. Komm mit, Kleines, ich spendiere dir ein Steak.«

Die zweite Bemerkung war mit der normalen Stimme des Mauslings gesprochen und galt natürlich dem Bettelmädchen, das mit einem ziemlich geübten Blick des Erschreckens reagierte. »Und kein Fischsteak, mein Schatz. Wußtest du überhaupt, daß es andere gibt? Diese Münze ist für deine Mutter, meine Liebe, dann komm mit. Der Steakstand ist vier

Querstraßen weiter. Nein, wir nehmen keine Sänfte, dir bekommt das Laufen gut. *Leb wohl – du Todeskandidat!*«

Trotz des Tonfalls der letzten Flüsterworte, die etwas Endgültiges und Abschiednehmendes hatten, tat der Graue Mausling sein möglichstes, um die schlimme Nacht der Abrechnung hinauszuzögern, indem er für Pulgs Schläger dringendere Aufgaben erfand und angab, dieses oder jenes Omen stünde gegen die sofortige Begleichung des Bwadreskontos – denn Pulg war neben seiner Sentimentalität in letzter Zeit auch noch abergläubisch geworden.

Es hätte sicher gar kein unüberwindliches Problem gegeben, wenn Bwadres mit jenem Hauch von finanzieller Realität gesegnet gewesen wäre, der in einer echten Krise auch von den dicksten und geldgierigsten Priestern und den ausgemergeltsten und entweltlichtsten Heiligen an den Tag gelegt wird. Aber Bwadres war stur – wahrscheinlich handelte es sich hier, wie schon angedeutet, um das letzte, wenn auch höchst unangenehme Symptom seiner nur scheinbar überwundenen Senilität. Keinen einzigen rostigen Eisentik (die kleinste lankhmarische Münze) wollte er den Erpressern zahlen – dessen rühmte sich Bwadres. Um die Sache womöglich noch schlimmer zu machen, gab er nicht einmal Geld aus, um bunte Möbel oder Tempelräume für Issek zu mieten, wie es für die Götter im mittleren Teil der Straße fast unerläßlich war. Statt dessen verkündete er, jeder eingenommene Tik, jeder bronzene Agol, jeder Silber-Smerduk, jeder Gold-Rilk, ja jeder diamantene Gluldítch würde gespart, um am Zitadellenende für Issek den denkbar schönsten Tempel zu *kaufen* – ja, den Tempel Aarths des Unsichtbaren Horchenden, der als einer der ältesten und mächtigsten Götter *in* Lankhmar galt.

Natürlich führte diese verrückte, offen ausgesprochene Herausforderung dazu, daß Isseks Beliebtheit noch mehr wuchs und seine Gemeinde um alle möglichen Leute erweitert wurde, die zumindest beim erstenmal aus Neugier kamen. Die Wetten, wie schnell Issek auf der Straße der Götter wie weit kommen würde (in Lankhmar wurde regelmäßig um solche Dinge gewettet), schwankten heftig, da der Fall bald die Grenzen der im Grunde beschränkten Phantasie der

Buchmacher sprengte. Bwadres gewöhnte es sich an, beim Schlafen Isseks Schatz an sich zu pressen (zuerst ein alter Knoblauchsack, später eine kleine, solide Truhe mit einem Schlitz im Deckel, durch den die Münzen gesteckt wurden), während sich Fafhrd außen herum um beide legte. Nur einer von beiden schlief, während der andere wachte.

Einmal rang sich der Mausling fast zu dem Entschluß durch, Bwadres die Kehle durchzuschneiden; dies schien ihm der einzige Ausweg aus seinem Dilemma zu sein. Doch er wußte, daß diese Tat ein unverzeihliches Verbrechen gegen seinen neuen Beruf war – sie wäre *schlecht fürs Geschäft* gewesen und hätte ihn zweifellos für immer mit Pulg und allen anderen Herren der Unterwelt überworfen, wenn man ihn auch nur entfernt mit der Tat in Verbindung brachte. Bwadres mußte notfalls hart rangenommen werden, ja, man durfte ihn sogar foltern, doch gleichzeitig mußte man ihn wie die Gans behandeln, die die goldenen Eier legt. Außerdem hatte der Mausling so eine Ahnung, als würde Bwadres' Tod Issek nicht aufhalten. Nicht solange Fafhrd Priestergehilfe war.

Was die Angelegenheit schließlich in die Krise trieb – in die *erste* Krise – und den Mausling zum Handeln zwang, war die unausbleibliche Erkenntnis, daß, wenn er noch lange zögerte, Bwadres in Pulgs Namen zur Kasse zu bitten, andere Erpresser, insbesondere ein gewisser Basharat, diesen Schritt übernehmen würden. Als führender Religionsausbeuter in der lankhmarischen Unterwelt hatte Pulg auf jeden Fall den Vortritt, doch wenn er unverhältnismäßig lange zögerte, den ersten Schritt zu tun (wie sehr er sich da auch auf Omen oder den Wunsch beziehen mochte, sein Opferlamm zuerst zu mästen), dann war Bwadres vor der Konkurrenz nicht mehr sicher, besonders nicht vor Basharat, der Pulgs gefährlichster Rivale war.

So geschah es denn wie so oft, daß die Mühen des Mauslings, die schlimme Nacht zu verhindern, nur dazu führten, daß sie um so düsterer und stürmischer hereinbrach.

Als schließlich der entscheidende Abend gekommen war, eingeleitet durch eine letzte Warnung Basharats an Pulg, wählte der Mausling, der bis zuletzt auf eine wunderbare

Rettung gehofft hatte, einen Ausweg, der dem Ahnungslosen feige erscheinen mag. Er benutzte das Bettlermädchen, das er Schwarze Lilie genannt hatte, und einige andere seiner Kreaturen dazu, ein Gerücht in die Welt zu setzen. Danach hatte der Schatzmeister des Aarth-Tempels die Absicht, in einer gemieteten schwarzen Schaluppe über das Binnenmeer zu fliehen und dabei das gesamte Vermögen und die Tempelschätze mitzunehmen, einschließlich einer mit Schwarzperlen besetzten Altarausstattung, eines Geschenks der Frau des Hohen Oberherrn, ein Wert, der noch nicht mit Pulg ›abgerechnet‹ worden war. Der Mausling sorgte dafür, daß das Gerücht durch unauffällige Kanäle gerade zu dem Zeitpunkt zu ihm zurückkehrte, als er sich mit vier gutbewaffneten Helfern auf den Weg zu Isseks Altar gemacht hatte.

Es sollte an dieser Stelle erwähnt werden, daß Aarths Schatzmeister wirklich in finanziellen Untiefen schwamm und wirklich eine schwarze Schaluppe gemietet hatte. Was nicht nur bewies, daß der Mausling eine solide Basis für seine Tricks suchte, sondern daß es Bwadres sehr gut getroffen hatte, als er Isseks künftigen Tempel auswählte – ob nun durch Zufall oder Schlauheit, die sich neben seiner senilen Sturheit halten mochte.

Der Mausling hatte nicht die Absicht, seine gesamte Expeditionsmacht für die neue Aufgabe abzustellen, denn er mußte natürlich Bwadres vor Basharat retten. Doch er konnte die Männer in der fast hundertprozentigen Gewißheit aufteilen, daß Pulg seine Taktik gutheißen würde. Drei Helfer schickte er mit der festen Anweisung weiter, Bwadres einige Wahrheiten beizubringen, während er selbst mit einem der Wächter losrannte, um dem angeblich fliehenden und schwerbepackten Schatzmeister aufzulauern.

Natürlich *hätte* sich der Mausling der Bwadres-Gruppe anschließen können, doch das hätte dazu geführt, daß er sich persönlich gegen Fafhrd behaupten mußte oder von ihm geschlagen wurde. Der Mausling war zwar bereit, für den Freund das möglichste zu tun, doch er gedachte noch ein wenig mehr für seine eigene Sicherheit zu unternehmen (hoffte er).

Wie bereits angedeutet, mag es Leute geben, die meinen,

der Graue Mausling habe durch seine Handlungsweise den Freund im Stich gelassen. Doch man darf nicht vergessen, daß der Mausling seinen Fafhrd gut kannte.

Die drei Schläger, die Fafhrd *nicht* kannten (der Mausling hatte sie eben deshalb für diese Aufgabe ausgesucht), freuten sich über die Entwicklung der Dinge. Ein selbständiger Auftrag brachte immer die Gelegenheit, sich auszuzeichnen und befördert zu werden. Sie warteten die erste Pause zwischen den Gottesdiensten ab, in der stets großes Gedränge herrschte. Dann marschierte einer der Männer, der eine kleine Axt im Gürtel trug, geradewegs auf Bwadres und seine Schatztruhe los, die der heilige Mann zugleich als Altar benutzte, indem er sie mit dem heiligen Knoblauchbeutel bedeckte. Ein anderer zog sein Schwert und bedrohte Fafhrd, wobei er den Riesen klugerweise auf Abstand und im Auge behielt. Der dritte schlug den scherzhaft rauhen Ton eines Ansagers in einem Vergnügungshaus an, äußerte klangvolle Warnungen und achtete auf die Menge. Die Lankhmarer sind so traditionsbewußt, daß sie sich eigentlich kaum gegen eine so legale Tätigkeit wie die eines Erpressers wenden würden – dazu noch des Ersten Erpressers dieser Straße –, auch wenn es um die Verteidigung eines beliebten Priesters geht, aber zuweilen treten Ausländer oder Verrückte in Erscheinung (obwohl sich in Lankhmar sogar die Verrückten an die Traditionen halten).

Niemand in der Gemeinde sah, was dann passierte, denn die Blicke ruhten auf dem ersten Schlägertyp, der Bwadres mit einer Hand lässig den Hals zudrückte, während er mit der anderen, in der die Axt ruhte, auf die Truhe deutete. Ein Überraschungsschrei ertönte, dann ein lautes Klappern. Der zweite Angreifer, der sich auf Fafhrd stürzen wollte, hatte sein Schwert fallen lassen und schüttelte seine Hand, als täte sie ihm weh. Ohne Hast packte ihn Fafhrd am Hemde zwischen den Schulterblättern, erreichte mit zwei Riesenschritten den ersten Angreifer, schlug ihm die Axt aus der Hand und hob ihn ebenfalls in die Höhe.

Es war ein eindrucksvoller Anblick: Der riesige, hohlwangige, bärtige Priestergehilfe in seiner langen Robe aus ungefärbtem Kamelhaar (das Geschenk eines Verehrers) stand mit gespreizten Beinen und eingeknickten Knien da, während er links und rechts je einen zappelnden Banditen hielt.

Wenn das Tableau auch sehr eindrucksvoll war, so bot es doch einen herrlichen Angriffspunkt für den dritten Schläger, der sofort seinen Krummsäbel zog, beifallheischend in die Menge lächelte und auf die Stelle zuhielt, wo Fafhrds Beine zusammentrafen.

Die Menge erschauderte und schrie auf, als sie sich die Wirkung des Tritts vorstellte.

Es gab einen dumpfen Laut. Der dritte Angreifer ließ sein Schwert ebenfalls los.

Ohne seine Haltung zu verändern, ließ Fafhrd die beiden Burschen, die er gepackt hielt, mit den Köpfen zusammenknallen. Mit einer ebenso wohlberechneten Bewegung zerrte er die beiden wieder auseinander und ließ sie links und rechts bewußtlos zwischen die Zuschauer sinken. Dann trat er vor, noch immer ohne sichtliche Eile, packte den dritten Schläger an Hals und Hosenbund und warf ihn ein beträchtliches Stück in die Menge, wo er zwei von Basharats Gehilfen ummähte, die die Vorgänge interessiert verfolgt hatten.

Drei Herzschläge lang herrschte absolutes Schweigen, dann applaudierten die Zuschauer begeistert. Die traditionsbewußten Lankhmarer hielten es zwar für recht und billig, daß die Erpresser ihrem Geschäft nachgingen, doch es war ihnen ebenso recht, daß ein seltsamer Priestergehilfe Wunder vollbrachte, und sie versäumten es nicht, eine gute Vorstellung mit Beifall zu bedenken.

Bwadres, der seinen Hals betastete und noch immer ein wenig außer Atem war, lächelte sichtlich erfreut, und als Fafhrd schließlich auf den Applaus einging, indem er sich im Schneidersitz auf das Kopfsteinpflaster sinken ließ und den Kopf neigte, stürzte sich der alte Priester sofort in eine Predigt, durch die er die Menge weiter elektrisierte, denn er deutete mehrmals an, daß sich Issek in seinem himmlischen Reich vorbereite, Lankhmar *persönlich* zu besuchen. Die Überwältigung der drei bösen Männer durch seinen Gehilfen schrieb Bwadres der göttlichen Macht Isseks zu – eine Art Signal für die bevorstehende Reinkarnation des Gottes.

Die bedeutsamste Folge dieses Sieges der Tauben über die

Falken war eine kleine mitternächtliche Konferenz im Hinterzimmer der Schänke zum Silbernen Aal, wo Pulg den Mausling zunächst lobte und dann mit harten Worten tadelte.

Er lobte den Mausling, weil er den Schatzmeister Aarths aufgehalten hatte, der sich tatsächlich mit der schwarzen Schaluppe hatte verdrücken wollen, allerdings nicht, um aus Lankhmar zu fliehen, sondern um ein Wochenende mit mehreren Trinkkumpanen und einer gewissen Llala zu verbringen, die Hohepriesterin einer Göttin gleichen Namens war. Doch dazu hatte er tatsächlich mehrere Teile des mit Schwarzperlen besetzten Altarschmucks mitgenommen, offenbar als Geschenk für die Hohepriesterin, und der Mausling hatte diese Wertstücke vernünftigerweise konfisziert, ehe er der heiligen Gruppe für ihr Wochenende auf dem Wasser viel Spaß wünschte. Pulg schätzte die Beute des Mauslings auf etwa das Doppelte des üblichen Anteils, ein angemessener Ausgleich für das unkorrekte Verhalten des Schatzmeisters.

Anschließend kritisierte er den Mausling, weil er die drei Eintreiber nicht vor Fafhrd gewarnt und ihnen nicht gesagt hatte, wie sie im einzelnen gegen den Riesen vorgehen mußten.

»Es sind deine Jungs, mein Sohn, und ich beurteile dich danach, wie sie sich anstellen«, sagte Pulg väterlich-nüchtern zu seinem Untergebenen.

»Wenn *sie* einen Fehler machen, bist *du* dran – so einfach ist das. Du kennst den Nordling gut, mein Sohn; du hättest deine Leute auf seine Tricks vorbereiten müssen. Dein Hauptproblem ist vorzüglich gelöst, doch eine wichtige andere Einzelheit hast du übersehen. Ich erwarte eine gute Strategie von meinen Helfern und eine fehlerlose Taktik.«

Der Mausling neigte den Kopf.

»Du und dieser Nordling – ihr wart früher Kameraden«, fuhr Pulg fort. Er beugte sich über den zerkratzten Tisch und zog seine Unterlippe herab. »Du willst ihn doch nicht etwa schonen, oder, mein Sohn?«

Der Mausling hob die Augenbrauen, blähte die Nüstern und schwang langsam den Kopf hin und her.

Pulg kratzte sich nachdenklich an der Nase.

»Also erledigen wir die Sache morgen abend«, fuhr er fort. »Wir müssen an Bwadres ein Exempel statuieren, das so durchschlagend ist wie Mingol-Medizin. Ich schlage vor, daß Grilli dem Nordling beim ersten Angriff die Achillessehne durchschneidet. Töten können wir ihn nicht; er ist der Mann, der das große Geld bringt. Aber mit durchschnittenen Fußsehnen könnte er noch immer auf Händen und Knien herumrutschen und wäre so vielleicht noch attraktiver für die Massen. Wie findest du das?«

Der Mausling kniff nachdenklich die Augen zusammen und wartete drei Atemzüge lang. Dann sagte er kühn: »Nicht gut. Ich gebe so etwas ungern zu, aber dieser Nordling hat manchmal Kampftricks auf Lager, die selbst ich nicht unbedingt kontern kann – wilde, verrückte Sachen, die aus dem Nichts geboren werden und die kein vernünftiger Mann vorhersehen kann. Klar, es besteht die Möglichkeit, daß Grilli ihn fertigmacht, aber wenn er es nun nicht schafft? Ich habe einen anderen Plan – vielleicht denkst du, daß ich noch immer eine Schwäche für den Mann habe, aber ich schlage ihn vor, weil wir so die besten Chancen haben. Ich werde ihn heute abend betrunken machen. Dann ist er auf jeden Fall aus dem Weg.«

Pulg stöhnte. »Bist du sicher, daß du das schaffst, mein Sohn? Es heißt, er habe dem Alkohol abgeschworen. Und er klebt an Bwadres wie ein Riesenblutegel.«

»Ich locke ihn fort«, versicherte der Mausling. »Und so besteht keine Gefahr, daß wir ihn für Bwadres' Zirkus beschädigen. Wenn man sich auf einen Kampf einläßt, ist der Ausgang immer ungewiß. Man mag zwar vorhaben, dem Mann die Achillessehnen zu kappen – aber dann muß man ihm plötzlich die Kehle durchschneiden.«

Pulg schüttelte den Kopf. »Damit ermöglichen wir es ihm aber, sich gegen unsere Kassierer zu wehren, wenn sie das nächste Mal Geld holen. Wir können ihn doch nicht jedesmal betrunken machen! Das wäre zu kompliziert. Ein ziemlich schwacher Plan.«

»Das ist gar nicht nötig«, sagte der Mausling zuversichtlich. »Wenn Bwadres erst mal zahlt, macht der Nordling mit.«

Pulg setzte sein Kopfschütteln fort. »Das sind reine Vermutungen, mein Sohn«, sagte er. »Oh, ich glaube dir ja, daß du von allem überzeugt bist, aber es ist ein Schuß ins Dunkle. Ich möchte, daß die Sache eindeutig geklärt wird. Ein durchschlagendes Exempel, habe ich gesagt. Vergiß nicht, mein Sohn, daß eigentlich Basharat der Mann ist, für den wir morgen abend die Schau inszenieren. Er wird dort sein, darauf kannst du dich verlassen, auch wenn er in der letzten Reihe steht. Hast du übrigens gehört, daß dein Nordling zwei von Basharats Jungs umgehauen hat? Das hat mir gefallen.« Pulg grinste breit und wurde sofort wieder ernst. »Also erledigen wir es auf meine Art. Grilli ist sich seiner Sache sicher.«

Der Mausling setzte ein ausdrucksloses Gesicht auf und zuckte die Achseln.

»Wenn du meinst. Natürlich begehen manche Nordlinge Selbstmord, wenn sie verkrüppelt sind. Ich glaube nicht, daß *er* so handeln würde, aber es wäre möglich. Trotzdem würde ich sagen, daß dein Plan achtzigprozentig klappen könnte. Achtzig Prozent.«

Pulg runzelte düster die Stirn, und seine rotgeränderten Schweinsäuglein waren starr auf den Mausling gerichtet. Schließlich fragte er: »Bist du *sicher,* daß du ihn betrunken machen kannst? Hundertprozentig?«

»O ja«, erwiderte der Mausling. Er hatte sich ein halbes Dutzend weitere Argumente für seinen Plan ausgedacht, doch er behielt sie für sich. Er fügte nicht einmal hinzu: »Hundertzehnprozentig«, wie es ihm auf der Zunge lag. Er lernte schnell.

Pulg lehnte sich plötzlich in seinem Stuhl zurück und begann zu lachen – ein Zeichen, daß der geschäftliche Teil des Gesprächs erledigt war.

Er kniff das nackte Mädchen, das neben ihm stand. »Wein!« befahl er. »Nein, nicht das zuckrige Zeug, das ich für meine Kunden bereithalte – hat Zizzi dich nicht richtig unterwiesen? –, sondern der gute Stoff hinter der grünen Gottesstatue. Komm, mein Sohn, trink einen Krug mit mir und erzähl mir ein bißchen über diesen Issek. Er interessiert mich. Sie alle interessieren mich.«

Er deutete mit großer Geste auf die düster schimmernden Fächer voller religiöser Kuriositäten in der hübsch geschnitzten Reisekiste, die sich am Ende des Tisches erhob. Wieder runzelte er die Stirn, doch diese Bewegung hatte nun nichts Geschäftliches mehr.

»Es gibt mehr Dinge auf dieser Welt, als wir verstehen«, sagte er bedächtig. »Wußtest du das, mein Sohn?« Der alte Mann schüttelte den Kopf, und wieder drückte die Bewegung etwas anderes aus. Er sank offenbar in eine seiner tiefsten metaphysischen Stimmungen.

»Da muß ich mich manchmal fragen ... Du und ich, mein Sohn, wir beide wissen, daß diese Dinger«, – wieder deutete er auf den aufgeklappten Kasten –, »Spielzeuge sind. Aber die Gefühle, die die Menschen diesen Gebilden gegenüber aufbringen ... die sind doch real, nicht wahr? Und sie können sehr seltsam sein. Es ist leicht, einen Teil dieser Gefühle zu verstehen – Bälger, die erschaudernd zuschauen, Dummköpfe, die eine Vorstellung verfolgen und auf Blut oder ein bißchen Entkleidung hoffen. Aber da ist noch etwas Seltsames. Die Priester intonieren ihren Unsinn, die Leute stöhnen und beten, und plötzlich entsteht *doch etwas*. Ich weiß nicht, was dieses Etwas ist; ich wünschte, ich wüßte es. Aber es ist seltsam.« Er schüttelte den Kopf. »Da beginnt man doch unwillkürlich nachzudenken. Trink deinen Wein, mein Sohn. Und du behältst seinen Krug im Auge, Mädchen, und achtest darauf, daß er nicht leer wird! Und erzähl mir von Issek! Ich interessiere mich für alle Götter, doch in diesem Augenblick möchte ich mehr über *ihn* erfahren.«

Er ließ sich mit keinem Wort anmerken, daß er in den letzten beiden Monaten die Gottesdienste Isseks mindestens an fünf Abenden in der Woche verfolgt hatte – wobei er hinter verhüllten Fenstern in verschiedenen unbeleuchteten Zimmern an der Straße der Götter gesessen hatte. Und das war etwas, das nicht einmal der Mausling von Pulg wußte.

Als die rosaschimmernde Dämmerung aus der stinkenden schwarzen Marsch in den Himmel stieg, machte sich der Mausling auf den Weg und suchte Fafhrd auf. Bwadres schnarchte noch in der Gosse, wobei er Isseks Schatztruhe in den Armen hielt, doch der große Barbar war bereits wach und saß am Straßenrand, während er sich mit der einen Hand das

Kinn unter dem langen Bart streichelte. Schon hatten sich einige Kinder eingefunden und beäugten den seltsamen Mann aus respektvoller Entfernung. Sonst war niemand zu sehen.

»Ist das der Bursche, den man nicht stechen oder verletzen kann?« hörte der Mausling ein Kind flüstern.

»Ja«, lautete die Antwort.

»Ich würde mich gern hinter ihn schleichen und ihn mit der Nadel stechen.«

»So siehst du aus!«

»Ich wette, er hat eine Eisenhaut!« sagte ein winziges Mädchen mit großen Augen.

Der Mausling unterdrückte ein Auflachen, strich dem Mädchen über den Kopf und ging direkt auf Fafhrd zu. Er bedachte den stinkenden Abfall auf dem Pflaster mit einer Grimasse und hockte sich vorsichtig hin. Die Bewegung fiel ihm noch nicht allzu schwer, obwohl der frisch erworbene Bauch in seinem Schoß ein ziemlich umfangreiches Kissen bildete.

Ohne Einleitung kam er zur Sache; dabei sprach er so leise, daß die Kinder ihn nicht hören konnten: »Einige sagen, die Stärke Isseks liege in der Liebe, andere behaupten, seine Stärke sei die Ehrlichkeit, wieder andere meinen, es sei der Mut, und dann gibt es Leute, die ihm böswillige Heuchelei vorwerfen. Ich glaube, ich kenne die wahre Antwort. Wenn ich recht habe, trinkst du Wein mit mir. Wenn ich mich irre, ziehe ich mich bis auf den Lendenschurz aus, erkläre Issek zu meinem Herrn und Gott und diene ihm als Gehilfe des Gehilfen. Einverstanden?«

Fafhrd musterte ihn. »Einverstanden«, sagte er.

Der Mausling hob die rechte Hand und klopfte zweimal gegen das beschmutzte Kamelhaar an Fafhrds Körper – an der Brust und zwischen den Beinen.

Jedesmal ertönte ein dumpfer, leicht hohl klingender Laut.

»Der Küraß Mingswards und der Lendenschurz Gortchs«, verkündete der Mausling.

»Beide gut gepolstert, damit sie nicht klirren. Darin liegt Isseks Stärke und Unverwundbarkeit. Vor sechs Monaten hätten dir die beiden Stücke noch nicht gepaßt.«

Fafhrd starrte ihn nachdenklich an und lächelte breit. »Du hast gewonnen«, sagte er. »Wann zahle ich?«

»Heute nachmittag«, flüsterte der Mausling, »wenn Bwadres gegessen hat und ein bißchen schlummert.« Er richtete sich auf, wobei er leise ächzte, und entfernte sich, indem er geziert von Stein zu Stein hüpfte.

Bald belebte sich die Straße der Götter, und eine Zeitlang war Fafhrd von Neugierigen umlagert. Aber es war ein sehr heißer Tag für Lankhmar. Gegen Mitte des Nachmittags lag die Straße wieder verlassen da, und sogar die Kinder waren in den Schatten geflohen.

Bwadres ging mit Fafhrd zweimal die Gehilfenlitanei durch und bat dann um Nahrung, indem er mit den Fingern seine Lippen berührt; es gehörte zu seinen asketischen Übungen, zu dieser ungemütlichen Zeit zu essen und nicht erst die Kühle des Abends abzuwarten.

Fafhrd ging los und kehrte bald mit einer großen Schale mit zusammengekochtem Fisch zurück. Bwadres blinzelte, als er die Größe der Portion sah, verzehrte aber alles, rülpste und legte sich um seine Schatztruhe, nicht ohne Fafhrd zuvor zu Wachsamkeit ermahnt zu haben. Gleich darauf begann er zu schnarchen.

Ein leises Zischen ertönte aus einem flachen und breiten Torbogen hinter dem Nordling. Fafhrd richtete sich auf und trat lautlos in den Schatten des Vorbaus. Der Mausling packte ihn am Arm und führte ihn auf mehrere Türen zu, vor denen Vorhänge wehten.

»Du schwitzt ja, mein Freund«, sagte er leise. »Sag mir, trägst du den Panzer wirklich aus Vorsicht – oder soll er nur eine Art metallisches Haarteil sein?«

Fafhrd antwortete ihm nicht. Er blinzelte, als der Mausling einen Vorhang zur Seite zog. »Gefällt mir alles nicht«, sagte er. »Dies ist ein Bordell. Wenn man mich hier sieht, könnten die Leute auf alle möglichen Gedanken kommen. Die meisten haben ja eine schmutzige Phantasie.«

»Hängst du für einen, hängst du für alle«, sagte der Mausling leichthin. »Außerdem hat man dich – noch – nicht gesehen. Rein mit dir!«

Fafhrd gehorchte. Der schwere Vorhang fiel hinter ihnen

zu, so daß das Zimmer, in dem sie sich befanden, nur durch hohe Wandschlitze erleuchtet wurde. Fafhrd starrte aus zusammengekniffenen Augen in das Halbdunkel, und der Mausling sagte: »Ich habe den Raum für den ganzen Abend gemietet. Niemand wird davon erfahren. Was willst du mehr?«

»Du hast sicher recht«, sagte Fafhrd, dem sichtlich unbehaglich zumute war. »Aber du hast zuviel Geld ausgegeben. Vergiß nicht, kleiner Mann, ich kann nur einen Krug mit dir trinken. Das hast du mir abgetrickst – ja, irgendwie war es ein Trick –, aber ich zahle. Doch nur ein Weinkrug, kleiner Mann. Wir sind Freunde, doch wir haben unterschiedliche Wege. Nur ein Krug. Oder höchstens zwei.«

»Natürlich«, schnurrte der Mausling.

Das Halbdunkel vor Fafhrds Augen erhellte sich und ließ einige Gegenstände erkennen. Da war eine innere Tür (ebenfalls mit einem Vorhang), ein schmales Bett, ein Waschbekken, ein niedriger Tisch mit einem Stuhl, und auf dem Boden neben dem Stuhl standen mehrere rundliche Gebilde mit langen Hälsen und Griffohren. Fafhrd zählte sie, und wieder erschien ein breites Grinsen auf seinem Gesicht.

»›Hängst du für einen‹, hast du gesagt«, brummte er in seiner alten Baßstimme, ohne den Blick von den Weinkrügen zu nehmen. »Ich sehe aber vier Gehängte, Mausling.«

»Natürlich«, wiederholte der Mausling.

Als die vom Mausling geholte Kerze in einem kleinen Wachsteich zu flackern begann, leerte Fafhrd schon den dritten ›Gehängten‹. Er hob den Krug über den Kopf, fing den letzten Tropfen auf und warf das Gefäß mit behutsamer Bewegung fort wie einen großen federleichten Ball. Als der Krug auf dem Boden explodierte, beugte er sich vor, ohne von dem Bett aufzustehen, neigte sich so tief hinab, daß sein Bart den Boden berührte, ergriff den letzten ›Gehängten‹ mit beiden Händen und hob ihn mit übertriebener Vorsicht auf den Tisch. Dann nahm er ein Messer mit kurzer Klinge und machte sich daran, sorgfältig das Harz vom Hals des Krugs zu entfernen. Dabei neigte er sich so dicht an seine Arbeit, daß er unwillkürlich zu schielen begann.

Fafhrd hatte keine Ähnlichkeit mehr mit einem Priestergehilfen – nicht einmal mehr mit einem Priestergehilfen auf Abwegen. Als der erste ›Gehängte‹ leer war, hatte er sich für weitere Taten gewappnet und seine Sachen abgelegt. Die Kamelhaarrobe lag in einer Ecke des Zimmers, die gepolsterten Panzerteile in einer anderen. Er trug nur noch einen nicht mehr ganz weißen Lendenschurz und sah wie ein hagerer bekümmerter Berserker aus oder wie ein barbarischer König im Badehaus.

Seit einiger Zeit war schon kein Licht mehr durch die Fensterschlitze gedrungen; jetzt wurde es dort oben wieder heller. Offenbar brannten draußen Fackeln. Die Geräusche der Nacht hatten eingesetzt und wurden lauter – entferntes Gelächter, die Rufe der Händler, verschiedene Aufforderungen zum Gebet ... und Bwadres' weittragende rauhe Stimme, die immer wieder »Fafhrd!« rief. Aber auch diese Rufe waren vor einiger Zeit verstummt.

Fafhrd ließ sich viel Zeit mit dem Harz, das er wie Gold behandelte, und der Mausling mußte mehrmals an sich halten, um nicht ungeduldig aufzustöhnen. Dennoch hatte er ein Siegeslächeln aufgesetzt. Er bewegte sich nur einmal, um an der flackernden Kerze einen neuen Docht anzuzünden. Fafhrd schien den Wechsel in der Beleuchtung gar nicht wahrzunehmen. Der Mausling sagte sich, daß sein Freund die Umwelt wahrscheinlich im hellen Licht des Weingeistes sah, das den Weg jedes braven Zechers ausleuchtet.

Plötzlich hob der Nordling das kurze Messer und bohrte es mitten in den Korken.

»Stirb, du falscher Mingol!« rief er, zog das Messer mit einer Drehung heraus – und der Korken blieb auf der Messerspitze stecken. »Ich trinke dein Blut!« Und er hob die Steinflasche an die Lippen.

Nachdem er nach Schätzung des Mauslings etwa ein Drittel des Inhalts getrunken hatte, setzte er den Krug ziemlich plötzlich auf den Tisch. Seine Augäpfel rollten nach oben, sämtliche Muskeln seines Körpers zuckten in wonnigem Erschaudern, und er sank majestätisch zurück wie ein Baum, der gefällt worden ist. Das altersschwache Bett ächzte verdächtig, brach unter seinem Gewicht aber nicht zusammen.

Und doch war die Szene noch nicht zu Ende. Eine besorgte

Falte erschien zwischen Fafhrds buschigen Augenbrauen, der Kopf reckte sich in die Höhe, und seine blutunterlaufenen Augen starrten drohend in die Runde, suchten das Zimmer ab. Ihr Blick heftete sich auf den letzten Steinkrug. Ein langer muskelbepackter Arm zuckte vor, eine große Hand legte sich um den Flaschenhals und stellte das Gefäß unter die Bettkante, ohne wieder loszulassen. Dann schlossen sich Fafhrds Augen, der Kopf sank endgültig zurück, und lächelnd begann er zu schnarchen.

Der Mausling stand auf und beugte sich über den Schlafenden. Er öffnete ein Auge Fafhrds und nickte zufrieden, er nickte nochmals, als er Fafhrd den Puls gefühlt hatte, dessen Rhythmus so langsam und kräftig war wie die Brandung des Äußeren Meeres.

Inzwischen bemühte sich die andere Hand des Mauslings mit einer gewohnheitsmäßigen Schnelligkeit und Kunstfertigkeit, die unter diesen Umständen überflüssig war, aus einer Tasche in Fafhrds Lendenschurz einen schimmernden Goldgegenstand zu ziehen, den er dort entdeckt hatte. Er steckte das Gebilde in eine Geheimtasche seiner grauen Tunika.

Hinter ihm hustete jemand.

Es war ein so zielgerichteter Laut, daß der Mausling nicht etwa in die Höhe sprang oder zusammenfuhr, sondern sich nur umdrehte, ohne seine Fußstellung zu verändern – in einer Bewegung, die so langsam und fließend war wie die eines Tänzers im Tempel der Schlangen.

Pulg stand an der inneren Tür. Er trug eine schwarzsilbern gestreifte Robe mit Kapuze. In der Hand hielt er eine juwelenbesetzte schwarze Maske, die er etwas vom Gesicht abhielt, damit der Mausling ihn erkennen konnte.

Er starrte seinen Leutnant ernst an.

»Ich hatte nicht geglaubt, daß du es schaffst, mein Sohn, aber du hast es vollbracht«, sagte er leise. »Du stärkst mein Vertrauen in dich zu einer guten Zeit, mein Freund. Ho, Wiggin, Quatch! Ho, Grilli!«

Drei Helfer glitten hinter Pulg in den Raum. Ihre Kleidung war so nüchtern und dunkel wie die ihres Herrn. Bei den beiden ersten handelte es sich um stämmige Burschen, während der dritte schlank wie ein Wiesel und kleiner war als der Mausling, den er mit dem boshaften Blick des Rivalen musterte. Die beiden muskulösen Helfer waren mit kleinen Armbrüsten und Kurzschwertern bewaffnet; der dritte Mann dagegen trug keine sichtbare Waffe.

»Hast du die Schnüre, Quatch?« fragte Pulg und deutete auf Fafhrd. »Dann bindet mir den Mann ans Bett. Achtet darauf, seine kräftigen Arme zu sichern.«

»Ungefesselt ist es besser«, wollte der Mausling sagen, aber Pulg schnitt ihm das Wort ab. »Laß sein, mein Sohn. Du bist noch immer der Anführer hier, aber ich werde dir über die Schulter schauen, ja, ich werde mir deinen Plan nach und nach anschauen und jedes Detail ändern, das mir nicht gefällt. Ein gutes Training für dich! Jeder fähige Leutnant müßte in der Lage sein, unter Kontrolle seines Generals zu arbeiten, auch wenn andere Untergebene Lob und Tadel mitbekommen. Nennen wir's einen Test.«

Der Mausling war besorgt und ratlos. In Pulgs Verhalten lag etwas, das er nicht recht begriff. Etwas Unstimmiges, als spiele sich im Innern des führenden Unterweltlers ein geheimer Kampf ab. Er war nicht betrunken, doch stand in seinen Schweinsäuglein ein seltsamer Schimmer. Er schien fast in einer Art Trance zu sein.

»Wie kommt es, daß ich dein Vertrauen nicht mehr besitze?« fragte der Mausling heftig.

Pulg grinste schief. »Mein Sohn, ich schäme mich für dich!« sagte er.

»Hohepriesterin Llana hat mir *alles* erzählt, was es über die schwarze Schaluppe zu erfahren gab – wie du sie vom Schatzmeister gemietet hast, als Gegenleistung dafür, daß er Perlentiara und Mieder behalten durfte. Und wie der Mingol Ourph das Schiff zu einem anderen Dock bringen mußte. Llala hat sich über den Schatzmeister geärgert, weil seine Liebe zu ihr erkaltet ist oder er Angst bekommen hat und ihr die schwarzen Steinchen nicht geben wollte. Deshalb kam sie zu mir. Außerdem hat deine Schwarze Lilie dieselbe Geschichte unserem Grilli erzählt, für den sie eine Schwäche hat. Was sagst du nun, mein Sohn?«

Der Mausling verschränkte die Arme und warf den Kopf in

den Nacken. »Du hast selbst gesagt, der Anteil wäre mehr als genug«, erwiderte er. »Und eine Schaluppe kann uns immer nützen.«

Pulg begann leise zu lachen und hörte so schnell nicht wieder auf. »Versteh mich nicht falsch, mein Sohn«, sagte er schließlich. »Es gefällt mir, wenn meine Leutnants zu den Leuten gehören, die sich einen kleinen Ausweg offenhalten; ich müßte an ihrem Verstand zweifeln, wenn sie es nicht täten. Ich möchte, daß sie sich Gedanken über ihre kostbare Haut machen – doch erst nachdem sie sich um *meine* Haut Sorgen gemacht haben! Mach dir nichts draus, mein Sohn. Ich glaube, wir werden miteinander auskommen. Quatch! Ist er denn noch immer nicht gefesselt?«

Die beiden kräftigeren Gehilfen, die ihre Armbrüste in die Gürtel gehängt hatten, waren schon bei der Arbeit. Starke Seile fesselten Fafhrd an Brust, Hüfte und Knien, während seine Handgelenke in Kopfhöhe an den Bettkanten befestigt wurden. Fafhrd lag wie zuvor auf dem Rücken und schnarchte friedlich vor sich hin. Er hatte sich ein wenig gerührt und gestöhnt, als man seine Hand von der Flasche unter dem Bett löste, aber das war alles. Wiggin machte Anstalten, die Fußgelenke des Nordlings zu fesseln, doch Pulg bedeutete ihm, daß es genug sei.

»Grilli!« rief er. »Dein Rasiermesser!«

Der wieselähnliche Unhold schien seine Hand an der Brust vorbeizuführen und im Nu schimmerte eine viereckige Klinge darin. Er lächelte, als er sich Fafhrds nackten Fußgelenken näherte. Er strich über die dicken Sehnen an den Fersen des Nordlings und sah Pulg flehend an.

Pulg ließ keinen Blick vom Mausling.

Der Mausling spürte eine unterträgliche Spannung. Er mußte doch etwas tun! Er hob den Handrücken vor den Mund und gähnte.

Pulg deutete auf das andere Ende Fafhrds. »Grilli«, wiederholte er, »rasier mir diesen Mann! Bart und Haupthaar ab! Rasiere ihn glatt wie ein Ei!« Dann beugte er sich zu dem Mausling hinüber und sagte in vertraulichem Tonfall: »Ich habe sagen hören, daß das Haar einem Manne Kraft gibt. Glaubst du das auch? Nun gut, wir werden sehen.«

Einem großgewachsenen Mann Bart und Kopfhaar abzuscheren und ihn dann glattzurasieren, kostet Zeit, auch wenn der Friseur so unheimlich schnell war wie Grilli, der sich nicht um die unzureichende, flackernde Beleuchtung kümmerte. Jedenfalls hatte der Mausling genügend Zeit, um die Situation von verschiedenen Seiten zu beleuchten, ohne allerdings einen Schlüssel zur Lösung zu finden. Eins war in jedem Fall klar – die Unverständlichkeit von Pulgs Verhalten. Er gab Geheimnisse von sich ... er beschuldigte einen Leutnant vor anderen Helfern ... er schlug einen idiotischen ›Test‹ vor ... trug groteske Ferienkleidung ... ließ einen sinnlos Betrunkenen fesseln ... und jetzt der abergläubische Unsinn, Fafhrd glattrasieren zu lassen. Es sah wirklich so aus, als sei Pulg nicht mehr ganz bei Verstand und führe irgendein unheimliches Ritual aus, indem er so tat, als hätte er sich eine besonders raffinierte Taktik zurechtgelegt.

Und von einer anderen Sache war der Mausling ebenso überzeugt: Wenn Pulg aus seiner Trance oder seinem Rausch erwachte – was immer es war –, konnte er keinem der Männer, die diese Stunden mit ihm durchgemacht hatten, jemals wieder trauen, einschließlich des Mauslings, der dann besonders gefährdet war. Es war eine traurige Schlußfolgerung, daß die hart erkämpfte Sicherheit plötzlich wertlos war – und doch war die Überlegung realistisch, und der Mausling konnte zu keinem anderen Ergebnis kommen. Während er noch an dem Problem herumrätselte, beglückwünschte sich der graugekleidete kleine Mann, daß er den unheilvollen Schritt, die schwarze Schaluppe zu mieten, doch getan hatte. Durchaus möglich, daß er bald dringend eine Fluchtmöglichkeit brauchte, und er glaubte nicht, daß Pulg schon wußte, wo Ourph das Boot versteckt hatte. Ab sofort mußte er ständig auf einen gemeinen Trick Pulgs gefaßt sein oder auf den Tod durch seine Helfer, die auf jede unwägbare Laune ihres Herrn reagieren würden. Der Mausling sagte sich, daß es wirklich das beste war, wenn die Burschen (besonders Grilli) gar nicht erst in die Lage kamen, ihm oder anderen zu schaden.

Wieder lachte Pulg. »Also, der sieht ja wie ein Neugeborenes aus!« rief der führende Unterweltler der Stadt. »Gute Arbeit, Grilli!«

Fafhrd wirkte ohne Haare wirklich überraschend jugendlich und entsprach mit diesem Aussehen weitaus mehr der landläufigen Vorstellung von einem Priestergehilfen. Er hätte vielleicht sogar romantisch-hübsch ausgesehen, wenn ihm Grilli in seinem Übereifer nicht auch noch die Augenbrauen abgeschoren hätte, so daß Fafhrds bleicher Kopf nun mehr oder weniger wie eine Marmorbüste wirkte, die man auf einen lebendigen Körper gesetzt hatte.

Pulg konnte gar nicht aufhören zu lachen. »Und kein einziger Tropfen Blut – nein, kein einziger! Das ist wirklich ein gutes Omen! Grilli, ich liebe dich!«

Und Pulg hatte recht – trotz der teuflischen Geschwindigkeit hatte Grilli kein einzigesmal Fafhrds Haut geritzt. Zweifellos mochte ein Mann, dem die Gelegenheit entgangen war, einem Gegner die Achillessehnen durchzuschneiden, unwichtigere Messerarbeiten mit einer gewissen Lässigkeit angehen – sie vielleicht sogar für unter seiner Würde halten. Aber nicht Grilli.

Als er seinen kahlgeschorenen Freund musterte, hätte der Mausling fast selbst gelacht. Doch ging dieser Impuls – zusammen mit seiner sehr realen Angst um sich selbst und Fafhrd – vorübergehend in dem Gefühl auf, daß an der ganzen Sache etwas nicht stimmte – nicht nur im normalen Sinne, sondern auch auf einer rein okkulten Ebene. Daß Fafhrd entkleidet und rasiert worden war, daß man ihn an das klapprige alte Bett gefesselt hatte – irgend etwas war hier falsch, falsch, falsch! Wieder mußte der Mausling daran denken – und das Gefühl hatte sich verstärkt –, daß Pulg hier vielleicht unwissentlich ein übernatürliches Ritual vollzog.

»Hört!« rief Pulg jetzt und hob einen Finger. Gehorsam lauschten der Mausling, die drei Gauner und auch der ›Alte‹. Der normale Lärm vor dem Haus war verstummte, hatte vorübergehend fast aufgehört. Dann war durch den Türvorhang und die rotschimmernden schmalen Fenster die rauhe hohe Stimme Bwadres' zu hören, der die Lange Litanei anstimmte – gefolgt vom undeutlichen Seufzen der Menge.

Pulg schlug dem Mausling kräftig auf die Schulter. »Er macht sich ans Werk! Es wird Zeit!« rief er. »Gib uns deine Anordnungen! Wir wollen sehen, mein Sohn, wie gut du geplant hast! Denk daran, ich schau dir über die Schulter, und es ist mein Wunsch, daß du am Ende von Bwadres' Gottesdienst zuschlägst, wenn das Geld eingesammelt wird.« Stirnrunzelnd sah er Grilli, Wiggin und Quatch an. »Paßt auf, ihr Leutnants!« ermahnte er sie streng. »Ihr gehorcht jedem seiner Kommandos – es sei denn, ich widerrufe den Befehl! Komm, mein Sohn, beeilen wir uns, gib deine Befehle!«

Der Mausling hätte Pulg am liebsten einen Hieb auf die juwelenbesetzte Maske versetzt, die der Erpresser nun wieder vor das Gesicht schob. Er hätte ihm am liebsten auf die dicke Nase gehauen und dieses Irrenhaus aus befohlenen Befehlen verlassen. Doch er durfte Fafhrd nicht vergessen, der nackt, kahlgeschoren, gefesselt, betrunken und unendlich hilflos auf seiner Pritsche lag. Der Mausling begnügte sich also damit, durch die Außentür zu treten und den Gaunern und Pulg ein Zeichen zu geben, ihm zu folgen. Es überraschte ihn nicht weiter, als sie ihm gehorchten – aber es wäre schwierig gewesen zu sagen, was ihn unter den gegebenen Umständen noch überrascht hätte.

Der Mausling bedeutete Grilli, für die anderen den Vorhang hochzuhalten. Er warf einen Blick zurück und sah, wie Quatch, der als letzter kam, die Kerze ausblies und im Schutz der Dunkelheit den noch zu zwei Dritteln gefüllten Weinkrug unter der Bettkante hervorzog und mitnahm. Und aus irgendeinem Grund schien diese unschuldige Diebestat die unpassendste von allen übernatürlich unstimmigen Ereignissen zu sein, die in letzter Zeit eingetreten waren. Der Mausling wünschte sich, es gäbe einen Gott, dem er wirklich vertraute, so daß er ihn um Rat anflehen könnte in dem Oezan unerklärlicher Intuitionen, in dem er zu versinken drohte. Doch zum Pech des Mauslings gab es keine solche Gottheit. Ihm blieb nichts anderes übrig, als sich ganz allein in den seltsamen Ozean zu stürzen und das Risiko einzugehen, ohne vorherige Überlegung dem zu folgen, was ihm der Augenblick eingab.

Während Bwadres also mit schriller Stimme die Lange Litanei herunterhaspelte, begleitet von den geseufzten Antworten der Menge (und auch von ungewöhnlich zahlreichen

Buhrufen), war der Mausling sehr beschäftigt. Er bereitete den Schauplatz vor und brachte die Figuren für ein Drama in Position, dessen Text er nur bruchstückhaft kannte. Die tiefen Schatten kamen ihm dabei zugute – er vermochte fast unsichtbar von einer schützenden Dunkelheit in die nächste zu gleiten –, und die Requisiten lieferten ihm die Tabletts der halben Händlerschaft Lankhmars.

Unter anderem bestand er darauf, die Waffen Quatchs und Wiggins persönlich zu prüfen: die Kurzschwerter und ihre Scheiden, die kleinen Armbrüste und die Köcher mit den kurzen Bolzen, die als Munition dienten. Als die Lange Litanei ihr klagevolles Ende erreichte, war die Bühne bereit, wenn auch ungewiß blieb, wann, wo und wie der Vorhang sich öffnen und wer das Publikum und wer die Agierenden sein würden.

Jedenfalls war es eine eindrucksvolle Szene. Die lange Straße der Götter, die sich in beiden Richtungen zu einer farbenfrohen, fackelerhellten Puppenwelt verjüngte, am Himmel niedrige Wolken, dazu schmale Nebelstreifen, die von der Großen Salz-Marsch heraufkrochen, das Grollen fernen Donners, das Blöken und Knurren von Priestern anderer Götter, das schrille Gelächter von Frauen und Kindern, die Rufe der Händler und Nachrichtensklaven, Weihrauchgeruch aus den Tempeln, der sich mit dem öligen Geruch von gebratenem Fleisch auf den Tabletts der Verkäufer, dem Gestank qualmender Fackeln und den Moschus- und Blumendüften farbenfroh gekleideter Damen vermischte.

Isseks Gemeinde, heute noch verstärkt durch die Neugierigen, die von den Zwischenfällen am Tag zuvor mit dem Teufelsgehilfen und der unheimlichen Prophezeiung Bwadres' angelockt worden waren, versperrte die Straße von Haus zu Haus, so daß man sich nur mit Mühe unter den überdachten Vorbauten der Häuser hindurch an der Menge vorbeidrücken konnte. Alle Schichten der lankhmarschen Gesellschaft waren vertreten – Lumpen und Hermelin; nackte Füße und juwelenbesetzte Sandalen; Söldnerbewaffnung und Philosophenstäbe; Gesichter mit kostbarem Make-up und staubbedeckte Gesichter; Augen, in denen der Hunger stand, aber auch solche der Sättigung; Augen, in denen ein wahnsinniger Glaube funkelte und Augen mit einer Skepsis, hinter der sich Angst verbarg.

Bwadres, der nach der Langen Litanei etwas außer Atem war, stand am Straßenrand gegenüber dem niedrigen Eingang des Hauses, in dem der gefesselte Fafhrd seinen Rausch ausschlief. Seine bebende Hand ruhte auf dem Kasten, der unter dem Schutz des Knoblauchbeutels Altar und Schatzkästchen zugleich war. Die Gläubigen hatten sich so dicht herangedrängt, daß ihm kaum Bewegungsraum blieb – vorn saßen die überzeugtesten Jünger seiner Religion, die mit untergeschlagenen Beinen oder auf den Knien dahockten und der kommenden Dinge harrten.

Der Mausling hatte Wiggin und Quatch mitten auf der Straße neben der umgestürzten Karre eines Fischhändlers postiert. Dort genossen die beiden den Inhalt des Steinkrugs, den Quatch mitgenommen hatte, sicher auch deswegen, um ihren übelriechenden Standort erträglicher zu machen – und der Mausling hatte bei jedem Blick, den er den beiden Trinkern zuwarf, wieder das Gefühl, daß hier in okkulter Hinsicht etwas ganz und gar nicht stimmte.

Pulg hatte sich neben dem flachen Torbogen vor Fafhrds Haus postiert, wenn wir es einmal so nennen wollen. Er hatte Grilli bei sich behalten, während der Mausling in der Nähe hockte, nachdem seine Vorbereitungen nun abgeschlossen waren. Pulgs Juwelenmaske fiel in der Menge gar nicht auf; mehrere Frauen hatten einen ähnlichen Schutz angelegt, und auch einige Männer – leere Farbflecke im Meer der Gesichter.

Und dieses Meer war erheblich in Bewegung. Ein Großteil des Publikums schien erzürnt zu sein über die Abwesenheit des hochgewachsenen Priestergehilfen (daher auch die Buhrufe während der Litanei). Sogar die fanatischen Issek-Anhänger vermißten die Leier des Nordlings und seine hübschen Tenorgeschichten und stellten ärgerliche Fragen und äußerten Vermutungen. Es genügte, daß nun jemand »Wo ist der Gehilfe?« brüllte, und prompt skandierte das halbe Publikum lautstark: »Wir wollen den Gehilfen sehen! Wir wollen den Gehilfen sehen!«

Bwadres brachte seine Zuhörer zum Schweigen, indem er starr die Straße entlangblickte und die Hand über die Augen legte, als sähe er jemanden kommen. Dann deutete er dramatisch in diese Richtung, als wollte er das Herannahen des Mannes anzeigen, auf den alle warteten. Während sich die Menge die Hälse verdrehte und in Bewegung geriet, um zu sehen, was Bwadres zu erblicken vorgab – wobei das Protestgeschrei verstummte –, begann der alte Priester seine Predigt.

»Ich will euch erzählen, was aus meinem Gehilfen geworden ist!« rief er.

»Lankhmar hat ihn verschluckt! Lankhmar hat ihn verzehrt – Lankhmar, die böse Stadt, die Stadt der Trunkenheit, der Lust und der Korruption – Lankhmar, die Stadt der stinkenden Schwarzen Knochen!«

Diese letzte blasphemische Äußerung, die sich auf die Götter *von* Lankhmar bezog (die zu beleidigen den Tod bringen kann, während man über die Götter *in* Lankhmar ungestraft herziehen darf), führte dazu, daß die Menge entsetzt schwieg.

Bwadres hob Hände und Gesicht zu den Wolken empor, die tief am Himmel dahinzogen.

»Oh, Issek, gütiger, mächtiger Issek, höre deinen unterwürfigen Diener, der nun ohne Freunde und allein in der Welt steht. Ich hatte einmal einen Gehilfen, der sich vor deinen Feinden auszeichnete, aber er wurde mir genommen. Issek, du hast ihm viel erzählt über dein Leben und deine Geheimnisse, er hatte Ohren, deine Worte zu hören, und Lippen, von deinen Taten zu singen – aber jetzt haben ihn die schwarzen Teufel geholt! Oh, Issek, erbarme dich!«

Bwadres breitete die Hände aus, deutete auf die Menge und machte eine umfassende Armbewegung.

»Issek war ein junger Gott, als er über die Erde wanderte, ein junger Gott, der nur die Liebe predigte – und doch fesselte man ihn auf die schmerzhafte Streckbank. Uns allen brachte er das Wasser des Friedens in seinem Heiligen Krug, aber der Krug wurde zerbrochen!«

Und Bwadres beschrieb ausführlich und in glühenderen Farben, als man sonst von ihm gewohnt war (vielleicht meinte er das Fehlen seines singenden Gehilfen ausgleichen zu müssen), das Leben und insbesondere die Qualen und den Tod Isseks vom Krug, bis es in der Menge keinen mehr gab, der nicht das Bild Isseks auf seiner Streckbank (auf seiner Folge von Streckbänken) lebhaft vor Augen hatte und der nicht zumindest einen Hauch von Mitleid empfand, wenn er an die Qualen des Gottes dachte.

Frauen und erwachsene Männer weinten ohne Scham, Bettler und Küchenjungen heulten vor sich hin, Philosophen bedeckten die Ohren mit den Händen.

Mit jammervoller Stimme näherte sich Bwadres einem dramatischen Höhepunkt. »Als du auf der achten Streckbank deinen kostbaren Geist aufgabst, o Issek, als deine gebrochenen Hände noch den Halsreif deines Folterers zu einem Krug von überagender Schönheit formten, dachtest du nur an uns, o heiliger junger Mann. Deine Gedanken galten nur dem Ziel, das Leben der Gequältesten und Gestraftesten unter uns zu verschönen, deiner elenden Sklaven.«

Bei diesen Worten machte Pulg einige taumelnde Schritte aus dem Schatten des Torbogens, wobei er Grilli mitzerrte, und fiel auf die Knie, ohne auf das schmutzige Pflaster zu achten. Die schwarzsilbern gestreifte Kapuze fiel auf seine Schultern zurück, und seine juwelenbesetzte schwarze Gesichtsmaske sank herab und offenbarte ein Gesicht, über das dicke Tränen rannen. Er weinte ohne Scham.

»Ich weise alle anderen Götter zurück!« sagte der führende Verbrecher der Stadt schluchzend. »Von jetzt an will ich nur noch dem gnädigen Issek vom Krug dienen!«

Der wieselhafte Grilli, der ziemlich verdreht dahockte, weil er sich auf dem Pflaster nicht beschmutzen wollte, starrte seinen Herrn an, als habe dieser den Verstand verloren. Doch er wagte es nicht, Pulgs Hand zu lösen, die seinen Arm umklammert hielt.

Pulgs Verhalten erregte keine besondere Aufmerksamkeit – im Augenblick waren Übertritte zum Issekglauben ziemlich alltäglich –, doch dem Mausling entging diese Entwicklung nicht, zumal Pulgs Bewegung ihn so dicht neben den Mausling gebracht hatte, daß dieser die Hand ausstrecken und Pulgs kahlen Kopf streicheln konnte. Der graugekleidete kleine Mann empfand eine gewisse Befriedigung und sogar Erleichterung – wenn Pulg schon seit einiger Zeit ein geheimer Verehrer Isseks war, ließ sich damit vielleicht ein seltsames Verhalten erklären. Zugleich durchfuhr ihn ein Gefühl, das fast an Mitleid grenzte. Als der Mausling auf seine linke Hand hinabblickte, bemerkte er, daß er das goldene Schmucksymbol Fafhrds aus der Tasche genommen hatte. Er war in Versuchung, das kostbare Stück Pulg in die Hand zu drücken. Wie passend, wie aufwühlend, wie schön wäre es, wenn Pulg in dem Augenblick, da in ihm die Dämme religiöser Gefühlswallung brachen, dieses wirklich schöne Erinnerungsstück an den Gott seiner Wahl erhielte! Aber Gold ist Gold, und eine schwarze Schaluppe kostet soviel Unterhalt wie jede andere Jacht, und so widerstand der Mausling der Versuchung.

Bwadres streckte die Hände aus und fuhr fort: »Mit trockenen Kehlen, o Issek, dürsten wir nach deinem Wasser! Mit brennenden, gesprungenen Lippen sehnen sich deine Sklaven nach einem einzigen Tropfen aus deinem Krug. Wir würden unsere Seelen verpfänden für einen Schluck dieser Flüssigkeit, die uns in dieser bösen Stadt, die verdammt ist durch die Schwarzen Knochen, kühlen soll. O Issek, steig zu uns herab! Bring uns dein Wasser des Friedens! Wir brauchen dich, wir wollen dich bei uns haben! O Issek, komm!«

Die Intensität dieser letzten Aufforderung und die Sehnsucht der Menge waren so groß, daß sich die kniende Gemeinde den Ruf schließlich zu eigen machte und inbrünstig und immer lauter die endlos wiederholten, fast selbsthypnotischen Worte hinausschrie: »Wir wollen Issek sehen! Wir wollen Issek sehen!«

Und es waren diese rhythmischen Rufe, die schließlich in das winzige Kämmerchen des Bewußtseins in Fafhrds weinseligem Gehirn vordrangen, während er in der Dunkelheit lag – wenn auch Bwadres' Bemerkungen über trockene Kehlen und brennende Lippen und heilende Tropfen und Flüssigkeiten eine gewisse Vorarbeit geleistet hatten.

Jedenfalls kam Fafhrd plötzlich erschaudernd und mit dem überwältigenden Gedanken zu sich: Ein Schluck zu trinken! Dann kam ihm die Erinnerung, daß da ja noch Wein übrig sein müsse.

Es störte ihn ein wenig, daß seine Hand nicht mehr auf

dem Steinkrug unter der Bettkante, sondern aus einem unerfindlichen Grunde in der Nähe seines Ohrs ruhte.

Er griff nach der Flasche und stellte erbost fest, daß er den Arm nicht bewegen konnte. Etwas oder jemand hielt ihn fest.

Er verschwendete keine Zeit auf Kleinigkeiten. Der große Barbar ließ seinen ganzen Körper kraftvoll herumrollen, womit er sich aus der seltsamen Umklammerung zu befreien und unter das Bett zu gelangen hoffte, wo der Wein sein mußte.

Es gelang ihm, das Bett seitlich umzustürzen, wobei er zu Boden fiel. Doch das machte ihm in seinem betäubten Zustand nichts aus, sein Körper gab keine Schmerzsignale. Was ihm aber um so mehr ausmachte, war der Umstand, daß er gar keinen Wein mehr in der Nähe spürte; er roch nichts, sah nichts, obwohl er blinzelnd den Kopf wendete, und stieß auch nicht mit dem Kopf gegen die Flasche. Wo war der Krug, den er für den Notfall beiseitegeschafft hatte?

Etwa zur gleichen Zeit wurde ihm vage bewußt, daß er irgendwie an dem Ding befestigt war, auf dem er geschlafen hatte – besonders an den Ellbogen und an Schultern und Brust.

Die Beine schienen aber einigermaßen frei zu sein, wenn sie auch an den Knien etwas behindert waren, und da das Bett offenbar zum Teil auf den niedrigen Tisch gefallen war und sich mit dem Kopfteil gegen die Wand gestemmt hatte, führte ein wildes Herumwerfen dazu, daß er auf die Beine kam und das Bett nun auf dem Rücken trug.

Mit zusammengekniffenen Augen sah er sich um.

Die Außentür, vor der ein Vorhang wehte, war ein Rechteck, in dem die Dunkelheit nicht ganz so intensiv war. Sofort hielt er darauf zu.

Das Bett machte seine ersten Versuche zunichte, ins Freie zu gelangen; es hinderte ihn immer wieder auf höchst ärgerliche Weise, doch als er sich dann duckte und schräg stellte, gelang ihm das Wunder. Er schob sich mit dem Gesicht gegen den Vorhang und fragte sich verwirrt, ob er etwa gelähmt war, ob der Wein, den er getrunken hatte, irgendwie in seine Arme gerutscht wäre oder ob eine Hexe ihn mit ihrem Zauber belegt hätte.

Es war jedenfalls sehr erniedrigend, die Hände neben die Ohren halten zu müssen und so herumzulaufen. Auch kamen ihm Kopf und Wangen und Kinn seltsam kühl vor – vielleicht ein weiterer Hinweis auf Schwarze Magie.

Endlich fiel der Vorhang hinter ihm zurück und er sah vor sich einen ziemlich niedrigen Torbogen und – sehr undeutlich, so daß er sich nicht davon beeindrucken ließ – zahlreiche Menschen, die am Boden knieten und hin und her schwankten.

Wieder zog er den Kopf ein, stolperte durch den Torbogen und richtete sich auf. Das Licht der Fackeln blendete ihn. Er blieb stehen und sah sich blinzelnd um. Nach einigen Sekunden vermochte er mehr zu erkennen; und die erste Person, die er zu Gesicht bekam und die er wiedererkannte, war der Graue Mausling.

Dabei fiel ihm ein, daß der Mausling auch die letzte Person gewesen war, an die er sich vor dem Einschlafen erinnern konnte. Also mußte – Fafhrds verwirrter Geist arbeitete in diesem Punkt wirklich sehr schnell – der Mausling auch die Person sein, die sich mit seiner mitternächtlichen Medizin davongemacht hatte: mit dem Weinkrug, der noch ziemlich voll gewesen war.

Wütende Entrüstung flammte in ihm auf, und er machte einen tiefen Atemzug.

Soweit Fafhrd, und was *er* erblickte.

Was die *Menge* sah – die gottestrunkene, singende, weinende Menge – das war etwas ganz anderes.

Sie sah einen Mann von göttlicher Statur, dessen Hände an irgendeinem Gestell hochgebunden waren. Einen sehr muskulösen Mann, bis auf ein Lendentuch nackt, mit kahlgeschorenem Kopf und bartlosem Gesicht, das marmorweiß war und überraschend jugendlich wirkte. Und doch zeigte dieses Marmorgesicht den Ausdruck eines Mannes, der Qualen leidet.

Wenn noch ein weiteres Element erforderlich war (eigentlich genügte der Eindruck bereits), um die Menschen zu überzeugen, daß sie hier ihren Gott vor sich hatten, den göttlichen Issek, den sie mit ihren leidenschaftlichen Bitten gerufen hatten, so wurde es nachgeliefert, als die fast sieben Fuß große Erscheinung mit tiefer Stimme rief:

»Wo ist der Krug?

WO IST DER KRUG?«

Die wenigen Menschen in der Menge, die noch auf den Füßen standen, gingen sofort auf die Knie oder warfen sich ganz zu Boden. Wer in die andere Richtung gekniet hatte, fuhr wie eine erschrockene Krabbe herum. Vierzig bis fünfzig Personen, zu denen auch Bwadres gehörte, verloren das Bewußtsein; dazu gehörten fünf, deren Herz ganz stehenblieb. Mindestens ein Dutzend Individuen verlor den Verstand, obwohl sie sich im Augenblick noch nicht von den übrigen unterschieden – zu diesen zwölf gehörten sieben Philosophen und eine Nichte des Oberherrn von Lankhmar.

Wie auf ein geheimes Kommando demütigte sich der Mob voller Schrecken und Ekstase vor der Erscheinung (die Menschen krochen auf dem Boden, wanden sich, schlugen sich vor die Brust oder an die Schläfe oder legten die Hände vor die Augen und starrten entsetzt durch die kaum gespreizten Finger, als ginge von Fafhrd ein unerträglich grelles Licht aus).

Man mag einwenden, daß wenigstens einige Gläubige die Gestalt als Bwadres' Gehilfen hätten erkennen müssen. Schließlich stimmte die Größe genau. Aber bedenken Sie die Unterschiede: Der Priestergehilfe hatte einen Vollbart und struppiges Haupthaar gehabt, während diese Erscheinung bartlos und kahlköpfig war – seltsamerweise fehlten ihr sogar die Augenbrauen. Der Priestergehilfe war stets in langen Roben aufgetreten; die Erscheinung dagegen war fast nackt. Der Gehilfe hatte fast immer mit süßlich hoher Stimme gesprochen; die Erscheinung brüllte barsch mit einer Stimme herum, die um fast zwei Oktaven tiefer lag.

Und das Wichtigste: Die Erscheinung war gefesselt – gewiß doch an eine Streckbank! – und rief mit der Stimme eines Gefolterten nach seinem Krug.

Einhellig demütigten sich die Anwesenden vor dieser Gestalt.

Nur der Graue Mausling, Grilli, Wiggin und Quatch ließen sich nicht beeindrucken. Sie wußten sehr wohl, mit wem sie es zu tun hatten. (Auch Pulg wußte natürlich Bescheid, doch er, der nun ein für allemal zum Issekglauben bekehrt war, nahm einfach an, daß Issek sich Fafhrds Körper bedient hatte, um auf die Erde zurückzukehren und daß er, Pulg, einer göttlichen Fügung gefolgt war, als er diesen Körper für das große Ereignis vorbereitete. Unterwürfiger Stolz erfüllte ihn bei dem Gedanken, wie wichtig seine Rolle bei der Reinkarnation Isseks gewesen war.)

Seine drei Helfer dagegen blieben ziemlich unberührt von religiösen Emotionen. Grilli konnte im Augenblick gar nichts unternehmen, da Pulg noch immer energisch sein Handgelenk umklammerte.

Aber Wiggin und Quatch waren frei. Obwohl sie geistig nicht besonders wendig waren und keine Erfahrung darin hatten, auf eigene Initiative zu handeln, kamen sie doch bald zu der Erkenntnis, daß hier der Nordling erschienen war, der eigentlich im Hintergrund bleiben sollte, um die Pläne ihres sich so seltsam aufführenden Herrn und seines trickreichen graugekleideten Leutnants nicht zu stören. Darüber hinaus war ihnen klar, nach welchem Krug Fafhrd so dringend verlangte, und da sie auch wußten, daß sie das Gefäß gestohlen und leergetrunken hatten, wurden sie wohl auch von der schuldbewußten Angst getrieben, daß Fafhrd sie entdecken und sich an ihnen rächen könnte.

In verzweifelter Hast spannten sie ihre Armbrüste, legten Bolzen auf, knieten nieder, zielten und schossen ihre Pfeile auf Fafhrds nackte Brust ab.

Mehrere Gläubige bemerkten ihr Verhalten und schrien voller Entsetzen über die böse Tat auf.

Die beiden Pfeile trafen Fafhrds Brust, prallten ab und fielen auf das Pflaster – was ganz natürlich war, denn es handelte sich um zwei einfache Jagdpfeile (deren Spitzen aus kleinen Holzkugeln bestanden und mit denen kleine Vögel vom Himmel geholt wurden) – diese Pfeile hatte der Mausling in die Köcher der beiden Gauner praktiziert.

Die Menge stöhnte ehrfürchtig auf, als sie bemerkte, daß Issek unverwundbar war – und Freudengeschrei wurde laut.

Zwar können Jagdpfeile dieser Art die Haut eines Menschen nicht ritzen, selbst wenn sie aus nächster Nähe abgeschossen werden, doch sie schmerzen ziemlich, auch bei einem Mann, der vor kurzer Zeit noch eine erhebliche Menge Wein genossen hat.

Fafhrd brüllte gequält auf, streckte ruckhaft die Arme aus *und zerbrach das Gestell, an dem er befestigt war.*

Die Menge bejubelte hysterisch diese weitere Nachgestaltung des issekschen Lebensdramas, wie es von seinem Priestergehilfen oft vorgetragen worden war.

Quatch und Wiggin erkannten, daß ihre Geschosse irgendwie entschärft worden waren, schienen aber zu dumm oder zu betrunken zu sein, um etwas Okkultes oder Verdächtiges darin zu sehen; sie griffen nach ihren Kurzschwertern und stürzten sich auf Fafhrd, um ihn niederzustrecken, ehe er sich völlig von den Resten des zerbrochenen Bettes befreien konnte – was er verwirrt versuchte.

Ja, Quatch und Wiggin stürzten vor, blieben aber augenblicklich wieder stehen – in der seltsamen Haltung von Männern, die sich selbst in die Luft zu heben versuchen, indem sie an ihren Gürteln zerren.

Die Kurzschwerter wollten sich nicht aus den Scheiden lösen. Mingol-Leim ist wirklich sehr stark, und der Mausling hatte – wenn er auch sonst wenig ausrichten konnte – zumindest verhindern wollen, daß Pulgs Helfer großen Schaden anrichteten.

Dabei hatte er allerdings nichts gegen Grilli unternehmen können, da der kleine Mann sehr schlau war und Pulg ihn immer bei sich behalten hatte. Grilli, der vor Wut und Widerwillen förmlich schäumte, riß sich von seinem gottesbesessenen Herrn los, zog sein Rasiermesser und sprang auf Fafhrd zu, der nun endlich klar erkannte, was ihn da behinderte, und der sich schwungvoll damit beschäftigte, die letzten Bruchstücke des Bettes über seinem Knie oder mit dem Fuß zu zerbrechen, indem er die Holzstücke auf den Boden stemmte. Dabei trieb ihn das wilde Jubelgeschrei der Menge zur Eile an.

Aber der Mausling war doch schneller. Grilli sah ihn kommen und richtete seinen Angriff auf den Graugekleideten. Er fintete zweimal und brachte einen Hieb an, der sein Ziel nur knapp verfehlte. Danach verlor er zu schnell Blut, um sich noch für weitere Fechtmanöver zu interessieren. Katzenklaue hat eine schmale Klinge, doch sie vermag eine Kehle ebenso leicht durchzuschneiden wie jeder andere Dolch (auch wenn sie keine gekrümmte oder mit Widerhaken versehene Spitze besitzt, wie von einigen Gelehrten behauptet wurde, die alles etwas zu wörtlich nahmen).

Der Kampf mit Grilli führte dazu, daß der Mausling ganz in der Nähe Fafhrds stand. Der kleine Mann merkte, daß er in der linken Hand noch das goldene Krugsymbol hielt, das Fafhrd gemacht hatte – und der kleine Gegenstand löste im Kopf des Mauslings eine Reihe von Inspirationen aus. Er setzte sie sofort in Taten um, die einander so zwingend folgten wie die verschiedenen Figuren eines Tanzes.

Er versetzte Fafhrd einen Schlag mit dem Handrücken auf die Wange, um die Aufmerksamkeit des Nordlings auf sich zu lenken. Dann eilte er zu Pulg, wobei er die linke Hand in dramatischer Geste herumriß, als bringe er dem Unterweltler ein Geschenk des nackten Gottes – dann legte er das goldene Amulett in die bebenden Finger des Mannes. (Dies war ein Augenblick, da das normale Maß der Dinge nicht mehr galt, da sogar Gold vorübergehend wertlos war, auch für den Mausling.) Als Pulg den heiligen Gegenstand erkannte, verging er fast vor Ekstase.

Aber der Mausling war bereits über die Straße gehuscht. Er erreichte Isseks Truhenaltar, neben dem Bwadres noch bewußtlos lächelnd lag, zerrte den Knochlauchbeutel herab, sprang auf die kleine Truhe und tanzte darauf herum, wobei er laut brüllte, um Fafhrds Aufmerksamkeit auf sich zu ziehen. Dann deutete er auf seine Füße.

Fafhrd entdeckte die Schatztruhe, wie es in der Absicht des Mauslings gelegen hatte – aber er sah darin keinen Gegenstand, der mit Isseks Kollekte zu tun hatte (diese Dinge waren noch völlig aus seinem Geist getilgt), sondern nur ein mögliches Versteck des Alkohols, nach dem ihn dürstete. Mit einem Freudenschrei eilte er über die Straße darauf zu, wobei seine Verehrer hastig aus dem Weg krabbelten oder in entzückter Ekstase stöhnten, wenn er mit nackten Füßen auf ihnen herumtrampelte. Er ergriff die Truhe und hob sie an die Lippen.

Die Menge hatte den Eindruck, daß Issek aus seiner Schatztruhe trank – eine ungewöhnliche, sehr malerische Methode eines Gottes, Gaben seiner Verehrer aufzunehmen.

Mit einem Aufschrei der Verwirrung und des Ekels riß Fafhrd die Truhe hoch, um sie auf dem Pflaster zu zerschmettern – dabei ist schwer zu sagen, ob er nur frustriert war oder noch eine schwache Vorstellung hatte, auf diese Weise an den Alkohol heranzukommen – doch in diesem Augenblick trat der Mausling wieder in Erscheinung. Der kleine Mann hatte zwei Krüge Bier von einem vergessenen Tablett gerissen und goß das schwere Naß nun zwischen den beiden Gefäßen hin und her, bis das Bier überschäumte und an den Krügen herablief.

Fafhrd stopfte sich die Truhe unter den linken Arm – viele Betrunkene haben die seltsam vernünftige, wenn auch geistesabwesende Angewohnheit, Gegenstände bei sich zu behalten, besonders wenn sie möglicherweise etwas Trinkbares enthalten – und machte sich an die Verfolgung des Mauslings, der im Schatten des nächsten Vorbaus verschwand, wieder hervortanzte und Fafhrd rings um die aufgewühlte Gemeinde führte.

Nüchtern besehen war das Schauspiel alles andere als erbauend – ein großer Gott, der hinter einem kleinen grauen Dämon herstolperte und nach einem Bierkrug griff, der ihm immer wieder entwischte – doch die Lankhmarer sahen die Szene schon gefärbt durch zwei Dutzend verschiedene Allegorien und Symbolismen, von denen mehrere später in weisen Abhandlungen gedeutet werden sollten.

Als Issek und der kleine graue Dämon zum zweitenmal im Toreingang verschwanden, kamen sie nicht wieder zum Vorschein. Aus der Menge tönte ein Durcheinander erwartungsvoller und ängstlicher Stimmen, doch die beiden übernatürlichen Wesen ließen sich nicht mehr blicken.

Lankhmar ist ein Labyrinth aus Gassen und Gäßchen, und dieser Teil der Straße der Götter war besonders verschlungen; heimliche Wege führten mehr oder weniger direkt zu Orten, die so weit entfernt waren wie die Docks.

Aber die Issekgläubigen – altgestandene Anbeter wie neue Konvertiten – dachten keinen Augenblick an gewöhnliche Gassen, wenn sie sich das Verschwinden ihres Gottes vorstellten. Götter haben ihre eigenen Türen in Raum und Zeit, und es liegt in ihrer Natur, plötzlich aufzutauchen und wieder zu verschwinden, ohne daß es eine Erklärung für ihr Verhalten gibt. Ein kurzes Auftreten – mehr können wir von einem Gott schlechterdings nicht erwarten, dessen Lebensdrama auf der Erde bereits durchgespielt ist – und es könnte sich wirklich als ungemütlich erweisen, wenn er sich zu lange auf Erden aufhielte, wenn er seine Wiederauferstehung zu sehr in die Länge zöge.

Die Riesengemeinde der Gläubigen, denen es vergönnt gewesen war, Issek von Angesicht zu schauen, zerstreute sich nur langsam, wie zu erwarten war – diese Menschen hatten sich viel zu erzählen; sie platzten fast vor Vermutungen und bekamen hier und dort auch Streit.

An den blasphemischen Angriff Quatchs und Wiggins auf den Gott erinnerte man sich verspätet und rächte ihn, obwohl einige bereits der Meinung waren, dieser Zwischenfall gehöre zur großen Allegorie. Die beiden Raufbolde hatten Glück, daß sie mit dem Leben davonkamen, wenn sie auch tüchtig durchgebeutelt wurden.

Grillis Leiche wurde formlos ergriffen und am nächsten Morgen auf den Schinderkarren geladen. Damit war die Geschichte zu Ende, soweit es ihn betraf.

Bwadres erwachte aus seiner Ohnmacht und sah Pulg besorgt über sich gebeugt – und es waren diese beiden Männer, die die Entwicklung des Issekglaubens weiter bestimmen sollten.

Um eine lange und ziemlich komplizierte Geschichte kurz zu fassen: Pulg schwang sich zu einer Art Groswesir Isseks auf und setzte sich unermüdlich zum Ruhm dieses Gottes ein, wobei er auf seiner Brust das von Issek geschaffene goldene Krugsymbol trug, das Zeichen seines Amtes. Mit seiner Bekehrung zu dem gnädigen Gott gab er allerdings seinen alten Beruf nicht auf, wie es einige Moralisten vielleicht erwartet hätten, sondern ging diesem Gewerbe womöglich noch intensiver nach, denn es war für ihn nun eine Glaubenssache, andere Götter zum Ruhme Isseks zu schwächen. Er setzte die Priester aller Götter unter Druck und nahm ihnen ab, was er kriegen konnte.

Zu seinen besten Zeiten verfügte der Issekglauben über fünf große Tempel und zahlreiche kleinere Schreine in

Lankhmar und über eine wachsende Priesterschaft unter der nominellen Führung Bwadres', bei dem sich wieder die Senilität bemerkbar machte.

Der Issekglauben blühte drei Jahre lang unter Pulgs Wesirschaft. Als aber bekannt wurde (Bwadres konnte mal wieder den Mund nicht halten), daß Pulg als Unterweltler nicht nur einen heiligen Krieg gegen alle anderen Götter *in* Lankhmar führte, mit dem Endziel, sie aus der Stadt und womöglich auch aus der Welt zu vertreiben, sondern daß er auch düstere Pläne schmiedete, die Götter *von* Lankhmar zu stürzen oder sie zumindest zu zwingen, Isseks Vorherrschaft anzuerkennen ... als all dies bekannt wurde, war das Schicksal des Issekglaubens besiegelt.

Am dritten Jahrestag der Wiederauferstehung Isseks brach ein unheildrohender, nebliger Abend an, ein Abend, da alle Lankhmarer am liebsten zu Hause bleiben und sich um ihr Heimfeuer scharen. Gegen Mitternacht wurde überall in der Stadt fürchterliches Geschrei und Heulen laut, gefolgt vom Bersten mächtiger Türen und dem Knirschen von Mauersteinen – und vorher und hinterher war das klickende Geräusch von Knochen zu hören, die durch die Straßen marschierten – so wurde jedenfalls mit bebender Stimme da und dort berichtet. Ein junger Mann, der aus einem Bodenfenster starrte, lebte noch lange genug, um im Fieberwahn zu berichten, er habe eine Horde von Gestalten in schwarzen Togen durch die Straßen schreiten sehen, skeletthaft dürr und mit schwarzen Händen, Füßen und Gesichtszügen.

Am nächsten Morgen waren die fünf Tempel Isseks leer und geschändet und seine kleineren Schreine waren umgestürzt, während seine zahlreiche Priesterschaft – einschließlich des alten Hohenpriesters und des übermäßig ehrgeizigen Großwesirs – bis auf den letzten Mann verschwunden war und nie wieder gesehen wurde.

Wenn wir zu einem Morgengrauen zurückkehren, das genau drei Jahre vor diesen Ereignissen heraufzieht, sehen wir den Grauen Mausling und Fafhrd, die aus einem lecken alten Boot an Bord einer schwarzen Schaluppe umsteigen. Das schmucke Schiff liegt außerhalb der großen Mole, die sich von Lankhmar und vom Ostufer des Hlal-Flusses aus ins Binnenmeer erstreckt.

Ehe er hinüberkletterte, reichte Fafhrd die Schatztruhe Isseks hoch; sie wurde von dem gleichgültig wirkenden Mingol Ourph in Empfang genommen. Dann drückte Fafhrd mit einem Fuß das kleine Boot befriedigt unter Wasser.

Der eilige Lauf mit dem Mausling quer durch die Stadt, dem eine ziemlich anstrengende Zeit an den Riemen des kleinen Boots gefolgt war (Fafhrd sah in seiner Magerkeit wirklich wie ein Rudersklave aus), hatte den Rausch des Nordlings ziemlich vertrieben, dafür aber bohrende Kopfschmerzen hinterlassen. Auch der Mausling hatte sich beim Laufen sehr anstrengen müssen und sah noch etwas grün im Gesicht aus; nach den vielen Monaten des Schlemmens und Faulenzens war er für solche Unternehmungen nicht mehr allzugut geeignet.

Trotzdem machten sich die beiden mit Ourph sofort daran, den Anker zu lichten und Segel zu setzen. Bald trieb sie eine erfrischende Brise vom Land und von Lankhmar fort.

Während sich Ourph um Fafhrd kümmerte und ihn in einen dicken Mantel hüllte, wandte sich der Mausling in der ersten Morgendämmerung Isseks Truhe zu. Er war entschlossen, die Beute an sich zu bringen, ehe Fafhrd Gelegenheit hatte, edle religiöse Nordlings-Skrupel zu entwickeln und die Truhe womöglich über Bord zu werfen.

Die Finger des Mauslings verfehlten den Schlitz im Deckel – es war noch immer ziemlich dunkel –, und so stellte er den angenehm schweren Gegenstand auf den Kopf; die Kiste war so voll, daß sie nicht einmal klirrte. Offenbar gab es am anderen Ende auch keinen Münzenschlitz, obwohl hier einige Worte in lankhmarischen Hieroglyphen eingebrannt zu sein schienen. Aber es war noch zu dunkel, um den Text zu entziffern; außerdem näherte sich Fafhrd, so daß der Mausling hastig das schwere Messer anhob, das er aus der Werkzeugkiste der Schaluppe genommen hatte, und eine Ecke der Truhe abschlug.

Tropfen einer aromatisch riechenden Flüssigkeit spritzten durch die Luft; ein vertrauter Geruch! Die Truhe war voller Branntwein; bis oben, so daß sie nicht einmal gegluckert hatte!

Kurz darauf vermochten sie die eingebrannte Schrift zu entziffern, die keine Zweifel mehr an einer ungeheuren Schandtat offen ließ: ›Lieber Pulg, ertränke deine Wut hiermit – Basharat.‹

Die beiden konnten sich ausmalen, wie gestern nachmittag der zweitmächtigste Unterweltler der Stadt Gelegenheit gefunden hatte, die Truhen auszutauschen – die Straße der Götter lag verlassen da, Bwadres war nach seiner großen Fischmahlzeit in einen besonders tiefen Schlaf gefallen, und Fafhrd hatte seinen Posten verlassen, um mit dem Mausling zu zechen.

»Jetzt weiß ich auch, warum Basharat gestern abend nicht dabei war«, sagte der Mausling nachdenklich.

Fafhrd war sofort dafür, die Truhe über Bord zu werfen – nicht aus Enttäuschung wegen der verlorenen Beute, sondern wegen seines Ekels vor dem Inhalt –, aber der Mausling nahm die Truhe und gab Ourph Befehl, das Getränk fortzuschließen – er wußte, daß solche Anwandlungen vorübergehen. Fafhrd rang ihm allerdings das Versprechen ab, daß die scharfe Flüssigkeit nur im äußersten Notfall verwendet werden dürfe – etwa zum Anzünden feindlicher Schiffe.

Die rote Kugel der Sonne schob sich im Osten über die Wellen. In ihrem rötlichen Schimmer sahen sich Fafhrd und der Graue Mausling zum erstenmal seit Monaten richtig an.

Ringsum erstreckte sich das endlose Meer. Ourph saß am Ruder und bediente die Taue, und endlich unterlagen sie keinen Zwängen mehr. In den Blicken der Männer lag eine seltsame Zurückhaltung – jedem der beiden kam zu Bewußtsein, daß er den Freund von dem Lebensweg abgebracht hatte, den er in Lankhmar eingeschlagen hatte –, vielleicht waren die Lebenswege tatsächlich das Richtige für Fafhrd und den Grauen Mausling gewesen.

»Wahrscheinlich werden dir die Brauen nachwachsen«, sagte der Mausling schließlich – eine Bemerkung, die gar nicht zu seinen Gedanken paßte.

»O ja«, brummte Fafhrd.

»Bevor du dir den Bauch abgestrampelt hast, besitze ich wieder einen hübschen Haarschopf.«

»Vielen Dank, du Eierkopf«, sagte der Mausling. Dann

lachte er verhalten. »Mir tut es um Lankhmar nicht leid«, sagte er, was eine ziemlich große Lüge war, wenn sie auch einen Kern der Wahrheit enthielt. »Mir ist klar geworden, daß ich dieselbe Entwicklung durchgemacht hätte wie Pulg und ähnliche Männer – dickleibig, von der Macht geplagt, von den Leutnants übers Ohr gehauen, bedrängt von heuchelnden Tanzmädchen – und schließlich versunken in den Armen der Religion. Wenigstens bleibt mir diese letzte chronische Krankheit erspart, die immerhin noch schlimmer ist als das Erschlaffen der Männlichkeit.« Er musterte Fafhrd mit zusammengekniffenen Augen. »Aber wie steht es mit dir, mein alter Freund? Wird dir Bwadres fehlen – und dein hartes Bett und das allnächtliche Geschichtenerzählen?«

Fafhrd runzelte die Stirn, während die Schaluppe nach Norden durch das Wasser pflügte.

»O nein«, sagte er schließlich. »Es gibt immer neue Geschichten zu erzählen. Ich habe einem Gott gut gedient, ich habe ihm ein neues Gewand gegeben – und dann habe ich noch etwas getan. Wer möchte wieder Priestergehilfe sein, wenn er schon soviel mehr war? Du mußt wissen, lieber Freund, ich bin nämlich wirklich Issek gewesen.«

Der Mausling hob die Augenbrauen. »Ach ja?«

Und Fafhrd nickte zweimal in vollem Ernst.

Aus dem Amerikanischen
übersetzt von Thomas Schlück

Ihre Herrin, das Meer

Nachdem Fafhrd und der Graue Mausling aus Lankhmar geflohen waren, ging es ihnen zunächst nicht besonders gut. Zunächst wurden beide seekrank, weil sie zu lange an Land verbracht hatten. Zwischen seinen stöhnenden Würgeanfällen beschuldigte Fafhrd den Freund, er habe ihn dem Asketentum und seiner religiösen Bestimmung entrissen. Und wenn der Mausling gerade mal nicht über die Bordwand hing, blieb er seinem Freund keine Verwünschung schuldig und machte sich Vorwürfe, daß er sein bequemes Leben in Lankhmar für Fafhrd aufgegeben hatte. Mehr als einmal schalt er sich deswegen einen Narren.

In dieser Zeit, die in Wirklichkeit nur kurz war, die den beiden Leidenden aber wie eine Ewigkeit vorkam, kümmerte sich Ourph um Segel und Ruderpinne. Sein ruhiges, faltenreiches Gesicht schien stets zum Lächeln bereit zu sein, blieb aber immer ernst, obwohl seine schwarzen Augen von Zeit zu Zeit seltsam funkelten.

Fafhrd, der sich als erster erholte, nahm Ourph das Kommando ab und ordnete sofort eine endlose Folge seemännischer Übungen an. Segelreffen, Segel aufziehen und wechseln, das Verschieben von Ballast, die Inspektion aller Winkel des Schiffes, in die sich Ratten und Schaben verkriechen mochten, anluven, wenden und dergleichen.

Der Mausling fluchte erbittert, wenn Ourph und Fafhrd im Zuge dieser Übungen über das Deck polterten, ihn dabei mehr als einmal empfindlich traten, das gleichmäßige Auf und Ab des *Schwarzen Schatzsuchers* veränderten, an das er sich mühsam gewöhnt hatte, und wilde Schlingerbewegungen auslösten, die seine Übelkeit erneut entfachten.

Wenn Fafhrd von seiner Sklaventreiberei abließ, hockte er sich im Schneidersitz hin und starrte meditierend in die Ferne, ohne auf die Verwünschungen des Mauslings zu achten, wobei er zunächst auf Lankhmar und später immer mehr nach Norden starrte.

Als sich der Mausling endlich erholte, schwor er allen festen Nahrungsmitteln ab und machte sich daran, regelmäßige gymnastische Übungen zu machen. Immer wieder ließ er sich schweratmend auf das Deck sinken und wartete, bis er einigermaßen zu Atem gekommen war – dann machte er den nächsten Liegestütz.

Es war ein seltsamer Anblick, den Mausling im fortgeschrittenen Stadium seiner Übungen auf Händen herumwandern zu sehen, während Ourph nach vorn eilte, um das Klüversegel zu verstellen, und während sich Fafhrd mit vollem Gewicht gegen die Ruderpinne stemmte und »Hart nach Lee!« brüllte.

Trotz allem setzten sich die beiden öfter zusammen – besonders bei Sonnenuntergang –, tranken Wasser mit süßem Wein (der Branntwein war noch immer unter Verschluß) und begannen ihren Erinnerungen nachzuhängen, zuerst nur ein wenig, dann immer länger und intensiver.

Sie sprachen von Piratenüberfällen, die sie ausgeführt oder erlitten hatten. Sie erinnerten sich an ungewöhnliche Stürme und Flauten, an das Sichten geheimnisvoller Schiffe, die in Nebelbänken verschwanden, ohne wiederaufzutauchen. Sie sprachen von Seeungeheuern, Meeresjungfrauen und Klabautermännern. Sie gingen noch einmal das Abenteuer durch, in dessen Verlauf sie über das Äußere Meer bis zum sagenumwobenen westlichen Kontinent fuhren, der in ganz Lankhmar nur Fafhrd, dem Mausling und Ourph aus eigener Anschauung bekannt war.

Allmählich verschwand der Bauch des Mauslings, und auf Fafhrds Schädel, Wangen und Kinn und um seinen Mund machten sich struppige Haarborsten bemerkbar. Das Leben wurde wieder etwas erträglicher. Die Sterne wurden zu ihren Freunden. Der Lebensrhythmus der beiden Abenteurer paßte sich dem des Meeres an, als wäre es ihr Reisegefährte und nicht nur das Element, auf dem sie dahinglitten.

Doch mit der Zeit wurden Wasser und sonstige Vorräte knapp, die Weinfässer waren geleert, und ihnen fehlte es an geeigneter Kleidung; besonders Fafhrd litt unter der Kälte.

Der erste Piratenstreich endete fast mit einer Katastrophe. Das kleine langsame Handelsschiff, dem sie sich geschickt bei Morgengrauen näherten, strotzte plötzlich vor braunbehelmten Pikenkämpfern und Katapulten. Es war ein lankhmarisches Kriegsschiff, das Piraten in die Falle lockte.

Sie konnten nur entkommen, weil die Falle zu früh zuschnappte und der *Schwarze Schatzsucher* dem Gegner an Schnelligkeit überlegen war. Dennoch wurde Ourph durch ein Steingeschoß ausgeschaltet, und Fafhrd trug zwei angebrochene Rippen davon.

Der nächste Überfall war nur ein bedingter Erfolg. Der Kutter, den sie aufbrachten, hatte nur fünf ältliche Mingolfrauen an Bord; nach eigenen Angaben handelte es sich um berufsmäßige Hexen, die auf einer Reise zu den südlichen Siedlungen um Quarmall waren.

Der Mausling und Fafhrd rangen den Frauen magere Bestände an Proviant und Wein ab, und Fafhrd erbeutete verschiedene Seiden- und Pelzgewänder, etwas silberplattierten Schmuck, ein Langschwert und eine Axt, die ihm gefiel, dazu etwas Leder, aus dem er sich Stiefel machen wollte. Ansonsten gaben sich die beiden Freunde bescheiden und hinderten Ourph auch gewaltsam daran, auch nur eine der Hexen zu vergewaltigen, geschweige denn alle fünf, was er prahlerisch für sich in Anspruch genommen hatte.

Leicht beschämt zogen sie weiter, gefolgt von den lauten Verwünschungen der Hexen, die auf Fafhrd und den Mausling alle schlimmen Geister von Luft und Erde, Feuer und Wasser herabbeschworen. Daß sie Ourph nicht auch verfluchten, brachte den verwunderten Mausling auf den Gedanken, daß die Hexen vielleicht gerade deshalb wütend waren, weil sie Ourph seine wollüstigen Pläne nicht hatten durchführen lassen.

Nachdem der *Schwarze Schatzsucher* nun wieder besser gerüstet war, begann Fafhrd leichthin davon zu reden, doch wieder eine Reise in das Äußere Meer oder ins Eismeer nördlich von No-Ombrulsk zu unternehmen, um dort den Eistiger oder den Riesenwurm zu jagen.

Das brachte nun für Ourph, der – obwohl Mingol – eigentlich ein sehr ausgeglichener, gutmütiger alter Mann war, das Faß zum Überlaufen. Überarbeitet, zerschlagen, einer wahrhaft ungewöhnlichen amourösen Chance beraubt (für einen Mann seines Alters), sah er jetzt idiotisch weite Fahrten auf sich zukommen und verlangte an Land gesetzt zu werden.

Der Mausling und Fafhrd kamen der Aufforderung nach. Die ganze Zeit über war die *Schwarzer Schatzsucher* an Lankhmars nordwestlicher Küste in südwestlicher Richtung entlanggefahren, so daß der alte Mingol, der trotz der vielen Geschenke, die er erhielt, weiter mürrisch auf unsere beiden Helden fluchte, unweit eines Endes der Welt genannten Dorfes an Land gesetzt wurde.

Nach einigem Hin und Her beschlossen die beiden Helden, einen direkten nördlichen Kurs einzuschlagen, der sie im waldreichen Land der Acht Städte zur Stadt Ool Plerns bringen würde, deren wahnsinniger Herzog einmal ihr Herr gewesen war.

Die Fahrt verlief ereignislos. Keine Schiffe kamen in Sicht. Fafhrd schnitt, nähte und nagelte sich Stiefel zurecht, die er mit Trittspitzen versah, als ob er einem Bergsteigertraum nachhinge. Der Mausling setzte seine Leibesübungen fort und las aus der kleinen, aber ausgewählten Bibliothek der Sloop *Das Buch von Aerth, Das Buch der Kleineren Götter, Umgang mit Wundern* und eine Schriftrolle mit dem Titel *Seeungeheuer*.

Des Nachts unterhielten sie sich stundenlang entspannt und spürten dabei eine besondere Nähe zu den Sternen, zum Meer und zueinander. Sie diskutierten, ob es die Sterne schon immer gegeben hätte oder ob sie – wie die aktuelle Metaphysik behauptete – riesige feuerheiße Juwelen waren, die sich am entgegengesetzten Ende der großen Blase (im Wasser der Ewigkeit) befanden, als die man Nehwon ansehen konnte. Sie stritten darüber, wer der schlechteste Zauberer der Welt war: Fafhrds Schutzpatron Ningauble oder des Mauslings Mentor Sheelba oder – was kaum vorstellbar schien – ein anderer Zauberer.

Doch vor allem sprachen sie von ihrer Herrin, dem Meer, deren abgerundete Bewegungen sie wieder zu lieben begannen und auf deren Launen sie sich auf geradezu übernatürliche Weise eingestimmt hatten, besonders bei Dunkelheit. Sie sprachen von ihren Wutanfällen, von ihren Liebkosungen, von ihrer kühlen Abweisung und endlosen Tanzerei, manchmal im leichtfüßigen Menuett, manchmal wild aufstampfend; und von ihren immer neu zu entdeckenden heimlichen Stellen.

Allmählich ließ der Westwind nach, sprang nach Osten um, wurde unstet. Nun gingen auch die Vorräte erneut zu Ende. Endlich mußten die beiden sich eingestehen, daß sie Ool Plerns in einem Anlauf nicht erreichen konnten, und gaben sich damit zufrieden, auf die Klauen zuzuhalten – auf jenes schmale, doch gebirgig-felsige Ende der gewaltigen nach Westen ragenden nördlichen Halbinsel des östlichen Kontinents, bestehend aus dem Land der Acht Städte, der Eis-Öde und zahlreichen abweisenden riesigen Gebirgszügen. Eines Mitternachts erstarb der Ostwind völlig. Die *Schwarzer Schatzsucher* schwamm in einer dermaßen vollkommenen Flaute, daß es den beiden schien, als wäre ihre flüssige Herrin in eine Trance verfallen. Kein Atemhauch war zu spüren. Sie fragten sich, was der Morgen offenbaren oder bringen würde.

Aus dem Amerikanischen
übersetzt von Thomas Schlück

Der Seekönig

Nackt, bis auf Lendenschurz, Leibriemen und einen unter dem Kinn baumelnden Amulettbeutel, lag der Graue Mausling eidechsengleich ausgestreckt am Bugspriet der Schaluppe *Schwarzer Schatzsucher* und starrte geradewegs hinunter in das Loch in der See. Das nicht einmal vom allerkleinsten Wölkchen getrübte Sonnenlicht prallte heiß auf seinen tiefgebräunten Rücken. Doch in seinem Inneren herrschte Kälte, weil er zauberische Dinge erblickte.

Rund um ihn lag das Binnenmeer, unbewegt wie ein Quecksilbersee in den Gewölben einer Zauberfestung. Bis zum grenzenlosen Horizont im Süden, Osten und Norden lag das Wasser spiegelglatt, es brach sich auch nicht an der endlosen, senkrecht geriffelten Barriere kremig-weißer Felsen, die eine Bogenschußlänge weit im Westen aufragten und gut drei Bogenschuß hoch waren. Erst gestern hatten der Mausling und Fafhrd die Felsen erklommen und auf dem Gipfel eine betrübliche Feststellung machen müssen. Der Mausling hätte es sich ja denken können: daß sie mit knappen Lebensmittelvorräten und noch weniger Wasser (plus einer geheiligten Kiste Brandy) in eine Flaute geraten waren – eine schwache Tagesreise westlich von Ool Hrusp, dem letzten zivilisierten Hafen an dieser Küste – oder war es der letzte unzivilisierte? Er hätte den verführerischen Gesängen Beachtung schenken sollen, die vergangene Nacht aus dem Meer emporzusteigen schienen, so, als würden Frauenstimmen über verschiedene Themen präludieren – Wellengewisper auf Sand, melodiöses Glucksen zwischen Felsen, windgepeitschtes Heulen an eisigen Küsten. Und vielleicht wäre es am besten gewesen, er hätte Fafhrds Tollheit von gestern nachmittag mehr Bedeutung zugemessen, als der Große aus dem Norden plötzlich großmäulig daherzureden begann, er wolle für sich und den Mausling ›Mädchen im Meer‹ suchen. Er war sogar soweit gegangen, sich den Bart zu scheren und die braune Otterfelltunika auszubürsten. Dann hatte er seine schönsten Geschmeide poliert, als wolle er sich für den Empfang der Unterwassermädchen gebührend zurechtmachen und ihre Begierden erwecken. Fafhrd hatte fest und steif behauptet, es gäbe eine alte simorgyanische Sage, derzufolge am siebenten Tag des siebten Mondes des siebten Jahres des Siebener-Zyklus der Seekönig ans andere Ende der Welt reise und es seinen schönen, grünen Gemahlinnen und den zart silberschuppigen, filigranen Konkubinen überlasse, sich Liebhaber zu suchen, falls es ihnen glücke ... Und hier – so hatte Fafhrd lautstark versichert – merke er an der gespenstischen Flaute und anderen geheimen Anzeichen, wäre jene Stelle, wo der Seekönig zu Hause sei, und heute wäre der Abend des besagten Tages!

Vergeblich hatte der Mausling ihm entgegengehalten, daß sie tagelang nicht einmal einen annähernd weiblich aussehenden Fisch gesichtet hätten, daß absolut keine Inseln oder Strände in Sicht wären, die für den Umgang mit Seejungfrauen geeignet wären, oder für Sonnenbäder und Tändeleien mit Loreleien. Und daß hier auch keine Piratenwracks herumtrieben, in denen man sich unter Deck schöne Gefangene vorstellen könne, die dann genau genommen ›im Meer‹ gewesen wären. Und daß das Gebiet jenseits der trügerischen Trennmauern aus weißen Felsen das letzte wäre, aus dem man Mädchen erwarten konnte. Daß – um alles zusammenzufassen – die *Schwarzer Schatzsucher* seit Wochen weder steuer- noch backbords auch nur den entferntesten Mädchenblick auf sich gezogen hatte. Fafhrd hatte darauf nur mit erdrückender Überzeugung geantwortet, daß die Mädchen des Seekönigs da unten wären, daß sie im Begriff stünden, einen zauberischen Kanal oder Durchgang zu schaffen, durch den die Luftatmer zu ihnen gelangen könnten und daß der Mausling es ihm lieber gleichtun und sich beeilen sollte, wenn die Aufforderung käme.

Der Mausling war der Meinung gewesen, daß Hitze und pralle Sonne – dazu die unvermittelt auftretende, heftige Sehnsucht, die jeden Seemann, der schon länger auf See ist, überkommt – Fafhrd verwirrt hätten. Er war an Deck gekommen und hatte den Nordling vergeblich gedrängt, einen breitkrempigen Hut und geschlitzte Eisbrillen aufzusetzen. Es war für den Mausling eine große Erleichterung gewesen, als Fafhrd mit dem Kommen der Nacht in tiefen Schlaf versunken war, obgleich zu diesem Zeitpunkt bereits die Illusion – oder Wirklichkeit – des süßen Sirenengesanges seine eigene Ruhe störte.

Ja, der Mausling hätte sich alle diese Dinge, im besonderen die prophetischen Äußerungen Fafhrds, vor Augen halten sollen, während er, ohne zu schwitzen, in der heißen Sonne auf dem massiven Bugspriet der *Schwarzer Schatzsucher* balancierte, doch ist es eine feststehende Tatsache, daß er seine Sinne einzig und allein auf jene Wunder gerichtet hatte, die so nahe waren, daß er fast die Hand danach ausstrecken konnte – so greifbar nahe schienen sie im Werden.

Es ist günstiger, wenn man sich Erscheinungen und Wundern in allmählichen Etappen oder Abstufungen nähert, und wir können dabei so verfahren, daß wir einen anderen Aspekt der glasklaren Meeresszenerie untersuchen, an den der Mausling ebensogut hätte denken können – es aber nicht tat.

Obwohl von keinerlei Erhöhung, Welle oder auch nur von dem leisesten Gekräusel oder Zittern bewegt, war das Binnenmeer rund um das Boot nicht ganz eben. Da und dort war das Wasser durch kleine Vertiefungen von der Größe und Form einer flachen Untertasse getupft, als wären es die Standplätze riesiger, unsichtbarer Wasserkäfer – obgleich die Vertiefungen weder sechsfüßige, noch vierfüßige oder auch nur dreifüßige Formungen aufwiesen. Vom Mittelpunkt jeder Vertiefung schien ein dünner Luftstiel tief ins Wasser zu reichen, ganz ähnlich wie der kleine Wirbel, der sich bildet, wenn in der randvollen Goldwanne der Königin des Ostens der Türkispfropfen herausgezogen wird (oder in der aus einem bescheideneren Material bestehenden Wanne einer geringergestellten Persönlichkeit der Abfluß geöffnet wird) – nur daß in diesem Fall kein Wirbel entstand und die Luftschächte nicht gedreht und gewunden waren, sondern völlig gerade, als wären es Dutzende schmaler Raufdegen mit Stichblättern wie Untertassen. Und das alles unsichtbar wie Luft in die reglosen Wasser rund um die *Schwarzer Schatzsucher* getrieben, um die herum es aussah, als wäre ein schütteres Beet unsichtbarer Seerosenblätter mit geraden, unsichtbaren Stengeln aufgegangen.

Man stelle sich eine solche luftstielige Vergrößerung vergrößert vor: Die Untertasse nicht handflächengroß, sondern mit einem Durchmesser von gut einem Speerwurf; den angelähnlichen schnurgeraden Stengel nicht von Fingernagelbreite, sondern gute vier Fuß breit. Man stelle sich vor, daß die Schaluppe mit dem Bug voran in diese flache Vertiefung gleitet, jedoch knapp vor dem Mittelpunkt zum Stehen kommt und dort treibt. Man stelle sich vor, daß der Bugspriet des leicht gewölbten Schiffes über die genaue Mitte der Mittelröhre oder des Luftschachtes ragt. Man stelle sich einen kleingewachsenen, stämmigen, tiefgebräunten Mann in grauem Lendenschurz, ausgestreckt auf dem Bugspriet liegend vor, die Füße gegen die Vorderdeckreling gestützt, direkt in die Röhre blickend ... dann hat man genau die Situation des Grauen Mauslings vor sich.

Es war in der Tat überaus faszinierend, sich in seiner Lage zu befinden und die Röhre hinunterzuspähen. Das war ein Erlebnis, durchaus geeignet, etwaige andere Gedanken aus dem Bewußtsein eines Mannes – oder einer Frau – zu vertreiben! Das Wasser war hier – eine Bogenschußlänge von der hellen Felswand entfernt – grün, bemerkenswert klar, doch viel zu tief, als daß man hätte auf den Grund sehen können – Messungen hatten gestern ergeben, daß die Tiefe zwischen sechsmal zwanzig und siebenmal zwanzig Metern schwankte. Durch dieses Wasser stieß die dicke Röhre so perfekt rund und glatt, als hätte sie Glaswände. Und tatsächlich hatte der Mausling fast geglaubt, daß es Glaswände wären, daß das unmittelbar anliegende Wasser gefroren sei oder sich irgendwie verfestigt hätte, ohne die Transparenz geändert zu haben. Jedoch entstanden beim leisesten Geräusch – so zum Beispiel bei des Mauslings Räuspern – kleine Wellenkringel in Form von ringförmigen Wellen.

Welcher Kraft es zuzuschreiben war, daß das gewaltige Gewicht des Wassers die Röhre nicht augenblicklich zum Einsturz brachte, konnte sich der Mausling nicht im entferntesten vorstellen.

Es war unendlich faszinierend, da hinunterzuspähen. Das durch das Meer einfallende Sonnenlicht tauchte die Röhre bis in beträchtliche Tiefe in grüne Helligkeit, und die Rundung der Röhrenwand verzerrte die Dimensionen in seltsamer Weise. So sah der Mausling zum Beispiel, schräg durch die Röhrenwand spähend, in diesem Augenblick einen dicken Fisch von Armeslänge die Röhre umkreisen und sie beschnüffeln. Das Aussehen des Fisches war ihm überaus vertraut, doch konnte er ihn nicht sofort erkennen. Dann jedoch, als der Mausling seinen Kopf drehte und denselben Fisch jetzt durch das klare Wasser außerhalb der Röhre sah, erkannte er, daß der Fisch dreimal so groß war als er selbst – es war ein Hai. Den Mausling überlief es eiskalt. Er sagte sich, daß die gewölbte Wand der Röhre wie eine jener Reduktionslinsen wirkte, wie sie von einigen Künstlern in Lankhmar verwendet wurden.

Trotzdem hätte der Mausling alles in allem schließlich noch zu der Einsicht gelangen können, daß der senkrechte Tunnel im Wasser bloß eine Illusion wäre, der Sonnenhitze und Phantasie entsprungen. Er hätte die Eisbrillen aufsetzen und sich die Ohren mit Wachs gegen weitere Sirenengesänge verstopfen, am verbotenen Brandy nippen und sich aufs Ohr legen können. Doch da waren noch andere Umstände, die die ganze Sache noch viel fester in der Realität verwurzeln ließen. Da war zum Beispiel ein sorgfältig am Bugspriet befestigtes, geknotetes Seil, das in die Mitte der Röhre hineinhing und ab und zu unter der Last, die daran hing, ächzte. Und außerdem waren da die schwarzen Rauchwolken, die aus dem Wasserloch stiegen (ihretwegen mußte der Mausling husten) und zu guter Letzt war da eine Fackel, die tief unten im Loch brannte – so weit unten, daß ihre Flamme nicht größer als die einer Kerze wirkte – und knapp neben der Flamme, etwas verdeckt vom Rauch und verkleinert durch die Entfernung, war das nach oben gerichtete Gesicht Fafhrds!

Der Mausling war geneigt, die Realität von all dem nicht anzuzweifeln, was mit Fafhrd zu tun hatte, ganz besonders von allem, was mit Fafhrd körperlich in Berührung kam – der riesengroße Mann aus dem Norden bildete selbst eine zu solide Masse, als daß man sich ihn Arm in Arm mit Illusionen hätte vorstellen können.

Die Ereignisse, die zu den auf Realität basierenden Tatsachen – nämlich Seil, Rauch und Fafhrd unten im Luftschacht

– führten, waren völlig simpel abgelaufen. Als die Dämmerung einbrach, war die Schaluppe auf geheimnisvolle Weise zwischen die Wasservertiefungen getrieben worden, obwohl weder Wind noch Strömung zu spüren waren. Kurz darauf war das Schiff über den Rand der großen, untertassenförmigen Vertiefung gerutscht und in seine gegenwärtige Position geglitten. Und so blieb es reglos, als wären Bugspriet und Loch sich gegenseitig anziehende Pole, die sich ineinanderfügten. Zähneklappernd und mit großen Augen hatte der Mausling zugesehen, wie Fafhrd in das Loch hinuntergeäugt und überaus befriedigt knurrend das geknotete Seil hinuntergeworfen hatte. Und dann hatte Fafhrd begonnen, sich zurechtzumachen – an Krieg und Liebe denkend. Er hatte sein Haar pomadisiert, Brust und Achseln parfümiert, unter die schimmernde Otterfelltunika eine blaue Seidentunika angezogen, dazu alle silbernen Ketten, Armbänder, Broschen und Ringe angelegt und sich zu all dem mit Schwert, Axt und Kletterschuhen ausgerüstet. Dann hatte er eine lange, dünne Kieferfackel im Feuerbehälter des Schiffes entzündet. Als sie kräftig aufloderte, war er trotz der dringenden Rufe und handgreiflichen Proteste des Mauslings an den Bugspriet gegangen und hatte sich ins Loch hinabgelassen. Dabei hatte er mit Daumen und Zeigefinger der rechten Hand die Fackel gehalten und sich mit den übrigen drei Fingern dieser Hand und mit der anderen Hand am Seil festgehalten. Erst dann hatte er etwas gesagt. Er hatte dem Mausling zugerufen, er solle sich fertigmachen und ihm folgen, wenn er als heißblütiger Mann und nicht als fischblütige Echse gelten wolle.

Der Mausling hatte sich insofern bereitgemacht, als er sich ausgezogen hatte – er fürchtete, nach Fafhrd tauchen zu müssen, falls das Loch seiner eigenen Unmöglichkeit gewahr werden und zusammensinken sollte. Dann hatte er sein Schwert ›Skalpell‹ und den Dolch ›Katzenklaue‹ in den geölten Seehundfellbehältern ans Vorderdeck geschleppt. Vielleicht konnten diese Waffen gegen Haie nützlich sein. Und dann hatte er sich einfach auf den Bugspriet hingelegt, wie wir bereits gesehen haben, hatte Fafhrds Abstieg beobachtet und sich von der Faszination, die von all dem ausging, gefangennehmen lassen.

Schließlich hatte er den Kopf gesenkt und leise die Röhre hinuntergerufen: »Fafhrd – bist du schon am Grund?« Kopfschüttelnd hatte er bemerkt, daß sogar dieser leise Ruf ringförmige Wellen entlang der Röhre hervorrief.

»Was hast du gesagt?«

Fafhrds Antwortgebrüll, das aus der Röhre konzentriert und wie ein festes Projektil herausgeschnellt kam, fegte den Mausling fast vom Bugspriet. Und was weit schrecklicher war – die ringförmigen Wellen, die den Schrei begleiteten, waren so groß, daß sie die Röhre fast abschnürten – sie verengten sie von vier auf zwei oder drei Fuß und ließen einen Tropfenregen in Mauslings Gesicht sprühen. Dann ebbten die Wellen die Röhre entlang nach unten wieder ab.

Entsetzt zusammenzuckend schloß der Mausling die Augen, doch als er sie wieder aufschlug, war das Loch noch immer vorhanden, und die riesigen Ringwellen flachten eben ab und verebbten.

Nur eine Spur lauter als vorher, doch viel deutlicher, rief der Mausling hinunter: »Fafhrd! Tu das ja nicht wieder!«

»Was?«

Diesmal war der Mausling darauf vorbereitet – trotzdem war es schrecklich, diese riesigen Ringe zu beobachten, die in pfeilschneller grüner Bewegung die Röhre auf und ab glitten. Jetzt war er fest entschlossen, nicht mehr hinunterzurufen, aber gerade in diesem Augenblick fing Fafhrd zu sprechen an, doch zum Glück in gemäßigter Lautstärke – die entstehenden Ringe waren kaum dicker als ein Handgelenk.

»Komm nach, Mausling! Es ist ganz einfach! Du mußt dich bloß die letzten sechs Fuß fallen lassen!«

»Laß dich nicht fallen, Fafhrd!« antwortete der Mausling sofort. »Kletter wieder herauf!«

»Habe ich schon – fallengelassen, meine ich. Ich bin am Grund. Oh, Mausling ...!«

Der letzte Teil von Fafhrds Ruf kam in einer Stimmlage, die eine Mischung aus Furcht und Erregung war, so daß der Mausling sofort zurückfragte: »Was heißt ... oh, Mausling – was?«

»Es ist wunderbar – zum Staunen – es ist phantastisch!« kam die Antwort von unten – diesmal ganz schwach, so, als wäre Fafhrd – welch absurde Idee! – um eine oder zwei Biegungen in der Röhre gegangen.

»Was gibt's, Fafhrd?« fragte der Mausling – und diesmal verursachte seine eigene Stimme Ringe. »Geh nicht weg, Fafhrd! Was ist denn da unten?«

»Alles!« kam die Antwort, diesmal nicht so schwach.

»Sind Mädchen da unten?« wollte der Mausling wissen.

»Eine ganze Welt!«

Der Mausling seufzte. Er wußte, jetzt war wie immer der Augenblick gekommen, da äußere Umstände und innerer Drang ihn zum Handeln trieben, da Neugier und Faszination alle Vorsicht über Bord warfen, da die Lockung von Illusion und Abenteuer so groß geworden war, daß er ihr nachgeben mußte, um zu verhindern, daß seine innerste Selbstachtung verlorenginge.

Außerdem wußte er aus langer Erfahrung, daß der einzige Weg, Fafhrd aus seiner selbstverschuldeten, mißlichen Lage zu befreien, darin bestand, den parfümierten und schwertumgürteten Narren eigenhändig herauszuziehen!

Aus diesem Grund also sprang der Mausling leichtfüßig auf, hängte die im Seehundfell steckenden Waffen an seinen Gürtel, daneben in Schlingen gelegt eine geknotete Schnur mit eingeknüpfter Gleitschiene an einem Ende. Er vergewisserte sich, daß die Luken der Schaluppe abgedeckt und die Glut abgesichert war, haspelte ein kurzes, oberflächliches Gebet an die Götter von Lankhmar herunter und ließ sich vom Bugspriet herab in die grüne Öffnung gleiten.

Das Loch war eisig. Es roch nach Fisch, Rauch und nach der Pomade Fafhrds. Sobald er drin steckte, war es das Hauptbestreben des Mauslings, nicht an die glasigen Seiten anzustoßen – das mußte er zu seiner größten Überraschung feststellen. Er hatte das Gefühl, die wunderliche ›Haut‹ des Wassers würde reißen, und er würde überflutet werden, falls er die Wand auch nur leise streifte. Etwa so, wie eine eingeölte Nadel, die auf der Wasseroberfläche in ihrer kleinen Hängematte aus ›Wasserhaut‹ schwimmt, sofort sinkt, wenn man sie berührt. Rasch stieg er Knoten um Knoten hinunter, hielt sich mit den Händen fest und berührte mit den Zehen kaum das Seil. Dabei betete er, es möge zu keinen Schwankungen kommen und falls ja, so wollte er sie unter Kontrolle halten können. Jetzt fiel ihm auch ein, daß er Fafhrd hätte sagen sollen, er solle das Seil, wenn möglich, am Boden festmachen. Vor allem hätte er ihn warnen sollen, nicht die Röhre hinaufzurufen, während er, der Mausling, sich im Absteigen befand – der Gedanke, von diesen gräßlichen Wasserringen erdrückt zu werden, war unerträglich. Zu spät – jedes Wort seinerseits würde ihm todsicher ein Gebrüll des Nordlings eintragen!

Nachdem er also seine ersten Befürchtungen analysiert, wenngleich auch keineswegs abgelegt hatte, begann der Mausling von seiner Umgebung Notiz zu nehmen. Die leuchtend grüne Welt war nicht einfach eine smaragdene Leere, wie es zunächst den Anschein gehabt hatte. Hier herrschte Leben, obwohl nicht sehr üppig! Dünne Strähnen bogenartigen braunen Seetangs, fast unsichtbare Quallen, die ihre opalisierenden Fransen flattern ließen, winzige schwarze Wasserschneider, die wie Fledermäuse schwebten, kleine Fische mit silbrigem Rücken, gleitend und hüpfend, von denen einige, blau-gelb beringte und schwarzgetupfte, sich träge um die Morgenabfälle der *Schwarzer Schatzsucher* stritten, die der Mausling an einem großen weißen Knochen erkannte, an dem Fafhrd genagt hatte, ehe er ihn über Bord warf.

Als er hinaufsah, hätte er vor Schreck fast aufgeschrien. Der Rumpf der Schaluppe, die, obwohl von Bläschen perlfarbig aufgehellt, dunkel herunterzudrücken schien, wirkte siebenmal höher über ihm, als er an Hand der Knoten am Seil abgezählt hatte. Als er nochmals – diesmal streng senkrecht – die Röhre hinaufblickte, stellte er fest, daß der Kreis tiefblauen Himmels nicht, einer solchen Entfernung entsprechend, kleiner geworden war und daß der Bug, der diesen Kreis in zwei Hälften teilte, beruhigend groß war. Wie beim Hai, hatte die Lichtbrechung durch die Röhrenwand die Schaluppe schrumpfen lassen. Nichtsdestoweniger schien ihm diese Täuschung verwirrend und voller Vorbedeutung.

Und während der Mausling jetzt seinen schnellen Abstieg fortsetzte, wurde der Kreis über ihm immer kleiner und tiefer blau, er schrumpfte zu einem Kobaltteller, einer pfauenblauen Untertasse und schließlich zu einer seltsam ultramarinblauen Münze zusammen, die den Konvergenzpunkt von Röhre und Seil bildete – in dem der Mausling jetzt einen Stern aufblitzen zu sehen glaubte. Der Graue warf dem Stern ein paar hastige Küsse zu und dachte dabei, wie sehr diese Küsse den letzten Bläschen eines Ertrinkenden glichen. Das Licht wurde schwächer. Die Farben um ihn verblaßten, das braune Seegras wurde grau, die Fische büßten ihre gelben Ringe ein und des Mauslings eigene Hand wurde blau, wie die einer Leiche. Und jetzt konnte er undeutlich den Meeresboden sehen, in derselben ausgefallenen Entfernung unter sich, wie die Schaluppe über ihm gewesen zu sein schien, obwohl unmittelbar unter ihm der Grund seltsam verhüllt oder verdeckt war und der Mausling erst viel weiter unten Felsen und Sandfurchen ausmachen konnte.

Arme und Schultern schmerzten. Die Handflächen brannten. Ein ungeheuer dicker Barsch schwamm an die Röhre heran und folgte dem Mausling, in Kreisen schwimmend, hinunter. Der Mausling starrte ihn drohend an, und der Fisch wandte sich ihm zu und öffnete ein unglaublich großes, mondsichelförmiges Maul. Der Mausling sah die rasiermesserscharfen Zähne. Ihm wurde klar, daß es jener Hai war, den er früher gesehen hatte – oder zumindest ein ähnlicher – jener, den die Linsenwirkung der Röhrenwand verkleinert hatte. Die Zähne klappten zusammen, einige innerhalb der Röhre, nur einige Zentimeter von seiner Seite entfernt. Die ›Haut‹ des Wassers zeigte keine katastrophalen Risse, obwohl der Mausling den gespenstischen Eindruck hatte, daß der ›Biß‹ ein wenig Wasser in die Röhre sickern ließ. Der Hai schwamm weg, um seine Kreise in gehörigem Abstand zu ziehen, und der Mausling unterließ weitere drohende Blicke.

Mittlerweile war der Fischgeruch stärker geworden und auch der Rauch mußte sich verdichtet haben, denn jetzt mußte der Mausling husten, trotz aller Zurückhaltung, und setzte damit wieder Wasserringe in Bewegung, die auf und ab schossen. Eben wollte er mit aller Gewalt einen entsetzten Fluch unterdrücken – als seine Zehen kein Seil mehr fühlten. Er löste die Reserveschlinge an seinem Gürtel, kletterte weitere drei Knoten tiefer, befestigte die Gleitschlinge über dem zweiten Knoten, vom Boden gerechnet, und stieg weiter ab.

Fünf Handwechsel weiter fanden seine Füße Halt in kaltem Schlick. Dankbar löste er seine Hände und bewegte die steifen Finger. Gleichzeitig rief er: »Fafhrd!« Leise, aber verärgert. Dann sah er sich um.

Er stand in der Mitte eines großen, niedrigen Luftzeltes, dessen Boden aus samtigem Meeresschlamm bestand, in dem er bis zu den Knöcheln versunken war. Die Decke bildete die bleiern schimmernde, von unten gesehene Oberfläche des Wassers – nicht gleichmäßig verlaufend, sondern mit Ausbuchtungen, Vertiefungen und rätselhaften, nach unten gerichteten Wölbungen an manchen Stellen. Am Fuß der Röhre war das Luftzelt an die zehn Meter hoch. Der Durchmesser schien mindestens zwanzigmal größer, obwohl man nicht genau sehen konnte, wie weit es reichte – und das aus mehreren Gründen: die große Unregelmäßigkeit der Zeltdecke, die Schwierigkeit, die Entfernung einiger Nischen auch nur annähernd abzuschätzen, bei denen der Abstand zwischen Wasserdach und Schlammboden nur einige Zentimeter betrug, weiter die Tatsache, daß das von oben eindringende graue Licht kaum mehr als fünfundzwanzig Meter klare Sicht gestattete und schließlich der Umstand, daß sich der Fackelrauch hier und dort ziemlich verdichtet hatte und sich in dikken Schwaden die Decke entlangschlängelte.

Welche sagenhaften, unsichtbaren ›Zeltstangen‹ das meerschwere Dach stützten, vermochte sich der Mausling ebensowenig vorzustellen, wie die Kraft, welche die Röhre geöffnet hielt.

Angeekelt die Nase rümpfend – sowohl des Rauchs, als auch des intensiveren Fischgeruchs wegen – sah sich der Mausling blinzelnd im Zelt um. Schließlich erspähte er einen schwachen roten Schimmer im schwarzen Schlick, dort wo er am dicksten war, und kurz darauf tauchte Fafhrd auf. Die rauchende Flamme der Kiefernfackel, die noch nicht einmal bis zur Hälfte heruntergebrannt war, zeigte den Nordling bis zu den Schenkeln mit Schlamm beschmiert. Im angewinkelten Arm hielt er liebevoll ein tropfendes Häufchen verschiedener glitzernder Gegenstände. Er ging etwas vornübergebeugt, denn an der Stelle, wo er ging, war die Decke nach unten ausgebuchtet.

»Du Blasenhirn!« begrüßte der Mausling ihn. »Lösch die Fackel aus, bevor wir hier ersticken! Ohne Fackel sehen wir besser. Dummkopf! Dich vom Rauch blenden zu lassen, nur, damit du Licht hast!«

Für den Mausling gab es offenbar nur eine vernünftige Möglichkeit, die Fackel zu ersticken – sie nämlich in den nassen Schlamm zu stecken. Doch Fafhrd, der für des Mauslings Vorschlag anscheinend sehr aufgeschlossen war, hatte eine andere Idee. Trotz eines entsetzten Warnrufes des Mauslings stieß er die Flamme lässig in das Wasserdach.

Lautes Zischen ertönte, dann kam ein großer, nach unten gerichteter Dampfschwall und einen Augenblick lang glaubte der Mausling, seine ärgsten Befürchtungen wären wahr geworden, denn von der Eindruckstelle spritzte ein heftiger Wasserschwall Fafhrd in den Nacken. Doch als sich der Dampf gelichtet hatte, konnte man sehen, daß der Rest des Meeres dem Schwall nicht gefolgt war – wenigstens nicht sofort. Doch war jetzt im Dach ein Klumpen, wie ein runder Tumor, zu sehen – dort, wo Fafhrd die Fackel ausgedrückt hatte – und daraus ergoß sich ein dicker Wasserstrahl und hinterließ im Schlammboden einen kleinen Krater.

»Tu das nicht noch mal!« befahl der Mausling in einer Aufwallung von Zorn.

»Das?« fragte Fafhrd sanft und bohrte neben der tropfenden Beule einen Finger durch die Decke. Wieder spritzte ein Schwall, verringerte sich aber sogleich zu einem Tröpfeln. Jetzt lagen nebeneinander – wie zwei Brüste – zwei Einbuchtungen.

»Ja, das! Nicht wieder!« brachte der Mausling mühsam heraus. Seine Stimme klang leise und heiser vor Selbstbeherrschung, die es ihn kostete, Fafhrd nicht anzuschreien und damit vielleicht weitere kecke Versuche heraufzubeschwören.

»Na gut, ich tue es nicht wieder«, versuchte ihn der Nordling zu beruhigen. Doch mit einem nachdenklichen Blick auf die zwei Zwillingsströme erklärte er: »Es würde Jahre dauern, bis dieses Getröpfel die Höhle ausfüllt.«

»Wer spricht denn von Jahren hier unten«, gab der Mausling wütend zurück. »Narr! Eisenschädel! Warum hast du mich angelogen? Hier unten wäre ›Alles‹ hast du gesagt – ›eine ganze Welt‹! Und was finde ich vor? Nichts! Ein mieses kleines stinkendes Schlammfeld mit niedriger Decke!« Und der Mausling stampfte vor Wut mit dem Fuß, was nur zur Folge hatte, daß er übelriechend bespritzt wurde, während ein aufgequollener Fisch mit phosphoreszierenden Barthaaren, der im Schlamm verendete, vorwurfsvoll zu ihm aufsah.

»Dieser grobe Tritt«, sagte Fafhrd leise, »hätte den silbrigfiligranen Schädel einer Prinzessin zerstören können. ›Nichts‹, sagst du? Dann sieh, Mausling, welchen Schatz ich aus deinem stinkenden Schlamm gegraben habe!«

Und als er auf den Mausling zukam, wobei seine großen Füße trotz der Tretspitzen im Schlamm rutschten, wiegte er die schimmernden Schätze im linken Arm und befühlte sie.

»Ja«, sagte er, »Edelsteine und Geschmeide, wie sie sich alle, die da oben dahinsegeln, nicht träumen lassen. Die habe ich alle dem Schlamm entlockt, während ich auf der Suche nach etwas anderem war.«

»Nach anderem, du Knorpelkopf?« fragte der Mausling barsch und musterte die schimmernden Dinge.

»Nach dem Weg«, sagte Fafhrd ein wenig ungeduldig, als müßte der Mausling das wissen. »Dem Weg, der aus einem Winkel oder einer Falte dieses Luftzeltes zu den Mädchen des Seekönigs führt. Diese Dinge hier sind die sichere Verheißung. Sieh doch, Mausling –« Er öffnete seine Armbeuge und hob vorsichtig zwischen Daumen und Fingerspitzen eine lebensgroße Metallmaske hoch.

Im trüber werdenden grauen Licht konnte man unmöglich unterscheiden, ob das Metall Gold oder Silber, Zinn oder etwa Bronze war und ob die breiten, gewellten Streifen darauf, die wie blaugrüne Schweiß- oder Tränenspuren wirkten, Grünspan oder Schlamm waren. Doch war es klar, daß die Maske weiblich war, aristokratisch, allwissend und doch lokkend, liebend, doch grausam, verheerend schön. Begierig und wütend faßte der Mausling danach – und die ganze untere Gesichtshälfte zerbröckelte in seiner Hand. Nur die stolze Stirn und die Augenhöhlen blieben. Sie starrten ihn an – und wirkten tragischer, als es Augen sonst vermögen.

Der Mausling zuckte zurück und erwartete, Fafhrd würde

zu einem Schlag gegen ihn ausholen, doch im gleichen Augenblick sah er, daß der Nordling sich abwandte und mit erhobenem rechten Arm in eine Richtung wies, wie ein langsam funktionierender Semaphor.

»Mausling, du hattest recht!« rief Fafhrd voll Freude. »Ich wurde nicht nur vom Rauch der Fackel, sondern auch vom Licht geblendet! Sieh doch! Sieh – der Pfad!«

Des Mauslings Blick folgte dem Finger Fafhrds. Jetzt hatte sich der Rauch ein wenig verzogen. Die Flamme strahlte nicht mehr ihr orangefarbiges Licht aus, so daß die fleckige Phosphoreszenz des Schlammes und der verendeten Tiere klar sichtbar wurde, trotz des nur gedämpften Lichtes, das von oben her einfiel.

Das phosphoreszierende Leuchten war jedoch nicht völlig ungleichmäßig. Vom Schacht ausgehend, in dem das geknotete Seil hing, führte ein Pfad aus ununterbrochenem grünlich-gelben Hexenfeuer in Schrittbreite durch den Schlamm auf eine nicht sehr einladend aussehenden Winkel des Luftzeltes zu, wo er zu verschwinden schien.

»Geh nicht, Fafhrd«, schärfte der Mausling ihm automatisch ein, doch der Nordling war bereits mit langen Schritten wie taumelnd an ihm vorbeigegangen. Im Gehen streckte er den angewinkelten Arm von sich und die aus dem Schlamm gewonnenen Schätze fielen einer nach dem anderen in den Schmutz. Er hatte den Pfad erreicht und wollte diesen entlang gehen – mit einem Fuß stand er bereits darauf.

»Folge dem Pfad nicht, Fafhrd«, wiederholte der Mausling hoffnungslos, fast jämmerlich. »Hör doch, geh nicht! Er führt dich in den sicheren Tod durch gefährliches Seegetier! Wir können immer noch das Seil hochklettern und deine Beute mitnehmen ...«

Doch inzwischen war er selbst bereits der Spur Fafhrds gefolgt und hob – vorsichtiger als vorhin die Maske – die Gegenstände auf, die sein Gefährte hatte fallen lassen. Es ist zwar der Mühe nicht wert, sagte sich der Mausling, während er weitermachte. Obwohl sie verlockend glitzerten, all diese verschiedenen Halsbänder, Tiaren, filigranverzierten Brustschalen und Broschen mit langen Nadeln, waren sie leicht wie trockene Farnflechten und auch ebenso dünn. Anscheinend konnte er es aber Fafhrds Vorsicht nicht gleichtun, und sie zerfielen bei der leisesten Berührung.

Fafhrd drehte sich mit strahlendem Gesicht zu ihm um, wie einer, der im Schlaf von höchsten Ekstasen träumt. Als das letzte Geistergeschmeide aus seinem Arm geglitten war, sagte er: »Sie sind nichts – nur Masken – von der See angenagte Gespenster. Doch ihre Verheißung, o Mausling! Diese Verheißung!«

Und damit wandte er sich wieder um und duckte sich unter einer großen, nach unten gerichteten Wölbung im niederen, bleigetönten Dach.

Der Mausling warf einen Blick den schimmernden Pfad entlang zu dem kleinen runden Fleck Himmelslicht, in dessen Mitte das geknotete Seil hing. Die aus den zwei ›Wunden‹ in der Deckenwölbung eindringenden Rinnsale schienen jetzt stärker – und wo sie auftrafen, spritzte der Schlamm auf. Dann folgte der Mausling Fafhrd.

Jenseits der Wölbung wuchs die Decke wieder über Kopfhöhe an, doch die Zeltwände verengten sich. Bald gingen sie in einen Tunnel im Wasser über, einen bleiern getönten Gang mit gewölbter Decke, der nicht breiter war als der phosphoreszierende gelbgrüne Pfad, der den Boden bildete. Der Tunnel machte Biegungen nach beiden Seiten, so daß man nach vorn hin auf größere Entfernungen keinen Überblick hatte. Hin und wieder glaubte der Mausling, das Echo von schwachen Pfiffen und Stöhnen zu hören. Er stieg über eine große Krabbe, die ängstlich zurückwich. Daneben schien die Hand eines Toten aus dem schimmernden Schlamm zu ragen. Ein fleischloser Finger wies in die Richtung, die sie eingeschlagen hatten.

Fafhrd murmelte mit einer halben Kopfdrehung: »Glaub mir, Mausling, das riecht nach Zauberei!«

Der Mausling war der Meinung, er hätte nie eine überflüssigere Bemerkung gehört. Er war ziemlich bedrückt. Schon längst hatte er die kindischen Vorhaltungen aufgegeben, Fafhrd möge kehrt machen – er wußte, es gab keine Möglichkeit, Fafhrd aufzuhalten, es sei denn durch Handgreiflichkeiten. Und eine Rauferei, bei der sie dauernd gegen die Wasserwände krachen würden, war nicht nach seinem Geschmack. Natürlich bestand die Möglichkeit, immer noch allein zurückzukehren. Noch ...

Die Monotonie des Tunnels und das Schritt-vor-Schritt-Setzen im klebrigen Schlamm, das Herausziehen des Fußes – von einem leisen ›Plop‹ begleitet – das alles ließ dem Mausling Zeit zu bedrückenden Gedanken über das Gewicht des Wassers über ihnen. Ihm war, als wandle er mit allen Schiffen der Welt auf dem Rücken dahin. In seiner Vorstellung konnte er sich nur das sofortige Zusammenbrechen des Tunnels ausmalen. Er zog also den Kopf ein. Mehr konnte er nicht tun, außer, sich auf Ellbogen und Knie fallen lassen, und, mit dem Gesicht nach unten im Schlamm liegend, auf das Kommende zu warten.

Über ihnen schien das Meer heller zu werden. Dem Mausling wurde klar, daß sich der Tunnel den unteren Regionen jener Felsbarriere näherte, die er und Fafhrd gestern erklommen hatten. Die Erinnerung an diese Klettertour verschaffte seinen Gedanken schließlich Abwechslung – deswegen vielleicht, weil sie mit dem dringenden Wunsch zusammenhingen, sich und Fafhrd aus der mißlichen Lage irgendwie zu befreien. Ja, es war gestern ein schwieriger Aufstieg gewesen, obwohl sich der helle Fels als hart und verläßlich erwiesen hatte. Es hatte wenige Griffe, Fußhalte und Simse gegeben, und sie hatten sich anseilen, durch Kamine klettern und Haken in Felsspalten schlagen müssen, um sich Halt zu verschaffen – doch sie hatten gute Aussichten gehabt, Süßwasser und Wild vorzufinden. Überreichlich sogar – waren sie doch sehr weit westlich von Ool Hrusp und seinen Jägern. Schließlich hatten sie den Gipfel erreicht, ermattet vom Aufstieg und nur allzu bereit, sich hinzulegen, auszuruhen und dabei die Gegend zu studieren. Es gab nur Gras und verkümmerte Bäume. Sie wußten, daß das auch für andere Teile dieser überaus einsamen Halbinsel, die sich in südwestlicher Richtung zwischen dem Binnen- und dem Äußeren Meer erstreckte, charakteristisch war.

Entgegen ihren Erwartungen hatten sie also nichts gefunden. Sogar weniger als nichts, wenn so etwas überhaupt möglich war. Der langersehnte Gipfel erwies sich als schmale Felskante, höchstens drei Meter breit, stellenweise sogar schmaler, während auf der anderen Seite der Fels sogar steiler abfiel, als auf der Seite, die sie eben erklommen hatten – und auf weiten Strecken sogar ausgewaschen und überhängend war. Am Fuß dieses schwindelerregenden Steilabfalles erstreckte sich eine Wildnis von Wellen, Schaum und Felsen bis zum Horizont.

Rittlings waren sie schließlich auf einem richtigen Felsvorhang gelandet, der im Verhältnis zu seiner Höhe und Breite papierdünn war. Es war eine Stelle zwischen dem Binnenmeer – und wie sie erkannten – Äußeren Meer, das sich hier durch die unerforschte Halbinsel gefressen, sie aber noch nicht ganz durchbrochen hatte. Soweit das Auge reichte, gab es in beiden Richtungen die gleiche Situation, obwohl sich der Mausling einbildete, eine Verdickung des Felsens in Richtung Ool Hrusp ausgemacht zu haben.

Fafhrd hatte diese Entdeckung nur Gelächter entlockt – wahrhaft gigantische Heiterkeitsausbrüche, die bewirkten, daß der Mausling ihn heimlich verfluchte, aus Angst, die Tonschwingungen könnten den messerscharfen Sattel, auf dem sie hockten, erschüttern und zum Einsturz bringen. Und Fafhrds Gelächter hatte den Mausling dann tatsächlich so erbost, daß er aufgesprungen war und auf dem Felsband einen irren Tanz aufgeführt hatte, hierbei an den Spruch der weisen Sheelba denkend: ›Ob ihr es wißt oder nicht, der Mensch schreitet zwischen zwei Abgründen auf einem Seil, das weder Anfang noch Ende hat.‹

Nachdem sie ihren Gefühlen des Entsetzens auf diese Weise Ausdruck verliehen hatten, waren sie darangegangen, die brodelnde See unter sich nüchtern zu betrachten. Die Ausdehnung der Brandung und die Anzahl aus dem Wasser ragender Felsen zeigten an, daß das Wasser auf einige Entfernung hinaus seichter war – es war sogar wahrscheinlich, hatte Fafhrd gemeint, daß es bei Ebbe hier unten ganz trokken würde. Denn sein Wissen um den Mond sagte ihm, daß sich im Moment die Flut in dieser Weltgegend dem Höhepunkt nähern mußte. Von den herausragenden Felsen war einer besonders auffallend: es war eine dicke Säule, zwei Bogenschußlängen von der Felswand entfernt, von der Höhe eines vierstöckigen Hauses. Der Säulenschaft war in sprialenförmig verlaufende Simse gegliedert, die aussahen, als stammten sie, wenigstens zum Teil, von Menschenhand. An der breiteren Basis der Säule, knapp über der Gischt, war ein seltsames Rechteck, seetanggeziert und mit Querstangen versehen. Es wies eine starke Ähnlichkeit mit einer Tür auf – doch wohin eine solche Tür führen und wer sie benutzen konnte, waren in der Tat verblüffende Fragen.

Da es auf diese und andere Fragen keine Antwort gab, und es an dieser im wahrsten Sinne des Wortes ›Schale einer Küste‹ weder frisches Wasser noch Wild gab, waren sie zum Binnenmeer und zur *Schwarzer Schatzsucher* abgestiegen. Dabei immer von der Furcht besessen, die Wand könnte zusammenbrechen, wenn sie einen Stützhaken eintrieben ...

»Achtung, Felsen!«

Fafhrds Warnruf riß den Mausling aus seinen Erinnerungs-Wachträumen – und ließ ihn für den Bruchteil einer Sekunde von den obersten Höhen des weißen Felsvorhanges in Gedanken herabstürzen. Knapp vor dem Mausling ragten jetzt drei dicke Felsdolche auf, die auf unerklärliche Weise durch die graue Wasserdecke des Tunnels sichtbar wurden. Der Mausling drängte sich schaudernd an ihnen vorbei, so wie es Fafhrd vor ihm getan haben mochte. Über seinen Gefährten hinwegblickend, entdeckte er noch weitere Felsvorsprünge, die den Tunnel von allen Seiten einengten. Beim Weitergehen sah er, daß sich der Gang tatsächlich von einem Wasser- und Schlammtunnel in einen soliden, felsumgebenen Tunnel verwandelt hatte. Das durch das Wasser eindringende Licht hinter ihnen wurde immer schwächer, wurde aber durch ein stärker werdendes Phosphoreszieren, das für das tierische Leben in einer Meereshöhle typisch ist, ersetzt. Dieses Leuchten erhellte ihnen den feuchten, steinigen Pfad, indem es da und dort mit besonderer Farbenpracht die Streifen, Augen, Fühler und Augenringe eines verendenden Fisches oder Kriechtieres schimmern ließ.

Dem Mausling war klar, daß sie weit unter dem Felsvorhang waren, den sie gestern erklommen hatten und daß der sich vor ihnen erstreckende Tunnel unter dem Äußeren Meer hindurchführen mußte, das sie gestern stürmisch bewegt gesehen hatten. Jetzt beherrschte ihn nicht mehr jenes unmittelbar beängstigende Gefühl, das erdrückende Gewicht des Ozeans über sich zu haben, oder mit dem Ellbogen Zauberei zu streifen. Doch der Gedanke daran, daß – falls Röhre, Zelt und Tunnel hinter ihnen zusammenbrechen sollten – sich ein großer Wasserschwall in den Felsgang ergießen und sie einschließen würde, war in gewisser Hinsicht noch ärger. Vorhin, unter dem Wasserdach, hatte er das Gefühl gehabt, falls es zusammenbrechen sollte, könnte er die Oberfläche schwimmend erreichen, wobei er sich sogar vorstellen konnte, den schweren Fafhrd mit hinaufzuzerren. Doch hier waren sie im Ernstfall hoffnungslos gefangen.

Sicher, der Tunnel schien aufwärts zu führen, doch nicht steil genug, als daß der Mausling beruhigt gewesen wäre. Und schließlich, wenn er je auftauchte, würde es an jener Stelle sein, auf die sie gestern hinuntergeblickt hatten – ein zerschmetterndes Chaos an Brandung. Dem Mausling fiel es schwer, sich zwischen seltsamen Gesteinsformationen den Weg zu bahnen. Seine Gefühle der Niedergeschlagenheit und bösen Vorahnungen sanken zu einem neuen und vielleicht letzten Tiefstand ab und in einem verzweifelten Versuch, sie zu verscheuchen, stellte er sich mit voller Absicht die verworfenste Schenke in Lankhmar vor – ein großes, graues Gewölbe von Fackeln erhellt, in Strömen fließender Wein, das Klirren von Krügen und Münzen, lautes, zänkisches Stimmengewirr, Opiumschwaden, nackte Mädchen, die sich in aufreizenden Tänzen wiegen ...

»Oh, Mausling ...!«

Fafhrds tiefes, gefühlvolles Flüstern und die große Hand des Nordlings auf seiner Brust ließen den Mausling anhalten. Ob dies aber seine Gedanken wieder unter die Oberfläche des Äußeren Meeres zurückbrachte oder seine Traumvorstellungen phantastisch veränderte, konnte der Graue nicht sofort erkennen. Sie standen jetzt am Eingang zu einer riesigen unterirdischen Grotte, die sich in vielfachen Stufen und Terrassen zu einer nicht deutlich sichtbaren Wölbung ausweitete, von der, Silbernebeln gleich, ein Leuchten herunterdrang, dreimal so stark wie Mondschein. Die Grotte roch nach Meer, wie der Tunnel hinter ihnen. Auch hier war der Boden mit verendeten Fischen, Aalen und kleinen Polypen übersät.

Mollusken, winzige und riesig große, klebten in Klumpen an den Wänden und Winkeln zwischen Seegrasdraperien und silbergrünen Schleiern, während die verschiedenen Nischen und dunklen, runden Durchgänge und sogar der gestufte und terrassenförmige Boden so aussah, als hätten Wasser und Sand sie geschliffen.

Der Silbernebel fiel nicht gleichmäßig ein, sondern konzentrierte sich in Lichtwirbeln und -wellen auf drei Terrassen. Die erste lag in der Mitte und hatte nur eine Ebene. Ein paar niedere Stufen trennten sie von der Tunnelmündung. Auf dieser Terrasse stand ein großer Steintisch mit tangbehängten Seiten und moluskenverkrusteten Beinen, aber die Platte aus gemasertem Marmor war zu exquisitem Glanz aufpoliert. Am Ende des Tisches stand ein großes goldenes Becken und daneben zwei goldene Pokale.

Über der ersten Terrasse erhob sich eine Flucht ungleichmäßiger Treppen mit furchterweckenden, verschatteten Stellen, hinter denen sich eine zweite und dritte Terrasse befand, auf die das Licht reichlich einfiel. Die rechte – von Fafhrd aus gesehen, denn er stand rechts in der Tunnelöffnung – war an Wänden und Decke mit Perlmutt ausgelegt, als wäre das alles eine gigantische Muschel. Perlfarbige Erhebungen wuchsen aus dem Boden, gleich aufgetürmten Seidenkissen. Die Terrasse auf des Mauslings Seite, ein wenig niedriger, wurde im Hintergrund von einem Wandbehang aus krausem Seegras begrenzt, das in breiten, bogenförmigen Strähnen niederfiel und sich auf dem Boden bauschte. Zwischen diesen Zwillingsterrassen führten unregelmäßige Stufen oder Simse hinauf in eine dritte Zone der Dunkelheit.

Sich bewegende Schatten, dunkle Wogen und geheimnisvolles Leuchten verriet, daß die drei dunklen Zonen möglicherweise bewohnt waren. Kein Zweifel daran bestand jedenfalls, was die drei erleuchteten Terrassen betraf. Auf der Terrasse an Fafhrds Seite stand eine große, üppige Schöne, deren Goldhaar sich in geringelter Fülle muschelgleich auftürmte. Das Gewand aus goldenem Fischernetz haftete eng am blaßgrünen Fleisch. Zwischen den Fingern waren grünliche Häute sichtbar und seitlich, am Hals, sah man bei einer Bewegung kleine Kerben – wie Kiemen.

Auf des Mauslings Seite stand ein schlankeres, aber überaus weiblich wirkendes Wesen, dessen silbriges Fleisch an Schultern, Rücken und Seiten unter einem violetten Gewand in Silberschuppen überzugehen schien. Das kurze, dunkle Haar wurde von einem gewölbten, handbreiten Silberhalbmond aus der Stirn zurückgehalten. Auch dieses Wesen besaß Halskiemen und Fingerhäute.

Die dritte Gestalt, die gebückt hinter dem Tisch stand, war geschlechtslos dürr, was den Eindruck rüstigen Alters hervorrief. Sie war in Tiefschwarz gehüllt. Seildickes, eisenrostrotes Haar wirkte schockierend. Kiemen und Fingerhäutchen waren stark sichtbar.

Diese Frauen trugen Metallmasken, die in Form und Ausdruck an jene zerfallenen Masken erinnerten, die Fafhrd im Schlick gefunden hatte. Die Maske der ersten war aus Gold, die der zweiten aus Silber, die der dritten aus grüngefleckter, vom Wasser nachgedunkelter Bronze.

Die zwei ersten Frauen verhielten sich still. Sie schienen nicht Teil der Vorgänge, sondern nur Zuschauer zu sein. Die geschlechtslose, schwarze See-Hexe jedoch vibrierte vor Aktivität, obwohl sie sich auf ihren schwarz-gehäuteten Zehen kaum bewegte, außer wenn sie unvermittelt ihre Stellung ab und zu veränderte. In jeder Hand hielt sie eine kurze Peitsche, und mit diesen Peitschen hielt sie ein halbes Dutzend Gegenstände auf der polierten Tischplatte in rotierender Bewegung und gab ihnen die Richtung. Worum es sich bei diesen Gegenständen handelte, konnte man unmöglich sehen. Man sah nur, daß sie oval waren. Nach ihrer Halb-Durchsichtigkeit zu schließen hätten es Ringe oder Untertassen sein können, andere wieder richtige Kreisel. Sie schimmerten silbrig, grün und golden und rotierten so schnell in sich überschneidenden Kreisbahnen, daß sie schimmernde Spuren hinter sich in der dunstigen Luft zu hinterlassen schienen. Immer wenn eine Drehbewegung langsamer werden wollte und die Form fast sichtbar wurde, brachte sie die Hexe mit zwei oder drei Peitschenhieben wieder in Schwung. Geriet ein Gegenstand zu nahe an den Tischrand oder in die Nähe des goldenen Beckens oder drohte ein Zusammenstoß, so korrigierte sie die Kreiselbahn mit kräftigen Hieben. Mit unglaublicher Geschicklichkeit traf sie manchmal einen Gegenstand so, daß er hoch in die Luft sprang. Beim Landen ließ sie ihn dann so aufsetzen, daß er ohne Unterbrechung weiterrotierte und über sich eine Schleife silbriger Luftspiralen hinterließ, die allmählich verschwand.

Diese rotierenden Gegenstände waren die Ursache jenes vibrierenden Ächzens und Pfeifens, das der Mausling schon seit längerem im Tunnel vernommen hatte.

Während er das alles beobachtete und sich anhörte, wuchs in dem grauen Mann die Überzeugung – teilweise deswegen, weil die silbrig rotierenden Röhren ihn an den Luftschacht denken ließen, den er am Seil durchklettert hatte – daß diese rotierenden Gegenstände ein wichtiger Bestandteil jenes Zaubers waren, der den Weg durch das Binnenmeer hinter ihnen geschaffen und offengehalten hatte. Sollten sie einmal aufhören zu wirbeln, dann würden Schacht, Zelt und Tunnel zusammenbrechen und die Wasser des Binnenmeeres sich durch den Felstunnel in diese Grotte ergießen.

Und tatsächlich sah die schwarze See-Hexe in des Mauslings Augen ganz so aus, als hätte sie ihre Kreisel schon stundenlang kreisen lassen und – was wichtiger war – als wäre sie imstande, sie noch stundenlang in Bewegung zu halten. Bis auf das rhythmische Heben und Senken des brüstelosen Oberkörpers, dem Pfeifen des Atems durch den Mundschlitz ihrer Maske und dem Öffnen und Schließen der Kiemen zeigte sie keine Zeichen von Anstrengung.

Jetzt schien sie ihn und Fafhrd zum erstenmal zu sehen. Sie wandte ihnen, ohne mit den Peitschenbewegungen innezuhalten, ihre Bronzemaske zu und starrte sie an – hungrig, wie es ihnen schien. Doch sie drohte ihnen nicht, sondern nickte nach einem weiteren forschenden Blick zweimal mit dem Kopf, als wolle sie ihnen ein Zeichen geben, an ihr vorbeizugehen. Gleichzeitig winkten ihnen die grüne und die silbrige Königin mit schlaffen Gebärden zu.

Damit wurden der Mausling und Fafhrd aus ihren benommenen Betrachtungen geweckt, und sie gehorchten eifrig – wobei allerdings der Mausling, der Wein gerochen hatte, als sie am Tisch vorbeigingen, die zwei Pokale an sich nahm und einen seinem Gefährten weiterreichte. Sie leerten sie trotz der grünen Tönung des Getränkes, denn das Zeug roch zu verlockend – und es schmeckte auch süß und würzig.

Während des Trinkens warf der Mausling einen Blick in das goldene Becken. Es enthielt keinen grünen Wein, sondern war fast bis zum Rand mit einer kristallenen Flüssigkeit gefüllt, die Wasser sein mochte. Auf der Flüssigkeit schwamm das Modell eines Bootes – kaum einen Finger lang. Ein winziger Luftschacht schien von seinem Bugspriet nach unten zu führen.

Zur näheren Untersuchung war keine Zeit, denn Fafhrd ging bereits weiter. Der Mausling betrat links seine dunkle Zone, während Fafhrd es rechts bereits getan hatte ... und als er diesen ersten Schritt getan hatte, schlichen sich aus den Schatten vor ihm zwei bläulich-blasse Männer heran, jeder mit zwei Sägemessern bewaffnet. Es waren Seeleute, wie aus ihrer Haartracht und dem schwankenden Gang zu schließen war, beide allerdings nackt und mit Sicherheit tot. Anzeichen dafür waren die ungesunde Farbe, ihre Ungerührtheit gegenüber dem dicken Schleim, der sie in Streifen überzog, die Art, in der die Augen nur das Weiße und den unteren Teil der Iris sehen ließen und die Tatsache, daß Haare, Ohren und andere Teile ihrer Anatomie aussahen, als wären sie von Fischen angenagt. Hinter ihnen watschelte ein krummsäbelschwingender Zwerg mit kurzen Spindelbeinen, Riesenkopf und Kiemen – ein wahrhaftiger wandelnder Embryo. Auch seine kugelrunden Augen waren nach oben gedreht, wie bei einer Leiche, was des Mauslings Gefühle nicht eben beschwingte, als er Skalpell und Katzenklaue aus dem Seehundfellbehälter zog – denn die drei kamen auf ihn zu und verstellten ihm den Weg, als er ihnen ausweichen wollte.

Sehr warscheinlich hatte der Mausling in diesem Augenblick für die mißliche Lage seines Gefährten keine Aufmerksamkeit übrig. Fafhrds Schattenzone war gegen die Wand zu tintenschwarz und als der Nordling die Grenze überschritt, hinter einem scharfrückigen mannshohen Felsblock, der aus dem Sims zwischen ihm und dem Mausling wuchs, erhoben sich aus der dahinterliegenden Finsternis – acht Schlangen gleich, die sich aus ihrem Neste erheben – die mit dicken, sehnigen Öffnungen versehenen Arme eines riesigen Polypen. Die Bewegung des Seeungeheuers mußte innere Funken zum Sprühen gebracht haben, denn gleichzeitig flammte das Tier zu gelbgestreifter, purpurner Regenbogenfarbigkeit auf. Es zeigte Fafhrd seine tellergroßen bösen Augen, das gräßliche Maul, groß wie der Bug eines umgedrehten Schiffs und bot ihm den unwahrscheinlich wirkenden Anblick mächtiger Fangarme, die schimmernde Schwerter hielten.

Fafhrd griff nach Schwert und Axt und wich vor dem zweifach bewaffneten Tier gegen den gerillten Felsblock zurück. Zwei der Rillen – es waren senkrechte Schalenränder einer etwa vier Meter im Durchmesser großen Molluske – schlossen sich augenblicklich bei Berührung seiner Otterfelltunika und hielten ihn fest.

Entmutigt, aber trotzdem zum Leben fest entschlossen, schwang der Nordling sein Schwert und beschrieb damit eine große Acht, deren untere Schlinge fast den Boden streifte, während die obere wie ein großes gewölbtes Schild über seinem Kopf wuchs. Diese Stahlblume mit Doppelblütenblättern vereitelte den Angriff der vier oder mehr Klingen, mit denen der Polyp ihn – zunächst eher zaghaft – angegriffen hatte. Als das Seeungeheuer die Arme vor einem neuerlichen Hiebwechsel zurückzog, schnellte Fafhrds linker Arm mit dem Beil vor und durchhieb den nächstliegenden Arm.

Da röhrte sein Widersacher laut auf und schlug wiederholt mit sämtlichen Schwertern zu. Eine Weile sah es so aus, als ob Fafhrds Universalverteidigungshieb durchlöchert würde, doch dann schnellte wieder aus dem Mittelpunkt des Schwertschildes die Axt vor, einmal, zweimal, und zwei weitere Polypenarme fielen und mit ihnen die Schwerter, die von den Armen gehalten wurden. Da zog sich der Polyp aus der Reichweite Fafhrds zurück und ließ aus seinem Leib eine große Nebelwolke stinkender schwarzer Tinte sprühen, in deren Deckung er, unsichtbar für den festgenagelten Nordling, agieren konnte. Als jedoch die verhüllende, sichtraubende Dunstwoge auf ihn zuwallte, ließ Fafhrd seine Axt gegen den großen Kopf, im Zentrum der Dunstwolke, wirbeln. Obwohl er, durch den Dunst behindert, blindlings hieb, mußte die schwere Waffe einen lebenswichtigen Punkt getroffen haben, denn sogleich ließ der Polyp seine restlichen

Schwerter – unter Todeszuckungen der Fangarme, die wild hin und her schlugen – durch die Grotte sausen. Glücklicherweise trafen sie niemanden.

Fafhrd zog ein kleines Messer, schlitzte seine Tunika vorn und an den Schultern auf und streifte sie mit einer verächtlichen Geste ab, als wollte er dem Mollusken sagen: ›Dein Abendbrot, wenn du willst!‹ Dann drehte er sich um, um zu sehen, wie es inzwischen seinem Gefährten ergangen war. Der Mausling, der aus zwei leichten Wunden an Rippen und Schultern grünlich blutete, hatte eben die Hauptsehnen seiner drei gräßlichen Gegner durchschnitten – das hatte sich als einzige Möglichkeit erwiesen, sie bewegungsunfähig zu machen, nachdem verschiedene tödliche Wunden sie nicht an der Bewegung gehindert oder ihnen auch nur einen Blutstropfen in einer seltsamen Farbe entlockt hatten.

Der Mausling lächelte angewidert und wandte sich mit Fafhrd gemeinsam den oberen Terrassen zu. Und jetzt wurde es offenbar, daß die Grüne und die Silberne zumindest in einer Hinsicht wahre Königinnen waren. Sie hatten nämlich vor den ungeheuerlichen Kämpfen nicht die Flucht ergriffen, wie geringere Weiber es vielleicht getan hätten, sondern sie hatten ausgeharrt und erwarteten nun die Männer mit ausgestreckten Armen. Die Gold- und Silbermasken konnten zwar nicht lächeln, doch die Körper drückten ein Lächeln aus, und als die zwei Abenteurer ihnen aus dem Schatten ins Licht entgegenstiegen (dabei verwandelten sich des Mauslings kleine Wunden von Grün zu Rot, doch Fafhrds blaue Tunika blieb hübsch tintenfarbig), erschienen ihnen schleierdünne Schwimmhäute und zarte Nackenschuppen als Höhepunkte weiblicher Schönheit. Auf den oberen Terrassen war das Licht schwächer als auf den unteren, von wo die monotone Sechstonmusik der Kreisel beruhigend weiter ertönte. Und die zwei Helden betraten jenes dunkle, glänzende Reich, in dem alle Gedanken an Wunden vergessen sind und jede Erinnerung an den wüstesten Weinkeller von Lankhmar schal wird und die See, unsere grausame Mutter und zärtliche Geliebte, alle Schulden einlöst.

Ein lauter Mißton, als würde die felsenfeste Erde sich bewegen, rief dem Mausling seine Umgebung wieder ins Gedächtnis. Fast gleichzeitig schwoll das Schwirren eines der Kreisel zu hohem Gewinsel an, das in einem klingelnden Krach endete. Überall in der Grotte pulsierte und flackerte wild das Silberlicht. Der Mausling sprang auf und sah die Treppen hinunter. Es bot sich ihm ein Anblick, der sich tief in seine Erinnerung eingrub: die rosthaarige schwarze See-Hexe peitschte besessen ihre widerspenstigen Kreisel, die wie feurige Silberwiesel über den Tischen sprangen und hüpften, während durch die Luft von allen Seiten, hauptsächlich aber aus dem Tunnel, fliegende Fische, Barsche und bänderbesetzte Aale in pfeilschnellem Flug herbeiströmten, alle tintenschwarz, die kleinen Mäuler aufgerissen.

In diesem Augenblick packte ihn Fafhrd an der Schulter und riß ihn herum. Er deutete die Simse hinauf. Ein silberner Lichtblitz zeigte ihnen ein großes, mit Querbalken versehenes und seegrasumwundenes Tor zu Häupten der Felstreppe. Der Mausling nickte heftig – damit wollte er ausdrücken, er verstünde, daß es an jenes Tor erinnere, das sie gestern vom Felsengrat gesehen hatten, ja, daß es ebendiese Tür sein müsse – und Fafhrd, befriedigt, daß sein Gefährte ihm folgen wollte, sprang die Felsbänder hinauf.

Doch der Mausling hatte andere Pläne und sprang in die entgegengesetzte Richtung, einem verderblichen, feuchten, übelriechenden Wind entgegen. Als er ein Dutzend Lichtblitze später wiederkam, sah er, wie die grüne und die silberne Königin in den runden schwarzen Tunneleinmündungen der Felsen zu beiden Seiten der Terrassen verschwanden.

Als er Fafhrd, der die Querbalken des großen seetangverwachsenen Tors und die massiven rostigen Riegel lockern wollte, an die Hand ging, erbebte das Tor unter einem unheimlichen, dreifachen Pochen, als hätte jemand mit aller Gewalt dagegen gehämmert. Durch das untere Drittel eines mittleren, senkrechten Risses sickerte Wasser. Der Mausling blickte sich um. Er hatte das bestimmte Gefühl, sie müßten sich nach einem anderen Fluchtweg umsehen ... und er sah eine große weißgekrönte Wassersäule, die mehr als die Hälfte der Grotte füllte und aus der Tunnelöffnung drang, die die Verbindung zum Binnenmeer darstellte. Eben in diesem Augenblick verlöschte das silberne Höhlenlicht, doch unmittelbar darauf fiel ein anderes Licht von oben ein. Fafhrd hatte die Hälfte der großen Tür aufgebrochen. Um ihre Knie schäumte grünes Wasser und flutete wieder zurück. Sie kämpften sich durch, und als die große Tür unter einem neuerlichen Wasserschwall zuschlug, merkten sie, daß sie sich an einer zerklüfteten Küste dahinschleppten, über die Gischt hinwegfegte und die Brandung toste.

Der Boden war größtenteils mit riesigen, vom Wasser ausgewaschenen Steinen bedeckt, die aussahen, als hätten Giganten sie hingeschleudert. Der Mausling verzog verzweifelt das Gesicht, als er, zur Küste gewandt, den hellen Klippenvorhang – zwei Bogenschuß entfernt – sah und sich fragte, ob sie bei steigender Flut wohl hingelangten und wenn ja, ob sie ihn erklimmen konnten.

Doch Fafhrds Blick war seewärts gerichtet. Der Mausling fühlte sich wieder an der Schulter gepackt, herumgedreht und diesmal einen gewundenen Sims des großen Turmfelsens entlanggezerrt, in dessen Fuß die Tür eingelassen war, durch die sie eben entkommen waren. Er stolperte, riß sich das Knie auf, wurde aber unbarmherzig weitergezerrt. Er begriff, daß Fafhrd für so rohe Eile einen besonderen Grund haben mußte und tat sein Bestes, ohne Hilfe Fafhrds, knapp hinter ihm, den spiralenförmigen rampenartigen Sims hochzuklettern. Bei der zweiten Umkreisung riskierte er schließlich einen Blick übers Meer. Er staunte nur und erhöhte dann das Tempo seines wahnwitzigen Aufstiegs.

Die steinige Küste unter ihnen lag im Trockenen und war nur hier und dort mit riesigen Schaumflocken bedeckt. Vom offenen Meer her aber toste eine riesige Welle auf sie zu, die fast halb so hoch schien wie die Säule, die sie gerade erklommen – eine große weiße Wasserwand, grün und braun gesprenkelt und mit Felsen durchsetzt – eine Welle, wie sie ferne Erdbeben übers Meer senden, gleich einer massierten Kavallerie von Ungeheuern. Und dahinter kam eine größere, und hinter dieser eine dritte, noch größere.

Der Mausling und Fafhrd kletterten keuchend die Spiralen hoch, als der massive Turm unter dem krachenden Anprall der ersten riesigen Welle erbebte und geschüttelt wurde. Gleichzeitig sprang die dem Land zugewandte Tür von innen auf, und das Wasser aus der Höhle ergoß sich kremfarbig heraus und wurde sofort vom übrigen Wasser verschlungen. Der Kamm der Welle hatte Fafhrds und Mauslings Knöchel benetzt, ohne sie aus dem Gleichgewicht zu bringen oder ihren Aufstieg zu verlangsamen. Die zweite und dritte Welle taten es ihr gleich, obwohl die zwei Männer vor jedem Anprall wieder eine Umrundung vollendet hatten. Es kam eine vierte und fünfte Welle, aber keine war höher als die dritte.

Die zwei Abenteurer erreichten den Gipfel und warfen sich nieder. Sie klammerten sich an den noch immer bebenden Fels und drehten sich herum, um die Küste zu beobachten – wobei Fafhrd das erstaunlich kleine Detail bemerkte, daß der Mausling im Mundwinkel zwischen den Zähnen eine kleine schwarze Zigarre festgeklemmt hielt.

Der helle Felsvorhang war unter dem Aufprall der ersten Welle erbebt, die große Sprünge aufgerissen hatte. Die zweite Welle zerschmetterte ihn, und der Wall stürzte unter einer Schaumexplosion in die dritte Welle. Dabei wurde soviel Salzwasser verdrängt, daß die rückflutende Welle fast den Turm überschwemmte. Der trübe Wellenkamm zerrte an den klammernden Fingern Fafhrds und des Mauslings und umspülte sie an den Hüften. Wieder erbebte der Turm unter ihnen und geriet ins Schwanken, doch stürzte er nicht zusammen – und damit war die letzte der großen Wellen vorbei. Fafhrd und der Mausling stiegen den Spiralensims hinunter, bis sie die zurückweichende See eingeholt hatten, die noch immer das Tor am Fuß des Felsturmes tief überspülte. Dann blickten sie wieder gegen das Land hin, wo sich der Vorhang aufsprühenden Wassers, der durch die Katastrophe entstanden war, lichtete.

Fast tausend Meter lang war die Felswand vom Fuß bis zum Kamm eingestürzt. Ihre Trümmer waren völlig in den Wellen verschwunden und durch die entstandene Öffnung strömten die höhergelegenen Wasser des Binnenmeeres in einer flachen trüben Strömung.

Auf dieser breiten Meeresströmung tauchte die *Schwarzer Schatzsucher* aus dem Dunst auf und segelte direkt auf ihren ›Fluchtfelsen‹ zu.

Fafhrd stieß abergläubisch eine Verwünschung aus. Zauberei, die sich gegen ihn richtete, konnte er allemal akzeptieren – aber Zauber zu seinen Gunsten fand er äußerst beunruhigend.

Als die Schaluppe nahe genug herangekommen war, sprangen beide ins Wasser und erreichten sie mit ein paar kräftigen Stößen. Sie kletterten an Bord, steuerten das Schiff am Felsen vorbei und begannen dann sich zu trocknen. Sie hüllten sich in Umhänge und machten sich heiße Getränke zurecht. Bald sahen sie einander über dampfende Groggläser hinweg an.

»Da wir jetzt den Ozean gewechselt haben«, sagte Fafhrd, »werden wir No-ombrolusk mit diesem Westwind in einem Tag sichten ...«

Der Mausling nickte und sah dann seinen Gefährten mit bedächtigem Lächeln an. Schließlich sagte er: »Na, alter Freund, bist du sicher, daß du mir jetzt nicht mehr zu sagen hast?«

Fafhrd runzelte die Stirn. »Ja, da wäre etwas ...«, sagte er nach einer Weile mit Unbehagen. »Sag mir, Mausling, hat dein Mädchen je die Maske abgenommen?«

»Und deine?« fragte der Mausling zurück und beäugte ihn neugierig.

Fafhrd runzelte die Stirn. »Hm, genauer gesagt«, meinte er barsch, »hat sich das alles wirklich zugetragen? Wir sind zwar unsere Schwerter und Klamotten losgeworden, aber wir haben keine Beweise.«

Der Mausling grinste, nahm die schwarze Zigarre aus dem Mundwinkel und reichte sie Fafhrd.

»Deswegen bin ich zurückgegangen«, sagte er und schlürfte seinen Grog. »Ich dachte, wir würden das brauchen, unser Schiff zurückzugewinnen, und vielleicht hat es uns geholfen.«

Es war eine winzige Nachbildung der *Schwarzer Schatzsucher* in Jet. Mauslings Zähne hatten sich in Hecknähe tief eingegraben.

Aus dem Amerikanischen
übersetzt von Ingrid Rothmann;
mit freundlicher Genehmigung
des Ullstein Verlags GmbH, Berlin

Tor zu einer anderen Welt

Bei den klugen Ratten, die sich unter der Stadt hindurchwühlen, bei den kenntnisreichen Katzen, die in den Schatten lauern, bei den weisen Fledermäusen, die durch die Nacht flattern, bei den unglaublich schlauen Zats, die im luftlosen Raum jagen und ihre riesigen dünnen Metallflügel in die Lichtwinde recken – bei all diesen Wesen hält sich hartnäckig das Gerücht, daß die beiden Schwertkämpfer und Blutsbrüder – Fafhrd und der Graue Mausling – nicht nur durch die Welt Nehwon mit dem großen lankhmarischen Reich gezogen sind, sondern auch durch viele andere Welten und Zeiten und Dimensionen, und daß sie diese anderen Schauplätze ihrer Abenteuer durch bestimmte Geheimtüren in den verschlungenen Höhlen des Siebenäugigen Ningauble erreicht haben – dessen Riesenhöhle so gesehen wie ein mehrdimensionaler Schweizer Käse in vielen Welten und Zeiten zugleich besteht.

Seine Höhle ist ein Durchstieg, und Ningauble beherrscht die Sprachen vieler Welten und Universen, liebt er doch den Klatsch aller Zeiten und Orte.

In jeder neuen Welt, so wird gerüchteweise behauptet, erwachen der Mausling und Fafhrd mit Kenntnissen über Sprache und Geschichte der jeweiligen Dimension, und in solchen Momenten scheint ihnen Lankhmar nur ein Traum zu sein, und sie kennen die alten Sprachen nicht, wenn Nehwon auch für immer ihre Heimat ist.

Es verlautet sogar, daß sie einmal einige Zeit in der seltsamsten aller Welten zugebracht hätten in der Welt, die Gaia, Midgard, Terra und Erde genannt wird – daß sie sich dort an der Ostküste eines Binnenmeers durch Königreiche kämpften, Überreste eines riesigen Imperiums, das ein Jahrhundert zuvor von einem gewissen Alexander dem Großen geschaffen worden war.

Soviel hat uns Srith der Schriftgelehrte berichtet. Wir besitzen aber Informationen aus Quellen, die doch etwas genauer sind.

Nachdem Fafhrd und der Graue Mausling dem Zorn des Seekönigs entronnen waren, hielten sie Kurs auf das kalte No-Ombrulsk, doch gegen Mitternacht war der günstige Westwind zu einem böigen Nordost-Strum umgesprungen. Fafhrd äußerte dazu die vom Mausling verspottete Ansicht, diese widrigen Umstände seien der Beginn der Rache des Seekönigs an ihnen. Gezwungenermaßen wendeten sie und liefen unter Klüver nach Süden, wobei sie stets die abweisende gebirgige Küste an Backbord in Sichtweite hielten, damit sie nicht auf das endlos weite Äußere Meer hinausgetrieben wurden, das sie erst einmal in ihrem Leben überquert hatten, wenn auch unter schlimmen Umständen und viel weiter im Süden.

Am nächsten Tag kehrten sie durch die neue Wasserstraße in das Binnenmeer zurück, die durch den Einsturz des Felsgrates geschaffen worden war. Daß sie diese gefährliche und bisher einmalige Passage schafften, ohne die *Schwarzer Schatzsucher* leckzuschlagen oder auch nur einmal mit dem Kiel aufzusetzen, nahm der Mausling als Zeichen, daß der Seekönig ihnen verziehen oder sie gar vergessen hatte – wenn es ein so furchteinflößendes Wesen überhaupt gab. Fafhrd hielt mit der düsteren Ansicht dagegen, daß der tangbehaftete vielarmige Ehemann der Meereskönigin lediglich Katz und Maus mit ihnen spielte, daß er sie einer Gefahr entrinnen ließ, um ihre Hoffnungen zu erwecken, doch um sie in einer unbekannten Zukunft um so teuflischer zu belangen.

Die Abenteuer unserer beiden Helden am Binnenmeer, das sie beinahe so gut kannten wie eine gewisse Königin des Ostens ihr türkisgrünes und goldenes Badebecken, schienen Fafhrds pessimistische These immer mehr zu bestätigen. Mehrmals gerieten sie in Flauten oder wurden von plötzlichen Sturmböen überfallen. Dreimal mußten sie Piraten entfliehen und einmal eine ganze Piratenmannschaft in gefährlichem Nahkampf besiegen. Als sie in Ool Hrusp neuen Proviant an Bord nehmen wollten, wurden sie von der Hafenpatrouille des Verrückten Herzogs der Piraterie beschuldigt, und erst die mondlose Nacht, ein paar geschickte Segelmanöver und viel Glück ermöglichten die Flucht des *Schwarzen Schatzsuchers,* dessen Bordwand und Segel voller Pfeile steckte, so daß er einem schwimmenden Meerschwein oder einem schwarzen Nadelfisch ähnelte.

Bei Kvarch Nar bekamen sie endlich neue Vorräte; allerdings mußten sie sich mit einfachen Nahrungsmitteln und schlammigem Flußwasser zufriedengeben. Wenig später wurde der *Schwarze Schatzsucher* bei einer Kollision mit einem Unterwasserriff durchgeschüttelt, das es eigentlich an dieser Stelle gar nicht geben durfte. Zwei Planken brachen und zogen Wasser. Der einzig mögliche Ort, wo sie das Schiff auf Land setzen und flicken konnten, war der winzige Strand an der Südostflanke der Drachenfelsen, und sie mußten zwei Tage lang geschickt segeln und ständig Wasser schöpfen, um dieses Ziel zu erreichen, ohne unterzugehen. Anschließend konnte sich nur jeweils einer der beiden mit der Reparatur beschäftigen oder schlafen, während der andere die neugierigen zwei- und dreiköpfigen Drachen und ab und zu auch einen Einköpfer in Schach hielt. Als sie bei Abschluß der Arbeiten einen Kessel mit Pech aufsetzten, zogen sich die Drachen aus Ekel vor dem Gestank des schwarzen Gebräus zurück, ein Umstand, der unsere beiden Abenteurer eher ärgerte als aufmunterte, da sie nicht so klug gewesen waren, sofort bei ihrer Ankunft einen Kessel mit Pech aufs Feuer zu setzen. (Ihre lange Pechsträhne hatte sie sehr empfindlich gemacht.)

Als sie wieder unterwegs waren, kam der Mausling zu dem Schluß, daß sie offenbar verflucht waren; vielleicht nahm der Meeresgott ihnen ein Abenteuer übel, oder die Verwünschungen der beraubten und unbefriedigt gebliebenen Hexen waren stärker als erwartet ausgefallen. Der Mausling meinte sogar, daß sie sich der Hilfe eines Zauberers versichern sollten, um dem unheilvollen Einfluß zu entfliehen.

Die beiden Abenteurer wußten nicht recht, ob sie die Augenlose Sheelba oder den Siebenäugigen Ningauble befragen sollten. Aber da Sheelba in unmittelbarer Nachbarschaft Lankhmars in der Salz-Marsch wohnte, wo die kürzlichen Erlebnisse mit Pulg und dem Issekglauben nur neuen Ärger heraufbeschwören konnten, beschlossen sie, sich an Ningauble zu wenden, der in seinen Höhlen in den flachen Hügeln hinter Ilthmar hauste.

Aber auch die Reise nach Ilthmar war nicht ohne Gefahren. Sie wurden von riesigen Quallen und fliegenden Fischen angegriffen, die vergiftete Schwanzflossen besaßen. Schließlich mußten sie ihre gesamten seemännischen Fähigkeiten und sämtliche Pfeile aufbieten, um einen weiteren Piratenangriff abzuwehren.

Als sie im Hafen in Ilthmar ankerten, brach der vielgeplagte *Schwarze Schatzsucher* förmlich auseinander. Steuerbord trennte sich von Backbord, als sei das Schiff wie eine Melone von einem Riesenmesser durchtrennt worden, während Mast und Kabine wie ein Stein im Hafenbecken versanken.

Fafhrd und der Mausling vermochten nur ihre Kleidung und Schwerter, Dolche und Axt zu retten. Welches Glück für sie, daß sie die Waffen nicht versinken ließen, denn als sie an Land schwammen, wurden sie von einer Gruppe Haie angegriffen, und die beiden Männer mußten sich verzweifelt verteidigen, während sie kaum noch vorankamen.

Zahlreiche Ilthmarer drängten sich an den Kais und auf den Molen und bejubelten unsere Helden und die Haie gleichermaßen, je nachdem, wie sie ihr Geld gesetzt hatten, wobei die Wetten im allgemeinen drei zu eins gegen die Kämpfer standen – mit verschiedenen Wetten auf den großen und den kleinen Mann.

Die Ilthmarer sind im Grunde also herzlose Leute und neigen zum Spiel. Außerdem gewähren sie den Haien Zutritt zu ihrem Hafen, da sie sich auf diese Weise mühelos Verbrecher, beraubte und betrunkene Fremde und senile oder sonstwie nutzlose Sklaven vom Hals schaffen können – außerdem wissen sie, daß die erwählten Opfer ihres Haigottes immer gut aufgenommen werden.

Als Fafhrd und der Mausling schließlich schweratmend an Land stiegen, wurden sie von den Ilthmarern begrüßt, die mit ihrem Sieg Geld gewonnen hatten. Eine größere Gruppe bedachte die Haie mit Buhrufen.

Das Geld, das sie aus dem Verkauf der Wrackteile erhielten, reichte nicht aus, um Pferde zu kaufen oder zu mieten, allerdings reichte es für eine zünftige Sauftour und für einige weitere Tage Nahrung, Wein und Wasser.

Während der Sauftour tranken die beiden mehr als einmal auf den *Schwarzen Schatzsucher,* ein braves Schiff, das praktisch sein Leben für sie ausgehaucht hatte, das zerrieben worden war von Stürmen, Piraten, den verstohlenen Bissen von Meeresbewohnern und anderen Auswirkungen des seltsamen Zaubers, der über den beiden Weltreisenden zu liegen schien. Der Mausling verfluchte den Meereskönig, während Fafhrd die Finger überkreuz legte. Sie mußten sich auch mehr oder weniger höflich der Tanzmädchen erwehren, die meistens dick und alt waren.

Alles in allem war es eine armselige Sauftour. Ilthmar ist eine Stadt, in der nur ein leichtsinniger Mensch seinen Rausch auszuschlafen wagt. Der hiesige Rattengott, der sogar noch mächtiger ist als der Haigott, war mit zahlreichen Darstellungen in der Stadt vertreten – in Skulpturen, Friesen und kleinen Zierleisten (und in Form großer lebendiger Ratten, die in den Schatten lauerten oder in den Hinterhöfen herumhuschten) –, und all dies führte dazu, daß Fremde in der Stadt nicht so schnell heimisch wurden.

Nach Ilthmar stand den beiden Reisenden eine zweitägige Reise durch den Staub bevor, ehe sie die Höhlen Ningaubles erreichten. Besonders beschwerlich waren diese Tage für Männer, die nach vielen Monaten auf See das Marschieren nicht mehr gewöhnt waren.

Die Kühle des versteckten Höhleneingangs, der in Ningaubles tiefes Reich führte, war den durstigen, staubbedeckten Männern höchst willkommen. Fafhrd, der sich mit Ningauble und seinem labyrinthhaften Unterschlupf besser auskannte, ging voraus, tastete sich an den Höhlenwänden entlang und suchte nach Stalaktiten und scharfen Felskanten, an denen man sich den Kopf aufschlagen oder andere unangenehme Wunden zuziehen konnte. Ningauble hatte etwas dagegen, daß in seinem Reich Fackeln oder Kerzen angezündet wurden.

Nachdem sie zahlreichen Seitengängen ausgewichen waren, erreichten sie eine dunkle Gabelung der Höhle. Hier machte der Mausling, der es eilig hatte, im linken Tunnel einen schwachen Schimmer aus und wollte sich unbedingt in diesem Gang umsehen.

»Und wenn es wirklich der falsche Weg ist«, sagte er, »können wir immer noch umkehren.«

»Aber zu Ningauble geht es nach rechts«, wandte Fafhrd ein. »Ich meine, ich bin mir ziemlich sicher. Die verflixte Wüste hat mich ganz wirr im Kopf gemacht.«

»Schande auf deinen Puddingkopf und deine Ahnungslosigkeit!« sagte der Mausling heftig, den die Hitze und Trokkenheit der letzten Tage reizbar gemacht hatten, und er schritt zuversichtlich in den linken Tunnel. Zwei Herzschläge lang zögerte Fafhrd, dann zuckte er die Achseln und folgte seinem Kameraden.

Das kühle Licht vor ihnen wurde immer heller. Den beiden wurde plötzlich schwindlig, und sie hatten das Gefühl, als bewegte sich das Gestein unter ihren Füßen wie bei einem schwachen Erdbeben.

»Wir sollten lieber umkehren«, sagte Fafhrd.

»Ich möchte mich wenigstens mal umsehen«, gab der Mausling zurück.

»Wir sind ja fast am Ziel.«

Wenige Schritte später blickten sie auf eine andere Wüste hinaus. Direkt vor dem Höhleneingang standen in unnatürlicher Ruhe ein kostbar ausgestattetes weißes Pferd, ein kleineres schwarzes Tier mit silbernen Zügelbeschlägen, dazu ein kräftiges Muli, beladen mit Wasserflaschen, Töpfen und Paketen, die offenbar Proviant für Reiter und Tiere enthielten. An jedem Sattel hingen ein Bogen und ein Köcher mit Pfeilen, und am Steigbügel des weißen Pferds war ein Stück Pergament befestigt, auf dem in deutlichen Buchstaben stand:

Der Fluch des Seekönigs ist aufgehoben. Ningauble.

Die Schrift wirkte irgendwie seltsam, obwohl unsere beiden Abenteurer nicht zu sagen wußten, worauf sich ihr Eindruck gründete. Vielleicht lag es daran, daß Ningauble den Seekönig Poseidon genannt hatte, doch das schien ein durchaus passender Ersatz zu sein. Und doch ...

»Höchst seltsam von Ningauble«, sagte Fafhrd, und er wie auch der Mausling hatten sofort den Eindruck, daß seine Stimme irgendwie anders klang. »Höchst seltsam, daß er uns einen Gefallen tut, ohne Informationen oder unsere Hilfe dafür zu verlangen.«

»Einem geschenkten Gaul schaut man nicht ins Maul«, sagte der Mausling. »Und einem geschenkten Muli erst recht nicht.«

Während ihres Aufenthalts im Tunnel hatte der Wind umgeschlagen, so daß er nun nicht mehr wie ein heißer Atem aus dem Osten wehte, sondern als kühle Brise aus dem Westen. Beide Männer fühlten sich gestärkt und erfrischt, und als sie feststellten, daß einer der Beutel auf dem Rücken des Mulis frisches Wasser enthielt, stand ihr Entschluß fest. Sie stiegen auf – Fafhrd wählte das weiße, der Mausling das schwarze Tier – und hintereinanderreitend, wobei das Muli den Abschluß bildete, setzten sie sich in Bewegung.

Nach der ersten Tagesreise ahnten sie, daß etwas Ungewöhnliches geschehen war, denn sie erreichten weder Ilthmar noch das Binnenmeer.

Auch fiel ihnen etwas Seltsames an den Worten auf, die sie wechselten, obwohl sie sich gegenseitig gut verstanden.

Außerdem wurde beiden klar, daß sich ihr Gedächtnis und ihr Allgemeinwissen veränderten, obwohl sie sich diese Besorgnis zuerst nicht eingestanden. Es gab viele Tiere in der Wüste, die köstlich schmeckten – genug Beute, um verwunderte Fragen über den undefinierbaren Unterschied in Gestalt und Fellzeichnung zu unterdrücken. Sie ritten durch einen selten angenehmen Wüstenfrühling.

Es dauerte eine Woche, bis sie nach einer Begegnung mit einer friedlichen Seiden- und Gewürzkarawane erkannten, daß sie sich nicht in der lankhmarischen Sprache, in gebrochenem Mingol oder in der Waldsprache, sondern in Phönikisch, Aramäisch und Griechisch unterhielten und daß Fafhrds Kindheitserinnerungen nicht um die Eis-Öde kreisten, sondern um Länder, die sich an der Ostsee erstreckten; daß sich der Mausling nicht an Tovilyis, sondern an Tyrus erinnerte und daß die größte Stadt in dieser Welt nicht Lankhmar, sondern Alexandria hieß.

Und mit diesen Gedanken verblaßte die Erinnerung an Lankhmar und die Welt Nehwon noch mehr, wurde zu einem undeutlichen Traum oder einer Folge von Träumen.

Nur die Erinnerung an Ningauble und seine Höhlen blieb klar und deutlich. Doch nur nebelhaft ahnten die beiden Männer, was für einen Streich der Zauberer ihnen hier gespielt hatte.

Wie dem auch sein mochte, die Luft hier war frisch und angenehm, die Nahrung gut, der Wein süß und stark, die Männer so gut gewachsen, daß sie sicher interessante Frauen hatten. Was machte es schon, wenn die Namen und neuen Worte zuerst seltsam erschienen?

Diese Eindrücke verblaßten schon, wenn man überhaupt darüber nachdachte.

Hier war eine neue Welt, die unerhörte Abenteuer versprach. Doch ›neu‹ blieb diese Welt nicht lange – sie nahm schnell vertrautere Züge an.

Fafhrd und der Graue Mausling trabten durch den weißen Sand, ihren neuen, doch vorherbestimmten Abenteuern entgegen.

Aus dem Amerikanischen
übersetzt von Thomas Schlück

Das Spiel des Adepten

1. Tyrus

Zu einer Zeit, da sich Fafhrd und der Graue Mausling in einer Weinschänke am sidonischen Hafen von Tyrus herumtrieben, wo alle Schänken einen zweifelhaften Ruf genießen, geschah es, daß sich ein schlankes blondhaariges galatisches Mädchen, das auf Fafhrds Schoß saß, plötzlich in ein unhandlich großes Schwein verwandelte. Es war ein ungewöhnlicher Zwischenfall, sogar für Tyrus. Der Mausling zog die Augenbrauen hoch, als sich die Brüste des Mädchens, die durch das modische kretische Kleid nicht verdeckt wurden, zu den beiden obersten von sechs weißen Schweinezitzen erschlafften, und verfolgte den ganzen Zwischenfall mit sichtlichem Interesse.

Am nächsten Tag schworen vier Kamelhändler, die nur mit saurem Wein versetztes Wasser tranken, und zwei purpurarmige Färber, die Vettern des Wirts waren, daß es eine solche Verwandlung nie gegeben habe, daß sie nichts oder zumindest kaum etwas Ungewöhnliches gesehen hätten. Drei betrunkene Soldaten König Antiochos', die vier Frauen in ihrer Begleitung und ein völlig nüchterner armenischer Jongleur dagegen bestätigten das Ereignis in allen Einzelheiten. Ein ägyptischer Mumienschmuggler erweckte vorübergehend Aufmerksamkeit mit der Behauptung, die seltsam gekleidete Sau sei nur ein Trugbild gewesen, ein Phantom, und machte düstere Andeutungen über Visionen der Tiergötter seiner Heimat – aber da erst knapp ein Jahr vergangen war, seit die Seleukiden die Ptolemäer aus Tyrus vertrieben hatten, wurde er schnell niedergeschrien. Ein mittelloser reisender Erzieher aus Jerusalem verwischte das Bild noch mehr, indem er behauptete, die Sau sei gar keine Sau und nicht einmal ein Trugbild gewesen, sondern nur das Trugbild des Trugbildes einer Sau.

Fafhrd jedoch hatte keine Zeit für solche metaphysischen Spitzfindigkeiten. Als er mit einem Schrei des Widerwillens, in den sich auch ein Anflug von Entsetzen mischte, das quiekende Ungeheuer halb durch den Raum geschleudert hatte, das laut platschend im Wassertank landete, erschien plötzlich wieder das schlanke galatische Mädchen, das nun sehr ärgerlich war, denn das abgestandene Wasser des Tanks hatte ihre Kleidung durchnäßt, und ihr blondes Haar hing in Strähnen herab (der Mausling murmelte: »Aphrodite«), und die unhandliche Masse des Schweins hatte das schmalgeschnittene kretische Kleid an der Taille platzen lassen. Die mitternächtlichen Sterne lugten bereits durch das Dachfenster über dem Tank, und die Weinkrüge waren oft nachgefüllt worden, ehe sich das Mädchen wieder beruhigt hatte.

Als Fafhrd dann einen Versöhnungskuß auf ihre schmelzenden Lippen drücken wollte, spürte er, wie sich der weiche Mund des Mädchens wieder schweinisch schlabbernd verzog und von Hauern entstellt wurde. Diesmal fand sich das arme Kind zwischen zwei Weinfässern wieder, rappelte sich auf und marschierte mit amazonenhafter Würde zur Tür, ohne sich um die Schreie, erregten Kommentare und verwirrten Blicke zu kümmern. Dieses Rätsel ging entschieden zu weit. Auf der abgetretenen Schwelle blieb sie stehen, um einen kleinen Dolch in Fafhrds Richtung zu schleudern, der die Waffe mit seinem Kupferkelch geistesabwesend nach oben lenkte, so daß die Klinge im Maul eines Holzsatyrs an der Wand steckenblieb, der nun plötzlich aussah, als reinige er sich mit dem Messer nachdenklich die Zähne.

In Fafhrds meergrünen Augen erschien ebenfalls ein nachdenklicher Schimmer, während er sich fragte, welcher Zauberer da wohl störend in sein Liebesleben eingriff. Langsam schaute er in die Runde und musterte die Gäste in der Schänke – sein Blick wanderte von einem verschlagenen Gesicht zum nächsten und hielt nachdenklich inne, als er hinter dem Wassertank ein großes dunkelhaariges Mädchen erblickte. Fafhrds Blick blieb schließlich am Mausling hängen, und ein unangenehmer Verdacht äußerte sich in seinen Augen.

Der Mausling verschränkte die Arme, blähte die Nasenflügel und erwiderte den Blick mit der ganzen spöttischen Höflichkeit eines parthischen Botschafters.

Abrupt machte er kehrt, umarmte und küßte das schielende griechische Mädchen, das neben ihm saß, grinste

Fafhrd wortlos an, stäubte von seiner grobseidenen Robe das Antimon, das von den Lidern des Mädchens gerieselt war, und verschränkte wieder die Arme.

Fafhrd begann sich langsam mit dem Fuß seines Weinkelchs in die Handfläche zu schlagen. Sein breiter, enggeflochtener Ledergürtel, der feucht und fleckig vor Schweiß die weiße Leinentunika hielt, knirschte leise.

Inzwischen steckten die anderen Gäste die Köpfe zusammen und begannen zu mutmaßen, wer für die Zauberwirkung auf Fafhrds Galatermädchen verantwortlich war, und der Verdacht richtete sich schließlich gegen das große dunkelhaarige Mädchen, vermutlich weil es für sich saß und deswegen nicht an dem mißtrauischen Geflüster teilnahm.

»Ein ganz seltsames Mädchen«, vertraute Chloe, die schielende Griechin, dem Mausling an. »Die Stumme Salmacis wird sie genannt, aber ich weiß zufällig, daß sie in Wirklichkeit Ahura heißt.«

»Kommt sie aus Persien?« erkundigte sich der Mausling.

Chloe zuckte die Achseln. »Sie treibt sich seit Jahren hier herum, obwohl niemand genau weiß, wo sie lebt und was sie tut. Sie war früher ein fröhliches, lebhaftes junges Ding, obwohl sie sich nie mit Männern eingelassen hat. Sie hat mir einmal ein Amulett geschenkt, das mich vor jemandem beschützen soll – hat sie jedenfalls gesagt. Ich trage das Ding noch immer. Aber danach war sie eine Zeitlang verschwunden«, fuhr Chloe gesprächig fort, »und als sie wieder auftauchte, war sie so wie heute – schüchtern und schweigsam wie eine Auster, mit dem Blick eines Mädchens, das heimlich in ein Freudenhaus blickt.«

»Ah«, sagte der Mausling, sah zu dem dunkelhaarigen Mädchen hinüber und wandte den anerkennenden Blick auch nicht ab, als ihn Chloe am Ärmel zog. Chloe gab sich im Geist einen Stockhieb auf die Fußsohle, daß sie so dumm gewesen war, die Aufmerksamkeit eines Mannes auf ein anderes Mädchen zu lenken.

Fafhrd ließ sich durch all diese Dinge nicht ablenken. Unverwandt starrte er den Mausling mit der steinernen Intensität einer ganzen Allee ägyptischer Kolosse an. Gleich darauf schäumte der Kessel seiner Wut über.

»Abschaum einer törichten Kultur!« donnerte er ihn an. »Welch Höhepunkt der Gemeinheit, deine dumme Zauberei an mir auszuprobieren!«

»Gemach, du Mann seltsamer Zuneigungen!« schnurrte der Mausling. »Dein bedauerliches Unglück ist außer dir noch mehreren anderen zugestoßen – so auch einem entflammten assyrischen Kriegsherrn, dessen Liebste, mit der er eben innigst verkehrte, zwischen den Bettüchern in eine Spinne verwandelt wurde, und einem ungestümen heißblütigen Äthiopier, der sich plötzlich mehrere Meter in die Luft gerissen fand, während er eine Giraffe küßte. O nein, für jemanden, der sich in der Literatur auskennt, nichts Neues in den Annalen der Zauberei und Thaumaturgie.«

»Außerdem«, fuhr Fafhrd fort, und seine leise Stimme hallte durch das allgemeine Schweigen. »Außerdem finde ich es besonders heimtückisch, daß du deine Schweinetricks in einem Augenblick unschuldigen Vergnügens an mir ausprobierst!«

»Selbst wenn mir daran liegen sollte, deiner Lüsternheit, bevor sie zu weit führt, auf dem Zauberwege Einhalt zu gebieten«, sagte der Mausling gestelzt, »würde ich wohl kaum das Mädchen in ein Schwein verwandeln, sondern dich!«

»Zu allem anderen«, setzte Fafhrd nach, beugte sich vor und legte die Hand auf den großen Dolch, der neben ihm auf der Sitzbank lag, »halte ich es für einen unerträglichen Angriff auf meine Person, daß du dir ausgerechnet ein Mädchen aus Galatien aussuchst, die Angehörige einer Rasse, die mit der meinen verwandt ist.«

»Wäre nicht das erste Mal«, bemerkte der Mausling vielsagend und ließ seine Hand in der Robe verschwinden, »daß ich mit dir wegen einer Frau kämpfen müßte.«

»Aber es wäre das erste Mal«, gab Fafhrd noch bedächtiger zurück, »daß wir uns wegen eines Schweins in die Haare gerieten!«

Einen Augenblick lang hielt er die Kampfstellung bei – den geneigten Kopf, das vorgestreckte Kinn, die zusammengekniffenen Augen. Dann begann er zu lachen.

Und das war schon etwas Bemerkenswertes, Fafhrds Gelächter. Es begann mit prustenden Kicherlauten, die durch die Nase kamen und dann zwischen zusammengebissenen Zähnen hervor ins Freie geblasen wurden, es schloß sich eine Serie schüttelnder Lachtöne an, die schnell zu einem brüllenden Gelächter anschwollen, gegen dessen Gewalt sich der Barbar mit gespreizten Beinen und zurückgeworfenem Kopf stemmen mußte, als hätte er gegen einen Sturm anzukämpfen. Es war das Lachen des sturmgepeitschten Waldes oder der tosenden See, ein Lachen, das Visionen von endloser Weite weckte, das aus einer urzeitlicheren, lebensfroheren Epoche herüberzuwehen schien. Es war das Lachen der Älteren Götter, die ihre Schöpfung, den Menschen, beobachteten und dabei ihre Auslassungen, Fehleinschätzungen und Fehler feststellten.

Die Lippen des Mauslings begannen zu zucken. Er schnitt eine schiefe Grimasse, versuchte der Ansteckung zu entgehen. Dann fiel er mit ein.

Fafhrd hielt schweratmend inne, riß seinen Weinkelch hoch und leerte ihn.

»Schweinetricks!« brüllte er und begann wieder zu lachen.

Das tyrische Gesindel starrte die beiden an – verblüfft, ehrfürchtig, mit vage angeregter Phantasie.

Zu den Gästen gehörte jedoch ein Mensch, dessen Reaktion bemerkenswert war. Das dunkelhaarige Mädchen starrte Fafhrd intensiv an, saugte sein Gelächter in sich auf, und in ihren Augen stand ein Ausdruck seltsamer Gier und verwirrter Neugier – ein Ausdruck der Berechnung.

Der Mausling bemerkte sie und hörte auf zu lachen, um das Mädchen weiter zu beobachten.

Chloe gab sich im Geiste einen besonders heftigen Stockhieb auf die gefesselten nackten Füße.

Fafhrds Lachen verebbte. Er blies die Überreste der Belustigung lautlos hinaus, atmete normal ein und hakte die Daumen in den Gürtel.

»Die Sterne des Morgens sind schon zu sehen«, sagte er zu seinem Freund und senkte den Kopf, um einen Blick durch die Dachluke zu werfen. »Es wird Zeit, daß wir uns ans Werk machen!«

Und ohne weitere Umstände verließen er und der Mausling die Schänke, wobei sie auf der Schwelle einen betrunkenen Händler aus Pergamon zur Seite schoben, der den beiden verwundert nachschaute, als überlegte er, ob er eben einen großen Gott und seinen zwergenhaften Diener oder einen kleinen Zauberer und dessen hünenhaften geistlosen Assistenten gesehen hatte, der jedem seiner Befehle blindlings gehorchte.

Wäre die Sache damit zu Ende gewesen, hätte Fafhrd den Zwischenfall zwei Wochen später zu einem trunkenen Traum erklärt, den eben mehr als ein Mensch zugleich erlebt hatte – eine Art Übereinstimmung, die ihm aus bisheriger Erfahrung ganz und gar nicht fremd war. Aber es war noch nicht vorbei. Nach dem ›Werk‹ (das sich als weitaus komplizierter erwies, als man erwartet hatte, und das sich von einem ziemlich einfachen Unternehmen mit sidonischen Schmugglern zu einer schillernden Intrige ausweitete mit sizilianischen Piraten, einer entführten kappadokischen Prinzessin, einem gefälschten Kreditbrief auf einen Finanzier aus Syrakus, einem Handel mit einem weiblichen zyprischen Sklavenhändler, einem Rendezvous, das zu einem Überfall wurde, einigen überaus kostbaren, aus einem ägyptischen Grab gestohlenen Schmuckstücken, die niemand zu Gesicht bekam, und einer Bande idumeanischer Briganten, die aus der Wüste herbeigaloppierten und alle Berechnungen über den Haufen warfen) und nachdem Fafhrd und der Graue Mausling in die weichen Arme und zur süßen Sprachvielfalt der Hafenmädchen zurückgekehrt waren, wurde Fafhrd wieder einmal das Opfer eines Schweinetricks. Doch diesmal artete die Szene in einen Dolchkampf mit mehreren Männern aus, die der Meinung waren, ein hübschen bithynisches Mädchen vor dem Ertrinken und vor einem mordgierigen rothaarigen Riesen retten zu müssen – Fafhrd hatte darauf bestanden, das Mädchen in ihrer verwandelten Form in einen Bottich mit Pökellauge zu tauchen, die zum Einlegen von Schweinefleisch diente. Dieser Zwischenfall brachte den Mausling auf einen Plan, von dem er Fafhrd allerdings kein Sterbenswörtchen verriet: Fafhrd sollte sich ein hübsches Mädchen besorgen, sie in ein Schwein verwandeln, sie dann sofort an einen Schlachter verkaufen und anschließend an einen Mädchenhändler weiterverschachern, sobald sie dem verwunderten Schlachter als wütendes Mädchen wieder entkommen war. Fafhrd sollte dann den Händler aufsuchen und das Mädchen in ein Schwein zurückverwandeln (inzwischen müßte der Nordling längst dazu in der Lage sein, indem er ihr einfach schöne Augen machte). Dann sollte sie an einen anderen Schlachter verkauft werden, und das Karussell konnte von vorn beginnen. Niedrige Preise, schnelle Gewinne.

Eine Zeitlang nährte Fafhrd entschlossen seinen Verdacht gegenüber dem Mausling, der sich ja ständig mit Schwarzer Magie beschäftigte und immer einen grauen Lederkasten mit seltsamen Instrumenten mitführte, die er Zauberern abgenommen hatte. Außerdem studierte er abstruse Bücher, die aus chaldäischen Bibliotheken gestohlen worden waren, wenn Fafhrd auch aus langer Erfahrung wußte, daß der Mausling selten über das Vorwort hinauskam (obwohl er oft die letzten Kapitel aufrollte und neugierig hineinschaute und beißende Kritik äußerte). Jedenfalls vermochte er mit seinen Zaubersprüchen nicht zweimal dasselbe Ergebnis zu erzielen.

Daß er zwei von Fafhrds Liebsten verwandeln konnte, schien also kaum möglich zu sein; daß er dabei jedesmal ein Schwein hervorbrachte, war ganz undenkbar. Außerdem geschah die leidige Verwandlung mehr als zweimal – ja, es ging bald gar nicht mehr ohne den unseligen Zauber. Außerdem glaubte Fafhrd eigentlich nicht an Magie und schon gar nicht an die Zauberkräfte des Mauslings.

Wenn er überhaupt noch Zweifel gehabt hatte, wurden sie zerstreut, als sich eine dunkelhaarige ägyptische Schönheit in der stürmischen Umarmung des Mauslings in eine Riesenschnecke verwandelte. Der Ärger des Grauen über die Schleimspuren auf seiner Seidenkleidung war beträchtlich und ließ auch nicht nach, als zwei Zeugen – reisende Pferdedoktoren – nichts gesehen haben wollten. Sie sagten, es habe keine Schnecke gegeben, ob riesig oder normal. Außerdem seien Spuren dieser Art an der Kleidung nicht selten. Sie behaupteten sogar, der Mausling litte an einer seltenen Abart der Geistesschwäche, die ihn für sexuelle Halluzinationen anfällig machte und gegen die sie ihm gern eine wirksame Medizin zum Freundschaftspreis von neunzehn Drachmen pro Krug anbieten wollten.

Fafhrds Freude über das Los des Freundes währte nicht lange, denn nach einer Nacht verzweifelter Experimente, die ihre Schneckenspuren, so wird berichtet, vom sidonischen Hafen bis zum Tempel Melkarths zogen und am nächsten Morgen alle Bordellmamsells und die Hälfte der Ehemänner in Tyrus vor größte Rätsel stellten, nach diesen Versuchen erkannte der Mausling etwas, das er schon geahnt, doch als mögliche Wahrheit verdrängt hatte: daß nämlich Chloe gegen die seltsame Krankheit, die seine Küsse hervorriefen, als einzige immun war.

Natürlich freute sich Chloe hierüber ganz besonders. Arrogantes Selbstbewußtsein blitzte wie zwei gekreuzte Schwertklingen aus ihren schielenden Augen, und ab sofort behandelte sie ihre im Geist geplagten Füße nur noch mit erlesenstem Rosenöl – und das nicht nur im Geiste, denn sie schlug schnell Kapital aus ihrer Stellung, indem sie dem Mausling das Gold für eine Sklavin abrang, deren Pflichten darin bestanden, sich mehr oder weniger nur um sie zu kümmern.

Sie gab sich keine Mühe mehr, den Mausling *nicht* auf andere Frauen aufmerksam zu machen – ja, es machte ihr nun sogar Spaß, und als sie das nächste Mal in einer Taverne auf das dunkelhaarige Mädchen stießen, das Ahura und Stumme Salmacis genannt wurde, lieferte sie dem Mausling weitere Informationen.

»Ahura ist durchaus kein Unschuldsengel, obwohl sie sich ziemlich abseits hält. Einmal ist sie mit einem alten Mann abgezogen – das war bevor sie mir das Amulett gab –, und einmal hörte ich, wie eine herausgeputzte persische Dame sie anschrie: ›Was hast du mit deinem Bruder gemacht?‹ Ahura hat nicht geantwortet, sondern die Frau nur kalt wie eine Schlange angesehen, und daraufhin gab die andere klein bei. Brr! Du hättest ihren Blick sehen sollen!«

Aber der Mausling tat, als sei er nicht interessiert.

Fafhrd hätte die Gunst Chloes wohl ebenfalls genießen können, wenn er gefragt hätte, und das Mädchen war sehr daran interessiert, ihre Gewalt über die beiden Freunde auf diese Weise zu erweitern und zu festigen. Aber Fafhrds Stolz ließ es nicht zu, an seinen Freund ein solches Ansinnen zu stellen, und überhaupt hatte er Chloe schon verschiedentlich ein dekadentes und unappetitliches Mädchen genannt, das sich ein wenig zu gern mit dem Inhalt ihrer eigenen Nase befaßte.

So führte er denn gezwungenermaßen ein Mönchsleben und erduldete die verächtlichen Blicke von Frauen in der Schänke, erwehrte sich der duftenden und hübsch zurechtgemachten Knaben, die seine Enthaltsamkeit falsch deuteten, und ärgerte sich über das anhaltende Gerücht, er sei ein Eunuchenpriester Cybeles geworden. Klatsch und Vermutungen hatten die mehr oder weniger zutreffenden Berichte über die Ereignisse erheblich ausgeschmückt, und dazu trug auch noch bei, daß die betroffenen Mädchen alles abstritten aus Angst, ihr Geschäft könne darunter leiden.

Einige Leute setzten es sich in den Kopf, Fafhrd sei der schlimmen Sünde der Tierhaftigkeit schuldig, und forderten, er müsse vor einem öffentlichen Gericht angeklagt werden. Andere hielten ihn für einen Mann des Glücks, der von einer Liebesgöttin in der Gestalt eines Schweins besucht worden war und nun allen irdischen Mädchen abgeschworen hatte. Wiederum andere flüsterten, er sei ein Bruder Circes und lebe normalerweise auf einer schwimmenden Insel im Tyrrhenischen Meer, wo er zahlreiche hübsche gestrandete Mädchen auf grausame Weise in Schweine verwandelt hatte, die er sich nun als Herde hielt.

Fafhrds Gelächter erklang immer seltener, und dunkle Ringe erschienen in der weißen Haut um seine Augen, und er begann sich vorsichtig nach Zauberern zu erkunden in der Hoffnung, ein magisches Gegenmittel gegen sein Problem zu finden.

»Ich glaube, ich habe eine Medizin für dein unangenehmes Leiden«, sagte der Mausling eines Abends leichthin und legte eine zerfetzte braune Papyrusrolle zur Seite. »Der Ratschlag steht in dieser obskuren Abhandlung *Die Dämonologie des Isaiah ben Elshaz.* Daraus geht folgendes hervor: Immer wenn sich die Gestalt deiner Geliebten verändert, solltest du sie weiter lieben und auf die Kraft deiner Leidenschaft vertrauen, die sie hoffentlich wieder in die ursprüngliche Gestalt zurückverwandelt.«

Fafhrd, der damit beschäftigt war, sein großes Schwert zu

schärfen, hob den Kopf und fragte: »Na, warum versuchst du dann nicht deine Schnecken zu vögeln?«

»Das wäre mir nicht sonderlich angenehm. Außerdem bin ich frei von barbarischen Vorurteilen und habe immerhin meine Chloe.«

»Pah! Du gehst ja nur mit ihr, um den Respekt vor dir selbst nicht zu verlieren. Ich kenne dich doch! Seit sieben Tagen denkst du nur noch an diese Ahura!«

»Ein hübsches Kind, aber nicht mein Geschmack«, sagte der Mausling in eisigem Ton. »*Du* scheinst doch ihr Augapfel zu sein! Aber du solltest mein Heilmittel wirklich mal probieren; ich bin sicher, du wärst so phantastisch, daß alle Schweinedamen der Welt quiekend hinter dir herjagen würden.«

Woraufhin Fafhrd so weit ging, die nächste Sau, die seine aufgestaute Leidenschaft hervorrief, auf Armeslänge von sich zu halten und ihr Schweinefutter zu geben, in der Hoffnung, wenigstens durch Freundlichkeit einen Schritt weiterzukommen.

Doch schließlich mußte er sich wieder einmal geschlagen geben und ein hysterisch kreischendes skythisches Tanzmädchen, das starke Magenschmerzen hatte, mit athenischen Silber-Doppeldrachmen beruhigen. Zu dieser Zeit äußerte ein bedauernswerter junger Philosoph aus Griechenland vor dem Nordling die Ansicht, die Seele oder die innere Gestalt des geliebten Wesens sei doch wohl allein entscheidend, während die äußere Form letztlich ohne Bedeutung bliebe.

»Du gehörst der Schule Sokrates an?« fragte Fafhrd betont leise.

Der Grieche nickte.

»Sokrates war doch dieser Philosoph, der endlos Wein trinken konnte, ohne auch nur mit der Wimper zu zucken?«

Wieder das schnelle Nicken.

»Ich bin noch nicht fertig. Hältst du dich in jeder Beziehung für einen überzeugten Anhänger deines Herrn?«

Diesmal wurde die Schnelligkeit dem Griechen zum Verhängnis. Er nickte und wurde zwei Tage später aus der Schänke getragen – von Freunden, die ihn wie ein Neugeborenes in einem Weinfaß liegen sahen. Er war noch tagelang betrunken, und diese Zeit genügte zur Bildung einer kleinen

Sekte, die ihn für eine Reinkarnation des Dionysos hielt und ihn als solchen verehrte. Doch mit der Sekte nahm es ein schnelles Ende, als er wieder halbwegs nüchtern war und seine erste klare Predigt hielt, die das Übel des Trinkens zum Thema hatte.

Am Morgen nach der Vergöttlichung des voreiligen Philosophen erwachte Fafhrd, als der erste heiße Sonnenstrahl das flache Dach traf, auf dem er und der Graue Mausling die Nacht verbracht hatten. Er gab keinen Laut von sich, rührte sich nicht und unterdrückte den Wunsch, nach jemandem zu rufen, der ihm einen Beutel Schnee von den weißen Gipfeln des Libanon holte (über die jetzt die Sonne lugte), damit er seinen schmerzenden Kopf kühlen konnte. Schließlich öffnete er ein Auge und sah, was er in seiner naturgegebenen Weisheit bereits zu sehen erwartet hatte: den Mausling, der auf den Absätzen dahockte und auf das Meer hinausstarrte.

»Sohn eines Zauberers und einer Hexe!« sagte er. »Es will mir scheinen daß wir wieder einmal zum letzten Strohhalm greifen müssen.«

Der Mausling nickte sehr bedächtig.

»Beim erstenmal kamen wir nicht mit dem Leben davon«, fuhr Fafhrd fort.

»Beim zweitenmal verloren wir unsere Seelen an die Anderen Wesen«, warf der Mausling ein, als brächte er Isis ein Morgenlied dar.

»Und beim letztenmal wurden wir aus dem freundlichen Lankhmar herausgerissen, als wär's nur ein Traum gewesen.«

»Vielleicht bringt er uns dazu, von dem Getränk zu kosten – und dann erwachen wir erst in fünfhundert Jahren wieder.«

»Vielleicht schickt er uns in einen Tod, aus dem wir erst in zweitausend Jahren wieder auferstehen«, sagte Fafhrd.

»Vielleicht zeigt er uns Pan oder bringt uns den Älteren Göttern als Opfer dar und trägt uns zu den Sternen oder schickt uns in die Unterwelt Quarmalls«, schloß der Mausling.

Mehrere Sekunden lang herrschte bedrücktes Schweigen.

Dann flüsterte der Graugekleidete: »Wie dem auch sei, wir müssen den Siebenäugigen Ningauble besuchen.«

Und er sprach aus voller Überzeugung, denn wie Fafhrd schon vermutet hatte, schwebte seine Seele über dem Meer und träumte von der dunkelhaarigen Ahura.

2. *Ningauble*

Sie überquerten also die schneebedeckten Libanon-Berge und stahlen drei Kamele, wobei sie sich absichtlich einen reichen Landbesitzer aussuchten, der seine Pächter zwang, die Felsen auszupressen und die Küsten des Toten Meers fruchtbar zu machen – denn es wäre unklug gewesen, sich dem Schwätzer der Götter mit einem übermäßig belasteten Gewissen zu nähern.

Nachdem sie sieben Tage lang durch die Wüste geschwankt waren, nach sieben unangenehm heißen Tagen, die Fafhrd dazu brachten, Muspelheims Feuergötter zu verfluchen, an die er ohnehin nicht glaubte, erreichten sie die Sandverwehungen und die Großen Sandwirbel und stahlen sich vorsichtig daran vorbei, während sich diese Erscheinungen gemächlich drehten. Dann erstiegen sie das Felseninselchen.

Der Mausling, der die Stadt liebte, beklagte Ningaubles Vorliebe, in ›gottverlassenen Wüstenlöchern‹ zu wohnen, obwohl er vermutete, daß der Götterbote und seine Agenten auf weitaus bequemeren Wegen kamen und gingen, während sich die Besucher plagen mußten, und obwohl er und Fafhrd wußten, daß der Jäger der Gerüchte (besonders der falschen Gerüchte, die die wertvolleren sind) nicht weiter von Indien und dem unendlichen Gartenland der Gelbhäutigen entfernt sein durfte als vom barbarischen Britannien und siegestrunkenen Rom, daß er die Entfernung zum dampfenden transäthiopischen Dschungel ebenso beachten mußte wie die zum einsamen Tafelland und zu den himmelsstürmenden Bergen jenseits des Kaspischen Meeres.

Erwartungsvoll banden sie ihre Kamele an, nahmen Fakkeln zur Hand und betraten furchtlos die Bodenlosen Höhlen, denn die Gefahr lag weniger in dem Besuch bei Ningauble, als in der unangenehmen Zauberkraft seiner Ratschläge, die so groß war, daß man ihnen auf jeden Fall folgen mußte, wohin sie auch führten.

Dennoch sagte Fafhrd: »Ein Erdbeben hat Ningaubles Haus verschluckt, das ihm im Hals steckengeblieben ist. Möge es nicht aufstoßen.«

Als sie die wacklige Brücke über den Schacht der Höchsten Wahrheit erreichten, der das Licht von zehntausend Fackeln hätte verschlingen können, ohne weniger schwarz zu wirken, stießen sie auf einen teilnahmslos dastehenden Mann, in dem sie einen Mongolen erkannten. Wortlos drückten sie sich an der Gestalt vorbei, wobei sie sich fragten, ob er etwa auch ein Besucher des Klatscherzählers war oder ein Spion – Fafhrd hatte kein Vertrauen in die hellsichtigen Fähigkeiten der sieben Augen und behauptete, sie seien nur ein Requisit für Dummköpfe, und Ningaubles Informationen stammten von einer Armee aus Händlern, Hausierern, Sklaven, Kindern, Eunuchen und Ammen, die die Streitkräfte manches Königs zahlenmäßig in den Schatten stellte.

Erleichtert setzten sie am anderen Ende den Fuß auf festen Boden und gingen an einer Reihe von Tunneleinmündungen vorbei, die der Mausling sehnsüchtig beäugte.

»Vielleicht sollten wir uns einfach einen Eingang aussuchen«, murmelte er, »und in eine andere Welt vorstoßen. Ahura ist nicht Aphrodite und auch nicht Astarte – nicht ganz.«

»Ohne Ningaubles Führung?« gab Fafhrd zurück. »Und ohne die gemeine Verwünschung losgeworden zu sein? Los, weiter!«

Nach einiger Zeit sahen sie ein schwaches Licht, das flakkernd das stalaktitenübersäte Höhlendach erhellte und offenbar aus einer höherliegenden Höhle kam. Bald schritten sie über die Treppe des Irrtums diesem Licht entgegen, einer Ansammlung unregelmäßig geformter Felsen. Fafhrd streckte kraftvoll die langen Beine, der Mausling sprang katzengleich dahin. Die kleinen Wesen, die überall zwischen ihren Füßen herumhuschten, in langsamem Flug an ihren Schultern entlangstreiften oder nur in Spalten und auf Felsvorsprüngen ihre unstillbar neugierigen gelben Augen zeigten, wurden immer zahlreicher; denn sie näherten sich dem Erz-Lauscher aller Zeiten.

Sie verschwendeten keine weitere Zeit auf die Erkundung ihrer Umgebung und befanden sich nach kurzer Zeit vor dem Großen Tor, dessen eisenbeschlagene obere Regionen sich dem Licht des winzigen Feuers entzogen.

Doch sie waren nicht an dem Tor interessiert, sondern an dem Wächter dieses Tors, einem Wesen mit gewaltigem Bauch, das neben einem riesigen Tonscherbenhaufen am Boden hockte und sich offenbar die Hände rieb – oder was bei ihm als Hände gelten konnte. Das Wesen hielt die Gebilde unter dem abgetragenen weiten Umhang versteckt, der auch den Kopf völlig einhüllte. An den losen Stoff klammerten sich zwei Fledermäuse.

Fafhrd räusperte sich.

Die Bewegung unter dem Umhang hörte auf.

Im nächsten Augenblick geriet der obere Teil des Stoffes in Bewegung, und geschickt wand sich etwas heraus, das wie eine Schlange aussah, das aber anstelle eines Kopfes ein schimmerndes Juwel mit einem dunklen Fleck in der Mitte trug. Trotzdem hätte man das Gebilde vielleicht für eine Schlange halten können, wenn da nicht der Eindruck gewesen wäre, daß das Ding auch eine dickstengelige exotische Blüte hätte sein können. Unruhig bewegte sich die Erscheinung hin und her, bis sie auf die beiden Fremden gerichtet war. Da wurde sie plötzlich starr, und das knollenförmige Endstück schien heller zu schimmern. Ein leises Schnurren war zu hören, und fünf ähnliche Stengel drängten sich hastig unter der Kapuze hervor und richteten sich parallel zu ihrem Gefährten aus.

Dann weiteten sich die sechs schwarzen Pupillen.

»Dickbäuchiger Gerüchteschmied!« grüßte der Mausling nervös. »Mußt du immer so eine umständliche Guckerei veranstalten?«

Wie immer hatte er Mühe mit dem Unbehagen, das jede Wiederbegegnung mit dem Siebenäugigen Ningauble in ihm auslöste.

»Das ist recht unhöflich gesprochen, Mausling«, sagte eine dünne zittrige Stimme unter der Haube. »Es ist nicht recht, daß jemand, der weise Ratschläge sucht, spöttisch redet. Aber ich bin heute bei guter Laune und werde mir euer Problem anhören. Ach, aus welcher Welt kommt ihr beiden?«

»Von der Erde, wie du genau weißt, du König aller Lügenfetzen und Gerüchte«, erwiderte der Mausling mit schriller Stimme und trat einen Schritt vor.

Drei Augen folgten seiner Bewegung, während ein viertes auf Fafhrd achtete.

»Eine weitere Unhöflichkeit«, murmelte Ningauble traurig und schüttelte den Kopf, so daß seine Augenstengel in heftig schaukelnde Bewegung gerieten. »Du hältst es für leicht, all die Zeiten und Orte und mannigfaltigen Welten im Auge zu behalten? Da wir gerade von der Zeit sprechen, wäre es nicht an der Zeit, daß du mich endlich nicht mehr belästigst, nur weil du mir einmal einen ungeborenen Ghul verschafft hast, den ich nach seinen Eltern befragen konnte? Der Vorteil für mich war gering und wurde nur wahrgenommen, um dir einen Gefallen zu tun; und ich habe ihn dir seither zwanzigfach vergolten, beim Namen des Fährtenlosen Gottes.«

»Unsinn, du Amme aller Geheimnisse!« gab der Mausling zurück und rückte zutraulich noch näher an die Gestalt heran. Seine fröhliche Unbekümmertheit war fast wiederhergestellt. »Du weißt so gut wie ich, daß du in der Tiefe deines gewaltigen Bauchs vor Entzücken zitterst, weil du wieder Gelegenheit hast, zwei so verständnisvollen Zuhörern wie uns deine Weisheit vorzutragen.«

»Das ist so weit von der Wahrheit entfernt, wie ich vom Geheimnis des Sphinx getrennt bin«, bemerkte Ningauble. Vier seiner Augen folgten der Bewegung des Mauslings, ein fünftes bewachte Fafhrd, während sich das sechste einmal um die Kapuze wickelte, wieder zum Vorschein kam und mißtrauisch hinter die beiden Männer starrte.

»Aber, du alter Geschichtenerzähler – ich bin sicher, daß du dem Sphinx nähergestanden hast als irgendeine seiner steinernen Liebhaberinnen. Vermutlich hat er sein dummes Rätsel sogar von dir!«

Ningauble bebte von Kopf bis Fuß, als er diese Schmeichelei vernahm.

»Wie dem auch sei«, sagte er, »ich bin heute gut gelaunt

und will mir eure Frage anhören. Aber bedenkt, daß sie mit ziemlicher Sicherheit schwer für mich ist.«

»Wir kennen dein Genie im Angesicht unüberwindlicher Hindernisse«, meinte der Mausling in angemessen beruhigendem Ton.

»Warum tritt dein Freund nicht vor?« fragte Ningauble, der plötzlich wieder gereizt zu sein schien.

Fafhrd hatte auf diese Frage gewartet. Es ging ihm immer sehr gegen den Strich, gegenüber einem Wesen freundlich zu tun, das sich den Mächtigsten Zauberer der Welt und Schwätzer der Götter nannte. Und daß Ningauble an seinen Schultern zwei Fledermäuse hängen hatte, die er in offenem Spott auf Odin, der stets zwei Raben bei sich hatte, Hugin und Munin nannte, war zuviel. Für Fafhrd war das mehr eine patriotische als eine religiöse Sache. An Odin glaubte er nur in Momenten sentimentaler Schwäche.

»Töte die Fledermäuse oder schick sie fort – dann komme ich. Vorher nicht«, forderte er.

»Jetzt sage ich überhaupt nichts mehr«, schmollte Ningauble. »Es ist allgemein bekannt, daß meine Gesundheit keinen langen Streit zuläßt.«

»Aber Schulmeister der Täuschung!« schnurrte der Mausling und warf Fafhrd einen wütenden Blick zu. »Das ist wirklich bedauerlich, zumal ich mich sehr darauf gefreut hatte, dich mit dem komplizierten Skandal zu erfreuen, den die derzeitige Konkubine des Satrapen Philip sogar ihrer Leibsklavin vorenthalten hat.«

»Also gut«, räumte der Vieläugige ein, »es ist ohnehin Essenszeit für Hugin und Munin.«

Widerstrebend öffneten die Fledermäuse ihre Flügel und verschwanden gemächlich in der Dunkelheit.

Fafhrd setzte sich in Bewegung, trat vor und ließ den kritischen Blick der Mehrzahl der sechs Augen über sich ergehen, die der Nordling für geschickt manipulierte Täuschungen hielt. Das siebente Auge hatte bisher noch kein Mensch geschaut; nur der Mausling brüstete sich damit und behauptete, es sei Odins anderes Auge, von dem weisen Mimer gestohlen – nicht weil er daran glaubte, sondern um seinen Kameraden aus dem Norden zu ärgern.

»Sei gegrüßt, Schlangenauge!« sagte Fafhrd laut.

»Ach du bist es, Riese«, sagte Ningauble tonlos. »Setzt euch ihr beiden, genießt mein bescheidenes Feuer!«

»Werden wir nicht durch das Große Tor gebeten, um uns in deinem sagenhaften Reich auszuruhn?«

»Spotte nicht, Graugekleideter. Es ist allgemein bekannt, daß ich der arme, völlig mittellose Ningauble bin.«

Seufzend hockte sich der Mausling auf die Fersen, denn er wußte sehr wohl, daß der Schwätzer seinen Ruf als armes, keusches, bescheidenes und sparsames Wesen über alles schätzte und aus diesem Grunde den eigenen Türwächter spielte – bis auf bestimmte Tage, da das Große Tor das Klirren des Sistrums und das wollüstige Klagen von Flöten und das Kichern jener dämpfte, die sich in den Schattenspielen präsentierten.

Doch jetzt hustete Ningauble zum Steinerweichen und schien zu schaudern und wärmte seine umhüllten Glieder am Feuer. Und die Schatten flackerten schwach über Metall und Gestein, und die kleinen Wesen raschelten hierhin und dorthin, rissen die Augen auf, um zu sehen, und stellten die Lauscher auf, um zu hören; und an den rhythmisch schwingenden und sich windenden Stengeln pulsierten die sechs Augen. Ab und zu nahm Ningauble auch wie zufällig eine Tonscherbe von dem großen Haufen, studierte hastig den Text, der darauf vermerkt war, ohne auch nur minimal den Takt der Augenstengel zu unterbrechen oder in seiner Aufmerksamkeit nachzulassen.

Der Mausling und Fafhrd hockten vor ihm.

Als Fafhrd zu sprechen begann, unterbrach ihn Ningauble hastig: »Und jetzt, ihr Kinder, wolltet ihr mir etwas über die derzeitige Konkubine erzählen, die ...«

»Ach ja, du Künstler der Unwahrheit«, warf der Mausling hastig ein. »Aber es geht weniger um die Konkubine als um drei Eunuchenpriester Cybeles und ein Sklavenmädchen aus Samos – eine saftige und herrlich komplizierte Affäre, die noch ein Weilchen in meinem Kopf reifen muß, damit ich sie dir servieren kann, nachdem auch das letzte Fett der Übertreibung abgeschöpft ist und alle Gewürze wahrer Einzelheiten beigegeben sind.«

»Und während wir darauf warten, daß der Topf des Mauslings überkocht«, sagte Fafhrd, der endlich in die rechte Stimmung kam, »magst du um so fröhlicher sein, als du uns bei einem kleinen Problem zur Seite stehen kannst.«

Und er schilderte in allen Einzelheiten den qualvollen Ärger, den ihnen die Mädchen in letzter Zeit bereitet hatten, indem sie sich genau zu dem Zeitpunkt in Schweine und Schnecken verwandelten, in dem das Zusammensein mit Mädchen am köstlichsten zu werden verspricht.

»Und du meinst, Chloe sei als einzige gegenüber dem Zauber immum?« fragte Ningauble nachdenklich und warf eine Tonscherbe auf die andere Seite des Haufens. »Dabei fällt mir ein ...«

»Die äußerst seltsame Bemerkung am Ende von Diotimas vierter Epistel an Sokrates?« warf der Mausling ein. »Habe ich recht, Vater?«

»Nein«, gab Ningauble kühl zurück. »Wie ich gerade bemerken wollte, ehe dieser Unhold des Intellekts die Haut meines Geistes zu durchstechen versuchte – es muß etwas geben, das Chloe mit einem schützenden Einfluß umgibt. Kennt ihr einen Gott oder Dämon, dessen besondere Gunst sie genießt, oder einen auffälligen Talisman, ein Schutzmittel oder Amulett, das sie laufend trägt oder mit ihrem Körper in Verbindung bringt?«

»Sie hat einmal davon gesprochen«, sagte der Mausling zögernd, nachdem er einen Augenblick lang überlegt hatte. »Sie erwähnte ein Amulett, das ihr vor Jahren von einem persischen oder griechisch-persischen Mädchen geschenkt wurde. Sicher ohne Belang.«

»Sicher. Eine Frage: Als sich die erste Schweineverwandlung ereignete, hat da Fafhrd sein Lachen angestimmt? O ja? Das war sehr unklug, wie ich euch schon oft gesagt habe. Wenn ihr eure Verbindung zu den Älteren Göttern zu oft hinausschreit, könnt ihr gewiß sein, daß ein gieriger Bote aus der Grube ...«

»Aber worin besteht denn unsere Verbindung zu den Älteren Göttern?« fragte der Mausling eifrig, wenn auch ohne Hoffnung.

Fafhrd knurrte verächtlich vor sich hin.

»Das sind Dinge, über die man nicht sprechen sollte«, verfügte Ningauble. »War jemand in der Schänke, der sich besonders für Fafhrds Lachen interessierte?«

Der Mausling zögerte. Fafhrd hustete und trieb damit seinen Freund zum Weitersprechen an. »Oh, da war ein Mädchen, das vielleicht ein bißchen mehr als die anderen auf sein Gebrüll geachtet hat. Ein persisches Mädchen. Wenn ich mich recht erinnere, ist das sogar dasselbe Mädchen, das Chloe den Talisman gegeben hat.«

»Sie heißt Ahura«, sagte Fafhrd. »Der Mausling hat sich in sie verliebt.«

»Ein Märchen!« rief der Mausling lachend und erdolchte Fafhrd mit einem beschwörenden Blick. »Ich kann dir versichern, Vater, daß sie ein sehr scheues, dummes Mädchen ist, das unmöglich mit unserem Ärger zu tun haben kann.«

»Natürlich, natürlich, wenn du meinst«, bemerkte Ningauble, und in seiner Stimme lag eine eisige Zurückweisung. »Doch ich kann euch soviel sagen: Das Wesen, das den schlimmen Zauber über euch gebracht hat, ist, soweit es sich in menschlicher Gestalt äußert, ein Mann ...«

(Der Mausling war erleichtert. Es wäre ihm sehr unangenehm gewesen, sich die schlanke, dunkelhaarige Ahura als Opfer gewisser Verhörmethoden vorzustellen, die Ningauble angeblich anwandte. Er ärgerte sich über seine Ungeschicklichkeit bei dem Versuch, Ningaubles Aufmerksamkeit von Ahura abzulenken. Soweit es sie betraf, war es mit seiner Weisheit nicht weit her.)

»... und ein Adept«, schloß Ningauble seine Äußerung. »Jawohl, meine Söhne – ein Adept. Ein Meister der Schwarzen Magie ohne den geringsten Funken Helligkeit.«

Der Mausling zuckte zusammen.

»Schon wieder?« fragte Fafhrd aufstöhnend.

»Ja, schon wieder«, bestätigte Ningauble, »obwohl ich keine Ahnung habe, warum ihr für diese geheimsten aller Wesen so interessant seid – es sei denn, wegen eurer Verbindung zu den Älteren Göttern. Diese Wesen legen es gemeinhin nicht darauf an, sich in den grell beleuchteten Vordergrund der Geschichte zu stellen. Sie sind bemüht ...«

»Aber wer ist der Unbekannte?« warf Fafhrd ein.

»Sei ruhig, du barbarischer Störenfried aller Rhetorik! Diese Wesen suchen die Dunkelheit, und das sicher aus gutem Grund. Sie sind die großartigen Amateure meisterlicher Zauberei, sie lehnen alle praktischen Ziele ab und suchen nur die Befriedigung ihrer unstillbaren Neugier und sind deshalb doppelt gefährlich. Sie sind ...«

»Aber wie heißt er?«

»Schweig, du schrecklicher Zerstampfer schöner Sätze! Die fraglichen Wesen sind auf ihre Art furchtlos und halten sich irreligiöserweise für gleichgestellt mit dem Schicksal; sie hegen nichts als Verachtung für die Halbgöttin des Zufalls, den Kobold des Glücks und den Dämon der Unwahrscheinlichkeit. Kurz, es sind Gegner, vor denen ihr zittern solltet und deren Willen ihr euch zweifellos unterwerfen werdet.«

»Aber wie heißt er, Vater, wie heißt er?« brach es aus Fafhrd heraus, und er Mausling, der sich wieder einmal kaum zügeln konnte, fragte: »Gehört er zu den Sabihoon, mein Vater?«

»O nein. Die Sabihoon sind ein zurückgebliebenes Fischervolk, das die diesseitige Küste des fernen Sees bevölkert und den Tiergott Wheen verehrt und alle anderen ablehnt.« Diese Erwiderung reizte den Mausling zum Lachen, denn die Sabihoon hatte er eben erst erfunden.

»Nein, sein Name ist ...« Ningauble hielt inne und begann leise zu lachen. »Ich habe ja ganz vergessen, daß ich euch seinen Namen unter keinen Umständen nennen darf.«

Wütend sprang Fafhrd auf. »Warum?«

»Jawohl, meine Kinder«, sagte Ningauble und streckte die Augenstengel plötzlich starr, streng und kompromißlos aus seiner Kapuze. »Und ich muß außerdem sagen, daß ich euch in dieser Angelegenheit überhaupt nicht helfen kann ...« (Fafhrd ballte die Fäuste.) »... worüber ich auch sehr froh bin ...« (Fafhrd fluchte.) »... denn es scheint mir keine passendere Strafe für eure schlimmen Umtriebe zu geben, die ich ja schon so oft beklagt habe ...« (Fafhrds Hand näherte sich dem Schwertgriff.) »... ja, wenn es an mir gelegen hätte, euch für eure abgrundtiefe Zügellosigkeit zu strafen, hätte ich denselben Zauber gewählt ...« (Damit war er zu weit gegangen; Fafhrd knurrte: »Ach, du steckst also dahinter!«, zog sein Schwert und begann sich der verhüllten Gestalt langsam zu nähern.) »... ja, meine Kinder, ihr müßt euer Schicksal ohne Murren oder Bitterkeit hinnehmen ...« (Fafhrd blieb nicht stehen.) »... es ist viel besser für euch, wenn ihr euch wie ich aus der Welt zurückzieht und der Meditation und Reue ergebt ...« (Das Schwert, das im Licht des Feuers blitzte, war nur noch einen Meter von ihm entfernt.) »... viel besser für euch, wenn ihr den Rest dieser Inkarnation in der Einsamkeit verbrächtet, jeder von seiner getreuen Horde Schweine oder Schnecken umgeben ...« (Das Schwert berührte die faltige Robe.) »... wenn ihr eure letzten Jahre der Förderung eines besseren Verständnisses zwischen der Menschheit und den niederen Tieren widmetet. Doch ...« (Ningauble seufzte, und das Schwert zögerte.) »... wenn ihr noch immer fest und tollkühn entschlossen seid, diesen Adepten herauszufordern, dann muß ich euch wohl mit meinen Ratschlägen helfen, wenn ich euch auch warne, daß dieses Abenteuer euch in einen Strudel der Unsicherheit stürzen und euch Probleme auferlegen wird, die ihr so schnell nicht löst, und die übrigens das Mittel zu eurem Tode sein werden.«

Fafhrd senkte das Schwert. Die Stille der schwarzen Höhle hatte etwas Bedrückendes.

Dann ergriff Ningauble wieder das Wort – mit einer Stimme, die fern, doch widerhallend klang, wie die Laute, die von der Statue des Memnon in Theben ausgingen, wenn die ersten Strahlen der Morgensonne darauf fielen.

»Nur verwirrt nehme ich es wahr, wie ein Bild in einem beschlagenen Spiegel; doch ich sehe es, ich sehe folgendes: Ihr müßt euch zuerst ein paar Kleinigkeiten beschaffen. Das Leichentuch Ahrimans aus dem geheimen Schrein bei Persepolis ...«

»Aber was ist mit den verfluchten Schwertkämpfern Ahrimans, Vater?« warf der Mausling ein. »Es sind zwölf! Zwölf Männer, Vater, die sehr gefährlich und schwer zu überzeugen sind.«

»Glaubt ihr, ich werfe hier Stöcke, die junge Hunde apportieren können? Nein, meine Aufgaben sind schwieriger«, sagte Ningauble ärgerlich. »Und weiter: Zweitens müßt ihr die pulverisierte Mumie des Dämons Pharao beschaffen, der nach dem Tod Echnatons drei fürchterliche und unerforschte Mitternachtsstunden lang regierte ...«

»Aber Vater«, sagte Fafhrd und wurde ein wenig rot dabei. »Du weißt, wer diese Mumie besitzt und was sie von den Männern verlangt, die sie besuchen.«

»Psst! Ich bin älter als du, Fafhrd, um viele Äonen älter. Drittens müßt ihr den Kelch besorgen, aus dem Sokrates das Gift trank, viertens einen Ast vom echten Baum des Lebens – und zum Abschluß ...« Er zögerte, als versage sein Gedächtnis, nahm eine Scherbe vom Haufen und las vor: »Und schließlich müßt ihr jene Frau mitnehmen, die zu euch kommt, wenn sie fertig ist.«

»*Was* für eine Frau?«

»Die Frau, die zu euch kommt, wenn sie fertig ist.« Ningauble warf die Tonscherbe wieder fort und verursachte damit eine kleine Scherbenlawine.

»Bei Lokis verwitterten Knochen!« fluchte Fafhrd, und der Mausling sagte: »Aber Vater, keine Frau kommt, wenn sie fertig ist. Eine Frau wartet ab, daß einer kommt, der sie fertig macht.«

Daraufhin seufzte Ningauble nur und sagte: »Seid nicht bekümmert, meine Kinder. Habt ihr von eurem guten Freund dem Schwätzer je einfachen Rat empfangen?«

»Nein«, sagte Fafhrd.

»Also, nachdem ihr all diese Dinge besorgt habt, müßt ihr die verlassene Stadt Ahrimans aufsuchen, die östlich von Armenien liegt – nicht einmal flüstern dürft ihr ihren Namen ...«

»Ist es Khatti?« flüsterte der Mausling.

»Nein, du Vorlauter! Warum unterbrichst du mich überhaupt, wenn du eigentlich damit beschäftigt sein solltest, dir alle Einzelheiten des Skandals um die Konkubine, die drei Eunuchenpriester und das Sklavenmädchen aus Samos ins Gedächtnis zurückzurufen?«

»Oh, wahrlich, Spion des Unaussprechlichen, ich arbeite daran, bis mein Geist ermattet und unkonzentriert ist – und das alles aus Liebe zu dir.« Der Mausling war froh über Ningaubles Frage, denn er hatte die drei Eunuchenpriester vergessen, was höchst unklug gewesen wäre, da es kein Mensch wagen durfte, dem Schwätzer auch nur den kleinsten Fetzen Information vorzuenthalten, der ihm versprochen war.

»Wenn ihr in der Vergessenen Stadt eintrefft«, fuhr Ningauble fort, »müßt ihr den Schwarzen Schrein aufsuchen, der nur noch eine Ruine ist. Ihr stellt die Frau vor das große Grabmal, wickelt sie in das Leichentuch Ahrimans und laßt sie das Mumienpulver aus dem Giftbecher trinken – verdünnt den Stoff mit einem Wein, den ihr bei der Mumie findet –, dann steckt ihr der Frau den Ast vom Baum des Lebens in die Hand und wartet die Morgendämmerung ab.«

»Und dann?« knurrte Fafhrd.

»Und dann beschlägt sich der Spiegel völlig, so daß ich überhaupt nichts mehr sehen kann – ich ahne nur, daß jemand von einem Ort zurückkehrt, den man eigentlich nicht wieder verlassen darf, und daß ihr euch vor dieser Frau in acht nehmen müßt.«

»Aber Vater, all dieser magische Quatsch ist sehr umständlich«, wandte Fafhrd ein. »Warum können wir die Vergessene Stadt nicht sofort aufsuchen?«

»Ohne die Karte auf dem Leichentuch des Ahriman?« fragte Ningauble leise.

»Und du kannst uns den Namen des Adepten nicht sagen, den wir suchen?« wagte sich der Mausling vor. »Oder wenigstens den Namen der Frau? Stöckchen apportieren, ich bitte dich! Wir haben dir eine junge Hindin gereicht, Vater, und da wir sie nun zurückbekommen haben, hat sie Junge geworfen.«

Ningauble schüttelte unmerklich den Kopf, die sechs Augen zogen sich unter die Haube zurück und wurden zu einem unheildrohenden vielfältigen Schimmer, und der Mausling spürte, wie ihm ein Schauder über den Rücken lief.

»Wie kommt es, du Hausierer in Rätseln, daß du uns immer nur mit dem halben Wissen ausstattest?« fragte Fafhrd aufgebracht. »Sollen unsere Klingen im entscheidenden Augenblick etwa auch nur mit halber Kraft zuschlagen?«

Ningauble lachte leise.

»Nein, der Grund liegt darin, daß ich euch zu gut kenne, meine Kinder. Wenn ich noch ein Wort mehr sagte, Riese, würdest du vielleicht mit deinem großen Schwert losschlagen

– und zwar auf die falsche Person. Und dein wieselflinker Kamerad würde seine kindlichen Zauberkunststücke vorführen – die falsche Magie. Eure tollkühne Suche gilt keinem einfachen Wesen, auch keiner einzelnen Wesenheit, sondern einer Fata Morgana, einem Steinding, das sich Blut und Substanz zum Leben gestohlen hat, ein Alptraum aus einem Traum.«

Einen Augenblick lang hatten die beiden Abenteurer das Gefühl, es bewege sich etwas in der unvorstellbaren Tiefe der dunklen Höhle, etwas, das seine Zeit abgewartet hatte. Doch dann verwischte sich der Eindruck. Ningauble schnurrte selbstgefällig: »Und jetzt habe ich noch einen Augenblick Zeit, um euch den Gefallen zu tun, die Geschichte anzuhören, die der Mausling so ungeduldig loswerden will.«

Da ihm nichts anderes übrig blieb, legte der Mausling los und erklärte zuerst, daß die Geschichte nur äußerlich mit der Konkubine, den drei Priestern und dem Sklavenmädchen zu tun hätte; die tiefere Bedeutung betreffe weitgehend – wenn auch nicht völlig – vier verrufene Mädchen Ischtars und einen Zwerg, der für seine körperliche Entstellung reich entschädigt wurde.

Bald sank das Feuer herab, und ein kleines lemurhaftes Wesen kroch herbei, um es aufzuschütten. Die Stunden vergingen, denn der Mausling steigerte sich mühelos in seine breit angelegten Geschichten hinein. Es kam der Augenblick, da selbst Fafhrd verblüfft die Augen aufriß, und ein anderer Augenblick, da Ningaubles Bauch wie ein kleiner Berg bebte, der von einer Naturkatastrophe heimgesucht wurde, doch schließlich endete die Geschichte abrupt und scheinbar in der Mitte, wie ein Stück fremdländische Musik.

Anschließend verabschiedete man sich, auf letzte Fragen wurde die Antwort verweigert, und die beiden Abenteurer schlugen den Weg ein, auf dem sie gekommen waren. Ningauble begann im Geiste die Einzelheiten der Geschichte des Mauslings zu sortieren, die ihm um so mehr gefiel, als er wußte, daß sie eine Improvisation war – sein Lieblingsspruch lautete immerhin: »Wer kunstvoll lügen kann, kommt näher an die Wahrheit heran, als er ahnt.«

Fafhrd und der Mausling hatten fast das untere Ende der

Felsentreppe erreicht, als sie ein leises Pochen hörten. Sie wandten sich um und sahen Ningauble über den Rand des Abgrunds blicken. Dabei stützte er sich auf eine Art Stock und klopfte mit einem anderen gegen das Gestein.

»Kinder!« rief er, und seine Stimme war so leise wie die Musik der einsamen Flöte im Tempel Baals. »Mir ist eben eingefallen, daß ein Wesen im weiten All nach etwas dürstet, das in euch liegt. Ihr müßt genau bewachen, was sonst nicht bewacht zu werden braucht.«

»Ja, Allvater der Rätselhaftigkeit.«

»Ihr werdet doch auf euch aufpassen?« tönte es leise herab. »Euer Fortbestehen hängt davon ab.«

»Ja, Vater.«

Und Ningauble winkte kurz und humpelte davon. Die kleinen Wesen seiner undurchdringlichen Dunkelheit folgten ihm – doch ob sie ihm Bericht erstatteten oder Befehle entgegennahmen oder ihn nur mit ihren netten Streichen erfreuten, wußte niemand. Viele meinte, Ningauble sei von den Älteren Göttern geschaffen worden, damit die Menschen an ihm herumrätselten und ihre Phantasie für noch schwierigere Rätsel übten. Niemand wußte, ob er in die Zukunft schauen konnte oder ob er nur für künftige Ereignisse die Bühne bereitete – und zwar mit einer derartigen Geschicklichkeit, daß nur ein Zauberer oder Adept der ihm zugedachten Rolle ausweichen konnte.

3. Die Frau, die kam

Als Fafhrd und der Graue Mausling die Bodenlosen Höhlen verließen und in das grelle Sonnenlicht der Oberwelt hinausgetreten waren, verwischte sich ihre Spur. Das vorhandene Material über sie ist von den Geschichtsforschern ohnehin oft übersehen worden, da die beiden Helden für den klassischen Mythos zu unseriös waren, zu rätselhaft unabhängig, um sie je einem bestimmten Volk zuzuordnen, zu unruhig und phantastisch in ihren Reisen, um den Historikern zu gefallen, zu oft liiert mit einem Pöbel aus zweifelhaften Dämonen, entehrten Zauberern und abgetakelten Gottheiten – mit einer wahrhaftigen Unterwelt des Übernatürlichen. Doppelt schwierig wird es, ihre Taten nachzuvollziehen, wenn sie sich – wie eben – große Mühe gaben, ihre Spuren zu verwischen, wenn sie Dinge planten, die Heimlichkeit und kühne Täuschung erforderten. Aber von Zeit zu Zeit stößt man doch auf die Spuren ihres Tuns.

Zum Beispiel besangen hundert Jahre später die Priester Ahrimans den wunderbaren Umstand, daß ihr Gott sein eigenes Leichentuch an sich gebracht hatte – obwohl viele Priester zu intelligent waren, um wirklich daran zu glauben. Jedenfalls geschah es in einer Nacht, daß die zwölf verfluchten Schwertkämpfer das mit schwarzen Schriftzeichen bedeckte Leichentuch wie eine Säule aus Spinnweben vom Altar aufsteigen sahen. Es erhob sich über die Dimensionen eines Sterblichen hinaus, obwohl die Gestalt darunter anthropoid zu sein schien.

Dann sprach Ahriman aus seinem Leichentuch, und man verehrte ihn, und er äußerte unverständliche Parabeln und schritt schließlich wie ein Riese aus dem geheimen Schrein. Der schlaueste Priester bemerkte ein Jahrhundert später: »Ich würde sagen, ein Mann auf Stelzen oder ...« – (welch treffender Verdacht!) – »ein Mann auf den Schultern eines anderen!«

Dann waren da die Ereignisse, die Nikri, Leibsklavin der berüchtigten Laodice, der Köchin berichtete, während sie die Wunden ihrer letzten Strafung ölte. Dabei ging es um zwei Fremde, die ihre Herrin besuchten und um das Fest, das ihre Herrin vorschlug, und um die Art und Weise, wie die beiden den Eunuchenschwertern entgingen, die auf sie gehetzt worden waren, als das wilde Fest endete.

»Zauberer waren beide!« behauptete Nikri. »Als die Dinge ihrem Höhepunkt entgegengingen, verwandelten sie meine Herrin in eine seltsam gehörnte Sau, in eine scheußliche Mischung aus Schnecke und Schwein! Aber das war noch gar nicht das Schlimmste, denn sie stahlen anschließend die Truhe mit aphrodisiakischen Weinen! Als unsere Herrin feststellte, daß die Dämonenmumie verschwunden war, mit der sie die Lust Ptolemäus' hatte anregen wollen, weinte sie vor Wut und verprügelte mich mit ihrem Rückenkratzer. Und wie!«

Die Köchin lachte leise.

Doch wer Hieronymus heimsuchte, den gierigen Steuereintreiber und Kenner von Antiochia, und welche Verkleidung dieser Besucher angenommen hatte, wissen wir nicht genau. Eines Morgens wurde er in seinem Schatzzimmer liegend gefunden, und sein Körper war kalt und starr, als habe er Gift getrunken, und auf seinem dicken Gesicht stand ein Ausdruck des Entsetzens, und der berühmte Kelch, aus dem er so oft getrunken hatte, fehlte, obwohl es vor ihm auf dem Tisch einige kreisrunde Flecken gab. Er erholte sich wieder, vertraute aber niemandem an, was ihm in dieser Nacht widerfahren war.

Die Priester, die in Babylon den Baum des Lebens bewachten, waren ein wenig mitteilsamer. Kurz nach Sonnenuntergang sahen sie eines Abends die obersten Blätter des Baums wackeln und hörten das Schnipsen eines Gartenmessers. Ringsum erstreckte sich die verlassene Stadt, in der sich nichts rührte – eine Stadt, deren Einwohner vor einem Dreivierteljahrhundert in das nahe Seleukia vertrieben worden waren und in die sich die Priester nur voller Angst schlichen, um ihre heiligen Pflichten zu erfüllen.

Sie machten sofort Anstalten, den Baum des Lebens zu erklettern und sich des Eindringlings mit Goldsicheln zu erwehren, und andere wollten den Schänder mit goldüberzogenen Pfeilspitzen erlegen – doch plötzlich löste sich eine riesige fledermaushafte Gestalt aus dem Baum, schwebte durch die Luft und verschwand hinter einer schiefen Mauer. Natürlich hätte es sich dabei um einen graugekleideten Mann handeln können, der an einem haltbaren dünnen Seil hing – doch damals gingen zu viele Gerüchte über Wesen um, die des Nachts durch die Ruinen Babylons flatterten, als daß die Priester eine Verfolgung gewagt hätten.

Schließlich tauchten Fafhrd und der Graue Mausling wieder in Tyrus auf, und eine Woche später waren sie bereit, den letzten Abschnitt ihrer Suche zu beginnen.

Sie befanden sich sogar schon außerhalb der Stadt und verhielten noch einen Moment am landwärtigen Ende der Alexandermole, dem Rückgrat eines wachsenden Isthmus.

Während Fafhrd in die Runde schaute, dachte er an eine

Geschichte, die er vor einiger Zeit von einem Unbekannten gehört hatte – danach hatte es vor gut hundert Jahren zwei gewaltige Abenteurer gegeben, die bei der verzweifelten Verteidigung Tyrus' gegen Alexander den Großen gute Dienste geleistet hatten. Angeblich hatte der größere der beiden den angreifenden Schiffen riesige Steinblöcke entgegengeworfen, während der kleinere getaucht war und die Ketten durchgefeilt hatte, mit denen diese Schiffe verankert waren. Die beiden Abenteurer, so hatte der Fremde berichtet, hätten Fafhrd und der Graue Mausling geheißen. Fafhrd hatte dazu nichts gesagt.

Es war nun fast Abend, eine gute Zeit, um ein Abenteuer zu unterbrechen, um eine Pause einzulegen und sich an vergangene Erlebnisse zu erinnern, um wilde, ausschweifende, rosige Vermutungen über die Zukunft anzustellen.

»Ich meine, daß uns jede Frau recht sein kann«, sagte der Mausling streitsüchtig. »Ningauble wollte sich nur mal wieder besonders umständlich ausdrücken. Nehmen wir Chloe.«

»Wenn sie nur mitkäme – sobald sie fertig ist«, sagte Fafhrd und unterdrückte ein Lächeln.

Die Sonne versank rotgolden schimmernd in der leicht bewegten See. Die Händler, die an der landwärtigen Seite der Mole ihre Buden aufgebaut hatten, um am Markttag die Bauern und Besucher aus dem Binnenland möglichst frühzeitig abzufangen, packten ihre Waren ein und rollten die Planen zusammen.

»Jede Frau kommt irgendwann, wenn sie fertig ist, sogar Chloe«, gab der Mausling zurück. »Wir müßten für sie nur ein Seidenzelt mitnehmen und ein paar andere hübsche Annehmlichkeiten. Das macht gar keine Mühe.«

»Ja«, sagte Fafhrd. »Wir kämen wahrscheinlich mit nur einem Lastelefanten aus.«

Tyrus war eine dunkle Silhouette vor dem Sonnenuntergang, wenn auch da und dort Lichtstrahlen von den Dächern reflektiert wurden und die vergoldete Kuppel des Melkarth-Tempels eine kleine goldene Schimmerspur über das Meer schickte, die sich der größeren und breiteren Lichtbahn der Sonne näherte.

Der verblassende phönikische Hafen schien seltsam verzaubert zu sein, schien von vergangenem Ruhm zu träumen und noch nicht so recht auf die aktuellen Nachrichten über das unaufhaltsame Vordringen Roms nach Osten zu achten, auf die Schlacht, die Philipp von Makedonien in der ersten Runde verloren hatte, auf Antiochos, der die zweite Runde einläutete, während ihm Hannibal aus Tyrus' gefallener Schwester Karthago zu Hilfe eilen wollte.

»Ich bin sicher, daß Chloe mitkommt, wenn wir bis morgen warten«, fuhr der Mausling fort. »Wir müssen ja sowieso warten, denn Ningauble hat gesagt, die Frau kommt erst, wenn sie fertig ist.«

Eine kühle Brise wehte aus dem Ödland von Alt-Tyrus herüber. Die Händler beeilten sich; einige schritten bereits über die Mole nach Hause, und ihre Sklaven trugen schwere Lasten und Ballen auf Köpfen und Schultern, so daß sie wie bucklige Zwerge oder entstellte Ungeheuer aussahen.

»Nein«, sagte Fafhrd, »wir reiten los. Und wenn die Frau nicht kommt, sobald sie fertig ist, dann ist sie eben nicht die Frau, die kommt, wenn sie fertig ist. Oder wenn sie es ist, muß sie sich beeilen, um uns einzuholen.«

Die drei Pferde der Abenteurer bewegten sich unruhig, und das Tier des Mauslings wieherte. Nur das große Kamel, auf dem Weinbeutel, verschiedene kleine Truhen und die gut verpackten Waffen verstaut worden waren, stand mürrisch zähnebleckend da und rührte sich nicht.

Fafhrd und der Mausling starrten indessen desinteressiert auf eine Gestalt, die sich gegen den Strom der Heimkehrer auf der Mole bewegte; sie waren nicht gerade mißtrauisch, doch nach ihren vielen Abenteuern im letzten Jahr durften sie die Möglichkeit gefährlicher Verfolger nicht außer acht lassen – die in der Form verfluchter Schwertkämpfer, schwarzer Eunuchenstreiter oder goldpfeilbewehrter babylonischer Priester auftreten mochten, ganz zu schweigen von den Helfern, die sich Hieronymus aus Antiochia aussuchen mochte.

»Chloe wäre rechtzeitig gekommen, wenn du mir beigestanden hättest, sie zu überreden«, sagte der Mausling mürrisch. »Sie mag dich, und ich bin sicher, daß Ningauble sie gemeint hat, denn sie hat das Amulett, das den Einfluß des Adepten abwehrt.«

Die Sonne war nur noch ein greller Streifen über dem Meereshorizont, dann ging sie unter. Die schimmernden Lichtreflexe auf den Dächern Tyrus' verlöschten. Der Tempel Melkarths ragte düster vor dem sich verdunkelnden Himmel auf. Der letzte Verkaufsstand wurde abgebaut, und die meisten Händler waren auf dem Heimweg über die Mole.

Nur eine Gestalt bewegte sich noch auf die Küste zu.

»Waren sieben Nächte mit Chloe nicht genug?« fragte Fafhrd. »Außerdem dürfte sie nicht gerade deinem Ideal entsprechen, wenn wir den Adepten töten und uns von seinem Zauber befreien.«

»Das mag ja sein«, gab der Mausling zurück. »Aber bedenke, daß wir den Adepten erst einmal haben müssen. Und nicht nur ich könnte von Chloes Gesellschaft profitieren.«

Ein leiser Ruf lenkte ihre Blicke und ihre Aufmerksamkeit über das düstere Wasser auf einen Lateinersegler, der langsam in den ägyptischen Hafen glitt. Einen Augenblick lang dachten sie, das landseitige Ende der Mole sei nun völlig menschenleer. Im nächsten Moment erschien die auf sie zukommende Gestalt als scharfer Umriß vor dem Meer, eine schmale Gestalt, die keine Last zu tragen schien.

»Noch ein Dummkopf, der das süße Tyrus zur unrechten Zeit verläßt«, bemerkte der Mausling. »Stell dir mal vor, was eine Frau in den kalten Bergen bedeutet, die wir aufsuchen wollen, Fafhrd, eine Frau, die uns Leckereien bereitet und den Kopf streichelt.«

»Kleiner Mann«, sagte Fafhrd, »du denkst doch jetzt bestimmt nicht an deinen Kopf.«

Wieder frischte der Wind auf, und der feste Sand klagte, als die Brise darüber hinstrich. Tyrus schien sich in der Dunkelheit hinzuducken wie ein Tier, das sich der Gefahren der Nacht erwehren will.

Ein letzter Händler suchte hastig den Boden ab; offenbar hatte er etwas verloren.

Fafhrd legte seinem Pferd die Hand auf die Flanke und sagte: »Komm, wir müssen los!«

Der Mausling versuchte ein letztes Argument zu finden.

»Chloe würde wohl nicht darauf bestehen, das Sklavenmädchen mitzunehmen, das ihr die Füße ölt – ich meine, wenn wir ihr gut zureden.«

Dann sahen sie, daß der andere Dummkopf, der das süße Tyrus verließ, auf sie zukam und daß es sich um eine große schlanke Frau handelte, in Stoffe gekleidet, die mit dem schwindenden Licht zu verschmelzen schienen, so daß sich Fafhrd unwillkürlich fragte, ob sie wirklich aus Tyrus stammte oder nicht vielmehr aus einem luftigen Reich, dessen Bewohner sich nur bei Sonnenuntergang auf der Erde sehen lassen dürfen.

Als die Gestalt mit leichten, schwingenden Schritten näherkam, sahen sie, daß ihr Gesicht hell und das Haar pechschwarz war; und das Herz des Mauslings machte einen mächtigen Sprung, und er spürte, daß das lange Warten plötzlich seine vollkommene Erfüllung fand, daß er hier die Geburt einer Aphrodite verfolgte – nicht aus dem Schaum, sondern aus der Abenddämmerung –, denn es war seine dunkelhaarige Ahura aus den Schänken, die auf ihn zukam, die nicht mehr mit scheuer Neugier, sondern mit eifrigem Lächeln in die Welt blickte.

Fafhrd, der von ähnlichen Gefühlen nicht verschont blieb, nickte und sagte: »Du bist also die Frau, die kam, als sie fertig war?«

»Ja«, fügte der Mausling fröhlich hinzu, »und weißt du, daß du fast zu spät gekommen wärst?«

4. Die Vergessene Stadt

In der folgenden Woche, in der sie am Wüstenrand entlang ständig weiter nach Norden vordrangen, erfuhren sie nur wenig über die Beweggründe oder Vorgeschichte ihrer geheimnisvollen Reisebegleiterin und waren nach wie vor auf die Informationen angewiesen, die Chloe ihnen gegeben hatte. Auf die Frage, warum sie gekommen sei, antwortete Ahura, Ningauble habe sie geschickt, Ningauble habe nichts damit zu tun, und es sei alles ein Zufall, gewisse tote Ältere Götter hätten ihr eine Traumvision geschickt, sie suche einen

Bruder, der auf der Suche nach der Vergessenen Stadt Ahirmans verlorengegangen sei; oft bestand ihre Antwort aber nur im Schweigen, in einem Schweigen, das manchmal schelmisch, manchmal nur rätselhaft zu sein schien.

Doch die Strapazen der Reise überstand sie gut; sie konnte endlos reiten und beklagte sich nicht über ihr hartes Lager auf dem Boden und den einfachen Mantel, der ihr als Decke diente. Wie bei einem besonders empfindlichen Zugvogel war ihr Drang voranzukommen womöglich noch größer als der ihrer Begleiter.

Bei jeder Gelegenheit machte ihr der Mausling beflissen den Hof, wobei er sich nur durch die Furcht im Zaum halten ließ, wieder eine Schneckenverwandlung auszulösen. Doch nach einigen Tagen dieser qualvoll-angenehmen Übung bemerkte er, daß Fafhrd auch auf einen ähnlichen Kurs einschwenkte. Sehr schnell wurden die beiden Kameraden zu Rivalen und standen im Wettstreit darum, wer Ahura als erster half, wenn sie einmal – was selten vorkam – Hilfe brauchte. Sie versuchten sich in ihren prahlerischen Berichten über unglaubliche Abenteuer gegegenseitig zu übertreffen und waren stets auf der Hut, damit der andere nicht einen kostbaren Augenblick allein mit dem Mädchen verbrachte.

Nie zuvor auf ihren zahlreichen Abenteuerreisen waren sie so um ein Mädchen bemüht gewesen. Trotz allem blieben sie gute Freunde – was sie sehr wohl wußten –, auch wenn die Freundschaft etwas belastet war, was ihnen ebenfalls nicht entging. Und Ahuras schüchternes oder berechnendes Schweigen ermutigte beide.

Sie überquerten den Euphrat südlich von den Ruinen Karkemischs und hielten auf das Quellgebiet des Tigris zu, wobei sie den Weg Xenophons und der Zehntausend kreuzten, sich dann aber östlich davon hielten.

Zu dieser Zeit führte die gedrückte Stimmung zu einem ersten Zusammenstoß. Ahura war ein wenig herumgeritten und hatte ihr Pferd von dem trockenen Gras fressen lassen, während die beiden auf einem Felsbrocken saßen und sich flüsternd unterhielten. Fafhrd hatte vorgeschlagen, beide sollten mit der Hofierung des Mädchens aufhören, bis das ganze Unternehmen ausgestanden war, während der Mausling stur auf seinen Vorrechten beharrte. Die geflüsterte Unterhaltung wurde so hitztig, daß den beiden die weiße Taube entging, die auf sie zuflog und auf einem Arm landete, den Fafhrd weit herumgeschwenkt hatte, um seine Bereitschaft zu unterstreichen, vorübergehend auf das Mädchen zu verzichten – wenn es ihm der Mausling gleichtat.

Fafhrd blinzelte, löste ein Stück Pergament vom Bein der Taube und las vor:

»Das Mädchen bringt Gefahr. Ihr müßt sie beide in Ruhe lassen.«

Das winzige Siegel zeigte sieben verschlungene Augen.

»Nur sieben Augen, mehr nicht?« bemerkte der Mausling. »Pah, wie bescheiden!«

Und eine Weile schwieg er und versuchte sich das Netz der Verbindungen vorzustellen, das dem Schwätzer seine Informationen lieferte und ihn in die Lage versetzte, seinen Aufgaben nachzukommen.

Die unerwartete Unterstützung Fafhrds führte schließlich dazu, daß der Mausling mürrisch nachgab, und die beiden schworen feierlich, das Mädchen in Ruhe zu lassen und sich bei ihr nicht mehr in den Vordergrund zu drängen, bis sie den Adepten gefunden und ausgeschaltet hatten.

Sie befanden sich jetzt in einem unbesiedelten Gebiet, dem sogar die Karawanen fernblieben, in einem Land der kühlen nebligen Morgenstunden, des blendenden Mondscheins und der täuschenden Zwielichtzeiten, in einem Land voller Spuren gefährlicher Bergstämme, die an die allgegenwärtigen Sagen von den ›kleinen Menschen‹ denken ließen, Wesen, die sich so sehr von Menchen unterschieden wie eine Katze von einem Hund.

Ahura schien nicht zu merken, daß sich die beiden Begleiter plötzlich nicht mehr um sie bemühten, und blieb so provozierend verschlossen und unbestimmt wie zuvor.

Doch die Haltung des Mauslings gegenüber dem Mädchen erfuhr eine allmähliche, doch tiefgreifende Veränderung. Ob es am Schwinden seiner verdrängten Leidenschaft lag oder an der klareren Einsicht eines Geistes, der nicht mehr ständig damit beschäftigt war, witzige Bemerkungen und Komplimente hervorzubringen, jedenfalls hatte er immer mehr das

Gefühl, daß die Ahura, die er liebte, nur ein schwacher Funke war, ein winziges Flämmchen in der Düsternis einer Fremden, die ihm von Tag zu Tag rätselhafter, zweifelhafter und schließlich sogar widerlicher wurde.

Er erinnerte sich an den anderen Namen, den Ahura besitzen sollte, wenn Chloes Informationen stimmten, und mußte immer öfter an die Legende des Hermaphroditus denken, der im Karischen Brunnen badete und sich mit der Nymphe Salmacis zu einem Körper verband.

Wenn er jetzt Ahura anblickte, sah er nur die begierigen Augen, die wie durch einen Spalt in die Welt blickten. Er begann sich vorzustellen, daß sie nachts lautlos über den demütigenden Zauber lachte, der ihm und Fafhrd auferlegt worden war. Seine Fixierung auf Ahura änderte sich und gewann einen neuen Schwerpunkt, und er gewöhnte es sich an, sie zu bespitzeln und ihren Gesichtsausdruck zu studieren, wenn sie es nicht bemerkte, als hoffte er, auf diesem Wege hinter ihr Geheimnis zu kommen.

Fafhrd fiel dieses Verhalten natürlich auf, und er vermutete sofort, daß der Mausling sein Versprechen brechen wollte. Nur mühsam zügelte er seinen Ärger und begann den Mausling so eingehend zu beobachten, wie der Mausling das Mädchen im Auge behielt. Wenn es darum ging, auf die Jagd zu gehen, war keiner der beiden mehr bereit, allein loszureiten. Ihr entspanntes Verhältnis trübte sich. Als sie eines späten Nachmittags östlich von Armenien eine schattige Schlucht durchquerten, stürzte plötzlich ein Falke herab und vergrub seine Klauen in Fafhrds Schulter. Der Nordling tötete das Wesen in einem bizarren Durcheinander aus rötlichen Federn, ehe er merkte, daß auch dieser Vogel eine Nachricht brachte.

›Behalte den Mausling im Auge‹, lautete der Text, der zusammen mit dem Schmerz der Vogelkrallen das Faß zum Überlaufen brachte. Fafhrd galoppierte nach vorn und zügelte sein Tier neben dem Mausling, während Ahuras Pferd nervös zur Seite auswich. Dann offenbarte er dem Graugekleideten seinen Verdacht und warnte ihn, daß jeder Verstoß gegen die Vereinbarung ihre Freundschaft sofort beenden und sie in einen tödlichen Konflikt stürzen würde.

Der Mausling hörte zu, als erlebe er einen Traum, ohne dabei den umwölkten Blick von Ahura zu nehmen. Er hätte Fafhrd gern seine wirklichen Beweggründe genannt, wußte aber nicht recht, ob er sie klar formulieren konnte. Außerdem ärgerte er sich, daß ihn der Freund so falsch einschätzte. Als Fafhrd mit seinen Vorhaltungen fertig war, enthielt er sich jeden Kommentars. Fafhrd nahm das Schweigen als Schuldeingeständnis und spornte sein Pferd wütend an.

Sie näherten sich jetzt dem zerklüfteten Gebiet, aus dem die Meder und die Perser gegen Assyrien und Chaldäa vorgegangen waren, und wo sie, wenn Ningaubles Angaben stimmten, den vergessenen Unterschlupf des Herrn des Ewig Bösen finden würden.

Zuerst war die archaische Karte auf Ahrimans Leichentuch mehr verwirrend als vorteilhaft, doch nach einer Weile gewann die Zeichnung eine seltsame Bedeutung, wozu die seltsam klugen Anmerkungen Ahuras nicht wenig beitrugen. Hier zeigte sich eine tiefe Schlucht, wo das vorangehende Terrain eigentlich eine tafelartige Erhebung vermuten ließ, und ein Tal, wo eigentlich ein Berg sein mußte. Wenn die Karte stimmte, würden sie die Vergessene Stadt in wenigen Tagen erreichen.

Die ganze Zeit über ließ die Fixierung des Mauslings auf Ahura nicht nach. Sein Verdacht nahm endlich klare, wenn auch verblüffende Umrisse an. Er hielt Ahura für einen Mann.

Es war seltsam, daß das enge Zusammenleben während des langen Ritts und die intensiven Beobachtungen des Mauslings diese Frage nicht schon längst eindeutig entschieden hatten. Doch als er sich die bisherigen Ereignisse durch den Kopf gehen ließ, stellte er fest, daß ihm der klare Beweis noch fehlte.

Gewiß, Ahuras Figur und ihre Bewegungen, all ihre kleinen Handlungen waren die einer Frau, doch der Mausling dachte an manchen kunstvoll angemalten und ausgestopften Knaben, der das Feminine nicht weniger gut nachgeahmt hatte. Unvorstellbar – und doch kam er nicht um den Gedanken herum. Von diesem Augenblick an litt der Mausling förmlich unter einer Zwangsvorstellung und verstärkte seine düstere Beobachtung, was nun wieder Fafhrd aufregte, der es sich angewöhnte, immer wieder überraschend mit der Hand gegen seinen Schwertgriff zu klatschen, womit es ihm allerdings nicht gelang, den Mausling zum Wegblicken zu veranlassen. Auf seine Weise war jeder der beiden Männer so mürrisch wie das Kamel, das auf diesen unmöglichen Ausflug in Gebiete außerhalb der angenehmen Wüste immer störrischer reagierte.

Die Tage hatten für den Graugekleideten etwas Alptraumhaftes; Tage, die sie durch düstere Schluchten und über kahle Erhebungen immer mehr an Ahrimans urzeitlichen Schrein heranführten. Fafhrd wirkte auf den Mausling wie ein gefährlicher bleicher Riese, der nur eine schwache Ähnlichkeit mit dem vollblütigen Menschen hatte, den er im wirklichen Leben gekannt hatte, und die ganze Expedition schien ihm nur noch ein blindes Dahintappen auf den verborgenen Wegen eines Traums zu sein. Noch immer wollte der Mausling dem Riesen seinen Verdacht offenbaren, brachte es aber nicht über sich, weil seine Vermutungen doch zu ungeheuer waren – und weil der große Mann Ahura liebte. Und währenddessen entrückte ihm Ahura immer mehr, ein Phantom, das sich seinem Griff immer wieder entzog, wenn er sich auch in klaren Augenblicken eingestehen mußte, daß sich das Verhalten des Mädchens um keinen Deut geändert hatte, abgesehen davon, daß sie die Männer noch mehr zur Eile antrieb, wie bei einem Schiff, das sich seinem Heimathafen nähert.

Schließlich brach die Nacht an, da er seine qualvolle Neugier nicht mehr zügeln konnte. Er wand sich unter einem Berg bedrückender Träume hervor, stemmte sich auf einen Ellbogen hoch und sah sich um, lautlos wie das Wesen, dessen Namen er trug.

Es war kalt, doch bewegte sich kein Lufthauch, so daß die Temperatur erträglich blieb. Das Feuer war niedergebrannt, so daß es mehr das Mondlicht war, das ihm Fafhrds Ellbogen und struppigen Kopf enthüllte, die aus dem dicken Bärenfellmantel ragten. Und es war das Mondlicht, das voll auf Ahura fiel, die auf der anderen Seite des Feuers lag und ihr ruhiges Gesicht zum Zenit gerichtet hatte. Sie schien kaum zu atmen.

Der Mausling wartete lange. Lautlos schob er dann die

graue Kapuze zurück, griff nach seinem Schwert, ging um das Feuer herum und kniete neben ihr nieder. Eine Zeitlang betrachtete er ruhig ihr Gesicht, die hermaphroditische Maske, die ihn Tag um Tag plagte. Plötzlich griffen seine Hände nach ihr und hielten ebenso abrupt inne. Wieder blieb er reglos sitzen. Dann machte er sich mit Bewegungen ans Werk, die so zielstrebig und einstudiert schienen wie die eines Schlafwandlers. Er schob ihren wollenen Umhang beiseite, nahm ein kleines Messer aus einem Beutel, hob ihr Gewand am Hals an, wobei er sich bemühte, ihre Haut nicht zu berühren, schlitzte den Stoff bis zum Knie hinunter auf und öffnete dann ihr Unterkleid auf die gleiche Art.

Die elfenbeinweißen Brüste, die er nicht zu sehen erwartet hatte, waren vorhanden. Und doch verschwand sein Alptraum nicht, sondern verstärkte sich noch.

Es war ein Eindruck, der zu tiefgreifend war, um davon überrascht zu sein, eine völlig neue und tiefere Erkenntnis. Denn während er noch am Boden kniete und ernst auf das Mädchen hinabblickte, spürte er mit absoluter Gewißheit, daß auch dieses elfenbeinweiße Fleisch nur eine Maske war, ebenso raffiniert geformt wie das Gesicht und aus einem ebenso unverständlichen Grund erschaffen.

Die weißen Lider zuckten nicht, doch einige Zähne zeigten sich in einer Bewegung der Lippen, die er für ein kurzes, zukkendes Lächeln hielt.

Mehr als je zuvor war er in diesem Augenblick überzeugt, daß Ahura ein Mann war.

Hinter ihm knirschte Asche.

Der Mausling fuhr herum und sah nur das Aufblitzen des Stahls über Fafhrds Kopf, die Klinge, die einen Augenblick verhielt, als wollte ein Gott mit übermenschlicher Nachsicht seiner Kreatur noch eine Chance geben, ehe er den tödlichen Blitz auslöste.

Der Mausling zerrte sein schmales Schwert gerade noch rechtzeitig heraus, um den gewaltigen Schlag abzuwehren. Kreischend fuhren die beiden Klingen von der Spitze bis zum Heft aneinander entlang.

Und als Antwort auf dieses metallische Kreischen, mit ihm verschmelzend, es fortsetzend und verstärkend, wehte aus der absoluten Stille im Westen ein gewaltiger Windstoß heran, der den Mausling vorwärtstrieb und Fafhrd zurücktaumeln ließ und der Ahura über die Stelle rollte, wo die Asche geschwelt hatte.

Der Sturm erstarb sofort wieder. Gleichzeitig wehte etwas Fledermausartiges auf das Gesicht des Mauslings zu. Aber es war keine Fledermaus, sondern fühlte sich an wie Papyrus.

Die Asche, die in ein trockenes Grasbüschel geweht worden war, hatte widernatürlich zu brennen begonnen. In den flackernden Schein der Flammen hielt er das dünne Blatt, das aus dem unendlichen Westen herangeweht worden war.

Hastig winkte er Fafhrd zu, der bemüht war, von einer Buschkiefer loszukommen.

Auf dem Papier standen über dem verschlungenen Siegel große schwarze Buchstaben.

›Bei den Göttern, die ihr verehrt, gebt diesen Streit auf. Reitet sofort weiter. Folgt der Frau!‹

Die beiden Männer merkten, daß ihnen Ahura über die Schulter starrte. Der helle Mond erschien hinter einer kleinen schwarzen Wolkengruppe, die ihn kurz verdunkelt hatte. Ahura blickte auf die beiden Männer hinab, zog Unterkleid und Gewand zusammen und gürtete sich mit dem weiten Umhang. Die Männer machten die Pferde reisefertig, befreiten das Kamel, das in eine Gruppe Dornbüsche geraten war, und machten sich auf den Weg.

Nun fanden sie die Vergessene Stadt fast zu schnell – und unwillkürlich dachten sie an eine Falle oder das Werk eines Illusionisten. Noch eben deutete Ahura auf eine mit Felsbrocken gesäumte Gesteinsspalte; im nächsten Augenblick starrten sie in ein schmales Tal, in dem sich mondsilberne Monolithen und ihre Schatten drängten.

Den beiden Männern war sofort klar, daß die Bezeichnung ›Stadt‹ nicht richtig war. Auf keinen Fall hatten Menschen in diesen gigantischen Steinzelten und Bauten gelebt, wenn sie hier vielleicht auch ihre Götter verehrt hatten. Es war ein Ort für ägyptische Kolosse, für steinerne Gottesdiener. Aber Fafhrd und der Mausling hatten wenig Zeit, sich die Stadt als Ganzes anzusehen, denn plötzlich trieb Ahura ihr Pferd an und ließ es den Abhang hinabgaloppieren.

Es folgte eine wilde, zügellose Jagd; die Pferde waren vorwärtsstürmende Silhouetten, das Kamel ein taumelnder Schatten. Ihr Weg führte durch einen Wald aus grob behauenen Säulen, an schiefstehenden Stelen vorbei, die ganze Palastwände hätten bilden können, unter Türstürzen hindurch, die für Elefanten gemacht schienen, dem verhallenden Hufschlag nach, den sie nicht einholten – bis sie plötzlich ins klare Mondlicht hinauskamen und ihre Tiere auf einem freien Platz zwischen einem großen sarkophagähnlichen Steinblock oder Behältnis mit Freitreppe davor und einem riesigen, annähernd menschenähnlichen Monolithen zum Stehen brachten.

Doch sie hatten kaum einen Blick in die Runde geworfen, als sie sahen, daß Ahura ihnen ungeduldig zuwinkte. Sie erinnerten sich an Ningaubles Anweisungen und merkten, daß es fast Morgen war. Hastig luden sie verschiedene Bündel und Schachteln von dem zitternden, furzenden und nach ihnen schnappenden Kamel, und Fafhrd entfaltete das dunkle, spinnwebartige Leichentuch Ahrimans und legte es um Ahura, die vor dem Grab stand. Ihr Gesicht war ein Marmorbild der Erwartung, als wäre sie ein Teil der Steinwüste ringsum.

Während sich Fafhrd mit anderen Dingen beschäftigte, öffnete der Mausling die Ebenholztruhe, die sie Laodice gestohlen hatten. Eine seltsame Stimmung überkam ihn, und er begann wie ein Eunuch herumzutanzen und arrangierte liebevoll auf einem flachen Stein all die kleinen Krüge und Becher und winzigen Amphoren, die sich in der Truhe befunden hatten.

Fafhrd reichte ihm schließlich den Kelch des Sokrates. Herumhüpfend und vor sich hin summend schüttete der Mausling das Mumienpulver hinein, fügte den sauren Wein hinzu und rührte um – dann tanzte er in phantastischen Figuren auf Ahura zu und reichte ihr das Gefäß.

Als sie keine Bewegung machte, hielt er ihr den Kelch an die Lippen, sie trank gierig, ohne den Blick vom Grab zu nehmen.

Schließlich näherte sich Fafhrd mit dem Ast vom babylonischen Baum des Lebens, der sich noch immer wunderbar frisch anfühlte, als hätte ihn der Mausling eben erst abgeschnitten. Sanft öffnete er Ahuras geballte Faust, schob den Ast hinein und drückte die Finger wieder zusammen.

Nun war alles bereit, und sie warteten.

Der Himmel rötete sich am Horizont und schien im ersten Augenblick dunkler zu werden, als die Sterne verblaßten und der Mondschein blasser wurde. Die aufgestellten Aphrodisiaka erkalteten und dufteten nicht in der nächtlichen Brise. Und die Frau starrte weiter auf das Grab. Hinter ihr, anscheinend ebenfalls das Grab beobachtend, erhob sich der menschenförmige Monolith wie ein phantastischer Schatten. Der Mausling sah sich ab und zu nervös nach dem Gebilde um und wußte nicht recht zu sagen, ob die Statue das Produkt einer urzeitlichen Kunst oder ein Wesen von solch abgrundtiefer Bosheit war, daß man sein Abbild später bewußt entstellt hatte.

Der Himmel hellte sich auf, bis der Mausling schließlich einige unheimliche Reliefdarstellungen an den Flanken des Sarkophags ausmachen konnte – Menschen wie Steinsäulen und Tiere wie Berge –, und bis Fafhrd das Grün der Blätter in Ahuras Hand erkannte. Dann bemerkte er etwas Erstaunliches. Im Handumdrehen verwelkten die Blätter, der Ast wurde schwarz und rollte sich ein. Im gleichen Augenblick zitterte Ahura und wurde womöglich noch bleicher. Ihre Haut wurde schneeweiß, und der Mausling hatte den Eindruck, als bilde sich eine durchsichtige schwarze Wolke um ihren Kopf, als ergieße sich die rätselhafte Fremde, die er haßte, wie der Geist aus einer Flasche als nebelhafte Schwade aus ihrem Körper nach oben.

Der massive Steindeckel des Sarkophags knirschte und begann sich zu heben. Ahura näherte sich dem Sarkophag. Der Mausling hatte den Eindruck, als ziehe die Wolke sie wie ein schwarzes Segel vorwärts.

Der Deckel bewegte sich nun schneller, wie der Oberkiefer eines Steinkrokodils. Die schwarze Wolke schien triumphierend auf den breiter werdenden Schlitz zuzuhalten und die bleiche Gestalt mitzuziehen. Der Deckel öffnete sich weit. Ahura erreichte die Kante und starrte dann entweder hinab oder wurde, wie dem Mausling scheinen wollte, zusammen mit der Wolke fast hineingesogen. Sie zitterte konvulsivisch.

Dann sank ihr Körper wie ein leeres Kleidungsstück zusammen.

Fafhrd knirschte mit den Zähnen, das Handgelenk des Mauslings knackte. Die Griffe ihrer Schwerter, die sie ohne eigenes Zutun gezogen hatten, schmerzten in ihren Handflächen.

Dann erhob sich eine schmale Gestalt aus dem Grab – wie ein Müßiggänger nach einem Tag der Ruhe, wie ein indischer Prinz nach der Mühsal einer Audienz, wie ein Philosoph nach anstrengendem Diskurs. Die Glieder der Gestalt waren in Schwarz, sein Körper in silbriges Metall gehüllt. Haar und Bart waren seidig und pechschwarz. Doch was sofort wie das Symbol auf dem Schild eines Maskierten den Blick auf sich zog, war der schillernde Glanz seiner olivenfarbenen Haut, ein silbriger Schimmer, der unwillkürlich an Fischbäuche und Lepra denken ließ – und auch an eine gewisse Vertrautheit.

Denn das Gesicht des schwarzsilbrig schimmernden Fremden hatte eine unverwechselbare Ähnlichkeit mit Ahura.

5. *Anra Devadoris*

Der Neuankömmling stützte die Hände auf den Rand seines Grabs, musterte freundlich die beiden Männer und nickte, als wären sie bestens bekannt. Dann sprang er leichtfüßig heraus und kam mit großen Schritten die Treppe herab, wobei er auf Ahrimans Leichentuch trat, ohne auch nur einen Blick an Ahura zu verschwenden.

Er musterte die Schwerter.

»Ihr vermutet Gefahr?« fragte er und strich sich höflich über den Bart, der, wie der Mausling meinte, nur in einem Grab so buschig und sogleich so seidig hatte werden können.

»Bist du ein Adept?« gab Fafhrd zurück, und die Worte kamen etwas hastig über seine Lippen.

Der Fremde ignorierte die Frage und betrachtete amüsiert das wirre Durcheinander der Aphoridisiaka auf dem flachen Stein.

»Der liebe Ningauble«, murmelte er, »ist zweifellos der Vater aller siebenäugigen Frauenhelden. Ihr kennt ihn vermutlich gut genug, um zu wissen, daß er euch diese Dinge holen ließ, um sie eines Tages selbst zu besitzen. Sogar in seinem Kampf mit mir kann er der Versuchung nicht widerstehen, einen kleinen Nebengewinn herauszuschlagen.«

Und mit diesen Worten öffnete er seinen Waffengurt und legte ihn zusammen mit dem wundersam schmalen Schwert aus der Hand, das einen Silbergriff hatte. Der Mausling zuckte die Achseln und steckte seine Waffe weg, während Fafhrd nur vor sich hin brummte.

»Du gefällst mir nicht«, sagte er. »Bist du das Wesen, das uns den Schweinefluch auferlegt hat?«

Der Fremde musterte ihn fragend.

»Ihr sucht nach Ursachen«, sagte er. »Ihr wünscht den Namen eines Mittlers zu erfahren, der euch etwas angetan hat. Und sobald ihr diesen Namen kennt, gedenkt ihr eurer Wut die Zügel schießen zu lassen. Doch hinter jeder Ursache steckt eine zweite Ursache, und hinter dem letzten Mittler ein weiterer Mittler. Ein Unsterblicher könnte auch nicht einen Bruchteil aller Beteiligten töten.

Ihr müßt mir glauben, ihr beiden, die ihr diesem Weg weiter gefolgt seid als die meisten zuvor, die schon Erfahrungen mit den besonderen Hindernissen gesammelt haben, die jenen entgegenstehen, die die Grenzen ihres Geistes und die bescheidene Gegenwart zu sprengen suchen, auch ungeheure Fallen warten auf euch, unvorstellbare Feinde werden geweckt. Ich flehe euch an, wartet noch, ehe ihr zu kämpfen beginnt, wie auch ich warten will, ehe ich eure zweite Frage beantworte. Daß ich ein Adept bin, will ich freimütig eingestehen.«

Bei diesen Worten verspürte der Mausling wieder den seltsam trunkenen Impuls, sich in aller Größe aufzuführen, diesmal in der Rolle eines Zauberers. Hier war eins der seltenen Lebewesen, bei denen er die Rune gegen Adepten ausprobieren konnte, die in seinem Gürtelbeutel ruhte!

Am liebsten hätte er durch die zusammengebissenen Zähne einen Todeszauber geäußert oder hätte in einer beschwörenden Geste die Arme gehoben und den Adepten dreimal angespuckt. Aber auch er zog es vor zu warten.

»Es gibt immer einen Weg, sich einfach auszudrücken«, bemerkte Fafhrd düster.

»Und gerade da bin ich nicht deiner Meinung«, widersprach der Adept lebhaft. »Gewisse Dinge kann man überhaupt nicht ausdrücken, und andere sind so schwierig, daß man darüber vor Gram vergehen und sterben kann, bis die rechten Worte gefunden sind. Man muß sich Sätze vom Himmel borgen, Worte aus den Sphären jenseits der Sterne brechen. Sonst wäre alles eine primitive Charade.«

Der Mausling starrte den Adepten an; ihm war plötzlich eine krasse Unstimmigkeit aufgefallen – als hätte er plötzlich im Schwung von Solons Lippen einen Hinweis auf Heimtücke gefunden oder einen Schimmer der Feigheit in den Augen Alexanders oder Schwachsinn im Gesicht von Aristoteles. Denn obwohl der Adept offenkundig gebildet, selbstbewußt und mächtig war, mußte der Mausling plötzlich an ein Kind denken, das auf morbide Weise experimentieren wollte, an einen schüchternen, zwanghaft neugierigen kleinen Jungen. Außerdem hatte der Mausling das verwirrende Gefühl, daß hier das Geheimnis lag, nach dem er so lange bei Ahura gesucht hatte.

Fafhrds Schwertarm spannte sich, und er schien bereit zu sein, eine noch energischere Antwort zu suchen. Doch plötzlich stieß er sein Schwert zurück in die Scheide, ging zu der Frau, legte ihr kurz die Finger um das Handgelenk und bedeckte sie mit seinem Bärenfellmantel.

»Ihr Geist ist nur kurz entflohen«, sagte er. »Bald ist er zurück. Was hast du ihr angetan, du schwarzsilberner Geck?«

»Was kommt es darauf an, was ich ihr oder dir oder mir angetan habe?« erwiderte der Adept fast mürrisch. »Ihr seid hier, und wir haben einiges zusammen zu erledigen.« Er hielt inne. »Kurz gesagt möchte ich euch folgendes vorschlagen: Ich mache euch zu Adepten, wie ich es bin, und teile mit euch alles Wissen, das eure Gehirne begreifen können, unter der einzigen Bedingung, daß ihr euch solchen Zauberwirkungen unterwerft, wie ich sie euch schon auferlegt habe und vielleicht auch künftig auferlegen werde, um unser Wissen zu erweitern. Was haltet ihr davon?«

»Warte, Fafhrd!« flehte der Mausling und fiel seinem Kameraden in den Arm. »Schlag noch nicht zu. Ich möchte mir die Statute einmal von allen Seiten ansehen. Großzügiger Zauberer, warum hast du dich entschlossen, ausgerechnet uns dieses Angebot zu machen, warum hast du uns hierhergeholt, um mit uns zu sprechen, anstatt unsere Entscheidung schon in Tyrus einzuholen?«

»Ein Adept!« brüllte Fafhrd und zerrte den Mausling zur Seite. »Ein Adept bietet mir an, Adept zu werden! Und dafür soll ich weiter Schweine küssen müssen! Von mir aus kannst du Fenris anspucken!«

»Warum ich euch hierhergeführt habe?« wiederholte der Adept gelassen. »Meiner Bewegungsfreiheit sind gewisse Grenzen gesetzt, ebenso ist meine Möglichkeit beschränkt, mich über große Entfernungen verständlich zu machen. Außerdem gibt es einen ganz besonderen Grund für meine Handlungsweise, den ich euch nennen will, sobald wir unsere Vereinbarung geschlossen haben – obwohl ich euch schon sagen kann, daß ihr mir, ohne es zu wissen, bereits geholfen habt.«

»Aber warum ist deine Wahl auf *uns* gefallen? Warum?« setzte der Mausling nach und stemmte sich gegen Fafhrd, der ihn am Ärmel zupfte.

»Stellt man sich die Frage nach dem *Warum* zu oft, wird man leicht über den Rand der Wirklichkeit hinausgeführt«, erwiderte der schwarzsilberne Adept. »Ich habe mein Wissen außerhalb der Träume normaler Menschen gesucht; ich bin tief in die Dunkelheit vorgestoßen, die Geister und Sterne umschließt. Doch jetzt, im Kern der pechschwarzen Windungen dieses schrecklichen Labyrinths, sehe ich mich plötzlich am Ende meiner Möglichkeiten. Die tyrannischen Mächte, die ahnungslos das Geheimnis des Universums bewachen, ohne zu wissen, was sie da hüten, haben mich aufgespürt. Jene bösen Wächter, in deren Kreis Ningauble der einfachste Abgesandte und Ormadz ein nebelhaftes Symbol ist, haben Fallen gestellt und ihre Barrikaden errichtet. All meine Fackeln sind erloschen oder haben sich als zu schwach erwiesen. Ich brauche neue Zugänge zum Wissen.«

Er richtete seine Augen auf die Freunde, Augen, die zu Löchern in einem Vorhang zu werden schienen. »In eurem tiefsten Innern steckt etwas Besonderes, etwas, das ihr euch – oder andere vor euch – über die Generationen hinweg bewahrt habt. Etwas, das euch auf eine Weise lachen läßt, wie nur die Älteren Götter gelacht haben. Etwas, das euch in Entsetzen und Desillusionierung und Tod noch eine Art Scherz sehen läßt. Aus der Erkundung dieses Wesenszuges ist neues Wissen zu gewinnen.«

»Hältst du uns für hübsch gewobene Halstücher, die du mit probierenden Fingern abscheuern kannst?« fragte Fafhrd entrüstet. »Um so das Seil zu verlängern, an dessen Ende du zappelst, und schließlich ganz nach Niflheim hinabzusteigen?«

»Jeder Adept muß sich selbst erkunden, ehe er andere hinzuzieht«, erwiderte der Fremde ernst. »Ihr kennt den Schatz nicht, den ihr jungfräulich und ungenutzt mit euch herumtragt oder in sinnlosem Gelächter vergeudet. Ein großer Wert, eine ungeheure Vielschichtigkeit, Wege des Geschicks, die über den Himmel in unerforschter Reiche führen.«

Seine Stimme wurde weich und lockend.

»Habt ihr denn keinen Drang, mehr zu verstehen, keine Lust, nicht nur Dummejungenstreiche, sondern größere Abenteuer zu erleben? Ich gebe euch Götter als Gegner und Sterne als Schatztruhen, wenn ihr euch nur meinem Kommando beugt. Alle Menschen werden eure Tiere sein, die besten eure Jagdmeute. Schnecken und Schweine küssen? Das ist nur ein Beginn. Gewaltiger als Pan werdet ihr sein, und ihr werdet Nationen erschrecken und die Welt ausbeuten. Das Universum wird nach euren Launen erzittern, doch ihr werdet es meistern und bezwingen. Das alte Lachen wird euch die Macht geben ...«

»Schweig, du redest Unsinn! Deine erbärmlichen Lippen verkünden nichts Gutes! Schweig!« brüllte Fafhrd.

»Unterwerft euch mir und meinem Willen«, fuhr der Adept hingerissen fort, und seine Lippen ließen den schwarzen Bart rhythmisch zucken. »Alle Dinge werden wir umkehren und quälen, werden ihre Ursache ergründen. Die Gier der Götter wird uns den Weg bereiten, dem wir durch die windtosende Dunkelheit folgen, bis wir das Wesen finden, das im Schädel des dummen Odin hockt und die Fäden bewegt, die euer und mein Leben lenken. Alles Wissen wird uns gehören, uns dreien. Ihr müßt mir nur euren Willen öffnen!«

Vorübergehend war der Mausling von diesem Ausblick auf haarsträubende Wunder hypnotisiert. Dann spürte er Fafhrds Bizeps anschwellen, der unter seinem Griff erschlafft war, als sei der Widerstand des Nordlings überwunden, und im nächsten Augenblick hörte er schneidende Worte über seine Lippen kommen, die in der Stille widerhallten:

»Glaubst du, ein primitiver Spruch genügt, um uns für deine widerlichen Reize zu gewinnen? Meinst du wirklich, uns läge auch nur im geringsten an deinen hochgesponnenen Plänen? Fafhrd, dieser Quatschkopf beleidigt mich, ganz abgesehen von den Dingen, die er uns schon angetan hat! Ich sehne mich danach, ihn aufzuribbeln, bei den Rippen angefangen!«

»Begreift ihr denn nicht, was ich euch biete, versteht ihr denn nichts von der Größe dieser Chance? Haben wir denn gar keine gemeinsame Basis?«

»Doch. Aber nur zum Kämpfen. Ruf deine Dämonen, Zauberer, oder zieh deine Waffen!«

Eine unmenschliche Lust wich aus den Augen des Adepten und ließ nur matte, tödliche Entschlossenheit zurück. Fafhrd packte den Kelch des Sokrates, ließ ihn fallen und fluchte, als das Gebilde auf den Mausling zurollte, dessen katzenschnelle Hand den Griff des schmalen Schwerts berührte, das er Skalpell nannte. Der Adept bückte sich, tastete blindlings herum und nahm schließlich den Waffengurt wieder an sich – und aus der Scheide zog er eine Klinge, die schmal und biegsam wie eine Nadel war.

So stand er vor den beiden, schlank und gelassen und selbstbewußt im roten Schimmer der aufsteigenden Sonne, und der schwarze anthropomorphe Monolith ragte wie ein Sekundant hinter ihm auf.

Lautlos zog der Mausling sein Skalpell, fuhr liebevoll mit dem Finger an der Klinge entlang und bemerkte dabei eine Inschrift, die mit schwarzer Kreide auf das Metall gemalt war. ›Der Schritt, den du jetzt tun willst, gefällt mir nicht. Ningauble.‹ Mit ärgerlichem Knurren wischte der Mausling die Klinge an seinem Bein ab und konzentrierte sich auf den

Adepten – so sehr, daß ihm entging, wie die am Boden liegende Ahura langsam die Augen öffnete.

»Und jetzt, Toter Zauberer«, sagte der Graugekleidete munter, »höre meinen Namen. Ich bin der Graue Mausling.«

»Und ich heiße Anra Devadoris.«

Sofort setzte der Mausling seinen sorgsam erwogenen Plan in die Tat um; er wollte zwei schnelle Hiebe vorlegen und seinen klingenbewehrten Körper gegen das Schwert des Adepten anstürmen lassen, das abgelenkt werden sollte – dann wollte er auf den Hals des Adepten zielen, der durchschnitten werden mußte. Schon sah er das Blut spritzen, als er beim zweiten Hieb plötzlich die Klinge des Adepten erblickte, die wie ein Pfeil auf seine Augen zusirrte. Die Waffe des Adepten fuhr gierig um das Skalpell herum, doch nur so weit, daß die Haut am Hals des Mauslings geritzt wurde. Der Graugekleidete duckte sich und gewann sein Gleichgewicht wieder, wobei er völlig ungeschützt war und nur ein Schritt nach hinten ihn vor Anra Devadoris' schlangengleichem Nachsetzen rettete.

Als er sich aufraffte, um dem nächsten Angriff zu begegnen, riß er verblüfft den Mund auf, denn in seinem ganzen Leben hatte er noch keinen so schnellen Gegner erlebt.

Fafhrds Gesicht war bleich, während Ahura, die den Kopf ein wenig angehoben hatte, ein schwaches und ungläubiges, doch böses Lächeln offenbarte, eine eindeutig boshafte Freude, die ihrem bisher zur Schau gestellten Wesen absolut widersprach.

Anra Devadoris lächelte noch breiter und nickte dem Mausling mit herablassender Dankbarkeit zu, ehe er weiter vorrückte. Und jetzt war es die Nadelklinge, die in einem gezielten und blitzschnellen Angriff vorzuckte, und das Skalpell sirrte in höchster Verzweiflung durch die Luft.

Der Mausling zog sich taumelnd und auf gewundenen Wegen zurück, sein Gesicht war schweißüberströmt, sein Hals trocken, doch sein Herz frohlockte, denn nie zuvor hatte er so gut gekämpft – nicht einmal an jenem heißen Morgen, da er, mit dem Kopf in einem Sack steckend, einen launischgrausamen ägyptischen Entführer erledigt hatte.

Unerklärlicherweise hatte er das Gefühl, daß sich die Tage,

die er mit der Bespitzelung Ahuras verbracht hatte, nun bezahlt machten.

Die Nadelklinge glitt heran, und im ersten Augenblick vermochte der Mausling nicht zu sagen, auf welche Seite vom Skalpell sie entlangsirrte. Vorsichtshalber sprang er zurück – doch er war nicht schnell genug, um einem Stich in die Flanke zu entgehen. Wütend hieb er nach dem zurückzukkenden Arm des Adepten – und schaffte es gerade noch, seinen eigenen Arm vor einem Gegenstoß zu retten.

Mit einer unangenehmen Stimme, die Fafhrd kaum verstand und die der Mausling überhaupt nicht hörte, rief Ahura: »Die Spinnen haben dein Fleisch kaum gekitzelt, Anra!«

Mag sein, daß der Adept unmerklich zögerte, vielleicht wurden seine Augen auch nur um einen Hauch ausdrucksloser. Jedenfalls wurde dem Mausling die Gelegenheit, auf die er verzweifelt wartete, weiter vorenthalten – nämlich einen Gegenangriff einzuleiten und dem tödlichen Wirbel seines im Kreise ablaufenden Rückzugs zu entgehen. Sosehr er auch Ausschau hielt, er vermochte keine Lücke in dem schwertgewobenen Stahlnetz auszumachen, das sein Gegner unermüdlich über ihn warf, auch sah er in dem Gesicht hinter dem Netz kein verräterisches Zucken, kein blitzendes Auge, das ihm die nächste Angriffsrichtung zeigte, keine Blähung der Nasenflügel oder Dehnung der Lippen, die von atemloser Erschöpfung zeugten, wie er sie empfand. Das Gesicht war unmenschlich starr, war die Maske einer Maschine, die irgendein Dädalus gebaut hatte – oder das Gesicht eines perfekten Silbermonstrums, das einem Mythos entsprungen war. Und wie eine Maschine schien Devadoris aus dem Rhythmus, der den Mausling schnell an den Rand der Erschöpfung brachte, immer neue Kraft zu ziehen.

Der Mausling erkannte, daß er diesen Rhythmus durch einen Gegenangriff, durch irgend etwas unterbrechen mußte, wenn er der Schnelligkeit nicht zum Opfer fallen wollte, der sein Auge fast nicht mehr zu folgen vermochte.

Und dann ging ihm auf, daß die Gelegenheit für diesen Gegenangriff niemals kommen würde, daß er vergeblich darauf warten würde, daß sein Gegner aus dem Takt geriet, daß er alles auf eine Karte setzen mußte.

Seine Kehle brannte, sein Herz klopfte heftig gegen die Rippen, seine Lungen verlangten nach Luft, ein stechendes, lähmendes Gift kroch durch seine Glieder.

Devadoris setzte eine Finte oder einen tödlichen Stoß an, der auf das Gesicht gezielt war.

Aber gleichzeitig hörte der Mausling Ahuras spöttische Stimme:

»Sie haben in deinem Bett ihre Netze gesponnen, und die Würmer sind über deine intimsten Organe gekrochen, Anra.«

Der Mausling wagte es – und hieb nach dem Knie des Adepten.

Entweder hatte er richtig vermutet – oder irgend etwas anderes vereitelte den tödlichen Angriff des Adepten.

Der Unheimliche parierte die Attacke des Mauslings mühelos, doch sein Rhythmus war gestört, und seine Geschwindigkeit ließ nach.

Aber bald nahm er wieder Tempo auf, und wieder versuchte der Mausling im letzten Augenblick auszubrechen. Wieder sagte Ahura spöttisch: »Die Maden haben dir ein Halsband gesponnen, und jeder vorüberwandelnde Käfer hat dir ins Auge gestarrt, Anra!«

Und immer öfter wiederholte sich das Schauspiel, Tempo, Ausbrechen, makabre Bemerkung – doch jedesmal erkämpfte sich der Mausling nur eine kurze Atempause, nie bot sich ihm die Gelegenheit, einen umfassenden Gegenangriff einzuleiten. Wie zuvor wanderte er im Kreis um seinen Gegner und zog sich dabei immer weiter zurück, so daß er schließlich das Gefühl hatte, in einem Strudel gefangen zu sein. Mit jeder Wendung wanderten bestimmte Dinge durch sein Blickfeld: Fafhrds gequältes bleiches Gesicht, das riesige Grabmal, Ahuras von Haß und Spott verzerrtes Antlitz, der rote Schimmer der aufsteigenden Sonne, der behauene schwarze Monolith mit den wartenden Steinsoldaten und den riesigen Steinzelten. Dann wieder Fafhrd ...

Und endlich erkannte der Mausling, daß seine Kräfte erlahmten. Jeder getäuschte Gegenangriff verschaffte ihm weniger Luft, jedesmal ließ sich der Adept weniger stören. Die Szene wirbelte sinnlos im Kreis, wurde immer dunkler. Ihm war, als wäre er in die Mitte eines mächtigen Strudels gezogen worden, als umklammere ihn die schwarze Wolke, die er aus Ahura hatte aufsteigen sehen, und schnüre ihm den Atem ab.

Er wußte, daß er nur noch einen letzten Ausbruch schaffte und deshalb alles auf eine Karte setzen mußte – es mußte ein Stich ins Herz werden.

Er wappnete sich.

Aber er hatte zu lange gewartet. Er brachte die erforderliche Kraft nicht mehr auf, er war nicht mehr schnell genug.

Er sah, wie der Adept den blitzschnellen Todesstoß einleitete.

Seine Abwehr war wie die Bewegung eines gelähmten Mannes, der sich von seinem Bett erheben will.

In diesem Augenblick begann Ahura zu lachen. Es war ein schreckliches hysterisches Lachen – ein kicherndes, glucksendes Lachen; ein Lachen, das ihn dumpf überlegen ließ, warum ihr sein Tod solche Freude machte; doch trotz aller Unterschiede klang ihm dieses Lachen wie ein schrilles, verzerrtes Echo von Fafhrds oder seinen eigenen Heiterkeitsausbrüchen in den Ohren.

Verwirrt stellte er fest, daß die Nadelklinge ihn doch nicht durchbohrt hatte, daß sich Devadoris' blitzschneller Stoß verlangsamte, immer mehr verlangsamte, als hemme ihn das Haßgelächter, als würfe jeder schreckliche Kicherlaut neue Ketten um seine Arme und Beine.

Der Mausling stürzte sich auf sein Schwert und brach nach vorn in die Knie – einen Angriff konnte man die Bewegung nicht mehr nennen.

Dann hörte er Fafhrds bebendes Aufseufzen.

Und schließlich erkannte er, daß er bemüht war, sein Skalpell aus der Brust des Adepten zu ziehen – eine fast unlösbare Aufgabe, obwohl die Klinge so leicht hineingeglitten war, als sei Anra Devadoris' Körper innen hohl. Wieder zerrte er an der Waffe, und das Skalpell löste sich und fiel aus seinen gefühllosen Fingern. Seine Knie zitterten, sein Kopf sank nach vorn, und die Umwelt versank in Dunkelheit.

Fafhrd, der schweißüberströmt war, beobachtete den Adepten. Anra Devadoris' starrer Körper schwankte wie eine

Steinsäule, wie ein kleiner Abklatsch des Monolithen hinter ihm. Seine Lippen waren zu einem starren, wissenden Lächeln erstarrt. Das Taumeln nahm zu, doch fiel er nicht sofort, als wäre er eine Inkarnation des fürchterlichen Todespendels. Endlich neigte er sich zu weit nach vorn und stürzte starr wie eine Säule zu Boden. Man hörte ein unangenehm hohles Krachen, als der Kopf auf das schwarze Pflaster schlug.

Wieder brach Ahura in ihr hysterisches Gelächter aus.

Fafhrd setzte sich mit einem Aufschrei in Bewegung und schüttelte besorgt die hingestreckte Gestalt des Mauslings, die ihm mit einigen Schnarchlauten antwortete. Wie ein thebanischer Phalanxkämpfer, der im Zwielicht nach dem Kampf über seiner Pike schlummert, war der Mausling in den Schlaf völliger Erschöpfung gesunken. Fafhrd holte den grauen Umhang, schlug ihn um seinen Freund und ließ ihn sanft zu Boden sinken.

Ahura zitterte.

Fafhrd betrachtete den Adepten, der starr wie eine umgeworfene Stele am Boden lag.

Devadoris war skeletthaft dürr. Die Wunde, die das Skalpell hinterlassen hatte, hatte kaum geblutet. Doch die Stirn war wie eine Eierschale eingedrückt. Fafhrd berührte den Mann. Die Haut war kalt, die Muskeln steinhart.

Fafhrd hatte schon erlebt, daß Tote schnell erstarren – etwa Makedonier, die zu lange gekämpft hatten. Doch sie waren gegen Ende des Kampfes unkonzentriert und taumelig geworden, während Anra Devadoris bis zum letzten Augenblick völlig ausgeruht und beherrscht gewirkt hatte. Während des Kampfes hatte sich seine Brust kaum bewegt, als habe er gar nicht geatmet.

»Beim gekreuzigten Odin!« brummte Fafhrd vor sich hin. »Der hier war ein echter Mensch, wenn er auch ein Adept war!«

Eine Hand legte sich auf seinen Arm, und er fuhr herum. Ahura war hinter ihn getreten. In ihren Augen zeigte sich das Weiße. Sie lächelte ihn verzerrt an, hob dann vielsagend eine Augenbraue, legte einen Finger an die Lippen und ließ sich neben der Leiche des Adepten auf die Knie fallen. Vorsichtig berührte sie die seidenweiche Oberfläche des winzigen Blutstropfens auf der Brust des Adepten. Fafhrd, dem wieder einmal die große Ähnlichkeit zwischen dem Toten und dem seltsam verzerrten Gesicht auffiel, atmete pfeifend ein. Ahura huschte wie eine verschreckte Katze davon.

Plötzlich erstarrte sie wie eine Tänzerin und schaute zu ihm zurück, und ein hämischer, rachsüchtiger Ausdruck erschien auf ihrem Gesicht. Sie winkte Fafhrd zu. Dann eilte sie leichtfüßig die Stufen hinauf, die zum Grabmal führten, deutete in den Sarkophag und winkte dem Nordling erneut zu. Nervös setzte sich Fafhrd in Bewegung; sein Blick war starr auf ihr angespanntes, unheimliches Gesicht gerichtet, das feenhaft schön war. Langsam erstieg er die Treppe.

Dann blickte er hinein.

Blickte hinein und spürte, daß die vernünftige Welt nur ein Vorhang vor einer scheußlichen Wirklichkeit war. Er erkannte, daß Ahura ihm hier einen Ort höchster Erniedrigung zeigte, einer Erniedrigung, die auch das Wesen, das sich Anra Devadoris nannte, erlitten hatte. Er erinnerte sich an die bizarren Spottrufe, die Ahura dem Adepten während des Duells zugeworfen hatte. Er erinnerte sich an ihr Lachen, und seine Phantasie wirbelte am Abgrund von Vorahnungen, Ungehörigkeiten und obszönen Intimitäten dahin. Er bemerkte kaum, daß Ahura über den Rand des Sarkophags gesunken war, daß ihre bleichen Arme starr hinabhingen, als wollte sie mit zehn schlanken Fingern in erschlafftem Entsetzen auf etwas deuten. Er wußte nicht, daß die verwirrten Augen des plötzlich erwachten Mauslings zu ihm emporstarrten.

Im Rückblick erkannte er, daß ihn Devadoris' tadellose Erscheinung auf den Gedanken gebracht hatte, das Grab müsse ein exzentrischer Eingang zu einem luxuriösen unterirdischen Palast sein.

Aber jetzt sah er, daß es in dieser engen Zelle keine Türen gab, keinen Spalt, der auf einen Geheimzugang hindeutete. Was immer aus diesem Grab gekommen war, hatte hier gelebt, hatte in diesem Loch gehaust, dessen trockene Ecken voller Spinnweben waren und auf dessen Boden fette Maden, Mistkäfer und haarige schwarze Spinnen herumhuschten.

Vielleicht war die Szene von einem amüsierten Dämonen – oder von Ningauble selbst – so geplant worden. Als Fafhrd jedenfalls das Grab verließ, verfingen sich seine Füße in Ahrimans Leichentuch, und er brüllte auf (der Mausling nannte es ›Blöken‹), ehe er die Ursache des Hindernisses ausmachte, das er aber schon völlig zerrissen hatte.

Als nächstes versetzte Ahura die beiden in Panik, indem sie loskreischte, der schwarze Monolith und seine Gefolgschaft seien losmarschiert, um sie unter ihren steinernen Füßen zu zermalmen.

Unmittelbar darauf ließ ihnen der Kelch des Sokrates das Blut in den Adern stocken, indem er im Halbkreis herumrollte, als taste sein weiser Besitzer im Dunkeln danach herum, um sich vielleicht nach einer anstrengenden Diskussion in der Unterwelt die Kehle damit zu befeuchten. Der verdorrte Ast vom Baum des Lebens fand sich überhaupt nicht mehr; allerdings bekam der Mausling einen gehörigen Schrecken, als er eine große schwarze Raupe von der Stelle fortkriechen sah, wo der Ast hingefallen sein mochte.

Das Kamel richtete schließlich die größte Verwirrung an, indem es plötzlich auf eine höchst untypische ekstatische Weise herumzustolzieren begann und sich dann, eifrig mit den Vorderhufen trommelnd, aufgerichtet auf den Hinterbeinen einer Stute näherte, die entsetzt ausrückte. Später stellte sich heraus, daß das Kamel sich offenbar an den Aphrodisiaka vergriffen hatte, denn eine der Flaschen war wie von einem Huf zerschmettert worden, und nur eine seltsam verwischte Stelle zeigte an, wo der ausgelaufene Inhalt gewesen sein mochte. Außerdem waren zwei kleine Tonkrüge völlig verschwunden. Fafhrd machte sich auf einem der verbleibenden Pferde an die Verfolgung der beiden Tiere.

Der Mausling, der mit Ahura allein geblieben war, sah seine Zungenfertigkeit auf die Probe gestellt; er mußte das Mädchen durch sein ständiges Geplauder vor dem Durchdrehen bewahren. Er verlegte sich auf saftigen tyrischen Klatsch, schob aber auch einen recht zweifelhaften Bericht ein, wie er und Fafhrd und fünf kleine äthiopische Jungen einmal mit den Augenstengeln des betrunkenen Ningaubles gespielt hatten und ihn schließlich in die verrücktesten Richtungen hatten starren lassen. (Der Mausling wunderte sich insgeheim, warum sie von dem siebenäugigen Mentor noch nichts gehört hatten. Nach einem Sieg war Ningauble immer sehr fix zur Hand, wenn es darum ging, seinen Lohn zu fordern; und er war nicht gerade großzügig – sicher mußten sie genau erklären, wo die drei Flaschen mit Aphrodisiaka geblieben waren.)

Vielleicht hätte man vom Mausling erwarten können, daß er die Gelegenheit nutzen und sich bei Ahura ins rechte Licht setzen würde, um sich womöglich zu vergewissern, daß er von dem Schneckenfluch endlich befreit war. Doch ganz abgesehen von ihrem hysterischen Zustand war er ihr gegenüber seltsam befangen, als sähe er sie zum erstenmal, obwohl er jetzt wieder die Ahura vor sich hatte, die er liebte. Jedenfalls unterschied sich diese Ahura erheblich von dem Mädchen, das mit ihnen zur Vergessenen Stadt geritten war, und die Erinnerung an seine Behandlung der anderen Ahura hemmte ihn doch sehr. So umschmeichelte und tröstete er sie, als wäre sie ein heimatloses tyrisches Kind, und zog schließlich zwei lustige kleine Handpuppen aus seinem Beutel und unterhielt sie damit.

Und Ahura schluchzte und sah sich um und erschauderte und schien den Unsinn, den der Mausling verzapfte, kaum zu hören – doch mit der Zeit wurde sie ruhiger, und ihr Blick verlor den starren Glanz, und sie schien getröstet zu sein.

Als Fafhrd schließlich mit dem noch immer bebenden Kamel und der entrüsteten Stute zurückkehrte, störte er den Mausling nicht, sondern hörte nur mit ernstem Gesicht zu, wobei er den Blick nacheinander auf den toten Adepten, den schwarzen Monolithen, die Steinstadt und den Nordhang des Tals richtete. Hoch über ihren Köpfen schlug eine Vogelschar dieselbe Richtung ein. Plötzlich rasten die Tiere auseinander, als hätte sich ein Adler zwischen sie gestürzt.

Fafhrd runzelte die Stirn. Gleich darauf hörte er ein Surren in der Luft. Der Mausling und Ahura hoben ebenfalls die Köpfe und erhaschten einen kurzen Blick auf etwas Langes und Schmales, das sich auf sie stürzte. Sie duckten sich. Ein dumpfes Geräusch war zu hören, als sich ein langer, heller Pfeil kaum einen Fuß von Fafhrd entfernt in eine Steinspalte bohrte und vibrierend steckenblieb.

Nach einigen Sekunden griff Fafhrd mit zitternden Fingern nach dem Pfeil. Das Holz war eisbedeckt, die Federn waren steif, als sei das Geschoß unglaublich weit durch kalte überweltliche Luft geflogen. Irgend etwas war um den Pfeilschaft gewickelt. Fafhrd entrollte ein eisstarrtes Papyrusblatt, das in seinen Händen weicher wurde, und las vor: »Ihr müßt weiterziehen. Euer Abenteuer ist noch nicht beendet. Verlaßt euch auf Omen. Ningauble.«

Noch immer zitternd, begann Fafhrd lautstark zu fluchen. Er knüllte as Papyrus zusammen, zerrte den Pfeil aus dem Bogen, zerbrach ihn und schleuderte die Teile wütend fort. »Elender Abkomme eines Eunuchen, einer Eule und eines Oktopus!« beendete er seinen Ausbruch. »Zuerst versucht er uns vom Himmel herab zu durchbohren, dann behauptet er, unser Abenteuer wäre noch nicht zu Ende – dabei haben wir's doch gerade durchgestanden!«

Der Mausling kannte die Wutausbrüche, in die sich Fafhrd nach manchem Kampf hineinsteigerte, besonders nach Kämpfen, an denen er nicht hatte teilnehmen dürfen. Er wollte schon etwas erwidern, als er sah, wie plötzlich die Wut aus Fafhrds Augen wich und einen wilden Glanz zurückließ, der ihm gar nicht gefiel.

»Mausling!« rief Fafhrd eifrig. »In welche Richtung habe ich den Pfeil geworfen?«

»Na, nach Norden«, sagte der Mausling, ohne nachzudenken.

»Ja, und die Vögel sind auch nach Norden geflogen, und der Pfeil war eisbedeckt.« Der Glanz in Fafhrds Augen wurde zu einem wilden Leuchten. »Omen hat er gesagt! Also gut, wir verlassen uns auf die Omen! Wir reiten nach Norden, Norden und nochmals nach Norden.«

Dem Mausling sank der Mut. Nun hatte er es sicher besonders schwer, gegen Fafhrds alten Wunsch anzugehen, jenes ›wundervolle kalte Land‹ aufzusuchen, ›wo nur kräftige, heißblütige Männer überleben können, und zwar durch die Jagd auf wilde Pelztiere‹ – eine Aussicht, die besonders unangenehm war für einen Freund heißer Bäder, südlicher Sonnenwärme und lauer Nächte.

»Jetzt ist die große Chance da!« fuhr Fafhrd fort, und seine Stimme nahm einen deklamierenden Tonfall an. »Ah, daß ich mich wieder nackt im Schnee wälzen kann, daß ich mich wie ein Walroß in eisgesäumtes Wasser stürzen darf! Um das Kaspische Meer herum und über steilere Berge als diese führt ein Weg, den die Männer meiner Rasse zurückgelegt haben. Bei Thors Mut, es wird dir gefallen! Kein Wein, nur heißer Met und schmackhaftes, dampfendes Fleisch, dicke Pelze als Kleidung, kalte Nachtluft, die die Träume klar und scharf werden läßt, und große breithüftige Frauen! Und dann setzen wir Segel an Bord eines Winterschiffs und spotten über die gefrorene Gischt. Warum haben wir so lange damit gewartet? Komm! Beim eisesstarren Glied, das Odin zeugte, wir müssen sofort losreiten!«

Der Mausling unterdrückte ein Aufstöhnen. »Oh, Blutsbruder«, intonierte er mit ebenso durchdringender Stimme, »mein Herz freut sich womöglich noch mehr als das deine, wenn ich an den erfrischenden Schnee und an all die anderen Annehmlichkeiten des mannhaften Lebens denke, das ich schon so lange kennenlernen möchte. Aber ...«, – und seine Stimme klang sehr betrübt –, »wir haben diese gute Frau vergessen, die wir unabhängig von Ningaubles Befehl sicher nach Tyrus geleiten müssen.«

Innerlich lächelte er.

»Aber ich will nicht nach Tyrus«, schaltete sich Ahura ein und blickte so schelmisch von den Puppen auf, daß sich der Mausling insgeheim verwünschte, sie je als Kind behandelt zu haben. »Dieser einsame Ort scheint von allen Städten recht weit entfernt zu sein. Mir ist Norden so recht wie jede andere Richtung!«

»Beim Fleisch der Freia!« rief Fafhrd und öffnete die Arme. »Hast du gehört, was sie sagt, Mausling? Bei Idun, das waren die Worte einer Frau aus den Schneelanden! Wir dürfen keine Sekunde länger verweilen! Wir werden Met riechen, bevor das Jahr um ist. Bei Frigg, was für eine Frau! Mausling, der du für deine Größe ein braver Mann bist, hast du gemerkt, wie hübsch sie sich ausgedrückt hat?«

Nun brach eine Zeit großer Geschäftigkeit an, und es gab keinen Ausweg (jedenfalls nicht im Augenblick, obwohl der Mausling verzweifelt nachdachte). Die Truhe mit den Aphrodisiaka, der Kelch und das zerrissene Leichentuch wurden wieder auf den Rücken das Kamels gepackt, das noch immer die Stute beäugte und mit seinen ledrigen Lippen schmatzte. Und Fafhrd sprang brüllend herum und schlug dem Mausling auf den Rücken, als wären sie nicht in einer uralten verlassenen Steinstadt, als läge nicht ein lebloser Adept auf dem Boden und erwärmte sich langsam in der Sonne.

Kurze Zeit später trabten sie bereits durch das Tal, wobei Fafhrd lautstark von Schneestürmen und Jagdtouren und Ungeheuern sang, die so groß wie Eisberge waren, und von Riesen, die die Größe verschneiter Berge erreichten, während sich der Mausling mürrisch ausmalte, wie er unter den Händen einer zu liebevollen, allzu ›großen breithüftigen Frau‹ lustvoll sein Leben aushauchte.

Bald wurde die Gegend weniger kahl. Buschdickicht und der Hang des Tals ließen die Stadt hinter den Reisenden verschwinden. Als der letzte steinerne Wächter aus dem Blickfeld des Mauslings verschwand – besonders der schwarze Monolith, der neben dem toten Adepten aufragte –, durchlief ihn eine Welle der Erleichterung, die er aber kaum zur Kenntnis nahm. Sein Interesse galt den Dingen, die vor ihnen lagen – ein konischer Berg, der den Ausgang des Tals versperrte und der eine dichte Nebelkappe trug – eine unsichtbare Bergspitze, die seine Phantasie zu herrlichen Türmen und Zinnen werden ließ.

Plötzlich wurden seine verträumten Gedanken unterbrochen. Fafhrd und Ahura hatten ihre Tiere gezügelt und starrten auf etwas – auf ein niedriges fensterloses Holzhaus, das sich im Gestrüpp erhob und hinter dem einige gepflegte Felder lagen. Die grob geschnitzten Wachgeister an den vier Ekken des Dachs und auf den Giebeln schienen persischen Ursprungs zu sein, doch ohne jeden südlichen Einfluß – altpersisch.

Und altpersisch wirkten auch die hageren Züge, die gerade Nase und der schwarze Bart des alten Mannes, der sie verstohlen von der Schwelle der niedrigen Tür aus beobachtete.

Dabei schien ihn Ahuras Gesicht besonders zu fesseln, obwohl Fafhrd vor sie geritten war und sie fast ganz verdeckte.

»Sei gegrüßt, Vater!« rief der Mausling. »Ist heute nicht ein schöner Tag zum Reiten und euer Land nicht ein schönes Land zum Durchreisen?«

»Ja«, erwiderte der alte Mann in einem kaum verständlichen Dialekt. »Aber hier kommen keine oder nur sehr wenige Reisende durch.«

»Nur gut, wenn man außerhalb der schlimmen und übelriechenden Städte wohnt«, schaltete sich Fafhrd herzlich ein. »Kennst du den Berg, der vor uns liegt, Vater? Gibt es einen leichten Weg um ihn herum, der nach Norden führt?«

»Als das Wort ›Berg‹ fiel, duckte sich der alte Mann. Er antwortete nicht.

»Stimmt etwas nicht mit dem Weg, den wir einschlagen wollen?« fragte der Mausling hastig. »Oder ist der neblige Berg von einer bösen Macht umgeben?«

Der Greis wollte die Achseln zucken, behielt die Schultern aber oben und sah die Reisenden noch einmal an. In seinem Gesicht schienen Freundlichkeit und Angst miteinander zu kämpfen – und die Freundlichkeit siegte, denn er beugte sich vor und sagte hastig: »Ich warne euch, meine Söhne. Reitet nicht weiter. Was nützt euch der Stahl eurer Schwerter und das Tempo eurer Reittiere, wenn ... aber wohlgemerkt ...« Er hob die Stimme. »Ich beschuldige niemanden.« Hastig blickte er nach links und rechts. »Ich kann gar nicht klagen. Für mich ist der Berg ein großer Vorteil. Meine Vorväter sind wegen des Landes hierher zurückgekehrt und weil Diebe und ehrliche Menschen diese Gegend gleichermaßen meiden. Hier werden keine Steuern gezahlt – jedenfalls nicht als Geld. Ich beklage mich nicht.«

»Also gut, Vater, ich glaube nicht, daß wir weiterreiten«, seufzte der Mausling listig. »Wir sind nur Müßiggänger, die durch die Welt reisen. Und manchmal riechen wir eine interessante Geschichte. Dabei muß ich an eine Sache denken, bei der du uns ein bißchen helfen könntest.« Er klimperte mit den Münzen in seinem Beutel. »Wir haben gehört, hier in der Gegend soll ein Dämon wohnen, ein junger schwarzsilbern gekleideter Dämon, bleich, mit schwarzem Bart ...«

Noch während der Mausling sprach, wich der Greis langsam zurück, verschwand im Haus und knallte die Tür zu, doch zuvor sah der Graugekleidete noch, wie den Alten jemand am Ärmel zupfte. Gleich darauf ertönte die ärgerliche Stimme eines Mädchens.

Die Tür ging auf. Der alte Mann schrie: »... stürzt du uns alle ins Unglück!« Dann eilte ein etwa fünfzehnjähriges Mädchen auf die Reisenden zu. Ihr Gesicht war hektisch gerötet, ihre Augen angstvoll geweitet.

»Ihr müßt umkehren!« rief sie noch im Laufen. »Nur böse Wesen oder zum Untergang Verdammte steigen auf den Berg. Der Nebel verhüllt eine große schreckliche Burg. Dort oben wohnen mächtige einsame Dämonen. Und einer von ihnen ...«

Sie hielt sich an Fafhrds Steigbügel fest. Doch dann sah sie an ihm vorbei und entdeckte Ahura, und ein Ausdruck abgrundtiefen Entsetzens erschien auf ihrem Gesicht. »Er ist es!« rief sie. »Der Schwarze Bart!« Dann sank sie zu Boden.

Die Tür des Hauses wurde zugeknallt, und ein Querbalken rastete ein.

Die Reisenden stiegen ab. Ahura kniete sich hastig neben dem Mädchen nieder und gab den anderen Zeichen, daß sie nur ohnmächtig sei. Fafhrd näherte sich der verriegelten Tür, die jedoch verschlossen blieb, sosehr er auch klopfte, flehte oder drohte. Schließlich löste er das Problem, indem er die Tür eintrat. Drinnen sah er den alten Mann, der in einer dunklen Ecke kauerte, eine Frau, die ein kleines Kind im Stroh zu verstecken suchte, eine Greisin auf einem Stuhl, offensichtlich blind, die sich aber erschrocken umsah, und einen jungen Mann, der zitternd eine Axt hielt. Die Familienähnlichkeit war sehr groß.

Fafhrd wich dem unsicheren Axthieb des Jünglings aus und nahm ihm gelassen die Waffe ab.

Der Mausling und Ahura trugen das Mädchen ins Haus. Beim Anblick Ahuras wurde neues Entsetzensgeschrei laut.

Sie legten das Mädchen ins Stroh, und Ahura holte Wasser und begann ihr den Kopf zu kühlen.

Inzwischen machte sich der Mausling das Entsetzen der Familie zunutze, indem er sich als Bergdämon bezeichnete, und erhielt nun einige Antworten auf seine Fragen. Zunächst erkundigte er sich nach der Steinstadt. Es handelte sich, so erfuhr er, um eine verlassene Stätte der Teufelsanbetung, um einen Ort, den man am besten mied. Ja, man hatte den schwarzen Monolithen Ahrimans gesehen, aber nur aus der Ferne. Nein, Ahriman wurde hier nicht verehrt – sahen die Fremden denn nicht den Feuerschrein, der zu Ehren seines Gegners Ormadz im Hause brannte? Aber man fürchtete Ahriman, und die Steine der Teufelsstadt besaßen ein unheimliches Eigenleben.

Dann erkundigte sich der Mausling nach dem verhangenen Berg – doch nun kamen die Antworten nicht mehr so bereitwillig. Angeblich war der Gipfel stets nebelverhangen. Der junge Mann räumte allerdings ein, daß er einmal bei Sonnenuntergang schiefe grüne Türme und verdrehte Minarette gesehen hätte. Auf jeden Fall lauerten dort oben Gefahren, schreckliche Gefahren! Was für Gefahren? erkundigte sich der Mausling. Aber der junge Mann wußte keine Antwort.

Der Graugekleidete wandte sich an den alten Mann. »Du hast mir erzählt«, sagte er barsch, »daß meine Bruderdämonen kein Geld für dieses Land fordern. Was für eine Steuer erheben sie dann?«

»Sie fordern Menschenleben«, flüsterte der alte Mann, und seine Augen waren angstvoll geweitet.

»Aha, Menschenleben? Wie viele? Und wann kommen sie ihre Opfer holen?«

»Geholt wird niemand. Wir müssen zu ihnen gehen. Etwa alle zehn Jahre, vielleicht auch alle fünf, breitet sich ein nächtlicher gelbgrüner Schimmer auf dem Gipfel aus, und ein mächtiger Ruf liegt in der Luft. Nach solchen Nächten ist zuweilen einer von uns verschwunden, einer, der zu weit von zu Hause entfernt war, als das grüne Licht auftauchte. Wenn man mit den anderen im Haus ist, kann man dem Ruf leichter widerstehen. Ich habe das Licht nur einmal von der Haustür aus gesehen, während ein kräftiges Feuer hinter mir brannte und mich jemand festhielt. Als ich noch jung war, fiel mein Bruder den Dämonen zum Opfer. Viele Jahre danach war das Licht nicht zu sehen, so daß ich mich zu fragen begann, ob das Ereignis vielleicht eine Legende oder Illusion aus meiner Jugend war.

Aber vor sieben Jahren«, fuhr er mit zitternder Stimme fort und starrte den Mausling an, »kamen eines hellen Nachmittags auf ausgemergelten Pferden zwei Männer angeritten – ein junger Mann und ein alter Mann, vielleicht waren es auch nur Scheinbilder eines Jünglings und eines Greises. Ich hatte mich hinter meine geschlossene Tür gehockt und starrte durch eine Ritze und wußte sofort, daß die beiden Dämonen waren, die in das Nebelschloß zurückkehrten. Der alte Mann war kahl wie ein Geier und hatte keinen Bart. Der junge Mann trug einen seidigen schwarzen Bart, der noch sehr kurz war. Seine Kleidung war schwarzsilbern und sein Gesicht sehr bleich. Sein Gesicht sah aus wie ...« Sein angstvoller Blick richtete sich auf Ahura. »Er saß steil im Sattel, sein schlanker Körper schwankte hin und her. Er wirkte irgendwie leblos.

Die beiden ritten weiter auf den Berg zu, ohne mein Haus zu beachten. Doch seit dieser Zeit glüht das grüngelbe Licht fast jede Nacht auf dem Gipfel, und viele von unseren Tieren sind seinem Ruf gefolgt – auch die wilden Tiere, deren Zahl immer mehr abnimmt. Wir haben uns sehr vorgesehen und bleiben immer in der Nähe des Hauses. Allerdings ist vor etwa drei Jahren mein Sohn verschwunden. Er kam bei der Jagd zu weit vom Wege ab und wurde von der Dunkelheit überrascht.

Wir haben den schwarzbärtigen Mann sehr oft gesehen, normalerweise aus der Ferne, wenn er über die Hügel ritt oder dastand und in irgendeine Felsspalte starrte. Einmal war meine Tochter unten am Fluß beim Wäschewaschen. Als sie aufblickte, sah sie seine toten Augen durch das Schilf starren. Und einmal stieß mein ältester Sohn, der einen verwundeten Schneeleoparden in ein Dickicht scheuchte, auf den Unheimlichen, der mit der Bestie sprach. Und ein andermal, als ich früh aufstand, um zur Ernte zu gehen, sah ich ihn am Brunnen sitzen und auf unsere Tür starren, obwohl er mich anscheinend nicht herauskommen sah. Den alten Mann haben wir auch zu Gesicht bekommen, allerdings nicht so oft. Und in den letzten zwei Jahren haben wir die beiden wirklich kaum bemerkt, bis ...« Und wieder starrte er hilflos auf Ahura.

Das junge Mädchen war langsam wieder zu sich gekommen. Jetzt war ihr Entsetzen vor Ahura nicht mehr so stark. Sie konnte der Geschichte des alten Mannes nichts hinzufügen.

Die Gruppe bereitete den Weiterritt vor. Der Mausling bemerkte die bösen Blicke, die die anderen Familienmitglieder dem jungen Mädchen zuwarfen, besonders die Frau mit dem Kind, die sich zu ärgern schien, daß man die Fremden hatte warnen wollen. Der Graugekleidete machte an der Tür halt und sagte: »Wenn ihr dem Mädchen nur ein Haar krümmt, kehren wir mit dem Schwarzbärtigen zurück, und das grüne Licht wird uns leuchten und unsere Rache erleichtern.«

Er warf einige Goldmünzen auf den Boden und verschwand.

(So kam es, daß das Mächen – obwohl oder gerade weil ihre Familie sie für eine Verbündete der Dämonen hielt – von nun an ein geschütztes Leben führte und sich bald für etwas Besonderes hielt. Schamlos nutzte sie die Angst der anderen vor dem Mausling und Fafhrd und dem Schwarzbärtigen aus und ließ sich schließlich alle Goldmünzen geben und kaufte damit verführerische Kleidung, nachdem sie in eine ferne Stadt gereist war, wo sie durch geschicktes Auftreten zur Frau eines Satrapen wurde und ihr Leben in Reichtum beendete – wie es so oft das Schicksal romantischer Menschen ist, wenn sie nur romantisch genug sind.)

Als der Mausling aus dem Haus trat, war Fafhrd bemüht, seine frühere miese Stimmung wieder anzuheizen. »Beeil dich, du Dämonenschüler!« begrüßte er seinen Freund. »Wir haben ein Rendezvous mit den Schneeländern und dürfen nicht lange verweilen!«

Als sie losritten, erwiderte der Mausling gutmütig: »Aber was ist mit dem Kamel, Fafhrd? Du kannst es doch nicht in den Norden mitnehmen? Es wird an Erkältung sterben.«

»Warum soll der Schnee für Kamele nicht so erträglich sein wie für Menschen?« erwiderte Fafhrd. Dann erhob er sich im Sattel, winkte zum Haus zurück und rief: »Junge! Du mit der Axt! Wenn du bald mal eine seltsame Sehnsucht in den Knochen spürst, wende das Gesicht nach Norden. Dort liegt ein Land, in dem du ein echter Mann werden kannst!«

Aber im Innern wußten beide, daß dieses Gerede nur eine Selbsttäuschung war, daß andere Konstellationen ihr Horoskop bestimmten – besonders ein Stern, der ein grüngoldenes Licht verstrahlte. Als sie durch das Tal ritten, das nun recht unheimlich wirkte, weil hier absolute Stille herrschte und jedes Leben abgestorben zu sein schien, fühlten sie sich von Geheimnissen umgeben. Einige dieser Rätsel hatten ihren Ursprung in Ahura, das wußten sie, doch beide verzichteten darauf, dem Mädchen Fragen zu stellen – sie hatten die vage Besorgnis, daß ihr Geist fürchterliche Veränderungen durchgemacht hatte.

Schließlich gab der Mausling den Gedanken Ausdruck, die beide beschäftigten: »Ja, ich fürchte auch, daß Anra Devadoris, der uns zu seinen Gehilfen machen wollte, selbst nur ein Lehrling war, der die Taten seines Herrn für sich in Anspruch nahm. Der Schwarzbärtige ist fort, doch der Bartlose bleibt. Was hat Ningauble noch gesagt? ... Keine einzelne Wesenheit, doch ein Rätsel? ... Keine einzelne Identität, sondern eine Fata Morgana?«

»Bei allen Fliegen, die den großen Antiochos beißen, und bei allen Läusen, die seine Frau kitzeln!« rief eine freche helle Stimme hinter ihnen. »Ihr armen, dem Untergang geweihten Herrn – ihr wißt also bereits, was in dem Brief steht, den ich hier für euch habe!«

Die beiden fuhren herum. Neben dem Kamel stand ein verschmitzt grinsender braunhäutiger Knirps, der so typisch alexandrisch war, daß er eben aus dem Lokal des Rakotis' gekommen sein mochte, mit einem alten Hund auf den Fersen. (Der Mausling rechnete jeden Augenblick damit, daß ein solches Tier noch erschien.)

»Wer hat dich geschickt, Junge?« grollte Fafhrd. »Wie kommst du hierher?«

»Na, was meint ihr wohl?« erwiderte der Knirps. »Fangt!« Er warf dem Mausling eine Wachstafel zu. »Ihr solltet lieber meinem Ratschlag folgen und hier verschwinden, solange es noch geht. Was eure Expedition betrifft, so glaube ich, daß Ningauble schon alle Zelte abbricht und sich nach Hause absetzt. Mein lieber Chef ist eben ein guter Freund in höchster Not.«

Der Mausling zerriß die Schnüre, öffnete die Tafel und las vor:

»Seid gegrüßt, meine mutigen Abenteurer! Ihr habt gute Arbeit geleistet, doch das Beste steht euch noch bevor. Folgt dem Ruf! Folgt dem grünen Licht! Aber seid danach sehr vorsichtig. Ich wünschte, ich könnte euch mehr helfen. Gebt dem Jungen das Leichentuch, den Kelch und die Truhe mit als kleine Anzahlung.«

»Du Scheusal Lokis! Du Abkömmling Regins!« brüllte Fafhrd. Der Mausling blickte auf und sah den Jungen auf dem Rücken des eifrig dahingaloppierenden Kamels in der Richtung verschwinden, aus der sie gekommen waren. Sein freches Lachen tönte schwach herüber.

»Dort reitet die Großzügigkeit des armen, mittellosen Ningauble«, sagte der Mausling. »Jetzt wissen wir wenigstens, was wir mit dem Kamel machen.«

»Von mir aus!« sagte Fafhrd geringschätzig. »Soll er doch das Tier und den Tand haben. Gut, daß wir ihn los sind!«

»Kein sehr hoher Berg«, sagte der Mausling eine Stunde später. »Aber hoch genug. Ich möchte nur wissen, wer diesen hübschen kleinen Weg gebahnt hat und ihn sauberhält?«

Bei diesen Worten löste er von seiner Schulter ein langes dünnes Seil von der Art, wie es von Bergsteigern verwendet wird. An einem Ende befand sich ein Haken.

Dem Sonnenuntergang folgte die Dämmerung. Der kleine Pfad, der aus dem Nichts entstanden war und der sich allmählich gebildet hatte, führte sie um große Felsbrocken herum und am oberen Rand felsübersäter Steilhänge entlang.

Es war ein Augenblick, da das ganze Universum stillzustehen schien. Ein grünliches Licht schimmerte vom verhüllten Gipfel herab – sicher nur der vom Himmel reflektierte Schimmer der Sonne ... Ein vages Empfinden von alles durchdringenden Lauten lag in der Luft, ein Murmeln dicht unter der Schwelle der Hörbarkeit, als stimme eine Insektenarmee ihre Instrumente. Diese Wahrnehmungen waren so wenig greifbar wie die Kraft, die sie voranzog, eine schwache Kraft, von der sie wußten, daß sie sie wie einen einzelnen

Spinnwebfaden durchbrechen konnten, ohne es jedoch wirklich zu versuchen.

Wie um eine unausgesprochene Frage zu beantworten, wandten sich Fafhrd und der Mausling Ahura zu. Unter ihrem Blick schien sie sich zu verändern, schien sie sich wie eine Nachtblume zu wandeln, wodurch sie noch kindhafter wurde, als sei ein Meisterhypnotiseur dabei, die äußeren Blütenblätter ihres Geistes zu entfernen, wonach nur ein kleiner stiller See zurückblieb, aus dessen unbekannten Tiefen allerdings kaum erkennbare dunkle Blasen aufstiegen.

Sie spürten, wie ihre Zuneigung zu dem Mädchen neu geweckt wurde, doch eine seltsame Schüchternheit erfüllte sie. Und ihre Herzen waren so stumm wie die nebligen Höhen über ihnen, als sie sagte: »Anra Devadoris war mein Zwillingsbruder.«

7. *Ahura Devadoris*

Meinen Vater habe ich nie gekannt. Er starb, bevor wir geboren wurden. In einem seltenen Moment der Gesprächigkeit sagte mir meine Mutter: ›Dein Vater war Grieche, Ahura. Ein sehr freundlicher und weiser Mann. Er hat viel gelacht.‹ Ich weiß noch, wie streng sie aussah, als sie mir das sagte, doch auch ihre Schönheit fiel mir auf; Sonnenstrahlen schimmerten in ihrem schwarzen lockigen Haar.

Aber schon damals hatte ich das Gefühl, daß sie das Wort: ›dein‹ leicht betonte. Ihr müßt wissen, daß mir Anra nie ganz geheuer war. Ich fragte unsere alte Haushälterin Berenice. Sie erzählte mir, sie habe gesehen, wie Mutter uns beide in derselben Nacht geboren hätte.

Dann schilderte sie mir, wie mein Vater gestorben war. Fast neun Monate vor unserer Geburt wurde er eines Morgens in der Straße vor dem Haus gefunden – man hatte ihn erschlagen. Eine Bande ägyptischer Hafenarbeiter, die in der Nacht durch die Stadt zogen und raubten und schändeten, waren angeblich dafür verantwortlich; sie wurden aber nie gefaßt – zu der Zeit herrschten die Ptolemäer in Tyrus. Es war ein schrecklicher Tod. Er war förmlich in das Pflaster eingestampft worden.

Ein andermal erzählte mir die alte Berenice etwas über meine Mutter – doch vorher mußte ich ihr bei Athene und bei Soter und beim allesfressenden Moloch schwören, nichts zu verraten. Sie sagte, Mutter stamme aus einer persischen Familie, deren fünf Töchter früher Priesterinnen gewesen waren, von Geburt an dazu bestimmt, die Frauen eines bösen persischen Gottes zu sein. Ihnen war die Umarmung durch einen Sterblichen verboten; sie waren dazu verurteilt, die Nächte allein mit der Steinstatue des Gottes zu verbringen – ›irgendwo am Ende der Welt‹, sagte sie. Mutter war an jenem Tag nicht im Hause, und die alte Berenice schleppte mich in einen kleinen Keller unter Mutters Schlafkammer und deutete auf drei ungleich behauene graue Steine, die in den Boden eingemauert waren und sagte mir, diese Steine stammten von dem Tempel. Die alte Berenice erschreckte mich gern, obwohl sie buchstäblich eine Heidenangst vor Mutter hatte. Natürlich zog ich sofort los und verriet Anra alles, wie ich es immer tat.«

Der schmale Weg führte nun steil aufwärts über den Kamm einer Erhebung. Die Pferde gingen im Schritt, zuerst kam Fafhrd, dann Ahura, und der Mausling bildete den Abschluß. Fafhrds Gesicht hatte sich geglättet, obwohl er noch immer sehr wachsam war, und der Mausling sah fast wie ein nettes Kind aus.

»Ich kann euch meine Beziehung zu Anra nur schwer begreiflich machen«, fuhr Ahura fort, »weil wir uns so nahe standen, daß selbst das Wort ›Beziehung‹ die Wahrheit verfälscht. Da war zum Beispiel ein Spiel, das wir im Garten spielten. Er schloß die Augen und erriet, was ich mir gerade anschaute. In anderen Spielen wechselten wir die Seiten, aber nicht bei diesem Spiel.

Er erfand alle möglichen Variationen und wollte gar nichts anderes spielen. Manchmal kletterte ich durch den Olivenbaum auf das Dach – Anra schaffte das nicht – und beobachtete eine Stunde lang die Gegend. Dann stieg ich wieder hinunter und erzählte ihm, was ich gesehen hatte – einige Färber, die feuchte grüne Tücher ausbreiteten, die in der Sonne purpurn werden sollten, eine Priesterprozession in langen gelben Gewändern um den Melkarth-Tempel, eine Galeere aus Pergamon, die ihre Segel setzte, ein griechischer Beamter, der seinem ägyptischen Schreiber etwas auseinandersetzte, zwei Frauen mit verfärbten Händen, die über einige berockte Seeleute aus dem Süden kicherten, ein geheimnisvoller einsamer Jude – und Anra sagte mir dann, was für Menschen das waren und was sie planten. Seine Phantasie war etwas ganz Besonderes, denn als ich dann später in die Stadt hinausging, stellte ich fest, daß er meistens recht hatte. Damals hatte ich den Eindruck, als schaue er nur die Bilder in meinem Geist an und sehe mehr als ich. Mir gefiel das, es war ein ganz angenehmes Gefühl.

Natürlich lag unsere enge Verbundenheit zum Teil daran, daß uns Mutter – besonders nachdem sie ihr Leben geändert hatte – nicht ausgehen oder mit anderen Kindern spielen ließ. Und dafür gab es mehr Gründe als nur ihre Strenge. Anra war sehr empfindlich. Einmal brach er sich das Handgelenk, und die Heilung dauerte ungewöhnlich lange. Mutter ließ einen Sklaven kommen, der sich auf solche Dinge verstand, und er sagte, Anras Knochen seien wohl leider zu brüchig. Er berichtete von Kindern, deren Muskeln und Sehnen langsam versteinerten, so daß sie zu lebenden Statuen wurden. Daraufhin schlug Mutter ihn ins Gesicht und jagte ihn aus dem Haus – eine Tat, mit der sie sich um einen alten Freund brachte, denn es handelte sich um einen bedeutenden Sklaven.

Und selbst wenn Anra hätte ausgehen dürfen – es war unmöglich. Als ich mit meinen Ausflügen begonnen hatte, überredete ich ihn eines Tages, mich zu begleiten. Er wollte eigentlich nicht, aber ich lachte ihn aus, und Gelächter ertrug er nicht. Kaum waren wir über die Gartenmauer gestiegen, als er schon ohnmächtig zu Boden sank, und ich konnte ihn nicht wieder zu sich bringen, obwohl ich mich wirklich bemühte. Schließlich stieg ich zurück, damit ich die Tür öffnen und ihn hereinzerren konnte. Dabei entdeckte mich Berenice, und ich mußte ihr alles erzählen. Sie half mir, ihn ins Haus zu tragen, doch hinterher peitschte sie mich aus, denn sie wußte, daß ich es nie wagen würde, Mutter die Wahrheit zu gestehen. Anra kam zu sich, während sie mich strafte, doch er war hinterher noch eine Woche lang krank. Ich glaube nicht, daß ich ihn danach noch einmal ausgelacht habe – bis heute.

Im Haus eingesperrt, verbrachte Anra die meiste Zeit mit seinem Studium. Während ich vom Dach in die Runde blickte oder der alten Berenice und den anderen Sklaven Geschichten entlockte oder später hinausging, um für ihn Informationen zu sammeln, verweilte er in Vaters Bibliothek und las oder lernte eine neue Sprache aus Vaters Grammatiken oder Übersetzungen. Mutter brachte uns beiden das Griechische bei, und ich vermochte mich bald auch im Aramäischen und einigen anderen Sprachen verständlich zu machen und gab ihm meine Kenntnisse weiter. Aber im Lesen war Anra viel besser als ich. Er liebte das Schrifttum so leidenschaftlich, wie ich die Welt außerhalb des Hauses liebte. Für ihn lebte das geschriebene Wort. Ich weiß noch, daß er mir einige ägyptische Hieroglyphen zeigte und mir erzählte, dies wären alles Tiere und Insekten. Und dann wies er auf einige hieratische und demotische Schriftzeichen und sagte, es handele sich um dieselben Tiere, aber in Verkleidung. Das Hebräische hielt er überhaupt für die beste Sprache, denn hier habe jeder Buchstabe seinen Zauber.

Das war vor der Zeit, da er sich mit dem Altpersischen beschäftigte. Manchmal dauerte es Jahre, bis wir die Aussprache der Sprachen kennenlernten, die er sich aneignete. Das war eine meiner wichtigsten Aufgaben, als ich für ihn in die Welt hinauszugehen begann.

Vaters Bibliothek war seit seinem Tode unverändert geblieben. In den Schränken und Truhen waren alle berühmten Philosophen, Historiker, Poeten, Rhetoriker und Grammatiker aufgestapelt. Doch in einer Ecke lagen zusammen mit Tonscherben und Papyrusfetzen Schriftrollen ganz anderer Art. Auf die Rückseite einer dieser Rollen hatte mein Vater in seiner großen, impulsiven Schrift etwas geschrieben, das er sicher verächtlich meinte: ›Geheimes Wissen!‹ Und besonders für diese Schriften interessierte sich Anra von Anfang an. Natürlich las er auch die anerkannten Bücher aus den Behältern, doch nur, um dann wieder in die Ecke gehen zu können, eine brüchige Rolle zu nehmen, den Staub fortzublasen und sich in seltsame Welten zu vertiefen.

Es waren wirklich seltsame Bücher, die mich erschreckten und anwiderten und mich zugleich zum Lachen reizten. Viele waren in sehr schlechtem Stil geschrieben. Einige deuteten Träume und gaben Hinweise auf Zaubermittel – alle möglichen unangenehmen Dinge, die zusammengekocht werden sollten. Andere – jüdische Schriftrollen in aramäischer Sprache – behandelten das Ende der Welt und absurde Abenteuer böser Geister und wirrer, verquerer Ungeheuer – zum Beispiel Wesen mit zehn Köpfen und juwelenbesetzten Rädern als Füße. Dann fanden sich dort chaldäische Sternenbücher, die dem Leser einredeten, daß alle Lichter am Himmel lebten, die uns die Namen nannten und ihre Einflüsse beschrieben. Und ein hastig hingekritzelter griechischer Text berichtete von etwas ganz Schrecklichem, das ich lange nicht verstand – es hatte mit einer Kornähre und sechs Granatapfelsamen zu tun. Und in einem anderen griechischen Buch fand Anra erste Informationen über Ahriman und sein ewiges Reich des Bösen – und danach hatte er es sehr eilig, das Altpersische zu lernen. Doch keine der wenigen altpersischen Rollen in Vaters Bibliothek handelte von Ahriman, und er mußte warten, bis ich ihm draußen solche Dinge stehlen konnte.

Daß ich nun öfter das Haus verließ, ergab sich, als Mutter ihr Leben änderte – und das geschah, als ich sieben Jahre alt war. Sie war immer eine sehr furchteinflößende und niedergeschlagene Frau gewesen, obwohl sie mich manchmal kurze Zeit sehr liebevoll behandelte und Anra auf das Schlimmste verzog, wenn auch aus der Ferne durch Sklaven, fast als hätte sie Angst vor ihm.

Als ich sieben Jahre alt wurde, wurde sie immer deprimierter. Manchmal überraschte ich sie dabei, wie sie entsetzt ins Nichts starrte oder sich vor die Stirn schlug, während sie die Augen zukniff und ihr hübsches Gesicht ganz angespannt war, als verlöre sie den Verstand. Ich hatte das Gefühl, sie sei auf ihrer Flucht von irgend etwas an das Ende des Wegs gekommen und drücke sich nun in einem unterirdischen Tunnel hilfesuchend an eine Wand und müsse einen Ausweg finden, wenn sie nicht durchdrehen wollte.

Eines Nachmittags schaute ich in ihr Schlafzimmer und

sah, wie sie sich in ihrem Silberspiegel betrachtete. Lange musterte sie ihr Gesicht, und ich beobachtete sie, ohne einen Laut von mir zu geben. Ich erkannte, daß hier etwas Wichtiges geschah. Schließlich schien sie sich innerlich zusammenzunehmen, obwohl es ihr sehr schwerfiel – jedenfalls verschwanden Strenge und Besorgnis aus ihrem Gesicht, das plötzlich maskenhaft glatt und hübsch wirkte. Dann schloß sie eine Schublade auf, in die ich noch nie geschaut hatte, und nahm alle möglichen kleinen Töpfe und Gläser und Bürsten heraus. Mit diesen Dingen bemalte und bleichte sie ihr Gesicht, tupfte sich vorsichtig einen dunkelschimmernden Puder um die Augen und malte ihre Lippen orangerot an. Währenddessen schlug mir heftig das Herz, und mein Hals war wie zugeschnürt, ohne daß ich den Grund dafür wußte. Schließlich legte sie die Bürsten fort, ließ ihr Unterkleid zu Boden sinken, betastete nachdenklich Hals und Brüste, nahm den Spiegel und besah sich mit nüchterner Zufriedenheit. Sie war sehr schön – doch ihre Schönheit erschreckte mich. Bis dahin hatte ich sie mir immer als äußerlich hart und streng vorgestellt, doch mit einem weichen, liebevollen Kern, wenn man nur zu diesem inneren Menschen vorzudringen vermochte. Doch jetzt war sie wie umgedreht. Ich unterdrückte ein Schluchzen und eilte davon, um Anra alles zu erzählen und festzustellen, was das alles sollte. Doch diesmal brachte mich seine Klugheit nicht weiter. Er war nicht weniger verwirrt und nervös als ich.

Ab sofort behandelte sie mich womöglich noch strenger, und obwohl sie Anra weiterhin aus der Ferne verwöhnte, hielt sie uns mehr denn je von der Außenwelt fern. Ich durfte nicht einmal mit der neuen Sklavin sprechen, die sie gekauft hatte, ein häßliches dünnbeiniges, ständig grinsendes Mädchen namens Phryne, die meine Mutter massierte und ihr manchmal auf der Flöte vorspielte. Neuerdings kamen auch alle möglichen nächtlichen Besucher ins Haus, doch Anra und ich wurden bei diesen Gelegenheiten immer in unser kleines Schlafzimmer über dem Garten eingeschlossen. Wir hörten die Besucher brüllen und kreischen und im kleinen Hof herumstampfen, während Phrynes Flöte erklang. Manchmal lag ich die ganze Nacht auf meinem Bett und starrte in unerklärlichem Entsetzen in die Dunkelheit. Ich wandte alle Tricks an, um von der alten Berenice zu erfahren, was im Haus vorging, doch in diesem Fall war ihre Angst vor Mutters Zorn zu groß. Sie sah mich nur sehr seltsam traurig an.

Schließlich schmiedete Anra einen Plan, der uns helfen sollte, die Wahrheit herauszufinden. Als er mir zum erstenmal davon erzählte, weigerte ich mich. Ich war entsetzt. Und bei dieser Gelegenheit entdeckte ich die Macht, die er über mich hatte. Bis zu diesem Zeitpunkt hatten die Dinge, die ich für ihn getan hatte, zu einem Spiel gehört, das mir soviel Spaß machte wie ihm. Ich hatte mich nie selbst als Sklavin betrachtet, die Befehlen gehorchte. Aber als ich mich jetzt widersetzte, stellte ich nicht nur fest, daß mein Zwillingsbruder einen seltsamen Einfluß auf meine Gliedmaßen ausüben konnte, die sich kaum noch bewegen ließen, wenn er es nicht wollte – sondern ich merkte auch, daß ich den Gedanken nicht ertragen konnte, ihn unglücklich oder enttäuscht zu sehen. Heute weiß ich, daß er damals eine erste Lebenskrise erreicht hatte, die ihm den Weg verbaute, und daß er dem Drang seiner unstillbaren Neugier rücksichtslos seine liebste Helferin opferte.

Die Nacht brach herein. Kaum waren wir eingeschlossen, ließ ich ein mit Knoten versehenes Tau aus dem kleinen Fenster hinab, wand mich hindurch und kletterte nach unten. Dann stieg ich durch den Olivenbaum aufs Dach. Ich kroch über die Ziegel zum Oberlicht des Innenhofs und vermochte – wobei ich fast abgestürzt wäre – über die Kante in einen kleinen schmutzigen Raum zwischen Decke und Dachziegeln zu klettern. Aus dem Eßzimmer klangen schwache Stimmen herüber, doch der Hof war leer. Ich lag still wie eine Maus und wartete ab.«

Fafhrd stieß einen unterdrückten Schrei aus und zügelte sein Pferd. Die anderen folgten seinem Beispiel. Ein Stein polterte den Hang herab, doch sie hörten ihn kaum. Aus den Sphären über ihnen drang etwas, das den ganzen dunkler werdenden Himmel anzufüllen schien, etwas, das nur annähernd ein Laut war, etwas, das an ihnen zupfte wie die Stimmen der Sirenen am gefesselten Odysseus. Ungläubig lauschten sie, dann zuckte Fafhrd die Achseln und trieb sein Tier wieder an. Die anderen ritten ihm nach.

Ahura fuhr fort: »In der ersten Zeit geschah nichts – von Zeit zu Zeit huschten Sklaven mit vollen oder leeren Tellern hin und her, und es wurde gelacht, und ich hörte Phrynes Flöte. Dann wurde das Gelächter plötzlich lauter und ging in Gesang über, dann wurden Couches zurückgeschoben, Schritte erklangen, und eine dionysische Orgie brach los.

Phryne, die nackt war, tanzte flötend voraus. Meine Mutter folgte lachend, von zwei tanzenden jungen Männern flankiert, während sie eine große silberne Weinschale an die Brust drückte. Der Wein schwappte über und hinterließ purpurne Flecken auf ihrem weißen Seidenkleid, doch sie lachte nur und tanzte nur noch wilder. Zahlreiche andere schlossen sich an, Männer und Frauen, jung und alt – und alle sangen und tanzten. Ein junger Tänzer sprang in die Höhe und schlug dabei die Hacken zusammen, und ein dicker alter Bursche war sehr kurzatmig und mußte von den Mädchen mitgezogen werden, aber die Feiernden wirbelten dreimal um den Hof, ehe sie sich auf die Diwane und Kissen sinken ließen. Dann plauderten und lachten und küßten und umarmten sie sich und spielten einander Streiche und sahen dem Tanz eines nackten Mädchens zu, das hübscher war als Phryne, während meine Mutter die Schale herumreichte, damit sie ihre Kelche hineintauchten.

Ich war verblüfft – und seltsam bezaubert. Ich bin zuerst fast gestorben vor Angst, hatte ich doch unsagbare Grausamkeiten und Schrecken erwartet. Die Szene unter mir war aber schön und ganz natürlich. Mir kam die Erkenntnis: ›Dies sind also die wunderbaren und wichtigen Dinge, die die Menschen tun.‹ Meine Mutter erschreckte mich nicht mehr. Obwohl sie noch immer ihr neues Gesicht aufgesetzt hatte, war alle Härte daraus gewichen, ob innerlich oder äußerlich – sie zeigte nur Freude und Schönheit. Die jungen Männer waren so lustig und aufgekratzt, daß ich die Faust zwischen die Zähne pressen mußte, um nicht lachend herauszuplatzen. Sogar Phryne, die wie ein hagerer kleiner Junge auf den Fersen hockte, schien ausnahmsweise gutmütig und liebenswert zu sein. Ich brannte darauf, Anra alles zu erzählen.

Nur eine Kleinigkeit störte mich, die so geringfügig war, daß sie mir kaum auffiel. Zwei Männer, die sich beim Witzeerzählen besonders hervortaten – ein junger rothaariger Bursche und ein älterer Mann, dessen Gesicht an einen dünnen Satyr erinnerte – schienen etwas im Schilde zu führen. Ich sah, wie sie einigen anderen etwas zuflüsterten. Und einmal grinste der jüngere meine Mutter an und rief: ›Ich weiß etwas über dich aus der Vergangenheit!‹ Und dann spottete der ältere: ›Ich weiß etwas über deine Urgroßmutter, du alte Perserin!‹ Jedesmal lachte Mutter und winkte geringschätzig mit der Hand, doch ich spürte, daß sie innerlich besorgt war. Und jedesmal horchten einige andere Gäste auf, als wüßten sie um die kommenden Dinge, ohne aber etwas verraten zu wollen. Schließlich verließen die beiden Männer unauffällig den Hof, und nun war die Freude völlig ungetrübt.

Das Getanze wurde noch wilder, das Lachen lauter, es wurde mehr Wein verschüttet als getrunken. Dann warf Phryne ihre Flöte fort, nahm einen Anlauf und landete mit einem Satz im Schoß des alten Mannes, daß ihm fast der Atem wegblieb. Vier oder fünf andere gingen zu Boden.

In diesem Augenblick ertönte ein fürchterliches Bersten von Holz, als würde eine Tür eingedrückt. Abrupt war es totenstill. Jemand machte eine unvorsichtige Bewegung und löschte eine Lampe, so daß der Hof plötzlich in Halbdunkel getaucht war.

Dann ertönten laute, dröhnende Schritte, als sei ein Denkmal in Bewegung geraten, und der unheimliche Lärm kam immer näher.

Die Gästen waren erstarrt und blickten fasziniert auf die Tür zum Haus. Phrynes Arm lag noch um den Hals des dikken Mannes. In Mutters Gesicht zeigte sich ein wahrhaft unbeschreibliches Entsetzen. Sie war zur zweiten Lampe zurückgewichen und sank nun auf die Knie. Ihre Augen waren geweitet, so daß sich ringsum das Weiße zeigte. Sie begann kurze, abgehackte Schreie auszustoßen, wie ein in die Falle gegangenes Tier.

Sekunden später tauchte ein kantig wirkender nackter Steinriese auf, der fast sieben Fuß groß war und plumpe

Arme und Beine hatte. Die Gesichtszüge waren ausdruckslose schwarze Schlitze in einer flachen Oberfläche, und vor sich her trug er einen riesigen steinernen Penis. Ich konnte seinen Anblick kaum ertragen, doch ich konnte auch nicht fortschauen. Mit widerhallenden Schritten stampfte er durch das Zimmer auf Mutter zu, zerrte sie am Haar in die Höhe, während sie aufkreischte, und riß ihr mit der anderen Hand das weinbefleckte Kleid vom Leib.

Ich fiel in Ohnmacht.

Aber die Szene war damit wohl schon zu Ende, denn als ich schwach vor Entsetzen wieder zu mir kam, hörte ich unten lautes Gelächter. Mehrere Männer beugten sich über Mutter und beruhigten sie mit scherzhaften Worten. Zu der Gruppe gehörten auch die beiden Männer, die den Hof zuvor verlassen hatten, und in einer Ecke lag ein wirrer Haufen aus Stoff und dünnen Brettern, die mit Mörtel überkrustet waren. Den Gesprächsfetzen entnahm ich, daß der Rothaarige das schreckliche Kostüm getragen hatte, während der Satyrgesichtige draußen die Geräusche erzeugte, indem er mit einem Mauerstein auf den Boden schlug und ein schräggestelltes Brett durchbrach, um uns das Bersten der Tür und die Schritte vorzutäuschen.

›Nun sag bloß, deine Urgroßmutter war in Persien nicht mit einem dummen alten Steindämon verheiratet!‹ rief der Mann freundlich und hob einen Finger.

Dann kam etwas, das mich viel mehr quälte als alles andere – das mich tatsächlich ebenso erschreckte wie die seltsame Erscheinung. Obwohl sie totenblaß war und sich kaum auf den Beinen halten konnte, gab sich Mutter größte Mühe, so zu tun, als wäre der böse Streich sehr lustig gewesen. Ich kannte den Grund. Sie hatte große Angst davor, ihre Freunde zu verlieren, und hätte fast alles getan, um nicht allein zu bleiben.

Ihre Täuschung klappte. Zwar verabschiedeten sich einige Gäste, doch die meisten gingen auf ihre lachenden Beruhigungen ein. Sie tranken, bis alle schnarchend am Boden lagen. Ich wartete fast bis zum Morgengrauen, nahm dann all meinen Mut zusammen, ließ mich von meinen steifen Muskeln auf das Dach zerren, das kalt und schlüpfrig war von

Tau, und schleppte mich in unser Zimmer zurück. Es kam mir vor, als wäre ich am Ende meiner Kräfte.

Doch schlafen durfte ich noch nicht. Anra lag noch wach und wollte unbedingt hören, was geschehen war. Ich flehte ihn an, mich in Ruhe zu lassen, doch er war beharrlich, und ich mußte ihm alles berichten. Die Bilder, die ich gesehen hatte, tanzten in meinem erschöpften Geist so lebhaft hin und her, daß alles ein zweitesmal zu geschehen schien. Anra stellte alle möglichen Fragen und duldete nicht, daß ich auch nur die geringste Kleinigkeit ausließ. Ich mußte meine erste aufflackernde Freude noch einmal durchleben, doch nun getrübt durch die Erkenntnis, daß Menschen meistens heimtückisch und grausam sind.

Als ich über die Steingestalt berichtete, wurde Anra sehr aufgeregt. Doch als ich ihm enthüllte, daß das alles nur ein böser Streich gewesen war, schien er sehr enttäuscht zu sein. Er wurde ärgerlich, als verdächtigte er mich der Lüge.

Endlich ließ er mich einschlafen.

Am nächsten Abend kehrte ich in mein Loch unter dem Dach zurück.«

Wieder zügelte Fafhrd sein Pferd. Der Nebel, der den Berggipfel verhüllte, begann plötzlich zu glühen, als ginge ein grüner Mond auf oder als wäre dort ein Vulkan, der grüne Flammen spie. Der Schimmer verfärbte die aufwärts gerichteten Gesichter. Die Erscheinung lockte wie ein riesiges, verschwommenes Juwel. Fafhrd und der Mausling wechselten einen Blick voller fatalistischer Verwunderung. Dann setzten die drei ihren Weg über den schmalen Bergkamm fort.

»Ich hatte mir bei allen Göttern geschworen, so etwas nie wieder zu tun«, sagte Ahura. »Ich hatte mir eingeredet, daß ich lieber sterben würde. Aber Anra ... zwang mich dazu.

Am Tag wanderte ich wie eine betäubte kleine Gespenstersklavin durch die Welt. Die alte Berenice war ratlos und mißtrauisch, und ein paarmal glaubte ich zu bemerken, daß Phryne wissend das Gesicht verzog. Mein Verhalten fiel schließlich sogar Mutter auf, die mich ausfragte und dann einen Arzt kommen ließ.

Wahrscheinlich wäre ich wirklich krank geworden und gestorben oder hätte den Verstand verloren, wenn ich nicht zu der Zeit – zuerst mehr aus Verzweiflung – damit begonnen hätte, nach draußen zu gehen. Mit diesem Schritt öffnete sich für mich eine neue Welt.«

Während sie weitersprach und in ihrer Stimme die unterdrückte Begeisterung über ihre Erinnerungen mitschwang, malten sich Fafhrd und der Mausling aus, welches Zauberland das alte Tyrus damals für sie gewesen sein mußte – der Hafen, die Reichtümer, das geschäftige Treiben auf dem Markt, der Lärm von Klatsch und Gelächter, die Schiffe und die Ausländer.

»Die Menschen, die ich von dem Dach aus beobachtet hatte – fast überall hatte ich sie nun greifbar vor mir. Jeder Mensch, den ich kennenlernte, kam mir wie ein wunderbares Rätsel vor, wie etwas, das man anlachen und mit dem man plaudern konnte. Ich kleidete mich wie ein Sklavenkind, und alle möglichen Leute lernten mich kennen und erwarteten meinen Besuch – andere Sklavinnen, Tavernenmädchen und Süßigkeitenverkäufer, Straßenhändler und Schriftgelehrte, Botenjungen und Bootsleute, Näherinnen und Köchinnen. Ich machte mich nützlich, erledigte auch kleine Botengänge, hörte mir entzückt die endlosen Geschichten an, gab Klatsch weiter, den ich gehört hatte, verschenkte Nahrungsmittel, die ich zu Hause stibitzt hatte, und war bald überall beliebt. Ich konnte einfach nicht genug bekommen von Tyrus. Ich rannte vom Morgen bis zum Abend in der Stadt herum. Oft brach schon die Dämmerung an, wenn ich über die Gartenmauer zurückkletterte.

Die alte Berenice konnte ich nicht täuschen, doch nach einer Weile fand ich einen Weg, ihren Strafen zu entgehen. Ich sagte, ich würde Mutter verraten, daß sie dem Rothaarigen und dem Satyrmann von der Steinstatue erzählt hatte. Ich weiß nicht, ob sie die Wahrheit erriet, doch die Drohung wirkte. Von jetzt an murmelte sie nur noch wütend vor sich hin, wenn ich nach Sonnenuntergang ins Haus schlich. Was Mutter anging, so entfernte sie sich immer mehr von uns; sie lebte nur noch am Abend auf und verlor sich während der Tage in düsteren Gedanken.

Dann gab es jeden Abend neue Freuden. Ich erzählte Anra natürlich alles, was ich gehört und gesehen hatte, jedes neue

Abenteuer, jeden kleinen Triumph. Wie eine Klatschbase schilderte ich ihm all die grellen Farben, Geräusche und Gerüche. Wie ein Papagei wiederholte ich ihm die Brocken fremder Dialekte, die ich gehört hatte, die weisen Bemerkungen, die ich von Priestern und Gelehrten aufgeschnappt hatte. Ich vergaß, was er mir angetan hatte. Wieder waren wir in das Spiel vertieft, in die herrlichste Version von allen. Oft half er mir, indem er neue Orte vorschlug, indem er mich auf neue Dinge aufmerksam machte, auf die ich achten sollte, und indem er mich einmal sogar vor zwei heuchlerischen alexandrischen Sklavenhändlern rettete, auf die ich natürlich prompt hereingefallen war.

Das war überhaupt ein seltsamer Zwischenfall. Die beiden hatten mich beschwatzt, versprachen mir Süßigkeiten, wenn ich mit ihnen ging; und plötzlich glaubte ich Anras Flüsterstimme zu hören: ›Tu's nicht!‹ Mir wurde kalt vor Entsetzen, und ich floh in eine Gasse.

Offenbar konnte Anra die Bilder in meinem Geist jetzt auch manchmal sehen, wenn ich nicht bei ihm war. Nie zuvor hatte ich mich ihm so nahe gefühlt.

Die ganze Zeit über drängte ich ihn, mich auf meinen Ausflügen zu begleiten, doch ich habe ja schon geschildert, was bei seinem ersten und einzigen Versuch passierte. Und mit den Jahren schien er sich immmer mehr an das Haus zu binden. Als Mutter einmal andeutungsweise davon sprach, nach Antiochia zu ziehen, wurde er krank und erholte sich erst wieder, als sie ihm versprochen hatte, daß wir niemals umziehen würden.

Er wuchs zu einem hageren, ernsten, gutaussehenden Jüngling heran. Phryne begann ihm schöne Augen zu machen und suchte Vorwände, sein Zimmer aufzusuchen. Doch er hatte Angst vor ihr und wehrte sie ab. Dafür veranlaßte er mich, ihre Freundschaft und ihre Nähe zu suchen und sogar ihr Bett zu teilen in den Nächten, da Mutter sie nicht wollte. Das schien ihm zu gefallen.

Ihr kennt die Unruhe, die ein heranwachsendes Kind überfällt, wenn es Liebe oder Abenteuer oder die Götter sucht – oder alle drei zugleich. Diese Unruhe ergriff nun von Anra Besitz, doch seine einzigen Götter lagen in den zweifelhaften staubigen Rollen, die mein Vater als ›Geheimes Wissen!‹ bezeichnet hatte. Ich wußte kaum noch, was er während des Tages tat – ich ahnte nur, daß es da seltsame Zeremonien und Versuche gab, die seine Studien unterbrachen. Einige Versuche führte er in dem kleinen Kellerraum durch, in dem sich die drei grauen Steine befanden. Ich mußte immer Wache stehen. Er erzählte mir nicht mehr, was er gerade las, was ihn beschäftigte, und ich war dermaßen mit meiner neuen Welt beschäftigt, daß mir der Unterschied kaum auffiel.

Und doch spürte ich das Anwachsen seiner Unruhe. Er schickte mich auf immer längere und schwierigere Missionen, ließ mich nach Büchern forschen, von denen die Schriftgelehrten nie gehört hatten, ließ mich alle möglichen Astrologen und Weissagerinnen aufsuchen, verlangte, daß ich den Kräuterdoktoren immer seltsamere Mittel abkaufte oder stahl. Und wenn ich einen Schatz für ihn errungen hatte, entriß er ihn mir geringschätzig und behandelte mich danach doppelt so mürrisch wie zuvor. Vorbei waren die Tage gemeinsamer Freude, als ich ihm die ersten persischen Schriftrollen über Ahriman und den ersten Zauberstein gebracht hatte oder ihm jedes Wort wiederholte, das ich von einem berühmten Philosophen aus Athen gehört hatte. All dem war er entwachsen. Er achtete kaum noch auf meine detaillierten Berichte, als habe er sie bereits durchgesehen und wisse, daß sie nichts Interessantes mehr enthielten.

Er magerte ab und wurde anfällig für Krankheiten. Seine Unruhe drückte sich in unbeherrschtem Hin- und Hergehen aus. Ich mußte an meine Mutter denken, die in dem Untergrundtunnel gefangen saß. Mir tat das Herz weh, ihn so zu sehen. Ich sehnte mich danach, ihm zu helfen, mein neues aufregendes Leben mit ihm zu teilen, ihm das zu geben, wonach er sich so verzweifelt sehnte.

Doch es war nicht meine Hilfe, die er brauchte. Er hatte eine düstere, geheimnisvolle Suche begonnen, die ich nicht verstand, und er hatte ein unüberwindliches Hindernis erreicht, das er aus eigener Erfahrung nicht umgehen konnte.

Er brauchte einen Lehrer.«

Ich war fünfzehn Jahre alt, als ich den bartlosen Alten kennenlernte. Ich nannte ihn schon damals so und wüßte auch heute keinen besseren Namen, denn er hat kein anderes Unterscheidungsmerkmal, an das ich mich erinnere. Immer wenn ich an ihn denke, selbst wenn ich ihn anschaue, scheint sein Gesicht in der Menge zu verschwimmen. Es ist fast, als steckte ein Meisterschauspieler in ihm, der, nachdem er jeden möglichen Charakter auf der Welt dargestellt hat, auf die einfachste und damit vollkommenste Verkleidung gekommen ist.

Was nun hinter diesem allzu gewöhnlichen Gesicht liegt, jenes Etwas, das man zuweilen erahnen, aber kaum greifen kann – ich kann es nur mit einem Überdruß und einer Leere beschreiben, die nicht von dieser Welt sind.«

Fafhrd hielt den Atem an. Sie hatten das Ende des Bergkamms erreicht. Der linke Hang hatte sich plötzlich nach oben geneigt und war zur Masse des Berges geworden. Der rechte Hang dagegen fiel immer steiler ab, und sein Fuß war gar nicht mehr zu sehen, so daß sie nun an einem unheimlichen Abgrund entlangritten. Zwischen Berg und Schlucht setzte sich der steile Pfad fort, ein nur wenige Fuß breiter Steinstreifen. Nachdenklich strich der Mausling mit den Fingern über das zusammengerollte Seil, das er sich über die Schulter geworfen hatte. Die Pferde zögerten einen Augenblick – dann wurden sie weitergezogen, als ob der schwache grüne Schimmer und das endlose Murmeln, das sie umschwebte, ein unsichtbares Netz waren, dem sie nicht entkommen konnten.

»Es geschah in einer Taverne. Ich hatte gerade einem Freund des Griechenmädchens Chloe, das kaum älter war als ich, eine Nachricht gebracht, als ich ihn in einer Ecke sitzen sah. Ich erkundigte mich bei Chloe nach ihm. Sie sagte, er sei ein griechischer Chorsänger und Berufspoet, der etwas heruntergekommen sei, nein, vielmehr sei er ein ägyptischer Weissager – und dann änderte sie wieder ihre Ansicht und versuchte sich zu erinnern, was ihr ein samischer Händler über ihn erzählt hatte, warf einen verwirrten Blick in die Ecke und kam zu dem Schluß, daß sie den Mann ja eigentlich gar nicht richtig kannte, und daß doch das auch alles völlig gleichgültig sei.

Aber gerade diese Leere interessierte mich. In diesem Mann lag ein neues Rätsel. Nachdem ich ihn eine Zeitlang beobachtet hatte, drehte er sich um und sah mich an. Ich hatte den Eindruck, als habe er meinen forschenden Blick von Anfang an gespürt, ihn aber ignoriert, so wie ein schläfriger Mann das Summen einer Fliege ignoriert.

Nach einem kurzen Blick ließ er sich in die alte Lage zurücksinken, doch als ich das Lokal verließ, schloß er sich mir an.

›Du bist nicht die einzige, die durch deine Augen schaut, nicht wahr?‹ fragte er leise.

Diese Frage verblüffte mich derart, daß mir im ersten Augenblick keine Antwort einfiel, doch er wollte auch gar nichts hören. Sein Gesicht belebte sich, ohne dadurch individuellere Züge zu gewinnen, und er begann auf charmanteste und lustigste Weise mit mir zu plaudern, obwohl mir seine Worte keinen Hinweis darauf gaben, was er war und welchem Beruf er nachging.

Gewissen Hinweisen entnahm ich allerdings, daß er Kenntnisse über die seltsamen Dinge besaß, für die sich Anra interessierte, und so folgte ich ihm willig, wobei meine Hand in der seinen lag.

Doch das dauerte nicht lange. Wir gingen durch eine schmale gewundene Gasse, und ich sah den Blick aus seinen Augenwinkeln und spürte, wie sich sein Griff auf eine Weise festigte, die mir gar nicht gefiel. Angst beschlich mich, und ich rechnete jeden Augenblick mit einem Gefahrensignal von Anra.

Wir kamen an einem düsteren Haus vorbei und blieben vor einem windschiefen dreistöckigen Wohnschuppen stehen, der sich an das große Gebäude lehnte. Er sagte, er wohne ganz oben. Dabei zog er mich auf die Leiter zu, die hier als Treppe diente – und das Gefahrenzeichen kam noch immer nicht.

Dann kroch seine Hand auf meinen Arm zu, und ich wartete nicht mehr ab, sondern riß mich los, und mit jedem Schritt wuchs meine Angst.

Als ich nach Hause kam, wanderte Anra wie ein Leopard auf und ab. Ich war begierig, ihm meine knappe Flucht zu schildern, doch er unterbrach mich immer wieder und wollte Einzelheiten über den alten Mann hören und schüttelte ärgerlich den Kopf, weil ich ihm so wenig erzählen konnte. Als ich schließlich über meine Flucht berichtete, ging ein Ausdruck gequälten Erstaunens über sein Gesicht, und er hob die Hand, als wolle er mich schlagen, warf sich dann aber schluchzend auf die Couch.

Doch als ich mich besorgt über ihn beugte, beruhigte er sich. Er sah mich über die Schulter hinweg an, und sein Gesicht war bleich, aber gefaßt. ›Ahura‹, sagte er, ›ich muß alles über diesen Mann wissen.‹

In diesem Augenblick erkannte ich etwas, vor dem ich seit Jahren beharrlich die Augen verschlossen hatte – daß nämlich meine schöne Freiheit nur eine Täuschung war, daß nicht Anra am Zügel lag, sondern ich, daß das gar kein Spiel war, sondern eine Knechtschaft; daß ich zwar ganz frei und begierig in der Welt herumgegangen war und mich nur für Geräusche und Farben, Formen und Bewegungen interessiert hatte, daß er aber währenddessen auf etwas konzentriert gewesen war, wofür ich keine Zeit hatte – auf den Intellekt, das Ziel, den Willen –; daß ich für ihn nur ein Werkzeug war, eine Sklavin, die er auf Botengänge schickte, eine gefühllose Erweiterung seines Körpers, ein Tentakel, den er ohne weiteres verlieren und nachwachsen lassen konnte; daß sogar mein Kummer über seine herbe Enttäuschung, meine Bereitschaft, alles für ihn zu tun, um ihm zu gefallen, zu den Mitteln gehörte, die er rücksichtslos gegen mich ausspielte; daß unsere engste Beziehung, in der wir nur zwei Hälften eines Geistes waren, ihm einen weiteren taktischen Vorteil verschaffte.

Er war in die zweite große Krise seines Lebens getreten, und wieder opferte er den ihm am nächsten stehenden Menschen, ohne einen Gedanken daran zu verschwenden.

Aber die Sache hatte einen noch häßlicheren Aspekt, den ich in seinen Augen erkannte, als er spürte, daß er mich in der Falle hatte. Wir waren wie verschwisterte Königskinder in Alexandria oder Antiochia gewesen, Spielkameraden seit der Kindheit, füreinander bestimmt, ohne es zu wissen – wobei der Junge aber verkrüppelt und impotent war – und jetzt, zu früh, war die schreckliche Hochzeitsnacht da.

Schließlich kehrte ich in die schmale Gasse zurück, zu dem heruntergekommenen Haus, dem alten Schuppen, zur Leiter, die zu dem bartlosen Alten ins oberste Geschoß führte.

Oh, ich gab nicht kampflos auf! Sobald ich aus dem Haus war, kämpfte ich um jeden Zentimeter. Bis jetzt hatte ich für Anra nur spioniert und beobachtet, auch in dem kleinen Raum unter dem Dach. Ich hatte nicht selbst etwas tun müssen.

Doch das Endergebnis war dasselbe. Ich zog mich die letzte Sprosse hinauf und klopfte an die schiefe Tür. Sie schwang auf, als ich sie berührte. In einem verqualmten Raum saß der bartlose Alte hinter einem großen leeren Tisch im Licht einer schlecht brennenden Lampe, und seine Augen waren so starr wie die eines Fisches, und sie waren auf mich gerichtet.«

Ahura hielt inne, und Fafhrd und der Mausling spürten eine seltsame Kälte auf der Haut. Als sie aufblickten, sahen sie aus der schwindelerregenden Höhe wie geisterhafte Schlangen oder Dschungellianen dünne grüne Nebelschwaden herabwehen.

»Ja«, sagte Ahura. »Wo er sich aufhält, gibt es immer Nebel oder Rauch.

Drei Tage später kehrte ich zu Anra zurück und erzählte ihm alles – eine Leiche, die gegen ihren Mörder aussagte. Aber in diesem Fall genoß der Richter die Aussage, und als ich ihm von einem bestimmten Plan erzählte, den der alte Mann im Sinn hatte, stand eine unmenschliche Freude auf seinem Gesicht.

Der alte Mann sollte als Lehrer und Arzt für Anra eingestellt werden. Das ließ sich ganz leicht einfädeln, da Mutter stets auf Anras Wünsche einging und vielleicht noch die Hoffnung hegte, daß er sich aus seiner Zurückgezogenheit lösen würde. Außerdem verfügte der Mann über eine seltsame Mischung aus Zurückhaltung und Kraft, die ihm sicherlich überall Zugang verschafft hätte. Nach wenigen Wochen hatte er unauffällig die Macht über alle Haushaltsangehörigen übernommen – einige, wie Mutter, ignorierte er, andere, zum Beispiel Phryne, machte er sich zunutze.

Nie werde ich Anras Verhalten an dem Tag vergessen, als der alte Mann eintraf. Diese Begegnung sollte sein erster Kontakt mit der Wirklichkeit außerhalb der Gartenmauer sein, und ich spürte, daß er große Angst hatte ... Als sich die Stunden des Wartens in die Länge zogen, ging er auf sein Zimmer, und es war sicher nur der Stolz, der ihn davon abhielt, den Plan rückgängig zu machen. Wir hörten den alten Mann nicht kommen – nur die alte Berenice, die draußen das Silber zählte, schwieg plötzlich. Anra warf sich in der dunkelsten Ecke des Zimmers auf die Couch, und seine Hände umklammerten den Rand des Polsters, und seine Augen waren starr auf die Tür gerichtet. Dort erschien plötzlich ein schwankender Schatten, der immer dunkler und klarer wurde. Dann stellte der alte Mann seine beiden Taschen auf die Schwelle und blickte an mir vorbei auf Anra. Gleich darauf ging das erregte Keuchen meines Zwillingsbruders in ein schwach ächzendes Atmen über. Er war ohnmächtig geworden.

An diesem Abend begann der neue Unterricht. Alles, was bisher geschehen war, wurde auf einer tieferen, seltsameren Ebene wiederholt. Da mußten Sprachen gelernt werden, aber keine Sprachen, die sich in menschlichen Büchern fanden. Rituale mußten angestimmt werden, doch sie galten keinen Göttern, die von normalen Menschen angebetet wurden; es mußten Zaubermittel geschaffen werden, doch nicht aus Kräutern, die ich kaufen oder stehlen konnte. Tag für Tag wurde Anra tiefer in die Lehre der inneren Dunkelheit eingeführt, in die Lehre von den Krankheiten und den unbekannten Mächten des Geistes, von den seit Urzeiten begrabenen Emotionen, die auf kleine Unreinheiten zurückzuführen sein müssen, welche die Götter in der Erde, aus der sie den Menschen formten, übersehen haben. Unmerklich wurde unser Haus ein Tempel des Scheußlichen, ein Kloster des Unsauberen.

Und doch hatte das Verhalten der beiden nichts von einer perversen Orgie, von bösen Exzessen an sich. Was immer sie taten, wurde in strikter Selbstdisziplin und mystischer Konzentration vollbracht. Es gab kein Gehenlassen. Gewiß, sie strebten nach einem Wissen und einer Macht, die aus der

Dunkelheit geboren waren, doch um dieses Ziel zu erreichen, waren sie zu jedem Opfer bereit. Sie waren förmlich religiös, doch mit einem Unterschied: ihr Ritual war die Verderbtheit, ihr Ziel ein Weltchaos, das ihre übermächtigen Geister wie eine Leier zum Klingen bringen würden, ihr Gott war die Quintessenz des Bösen – Ahriman, der letzte Abgrund.

Das normale Leben im Haus ging weiter – allerdings gingen die Hausbewohner wie Schlafwandler durch das Leben. Manchmal hatte ich das Gefühl, daß wir alle, mit Ausnahme Anras, Träume in den leeren Augen des Alten waren – Schauspieler in einem Alptraum, in dem er Regie führte und in dem Menschen Bestien darstellten und Bestien Würmer und Würmer Schleim.

Jeden Morgen zog ich los und machte meinen üblichen Rundgang durch Tyrus; ich plauderte und lachte wie zuvor, doch seltsam hohl und leer, in dem Bewußtsein, daß ich durch unsichtbare Ketten an das Haus gefesselt war, eine Marionette, die über die Gartenmauer gehängt worden war. Nur in Nebensächlichkeiten wagte ich mich dem Willen meines Herrn zu widersetzen – und auch dann nur passiv: einmal schmuggelte ich dem Mädchen Chloe ein Schutzamulett zu, weil ich mir vorstellte, daß sie für Experimente herangezogen werden sollte, wie sie schon an Phryne durchgeführt worden waren. Und von Tag zu Tag weitete sich der Horizont ihrer Vorstellungen – ja, sie hätten das Haus längst verlassen, wenn Anra nicht so daran gebunden gewesen wäre.

Die beiden widmeten sich jetzt dem Problem, diese Bindung zu lösen. Sie erzählten mir nicht, wie dies geschehen sollte, doch ich erkannte bald, daß ich eine Rolle dabei spielen sollte.

Die beiden strahlten mir grelles Licht in die Augen, und Anra sang vor sich hin, bis ich eingeschlafen war. Stunden oder Tage später erwachte ich und stellte fest, daß ich unbewußt meine täglichen Arbeiten verrichtet hatte, wobei mein Körper unter Anras Kontrolle gewesen war. Bei anderer Gelegenheit setzte Anra eine dünne Ledermaske auf, die sein ganzes Gesicht bedeckte, so daß er, wenn überhaupt, nur durch meine Augen sehen konnte. Das Gefühl des Einsseins mit meinem Zwillingsbruder wuchs proportional mit meiner Angst vor ihm.

Dann kam eine Zeit, da ich in strenger Abgeschiedenheit gehalten wurde, als müsse ich ein groteskes Ritual der Reifung oder des Todes oder der Geburt durchstehen – oder alle drei. Der Alte machte eine Bemerkung, ich dürfe ›die Sonne nicht sehen und die Erde nicht berühren‹. Wieder hockte ich stundenlang in dem kleinen Raum unter dem Dach oder auf Schilfmatten im Keller. Und jetzt waren nicht mehr Anras Augen und Ohren bedeckt, sondern *mein* Kopf war verhüllt. Viele Stunden verbrachte ich auf diese Weise, ich, für den die Szenen und Laute der Welt mehr als eine Nahrung gewesen war, sah nur bruchstückhafte Erinnerungen an den ganz jungen Anra oder den Alten in seinem verqualmten Raum, oder Phryne, die sich auf dem Boden wand und wie eine Schlange zischte. Doch das Schlimmste war meine Trennung von Anra. Zum erstenmal seit unserer Geburt konnte ich sein Gesicht nicht sehen, seine Stimme nicht hören und seinen Geist nicht spüren. Ich verdorrte wie ein Baum, dem die Nahrung entzogen wurde, wie ein Tier, dessen Nerven abgestorben sind.

Schließlich kam der Tag oder die Nacht, ich weiß die Tageszeit nicht genau, da mir der alte Mann die Maske vom Gesicht nahm. Der Raum war sicher kaum erleuchtet, doch meine seit vielen Tagen verbundenen Augen machten jede Einzelheit des kleinen Kellers mit schmerzhafter Deutlichkeit aus. Die drei grauen Steine waren aus dem Boden gegraben worden. Anra lag daneben ausgestreckt, ausgemergelt, bleich, kaum atmend, und er sah aus, als würde er gleich sterben.«

Die drei Reisenden sahen sich plötzlich einer unheimlichen grünen Mauer gegenüber und zügelten ihre Pferde. Der schmale Pfad war zu Ende und ging in ein Gebiet über, bei dem es sich wohl um den flachen Gipfel des Berges handelte. Vor ihnen erstreckte sich eine dunkle Felsfläche, die bereits nach den ersten Metern vom Nebel verschluckt wurde. Wortlos stiegen sie ab und führten die zitternden Tiere in eine feuchte Welt, die eine gewisse Ähnlichkeit mit einem schwach phosphoreszierenden Meeresgrund hatte.

»Entsetzen und Mitleid mit meinem Zwillingsbruder erfüllten mein Herz. Ich erkannte, daß ich ihn trotz aller Tyrannei und Quälerei noch immer mehr als alles auf der Welt liebte, ihn liebte, wie eine Sklavin den schwachen, grausamen Herrn liebt, der völlig von dieser Sklavin abhängt, ich liebte ihn wie der mißbrauchte Körper den despotischen Geist verehrt. Und ich fühlte mich ihm enger verbunden, fühlte unsere gegenseitige Abhängigkeit im Leben und im Tod, als hielten uns Bande von Fleisch und Blut, wie dieses nur bei wenigen Zwillingspaaren der Fall ist.

Der alte Mann sagte mir, ich könne meinen Bruder vor dem Tode retten, wenn ich wollte. Zunächst müsse ich nur wie üblich mit ihm sprechen. Und das tat ich – mit einem Eifer, der seine Ursache in den Tagen hatte, die ich ohne ihn verbringen mußte. Bis auf ein gelegentliches schwaches Beben seiner bleichen Lider bewegte sich Anra nicht, und doch hatte ich das Gefühl, daß er mir nie zuvor so genau zugehört hatte, daß er mich nie zuvor so gut verstanden hatte. Es wollte mir scheinen, als seien all meine bisherigen Gespräche mit ihm vergleichsweise unreif gewesen. Jetzt fielen mir alle möglichen Dinge ein, die meinem Gedächtnis entfallen oder zu kompliziert gewesen waren, um ausgesprochen zu werden. Ich redete aufs Geratewohl weiter, wechselte vom Klatsch aus der Stadt zu weltgeschichtlichen Fragen, stürzte mich in Myriaden von Erlebnissen und Gefühlen, von denen aber nicht alle die meinen waren.

Stunden vergingen, vielleicht auch Tage – vielleicht hatte der alte Mann die anderen Hausbewohner mit Schlaf oder Taubheit geschlagen, damit wir nicht gestört wurden. Von Zeit zu Zeit trocknete mir die Kehle aus, und er gab mir etwas zu trinken, doch ich wagte nicht lange zu schweigen, da mich die leichte, aber ständige Verschlechterung seines Zustandes entsetzte und mich der Gedanke erfüllte, daß mein Geplauder Anras letzte Bindung an das Leben war, daß meine Worte einen Kanal zwischen unseren Körpern schufen, durch den meine Kraft zu ihm fließen und ihn stärken konnte.

Die Umwelt verschwamm mir vor den Augen, mein Körper zitterte, meine Stimme wurde mit der Zeit immer heiserer, bis ich nur noch ein fast unverständliches Flüstern zustandebrachte. Trotz meiner Entschlossenheit wäre ich in Ohnmacht gefallen, wenn der alte Mann nicht aromatisch riechende Kräuter vor meinem Gesicht abgebrannt hätte, die mich erschaudernd wieder in die Wirklichkeit zurückholten.

Schließlich konnte ich gar nicht mehr sprechen, doch das war keine Erleichterung, da ich weiter mit den gesprungenen Lippen zuckte und meine Gedanken wie zuvor in wildem, fiebrigem Strom durch meinen Kopf huschten.

Es war, als risse ich aus den Tiefen meines Geistes zahlreiche Ideenfetzen, aus denen Anra das Leben gewann, das ihm noch verblieb.

Ein Bild bewahrte sich besonders klar in meinem Kopf – das eines sterbenden Hermaphroditus, der sich Salmacis' Teich näherte, in dem er mit der Nymphe verschmelzen würde.

Immer tiefer wagte ich mich in den wortgeschaffenen Kanal zwischen uns, immer mehr näherte ich mich Anras bleichem, empfindsamem, ausgemergeltem Gesicht, bis ich ihm wie in einer verzweifelten letzten Anstrengung meine letzten Kräfte entgegenschleuderte, bis das Gesicht riesig wie eine grünüberschattete Elfenbeinklippe vor mir aufragte, mir entgegenstürzte, um mich zu umschließen ...«

Ahura unterbrach sich und stieß einen Entsetzensschrei aus. Die drei Reisenden blieben abermals stehen und starrten in den Nebel. Im Dunst vor ihnen ragte ein seltsames Gebilde auf, so nahe, daß sie sich plötzlich überfallen glaubten – ein wirres Gebäude aus weißlichen, leicht angegilbten Steinen mit schmalen Fenstern und einer weitgeöffneten Tür, aus der ein unheilvolles grünes Licht drang, die Ursache des phosphoreszierenden Nebelglanzes.

Fafhrd und der Mausling dachten an Karnak und seine Obelisken, an den Leuchtturm von Pharos, an die Akropolis, an das Ischtartor in Babylon, an die Vergessene Stadt des Ahriman, an all die verhängnisvollen Traumbild-Türme, die sich den Seeleuten an jener Stelle zeigten, wo Skylla und Charybdis lauern. Genau genommen wechselte die Architektur des seltsamen Gebäudes so schnell und in derart überirdischen Extremen, daß sie eine verrückte Sphäre eigener Art zu bilden schien. Vom Nebel vergrößert, strebten die gewundenen

Rampen und Turmspitzen wie ein verschwimmendes Alptraumgesicht in jene Richtung, wo die Sterne hätten sein müssen.

9. Das Nebelschloß

Was dann geschah, war so seltsam, daß ich das Gefühl hatte, aus der fiebrigen Gegenwart in einen kühlen, angenehmen Traum gestürzt worden zu sein«, fuhr Ahura fort, nachdem sie ihre Pferde angebunden hatten und eine breite Treppe erstiegen. Sie näherten sich der offenen Tür, die ein plötzliches Vorstürmen und ein vorsichtiges Erkunden gleichermaßen zu verlachen schien. Ahuras Bericht setzte sich mit demselben matten Fatalismus fort wie der stufenweise Anmarsch über die Treppe. »Ich lag auf dem Rücken neben den drei Steinen und sah meinen Körper in dem kleinen Keller herumwandern. Ich fühlte mich sehr schwach, ich konnte keinen Muskel rühren, und doch spürte ich mich herrlich erfrischt – der brennende Schmerz in meinem Hals war fort. Gelassen wie in einem Traum musterte ich mein Gesicht. Es schien triumphierend zu lächeln, was mir doch sehr töricht vorkam. Doch als ich es anstarrte, begann die Angst in meinen angenehmen Traum zu dringen. Das Gesicht gehörte mir, doch es hatte seltsame Elemente eines fremden Ausdrucks. Als es meinen Blick bemerkte, grinste es verächtlich, wandte sich ab und sagte etwas zu dem alten Mann, der ruhig nickte. Da brach Angst über mich herein und hüllte mich ein. Mit gewaltiger Anstrengung bewegte ich die Augen und schaute auf meinen wirklichen Körper, auf den Körper, der am Boden lag.

Es war Anras Körper.«

Sie traten über die Schwelle und befanden sich in einem riesigen steinernen Vorraum mit vielen Ecken und Nischen – doch der Quelle des grünen Schimmers schienen sie nicht nähergekommen zu sein, obwohl die neblige Luft hier in einem helleren Grün leuchtete. Steintische und Bänke und Stühle standen im Raum verstreut, doch das Auge wurde von dem gewaltigen Torbogen auf der anderen Seite angezogen, von dem in verwirrender Vielfalt zahlreiche Steinleisten ausgingen. Fafhrd und dem Mausling fiel der Schlußstein des Bogens auf – wegen seiner Größe und weil er oben eine seltsam dunkle Vertiefung hatte.

Die Stille war bedrohlich und führte dazu, daß sie unsicher nach den Schwertern griffen. Es lag nicht nur daran, daß die lockende Musik aufgehört hatte – hier im Nebelschloß gab es praktisch keine Geräusche, außer dem lauten Pochen ihrer eigenen Herzen –, es war wie eine im Nebel gebundene Konzentration von Kräften, die sich ihren Sinnen aufdrängten, als befänden sie sich im Gehirn eines gewaltigen Denkers oder als wären die Steine selbst verzaubert.

Es war unmöglich, in dieser Stille zu warten; eher wäre es einem verwirrten Jäger eingefallen, reglos in tiefster Winterkälte zu verharren. So traten sie durch den Bogen und nahmen wahllos eine der nach oben führenden Rampen.

Ahura fuhr fort: »Hilflos sah ich zu, wie sie ihre Vorbereitungen trafen. Während Anra einige Manuskript- und Kleidungsbündel zusammensuchte, band der alte Mann die drei mörtelverkrusteten Steine zusammen.

Mag sein, daß er im Augenblick des Sieges die übliche Vorsicht vergaß. Während er sich noch über die Steine beugte, trat jedenfalls meine Mutter ein. Sie rief: ›Was hast du mit ihm gemacht?‹ und warf sich neben mir nieder und betastete mich aufgeregt. Doch das gefiel dem Alten nicht. Er packte sie an den Schultern und zerrte sie grob zurück. Sie kauerte sich gegen die Wand und riß die Augen auf und klapperte mit den Zähnen – besonders als sie Anra sah, der in meinem Körper groteske Verrenkungen machte, als er sich die zusammengebundenen Steine auflud. Währenddessen hob der alte Mann meinen neuen ausgezehrten Körper vom Boden auf, warf ihn sich über die Schulter, nahm die Bündel und ging die kurze Treppe hinauf.

Wir schritten durch den Innenhof, der voller Rosen und Mutters parfümierten, weinseligen Freunden war, die uns verwirrt und staunend anstarrten, und dann aus dem Haus. Es war Nacht. Fünf Sklaven warteten mit einer verschlossenen Sänfte, in die mich der alte Mann setzte. Mein letzter

Blick galt Mutters Gesicht, das, von Tränenbächen entstellt, erschreckt durch die halb geöffnete Tür starrte.«

Die Rampe führte in ein Obergeschoß, und sie wanderten ziellos durch eine labyrinthhafte Zimmerflucht. Es ist wenig sinnvoll, all die Dinge zu beschreiben, die sie durch dunkle Torbögen wahrzunehmen oder hinter Metalltüren mit kompakten Riegeln zu hören glaubten, die sie nicht zu öffnen wagten. Sie stießen auf eine unordentliche Bibliothek mit zahlreichen hohen Regalen. Von etlichen Schriftrollen schien Rauch aufzusteigen, als ruhe in ihrem Papyrus der Same von Naturkatastrophen. In den Ecken stapelten sich versiegelte Kanister aus grünüberwachsenem Stein und angeschimmelte Schrifttafeln. Sie fanden Geräte, bei denen Fafhrd getrost darauf verzichtete, den Mausling vor einer Berührung zu warnen. In einem anderen Raum war ein unangenehmer tierischer Geruch. Auf dem glatten Boden bemerkten sie einige kurze, unglaublich dicke schwarze Borsten. Doch das einzige Lebewesen, das sie zu Gesicht bekamen, war ein kleines haarloses Geschöpf, das so aussah, als wolle es ein Bär werden. Als Fafhrd sich bückte, um es zu streicheln, tapste es wimmernd davon. Dann fanden sie eine Tür, die dreimal so breit wie hoch war – und das bei einer Höhe von gut einem Fuß. Sie erblickten ein Fenster, hinter dem eine Schwärze lag, die weder aus Nebel noch aus Nachtdunkelheit geboren worden war und doch unendlich zu sein schien. Als Fafhrd hindurchschaute, machte er undeutlich einige Eisengriffe aus, die nach oben führten. Der Mausling ließ sein Kletterseil in voller Länge innerhalb des Fensters herumschwingen, doch der Haken traf auf kein Hindernis.

Und doch war der seltsamste Eindruck in dieser unheimlichen leeren Festung zugleich der am wenigsten greifbare Eindruck – ein Eindruck, den jeder neue Raum, jeder neue gewundene Korridor verstärkte – ein Gefühl der architektonischen Unzulänglichkeit. Es schien unmöglich zu sein, daß die Pfeiler das gewaltige Gewicht der Steinböden und Dekken aushielten, so unmöglich, daß die Reisenden fast überzeugt waren, es müsse Stützpfeiler und zusätzliche Wände geben, die sie nicht sehen konnten, die entweder unsichtbar waren oder in einer völlig anderen Welt bestanden, als sei das

Nebelschloß nur zum Teil aus einem unvorstellbaren Jenseits herübergekommen. Daß gewisse verriegelte Türen in eine Richtung führten, in der sich gar keine Räume mehr befinden konnten, unterstrich diesen Eindruck noch.

Sie wanderten durch derart gewundene Gänge, daß sie bald völlig die Orientierung verloren, obwohl sie sich bemühten, auffällige Punkte im Gedächtnis zu behalten.

»So kommen wir nicht weiter«, sagte Fafhrd schließlich. »Was immer wir hier suchen, auf wen wir hier auch warten – auf den alten Mann oder einen Dämon –, das kann genausogut im ersten Raum mit dem großen Torbogen geschehen.«

Der Mausling nickte, als sie umkehrten, und Ahura sagte: »Jedenfalls sind wir dort nicht mehr im Nachteil als hier. Beim Ishtar, der Spruch des alten Mannes stimmt: ›Jeder Raum ein gieriger Schlund, jeder Torbogen ein reißendes Maul.‹ Ich hatte immer große Angst vor diesem Ort, aber hätte mir nie einen Irrgarten vorgestellt, der sicher einen Geist aus Klauen und Stein hat.

Die beiden haben mich nämlich nie hierhergebracht. Seit der Nacht, da ich in Anras Körper unser Haus verließ, war ich eine lebendige Leiche, die nach Belieben liegengelassen oder fortgeschafft wurde. Anra und der alte Mann hätten mich vielleicht umgebracht – es gab eine Zeit, da Anra nicht davor halt gemacht hätte –, wenn es nicht notwendig gewesen wäre, daß Anras Körper einen Bewohner hatte – oder mein rechtmäßiger Körper, wenn er ihn mal verlassen hatte – Anra vermochte im Einflußbereich des Ahriman in seinen Körper zurückzukehren und darin herumzulaufen. Wenn das geschah, betäubte man mich und ließ mich in der Vergessenen Stadt zurück. Ich glaube, daß damals etwas mit seinem Körper gemacht wurde – der alte Mann sprach davon, daß er unverwundbar gemacht werde –, denn als ich in ihn zurückkehrte, kam er mir leerer und versteinerter vor.«

Als sie auf der Rampe wieder nach unten gingen, glaubte der Mausling in der schrecklichen Stille ein leises, luftiges Ächzen zu hören.

»Ich war mit dem Körper meines Zwillingsbruders bald sehr vertraut, denn ich war sieben Jahre lang fast ununterbrochen darin gefangen, in dem Grabmal. In dieser unangenehmen Zeit gab es Perioden, da ich völlig frei war von Angst und Schrecken – ich hatte mich an den Tod gewöhnt. Zum erstenmal in meinem Leben hatte mein Wille, mein nüchterner Verstand Zeit zum Heranwachsen. Körperlich gefesselt, fast ohne Empfindung lebend, sammelte ich innere Kräfte. Ich begann etwas zu erkennen, was mir bisher nicht aufgefallen war – Anras Schwäche.

Denn er konnte sich nie völlig von mir lösen. Die Kette, die er zwischen unseren Gehirnen geschmiedet hatte, war zu stark. Wie weit er sich auch von mir entfernte, welchen Schutzwall er auch errichtete, ich vermochte stets in irgendeinen Sektor seines Gehirns zu schauen, vage, wie auf eine Szene am Ende eines langen, schmalen, dunklen Korridors.

Ich sah seinen Stolz, eine von Silber geschützte Wunde. Ich sah seinen Ehrgeiz zwischen den Sternen herumstolzieren, als wären sie Edelsteine auf dem schwarzen Samt seines künftigen Schatzhauses. Wie meine eigene Empfindung spürte ich seinen einschnürenden Haß auf die gütigen Götter – die allmächtigen Väter, die die Geheimnisse des Universums vor uns verbergen, die unser Flehen belächeln, die stirnrunzelnd die Köpfe schütteln, die Verbote und Ermahnungen aussprechen; ich spürte seinen zunehmenden Zorn auf die Fesseln von Raum und Zeit, als sei jeder Zentimeter, den er nicht sah und nicht betreten konnte, eine silberne Fessel an seinen Handgelenken, als sei jeder Augenblick vor oder nach seinem Leben ein silberner Kreuzigungsnagel. Ich wanderte durch die sturmtosenden Säle seiner Einsamkeit und erschaute die Schönheit, die er liebte – schattenhafte, schimmernde Figuren, die wie Messer durch die Seele schnitten – und einmal stieß ich auch auf das Verlies seiner Liebe, wo kein Lichtstrahl enthüllte, daß hier Leichen liebkost und Knochen geküßt wurden. Seine Sehnsüchte wurden mir vertraut, die ein Universum von Wundern forderten, ein Universum voller enträtselter Götter. Und ich erkannte seine Lust, die er der Welt entgegenbrachte, als sei sie eine Frau – er war begierig, jeden Winkel kennenzulernen.

Voller Glück – denn ich lernte ihn endlich zu hassen – bemerkte ich, daß er zwar meinen Körper mit Beschlag belegte, daß er ihn aber nicht so mühelos und auf natürliche Weise benutzen konnte wie ich. Er vermochte nicht zu lachen oder zu lieben oder Zuneigung zu empfinden. Statt dessen mußte er sich zurückhalten, Dinge betrachten, die Lippen schürzen, sich immer wieder zurückziehen.«

Sie hatten gut die Hälfte der Rampe zurückgelegt, als der Mausling wieder das seltsame Ächzen zu hören vermeinte, diesmal lauter und pfeifender.

»Er und der alte Mann begannen neue Studien und Versuche, die sie vermutlich in alle Winkel der Welt führten und von denen sie sich bestimmt ein Vorrücken in jene düsteren Sphären erhofften, in denen ihre Kraft unendlich sein würde. Besorgt verfolgte ich, wie sich ihre Arbeit entwickelte und dann doch nicht zum Ziel führte, worüber ich entzückt war. Ihre ausgestreckten Finger verfehlten knapp den nächsten Griff im Dunkeln. Irgend etwas fehlte beiden. Anra war verbittert und lastete es dem alten Mann an, daß sie keinen Erfolg gehabt hatten. Sie stritten sich.

Als Anras Fehlschlag endgültig schien, verhöhnte ich ihn – nicht mit einem gewöhnlichen Gelächter, sondern mit einem Lachen des Geistes. Er hätte diesem Lachen nicht entgehen können, und wenn er zu den Sternen geflohen wäre – und besonders in diesem Augenblick hätte er mich am liebsten umgebracht. Doch er wagte es nicht, solange ich in seinem Körper war – und ich hatte jetzt die Kraft, ihm den Zutritt zu verwehren.

Vielleicht war es mein leises Gedankenlachen, das ihn in seiner Verzweiflung auf euch und auf das Geheimnis des Lachens der Älteren Götter brachte – vielleicht auch die Notwendigkeit, bei der Wiedergewinnung seines Körpers magische Hilfe in Anspruch zu nehmen. Seit damals fürchtete ich, er habe einen Ausweg oder eine Möglichkeit zum Weitermachen gefunden – bis ich heute früh am Grab voller gemeiner Freude miterlebte, wie ihr sein Angebot ausschlugt und ihn töten konntet, wobei euch mein Lachen geholfen hat. Jetzt haben wir nur noch den bartlosen Alten zu fürchten.«

Wieder standen sie unter dem massigen Torbogen mit dem seltsam ausgehöhlten Schlußstein und hörten eine Wiederholung des pfeifenden Ächzens – und diesmal gab es keinen Zweifel mehr an der Realität des Geräuschs und an der Richtung, aus der es kam. Die Reisenden eilten in eine dunkle und besonders neblige Ecke des Raums und machten dort ein inneres Fenster aus, das in Bodenhöhe begann – und in diesem Fenster erblickten sie ein Gesicht, das körperlos im dichten Nebel zu schweben schien. Die Züge waren unkenntlich – es mochte sich um eine Mischung aus allen alten und desillusionierten Gesichtern der Welt handeln. Die eingesunkenen Wangen waren bartlos.

Die Abenteurer nahmen all ihren Mut zusammen, traten dicht heran und erkannten, daß die Erscheinung vielleicht doch nicht ganz ohne Körper oder Stütze war. Einige gespenstische Kleidungs- oder Fleischfetzen schienen sich im Dunst zu verlieren, ein pulsierender Sack, der vielleicht einmal eine Lunge gewesen war, dazu Silberketten mit Haken oder Klauen.

Das eine Auge, das dem jämmerlichen Rest einer Gestalt geblieben war, ging plötzlich auf und richtete sich auf Ahura, und die geschrumpften Lippen verzogen sich zur Karikatur eines Lächelns.

»Wie dich, Ahura«, murmelte das Gebilde in höchstem Falsett, »schickte er mich auf einen Botengang, den ich nicht erledigen wollte.«

Fafhrd und der Mausling und Ahura reagierten einhellig; wie von einer Angst getrieben, die sie nicht auszusprechen wagten, wandten sie sich um und blickten über die Schulter auf den vernebelten Durchgang nach draußen. Drei oder vier Herzschläge lang starrten sie hinüber. Dann hörten sie schwach das Wiehern eines Pferdes. Woraufhin sie sich völlig umdrehten; doch zuvor stieß Fafhrds noch ruhige Hand kaltblütig einen Dolch in das geöffnete Auge des gepeinigten Wesens im Innenfenster.

Dann standen sie nebeneinander – Fafhrd mit wildem Blick, der Mausling angespannt, Ahura mit einem Gesichtsausdruck eines Menschen, der nach der Bezwingung eines Berges am Gipfel doch noch auszurutschen droht.

Eine schlanke, schattenhafte Gestalt erschien im Licht vor der Tür.

»Du mußt lachen!« sagte Fafhrd heiser zu Ahura. »Lach!« Er schüttelte sie und wiederholte seinen Befehl.

Ihr Kopf wackelte hin und her, die Sehnen ihres Halses traten hervor, ihre Lippen zuckten, doch nur ein trockenes Krächzen war zu hören. Mutlos verzog sie das Gesicht.

»Ja«, bemerkte eine Stimme, die alle wiedererkannten. »Es gibt Augenblicke, da sich ein Lachen als Waffe schnell ausschalten läßt – so harmlos wie das Schwert, das mich heute früh durchbohrte.«

Totenbleich wie immer, mit einem winzigen Blutfleck über dem Herzen, mit eingedrückter Stirn und staubbedeckter schwarzer Kleidung, so stand ihnen Anra Devadoris gegenüber.

»Und jetzt kehren wir zum Ausgangspunkt zurück«, sagte er langsam. »Doch inzwischen sieht das Bild wohl anders aus.«

Fafhrd versuchte etwas zu sagen, versuchte zu lachen – doch Worte und Gelächter blieben ihm mitten im Hals stekken.

»Inzwischen habt ihr einiges über meine Vergangenheit und meine Macht erfahren, wie es in meiner Absicht lag«, fuhr der Adept fort. »Ihr hattet Zeit, euch die Entscheidung zu überlegen. Jetzt erwarte ich eure Antwort.«

Diesmal war es der Mausling, der vergeblich zu antworten oder zu lachen versuchte.

Einen Augenblick lang starrte der Adept sie an; ein zuversichtliches Lächeln spielte auf seinem Gesicht. Dann entdeckte er etwas hinter seinen Besuchern. Er runzelte plötzlich die Stirn, eilte vor, drängte sich an ihnen vorbei und kniete am inneren Fenster nieder.

Kaum hatte er ihnen den Rücken zugekehrt, als Ahura den Mausling am Ärmel zupfte und etwas zu flüstern versuchte – doch sie brachte keinen Laut heraus, als wäre sie plötzlich stumm geworden.

Sie hörte den Adepten schluchzen.

»Er stand mir am nächsten ...«

Der Mausling zog seinen Dolch und machte Anstalten, die Gestalt von hinten anzuschleichen, doch Ahura zerrte ihn zurück und deutete in eine ganz andere Richtung.

Der Adept fuhr herum. »Ihr Dummköpfe!« rief er. »Habt ihr denn keinen inneren Blick für die Wunder der Dunkelheit, kein Gespür für die Größe des Entsetzens, kein Empfinden für eine Aufgabe, neben der alle anderen Abenteuer zur Bedeutungslosigkeit verblassen? Wie konntet ihr nur mein größtes Wunder zerstören – mein liebstes Orakel? Ich ließ euch in der Überzeugung hierher in das Nebelschloß kommen, daß seine gewaltige Musik und die großartigen Perspektiven euch bekehren würden – und das ist nun der Lohn! Die kleinlichen, ignoranten Mächte bekämpfen mich von allen Seiten – die große Hoffnung, die ich in euch gesetzt habe, hat sich nicht erfüllt. Ja, es gab schon ungünstige Zeichen, als ich die Vergessene Stadt verließ. Der idiotische weiße Schimmel Ormadz' beschmutzte schwach den schwarzen Himmel. Überall ein seltsames Herumtasten, als hätte sogar der unfähige Ningauble, der letzte und dümmste in der Meute der Jagdhunde, endlich meine Spur gefunden. Ich hatte noch einen Zauber parat, um dagegen anzugehen, doch dazu brauchte ich den alten Mann. Jetzt stürmen sie heran, um ihr Opfer zu töten. Aber noch ist mir einige Macht geblieben, ich bin nicht ganz ohne Verbündete. Obwohl mein Schicksal besiegelt ist, gibt es noch Wesen, die so sehr an mich gebunden sind, daß sie kommen müssen, wenn ich sie rufe. Wenn es ein Ende gibt, werdet ihr es nicht mehr erleben!« Damit erhob er die Stimme zu einem lauten und unheimlichen Ruf: »Vater! Vater!«

Die Echos waren noch nicht verklungen, als sich Fafhrd schon mit erhobenem Schwert auf ihn stürzte.

Der Mausling wäre ihm gefolgt, hätte er nicht im gleichen Augenblick, als er Ahura abschütteln wollte, gesehen, wohin sie so nachdrücklich zeigte.

Auf die Höhle im Schlußstein des riesigen Torbogens.

Ohne zu zögern entrollte er sein Kletterseil, eilte leichtfüßig durch den Saal und holte mit zischender Leine aus.

Der Haken verfing sich in der Vertiefung.

Mit schnellen Bewegungen kletterte er hinauf.

Hinter sich hörte er das wilde Sirren und Klirren von Schwertern, hörte auch einen anderen Laut, der viel durchdringender und weiter entfernt war.

Seine Hand umfaßte den Rand der Vertiefung, er zog sich hinauf, schob Kopf und Schultern hindurch und stützte sich schließlich auf Hüfte und Ellbogen. Gleich darauf zog er mit der freien Hand seinen Dolch.

Drinnen war der Stein wie eine Schale ausgehöhlt. Das Gefäß war mit einer übelriechenden grünen Flüssigkeit gefüllt, in der seltsame Minerale schimmerten. Ganz unten in der Vertiefung lagen – von der Flüssigkeit völlig bedeckt – mehrere Gegenstände; drei waren rechteckig, die anderen wiesen unregelmäßige Rundungen auf und pulsierten rhythmisch.

Er hob den Dolch, doch er vermochte nicht zuzustoßen. Zu viele ungeheure Dinge erfüllten seinen Geist, Dinge, die er sich klarmachen, an die er sich erinnern mußte: was Ahura von der rituellen Ehe in der Familie ihrer Mutter erzählt hatte, ihr Verdacht, daß sie und Anra zwar zusammen geboren worden waren, daß sie aber nicht denselben Vater hatten; die Art und Weise, wie ihr griechischer Vater gestorben war (und jetzt ahnte der Mausling auch, wer dahintersteckte); die seltsame Versteinerung, die der Sklavenarzt an Anras Körper festgestellt hatte; was Ahura über eine Operation gesagt hatte, die er durchgemacht hatte; warum ein Stoß ins Herz ihn nicht getötet hatte; warum sein Kopf so leicht wie eine Eierschale eingedrückt worden war; daß er anscheinend nie geatmet hatte; alte Legenden über andere Zauberer, die sich unverwundbar gemacht hatten, indem sie ihr Herz versteckten; und vor allem die tiefe Bindung, die sie zwischen Anra und diesem halb lebendigen Schloß gespürt hatten; der menschengestaltige schwarze Monolith in der Vergessenen Stadt ...

Er sah Anra Devadoris, der auf Fafhrds Klinge aufgespießt war und sich daran entlangzog, um an Fafhrd heranzukommen, der die Nadelklinge verzweifelt mit seinem Dolch abwehrte.

Wie von einem Alptraum gebannt, hörte er das Klirren der Waffen lauter werden, spürte, wie der Kampflärm von einem anderen Geräusch übertönt wurde, einem gewaltigen steinernen Stampfen, das wie ein Erdbeben, das sie verfolgte, über den schmalen Pfad heraufzukommen schien.

Das Nebelschloß begann zu erbeben, und noch immer konnte er nicht zustechen ...

Dann hörte er, wie aus unendlicher Ferne, wie aus Regionen, in die sich die Älteren Götter zurückgezogen hatten, um die Welt den Jüngeren Gottheiten zu überlassen, ein gewaltiges, sternenerbebendes Gelächter herüberklang, das alles verspottete, sogar diese Szene. Eine gewaltige Kraft lag in diesem Lachen, und er wußte, daß diese Kraft ihm zur Verfügung stand.

Mit einem gewaltigen Hieb stieß er den Dolch in die grüne Flüssigkeit und bohrte die Klinge in die steinverkrusteten Organe Anra Devadoris' – in Herz und Gehirn und Lungen und Gedärme.

Die Flüssigkeit schäumte über, das Schloß erzitterte, daß er fast aus der Höhlung geworfen wurde, Gelächter und steinernes Stampfen steigerten sich zu einem ungeheuren Lärm.

Und dann war es abrupt mit Lärm und Bewegung vorbei. Die Muskeln des Mauslings erschlafften. Halb fiel er, halb glitt er am Seil hinab und stürzte zu Boden. Benommen und ohne aufstehen zu können, sah er sich um. Er sah, wie Fafhrd sein Schwert aus dem reglosen Adepten zerrte und zurücktaumelte, bis seine herumtastende Hand eine stützende Tischkante fand; er sah Ahura, die noch immer keuchte nach dem Lachen, das sie gepackt hatte; er sah sie zu ihrem Bruder gehen und neben ihm niederknien. Sie bettete seinen eingedrückten Kopf in ihren Schoß.

Kein Wort war zu hören. Zeit verging. Der grüne Nebel schien sich langsam zu heben.

Dann flatterte ein kleines schwarzes Wesen durch ein hochliegendes Fenster in den Raum, und der Mausling grinste.

»Hugin!« rief er lockend.

Gehorsam setzte sich das Geschöpf auf seinen Ärmel und blieb dort mit dem Kopf nach unten hängen. Vom Bein der Fledermaus löste er ein winziges Pergament.

»Stell dir vor, Fafhrd, ein Brief vom Kommandanten unserer Nachhut!« verkündete er fröhlich. »Hör zu:

›An meine Agenten Fafhrd und den Grauen Mausling, seid in Trauer gegrüßt! Ich habe leider alle Hoffnung für euch aufgeben müssen, und doch – wie sehr ich euch doch zugeneigt bin! – riskiere ich das Leben meines lieben Hugin, um euch diese letzte Nachricht zukommen zu lassen. Wenn er die Chance hat, wird Hugin aus dem Nebelschloß zu mir zurückkehren – etwas, das euch wohl leider nicht vergönnt ist. Wenn ihr also vor eurem Tode etwas Interessantes seht – und davon bin ich überzeugt –, dann schreibt mir doch schnell eine kurze Nachricht. Denkt an das Sprichwort: Wissen ist wichtiger als der Tod. Lebt wohl für zweitausend Jahre, meine liebsten Freunde! Ningauble.‹«

»Darauf müssen wir trinken!« sagte Fafhrd und verschwand in der Dunkelheit. Der Mausling gähnte und reckte sich. Ahura schien zu erwachen, küßte das wächserne Gesicht ihres Bruders, hob den Kopf des Toten aus ihrem Schoß und ließ ihn sanft auf den Steinboden sinken. Irgendwo in den oberen Regionen des Schlosses ertönte ein leises Knirschen.

Kurz darauf kehrte Fafhrd mit energischen Schritten zurück. Er trug zwei Weinkrüge unter dem Arm.

»Meine Freunde!« rief er. »Der Mond ist aufgegangen, und in seinem Licht sieht das Schloß plötzlich erstaunlich klein aus. Ich möchte fast sagen, der Nebel hat ein Mittel enthalten, das uns alles viel größer sehen ließ. Wir müssen berauscht gewesen sein, das schwör ich dir, denn wir haben auch nichts von dem Ding gesehen, das jetzt deutlich sichtbar unten an der Treppe steht – eine schwarze Statue, die genauso aussieht wie die in der Vergessenen Stadt!«

Der Mausling hob die Augenbrauen. »Und wenn wir in die Vergessene Stadt zurückkehrten ...?« fragte er.

»Nun«, sagte Fafhrd, »dann würden wir vielleicht feststellen, daß die dummen persischen Bauern, die das Ding ja hassen, die Statue dort umgestürzt und zerbrochen und die Stücke versteckt haben.« Er schwieg einen Augenblick lang und brummte dann: »Hier ist Wein, damit waschen wir uns das grüne Zaubermittel aus den Kehlen.«

Der Mausling lächelte. Er wußte, daß Fafhrd ihre Abenteuer ab sofort nur noch als die Reise bezeichnen würde, bei der sie ›in einem Schloß auf einem Berggipfel besoffen waren‹.

Zu dritt setzten sie sich an einen Tisch und ließen unermüdlich einen Weinkrug kreisen. Der grüne Nebel verblaßte derart, daß Fafhrd in Mißachtung seiner Behauptung über die grüne Droge andeutete, der ganze Nebel sei vielleicht eine Illusion gewesen. Das Knistern in den Obergeschossen wurde lauter; der Mausling vermutete, daß die geheimnisvoll bedrohlichen Schriftrollen in der Bibliothek, die nun nicht mehr durch die Feuchtigkeit geschützt wurden, in Flammen aufgingen. Diese Vermutung bestätigte sich, als das kleine Bärenjunge erschrocken die Rampe herabgewatschelt kam. Auf seiner nackten Haut begann sich schon ein zartes weiches Fell zu bilden. Fafhrd tröpfelte dem Tier etwas Wein auf die Schnauze und hielt es dem Mausling hin.

»Es will geküßt werden«, brummte er.

»Küß es doch selbst – aber denk an die Schweinetricks«, erwiderte der Mausling.

Bei diesen Worten mußten sie wieder an Ahura denken. Ihre Rivalität war vergessen – zumindest vorübergehend –, als sie sie um Mithilfe baten bei der Feststellung, ob die Zauberkräfte ihres Bruders wirklich erloschen waren. Einige probeweise durchgeführte Umarmungen bewiesen dies eindeutig.

»Wobei mir etwas einfällt«, sagte der Mausling munter. »Nachdem wir nun hier fertig sind, wird's da nicht Zeit, daß wir in dein Nordland abmarschieren und all den schönen Schnee genießen?«

Fafhrd leerte den ersten Krug vollends und griff nach dem zweiten.

»Das Nordland?« fragte er. »Das ist doch nur eine Arena für kleinkarierte, eishaarige Könige, die die wahren Annehmlichkeiten des Lebens nicht kennen. Deshalb bin ich ja dort weggegangen! Zurückgehen? Bei Thors stinkendem Wams, jetzt nicht!«

Der Mausling lächelte wissend und trank aus dem Krug. Dann fiel sein Blick auf die Fledermaus, die ihm noch am Arm hing; er nahm Schreibfeder, Tinte und ein Stück Pergament aus seinem Beutel und begann zu schreiben, während ihm Ahura kichernd über die Schulter blickte:

»An meinen greisen Händler in Scheußlichkeiten, sei begrüßt! Mit tiefstem Bedauern zeige ich die unangenehm glückhafte und unvorhergesehene Flucht der beiden bösen und unsympathischen Burschen aus dem Nebelschloß an.

Ehe sie gingen, brachten sie mir gegenüber die Absicht zum Ausdruck, einen gewissen Ningauble aufzusuchen – du bist doch Ningauble, Herr, nicht wahr? – und sechs seiner sieben Augen abzuhacken, um ein paar Souvenirs zu haben. Fairerweise möchte ich dich hiermit warnen. Glaub mir, ich bin dein Freund. Einer der Burschen war sehr groß, und sein Bellen schien zuweilen so etwas wie eine Sprache zu sein. Kennst du ihn? Der andere war ein Freund grauer Kleidung, äußerst klug und schön, und er neigte zu …«

Hätten sie in diesem Augenblick zu Anra Devadoris' Leiche hinübergesehen, wäre ihnen ein leichtes Zucken des Unterkiefers aufgefallen. Endlich öffnete sich der Mund, und eine winzige schwarze Maus kam herausgekrochen. Das bärenähnliche Tier, dem Fafhrds streichelnde Hände und der Wein das Selbstvertrauen zurückgegeben hatten, taumelte unsicher hinterher, und die Maus lief quiekend zur Wand. Fafhrd schleuderte einen Weinkrug, der über der Spalte zerschellte, in der das Tier verschwand; Fafhrd hatte gesehen, woher die Maus gekommen war – oder glaubte es jedenfalls gesehen zu haben.

»Maus im Maul«, sagte er mit schwerer Zunge und rülpste. »Wie unappetitlich bei einem so netten jungen Mann! Es ist schon schlimm und erniedrigend, wenn man sich für einen Adepten hält!«

»Dabei fällt mir etwas ein, das mir einmal eine Hexe über Adepten erzählt hat«, fiel der Mausling ein. »Sie sagte, wenn ein Adept doch einmal stirbt, nimmt seine Seele die Gestalt einer Maus an. Kann er als Maus eine Ratte töten, geht seine Seele in eine Ratte über. Als Ratte muß er eine Katze töten, als Katze einen Wolf, als Wolf einen Panther und als Panther einen Menschen. Dann kann er seine Adeptenschaft fortsetzen. Natürlich kommt es selten vor, daß jemand die ganze Reihe durchmacht – und auf jeden Fall dauert es sehr lange. Eine Ratte zu töten – damit hat eine Maus schon ganz schön zu tun.«

Fafhrd weigerte sich feierlich, an den Wahrheitsgehalt dieser Äußerung zu glauben, und Ahura weinte, bis ihr einfiel, daß ein Dasein als Maus ihren seltsamen Bruder eher interessieren als entmutigen würde. Der Weinpegel in dem zweiten

Krug sank rapid. Das Knistern aus den Obergeschossen war zu einem Prasseln geworden, und ein hellroter Schimmer nagte an den Schatten. Die drei Abenteurer machten sich auf, den Palast zu verlassen.

Inzwischen steckte die Maus – oder ein sehr ähnlich aussehendes Tier – den Kopf aus der Spalte, begann die weinfeuchten Tonscherben abzulecken und behielt dabei angstvoll die Anwesenden im Auge – besonders den mutigen kleinen Möchtegern-Bären.

»Unser Ziel ist erreicht. Kehren wir nach Tyros zurück«, sagte der Mausling.

»Mir wären Nings Tor und Lankhmar lieber«, sagte Fafhrd. »Oder war das nur ein Traum?«

Der Mausling zuckte die Achseln. »Vielleicht ist Tyrus nur ein Traum, und Lankhmar ist wirklich. Wir werden sehen.«

»Nehmt ihr mich mit?« fragte Ahura.

»Hm?!« brummte Fafhrd und blickte den Mausling hilfesuchend an.

Ein gewaltiger kalter Windhauch verscheuchte die letzten Nebelfetzen. Als sie durch das Tor ins Freie traten, sahen sie hoch über sich das ruhige Licht der Sterne.

Aus dem Amerikanischen
übersetzt von Thomas Schlück